杨洪承

—

文学博士，南京师范大学文学院教授、博士生导师，长期从事中国现当代文学教学及其文学思潮流派、作家作品等研究。曾兼任中国现代文学研究会理事、江苏省中国现代文学学会秘书长和副会长、江苏省鲁迅研究会副会长、中国作家协会会员等。在《文学评论》《中国现代文学研究丛刊》《文艺研究》《鲁迅研究月刊》等刊物发表学术论文百余篇，出版专著有《王统照评传》《文学社群文化形态论》《废墟上的精灵》《"人与事"中的文学社群：现代中国文学社团和作家群体文化生态研究》等多部，有学术著作获得江苏省哲学社会科学优秀成果二、三等奖项，作为第二带头人获第六届高等教育国家级教学成果二等奖。主持完成国家社会科学基金重点和一般项目及省部级项目多项。

革命与文学的双重变奏

现代中国革命文学社群结构与作家谱系研究

革命与文学的双重变奏

——现代中国革命文学社群结构与作家谱系研究

杨洪承 / 著

百花洲文艺出版社
BAIHUAZHOU LITERATURE AND ART PRESS

图书在版编目（CIP）数据

革命与文学的双重变奏：现代中国革命文学社群结构与作家谱系研究 / 杨洪承著. -- 南昌：百花洲文艺出版社，2023.4
ISBN 978-7-5500-4599-6

Ⅰ.①革… Ⅱ.①杨… Ⅲ.①文学-社会团体-研究-中国-现代②作家-人物研究-中国-现代 Ⅳ.①I209.6②K825.6

中国版本图书馆CIP数据核字(2022)第004646号

革命与文学的双重变奏
——现代中国革命文学社群结构与作家谱系研究
GEMING YU WENXUE DE SHUANGCHONG BIANZOU
——XIANDAI ZHONGGUO GEMING WENXUE SHEQUN JIEGOU YU ZUOJIA PUXI YANJIU

杨洪承 著

出 版 人	陈 波
责任编辑	童子乐　张 弛
书籍设计	张诗思
制　　作	周璐敏
出版发行	百花洲文艺出版社
社　　址	南昌市红谷滩新区世贸路898号博能中心一期A座20楼
邮　　编	330038
经　　销	全国新华书店
印　　刷	江西省和平印务有限公司
开　　本	710mm×1000mm 1/16　　印张 29.25
版　　次	2023年4月第1版
印　　次	2023年4月第1次印刷
字　　数	420千字
书　　号	ISBN 978-7-5500-4599-6
定　　价	85.00元

赣版权登字 05-2023-59
版权所有，侵权必究
邮购联系 0791-86895108
网　　址 http://www.bhzwy.com
图书若有印装错误，影响阅读，可向承印厂联系调换。

目录

绪论　文学史视域中革命文学及其结构谱系研究 /1

第一辑　现代中国革命文学的社群结构 /20

第一章　1920年代作家群体生成与现代中国革命文学的文化场域
　　——以文学研究会等文学社群为例/21

第二章　1930年代作家组织形态与现代中国革命文学的话语构形
　　——以中国左翼作家联盟为例/46

第三章　1940年代作家团体重生与现代中国革命文学的战火锤炼
　　——以抗战文学中的"文协""笔部队"为例/65

第二辑　现代中国革命文学的作家谱系（一）/91

第四章　现代中国革命文学发生期"革命"的想象
　　——以作家瞿秋白早期创作为例/92

第五章　现代中国革命文学发生期"新开端"的体验
　　——以作家郁达夫创作为例/114

第六章　现代中国革命文学发生期"写实"的限度
　　——以作家叶圣陶为例/128

第三辑　现代中国革命文学的作家谱系（二）/152

第七章　现代作家与中国革命文学关系的"历史"纹理
　　——以作家鲁迅为例/153

第八章　现代作家与革命文学关系的"阶级"要素
　　——以作家茅盾为例/173

第九章　现代中国革命文学五四时代"主体"认知
　　——以作家成仿吾、郭沫若为例 /201

第十章　现代作家与革命文学关系的"矛盾"现象
　　——以作家蒋光慈为例 /218

第十一章　现代作家与革命文学关系的"地域"魂灵
　　——以作家萧军、萧红与抗战文学为例 /236

第四辑　现代中国革命文学结构与谱系的阶段形态 /254

第十二章　现代中国革命文学五四时代的文化源流
　　——以作家陈独秀、李大钊、张闻天、恽代英为例 /255

第十三章　现代中国革命文学成长期的理论建设
　　——以作家钱杏邨、瞿秋白、冯雪峰为例 /274

第十四章　现代中国革命文学发展期的价值调适
　　——以现代作家丁玲为例 /299

第十五章　现代中国革命文学发展中的典型样态
　　——以延安文学为例 /327

结　语 /343

参考资料 /349

附录一：大革命文学史观下的现代中国革命文学作家作品、刊物及文章目录辑要 /354

附录二：1902—1928年现代中国革命文学部分社群简介辑要 /446

后　记 /459

绪论 文学史视域中革命文学及其结构谱系研究

中国的20世纪前半叶是一个"革命"的时代。从清末到中华人民共和国的建立，短短五十年间，经历了旧民主主义革命和新民主主义革命的阶段。作为时代精神与社会生活的忠实反映，这五十年来的中国文学，从邹容的《革命军》到周立波的《暴风骤雨》，随着中国社会革命的发展，也形成了中国现代革命文学这一独特的文学史现象。这一文学史现象在20世纪前半叶中国社会革命的历史进程中应运而生，并且与文学史相互交织生成发展。由于革命文学与革命的意识形态（包括革命的目的、任务、要求以及革命力量的呈现）密切地联系在一起，现代革命文学不仅是文学，也是近现代中国社会革命、世界社会革命一个密不可分的组成部分。同时，由于社会革命乃是20世纪上半叶中国社会的中心任务，因而革命文学作为20世纪中国文学中的一种重要的文学类型，在20世纪中国文学发展的多元复杂的历史格局中，始终处于主流与中心的位置，对20世纪中国社会与文学的变革都产生了极为重要而深远的历史影响。中国现代革命文学是中国现代文学史中一个特殊的文学现象，一个有着丰富内涵的精神结构的复合体。它又是现代中国社会革命历史与叙事的产物。它的思想精神与20世纪中国文学与文化，乃至民族生存紧密地联系在一起。为此，我们提出采用中国现代革命文学谱系和结构研究视域，这既是对革命文学来龙去脉的历史还原，又是对现代革命文学历史作用的现实考察。现代革命文学谱系和结构的建构，密切地联系着历史与现实的重大问题，譬如，中国20世纪的先进知识分子为什么大都不约而同地选择了"革命"的人生道路？中国的现代"革命"为什么都是从向西方学习开始，最终只有走向"中国化"的道路才能取得革命的胜利？等等。这些重大社会问题，思想界与历史学界虽然已经有过许多的阐释，但是文学作为社会生活的总体性反映，它是怎样用自己的方式来表达和思考这些问题的呢？并且革命文学的深远影响，涉及现代中国文化思想、社会革命、中外文学文化等广阔领域，对革命文学特殊现象的本体研究，实际上是对历史自身丰富性与复杂性的还原，是追问20世纪中国革命的不同主体在国家现代化的理解上的分歧，对20世纪中国的现代化道路产生了哪些重要影响？是追问中国现代思想革命与政治革命之间究竟存在哪些历史纠葛，为什么近百年来不断地有人要用思想革命来否定政治革命，或用政治革命来否定思想革命？……显然，中国现代文学史中革命文学的典型现象再探究，除了在谱系与结构的本源方面正本清源，并以此反思历史外，探究这一特殊文学现象究竟是如何深度介入文化、思想、社会革命、历史等重要领域并生成具体学术问题的，也将有益于通过内部解剖探究它与当代社会现实的密切联系及其深远的历史意义，从而积极推进当代文学的深入发展。

一、问题的前提：革命文学学术之路反思

关于现代中国的革命文学的定义，通常有这样几种解释：一是具体指1920年代后期由文坛发生的关于革命文学的倡导和论争所激发的理论话题和创作实践之文学史现象。二是泛指19世纪末20世纪初开启的近现代中国社会政治革命运动和世界性革命文化思潮中的革命文学，或者说是近现代以来革命与文学这两个话题的历史纠缠。三是将上述两个角度混合而谈，并且将其确定为一种观念原则，即将革命文学作为衡量一切文学的标准，作为社会主流文化文学观的代名词，或将其作为排斥否定纯文学的参照物。在20世纪中国文学史的书写和已经走过百年的革命文学研究历程中，学者围绕着历史起源、思想理论、文学形态及其内外部关系等多方面，对现代革命文学不断变换角度进行描述和重新阐释。上述三种解释呈现了一条清晰的学术史线索，这为我们重新思考问题确立了前提。

1920—1950年代是中国现代革命文学主体的发生发展时期，也是定位现代革命文学的概念缘起和文学史类型、思想性质的初建期。这时期有两个基本的研究路向：一是随着中国现代社会革命的进程，其文学史的命题得到认可，文学成果得到初步整理。瞿秋白、郭沫若、茅盾、蒋光慈等革命作家在1920年代提出革命文学，经1930年代前后左翼文艺运动的推动，出现了一大批有关革命文学形成的原始史料的结集。如1928年丁丁编《革命文学论》①，1928年霁楼编《革命文学论文集》②，1929年梅子编《非革命文学》③，1930年李何林编《中国文艺论战》④等。二是1950年代前后新的国家政权建设中文化教育体制对革命文学的历史评述和定位。教科书的文学史编纂呈现出两种革命文学观：一种为1951年王瑶在《中国新文学史稿》⑤中关于革命文学重在展示其原貌和形成过程的陈述，仅仅强调这一现象是五四以来新文学的传统。一种为1956年刘绶松在《中国新文学史初稿》⑥中提出的"无产阶级革命文学"的发生发展是新民主主义革命的阶级矛盾斗争的产物，文学史是革命史的注释。其后的三十多年里，革命文学研究思路基本是后者观点的延续和极端化。

1980年代以后，在思想解放和文学观念更新的推动下，中国现代革命文学研究开始注重对文学本体形态的作家作品和思想源流的考量。对叶紫、柔石、殷夫、洪灵菲等一批革命作家的研究展示了革命文学的创作实绩，最先突破了过往文学史仅仅介绍革命文学论争的模式。同时，1981年乐黛云的《茅盾的现实主义理论和艺术创新——为悼念茅盾同志逝世而作》⑦，1982年朱德发

---

① 丁丁编：《革命文学论》，泰东图书局1928年版。
② 霁楼编：《革命文学论文集》，新学会社1928年版。
③ 梅子编：《非革命文学》，光明书局1929年版。
④ 李何林编：《中国文艺论战》，北新书局1930年版。
⑤ 王瑶：《中国新文学史稿》上册，开明书店1951年版。
⑥ 刘绶松：《中国新文学史初稿》，作家出版社1956年版。
⑦ 乐黛云：《茅盾的现实主义理论和艺术创新——为悼念茅盾同志逝世而作》，《中国现代文学研究丛刊》1981年第4期。

的《论茅盾"五卅"前后的无产阶级文学观》[①], 1984年赵园的《大革命后小说关于知识者"个人与革命"关系的思考及"新人"形象的降生——兼谈现代文学中有关"恋爱和革命的冲突"的描写》[②]等论文, 在现代革命文学理论和其创作精神主题的个案研究上均有深入的新发现。还有1984年李志的《"拉普"与太阳社》[③], 1987年艾晓明的《二十年代苏俄文艺论战与中国革命文学论争》[④]等论文, 首次通过对国际性革命思潮文化渊源的发掘, 深入分析中国现代革命文学思想观念和组织形态的形成与国外文艺思潮的关系。

1990年代开始, 逐渐增多的中国现代革命文学理论本源的系统性的研究和文学史叙述的整体性之探究, 增进了对这一历史现象研究的深广度。1993年支克坚的《中国现代马克思主义文艺理论的一个基本问题》[⑤]的长文, 系统而翔实地梳理了中国现代无产阶级文学与马克思主义文艺理论的关系, 其中对与革命文学相关的一些核心理论问题提出了新见。这时期出版了两部有分量的专著——1991年艾晓明的《中国左翼文学思潮探源》[⑥]和1998年旷新年的《1928: 革命文学》[⑦]。前者立足广阔的世界左翼文学思潮的视野, 对现代革命文学酝酿、发生、发展的梳理, 与对多样的中外文学理论体系关系的辨析, 均在理论研究上有重大突破。后者细致审视1928年革命文学的生产、人与事的纠葛、创作现象的缘由, 第一次侧重从历史细节叙述革命文学的发端与传播

---

① 朱德发:《论茅盾"五卅"前后的无产阶级文学观》,《中国现代文学研究丛刊》1982年第4期。

② 赵园:《大革命后小说关于知识者"个人与革命"关系的思考及"新人"形象的降生——兼谈现代文学中有关"恋爱和革命的冲突"的描写》,《中国现代文学研究丛刊》1984年第2期。

③ 李志:《"拉普"与太阳社》,《中国现代文学研究丛刊》1984年第3期。

④ 艾晓明:《二十年代苏俄文艺论战与中国革命文学论争》(上、下),《中国社会科学》1987年第3、4期。

⑤ 支克坚:《中国现代马克思主义文艺理论的一个基本问题》,《中国现代文学研究丛刊》1993年第3期。

⑥ 艾晓明:《中国左翼文学思潮探源》, 湖南文艺出版社1991年版。

⑦ 旷新年:《1928: 革命文学》, 山东教育出版社1998年版。

方式之关系，书写对作为观念和想象的革命文学之体验和感受，而不是简单的臧否判断。同时期，关于中国左翼作家联盟和左翼文艺运动的大量研究中不乏涉及革命文学的内容，如张大明注重左翼文学史料的专论[①]和逄增玉强调对左翼文学研究理性审视的思考[②]，它们均在不同程度上积极推进对革命文学的认识。

21世纪以来，在全球化语境下，受文化研究热的影响，中国现代革命文学于文化因素、理论形态、本体构造、文学形式诸方面受到多元视角的观照，研究成果显著而富有创新。其主要表现为：

其一，在政治文化和政治学理论视野中对现代革命文学有了突破性的细致关系梳理和新阐释。如2000年陈建华的《"革命"的现代性：中国革命话语考论》[③]，2004年朱晓进等的《非文学的世纪：20世纪中国文学与政治文化关系史论》，和2006年他的《政治文化与中国二十世纪三十年代文学》专著[④]，2002、2007年王本朝分别出版的《中国现代文学制度研究》《中国当代文学制度研究（1949—1976）》等论著[⑤]。

其二，从"现代性"理论入手，在20世纪中国文学史中对革命文学的观念、传统、叙事等进行反思和重构，对其引发的积极思考予以审视。如：2005年，王德威的《被压抑的现代性：晚清小说新论》[⑥]、张颐武主编的《现代性

[①] 张大明：《不灭的火种——左翼文学论》，四川文艺出版社1992年版。
[②] 逄增玉：《左翼文学研究冷热现象的审视与反思》，《文艺争鸣》2008年第7期。
[③] 陈建华：《"革命"的现代性：中国革命话语考论》，上海古籍出版社2000年版。
[④] 朱晓进等：《非文学的世纪：20世纪中国文学与政治文化关系史论》，南京师范大学出版社2004年版；朱晓进：《政治文化与中国二十世纪三十年代文学》，人民出版社2006年版。
[⑤] 王本朝：《中国现代文学制度研究》，西南师范大学出版社2002年版；《中国当代文学制度研究（1949—1976）》，新星出版社2007年版。
[⑥] 王德威：《被压抑的现代性——晚清小说新论》，宋伟杰译，北京大学出版社2005年版。

中国》[1]，2010年，温儒敏、陈晓明等的《现代文学新传统及其当代阐释》[2]等论著。

其三，以地域文化的视域从文学史断代、类型的研究出发，使对现代革命文学内涵与外延的认知获得了延伸和拓展。如：2000年苏春生的《中国解放区文学思潮流派论》[3]，2004年方维保的《红色意义的生成：20世纪中国左翼文学研究》[4]，2007年袁盛勇的《历史的召唤：延安文学的复杂化形成》[5]等著作。

其四，对现代革命文学关键词的语义词源分析和创作现象的解剖，使其内部本体研究更为深入。如2003年冯奇的《革命文学话语权的建立和发展》[6]，2005年程凯的《"革命文学"历史谱系的构造与争夺》[7]、赵珥的《"革命文学"论争中的"异化"理论——"物化"概念的发现及其对论争分野的重构》[8]，2006年贺桂梅的《性/政治的转换与张力——早期普罗小说中的"革命+恋爱"模式解析》[9]等论文，2001年安敏成的《现实主义的限制：革命时代的中国小说》[10]，2005年王烨的《二十年代革命小说的叙事形式》[11]

---

[1] 张颐武主编：《现代性中国》，河南大学出版社2005年版。
[2] 温儒敏、陈晓明等：《现代文学新传统及其当代阐释》，北京大学出版社2010年版。
[3] 苏春生：《中国解放区文学思潮流派论》，中国社会科学出版社2000年版。
[4] 方维保：《红色意义的生成：20世纪中国左翼文学研究》，安徽教育出版社2004年版。
[5] 袁盛勇：《历史的召唤：延安文学的复杂化形成》，中国戏剧出版社2007年版。
[6] 冯奇：《革命文学话语权的建立和发展》，《中国现代文学研究丛刊》2003年第1期。
[7] 程凯：《"革命文学"历史谱系的构造与争夺》，《中国现代文学研究丛刊》2005年第1期。
[8] 赵珥：《"革命文学"论争中的"异化"理论——"物化"概念的发现及其对论争分野的重构》，《中国现代文学研究丛刊》2005年第1期。
[9] 贺桂梅：《性/政治的转换与张力——早期普罗小说中的"革命+恋爱"模式解析》，《中国现代文学研究丛刊》2006年第5期。
[10] 安敏成：《现实主义的限制：革命时代的中国小说》，姜海译，江苏人民出版社2001年版。
[11] 王烨：《二十年代革命小说的叙事形式》，云南人民出版社2005年版。

和2013年王智慧的《二十世纪二十年代"革命文学"研究》[①]，2014年程凯的《革命的张力——"大革命"前后新文学知识分子的历史处境与思想探求（1924—1930）》[②]，2015年陈红旗的《中国左翼文学的演进与嬗变（1927—1937）》[③]，和2016年他的《中国现代作家与左翼文学的互动相生》[④]等论著。

其五，对一众革命作家、文学社团群体多角度的解读，使现代革命文学鲜活的主体世界得到充分展示。如王德威的茅盾研究[⑤]、秦林芳的丁玲研究[⑥]、吴敏的周扬研究[⑦]、王丽丽的胡风研究[⑧]、季红真的萧红研究[⑨]、席扬的赵树理研究[⑩]等；还有对"左联"、"文协"、陕甘宁特区文化界抗敌会等团体和七月派群体等大量研究成果，这些都在体验革命文学个体与群体丰富而复杂的精神世界的基础上推进了过往的研究。

近一个世纪来，对中国现代革命文学研究历史的粗略勾勒，可以看出，革命文学研究的变化这一现象的呈现和暴露出的问题并不是简单的历史渐进式研究的深入发展的结果，而是历史和现象之间主客观因素的融合与抵牾的结果，即历史有意无意遮蔽的问题，或历史叙述者存在认知的盲点，及由此形成

[①] 王智慧：《二十世纪二十年代"革命文学"研究》，中国社会科学出版社2013年版。
[②] 程凯：《革命的张力："大革命"前后新文学知识分子的历史处境与思想探求（1924—1930）》，北京大学出版社2014年版。
[③] 陈红旗：《中国左翼文学的演进与嬗变（1927—1937）》，中国社会科学出版社2015年版。
[④] 陈红旗：《中国现代作家与左翼文学的互动相生》，东方出版中心2016年版。
[⑤] 如《写实主义小说的虚构：茅盾、老舍、沈从文》（复旦大学出版社2011年版）等论著。
[⑥] 如《丁玲的最后37年》（中国文史出版社2005年版）等论著。
[⑦] 如《时代文艺的先锋——周扬1930—1940年代文学编辑活动述略》等系列论文。
[⑧] 如《在文艺与意识形态之间：胡风研究》（中国人民大学出版社2003年版）等论著。
[⑨] 如《萧红传》（北京十月文艺出版社2000年版）等论著。
[⑩] 如《多维整合与雅俗同构：赵树理和"山药蛋派"新论》（中国社会科学出版社2004年版）等论著。

对革命文学认知的可能张力和新的生长点。比如：

1. 过去关于现代革命文学的研究主要集中于革命文学中的左翼文学、延安文学、解放区文学，甚至存在将革命文学等同于左翼文学、延安文学、解放区文学的趋势，这无疑缩小了现代中国革命文学的内涵与外延，割裂了现代革命文学的有机格局和历史谱系，也不利于对左翼文学这些现代革命文学中重要流脉的研究。还有对现代革命文学从单一的中国社会革命的注释，到政治学、伦理学、思想史、文化史、现代性等多领域考察，革命文学外部关系扩大了文学的认知，但是民族革命文学、国民革命文学、现代革命叙事等概念又模糊了问题。关键是这些领域或新的概念提出的与现代革命文学背后相关联的一些具体的文学史问题，尚没有得到准确界定和深入的学理性探究。

2. 作为中国现代革命文学内核的阶级政党、伦理、精神信仰等思想话语原型研究开始受到关注，但这些话题在马克思主义文艺理论、政治学、社会学层面的探讨，明显要多于现代文学史重写和理性分析文学历史特性的学术评述。面对中国现代革命文学创作主体的多样类型和不同范式，随着研究者开放式、体验式的阐释，渐现出一个鲜活的革命文学精神体系的轮廓。问题是，这类研究过于偏重对茅盾、丁玲、胡风等几位代表性作家的研究，而革命文学作家类型和范式的整体全面性深入探究未能够呈现。

3. 关于革命文学的创作模式、主题人物、叙事形式、审美方法等基础性本体研究成果比较集中，然而，关于中国现代革命文学的不同叙事模式的构建方式，以及对多种文化力量、文学因素建构中的交叉分裂、对立整合、影响作用的梳理与辨析，有分量的成果不多，革命文学本体言说，传播和美学等方面系统考察尚待关注。

4. 中国现代革命文学研究中作家个体、群体的延伸和重组，地域空间的转换，外来文化文学思潮的影响，社会革命的此起彼伏，政治派别的交替，叙事经验的总结等的研究，使革命文学的内涵和外延扩大了，他们对革命文学丰富的解读具有积极意义，可是目前究竟如何区分"左联"团体、左翼文艺运动、延安文艺、解放区文学等与革命文学,将它们从复杂关系中剥离出来,这一些相近命题的准确定位,均还需要融入历史的深度考察。

显而易见,面对革命文学,无论是过去的文学史叙述还是今天的文学史的再阐释,一个世纪以来,我们对其更多的是一种"剪不断,理还乱"的情愫。20世纪中国文学既离不开"革命"的话题,又始终丢不下文学独立性的本体认知。革命文学作为文学史的存在,恰恰是历史进程中的矛盾、困境、尴尬构成了它的常态,问题不在外部社会思想、政治派别影响作用的简单对立思维的臧否评定,而是要在真正意义上对其本体世界内部结构的贴近回归与其源流谱系的把脉还原,由此建构新的生长点和学术张力。这既是对过往研究中一些遮蔽和盲点的回应,又是对历史现象有悖常态做出相对合理解释的尝试。

二、大革命文学史观,谱系与结构研究的构想

20世纪以来,中国现当代文学绕不开"文学与革命"纠缠的话题,革命文学成为文学史撰写中一个既丰富又复杂的关键词。往大了说可谓是政治意识形态的革命现实主义的文学主流话语,往小了说也是一个阶段文学演进的典型过程。"从文学革命到革命文学"[①]似乎已经成为文学史家约定俗成地梳理新文学演变发展的标志性描述了。通常革命文学具体地指20世纪上半叶中国文学中那些以所处时代的"革命"的生活内容为题材,并且自觉地为时代的革命任务服务的文学现象。正如中国现代革命一样,现代革命文学也大致经历了三个阶段:在清末民初的民族革命阶段,主要以文明戏、梁启超等的"政治小说"、邹容和南社的革命诗歌等为代表;在五四运动以后的国民革命阶段,主要以鲁迅的杂文,创造社、太阳社的诗歌和南国剧社的戏剧,巴金等人的小说

---

① 成仿吾:《从文学革命到革命文学》,《创造月刊》第1卷第9期。民国期刊出版时有的标"第×期",有的标"第×号",有的标"第×册",为避繁复,除"×月号"(以自然月标注)以外,均称"第×期"。

等反封建、反军阀的文学作品为代表；1927年国共合作破裂后，以"左联"的成立为标志，革命文学运动进入阶级革命阶段。延安文艺整风之后，以阶级性为突出特征的现代革命文学无论在内容形式上，还是在理论体系上，无论是在文学的服务对象上，还是在文学存在的体制上，都获得了长足的发展和完备的建构。这三个阶段的革命文学有着共同的目标，即富强国家，实现民主，走向现代，所以这不同阶段的革命文学不仅在革命理念与革命的话语方式上有一脉相承之处，而且各个不同阶段的革命文学又与近现代以来各国世界性的左翼革命运动思潮有着密切关联，就是不同阶段的革命文学之间也互相交织与影响。但是，由于每个阶段的革命目标、对象、主体甚至革命方式的不同，这三个阶段的革命文学在思想资源、意识本质、历史流脉、发展趋势等方面各具特征。所以，虽然同属革命文学之流，但各个阶段的革命文学其流向和途径不尽相同。现代中国革命文学的历史大河，多少受近现代世界性革命思潮的影响，由这些不同阶段、不同形态的革命文学的支流汇聚而成。因此，厘清现代革命文学这一历史长河的谱系，分辨描画出这一历史谱系的内在结构，无疑是整体和综合地研究现代中国革命文学的必由之路。

为此，笔者提出大革命文学史观，以"谱系和结构"作为研究视点和目标，恰恰就是要从一种独特的观察角度来重新发掘现代中国革命文学历史现象特殊类型和范式所包孕的独特的文学史价值、意义，进而对我们通常勾勒的从1920年代革命文学的提出，到1930年代的左翼文艺运动，到1940年代延安文艺和解放区文学的积极实践的线路做进一步深入探究。譬如，现代革命文学叙述和表达的路径、方式究竟是什么？多元革命形态和话语对现代思想、文化、语言、文学的影响和意义究竟如何？等等。还将突破以往把现代革命文学等同于左翼文学延安文学和解放区文学的习惯的文学史思维定式，在谱系探寻与结构辨析的基础上，厘清民族革命、国民革命和阶级革命这三个不同的革命阶段的文学之间的承续与发展及中外文化对其影响，从现代中国革命文学历史的发展角度，分析孙中山领导的"民族革命"，国共合作下的"国民革命"，乃至无政府主义思潮、民间、非主流形态所鼓吹的革命等对中国现代革命文学的影响，解析革命文学自身的主体、人性、伦理、文化等革命元素与社会革命的关系，从而清晰地展示出中国共产党所领导的无产阶级革命本身所具有的精神承继性与现实必然性，展示出20世纪中国社会革命发展的历史逻辑及革命文学的完整形态。

对20世纪中国现代大革命文学史观的考察，我们不满足于历时性的完整清理和资料的集成，而是深度介入革命文学，探究其特殊文化意义透过什么样的相互关系被表现出来。它的产生与再现、再造是透过什么样的表意系统（即革命文学的特殊生成要素和传播言说方式），怎样构成自己的实践、现象与活动路向的？可否确立中国现代革命文学的精神谱系、知识话语、作家社群、传播影响、言说审美五个层面立论的思路和构架呢？这便是我们落实大革命文学史观的构想和具体举措。大革命文学史观将现代中国革命文学独特的历史和文学现象置于中国现代社会革命和革命文学之间错综复杂的关系中，认真探究如下这些既独立又有联系的相关问题，以期调整文学史的视域，突破已有的对现代中国革命文学的认知。

其一，中国现代革命文学的精神谱系与价值结构。这里侧重厘清中国现代革命文学的思想资源和探究其精神谱系的价值内涵，面向急迫的现实信仰重建，在历史观照中解决革命精神信仰和文学诉求相结合的意义重构之问题。需要解决的问题，一是全面清理和辨析中国现代革命文学生成发展中革命理论的建构和其完整思想资源的精神系统、价值结构。二是探寻中国现代革命文学近代以来，社会革命本土思想资源的精神光谱及发展史。三是寻觅中国现代革命文学，考察近代以来日本、俄国等国际性思想资源的精神光谱及发展史。四是考察中国现代革命文学中马克思主义学说及其他主义思潮的精神信仰的价值体系。五是探究中国现代革命文学精神信仰建构的深远的历史影响和现实意义。

其二，中国现代革命文学的知识结构与话语生成。这里要厘清中国现代革命文学思想与文学知识结构的内容和其对应的话语生成及意义，面向现实的文学多元取向，重建现代革命文学话语的价值内涵和意义。需要探究的，一是分析在社会革命历史进程中，中国现代革命文学自身特殊的丰富而复杂的话语内容是如何构成了一种权力的知识场。二是爬梳和辨析中国现代革命文学中的"新中国"想象、民族想象、阶级党派、国民性改造、翻身解放、人权民主等知识结构与话语生成之关系。三是爬梳和辨析中国现代革命文学中的现实主义文学思潮、马克思主义文艺理论学说、现代欧美左翼文学等话语谱系思想来源。四是从结构的角度看，现代革命不仅意味着社会政治革命，实际也包含着现代伦理革命、家庭革命、性别革命等多方面的属于文化革命范畴的内容，这些方面的革命内容与政治革命紧密联系在一起，政治革命促进也制约着文化革命的发展，但文化革命与政治革命又相区别，有它自身特殊的目标、对象和文化意义，也有它自身特具的话语形式。为此应详尽地分析现代革命文学体系中各种文化革命话语与政治革命话语之间相融相悖、相生相克的历史现象，并且揭示出各种文化革命话语形式的生成规律与逻辑力量。五是积极挖掘中国现代革命文学富有自己特色的引领作用。

其三，中国现代革命文学的社群结构与作家谱系。这里全面厘清中国现代革命文学作家谱系与群体结构的文学面貌，立足20世纪中国文学史整体与现代革命文学生成的关系考察，重点解决个体作家谱系和社团群体结构关系中所呈现的历史与现实之联系的文学本体问题。由此探究的思路：一是走进中国现代革命文学创作作家与群体的主体世界，探源近代以来革命文学生成中的人与事、观念与政策、创作与批评等结构关系，及其精神话语的组织样态。二是选取中国现代革命文学中张闻天、郭沫若、茅盾、冯雪峰、周扬、丁玲、蒋光慈、何其芳、赵树理、孙犁等典型作家个案，厘清革命文学创作主体多元文学范式和类型的复杂谱系。三是抓取中国现代革命文学相关的南社、新民学会、少年中国会、新青年社、曙光社、共产主义小组、我们社、太阳社、中国左翼作家联盟、中华全国文艺界抗敌协会、七月社、山药蛋派等社团群体的代表案例，辨析革命文学组织机制、运作程序、文学特性等结构面貌。四是重点总结中国现代革命文学作家范式和社群生态及变迁是如何"面向大众和革命生活"的文学经验的。

其四，中国现代革命文学的传播谱系和影响机制。这里全面厘清中国现代革命文学自身演变中传播发展的历史谱系和其内在影响关系。面向文学史的革命诉求，旨在探讨革命文学传播的传承演变、自身运作机制究竟是如何影响和对文学生成产生意义的重大问题。研究中心：一是重新分析与社会文化、文学导向相联系的中国现代革命文学传播机制生成的建构史。二是探究中国现代革命文学组织运作的集会、运动、论争的行为结构图式。三是厘清报纸刊物、图书出版等现代媒介对中国现代革命文学的传播作用。四是分析中国现代革命文学与都市乡村的空间转换融合的地域结构分布。五是透视中国现代革命文学政治化的大众阅读、文学批评的心理需求和思维方式之互动结构。六是研究中国现代革命文学特殊语境和制度对文学生成的影响意义。

其五，中国现代革命文学的言说方式和审美变迁。厘清中国现代革命文学表达与叙事的言说方式及其审美发展轨迹，重建中国现代革命文学独立的审美系统，发掘革命美学在当代仍然具有的历史意义。这是以往革命文学的本体文学研究的薄弱点所在。我们将从这样几个方面深入革命文学机体内部：一是深入走进中国现代革命文学创作世界，探讨其叙事主体、类型、风格等审美倾向的形成和结构关系。二是中国现代革命文学的小说、诗歌、散文等创作文类特殊美学元素的重估。三是分析中国现代革命文学的正义、复仇、反抗激情与社会科学化理性之文学风尚何以流行。四是辨析中国现代革命文学的"新文体"、大众化语言、工农兵形象的言说方式的建构。五是总结中国现代革命文学的对立逻辑思维、"两结合"[①]创作方法、悲壮忧患风格之美学内核，探讨革命文学中的一些重要的叙事模式或原型，如"革命加恋爱"的模式、卡里斯

---

① 即革命的现实主义与革命的浪漫主义相结合。

玛原型①等等。最后是认真反思中国现代革命文学美学系统的价值及其作为文学史典范而特殊的审美现象回归传统的意义。

三、现代中国革命文学社群结构与作家谱系研究的意义

20世纪的现代中国经历了一个旧民主主义革命向新民主主义革命转变的特殊历史社会阶段，20世纪初的辛亥革命作为这个特殊历史转变期的重要事件，开启了一个时代不断"革命"的历史新进程。现代中国的内忧外患与民族抗争包孕了一次次革命的发生发展，这中间既要面对政治现实问题的逼迫与激变，即中国由封建社会向半殖民地半封建社会再向民主社会演变中政治、军事、经济等发生的翻天覆地的变化，又要接受与此共生共存的思想文学等重大文化问题的拷问和演变。对20世纪中国现代革命文学这一特殊文学历史现象的知识谱系和结构进行全面的发掘整理和深度研究，其中"谱系和结构"，既是研究的理论视点，又是研究问题的目标指向。"谱系"源于福柯现代"谱系学"②理论，可将其作为一种分析方法，一种基于尼采权力意志之上的哲学和各种知识的发展史的综合。"结构"③是与谱系相关联的概念，其本质要求对一种文化现象的深层构形和内部构架的考察必须了解其相互关系。为此，上述现代中国革命文学五个层面的内在结构和谱系研究构想，立体呈现出中国现代革命文学谱系与结构的完整建构，运用一种知识系统的现代理论方法，从精神理念、内部构成、生成方式和美学系统多角度清理和辨析其发生发展的线索，并且凸显中国社会革命进程中不同历史阶段的革命文学内部的纹理与共同性的本质问题。本书最终在革命文学整体中选取了现代中国革命文学社群结构与作

---

① 王一川：《中国现代卡里斯马典型——二十世纪小说人物的修辞论阐释》，云南人民出版社1994年版。

② 米歇尔·福柯：《规训与惩罚：监狱的诞生》，刘北成、杨远婴译，生活·读书·新知三联书店1999年版。

③ 皮亚杰：《结构主义》，倪连生、王琳译，商务印书馆1984年版。

家谱系研究为中心点，旨在为中国现代文学史中独特的文学史现象——革命文学——探寻新的研究视域，对其整体结构与谱系更为深入地进行还原和解剖。这不仅仅是革命文学自身文学史视域的深入和拓展，而且是以极富有个案意义的文学社群和具体作家为典型建构文学史研究方法论的范式，推动了对现代中国革命文学内在共同的本质特性和其演变发展的历史线索的考量，以及对历史进程中不同阶段的不同文化、社会因素渗透于文学本质之复杂性的辨析。

第一，现代中国革命文学社群结构的考察，一是通过现代中国文学历史的纵向线索对传统文学社团流派有一个清晰的构形认知；一是以文学社群的角度对学界传统革命文学的精神结构予以内涵解析和定位。关于革命文学的思想内核，有马克思主义文艺理论、阶级群体组织、社会政治学、意识形态化，还有真实性、主体性、人性个体、理想激情、写实主义等。国内学界对这两种思想内核认识的态度，既经历了从前者到后者的历时演进，又有现代性视野下两者的横向综合。就对象的本身而言，偏重"革命"语义的观点多倾向于前者，而强调"文学"立场的又多认同后者。当然，也不乏注意革命文学整体上的两难和矛盾的。这些认识反映的是历史的状况也是现实的问题，是革命文学内部因素的张力，又是外部作用的影响。针对中国现代革命文学精神思想的复杂性、包容性、交织性，对革命文学核心价值观做出历史的学理性的谱系梳理与结构分析，尤其对现代革命文学精神资源在今天文化变革时代具有的意义进行科学的总结，可以以此回应这些年来思想界不断泛起的历史虚无主义和文化保守主义对中国现代革命进程的质疑、讥讽刁难、解构乃至泼污水。正是出于这样的研究目的，整合传统文学社团流派的社群，并且进行历史动态的观照，分析中国现代革命文学精神构成和历史现实之间的关系，将能够贴近革命文学精神本体的真实内核，可以揭示这种精神在建设先进文化的新时代依然具有的积极作用。为此，整合文学社群的结构历史分析，进行中国现代革命文学思想精神与核心价值观的整理与阐释，是突出其观念形态本源性还原。从中国现代文学史中独立出的革命文学现象，既是现代中国社会最为重要的无法回避的思想观念，又是现代"人的文学"观演进变化的典型案例。系统地梳理和完整地阐释革命文学精神话语，是对过往尚不完备、模糊的一些定论的反省，重在从思想历史的建构的复杂脉络中发现问题的症候。革命文学的阶级意识、政党观念、普罗主义，乃至民族的大众的团结抗战等精神信仰与民族想象、国民性改造、翻身解放等话语的强烈主体性阐释意义，不仅仅揭示出传统文化精神延续和外来思潮影响对复杂内核构成的作用，而且反映出革命文学独立建构和系统理论存在的可持续性。革命文学的本质是渗透着阶级主体精神的复杂文学现象。这样的精神话语阐释不但为革命文学的历史叙述找到核心的价值，而且为革命文学的社群现象的发生演变找到了答案，找到了革命文学史格局形成的历史内驱力。

第二，现代中国革命文学作家谱系的考察，是选取中国现代革命文学中陈独秀、张闻天、李大钊、恽代英、鲁迅、郭沫若、郁达夫、叶圣陶、瞿秋白、钱杏邨、冯雪峰、蒋光慈等典型作家个案，厘清革命文学创作主体多元文学范式和类型的复杂谱系。长期以来在革命文学的作家个体和对其系列研究中，比较多的关注点：一是以邓中夏、沈泽民、萧楚女等早期共产党人为代表，或以陈独秀、瞿秋白、茅盾等党的创始人和领袖、重要人物为代表，探究他们自觉的革命活动和强烈的政党意识，与现代知识分子的人文情怀对于现代中国革命文学的渗透和影响；一是集中于"革命+恋爱"创作模式、理想和激情的叙事、时代革命形象的"卡理斯玛"原型、"两结合"的创作方法、大众化的语言、写实的风格等，探究它们对革命文学单元创作范式和美学范畴的建构。在这两个关注点中，前者一般在社会历史政治革命的框架中确立革命作家和革命文学的基本定位，而后者更多强调革命文学独立性美学在作家身上的历史呈现，同时重视对作家身份和范式的认同。最重要的是，这样两种倾向不只是研究方法的简单化，而且人为地割裂了革命文学整体视域。现代中国文学中作家的生成和创作是以何种方式表达文学规训权力和形成自己的发展轨迹，是以何种路径、渠道、载体认同革命文学自身美学系统的需求，又不悖于文学与革命的整体机制，这些方面的问题少有深入的探讨。对现代中国革命文学内在的文学与外部社会有机结合特性的整体把握，对不同作家的人生履历和多元多样的创作追求之丰富而复杂谱系研究，恰恰可以解决长期以来革命政治意识形态的单一和其独立美学系统建构的偏失的问题，合理发掘和科学论证现代中国革命文学自身形态的完整性和特殊性。我们在将革命文学自身运作规律和现代作家思想、创作道路相结合中，既尊重每个作家因独特个性彰显的文学思想和创作历程，又注意在现代中国革命的大视野中把握作家与革命一系列的关联和纠缠，分析作家内在自觉主体选择与不自觉客体必然的困惑、矛盾及执着和追求之心路历程，和由此形成的独有的文化文学张力。通过对不同作家作品的文体、语言、形象、风格等内在言说形式的谱系梳理，重新确立以革命尺度来衡量艺术价值的合理性与其系统的有机性、独特性。我们并不一定对所有作家进行文学史普查和面面俱到的分析，力求排除政治意识形态、社会阶级政党观念和艺术方法、审美理论的机械照搬硬套，或简单化肯定否定；而是试图通过对所选代表性作家偶然与必然的人生轨迹、切实的创作实践、独具的文学批评观、适应革命需求的文学论争方式，以及理性与激情交织的审美原则等方面的整体综合考察，完成对中国现代革命文学完整价值的准确定位，通过重读一批优秀的现代中国作家，以期对现代文学史和革命文学的研究做出重大突破。

第三，现代中国革命文学社群结构和作家谱系的研究，从历史找寻现代中国革命的本体构造，从作家思想和创作演变的实际出发，我们更加关注现代中国革命文学发生发展中的典型元素、要素，特殊时间节点等触发的起因、变化转型，以及中国现代革命文学艺术系统的特质与其社会革命、政治内核的本质构成的两难悖论文学现象的准确叙述和学理性阐释。已有研究成果集中评述的是1920—1930年代前后，随着社会革命的激变应运而生的一种新的文学现象，它呈现了文学史的转型。革命文学何以在这个历史时段出现在中国呢？就中国现代文化文学发展与近现代社会革命的历史同步演进来说，如果以1919、1921、1923、1925年为几个历史节点，革命政党崛起与文学时起时落影响了革命文学的生成或转向，那么向前追溯起点、成因元素与后续的截止点、影响要素等问题都是值得认真关注和深入探讨的。更重要的是当我们在讨论革命文学现象构成复杂性时，习惯性思路是从传统继承与外来影响、革命与文学、革命与非革命、思想主张与创作实践、作家个体与社团流派群体等彼此对立中确定其意义。我们以大革命文学史观为出发点，充分认识其历史现象和文学形态的双重构成，尤其是对社群与不同作家实际存在着的历史细节的多样性、在结构与谱系中发现的类型范式的多元性、意义规律的非主流偶然性等复杂而丰富的样态的整合。同时，又不可否认中国现代社会革命与革命文学整体同步建构的史实。我们将典型群体形态的历时性梳理与其代表性作家思想和创作、接受主体的体验相结合，来探讨革命文学特殊历史现象在现代中国文学史、思想史、革命史中具有的独立意义；这使得革命文学国家意识的起源、民族想象的原点、阶级性质的论争和"左联"团体的生成等，不只是单一或孤立的某一方面文学史的呈现。为此，我们重新系统勘测中国现代革命文学作家和群体的知识谱系，发掘出这一独特的历史资源具有的特殊文化意义。现代中国革命文学自己的作家队伍和组织构成形态是何以成为一种独立运行机制的？我们将超越对孤立单一的作家群体或传播途径的价值肯定，而是针对革命文学面对的动荡激变的社会现实语境和错综复杂的思想文化脉络关系，旨在努力发掘革命文学在历史进程中的存在之由变迁之故，即揭示出现代革命文学特定的意义，真正给予其既切合理论实际又贴近创作实际的定位，使得中国现代革命文学独立精神话语与有特色的组织传播形态所构成的内在有机体得到最充分的文学史彰显，从而展露社群历史现象、不同作家本体世界原貌生态，使得现代中国革命文学有清晰的来路、合理的发展、必然的发展，并且由此获得整体性历史价值的全面提升。

最后，我们对现代中国革命文学作家谱系和社群结构的还原和重构，最重要的意义是，它作为20世纪中国文学特殊案例和精神文化的象征，对于现代中国文学史、文化史、社会革命史有着巨大作用。现代中国革命文学完整美学系统的建构是极富有挑战性的学术目标。当然，中国现代革命文学主流历史谱系与其他不同的革命文学形态，在整合为大革命文学史观的同时，应注意厘清无产阶级文学、左翼文学、延安文学、民族革命文学、国民革命文学、抗战文学等彼此联系或对立的一些相近形态之谱系，尤其正本清源地从发生学角度考辨其复杂纠缠的结构关系，深入其本体对其"革命"的差异性、文学的审美特性、文化的兼容性等谱系做出细致准确合理的阐释，这些是革命文学的文学史研究的难点所在，也是我们探究问题和努力解决问题的目标。同样，现代革命文学阶级主体、大众话语、美学系统等内在精神价值和文学审美的结构形态的研究，不仅是对其在谱系基础上更为细致的梳理和彼此结构关系的透视，而且是针对其不同结构内容、构架的建模和完形勘察，并在此基础上予以其历史意义之发现和论辩，从而启迪当代文学的思考，应对现实的问题。这一特殊现象自身谱系结构的文学与革命的双重机制的研究，意在探究其完整而复杂的系统的交织构造究竟是如何延续的，及它在当下中国社会、文学变革中所起的重要作用。还有在全面清理中国现代革命文学谱系和结构中，完整的历史文献收集、系统的思想资源整理，以及文学价值和审美意义的深度开发和激活，虽然是文学史研究的基础性工作，但更是深化现代中国革命文学研究最有效、最务实的途径。

所有上述这些与本书密切相关的整体而宏观的文学史意义和学术价值，既不断提醒我们对研究目标必须坚守的学术主旨，又引导我们脚踏实地研究问题，而突破问题最为有效的方法就是一切回到历史现场和作家作品。为此，在大革命文学整体观指导下，我们首先从具体而又鲜活的现代中国革命文学社群结构和作家谱系扬帆启程，将在务实的具体作家研究中稳步推进这一课题驶向广阔的学术海洋的纵深地带。

第一辑　现代中国革命文学的社群结构

第一章　1920年代作家群体生成与现代中国革命文学的文化场域
——以文学研究会等文学社群为例

　　现代作家群体的生成与五四新文化内在的变革，与现代中国革命文学的发生的关联，构成了十分丰富而复杂的多种思想资源的文化场。本章将在五四新文化新文学生成的历史语境下，侧重1920年代，选取文学研究会为代表，还有创造社、新潮社、新月社、湖畔诗社等自觉聚合的文学社团，以及围绕《东方杂志》《新青年》《学衡》《甲寅》《现代评论》《努力周报》等杂志出现的未形成社团的作家（作者）群，力求还原它们在社会历史转型和演变中文化文学的思想精神脉络，尤其重视对它们彼此交叉、交融，甚至抵牾和冲突的文化文学思想生成谱系的梳理和辨析。"文学社群"作为文学史的一个整合动态概念，使得文学社团构成了一个知识文化谱系：有着现代政治意识形态化的内容，也保留着结社的地域、文人雅聚、宗派、党派等传统文化因素，更有现代知识分子生成中的特殊资源（经济、政治、教育、报刊出版传媒等），并且形成了现代文人聚散独有的途径、政治意识、文学主张、组织结构等精神风貌和生命形态。这里考察1920年代的文学社群不只是单一地探究五四新文化的发生发展与新文学社团诸多革命元素的关联，更旨在探究五四新文化多元思想碰撞的社群谱系，究竟如何影响了现代中国革命文学的重要文化基础和革命文学走向。

　　五四新文化的"革命"源于社会政治革命和思想革命，突出表现在文学革命方面。时间概念上的五四，与其说是1919年的五四之日的爱国运动的定格，倒不如说是围绕五四运动所发散的概念——五四时代，即1915—1925年时段，这一范围更为准确。由此，在引起社会重大变革的1911年辛亥革命之后，最直接、最有影响力的是新青年发起的思想革命，这才有了五四爱国运动和文学革命连体的五四新文化运动，这才有了找寻现代作家群体与五四新文化的革命因子的关联的可能，乃至可以考察现代作家群体结构与现代中国革命文学最初的内在联系。作为文学史常识，现代作家群体的形成与发展，有着非常清晰的历史线路和独特的自身内容。1915年前后起始的新文化运动，铺垫了1917年文学革命和1919爱国的五四运动，新文学由是彼此交织着发生发展，其重要标志正是1921年前后文学研究会和创造社等纯文学社团群体的应运而生……这一粗线条的描述似乎没有什么不妥。但是，文学史毕竟不只是历史的时限标识，也不仅仅是对几个历史伟人的书写可以解释的。考察现代作家群体的生成，本质上是对新的文化生命的审视，对历史文化氛围与语境中的人与事之考量。当然，这将是一项十分困难的工作，我们能否真正将文学的复杂形态、作家个体与群体的鲜活生态从五四新文化之中剥离，表述清楚它们既融合又独立之关系呢？个体与群体、理性与想象、活动与创作究竟是如何使一种新的文学秩序诞生与运作的呢？五四新文化开启了五四新文学，当社会群体意识高涨，真正文学意义上的作家群体形成之时，一种最具活力的文化精神，一个强烈求新求变的转型时代，便有了自己鲜明的表征和内在神韵。现代作家群的生成与五四时代的关联，恰恰应如是观。以20世纪中国文学开端时期的几个重要作家群体为例，以文学研究会等为代表的现代作家群体的聚合，多少可觅得五四"新青年"文化中思想理性批判的启蒙思路之延伸和拓展。以创造社等为代表的现代作家群体身上，有着五四"新青年"文化中一种人文气质的扩散，一种本真、纯情生命形态的渲染。而以文化大于文学复合形态的"学衡"等为代表的现代作家群体生成，形成了与五四"新青年"文化结构的复调和多声部的合奏。这些作家群体生成的本身、彰显的个性，确切地传达的是一种"革命"姿态中多维革命的文化信息。它不仅是文学革命作家表达政治思想与文学观念的革命，而且也难回避地域因素、知识背景、公共空间诸种文化内容、语境对作家之影响。在五四时期的文化场中,现代作家群体的生成与五四新文化内在的变革具有同源和同构性。现代作家群体是五四文化场中最具革命意识的一支重要的文学文化力量,更是在政治、思想、文学大文化关系中的重要有机体。

那么,由此思路走进五四,触摸历史,与先贤前辈对话,现代作家群体有着自己的思想文化形态,有其独特的生命形式,更有着革命时代赋予的特殊文化载体。这些都与容量巨大的五四新文化自身吸纳与更新、批判与建构、现代与传统等一系列充满张力的精神内核有着密切关系。

一

不妨先从1921年第一个纯文学社团文学研究会的人与事说起。文学研究会的12位发起人个个都有过结社、办刊物的经历和社会实践的活动。诸如郑振铎、耿济之、许地山、瞿世英等,1919年在北京创办《新社会》和《人道》;王统照等1919年在北京创办《曙光》;1918年新潮社成立,1919年《新潮》杂志创刊,周作人、郭绍虞、叶圣陶、孙伏园等均为该社社员,都为办刊做出贡献。蒋百里1920年4月参加梁启超创办的"共学社",主编《改造》刊物,编辑《共学社丛书》。沈雁冰(茅盾)说:"一九一九年尾,我已开始接触马克思主义。"[1]他早在1920年就参与上海共产主义小组的活动,而朱希祖1920年之前就曾参与过《新青年》和《北京大学月刊》两个重要综合文化期刊的编辑工作。显而易见,对于被称为新文学第一个纯文学社团作家群体的文学研究会来说,首先,这个群体发起者的作家身份,或文学群体形成,并不是由1921年文学研究会的诞生而给定的,他们在文学研究会之前已经具有了很强烈的群体意识和社会革命的实践。其次,某种程度上,文学研究会的群体聚合不过是先前每个人已有的社会文化活动的自然延续,文学研究会联系着多脉络的

---

[1] 茅盾:《我走过的道路》上册,人民文学出版社1981年版,第128页。

文化团体。如同今天谈到1915年陈独秀创刊的《青年杂志》（从第二卷开始更名为《新青年》），就不能不提到创办于1914年的《甲寅》杂志与它的联系。两个刊物之间在思想主旨和人员上有着共同性和延续性，在拓展与变异上有着相似路径。这便体现了最初新文化刊物办刊人员和作者与作家群体生成的内在关联，也体现了现代作家群体的生成与五四新文化、现代中国革命文学的内在关联。

现代作家群体生成动因和革命文学发生的脉络，只能够从二者脱胎的母体中寻觅。《新潮》发刊旨趣书："以大学之正义为心。又向者吾校风气不能自别于一般社会，凡所培植皆适于今日社会之人也；今日幸能渐入世界潮流，欲为未来中国社会作之先导。"并积极倡导"吾校真精神"，鼓动"为将来之真学者"。《新社会》发刊词："中国旧社会的黑暗是到了极点了！他的应该改造是大家知道的了。""我们的改造的态度，是研究的，……是彻底的，……是诚恳的。……考察旧社会的坏处，以和平的，实践的方法，从事于改造的运动，以期实现德莫克拉西的新社会。"《曙光》月刊宣言：他们办这个杂志，用这个名称，是"不安于现在的生活，想着另创一种新生活；不满于现在的社会，想着另创一种新社会"。"曙光"的意义，是在这"长夜漫漫"的时候，"不有'鸡声啼晓''东方既白'的警告，那能有醒悟的感觉？"《改造》（前身为《解放与改造》）发刊词："同人以其所研究，所想念，最而布之；月出两册，名曰《解放与改造》；期与国人以学识相切磋，心力相摩荡。""本刊所鼓吹在使文化运动向实际的方面进行。"再来看，文学研究会的宣言有几条宗旨：一是联络感情，不满向来"文人相轻"的风气，"希望大家时常聚会，交换意见，可以互相理解"；二是增进知识，"希望渐渐造成一个公共的图书馆研究室及出版部，助成个人及国民文学的进步"；三是建立著作工会的基础，"相信文学是一种工作，而且又是于人生很切要的一种工作"，"谋文学工作的发达与巩固"。①这里文学研究会虽然是真正打出了"结成一个文学中心"的旗帜，但是以此为由将其定位为现代作家群体的肇始者，尚谓笼统而不准确。因为这个群体聚拢和组织文学团体的愿望和心态，及目标的思想文化基点，与他们之前不言文学中心时所创办《新潮》《新社会》《曙光》《改造》等刊物时的心境、理想及抱负是完全一致的。那就是同一群有志青年，本着强烈的忧国忧民国家意识，致力于社会改造、文化思想变革，以求真务实的理性的方法研究现实的中国问题。他们参与文学刊物的先后时间、思维方式、价值取向的共通性，不仅相互催化，而且传达着相近相似的时代共同的声音。

当然，历史的梳理还不仅仅是对以文学研究会为代表的现代作家群自身思想文化来龙去脉的纵向线型考察，发现其思想谱系的承传和勾连之路径。现代作家群体考察还应该对清末民初年间的《新民丛报》《甲寅》《青年杂志》等报刊同人群体追根溯源，再从同期横向交叉的《每周评论》《国民》《晨报副刊》②《新生活》等报刊的作者群体中找寻其内在关联。仅文学研究会群体自身就不难找到这一联系的佐证。1916年还是中学生的王统照读到创刊不久的《新青年》激动不已，被其中"宏旨精论""说理新颖""内容精美"之文深深吸引，即刻致信杂志记者。没有想到信件旋即刊出，主编陈独秀以记者身份回信称："来书疾时愤俗，热忱可感。中学校有如此青年，颇足动人中国未必沦亡之感。"③其鼓舞和影响之大不言而喻，王统照翌年年底便进京求学，随后成为现代作家自觉走进五四当日"火烧赵家楼"学生游行队伍的第一人，再后创办《曙光》，发起文学研究会。茅盾在谈到1917年前后发表于《学生杂志》的两篇文章《学生与社会》《一九一八年之学生》时，也直言："对我思

---

① 《文学研究会宣言》，《小说月报》第12卷第1期。
② 又称《晨报附刊》《晨报副镌》。前身为《晨报》第七版，1921年10月12日改版独立发行。
③ 《新青年》第2卷第4期。

想影响最大，促使我写出这两篇文章的，还是《新青年》。"①《新青年》对现代作家群体思想资源的生成及对一代新型知识分子成长的影响，参与其中的当事人胡适在1920年代初就有评述，他说："只有三个杂志可代表三个时代，可以说是创造了三个时代。一是《时务报》，一是《新民丛报》，一是《新青年》。"②《新青年》在当时具有划时代意义是毋庸置疑的。其中传达的重要信息有二：其一，《新青年》开启的现代中国民主科学的思想启蒙运动，其源头应该是可以追溯到晚清戊戌变法前后的，并且这是一个具有完整而明确标识的历史进程，甚至在这个进程中还应该包括被胡适排斥的《民报》和《甲寅》两个重要刊物。其二，《新青年》确立了五四新文化的历史节点，树立起反封建专制，反旧道德旧礼教，倡导新思想、新文学的文化革命大旗，是对晚清以来宣传的维新变法，君主立宪和自由、自治、进取、冒险的新民思想之延续和超越。陈独秀的激进的革命热情和远大的政治理想与梁启超、康有为、谭嗣同、黄遵宪等人的政治抱负、革命气势是一脉相承的。这也与1914年创办《甲寅》的章士钊反袁世凯专制统治的政治取向，注重独立政论、"朴实说理"，冷静研究问题的思考方法等精神思想十分相近，有着前后一致的连贯性。也因此《甲寅》作者群里的李大钊、胡适、高一涵、张东荪、易白沙、李剑农等人，包括陈独秀本人，大多数也成为后来《新青年》杂志的重要骨干。

《新青年》思想启蒙的现代性跨越，对一代新型知识分子的孕育与成长，尤其是对现代作家群体精神思想的引领，都是自戊戌变法、辛亥革命以来，基于对"立人"与"立国"思想启蒙思路的接纳与反省的结果。梁启超的"新民"的诉求；章士钊的共和、民主、法治、宪政的提倡；陈独秀对"人"与"国"的启蒙思想的道德内化和革命扩展，确立了个性解放的核心，以伦理政治和文学革命为先导，以独立人格的"青年"新人形象为代言，"欲与青年

---

① 茅盾：《我走过的道路》上册，人民文学出版社1997年版，第143页。
② 胡适：《致高一涵等四人信》，《努力周报》总第75期。

诸君商榷将来所以修身治国之道"。①

在精神思想上具有划时代意义的《新青年》,自觉地担当了追求思想解放的承前启后的新型知识分子的重要角色。现代作家群体诞生应该归因于它自身机体的自然天成,更是对新青年、新道德、新文化倡导的必然结果。还可以从横向坐标中发现一个时代的历史氛围,《新青年》一开始就积极营造诸多群体建设新思想新文化的氛围,既推进了现代作家群体的独立,又深化了思想启蒙运动多元而广泛的展开。首先,《新青年》办刊人员另辟阵地,吸引了更多青年关注思想启蒙,新文化新文学队伍由此得到扩张和壮大。诸如1918年陈独秀、胡适等再辟报纸副刊类的《每周评论》,1919年李大钊、蔡元培等积极提供《国民》《晨报副刊》《新生活》等创刊后的稿件。这些刊物与同期的《新潮》《曙光》《新社会》《人道》刊物也遥相呼应,创造了现代作家群体孕育成长的更为开阔的思想平台。其次,以《新青年》为中心而发散的诸多作者群体,促成了思想交锋、文化碰撞、学术争鸣、主义并存的新文化大潮的形成。陈独秀说:"我们发行这每周评论的宗旨,也就是'主张公理,反对强权'八个大字。"②该刊既以此宗旨彰显比《新青年》更为鲜明的政治立场,又针对胡适"问题与主义"之争而展开讨论,将思想革命引向深处。《新生活》周刊虽然是小型通俗刊物,但是在青年学生中影响很大。《新青年》的作者群,骨干成员有蔡元培、李大钊、陈独秀、胡适、高一涵等。他们所倡导的新生活,即要有新的人生观,新的生活内容。胡适就畅想:"新生活就是有意思的生活","只消时时刻刻问自己为什么这样做,为什么不那样做,就可以渐渐的做到我们所说的新生活了"。③应该说这与《新青年》倡导的新道德之精神是不二的。这是实用的新生活,更是理想的文学表述,激励着一代"新人"的

---

① 《社告》,《青年杂志》第1卷第1期。
② 《发刊词》,《每周评论》总第1期。
③ 胡适:《新生活——为〈新生活〉杂志第一期做的》,载《胡适学术文集·哲学与文化》,中华书局2001年版,第449、450页。

生长。再次，这些《新青年》延伸和拓展出的其他报纸杂志的作者群体共同地坚守了《新青年》以思想革命开路、以文学革命助阵的行为方式，极大地影响了后起的现代作家群体思想的成熟和其独立性。纵览《每周评论》《国民》《晨报副刊》《新生活》等报刊的主要栏目的开设，与《新青年》大体相似，保留了介绍思想思潮的论坛随感，登载白话诗、小说、散文的新文艺，联系作者、读者、编者的通讯（通信）三大特色板块。如《每周评论》的《社论》，《晨报》的《自由论坛》，《新生活》的《讲演》和《随感录》等专栏，既能够在《新青年》杂志《政治思想》栏目寻觅知音和延伸阅读，又可以与同期《曙光》《新社会》上的时事政论文章对读，或获得同声相应。而《新青年》开风气的《通信》栏之所以被后起的报刊认同，不只是因为它架起了作者、读者、编者之间的桥梁，更重要的是它展示了现代（新人）更为直接亲和的沟通交流方式，充分肯定了这种民主的平等对话的公共空间建设。现代作家群体的生成更是离不开自由思想的真诚交流。无可置疑，《新青年》以文学革命开新文艺创作的先河，但并不是一直到文学研究会群体的出现才得以延续。恰恰是《每周评论》《国民》《晨报副刊》《新生活》等报刊上，周作人等的散文，胡适、李大钊等的白话诗，罗家伦、冰心等的白话小说等新文学作品，展现了《新青年》倡导文学革命之后走向创作实践的过程，展现了新文学的孕育和作家群体形成的雏形。

简言之，五四新文化的母体《新青年》为现代作家群体的生成提供的丰富而复杂的思想资源，是一个纵横的"文化场"和相互交错的思想谱系。他们既表现历史进化线性前后演进的延续和承传，又反映思想交锋对话的立体交叉性的影响和跨越。当1921年文学研究会作家群体明确表示："发起本会，希望不但成为普通的一个文学会，还是著作同业的联合的基本，谋文学工作的发达与巩固：这虽然是将来的事，但也是我们的一个重要的希望。"①这里阐明的

---

① 《文学研究会宣言》，《小说月报》第12卷第1期。

一种群体聚合的思路，对应着《新青年》在1915年的社告——"欲与青年诸君商榷将来"，也对应着《新青年》1919年改刊后的宣言——"将全体社员的公同意见，明白宣布"，并且"要实验我们的主张，森严我们的壁垒"。[①]这正是对文化实践方式的回应和整合。而其中特别强调"同业联合"，集中反映了追求内涵深化，群体的行业化，新思想平台建设的提升。

二

文学研究会作家群体的孕育和生长的思想文化谱系，于五四新文化母体《新青年》生成的作家群体而言也仅仅是一种文化源流的考察。实际上，文学研究会作家本就置身于一个纵横阡陌的文化"场"之中。

1921年成立的文学研究会社团，经历了十余年的发展，后因"一·二八事变"爆发社团活动终止，先后在册会员达170余人。社团既不是传统意义的同乡会也不是现代社会的同学会，有着明显的地缘关系的成员结构，但是又没有完全依赖宗法社会人伦血缘等关系来拉帮结派。最初有严密而庄重的社团条例，如非"会员二人以上之介绍经多数会员之承认者"[②]不得入会；而进入1930年代，该团体松垮式微，"无形解散"，不再见最初建社时的壮观图景。显然，对于这样一个在现代中国文学史中第一个打出纯文学旗帜的组织，考察它形成、运作、演变及解体的工作并不是终结，厘清其历史生成中的每一个细节、每一条精神源流的来龙去脉，也是当今文学史家的使命。

文学研究会的根基是联络感情，人脉广泛。文学研究会酝酿成立前后，最活跃的人物不是我们通常文学史讲的沈雁冰（茅盾）、周作人、叶圣陶等作家，而是郑振铎、王统照、耿济之、瞿世英等一批有着广泛联系的同人或

---

① 《本志宣言》，《新青年》第7卷第1期。
② 《文学研究会简章》，《小说月报》第12卷第1期。

同学。如果以五四运动后的1920年为限,他们全都是20岁刚出头的青年学生,如:郑振铎(22岁),交通部北京铁路管理学校高等专科;王统照(23岁),北京中国大学英国文学系;耿济之(21岁),北京俄文专修馆;瞿世英(20岁),燕京大学哲学系;等等。

  这些本是来自不同学校的学生,何以想到组织一个团体呢?后来郑振铎回忆道:"为了我们全都住在东城,为了兴趣的关系,我们在无形中竟形成了一个集团。我们虽然不在同一个学校读书,但彼此往返得比同学亲热得多。"除了住地的集中外,"兴趣"是什么呢?北平东城有一基督教办的青年会会所,里边有一小小的图书室,因为青年会的干事是美国人,他"是研究社会学的,思想相当的进步,而且也很喜欢文学",所以,图书室"陈列得最多的是俄国文学名著的英文译本和关于社会学和社会问题的书"。① 这一下吸引了兴趣十分相投的青年学子们。自然,中间牵线者是教会学校,燕京大学学生瞿世英和许地山与青年会早有交往,耿济之又与瞿秋白是同学,过从甚密。在青年会想出版一个青年读物时,瞿世英、许地山、耿济之、瞿秋白与郑振铎五人就组织了一个编辑委员会,这就有了后来的《新社会》旬刊。不久该刊因思想激进被封禁,他们又改出《人道》月刊。如此积极创办社会文化刊物,同他们中间的瞿秋白、郑振铎很早就参与了李大钊在北大图书馆秘密主持的"社会主义研究会"有直接的关系。郑振铎回忆与瞿秋白早年的交往时说:"秋白和我是对社会主义有信仰而没有什么组织(社会主义研究会——引者注)的人。经常的在北大图书馆和教室里开会。相当的秘密。守常(李大钊——引者注)先生尤其谨慎小心。在开会之前,必须到室外巡视一周,看看有没有什么可疑的人物在左近。"② 与此同时,还有中国大学学生王统照等的积极活动。郑振铎

---

  ① 郑振铎:《回忆早年的瞿秋白》,载《郑振铎文集》第3卷,人民文学出版社1983年版,第295页。

  ② 郑振铎:《回忆早年的瞿秋白》,载《郑振铎文集》第3卷,人民文学出版社1983年版,第296—297页。

在回忆王统照的文章中说："他在一九一九年五四运动的时候,就投身到反帝反封建的斗争的最前线。那时他是中国大学的一个学生。他和几位同学一同编辑了《曙光》月刊,而瞿秋白、耿济之和我等,那时候也正编着《新社会》旬刊。我们开始认识,并立即成为很好的朋友。"[①]可见,文学研究会真正核心人物是郑振铎、瞿秋白、王统照等非北京大学、高师的这批大学生。

文学研究会的发起人中还有来自北京大学的教师周作人,与已经毕业的学生郭绍虞、孙伏园、叶圣陶。在校期间,他们均是1918年在北京大学成立的新潮社的主要成员。而新潮社直接得到五四新文化领军人物陈独秀和新青年社的大力支持,并受其新文化思想的影响。文学研究会酝酿期间,孙伏园、叶圣陶两位学生实际已经离开北大,叶圣陶回到苏州故里任小学教员,孙伏园去了《晨报》副刊当编辑。他们能被列入该会发起人名单自然都是老师的提名。原因一是他们在校时办新潮社表现出极强的组织能力,一是在文学创作上已有较多的成果。1922年叶圣陶就出版了《隔膜》短篇小说集,列入文学研究会丛书作家创作集的第一人第一本,可见一斑。

文学研究会的骨干成员除了上述两类学校师生构成外,不可忽视思想活跃、有着广泛社会联系的郑振铎。因他与当时和梁启超共同发起"共学社"的筹建人、《共学社丛书》主编蒋百里的关系甚密,而结识了当时最大的民营企业商务印书馆的主要负责人高梦旦、张元济(菊生),乃至馆里编译所的编辑、正在筹划《小说月报》革新的主编沈雁冰。查《张元济日记》1920年10月23日有"昨日有郑振铎、耿匡(号济之)两人来访,不知为何许人。适外出未遇。今晨郑君又来,见之。……言前日由蒋百里介绍,愿出文学杂志,集合同人,供给材料。拟援《北京大学月刊》艺学杂志例,要求本馆发行,条件总可商量。余以梦旦附入《小说月报》之意告之。谓百里已提过。彼辈不赞成。或

[①] 郑振铎:《悼王统照先生》,载《郑振铎文集》第3卷,人民文学出版社1983年版,第305页。

两月一册亦可。余允候归沪商议"①。这之后，蒋百里、沈雁冰列入文学研究会发起人也就是很自然的事了。

文学研究会正是聚合了这样一群有着广阔人脉、思想活跃的青年人。在校内外、文学内外的巨大空间里，他们施展着自己的才能和远大抱负，满腔热忱地投入他们共同感兴趣的对社会变革、新文化新文学的建设中。

文学研究会的动力源自时代变革的催化、生命激情的点燃。抚摸这段已经过去久远的历史，贴近这一群体，当我们读到最直接的办刊宣言、彼此交往的自述和回忆文字，扑面而来的是一股生命拥抱时代、时代激荡青春生命的热流。文学研究会同人从一开始就那么满腔热忱、严肃认真地将"谋文学工作的发达与巩固"，当作"一个重要的希望"。②过去我们比较看重文学研究会发起人中的早期共产党人沈雁冰的作用，实际上，这与瞿秋白、李大钊进步思想在他们中间的潜移默化，与伟大的五四爱国运动的影响有着直接联系。郑振铎回忆早年与瞿秋白交往时说："一九一九年五四运动的时候，北京的大学生全都卷入这个大运动中了。它象一声大霹雳似的，震撼醒了整个北京、整个中国的青年学生，以至工人和中年的知识分子。"③王统照就是自觉走进五四运动游行队伍中为数不多的现代作家之一。他与瞿秋白、李大钊等革命先驱者过往密切，既是朋友又是同道。后来王统照是这样评价的："秋白与守常先生自然也有来往，他虽然对于旧文学早有素养，对于新文艺有努力推进的热情，可是他更热心于整个社会的改革事业。他早已注意那时暮气昏沉，一切不平等不进步所造成的社会现象。他对于社会主义早已扎下了强烈的信心的根子。"④由此，在他主编《曙光》时，态度这样鲜明地表明了该杂志的宗旨：

---

① 张元济：《张元济日记》下册，商务印书馆1981年版，第773页。
② 《文学研究会宣言》，《小说月报》第12卷第1期。
③ 郑振铎：《记瞿秋白同志早年的二三事》，载《郑振铎文集》第3卷，人民文学出版社1983年版，第299页。
④ 王统照：《恰恰是三十个年头了》，载《王统照全集》第6卷，中国工人出版社2009年版，第189页。

"我们处在中国现在的社会里头,觉着四围的种种环境、层层空气,没有一样不是黑暗恶浊悲观厌烦,如同掉在九幽十八地狱里似的。若果常常如此不加改革,那么还成一种人类的社会吗?所以我们不安于现在的生活,想着另创一种新生活;不满于现在的社会,想着另创一种新社会。""用这'曙光'两个字的意义,也很容易了解。因为现在的社会,都在'长夜漫漫'、'迷梦惝恍'的时候,不有'鸡声啼晓'、'东方既白'的警告,那能有醒悟的感觉?我们虽不敢说'先知先觉'的话,但是这一线'曙光'的贡献,问诸良心,却也'责无旁贷'。……若不愿在黑暗中生活的呀,请快起来大家协力向光明的前途走去!"[1]再看与《曙光》同时期,郑振铎等人创办的《新社会》发刊词这样写道:"中国旧社会的黑暗是到了极点了!他的应该改造是大家知道的了。""我们改造的目的就是想创造德莫克拉西的新社会——自由平等,没有一切阶级一切战争的和平幸福的新社会。"[2]继后改刊《人道》,他们的远大志向却依然如旧,《人道》宣言的最后:"教一切人类都受了平等的宠惠和进化的幸福。这就是本刊出版后底愿望。"[3]其思想、观点与《新社会》完全相同。文学研究会酝酿期真正核心活动人员应该是郑振铎、王统照、瞿世英、许地山、耿济之、瞿秋白(因其该会成立时已作为晨报社记者派往俄国,所以不在发起人之列)等人。他们正是受到五四时代精神的影响,鼓荡起生命激情。组织文学研究会,寻一个传达思想的阵地,是因为共同的文学兴趣,更是因为他们"想借此一点团结的力量,在这死气沉沉的社会里助一分力"[4]。

1921年诞生的文学研究会这个群体,不能够漠视群体中每个人生命的脉

---

[1] 《曙光月刊宣言》,载中共中央马克思、恩格斯、列宁、斯大林著作编译室编:《五四时期期刊介绍》第1集,生活·读书·新知三联书店1978年版,第407页。

[2] 《新社会发刊词》,载中共中央马克思、恩格斯、列宁、斯大林著作编译室编:《五四时期期刊介绍》第1集,生活·读书·新知三联书店1978年版,第408页。

[3] 《人道月刊宣言》,载中共中央马克思、恩格斯、列宁、斯大林著作编译室编:《五四时期期刊介绍》第1集,生活·读书·新知三联书店1978年版,第414页。

[4] 王统照:《晨光社的经过及将来的希望》,《晨光》第1卷第5期。

动和大时代变革的惊涛骇浪共频率同起伏的生存。他们是时代之子，又十分自我、充满个性。王统照是这样描述耿济之其人的："当时在北平的熟人多在立学会，办杂志，多谈辩，争主张，他（耿济之——引者注）对于相熟朋友所组织的学问文化团体一样加入，也写译文在若干新刊物上登出，但一向少表示信仰什么学说，主张什么主义，在他的笔下，自然难以见到情感的直接发挥，理论的绝对评判，每逢公共集会，作何讨论，他极少说出他的意见，只是十分庄重从事，认真，热切，但不虚伪，不狂张，不言过其实，也不随声附和或好奇立异。"① 而郑振铎是这样评价王统照的为人的："一位恳挚坦率的人；他有时很沉默，但实在是很喜欢谈话的，而他的话永远是那样的亲切而动人！""他的情绪一直是婉曲而沉郁的。他比我只大一岁，但他显得比我老成得多，也显得比我早衰。"② 文学研究会的作家，像王统照、耿济之这样平时不张狂、寡言沉默甚至沉郁的不在少数。为什么当大时代来临时，他们并不甘寂寞，并不懈怠，会有如此坚毅、激情四射、义无反顾的惊人之举，能够自觉走在时代的前列？这正是因为作家思想文化的精神人格，从中也能看到五四新文化新文学中现代中国革命文学的孕育之可能和必然。

三

当然，完整地还原1920年代文学文化的历史情境，像《新青年》、文学研究会中的作家群体，体现了现代知识分子强烈社会使命意识和启蒙革命的文化建构。他们也并不涵盖现代作家群体生成和其丰富文化谱系的全部内容。比如侧重追求文学审美、趣味和重视思想文化传承的1921年的创造社、1922年的

---

① 王统照：《追怀济之》，载《王统照全集》第6卷，中国工人出版社2009年版，第124页。

② 郑振铎：《悼王统照先生》，载《郑振铎文集》第3卷，人民文学出版社1983年版，第305—306页。

湖畔诗社、1923年的新月社等现代作家群体的生成，与《新青年》追求进步思想文化、文学研究会侧重社会历史使命的作家群体形成了互补关系，也将文学与革命的关联、革命文学的生成发展呈现于一个更为广阔的文化文学氛围之中。现代作家群体聚合并不主要是思想碰撞的理性相投、同声共气，更多是出于爱好趣味的生命情绪，个体非理性精神的诗意表达，相聚是一种默契一种随缘。为此，将五四新文化的鲜明思想话语、民主科学、思想启蒙、传统现代等内核，纳入作家生命情绪和诗意表达的精神原点、知识谱系中再探究细节纹理，现代作家群体更为鲜明地透出生命活力和内在本质光彩，现代中国革命文学的生成也被赋予了立体感。

　　回到1918年创造社群体的"受精卵期"。郭沫若说，因为觉得当时中国"缺乏的是一种浅近的科学杂志和纯粹的文学杂志"，所以"我早就在这样想，我们找几个人来出一种纯粹的文学杂志，采取同人杂志的形式，专门收集文学上的作品"。1918年夏在日本福冈，郭沫若在海边偶遇同学张资平，开始了一番谈话，还想到会作诗和小说、有文学爱好的同学郁达夫和成仿吾，"可以作为文学上的同人"。[①]这四人便是创造社的四大元老，这便是最初发起创造社的由来。创造社就是这样一个在很小的留日学生圈中，凭着共同愿望、纯粹的"文学趣味"而聚合起来的文学小圈子。他们谈不上有多么远大的政治抱负。1922年湖畔诗社的成立及命名也多有偶然性。诗社中的汪静之、潘漠华、冯雪峰三人同为浙江第一师范学校学生，志趣相同，爱好诗歌。一日上海的应修人来杭州，三人陪同游西湖，泛舟湖间，谈文论诗，又有意将四人诗歌合集出版，商定《湖畔》为诗集名。有趣的是最初很大程度是因西湖小舟限乘四人，后这四人便成为湖畔诗社最早的发起人了。1923年开始酝酿的新月社最初是徐志摩、胡适、陈西滢、凌叔华、林徽因、丁西林等一批留学英美的知识精英，社员身份复杂，并不单是文人，但均为上流人士，他们不定期举行聚餐会

[①] 郭沫若：《学生时代》，人民文学出版社1979年版，第38—39页。

式的"沙龙"社交活动。正式挂牌命名从新月社到新月俱乐部,在文艺方面逐渐形成新月诗派和新月派,时间跨度相当长,中间诸多因素并不十分确定,人员流动性也很大。新月社起始是知识文化人松散的社交圈子,逐渐由文人雅兴的结社转向新文艺新文学的人性观和现代诗歌理性道德坚守的一个独立文学流派。徐志摩是这样表述其成因的:"几个爱做梦的人,一点子创作的能力,一点子不服输的傻气,合在一起,什么朝代推不翻,什么事业做不成?"①显然,这些现代作家群体的社团流派之形成,与文学研究会类型的作家群体聚合有很大的不同。他们喜欢文学写作,志趣相投,有意要办一个杂志或合集出版作品,这使得他们走到一起来了。在他们身上国家叙事、宏大理想和政治抱负实际并不主要,而他们对自我个体志趣的尊重和随性投缘上都比较看重。那么,这一批作家群体的生成路向,不仅仅给我们呈现了与文学研究会作家群体不同的存在方式,不同的文学观念,而且更使得我们从另一个角度反观《新青年》代表的五四新文化的内核和其影响。

如果说文学研究会作家群体文化思想资源,可以寻觅到五四新文化"科学与民主"、民族国家意识、反传统的理性批判精神之启蒙运动的面影,那么这也只是五四新文化思想复杂性、多元性的一个侧面。五四文化作为一个意蕴丰富而思想多元的历史概念,它的个体和群体都需要更为细致而准确的把脉。沿着《青年杂志》创刊号中的《敬告青年》开篇思路——"青年如初春,如朝日,如百卉之萌动,如利刃之新发于硎,人生最可宝贵之时期也。青年之于社会,犹新鲜活泼细胞之在人身",《新青年》最重要的思想启蒙,是寄语青年第一要义"以完其自主自由之人格","绝不认他人之越俎,亦不应主我而奴他人"。②自此,开启了自由独立的个人主义新文化的序幕。但是,对这一"自主自由之人格"的启蒙内容的认知,一开始在"新青年"文化群体

---

① 徐志摩:《欧游漫录——第一函　给新月》,《晨报副镌》1925年4月2日。
② 陈独秀:《敬告青年》,《青年杂志》第1卷第1期。

中并不一致。陈独秀、高一涵、李大钊等不仅将独立人格的倡导提升为"人权",而且把人权推进到与政治经济,乃至国家有着密切关系。"国家为达小己之蕲向而设,乃人类创造物质一种。""先有小己后有国家,非先有国家后有小己,为利小己而创造国家,则有之亦;为利国家而创造小己,未之闻也。"①而易白沙、胡适、周作人等在个人独立自由的理解上,或完全与社会国家关系对立,或有所调和。易白沙明确直言:"以先后论,我为先,世界次之,国家为后。""救国必先有我。"②胡适则是以易卜生戏剧的评述传达此意。他说:"社会最爱专制,往往用强力摧折个人的个性(individuality)压制个人自由独立的精神。""自治的社会,共和的国家,只是要个人有自由选择之权,还要个人对于自己所行所为都负责任。"③当然,我们并不是说现代作家群体生成的文化思想的脉络分支,完全如同上述,即文学研究会作家群体思想与陈独秀等个人的国家思想观念相同,或创造社等作家群体的文学观就来源于易白沙、胡适等人的文化思想。问题是新青年文化思想的内核,在表面的相对立中,实际也包含着交叉和多元。同样可反观之。这一充满张力的现象本质就在于,五四文化或曰新青年文化思想的核心,无论是对国家民族思想的弘扬,还是对反专制自由精神的提倡,在独立人格的建立和呼唤充满朝气的个性解放方面,都是共同一致的。现代作家群体的成长理论源于对这一文化内核的吸收和发散。当文学研究会等现代作家群体集中关注民族、国家、人权、新民、新青年、"我们"等整体宏大的时代形象,建构了"新人"成长与新文学诞生的互动机制之时,创造社、新月社、湖畔诗社等现代作家群体完全是以一己的志趣相投和共同的纯粹文学爱好,并因个体性灵与文学本质的契合,不仅完成了对一个有血有肉的鲜活"新人"的重塑,而且拓展了新文学更为丰富的内涵和表现。社团成员周毓英回忆:"创造社不能说是一个庸俗的团体,但也

---

① 高一涵:《共和国家与青年之自觉》,《青年杂志》第1卷第2期。
② 易白沙:《我》,《青年杂志》第1卷第5期。
③ 胡适:《"易卜生主义"》,《新青年》第4卷第6期。

不是什么一群英雄的组织，可是那种自然机缘的凑合，其精神力量的活动，不单使中国的文艺文化发生巨大影响，就是对政治也有相当的影响。"①新月社也是自然社交圈聚合的产物，其领袖人物徐志摩在致胡适信中说："你在社会上是负定了一种使命的，……但我自己却另是一回事，……我唯一的希望是……在文学上做一点工作，……始终一个读书人。"②后《新月》创刊时更明确表示："我们这几个朋友，没有什么组织除了这月刊本身，没有什么结合除了在文艺和学术上的努力，没有什么一致除了几个共同理想。"③冯雪峰作为湖畔诗社的核心人物之一，更明确地声明，湖畔诗社"实际上是不能算作一个有组织的文学团体的，只可以说是当时几个爱好文学的青年的一种友爱结合"④。五四新文化的人权民主思想传统，在新青年身上的呈现，最为首要的是"独立""自由"，其次才是"平等""民政"。文学研究会等现代作家群体生成之文脉，多吸收了理性批判的思维方式和激扬文字的气势，受其"说理新颖""宏旨精论"⑤之鼓动，平等意识和民政社会忧患成为一大批热忱青年的思想主导和结社交友的精神动力源泉。而创造社、新月社等现代作家群体的形成之纹理，较为清晰的是，崇尚个人的自主自由独立，尊重感性想象和理想世界的纯粹文学，强调情趣相投、相互仰慕、随性随缘、趋同并不排斥松散的聚合，也就有了"异军突起"的文学社群，一大批"率真"的才子、"和谐"的绅士与"清晰""自然"的文艺青年，他们构成了色彩斑斓的作家群体生态的另一景观。五四文化传统，新青年的文化精神，在他们身上更是一种自由文人气质的扩散，一种本真、纯情生命形态的渲染。创造社的四元老——学医的

---

① 周毓英：《记后期创造社》，载饶鸿竞等编：《创造社资料》，知识产权出版社2010年版，第665—666页。

② 徐志摩：《致胡适》，载虞坤林编：《志摩的信》，学林出版社2004年版，第277—278页。

③ 《"新月"的态度》，《新月》第1卷第1期。

④ 应修人、潘漠华：《应修人潘漠华选集》，人民文学出版社1957年版，序言第1页。

⑤ 王统照致《新青年》杂志记者信，《新青年》第2卷第4期。

郭沫若、学经济的郁达夫、学枪炮机械的成仿吾、学地质的张资平——虽然因兴趣趋同都转向了文学，但是写作侧重也各不尽相同：郭沫若写诗歌，郁达夫、张资平写小说，成仿吾以写评论为主又近乎杂家。湖畔诗社因四人自费出版的《湖畔》诗集，而后成为被文坛关注的一个小小的现代诗人群体。唯有游湖泛舟、学缘，以及相似相近的诗风可反映他们的共性。而新月社最初只是一个文化身份和求学背景相近的文人社交圈，文学兴趣也仅仅是社交的方式之一。他们在对新诗的认知和文学的理解上，有一个逐渐一致的过程。这里值得我们注意的是，当个性、自我独立、自由等五四文化传统精神成为创造社等现代作家群体本源生命之常态时，他们对五四新青年文化的态度更多表现为既惊喜、新鲜又不满、超越，而不是文学研究会等作家群体对其启蒙思想精神的较多认同和发挥。这恰恰是他们信奉自由自主之个性、独立自我的生命本真使然。在《创造十年》中，郭沫若明确表述对《新青年》的不满意："浅薄的杂志"，"都是一些启蒙的普通文章"。所以他想创办一个"纯粹的科学""纯粹的文艺"的杂志。同时，他在创作《女神》新诗时，又被五四时代而鼓动，"'五四'以后的中国，在我的心目中就像一位很葱俊的有进取气象的姑娘，她简直就和我的爱人一样"①。还有汪静之在谈到如何写那本当时石破天惊的《蕙的风》诗集时，他说："被封建道德礼教压迫了几千年的青年的心，被'五四'运动唤醒了，我就象被捆绑的人初解放出来一样，毫无拘束地，自由放肆地唱起来了。"②显然，现代作家群体的生态和文学创造的动因，一开始就非常清楚地表现出对理性批判和个性张扬的五四新青年文化精神两极互补的接纳与吸收、再造与超越。

---

① 郭沫若：《学生时代》，人民文学出版社1979年版，第38、64页。
② 汪静之：《蕙的风》，人民文学出版社1957年版，自序第3页。

四

对1920年代现代作家群体生成的整体考量,都可见他们与五四新青年文化精神的千丝万缕的联系,尤其是在作为主流文化取向上存在一致性。且不说新文化肇始者与新青年相为一体,就是五四运动、文学革命也均与现代作家共生。五四新文化新文学互为表里而相辅相成。由此,将现代作家群体的生成发展与五四文化基本倾向相联系的同时,不能不注意那些并不明确打着建立"文学中心"或"纯文学"旗帜的现代作家群体。他们普遍以一种非主流的文化姿态,构筑着文化丰厚的五四大厦,同时也在反观新文化新文学的进程,在他们身上现代作家群体的生成呈现了另一种景观。比如,1916年前后杜亚泉任主编的《东方杂志》、1922年梅光迪等创办的《学衡》杂志,以及1925年章士钊主持复刊的《甲寅》杂志等,围绕这些杂志产生了一批相当庞杂而丰富的现代作家(作者)群体。他们在五四新青年文化酝酿和建设时期,面对近现代中国文化的转型和中西文化的碰撞,更多表现出传统文化精神的守成和改良,寻求新旧文学循序渐进的演进发展之路。他们普遍强调放眼世界文学,重视文学的连续性;认为文学成于模仿,文学发展不过是脱旧出新的演化,而不是进化。胡先骕说:"欲创造新文学,必浸淫于古籍,尽得其精华,而遗其糟粕,乃能应时势之所趋,而创造一时之新文学,如斯始可望其成功。"[①]并且将此文化思想渗透于文白语言之争、新旧诗体解放,以及戏剧观念、剧种变革等方面,也衍生了一批规模不小的同道的现代作家群体,过去多将他们列入新文学主流作家群体之外的另册派别。还有一个围绕着1924年创刊的《现代评论》的与新月社相近的"现代评论派"作家群体。虽然他们整体思想更多倾向自由主义文化,以抨击时政、参与社会见长,但是也有文学创作、文艺评论。最重要的是

---

① 胡先骕:《中国文学改良论上》,《东方杂志》第16卷第3期。

围绕杂志的作者队伍所构成的作家群体，其成员包括前述的《新青年》群体中的胡适、高一涵等，新月社中的陈西滢、徐志摩等，创造社中的郁达夫等人，甚至还有文学研究会的叶圣陶、淦女士等，在人员上不仅有一定的交叉重合，而且在办刊事宜和文艺活动上也有连体关系。《现代评论》某种程度上可说是太平洋社和创造社合伙办的刊物。尤其该群体是《新青年》之后，秉承"民主"与"科学"两面旗帜，更明确以"自由"和"独立"精神为其主旨："本刊内容，包函关于政治，经济，法律，文艺，哲学，科学各种文字。本刊的精神是独立的，不主附和；本刊的态度是研究的，不尚攻讦；本刊的言论趋重实际问题，不尚空谈。"①这一基本态度决定了其群体不仅兼容并包，接纳不同政治倾向、文化立场的人与事，而且多层次地扩大了五四文化中最为重要的人本主义精神传统的流传范围。就作家群体而言，不论是对文学理性批判精神的坚守，还是对纯文学趣味、性灵、理想的倾慕，他们都首先必须具备自由主义的宽容姿态和独立平等开放的民主精神。《现代评论》作家群体吸引了诸多其他文学群体的成员，表面看人与事杂乱纷呈，实际却是群体内的彼此尊重和自由独立风范的巨大彰显。在同一时期，还有1924年出现的"语丝社"现代作家群体，也像松散的"现代评论派"一样较多承载五四自由民主文化精神，为建构一种文学社群的新秩序而不懈努力着。

现代作家群体的生成密切联系着五四新青年文化精神传统，一方面要看到以文学研究会为代表和以创造社为代表的群体的思想文化脉络，即在对立中的交错，在纵横中的相互独立；另一方面更要注意文学团体、作家群体获得本源文化思想的穿透力，具体说五四民主自由独立的文化传统精神，究竟如何地或兼容，或扩大，或积淀提升、推进了文学的内涵和外延。对现代作家群体原生态的生成考察，应该特别关注围绕《东方杂志》《学衡》《甲寅》《现代评论》《努力周刊》等代表性杂志形成的一个个复杂的现代作家（作者）群。他

---

① 《本刊启事》，《现代评论》第1卷第1期。

们与《新青年》《每周评论》《国民》等报纸杂志，与文学研究会、创造社等主流五四新文化新文学的社团（作者群）作家群体，形成一种现代作家群体生成结构的复调和文化多声部的合奏，建构了在文学史意义上五四新青年文化传统真正完整而丰满的学术生态。这些均是我们今天回眸五四新青年文化传统，重新反思五四新文学发生发展的最为重要的关节点。

现代作家群体的生成与五四新文化传统的内在关联，不论多么细致、多视角地梳理审视他们之间相辅相成的历史联系和文化结构关系，或知识谱系，应该都是不为过的。但是，也需要看到任何历史的演变和事物衍化过程中来自内部的各种关系的变动和冲突，只寻求其自身的内在因素的解构和建构显然是不够的。五四新青年文化虽然有着本体热切呼唤"德先生""赛先生"的强烈诉求和变革的不懈努力，但是不能不承认其与中国近代自鸦片战争以来的戊戌变法、辛亥革命、五四爱国运动等促使国家民族发生根本性改变的历史事件有着密切联系。现代作家群体生成也难回避地域因素、知识背景、公共空间诸种文化内容、语境之作用，这不与五四新青年文化之复杂生成具有同源和同构性，它们共同创造了五四文化。

五四新青年文化的生成本源形态，一是"一人一刊"，二是整体为一个动态的文化结构。自然，谈人与事，创办和主编《青年杂志》的陈独秀的经历是最为典型的案例。1879年出生的安徽人陈独秀，1901年东渡日本留学，这期间东京中国学生办的《译书汇编》《国民报》和梁启超在横滨办的《清议报》等宣传近代西方民主思想、社会政治学说的刊物，打开了年轻的陈独秀求知新思想的大门。1902年他回国归乡萌动了办刊物传播新知识的念头，1903年来到上海试办《国民日日报》，该报虽然生命短暂，不足一载，但是使他初步体味了同人同乡共谋处事的辛酸苦辣，该年底即返故里安庆。翌年3月，他又在芜湖创办《安徽俗话报》，这期间积累了一些编辑办刊的经验。一直到1913年，陈独秀在安徽参与讨袁运动，但"二次革命"失败，为躲避通缉，再次流亡上海。1914年又到日本协助章士钊创办《甲寅》月刊，并且与在日本的李大钊、高一涵、易白沙、张东荪等人结交，往来甚密。再后来，就有了1915年陈独秀在上海独立主编的《青年杂志》。

陈独秀一路走来，确立的《青年杂志》的办刊方向和思想宗旨，明显饱含着他三十六年艰辛奋进的人生百味，更是体现着他由青年迈向中年时深思熟虑的精神思想之追求。他的身上突出了集文学、文化、思想、革命（政治）为一体的现代知识分子的气质和特征。创刊号上的《社告》言："凡学术事情足以发扬青年志趣者，竭力阐述，冀青年诸君于研习科学之余，得精神上之援助。"①该刊不仅选择了以青年读者为中心，而且以宣传自由精神为刊物基本思想。其主旨在于引导当下青年"修身治国之道"和"放眼以观世界"。"我青年对于国家之自觉。至对于社会对于一身之自觉。……青年自觉之先。首当陈述共和国家为何物。"②"此近世三大文明，皆法兰西人之赐。世界而无法兰西，今日之黑暗不识仍居何等？"③读者毕云程对《青年杂志》如此评价："足为我青年界之良师益友"，"诚我青年界之明星也"。陈独秀高举五四"新青年"文化革命大旗，不无这些方面重要的文化因素对其思想的形成之影响：一是地域的移动。不断地行走于中国与日本之间，使他较早突破乡村一隅的封闭人生形式，具有开阔的世界视野，形成动与变的生存常态。二是留学经历与现代教育背景。留学经历使他结交了一批志同道合的学人，现代教育使他很早接受了异域的新知识新思想新文化，这奠定了其政治思想的基础。三是涉足现代媒介。其强烈的办刊意识，使他充分利用现代公共空间的报刊，表达政治思想，传播新知识，营造和引领新文化。四是青年文化中心意识。凸显青年身上不衰老无暮气的青春气息，充满积极向上、勇于开拓、乐于吸收新知识的思想品格，从而确立了五四新文化中最为活跃的主力军。

陈独秀既是五四新文化的先驱者、现代知识分子的杰出代表，又是五四

---

① 《社告》，《青年杂志》第1卷第1期。
② 高一涵：《共和国家与青年之自觉》，《青年杂志》第1卷第1期。
③ 陈独秀：《法兰西人与近世文明》，《青年杂志》第1卷第1期。

新文学的倡导者、现代作家群像的缩影。他思想文化革命的精神取向、行为方式、生存状态、社会关系等等，也是五四文化重要组成部分。无疑，他对现代作家群体生成有着巨大的影响，现代作家对他也有着自觉与不自觉的仿效。形态各异的现代作家群体生成，与五四新青年文化相似相近路径的外部联系，与陈独秀式文化语境、行为方式之扩展，很值得我们认真找寻他们之间某些同源性的文化因素。

总括之，回顾百余年中国文化变革的历史，思考由《新青年》群体首倡思想启蒙的一系列新话语：民主与科学、文言与白话、传统与现代、本土与世界等，更多地在探究新文化倡导者们的思想结构和文化逻辑对于后世的影响，以及中国新文化百年历史演变中的得与失，即：文化批判、激进主义、思想启蒙、文学革命与政治情怀、国家意识、民族精神等何以成为五四新文化运动兴起的激发点，成为中国文化变革和现代中国知识分子精神的思想资源？为什么五四时代能够成为百年来中国思想启蒙与政治革命交替交融的重要文化标杆？严格意义上讲，碰撞、激活出上述五四新文化诸多思想文化话题的一代新青年们，更值得我们珍视和敬佩。陈独秀、胡适、鲁迅、周作人、李大钊、蔡元培、傅斯年、高一涵、钱玄同、刘半农等一大批围绕《新青年》杂志的创作者，构筑了五四新文化运动的中坚力量。他们以自己的生命承载了一个时代的重大转型，以自己独立之思考、自由之思想创造了一个崭新的文化世界。无可置疑，五四的生命是《新青年》群体的一代人造就的。那么，这一时代的天之骄子究竟如何产生的呢？对作家群体与五四新文化、现代中国革命文学发生的内在关联之探究，笔者认为五四的核心是一个"新人"的诞生。鲁迅率先呐喊："人之子醒了；他知道了人类间应该有爱情。"[①]郁达夫也说："五四运动的最大的成功，第一要算'个人'的发见。从前的人，是为君而存在，为

---

① 鲁迅：《鲁迅全集》第1卷，人民文学出版社1981年版，第322页。

道而存在，为父母而存在的，现在的人才晓得为自我而存在了。"[1]郭沫若真诚吐露："我是个偶像崇拜者哟！我崇拜太阳，崇拜山岳，崇拜海洋；……我又是个偶像破坏者哟！"[2]以彻底决绝的态度反对封建"三纲五常"，实现个体人的独立自由和精神解放的现代伦理观，确立了五四"新人"成长的根基。

"新人"的出现标志着现代中国一代新型知识分子的诞生，他们也是中国现代作家群体生成的最重要生命体。这个生命体的孕育滋长不能不注意五四新文化自身内在丰富而复杂的多资源的思想构成，这是我们今天重新眺望和思索中国现代作家群体的本真形态的重要途径。对现代作家群体的体认，过去已有太多标签化、程式化、凝固化的文学史定位，伴随对五四新文化的再认知，结合百年来文化发展的进程，应该对其有一个新视野的新解读，以还现代作家群体鲜活的生命和多姿多彩的思想之原貌。深入考察现代作家群体生成的内在动因，需要我们走进五四"新青年"文化传统赖以生存的文化语境和社会关系，及文化结构等多方面的变动世界；真切地体验理解现代作家群体在追寻五四"新人"的独立、自由空气的呼吸、理性批判精神的思考，以及感怀国家民族的忧患之同时，他们也经历着社会转型的大时代巨变，比如文化传播载体方式的迅速更换，知识结构的调整和教育途径的改变，地域概念的扩大和人员的移动，等等，作家群体自觉或不自觉地受到影响。这些虽然多为非群体形成的外部文化因素，但是对厘清其内在诸种文化因素的相互作用关系，真正还原其群体完整生成的样貌，至关重要。现代作家群体是五四文化传统的一个重要的独立分支，更是包含于这一大文化关系中的重要有机体。

---

[1] 郁达夫编选：《中国新文学大系·散文二集》（影印本），上海文艺出版社2003年版，导言第5页。

[2] 郭沫若：《女神》，人民文学出版社1958年版，第92页。

第二章　1930年代作家组织形态与现代中国革命文学的话语构形
——以中国左翼作家联盟为例

中国现代文学作家群体由五四同人文学倾向相近和意趣相投的结社聚合真正开始转向规范化的统一集体组织，是1930年代初中国文学中最先打出鲜明政治旗帜的团体的中国左翼作家联盟（以下简称"左联"）。它第一次通过文学集团的方式书写阶级政党的思想观念，同时，将文学自我精神的个体心灵探求，引向自为自觉的群体信仰追求。"左联"使得现代文学社团和文学流派有了真正意义的分野，使得中国现代文学社团翻开了新一页。因此，本章重新寻找现代中国革命文学与作为文学组织形态的"左联"的生成和演变的历史轨迹，尤其在文学与革命交织形态下，对该社群形成的独特信仰系统内在缘由、知识结构、组织机制等方面进行辨析，超越以往社会政治视野的评判；或者站在纯文学立场上另眼旁观，切实还原"左联"文学组织的真实身份和文学史的意义，及其在现代中国革命文学发生发展的过程中独特的思想文化贡献。

客观说，"左联"的文学史是现代中国文学活动和文艺运动，以及社会政治革命三者胶合的产物。它在一个较为广阔的文化历史情境中，表现出现代文学群体内在活动和外在社会实践相统一的历史过程。在对历史重新认识的基点上，最重要的是找寻切合历史自身形态的理论方法；就此我们从马克思主义的革命学说中获得了解读历史的启迪和还原历史的通道。革命并非简单的政治代名词，它与文学是同构的主体世界对某种思想体系的认同活动。革命意识存在于我们的生活本身，参与我们机体的活动和实践行为。用阿尔都塞的话说，即"人类通过并依赖意识形态,在意识形态中体验自己的行动"①。将"左联"这样一个独特的文学组织纳入意识形态的现代中国革命文学视野中考察,更多还是强调现代政治的一体化理念,即既注意到意识形态的主体世界的日常性和体验性,又重视政治革命的社会控制功能。"意识形态并不仅仅向人们提供用于指导世界观的信仰体系,它还在各种社会行为者创造其赖以生存的真实世界的过程中起着根本性的作用。此外,意识形态还能掩盖或转化存在于行为者体验的社会现实和不同的社会群体互相竞争的既得利益之间的矛盾,由此而形成社会现实中的集体意识。……意识形态通常被认为是构建和重建社会现实的一种方式,而个人意识和这一过程有着密不可分的联系。"②1930年代中国"左联"文学社团呈现的革命政治信仰和特征,某种程度上是"集体意识"整合的革命文化观念,是一种政治革命信仰体系依附文学精神主体幻象的特殊形态。我们必须从这样的基点上找寻其生存的路向,特别是通过对社会政治革命与文学胶合的精神话语系统的构成分析,来贴近和认识"左联"这样一个繁杂的文学组织,在社会政治革命的影响下,作家怎样完成由自然的文化认同到自觉自为追求革命之转变的真实本体世界。

1930年3月2日在上海成立的中国左翼作家联盟,目前能够见到最早的文字史料是同年3月10日《拓荒者》第1卷第3期《国内外文坛消息》栏刊登的有关"左联"成立的报道。后来不同版本文学史引用此报道时有争议或出入之处:一是有关"左联"成立大会到会人数问题,是五十余人还是四十余人?③二是"左联"成立的缘由,是太阳社、创造社等文学团体"自动解散"

---

① 阿尔都塞:《保卫马克思》,顾良译,商务印书馆1984年版,第203页。
② 丹尼斯·K.姆贝:《组织中的传播和权力:话语、意识形态和统治》,陈德民等译,中国社会科学出版社2000年版,第80—81页。
③ 丁景唐:《关于参加中国左翼作家联盟成立大会的盟员名单》,载《中国现代文艺资料丛刊》第5辑,上海文艺出版社1980年版,第40—51页。

以后酝酿而成，还是在新的革命斗争形势下因"党的指示"而成立？[①]今天，笔者认为，关于这个问题的分歧，重要的不是做出怎样的结论，而是要探究为什么会有这样的不同说法，尤其是了解"左联"酝酿成立的过程、梳理清楚产生的原因，这对于认识这样一个"联盟"组织性质的文学社团十分必要。"左联"作为文学社团的组织意识究竟是在怎样的程度上体现出文学与政治的联盟和组织行为呢？仔细推敲最初报道的文字和"左联"成立前后一系列组织变动的诸多因素，可以发现文学史的"左联"组织与现代中国革命文学发展的关联，尚有许多空间有待研究发现。

当年"左联"成立，新闻报道有这样一段文字："自从创造社被封，太阳社，我们社，引擎社等文学团体自动解散以后，酝酿了很久的左翼作家联盟的组织，因为时机的成熟，已于三月二日正式的成立了。"[②]这里至少传达着这样几个"左联"成立因由的信息：创造社、太阳社等团体与"左联"有着一定的连体关系；促成"左联"成立的直接因素是一些团体"被封"和"自动解散"；"左联"成立有一个"酝酿了很久"的过程。同样，文字的背后也有另一种需要解读的内容：创造社为什么被封杀？其他团体自动解散的前提是什么？这里"时机的成熟"指的是什么？已有的文学史在1927年至1930年间中国社会政治急变、阶级紧张的对峙中找到了外部因素的答案，在1928年前后的"革命文学"的倡导和论争中寻觅到文学内在演变的踪迹。因而有了"党的指示"、"斗争的需要"、从文学革命到革命文学发展的必然等文学史叙述，这也不无道理。但是，一个文学社团的生成、一个文学史现象的出现被完全等同于政治党派团体的发生，也就相应地弱化了文学社群的丰富性和复杂性，忽视了文学社团的特殊性的价值所在。"左联"的诞生和存在必须从文学群体和政

---

① 王瑶：《中国新文学史稿》，上海文艺出版社1982年版，第180—192页；唐弢主编：《中国现代文学史》第2册，人民文学出版社1979年版，第2页；钱理群、温儒敏、吴福辉：《中国现代文学三十年》，北京大学出版社1998年版，第195页。

② 《中国左翼作家联盟的成立》，《拓荒者》第1卷第3期。

治党派的双重关系中,细致地厘清其团体组织内部的精神取向,探究"左联"的作家们是如何将文学组织政治革命主控性和作家主体性结合的。

将"左联"确认为"党领导下"的团体组织,其中重要依据之一是:"左联"这一团体的七名常务委员中夏衍、冯乃超、钱杏邨、洪灵菲四人均在1927年前后加入中国共产党,田汉1932年入党,非党员只有鲁迅、郑伯奇两人。可是,客观上"左联"又无疑是作为文学社团存在的,其前身的创造社、太阳社、我们社,以及以鲁迅为代表的五四作家群体等,一直是引领着新文学从文学革命到革命文学的主体力量。他们始终坚守着五四思想启蒙和社会解放并进的文学传统。在经历了1927年中国政治形势的突变和一段"什么是革命文学"的论争后,他们共同面临着政治和文学双重的两难选择。"左联"的诞生和运作既是这种选择的必然产物,又是两难中反复拉扯的产物。从很少被文学史家作为独立社团研究的太阳社、我们社中,可以发现"左联"成立前一些"必然"或"过程"的缘由。在倡导革命文学中文学史家提到的太阳社,1928年1月《太阳月刊》问世,只出版了七期就停刊,1930年,太阳社宣告解散。我们社生存时间更加短暂,其刊物《我们》月刊从1928年5月至8月间仅仅出版三期就停刊了,其主要成员大都是太阳社和后期创造社的成员。它一诞生便自觉承载重大的历史使命:"一面极力克服自我,创造真正革命的文艺作品;一面予反动派以严格的批判和进攻。"[①]其宗旨十分鲜明地强调文艺的创作实践和对反动势力的批判,这与一味倡导革命文学和批判反对势力的后期创造社、太阳社有所不同。它一方面表现了自己的独立和对倡导革命文学中不良倾向的纠偏,另一方面也感到在当时大背景下必须"自动解散"。"左联"成立之前,各社团群体内部频繁变更,至今文学史的描述是:在要不要革命文学上大家没有分歧,论争始自后期创造社和太阳社关于革命文学"发明权"的争论;后来两两联合在"什么是革命文学"的理解上与鲁迅等五四作家产生了分歧和

---

① 王独清:《祝词》,《我们》总第1期。

论争，甚至发展到后来产生了带有宗派情绪的相互攻讦；最后是因党中央的指示"停止内讧，加强团结"①而休战。后期创造社经历了内部成员的紧张对立关系和政治上的封杀，太阳社成员形成了政治分化，我们社自动解体；受时势压迫而致文学社团成员们群体意识急剧调整，这种调整使得文学与非文学的力量迅速重新组合。鲁迅1926年到广州后致许广平的信中说："其实我也还有一点野心，……与创造社联合起来，造一条战线，更向旧社会进攻，我再勉力写些文字。"②冯乃超回忆鲁迅与创造社关系时说："在日本留学生中差不多有这么一条规律：每当祖国在政治上受到一次外来的凌辱时，就有一些爱国学生起来抗争——弃学回国。这次我们弃学回国和辛亥革命前后的回国运动相仿佛，动机是反对国内的反革命。……我们都认识到中国无产阶级已经登上历史舞台，大革命失败后有必要加强马列主义的传播工作，这是我们心目中的共同想法。"③如果检索参与论争过程的历史亲历者鲁迅、郭沫若、茅盾、郑伯奇、王独清等人的文章④，会发现这些亲历者各自说法的个人叙述和记忆，既构成历史的主流话语又不乏历史差异性的细节。同时，各团体之间交叉的复杂关系服从大局"联盟"的形式，也是考量当时内外因素后的最佳选择。政党直接参与文艺的活动，文学自觉服从政治的需要，1930年代的"左联"开了现代文学团体两者成功结合范例的先河。"左联"酝酿的过程是1920年代末中国现代社会生存条件的想象的反映，这一过程规约并支配着每一个作家的思想和行为。这个过程不能够简单说是政治或革命的，而是具有革命整体观的多重文化构成的。阿尔都塞认为，意识形态是"个体与其真实存在条件的想象性关系的一种'表征'"，并且指出"意识形态拥有一种物质的存在。……一种意识形

---

① 林伟民：《中共加强对左翼文学运动的直接领导》，《新文学史料》2004年第1期。
② 鲁迅：《鲁迅全集》第11卷，人民文学出版社1981年版，第191页。
③ 冯乃超：《鲁迅与创造社》，《新文学史料》1978年第1期。
④ 饶鸿竞等编：《创造社资料》，福建人民出版社1985年版。

态永远存在于一种机器及其实践中。这种存在是物质的"。①"左联"生成无疑最集中地体现着整体革命观的意识形态"想象性和物质性"两种文化形态共生共存的关系。

二

"左联"与现代中国革命文学的密切联系，整体体现为其精神信仰的意识"想象性和物质性"共生共存的关系构筑了一个独特的革命文学社群。它给以往同人文学群体赋予了现实生存条件的想象，渗透了更多统一化的物质实践活动，即"左联"从组织形式上让更多中共党员作家加入文学社团，加强政党对文学实践活动的统摄。1927年以后，创造社发生了重大的思想和人员的变化，集中到一点就是文学同人思想倾向的政治左翼化。郭沫若思想的急转，作家自述是发生在1924年翻译日本作家河上肇《社会组织与社会革命》一书之时"希望对于马克思主义能够有一番深入的了解"②，并认为"这书的译出在我一生形成了一个转换时期"③，随后他到北伐革命策源地广州参与了一系列革命实践活动。李初梨等一批年轻的党员作家加盟后期创造社，甚至在创造社内部有了党的小组和支部，这在阳翰笙《中国左翼作家联盟成立经过》④一文中有十分详细的记述。郑伯奇的回忆中也说，创造社转向以后很快引起党的注意，党还派干部组织他们学习。⑤同时，太阳社不仅由"清一色"的党员作家组成，而且在组织上直接隶属于上海闸北区第三街道支部。瞿秋白等党员

---

① 阿尔都塞：《意识形态与意识形态国家机器》，载斯拉沃热·齐泽克等：《图绘意识形态》，方杰译，南京大学出版社2002年版，第161、164页。

② 河上肇：《社会组织与社会革命》，郭沫若译，商务印书馆1951年版，序第1页。

③ 郭沫若：《孤鸿——致成仿吾的一封信》，载《沫若文集》第10卷，人民文学出版社1959年版，第289页。

④ 阳翰笙：《风雨五十年》，人民文学出版社1986年版，第131—139页。

⑤ 郑伯奇：《创造社后期的革命文学活动》，载《中国现代文艺资料丛刊》第2辑，上海文艺出版社1962年版，第13页。

干部也应邀出席其成立会"亲加指导"。并且，在创造社与太阳社之间发生冲突时，也是以组织形式解决的。钱杏邨在晚年的回忆里说："太阳社与创造社（主要是从日本回来的几位）文字上也交过锋，记得第三街道支部还为此将双方召集在一起开过会，解决了一些问题，但彼此思想意识上都有毛病，互不服气，所以，增进团结问题仍然存在。"①而许多亲历者后来谈到他们与鲁迅等革命文学论争的最终停息，也与周恩来、冯雪峰、潘汉年等中共党员的工作有密切关系。②"左联"的运作从调整作家思想入手到逐渐扩大为群体精神信仰的确立，构成了文学与革命结合的意识形态化组织行为。这既反映了现代政治对文学团体渗透的基本情势，又表现了文学社团自觉加入阶级政党意识的"现代性"诉求。"左联"作为文学团体，其特殊性就在于，它在1920年代末1930年代初代表了一个新的阶级力量的崛起，并且面临着与一个强大阶级势力进行抗争的局面。由此，文学承担了从未有过的历史使命和发挥了社会革命的价值功能作用。

"左联"整体革命信仰的组织方式不仅在整个酝酿中开始注意政党的参与，而且其成立以后采取了一系列自己的行为方式，张扬"联盟"式文学社群政治革命的特殊性。

第一，"左联"在文学方面的政治革命观的建构，构成了团体精神思想信仰的主体内容。"左联"成立以后有十分明确的"组织的行动总纲领"，其性质的定位是"革命团体"，其工作目标是进行"文学运动"以求得"新兴阶级的解放"。"左联"成立后的两三年（约在1930—1933年间）里，不断以各种"宣言""通告""行动纲领""文化组织书""执行委员会决议""抗议书""致电信"等，向全中国乃至全世界的各界鲜明地表达自己的使命："中国左翼作家联盟在目前不独是中国无产阶级革命文学的基本队伍，且又负起了

---

① 吴泰昌记述：《阿英忆左联》，《新文学史料》1980年第1期。
② 武在平：《潘汉年与中国左翼作家联盟》，《新文学史料》1991年第4期。

中国无产阶级革命文学总的领导任务。"[1]同时，它也在"联盟"内部加强规范每个盟员、各个分会组织思想的统一，下达明确具体的工作指令，以保证总任务的顺利完成。"左联"始终将文艺的中心放在"动员自己的力量去履行当前反帝国主义的战斗任务，履行推翻地主资产阶级政权而创造无产阶级领导之下的劳动民众政权（苏维埃）的任务"[2]。如此坚定和反复强调文艺团体的战斗性任务，是在五四以后的文学团体中从未有过的，也是在社会革命的急剧变化中文艺文学的一种特殊形态和文学观念的重大调整。在"左联"成立大会上鲁迅的《对于左翼作家联盟的意见》重要演讲，也是从现实斗争的形势中，看到"'左翼'作家是很容易成为'右翼'作家"[3]的现状后，有了对"左联"今后发展几点建设性的思考。其"左联"文学工作的理解，也是针对政治情势下可能发生的个人与团体的转变而强调的。在特殊环境中，对文学观念高度革命政治统一性的处理、阶级性的强调，正是1930年代"左联"革命团体文学现代性的典型表征，也是其必然的选择。

第二，"左联"革命文学团体十分注意对自己政治革命阵地的建设和坚守。面对尖锐的阶级对立和革命的你死我活，"左联"在艰难中积极代表新兴阶级，创办了大量文艺刊物，用以营造一个政治革命信仰存在的公共空间。有鲜明政治立场的"左联"团体，作为文学史之中的特殊案例，它的生成是与其至今仍值得翻阅的那些文艺刊物分不开的。它先后创办了《拓荒者》《萌芽月刊》《十字街头》《世界文化》《前哨》《北斗》《文学月报》等10余种文学期刊。"左联"在短短的几年间出版如此多的团体刊物，而每一种刊物持续时间极短，这在五四以来的现代文学社群中是十分鲜见的。这中间反映出"左联"作为革命团体自觉为一个被压迫阶级代言，一切的宣传和反抗、倡导与斗

---

[1] 《中国无产阶级革命文学的新任务》，《文学导报》第1卷第8期。
[2] 《关于左联目前具体工作的决议》，《秘书处消息》（"左联"秘书处内部刊物）总第1期。
[3] 鲁迅：《对于左翼作家联盟的意见》，载《鲁迅全集》第4卷，人民文学出版社1981年版，第233页。

争、坚持与反对都要求旗帜鲜明,具有现实的功利性特征。"左联"的这些刊物,一是在极端困难的经济条件下筹措,一是在极其险恶的政治环境下秘密出版。"左联五烈士"既是革命的战士也是最有才华的作家。同样,这些刊物展示无产阶级群体力量是一方面,而最重要的是这些刊物借助文学传达无产阶级的声音。所以,这些刊物的名称集中地展现了一个新兴阶级的"萌芽""拓荒者"和"北斗"形象。它们积极引导无产阶级站在斗争的"前哨",或者是战斗的"巴尔底山"(英文"游击队"的音译)。"左联"的刊物基本有两大功能:一、颁布团体内部的各种决议、行动纲领等;二、出版各种专号、特刊等。可见,他们是战斗者的化身或阶级的象征物,旨在不断保持富有影响的感召力,刊物的本身从名称到内容实质也是"左联"阶级信仰的代码符号。

第三,作为被压迫者群体的代表,其对独立的话语权的争取和阶级自身强烈的反抗意识,又构成了政治革命信仰另一种表达方式。在"左联"大量的文件、报道和宣言中,乃至文学创作和评论中,都传递着较为单一的阶级生存抗争的信息,并且思维、语气和句型都是相同的。以"左联"成立后三年间发表的三个《执行委员会通过的决议》为例可见一斑。这三个决议分别是1930年8月的《无产阶级文学运动新的情势及我们的任务》,1931年11月的《中国无产阶级革命文学的新任务》和1932年3月的《关于左联目前具体工作的决议》。从标题中可以看到"左联"始终面对现实的政治斗争,关注"目前"和"新的"形势,从而确定自己的"任务"和"工作"目标。在这三个"决议"中,前两个分别以六节和七节的篇幅条理清晰地表述了"左联"的行动纲领,文件从形势的分析到事态性质的确定,再到工作和任务的布置,其内容十分详细,态度立场坚定而鲜明,表述不容怀疑。中间出现频率较高的"我们无产阶级文学运动""必须抓取""我们号召""一定要加强""斗争""战线""革命""现实""大众"等关键词,集中体现了"左联"政治革命话语形态的核心内容及其信仰的精神取向。通过这些话语概念、形象体系借助于想象性机制,最典型地再现了当时左翼文学运动的历史情景和"左联"与各种阶级力量之间的关系。鲁迅当时谈到对"左联"的理解:"我以为联合战线是以有共同目的为必要条件的","只因为他们的目的相同,所以行动就一致,在我们看来就好像联合战线"。①显然,阶级的共同目的要求"联合战线",正是"左联"政治革命话语的追求和组织实践活动的本质所在。鲁迅的这一认识是符合"左联"实际状况的。

三

纵观"左联"整体的运作和发展过程,如此浓烈的文学与政治的氛围,决定了置于其中的作家和革命家大都发生了多种身份认同的困境和其革命理想与现实生活往往相悖的精神裂变。这里需要提出的问题是,"左联"作为带有政治色彩的文学团体,其文学的政治革命信仰系统究竟如何与一般政治团体的相区别?"左联"的文学政治革命话语的特征,及其作家的政治思想、群体的革命意识和创作实践行为,应该从这样的精神裂变中寻觅到更为深层的原因。

"左联"在现代中国革命文学生成发展的历史进程中,呈现了自己明晰的文学政治革命的立体态势和与革命文学彼此交织的演进的轨迹。已有的文学史描述"左联"大体集中在三个层面上:一是"革命文学"的倡导与论争,共产党要求文艺队伍内部的团结,催生了中国左翼作家联盟。二是"左联"诞生后面临着两个阶级的殊死战斗,而坚决捍卫无产阶级文学的利益,构成了联盟的中心工作和主要任务,也是其"生命形式"。三是"左联"亲历者茅盾、夏衍等人认为,"左联"发展过程中有前后两个阶段:以1931年11月执行委员会通过的决议为界,这之后"左联""已基本上摆脱了'左'的桎梏,开始了蓬勃发展"②的成熟期。然而,"左联"研究中其具体的生成过程并不为人们所

---

① 鲁迅:《对于左翼作家联盟的意见》,载《鲁迅全集》第4卷,人民文学出版社1981年版,第237页。

② 茅盾:《我走过的道路》中册,人民文学出版社1984年版,第87页。

关注，而无产阶级文学主流地位历史功绩的评判，或联盟中的个人或集团间的恩怨是非的纠缠论辩成了重要问题。我认为"左联"本质上是文学与政治变奏的政治革命信仰系统，其生成过程从个体精神信仰到群体精神信仰的线索在系统中需要清理，其中内在形态的变化和调整之关系最为重要。"左联"的酝酿期（1928年前后），文坛发生革命文学的论争，其本质是大革命失败后，茅盾、蒋光慈、钱杏邨等一批职业革命家从政治中心转入文学领域；原具有反叛精神和理想情怀的创造社郭沫若、成仿吾等作家大部分向"左"急转；鲁迅、叶圣陶等五四精神引导下的作家正视现实，切身感到文学不可脱离政治而存在。所以"左联"最终成立与其说是党的指令的作用，倒不如讲是三支作家队伍自身自觉与不自觉调整的归宿。调整的过程既是新的文学观念获得作家、革命家认同的过程，又是三支队伍之间相互磨合、寻求文学与政治共识的过程。"左联"的生存发展期（1930年至1935年），正是中国无产阶级独立走进历史舞台的时期。以坚定地书写无产阶级文学为己任的"左联"，自觉加入共产国际大同盟，宣传马克思主义，引导作家进行各种反抗敌对阶级的政治活动，反对法西斯主义文艺和其他文艺思潮及倾向，倡导文艺大众化等，建立了文学领域的第二条政治战线。"左联"的解体期（1936年前后），文学与政治的相互作用中，民族矛盾的急剧上升，使得阶级党派团体之间的交流受到主客观环境的阻隔，内部矛盾突出（如"两个口号"论争），文学分歧加大。最终是"抗日统一战线"的强烈呼声，结束了"左联"特殊团体的历史使命。从这个发展过程看，"左联"受动于社会政治阶级利益驱使的政治革命信仰内容和一系列革命与文学的积极实践，造就了它不可磨灭的现代历史的功绩。可是，文学史的认知，或者说社会革命二元对立的观照，也只是一个方面。文学意识形态的文化视角未必能表现清晰的社会学形态，未必有逻辑上的连贯性和一致性。它有着与宗教一样的情感和信仰的一致性，具有一定的知识体系。"左联"三个阶段的生成发展过程，是一个特定的现代中国社会揭示出的特殊群体的精神现象：无论是五四文学走出来的作家，还是代表新兴阶级的职业革命家，都陷入文学与政治的两难困境。于是，困境中生成的"左联"不仅仅是急迫革命形势的必然选择，而且是两难中作家的精神选择。鲁迅深知文学家的历史责任和社会革命的重要性，同时他也看到"文艺与政治的歧途"，看到彼此在历史目的上的一致性和在现实中表现的背反性之矛盾。因此，在"左联"中鲁迅以坚守"战线应该扩大"的主张和知识分子独立人格的姿态，来摆脱两难困境、精神矛盾的纠缠。在大革命失败后，具有双重身份的茅盾，就以文学的方式倾诉革命的幻灭和精神的动摇。茅盾加入"左联"以后，"各种活动，很少参加"，"采取了'自由主义'的办法"。茅盾的游弋和暧昧姿态，自述是不满意"左联"前期极左的一些革命做法。[1]而郁达夫和蒋光慈最初都是"左联"的发起人，但是，不久"感到自己不适宜当时盟员的斗争生活"的郁达夫"自动退出左联"，蒋光慈则被开除党籍。[2]本是同一战线的战友却因周扬等对鲁迅的"不尊重"[3]产生了隔阂，"左联"内部"两个口号"之争，背后就有着个体情绪的成分。这些作家虽然是个体的，但是与团体的思想联系在一起，恰恰构成了"左联"团体与现代中国革命文学整体关联的多面性。如果没有这些个体"坚守""游弋""自动退出"，甚至"不尊重"等丰富生存状态，表现出"左联"自觉与不自觉的多样独立选择和探寻，那么可能"左联"团体与群体革命组织或政治党派也就没有什么区别了。"左联"文学团体的研究应该摆脱现象表层的政治评判，重视现象生成的交叉性关系辨析。

四

"左联"文学组织与现代中国革命的思想话语构成同步共生的关系，最重要的是其突出的文学创作之实绩彰显。"左联"团体丰富的文学创作已记录

---

[1] 茅盾：《我走过的道路》中册，人民文学出版社1984年版，第52—54页。
[2] 姚辛编著：《左联词典》，光明日报出版社1994年版，第158、234页。
[3] 《周扬答〈鲁迅研究资料〉编者问》，《鲁迅研究月刊》1997年第8期。

在文学史上的是，鲁迅的后期杂文，茅盾的长篇小说《子夜》、系列短篇小说《春蚕》等农村三部曲，丁玲的《水》《母亲》《田家冲》等小说，洪深的《五奎桥》等农村三部曲系列话剧，以及殷夫等"红色鼓动诗"和蒲风、杨骚等"中国诗歌会"的现实主义诗歌作品，还造就了张天翼、艾芜、沙汀、萧军、萧红等一大批文学新人。这些作品已经定论的文学史意义，与当时一批有影响的权威左翼文学理论批评家应和着"左联"总的理论纲领和任务精神的评论有密切的关联。他们不仅代表某一部文学作品思想主题的揭示，而且是现代中国革命文学整体政治思想话语之表征。鲁迅说："中国的无产阶级革命文学在今天和明天之交发生，在诬蔑和压迫之中滋长，终于在最黑暗里，用我们的同志的鲜血写了第一篇文章。"①这是针对殷夫等"左联五烈士"被敌人杀害，而鲜明表述左翼文学运动精神和他们作品的价值。瞿秋白最早最明确地概括鲁迅的杂感特点，是最清醒的现实主义，是"韧"的战斗，是反自由主义，是反虚伪的精神。②他又是第一个指出茅盾的《子夜》"是中国第一部写实主义的成功的长篇小说"，其价值是"应用真正的社会科学，在文艺上表现中国的社会关系和阶级关系"。③丁玲的小说《水》在《北斗》上一发表，冯雪峰就立刻肯定，这是一个"新的小说的诞生"，"作者有了新的描写方法"，"在现象的分析上，显示作者对于阶级斗争的正确的坚定的理解"。④胡风是这样积极推荐萧红小说《生死场》的："使人兴奋的是，这本不但写出了愚夫愚妇底悲欢苦恼而且写出了蓝空下的血迹模糊的大地和流在那模糊的血土上的铁一样重的战斗意志的书，却是出自一个青年女性底手笔。"⑤这些具有经典

---

① 鲁迅：《中国无产阶级革命文学和前驱的血》，载《鲁迅全集》第4卷，人民文学出版社1981年版，第282页。

② 瞿秋白编：《鲁迅杂感选集》，青光书局1933年版，序言第22—24页。

③ 瞿秋白：《〈子夜〉和国货年》，《申报·自由谈》1933年4月2日、4月3日。

④ 冯雪峰：《关于新的小说的诞生——评丁玲〈水〉》，载《论文集》上卷，人民文学出版社1981年版，第69页。

⑤ 胡风：《〈生死场〉后记》，载《文学与生活 密云期风习小记》，人民文学出版社2001年版，第141页。

意义的"左联"文学创作的评述,直到今天对于我们理解特殊环境中"左联"文学功绩仍然富有历史的启迪性。但是,也应该看到他们的作品和评述大都是"左联"同一思想体系的延伸,表现出左翼文学总的意识形态精神的认同,甚至不乏过度的阐释。当然这也是那个特定时代新的阶级扩大集体意识所必需的。历史地认知"左联"整体性的文学创作价值,及其文学政治革命信仰系统的内容,还需要超越历史文化语境把握"左联"作家创作思想的全部,以及创作实践活动中作家丰富而复杂的精神世界。鲁迅撰文强调无产阶级革命文学在当下的主流地位,也非常清楚"现在能写什么,就写什么,不必趋时,自然更不必硬造一个突变式的革命英雄,自称'革命文学';但也不可苟安于这一点,没有改革,以致沉没了自己"[①]。他的杂文是战斗的"投枪""匕首",也能够给人精神的愉悦和休息。同时,鲁迅也常有不被自己的同志理解,或自己对"左联"的期待和现实中"左联"行动往往有错位等苦恼。茅盾一方面不满意"左联""象个政党"[②]的一些革命活动,另一方面又两次担任"左联"行政书记职务。其长篇小说《子夜》一方面以阶级对立、科学理性对社会矛盾、人物关系进行分析,另一方面又有着局部细节感性的自然描写和失重的小说结构。这是一部创作主题鲜明的小说,又是充满许多情节矛盾的小说文本。丁玲由《莎菲女士的日记》到"革命加恋爱"的创作,再由《水》《母亲》进入左翼文坛。冯雪峰认为她经历了"从离社会,向'向社会',从个人主义的虚无,向工农大众的革命的路"[③]。她自己却这样表述:"时时刻刻都必须和自己打仗,时时刻刻都得试着忍耐",不愿意"颓丧起来",所以她主编《北斗》月刊,也是出于这种精神抗争的"试验"。[④]每一个置身于这个特殊的大

---

① 鲁迅:《关于小说题材的通信》,载《鲁迅全集》第4卷,人民文学出版社1981年版,第369页。

② 茅盾:《我走过的道路》中册,人民文学出版社1984年版,第56页。

③ 冯雪峰:《关于新的小说的诞生——评丁玲的〈水〉》,载《论文集》上卷,人民文学出版社1981年版,第72页。

④ 丁玲:《编后记》,《北斗》第1卷第1期。

时代和险恶的政治环境中的左翼作家,都有着义无反顾的革命理性和燃烧的政治群体激情,但是他们又是有着丰富内心趣味、体验,充满人生喜怒哀乐,具有个体不同生活遭际的创作者。"左联"的革命文学创作一般以最简单、明了的文字,描摹着"别一世界",传达着"别一种意义";[①]有时又不乏突兀的不协调的情节、结构,匆匆结束的故事。左翼作家创作几部作品之后迅速转换题材、更改文体的现象时有出现。左翼文学创作如同"左联"团体一样,虽然只是一段短暂生命的记录,但是它特殊的表现形式揭示了单一中的复杂和丰富。显然,如果要完整地清理"左联"文学政治革命的思想话语,那么,文学创作所表现的创作者精神世界的复杂性应该得到关注。

五

1930年代共产国际革命运动对文学思潮的影响,在"左联"作家组织与现代中国革命文学同步发展中也是不可忽视的。"左联"和现代中国革命文学对外来革命文学思潮不只是简单的被动接受,左翼作家和现代中国革命文学自身有着一种思想话语的精神联系。完整考察"左联"文学政治革命话语的形态,还必须进入世界革命文化语境中进行互动观照。

中国现代革命文学的深入发展,首先表现为"左联"成立伊始通过组织形式、行动纲领、任务要求,及会议、宣言、纪念活动等,与世界共产国际革命文艺运动相呼应。"左联"很快组织了"国际文化研究会""马克思主义文艺理论研究会""苏联文化参观团"等机构。它"工作方针"的第一条款就强调:"吸收国外新兴文学的经验,及扩大我们的运动,要建立种种研究的组织。"[②]它还通过各种方式明确宣称,中国左翼作家联盟产生的前提是"中国

[①] 鲁迅:《白莽作〈孩儿塔〉序》,载《鲁迅全集》第6卷,人民文学出版社1981年版,第494页。

[②] 《中国左翼作家联盟的成立》,《拓荒者》第1卷第3期。

以至国际革命之复兴"①，中国工人斗争的呼声"和全世界的工人阶级及各被压迫民族的呼喊遥相应和"②。并且在其活动中派代表出席"世界革命文学大会""国际作家联盟大会"，筹建"革命文学国际局中国支部"，加入"革命作家国际联盟"，等等。如此积极而广泛地与世界革命文艺运动及其组织发生密切的联系，在"左联"之前的中国文学团体中是没有的。另外，"左联"成立后所有重大的"决议""报告""宣言"有一个共同的文本格式，即开篇先介绍世界革命运动的形势和国际革命文艺的背景，然后再说中国左翼文艺运动的形势和任务。一是表现出"左联"领导制定总的行动纲领时高瞻远瞩的宏观视野，二是表现了"左联"与世界革命文艺运动的连体性关系。文学是通过特定语言和意识形态发生关系的，但文学本身又通过语言而不断地产生新的意识形态。所以，这些文本（以及"左联"机构和世界其他团体的联姻）自身又是意识形态的产物。"意识形态不是一套教义，而是指人们在阶级社会中完成自己的角色的方式，即把他们束缚在他们的社会职能上并因此阻碍他们真正地理解整个社会的那些价值、观念和形象。……一切艺术都产生于某种关于世界的意识形态观念。"③"左联"文学政治革命信仰系统资源不仅来自世界革命文艺运动的血脉，而且更应该看到联系的过程中其自身也有着资源的再生性。比如，无产阶级革命作家国际协会主席团，在收到"左联"向全世界呼吁谴责国民党大屠杀罪行的信后，对中国左翼作家联盟参与实际的革命运动予以充分肯定："我们很高兴知道你们底组织是站在一个立场上的。……你们的整个的组织，对于革命运动和实际工作是参加一部份的活动的，同时每一个细胞的联盟员也是这样。"④这就是中国左翼文学的特点，生成于残酷的阶级斗争，"和

---

① 冯乃超：《中国无产阶级文学运动及左联产生之历史的意义》，《萌芽月刊》（化名《新地月刊》）第1卷第6期。
② 《中国无产阶级文学运动新的情势及我们的任务》，《文化斗争》第1卷第1期。
③ 伊格尔顿：《马克思主义与文学批评》，文宝译，人民文学出版社1980年版，第20页。
④ 《无产阶级革命作家国际协会主席团来信》，《前哨》第1卷第1期。

革命的劳苦大众是在受一样的压迫,一样的残杀,作一样的战斗,有一样的运命,是革命的劳苦大众的文学"①。

现代中国革命文学的思想文化资源,得益于"左联"文学政治革命思想话语对外来的文学理论思潮的广泛接受。其影响或作用于左翼作家,乃至中国左翼文艺运动存在发展的过程,这也是一个十分复杂的文化精神现象。"左联"生成的过程中,1920年代末后期创造社和太阳社就接受了日本福本主义②的社会政治思潮,受到"纳普"③时期的新写实主义等的影响。1930年代前期又与苏联无产阶级的"拉普"④文艺组织及其文艺主张发生了密切的联系。这是众所周知的文学史实。"左联"酝酿期文学意识形态对"革命文学"的理解主要展现为福本主义和"纳普"思想的直接演绎。文学是宣传,是阶级的武器,"是反映阶级的实践的意欲"⑤,这是其一。其二,无产阶级文学要写的"现实"是:"一种推进社会向前的'现实'",尤其明确地要求作家"在一切方面都坚强起来","把握得普罗列塔利亚的人生观与世界观。他应该懂得普罗列塔利亚的唯物辩证法,他应该应用着这种方法去观察,去取材,去分析,去描写"。⑥1930年代"左联"文学团体的形成,一个世界性无产阶级文学倡导的文化语境,又有尖锐而残酷的本土阶级冲突的现实,尚未来得及对自身文学思想认真清理,在更大范围内寻找适应中国现实的无产阶级文学理论,就已成为"左联"文学理论家的强烈诉求。"左联"受到世界性无产阶级文学

---

① 鲁迅:《中国无产阶级革命文学和前驱的血》,载《鲁迅全集》第4卷,人民文学出版社1981年版,第283页。

② 日共领导人福本和夫的理论主张,强调纯粹的阶级意识,有冒进、宗派主义和分裂主义的倾向。

③ 1928年成立的"全日本无产者艺术联盟"及改组后成立的"全日本无产阶级艺术团体协议会"简称的音译。

④ "俄罗斯无产阶级作家联合会"俄语缩写的音译。

⑤ 李初梨:《怎样地建设革命文学》,《文化批判》总第2期。

⑥ 钱杏邨:《中国新兴文学中的几个具体的问题》,载《阿英全集》第1卷,安徽教育出版社2003年版,第449、454页。

思想的影响，对此的研究重要的是寻觅"左联"文学理论家接受中的多元取向。鲁迅选择了普列汉诺夫和卢那察尔斯基两位马克思主义文艺批评的重要人物，介绍其唯物史观的科学文学理论和俄国革命民主主义的美学传统。瞿秋白对苏联"拉普"的介绍和诠释表现出清醒的反思性立场，批判其庸俗社会学和机械论文艺观，重视文学的现实主义批判性、阶级性、党性、典型性，强调正确把握马克思主义的唯物辩证法的创作方法，"辩证唯物论的方法对于艺术创作的意义，这是艺术家可以深入现象的实质而正确的反映现实的唯一方法"①。1933年周扬对"拉普"唯物辩证法的创作方法做了更为坚决的清算，首次介绍苏联社会主义现实主义的文艺理论，在现实主义创作的真实性、典型性等方面，引导作家重视社会主流的历史趋势，排除"非本质的琐事"②的描写。正是在这一点上，周扬与"左联"另一文艺理论批评家胡风在理解现实主义的典型问题上有分歧。在文学与现实的关系上，胡风将行为主体的人提到了文学反映的中心位置，"创作活动底中心方向是描写人，创造典型，自然和社会环境底描写都是附从在这个中心方向下面的"③。"左联"中后期，周扬和胡风现实主义理论的分歧现象，本质上正是在外来文艺思潮的接受过程中，中国左翼作家消化吸收、积极认知各种思想观念从统一到多元的精神现象。"左联"文学意识形态信仰系统的丰富性复杂性，通过创作方法和文艺理论的借鉴与建构得到揭示。鲁迅、冯雪峰、茅盾、瞿秋白、胡风、周扬等"左联"一批马克思主义文艺理论的介绍者、批评理论家，在现实主义文学创作主导原则下的多元思考和理论阐释，对1930年代中国左翼文坛马克思主义文艺理论的广泛传播，创作实践的多样化，具有显而易见的积极意义。

---

① 瞿秋白：《拉法格和他的文艺批评》，载《瞿秋白文集》第2册，人民文学出版社1953年版，第1122页。

② 周扬：《关于"社会主义的现实主义与革命的浪漫主义"——"唯物辩证法的创作方法"之否定》，《现代》第4卷第1期。

③ 胡风：《为初执笔者的创作谈》，载《胡风评论集》上册，人民文学出版社1984年版，第224页。

综合上述，1930年代现代中国革命文学有序演进，通过"左联"思想革命话语的内部生成轨迹的梳理，即对其文学观念、文学组织机构、文学创作实践，甚至外来革命文学运动影响，外来文艺思潮、文学理论的接受等方面的辨析，可见这一文学团体组织机体的思想话语之纹路。我们也并不刻意梳理该组织团体的完整性谱系，更关注"革命"文化多元的构成在"左联"组织团体中的实际呈现；更关注在现代中国革命文学话语形态中，"左联"作为特殊的文学社群组织，其政治意识的统一性与文学精神现象有机整合所代表的独特思想文化之路向。

第三章　1940年代作家团体重生与现代中国革命文学的战火锤炼
——以抗战文学中的"文协""笔部队"为例

随着1937年7月7日卢沟桥事变的发生，全面抗战开始了。战争使得山河破碎，抗战的硝烟将千万人民带进了饥饿和死亡的灾难中，抗战的烈火也锻炼了人民，使得他们坚强、勇敢，义无反顾地走出了家门，走向了前线。

战争爆发，原先崇尚精神和自我独立的文学工作者是变化最大的。中国近现代新文学发生以来，经历了从文学革命到革命文学的演变发展，作家队伍既有鲁迅、郭沫若、茅盾等著名作家引领文坛前行，又有巴金、老舍、曹禺、丁玲、沈从文等一大批知名作家活跃在创作界。最初他们本着相近的文学趣味与观念聚合成群，从五四时代《新青年》同人办刊，新潮社校园结社，到文学研究会和创造社、新月社（诗派）创立，一大批纯文学社团流派应运而生。1930年以后，中国左翼作家联盟（简称"左联"）革命组织团体诞生，新感觉派、京派等松散流派也开展活动。新文学以起伏纷呈的作家群体呈现了20世纪最初二三十年间的多姿多彩和前行步履。以"左联"文学团体为代表的现代中国革命文学的作家组织，在推进文学的社会化功能，强化阶级、政党意识，积极参与政治革命、文化斗争、思想论争，及广泛地接受和传播国际左翼文学思潮等方面做出了巨大的贡献。进入1930年代，"左联"的"行动总纲领"提出："（一）我们文学运动的目的在求新兴阶级的解放。（二）反对一切对我们的运动的压迫。"[①]面对现代中国社会急剧的阶级矛盾，革命文学整体以阶

---

① 《中国左翼作家联盟的成立》，《拓荒者》第1卷第3期。

级解放、思想运动的姿态前行。虽然现代中国革命文学发展中对无产阶级的代言和文学力之美的强化，不无五四以来新文学的充实和提升；但是，总体观察五四新文学的发展路向和其社会文化价值，尤其真正意义上现代中国革命文学的实际影响力、五四新文学的社会认同度等方面，可以发现，现代中国革命文学是与我们认同和关注的新文学有着一定差距的。

抗战文艺史家田仲济先生，后来谈到抗战之前的文学时明确指出："新文学的读者就只有极少数的有进步思想的中学生，不多的，上海一类的大城市的一些店员和工人。这就是新文学革命二十年了，还未被广大的人民群众所接受的情况。"[①]一直到抗战文学"在中国民族的喋血苦战之中生长，紧紧地伴随着为痛苦而挣扎的民族，'以血泪为文章，为正义而呐喊'，……它为着神圣的祖国，争取前途的光明！它号召着战斗，它报告着到来的希望。像一道光华的长虹，划破了世纪的暗空，像一群勇敢的海燕，冲击着时代的阴霾"[②]。1938年3月中华全国文艺界抗敌协会（简称"文协"）在武汉宣告成立，文艺界有了一个完全不同以往的文学组织，抗战文艺有了自己的一面旗帜，五四以来的新文学才有了根本性的改观，进入了一个深入发展的重要转折期，现代中国革命文学也有了重大历史性的突破。但是，我们的文学史由于种种原因，在现代中国革命文学整体发展的视域中，对"文协"作家的革命文学作品的意义评述，对作家群体的抗战文学的历史考察，往往多限于单一地描述抗战文学思潮，抗战文学服务战争的中心意识，抗战宣传受到政治导向的左右，还多为将抗战文学与过往阶级政党斗争的革命文学相等同的文学史叙述，甚至对一些抗战文艺客观史实的清理和还原也尚未到位。比如，战争爆发以后，迅速集结了一个个活跃在前线的与抗战将士同呼吸共患难的作家战地团体组织，这些当时

---

① 田仲济：《关于抗战文学的思考》，《中国现代文学研究丛刊》1987年第3期。
② 发刊词，《抗战文艺》第1卷第1期。

被称为"笔部队"①"笔游击队"②的作家群体，较少受到中国现代文学史和其研究者关注。本章是历时性地寻找现代中国文学社群演变的线路，更重要的是历史地考察现代中国革命文学进入1940年代的社群谱系，继五四文学、左翼文学之后，抗战文学特殊语境中的新的群体形态。我们需要用心触摸历史的细节，还原丰富而复杂的历史真实。

一

"文协"作为抗战特定历史时期的作家社群，极大地扩大了现代中国革命文学的时空界限。它在文人集团的组织理念、群体结构方式、刊物定位，以及形成一个整体性的文艺运动等诸方面，提供了现代中国文学社群的新经验。显然，将它简单理解为政治话语下的统一战线的文人集团，或者是现代文学史中的一种纯文学社团，都不能全面地评价其历史和文学价值。更重要的是，认清"文协"在中国现代文学史中的特殊地位，不仅是一个文学团体研究应该重视的问题，而且关涉到整个抗战文学研究，乃至有助于重新发掘20世纪现代中国革命文学内外的结构和知识谱系。

"文协"发生发展的全过程，表面是一个团体伴随着抗战风雨聚散兴衰的过程，实际上它对整个抗战文艺运动的引导，创造性地将个体作家团结于抗战文艺的旗帜下，使得现代中国革命文学有了极大的文化包容性和广泛民众参与度之精神特质。我们今天应该珍视、深入探讨它。这些年，我们对抗战文学的研究经历了从过往解放区、国统区、沦陷区三大块政治主流话语的简单评判，到战争题材论、农民主体论、边缘作家论的过程，这基本上都没有摆脱政治与纯文学两极思维的局限。这里有一个被遮蔽的情境，即历史文化中的抗战

---

① 平陵：《组织笔部队》，《抗战文艺》第4卷第1期。
② 《作家战地访问团告别词》，《抗战文艺》第4卷第3、4期合刊。

文学。抗战是一场民族的战争，更是一次民族文化的炼狱和深化，而且是在特殊历史氛围中对民族文化整体改造的过程。"文协"这一民众团体能形成的前提：一是全国的作家们能够团结，共同参加民族解放的伟业；二是作家们响应"文章下乡，文章入伍"的口号。今天，如果我们要追问抗战文学究竟给现代中国革命文学带来了什么样的新内容，那么这两点正是答案所在。五四以来新文学的作家们在抗战的历史使命感召下空前团结，抗战文学具有了历史的神圣性。传统文学的贵族化、"文人相轻"，五四文学的精英化，甚至文学进程中的阶级化等，在这个特殊的大时代氛围中受到了极大的挑战。这使得文学有了新因素，文学有了巨大改观和迅速调整。"文协"面向大众、走向民间、到前线去的自觉倡导，是一个团体的行为，更是一种文学的新期盼。抗战文学与人民关系密切，贴近生活和现实，自觉表现时代的鲜明指导思想，创造了一种有特殊功能的抗战文学，也造就了具有丰富文化资源的抗战文学，比如抗战文学中的报告、速写、活报剧、朗诵诗等新型文艺形式，大量具有地方特色、地方风情、民族语言的作品，老百姓喜闻乐见的创作，以及如此广泛、众多作家参与的"民族形式问题"的大讨论，等等。抗战文学并不仅仅是服务于宣传的，它是在一个特殊年代形成的特殊文学，它不再是审美或深度人性的美学范畴里的文学追求，它是要求呐喊、激情、号召战斗，表现苦难的文学，"属于别一世界"[①]。这个世界里既有文学当下的需要，又有文学史的延续和丰富。可是，这些我们均没有站在历史文化整合的立场上予以深度研究。抗战文学的研究一直徘徊在服务宣传层面的政治尺度，或对游弋于大时代旋涡之外的作家作品进行补白和重评。而恰恰怠慢了对文学历史本身层面的客观性的还原，以及对作家主观理解和体验的丰富性、复杂性的精神内涵的挖掘，未能真正从文学历史现象中发掘出多元文化意蕴，探寻文学多种功能的价值还很不够。抗战文学可否沿着这样的思路深入进去呢？

---

① 鲁迅：《白莽作〈孩儿塔〉序》，载《鲁迅全集》第6卷，人民文学出版社1981年版，第494页。

"文协"组织的中心任务是文艺面向大众,这也是抗战文学的基本思想观念。"文协"通过团结一切可以团结的作家,将作家推向民间、前线,使得文学源于民间、前线,又回到民间、前线。在这样的循环中再造了一个崭新的抗战文学。这中间大众、民间、前线与文学的关系被提到很重要的位置。同时,大众、民间、前线的实体究竟是什么?是农民、士兵吗?文学用什么样的方式方法联系大众、民间、前线?是通俗化、旧形式吗?这些问题,在当时就引起了激烈的讨论,至今仍然是关系到对抗战文学如何认知的重要问题。文坛重量级理论家茅盾说得很清楚:"在这抗战期间,我们的作品大众化,就必须从文字的不欧化以及表现方式的通俗化入手。我们为了抗战的利益,应该把大众能不能接受作为第一义,而把艺术形式之是否'高雅'作为第二义。"①毛泽东的《在延安文艺座谈会上的讲话》里说:"什么是人民大众呢?最广大的人民,占全人口百分之九十以上的人民,是工人、农民、兵士和城市小资产阶级……我们的文艺,应该为着上面说的四种人。"②作家老舍说:"我以为通俗文艺应以能读白话报的人为读众,那大字不识的应另有口头的文艺,……读的是读的,口诵的是口诵的,前者我呼之为通俗文艺,后者我呼之大众文艺,又不知对否。"③抗战文学核心命题"大众化",在三位当事人,或历史亲历者的表述中,其内容和表现形式,甚至标准的界定是有明确身份认同的。而他们的理解分别成为抗战文学的代表评价,中间更多向意识形态化倾斜,往往又成了单一的,甚至是唯一的理解和评价。然而,"大众化"作为文化整合的内涵一直没有得到应有的确认。它包括接受对象的多类型,表现方式的多样性,以及特殊历史的交叉性等多元文化意蕴,已有的研究并没有认真注意它们之间

---

① 茅盾:《文艺大众化问题》,载洛蚀文编:《抗战文艺论集》,文缘出版社1939年版,第152页。

② 毛泽东:《在延安文艺座谈会上的讲话》,载《毛泽东选集》第3卷,人民出版社1991年版,第855—856页。

③ 老舍:《谈通俗文艺》,载洛蚀文编:《抗战文艺论集》,文缘出版社1939年版,第197页。

的整合性交叉性的关系研究。抗战文学中的"大众"是文学史形态的新质,又是抗战时代的现实内容。对类型身份的确定,对形式的认同,赋予了抗战文学特殊的功能,而这种功能的强调恰恰丰富和推进了五四以来的新文学。"文协"是特殊历史时代的民众团体,它在抗战文学中有着不可抹杀的历史意义,正是"面向大众"的共同话语,将它们有机地整合起来。应该在文学文化整合视野里,通过完整认识"大众"达到还原"文协"的目标,这不仅能让抗战文学研究有新的发现,而且能启示以"人民"为中心的当代文学。

1947年出版的《中国抗战文艺史》中谈到"文章下乡,文章入伍"时,最早冠以"口号"[①]之名。"文章下乡,文章入伍"是为了适应抗战的需要提出的两个口号,实践的步骤是文艺的通俗化与大众化,旧形式的利用是实践的具体方式。新中国成立初期,教育部组织编写的第一部中国现代文学史教材——1951年王瑶先生的《中国新文学史稿》——中则说:"(文协——引者注)在成立大会中就有两个号召性的标语:'文章下乡,文章入伍。'"[②]显然,该"口号"并非哪一个人提出的,而是"文协"成立大会上的标语。回到历史的现场,再来寻踪"文协"的相关史料。无论是当时成立大会后,由茅盾、老舍、胡风、王平陵、孔罗荪等97位文艺界人士联合签名发表的《中华全国文艺界抗敌协会发起趣旨》,还是1938年5月4日"文协"会刊《抗战文艺》第1卷第1期的发刊词中,都并没见到其中有明确的关于该口号提出的文字。一直到《抗战文艺》从三日刊改为周刊的第1卷第5期上,刊登了姚雪垠的《通俗文艺短论》,文章谈到战时倡导通俗文学的要求时指出,通俗文学要使用大众所了解的"活的语言",否则,"我们的新通俗文学仍旧不能达到真正的通俗地步,不能适当的表现出新的内容,更不能获得我们所要求的艺术效果。纵然勉强使文学'下乡'或'入伍',也是枉费一番心"。自"文协"成立两个月

---

① 蓝海(田仲济):《中国抗战文艺史》,现代出版社1947年版,第65页。
② 王瑶:《中国新文学史稿》,上海文艺出版社1982年版,第363页。

来，这应该是最早见到文字表述与"口号"相一致的内容了。一年以后，1939年3月《抗战文艺》第4卷第1期刊出了"中华全国文艺界抗敌协会周年纪念特刊"。其中有一组作家纪念性的短文，以群的《感想断片》写道："去年，当'全国文协总会'举行成立大会的时候，我们曾在会场中看见两条巨大的标语：'文章下乡'，'文章入伍'，这醒目的标语使人们从心里涌起异常的兴奋，因为这说明了'文协'工作底一个中心目标，也预示着中国文艺运动底一种新的前途。"安娥的文章题目就是《"下乡"与"入伍"》，也提到"去年在文协成立会那天，有两条鲜明标语：'文章下乡''文章入伍'。当日许多人的演讲中，都把这两句话充份的证实了他的正确性"。这应该是王瑶《中国新文学史稿》里"有两个号召性的标语"说法的由来吧。再看最接近历史时段的事件相关回忆和记录，在现存的"文协成立五周年纪念特刊"史料中，老舍的《五年来的文协》回顾，开篇就记述五年前"文协"成立大会的实况："正在开大会的时候，敌机空袭武汉。在轰炸声中，大会继续进行，并未少停。那一天，敌机没能扰散大会。"同一刊里，梅林的《文协五年来工作志略》详细记录了"文协"自1938年2月24日的筹备大会以来的每月工作情况要目，其中也记载了五年前成立大会在敌机轰炸中继续进行"直至下午三时许才完满闭会"。同时，史料中也较为详细地叙述了大会宣言的六项主要内容，主要强调了新文学运动的传统，以血泪为文章，为正义而呐喊，号召战时的文艺家们必须联合起来，以笔为武器，参加抗敌工作。抗战急需将"文学"放大为"文艺"，将传统文人结社集合到文艺界统一战线的大组织中，要求全国的文艺工作者团结到民族抗战的旗帜之下来。"文协"组织虽然表面没有直接对会场上两个标语做出呼应和解释，口号之提法更多应该是后来文学史家的叙述和概括。但无疑，问题的重要之处不在"文协"说了什么，而在它做了什么。

"文协"成立以后，一系列的言行举措，将五四以来的现代中国革命文学全面推向大众。"文协"切切实实地在践行着抗战文艺大众化通俗化，积极引导着作家们走向"文章下乡，文章入伍"的行列。

"文协"最先在其团体组织的宣言中,大张旗鼓地号召作家"文章下乡,文章入伍"。"我们感到文艺抗战工作的重大,散处四方的文艺工作者有集中团结,共同参加民族解放伟业的必要",我们应该"团结起来,像前线将士用他们的枪一样,用我们的笔,来发动民众,捍卫祖国,粉碎寇敌,争取胜利"。①"我们要把整个的文艺运动,作为文艺的大众化的运动,使文艺的影响突破过去的狭窄的智识分子的圈子,深入于广大的抗战大众中去!"②"文协"成立后的两个月里,许多作家撰文积极推进"文章下乡,文章入伍",如以群《扩大文艺的影响》指出:"在目前,我们文艺工作者必须紧急动员,展开文艺大众化的工作,使我们的作品深入到都市,乡村,前线,后方的一切大众当中去。"③穆木天《抗战文艺运动的据点》里说:"一个抗战文艺工作者,是要参加抗战的队伍的,但是,他的队伍,是抗战文艺的队伍。他应当是一个抗战大众的心灵的机师。""作家必须加强他们的社会的关心,积极地参加到抗战的队伍里边。由于生活的实践去加强艺术的实践。"④这里也表达了对"文协"口号观念的进一步诠释和倡导。

"文协"在理论和方法上认真探讨"文章下乡,文章入伍"的具体内容和方式。"文协"的会刊《抗战文艺》第1卷第2期声明了其创刊主旨:"希望能够成为推进抗战文艺运动,建立国防文艺工作的有力的武器,要真正能够达成文艺运动的讨论室,文艺工作记录册的任务。""文协"成立后一项重要工作就是号召作家为前方将士编写通俗读物,到前线送书报慰劳。在战争的艰苦条件下,《抗战文艺》虽然经历三日刊、周刊、半月刊及月刊的剧烈出版变动,但是会刊自始至终积极探讨文艺的大众化通俗化,文艺必须服务于抗战的需要的宗旨没有动摇过。如姚雪垠撰文《论现阶段的文学主题》发表于第1卷

---

① 《中华全国文艺界抗敌协会发起旨趣》,《文艺月刊·战时特刊》第1卷第9期。
② 发刊词,《抗战文艺》第1卷第1期。
③ 以群:《扩大文艺的影响》,《抗战文艺》第1卷第4期。
④ 穆木天:《抗战文艺运动的据点》,《抗战文艺》第1卷第6期。

第2期，接着第3期发表向林冰的长文《通俗读物编刊社的自我批判》和老舍的《通俗文艺散谈》；而改周刊后的第1期（总第1卷第5期）就在成立大会时落实，决定出版100种供给士兵阅读的通俗文艺读物事宜，并且刊发《怎样编制士兵通俗读物》座谈会纪要和姚雪垠的《通俗文艺短论》等文章，积极探究文艺面向大众、前线的途径和方法。文艺"下乡""入伍"不是文学的简单化。伟大时代，作家写不出反映时代的作品，"不仅是文艺运动的损失，也是作家的耻辱"，应当"派新的生力军'下乡''入伍'，同时把散在'乡间''部队'中的文艺游击军组织起来。而布成全国前后方各地的文艺运动网"，作家安娥如是说。[①]胡秋原却讲得更为具体，作家"到民众中间，了解他们的生活，尤其重要的，和他们共同生活，真正'下乡''入伍'，了解他们的语汇，了解他们的感情与思想，只写一句'他妈的'不一定就是大众文学"。[②]正是"文章下乡，文章入伍"的理念，形成了全国抗战文艺初期新的动态和动向。这被文学史家蓝海描述为"由前线主义到地方文艺的兴起"、抗战文艺"突进现实生活的密林"。[③]

"文章下乡，文章入伍"作为现代中国革命文学进入抗战文学以来的文学口号，为广大作家指出了最明确的工作目标。它简洁明了的文字表述极富有标语口号的性质，但是它朴素的词汇改变了现代中国革命文学以往固有的话语模式，迅即获得广大文艺工作者的认同，并且成为抗战文艺的一道亮丽的风景线。最重要的是，它推动了五四以来新文学的发展，战火催生了现代中国革命文学新思想新内容。

其一，五四开创的新文学核心的理论观念，是"人的文学"不断向深度和广度发展的探究。在不同历史阶段有不同的新文学"口号"（思想主张）提出是其主要标志。抗战全面爆发时，在"文协"的"文章下乡，文章入伍"口

---

① 安娥：《"下乡"与"入伍"》，《抗战文艺》第4卷第1期。
② 胡秋原：《论新形式与旧形式》，《抗战文艺》第4卷第1期。
③ 蓝海（田仲济）：《中国抗战文艺史》，现代出版社1947年版，第32、48页。

号之前，不乏一系列文学口号的讨论。如五四文学革命确立的"人的文学"，而衍生出文学研究会"为人生"的文学和创造社"为艺术而艺术"两大作家社群；1920年代末无产阶级文学的崛起，有过激烈的"革命文学"之辩论；1930年代中国左翼文艺运动后期也产生了"国防文学"和"民族革命战争的大众文学"两个口号的争论。每一次文学口号的提出和讨论，无疑都是五四新文学进程中的一次次精神锤炼，推进新文学向着时代现实生活贴近，彰显文学现代精神。可是，论争中过分强调"口号"发明权的团体宗派意识，多少对新文学自身建设有所削弱。"文协"的"文章下乡，文章入伍"具有鲜明的口号形式，而从一开始却淡化口号推出者，重在口号内容的落实和具体实施。这抓住了新文学建设的灵魂，既团结了广大作家又深入了对文学本质的认知。"文协"这一重要的独特贡献很值得后人认真思考。

其二，五四新文学以来，许多人一直在寻求新文学如何面向大众的问题，也是现代中国革命文学谋求不断深入发展的核心问题。"文协"的"文章下乡，文章入伍"的倡导，不仅最有效地解决了抗战动员与文艺普及之关系的实际问题，而且为新文学大众化路径探索提供了宝贵的经验。"文协"的"文章下乡，文章入伍"应抗战的动员之急，要求文艺宣传抗战，服务抗战。正是因此而触及新文学一个重要的神经，即新文学作家思想意识和创作态度的取向问题。到乡间去到前线去，使得作家真正放下架子贴近了生活，融入平民大众之中，在实践的过程中切实地体味到文学普及与提高并非相互割裂，而是可以统一的。这在"文协"一次次组织作家探讨通俗文艺大众化的座谈会中可见一斑。

其三，"文协"的"文章下乡，文章入伍"直接产生了一大批新型文艺的创作成果，极大地丰富了抗战文艺的天地，也拓宽了五四新文学现代中国革命文学的领域，细分出了更多部门。重在创作实践的文艺大众化，经"文协""文章下乡，文章入伍"明确指引，不只是现代作家在战火硝烟中获得重生，而且使得文艺结出了丰硕的新果。作家源于战地需要的创作不仅多样化，而且贴近军民生活,采用大众所喜闻乐见的艺术形式。比如用民歌曲调填上新词并演唱,产生了很好的演出效果。抗战文学中大量的诗歌(鼓动诗、朗诵诗、长篇叙事诗)、报告通讯、速写、戏剧(歌剧、独幕话剧、街头剧)等文学样式特别繁荣,还有鼓词、快板书等民间曲艺也深受欢迎。这些新型文艺创作大都是由深入前线、贴近士兵百姓的作家率先实践和倡导的。他们不仅奠定了抗战文学基本的创作路向,而且最大限度地改写和丰富了五四以来现代中国革命文学的内容和文学取向。

二

我们来谈谈"笔部队"的缘起及抗战文学的素描。五四以来浓墨重彩的抗战文学,无可置疑是民族危亡的大时代激变所致。这一巨大的时局变化,对于五四"人的文学"和1930年代"革命文学"的改写,不只在文学上增加了对战争内容的书写,而且"抗战中的激烈的社会变动改变了(至少也动摇了)每个作者自己的生活,任何一个作者都不能不被卷入抗战的旋涡(或至少是被大大地影响),这也是文艺不能不向着新方向发展的一个重要原因"[1]。于是,全国抗战文艺界中心组织"文协"及时向作家发出了号召:"漫天轰炸,遍地烽烟,焦毁的城市,血染的山河,在日本强盗帝国主义的横暴侵略中,中华民国正燃起了争取生存与解放的神圣炮火。……我们感到文艺抗战工作的重大,散处四方的文艺工作者有集中团结,共同参加民族解放伟业的必要。……我们应该把分散的各个战友的力量,团结起来,像前线将士用他们的枪一样,用我们的笔,来发动民众,捍卫祖国,粉碎寇敌,争取胜利。民族的命运,也将是文艺的命运,使我们的文艺战士能发挥最大的力量。"[2]为此,抗战文学中一

---

[1] 艾思奇:《抗战文艺的动向》,《文艺战线》第1卷第1期。
[2] 《中华全国文艺界抗敌协会发起旨趣》,《文艺月刊·战时特刊》第1卷第9期。

支支"笔部队""笔游击队"作家群体应运而生。

1937年8月初,在延安敌后抗日根据地的中共中央率先酝酿成立了以文艺工作者为主体的"西北战地服务团"(简称"西战团"),其主旨就是要求文化文艺工作者和作家们,"到前方去……接近部队,接近群众,宣传党的政策,扩大党的影响"①。同时也是为了"将随时报告战地的状况,使全国远处后方的民众,都随刻与前线紧紧的联络着,使世界同情中国的人士,得慰他们的关怀"②。8月中旬,中央宣传部正式宣布"西战团"成立,第一阶段由著名女作家丁玲任主任,"左联"作家吴奚如任书记。除负责人丁玲、吴奚如外,团员大都来自抗日军政大学二期学员和延安的文化工作者,如王玉清、余建亭、高敏夫、徐光霄、陈克寒、陈正清、陈明、李劫夫、吴坚、高玉林、朱焰、李唯、张可等,最早的女团员有王桂芳、苏力、李君裁、金明、夏革非、朱慧等,起初共二三十名团员。"西战团"队伍在山西前线的宣传进程中不断壮大。曾经参与这支"笔部队"的作家陈明说,这"是党领导的一个部队建制作文艺宣传工作的组织"③,其完整的名称为"十八集团军西北战地服务团"。第二阶段的"西战团"1938年11月由延安鲁艺文工团副团长周巍峙带队奔赴晋察冀敌后战场,同部下设宣传股、总务股和编导指导委员会、出版委员会。宣传侧重话剧、音乐、美术等文艺形式。

"抗战文艺工作团"(以下简称"工作团")是1938年5月在陕甘宁边区文化界救亡协会与八路军政治部的合力之下,组建的又一支"笔部队",先后分派多个小组,每组3至5人深入战区工作,参与作家有吴伯箫、卞之琳、野蕻、雷加、汪洋、周而复等人。同时,以"工作团"为主干出版了《文艺突击》小型刊物,刘白羽为主编,创刊号上有毛泽东亲笔题写的刊名。工作团还配合地方报纸创办《燎原》等副刊。"工作团"的团长、作家刘白羽说:"我

---

① 陈明:《西北战地服务团第一年纪实》,《新文学史料》1982年第2期。
② 《西北战地服务团成立宣言》,《新中华报》1937年8月19日。
③ 陈明:《西北战地服务团第一年纪实》,《新文学史料》1982年第2期。

们抗战文艺工作团就是为了团结文艺工作者到前线去,到敌人后方去,而组成的。"其主要工作,就是"在所至各地推动文艺组织文艺团体之建立注意到文艺干部的培养和提倡"。①更重要的是进行"文艺界的精神总动员","需要有系统地组织起各种前线的工作团体,适当地分配各地民众中的文艺工作人"。②全面抗战伊始,敌后战场的延安党中央就迅速地组建作家队伍奔赴前线,"西战团"和"工作团"形成了作家群体在战时延安敌后抗日根据地文艺活动最为重要的有生力量。

　　与此同时,抗战的正面战场作家活动更为壮观。1937年8月国共两党的第二次合作形成了共同抗日的情势。由国民政府军事委员会开始组建政治部负责政治工作。政治部负责人由多党组成,部长陈诚(国民党),副部长周恩来(共产党)、黄琪翔(第三党派)。并且由政治部组织1938年4月1日在武汉成立了第三厅,主管宣传工作。由郭沫若任厅长,胡愈之、田汉、冯乃超、徐悲鸿等为下设的处长、科长。第三厅在中共长江局和周恩来亲自领导下,团结各方面的力量。其最成功最有效的重要工作就是进一步推动全国文化文艺界统一战线,为广泛动员全国文艺工作者服务抗战发挥了不可估量的历史作用。"文协"这个组织不像五四新文学开端的同人团体文学研究会、创造社等,也不同于独尊某种文学观念的创作流派新月诗派、新感觉派等,甚至区别于1930年代共产党领导下的"左联"。"文协"最大限度聚合了全国广大文化文艺工作者参与抗战,该团体核心组织工作为总务部,实际当家人是负责总务部的作家老舍。面对抗战现实——"当时的战地最感迫切需要的是两种东西,一种是伤病缺乏医药,另一种是精神缺乏粮食"③——于是响应政治部第三厅战地文化服务的号召,"文协"中老舍、胡风、王平陵、姚蓬子等参加了"全国慰劳

---

① 刘白羽:《抗战中文艺工作的一个实践(半年来的抗战文艺工作团)》,《抗战文艺》第4卷第3、4期合刊。
② 《文艺界的精神总动员——代革新号创刊词》,《文艺突击》新1卷第1期。
③ 郭沫若:《洪波曲》,人民文学出版社1979年版,第100页。

总会"（以下简称"慰劳团"），分南北两路到抗战前线的各战区慰问浴血奋战的将士。1939年7月南北"慰劳团"的"笔部队"集结启程，其中老舍参加北路慰劳，主要工作地在大西北地区；姚蓬子、陆晶清参加南路慰劳，主要工作地在东南地区。他们"先到西安，而后绕过潼关，到洛阳。由洛阳到襄樊老河口，而后出武关再到西安。由西安奔兰州，由兰州到榆林，而后到青海，绥远，宁夏，兴集，一共走了五个多月，两万多里"①。如果说"慰劳团"还主要是劳军，适应战时文化服务的宣传鼓动的需要，那么与此同时"文协"筹建的"作家战地访问团"（以下简称"访问团"），应该是抗战文学中"笔部队"影响最大的团体组织了。

组建"访问团"在1939年4月"文协"第一届年会上就提出，得到文艺家作家的广泛响应。年会推举刚刚回国来重庆、负责"文协"国际宣传委员会工作的作家王礼锡筹备组团，5月"访问团"便成立，6月出发了。王礼锡为团长，宋之的为副团长，团员由葛一虹、杨骚、袁勃、杨朔、白朗、罗烽、李辉英、叶以群、方殷等13人组成。"访问团"从重庆出发，长途跋涉，途经四川、陕西、河南、山西、湖北等省，历时半载，深入前线重点访问了中条山、太行山两大战区。"因为是相持在非常艰苦的阶段中，因为是前后方兵民全需要有更大的了解和更大的进步的时候，我们的作家访问团出发了。她不但沟通着，组织着前后方的意志，并且更在理解着，反映着这一阶段的真实的形象。"②"访问团"所到之处"给予了前方军民以异常的兴奋与鼓励"，"使得战地的文化工作更有了辉煌的发展"。③

抗战文学中作家活动的"笔部队"，除了"西战团""工作团""访问团"及"全国慰劳总会"等较大团体外，实际上不论在前线还是敌后，在武

---

① 老舍：《老舍生活与创作自述》，人民文学出版社1997年版，第395页。

② 孔罗荪：《送作家战地访问团出发》，《抗战文艺》第4卷第3、4期合刊。

③ 宋之的：《记"作家战地访问团"》，载廖全京、文天行、王大明编：《作家战地访问团史料选编》，四川省社会科学院出版社1984年版，第115—116页。

汉、重庆、西安、延安等地，都出现了各种形式和类型的大大小小的众多文艺家作家团体，诸如1938年4月在武汉的政治部第三厅与"文协"就"集中了很多的进步文化工作者，曾选择战地工作较久的戏剧艺术人才编为十个抗敌演剧队和五个抗敌宣传队，队员都受了严格的军事训练，然后分发到各战区"[①]，深入前线和后方进行抗日宣传。1939年3月在延安成立的"鲁艺文艺工作团"赴晋东南工作近一年，还有类似的延安抗大文艺工作团、鲁迅实验剧团、抗战剧团、烽火剧团等众多民众文艺团体组织。这些"笔部队"开创了五四以来作家群体活动的新局面，也使得抗战文学有了鲜活流动的精神气脉。

"笔部队"的行进与现代作家的再生相伴随。在抗战刚刚结束时，蓝海先生是这样概括抗战文艺特征的：一是"英雄时代之再生"，一是"前线主义"。并且冷静地分析其内涵：一方面"时代是一个英雄的时代，文艺上也应是一个英雄的时代"，另一方面因抗战爆发，"目前所有的东西都成为次要的问题，只有前线决定一切。于是喊出了'文学无用论'，号召文艺工作者放下笔杆拾起枪杆，到前方去为祖国效力。这'前线主义'，在当时起了极大的影响，许多人信服了它的指导，于享受着昂扬的战时生活中，估计自己怎样投入狂热的战争的洪流，期以直接行动在战地上表现出自己的爱国热情"[②]。上述抗战文学中的"笔部队"正是适应了服务全面抗战的时代要求。他们是抗战文艺的形象代言者，更是真实记录抗战文艺的报告执行者。"笔部队"作家群体以军事化的高度统一，自觉肩负文学的历史使命，义无反顾向前线将士向乡村走去，他们用通俗明了的各种文学形式鼓动民众抗战，激发士兵斗志，抗战文学迅速而广泛地向前推进。"笔部队"足迹遍及全国大小战地和东西南北的乡村，抗战的烽火锤炼了现代作家坚忍顽强的革命精神和意志。

"西战团"在出征前，作家们进行了认真的思想和创作准备，接受了毛

---

① 王瑶：《中国新文学史稿》，上海文艺出版社1982年版，第364页。
② 蓝海（田仲济）：《中国抗战文艺史》，现代出版社1947年版，第5、146页。

泽东等中央领导同志的指示,到前线去,到民众中去,宣传党的抗日民族统一战线政策,扩大党的影响。同时,积极创作和排练节目,如独幕剧、街头剧就有丁玲的《重逢》、张天虚的《王老爷》,集体创作的《保卫卢沟桥》,集体改编的《放下你的鞭子》等;曲艺有大鼓说书、快板、双簧、地方小调等多种文艺形式。"西战团"的作家们既是团员又是演员,甚至主任丁玲、副主任吴奚如都扮演了戏剧中的角色。1937年8月15日延安各界举行欢送"西战团"奔赴前线晚会,毛泽东到场致辞,"略谓:战地服务团是一件大工作,因为打日本,在国内在世界上都是一件大事,我们数年来要求举国团结一致抗日,在今天可说已经开始实现了"①。会上丁玲代表"西战团"致辞答谢,大意为:"战地服务团的组织虽然小,但是他好像小河流一样慢慢的流入大河,聚会着若干河的水,变成一个洪流,把日寇完全覆灭在我们的洪水中。"②显然,欢送会成了延安各界抗战文艺的动员会、誓师大会,文艺与军事斗争、与时代现实从没有像现在这样紧密地结合起来。"西战团"以延安为中心,进行的活动前后分为两个阶段:第一阶段1937年9月出发,赴山西、陕西战区活动近一年之久;第二阶段是1938年11月再赴晋察冀抗日前线,至1944年5月返回延安。他们的任务主要是以戏剧、音乐、演讲、诗歌朗诵、标语口号、漫画等多样的文艺方式,向前线战士及群众做大规模的抗日宣传。丁玲率领的"西战团"编印《西北文艺》、编选"西北战地服务团丛书",包括剧本、歌曲、通讯等,由西安生活书店出版。如"丛书"中丁玲随团工作速写集《一年》,以"出发前后""在山西之点滴""西安杂写"三个部分二十多篇随笔通讯真实地记录了一年来的生活,存留了这段历史许多宝贵史料。而周巍峙带队的"西战团"在晋察冀边区工作时间达五年之久,文艺活动形式以诗歌、戏剧见长,田间等作家的街头诗、传单诗,凌子风负责编导的活报剧《人间地狱》《侵略者的末

---

① 《新中华报》1937年8月19日。
② 《新中华报》1937年8月19日。

日》等有很大的影响；这期间他们还编印了《诗建设》《歌创造》《战地》等刊物和小型文艺读物。"西战团"抗战文艺的群体活动特点是，作家艺术家深入抗战敌后根据地与广大民众相结合，在乡村了解农民生活，在部队与战士交朋友，共同经历和体验了抗战残酷的斗争生活。他们吸收生活素材创作了大量反映当时斗争的作品，采用群众喜闻乐见的通俗大众化的文艺形式，既达到了宣传党的政策的效果，又使得文艺工作者在实际的斗争中获得了精神锤炼。

"工作团"这支"笔部队"的组建，虽然与"西战团"一样是在敌后抗日根据地党领导下的作家文艺家组织，但是注重文艺工作的神圣使命，文学文艺家的精神重铸。团长刘白羽说："在当前，给我们每个做为民族自卫战争的斗士的文艺工作者们的问题和任务，是什么？是我们如何深刻的去把握这动的时代的重心，而开展我们文艺工作者所应该做的，搜成材料，体验生活。"更是要求作家在民族伟大战争中，要写"血渗透了的真实"，而不是"虚构"的作品，要努力克服"同战地的生活不能调合"的"自由主义作风"。由此，"工作团"半年的时间里遍及晋鲁豫边区，穿行于陇海线，许多时候是在敌我交错的大片战区里、行进中，将取于生活创作的各种作品，编印成《文艺突击》小型刊物，作为"供给前方文化食粮"，沿途送发。除此之外，"工作团"对部队、地方文艺工作的推进和指导成绩显著。他们在晋察冀地区成立文化协会，在河北中部组织了一个燎原文艺社，"聚集着很多一支手拿笔一只手拿枪，文艺突击员也是战斗突击员的人们"，后在当地的报纸上出版了《燎原》副刊。还有在山西长治，举行了5次文艺座谈会，组织了"××军文艺习作会""太行青年抗战文艺学会"等多项活动。同时，作家卞之琳、安路等人在途中、街头一边随时即兴"诗歌朗诵"，一边创作了大量的文学作品。卞之琳写三万五千字的《日本马使和鹦鹉》等速写报告，白晓光有一万六千字的两个短篇小说，吴伯箫写了九篇散文，等等。"工作团"被前线战士称为活动在冀鲁豫地区的"第一批文化工作者""文艺突击队员"。①

由作家王礼锡带队的"访问团",受国民政府政治部第三厅组织号召,奔赴抗战的正面战场。虽然重庆"访问团"晚于延安的两个团成立的时间,但它是在国共合作的统一战线旗帜下,直接接受政府的资助,具体践行"文协"的"文章下乡,文章入伍"之号召的作家团体。他们代表政府宣传抗战文化,也可说是政府派出的第一支"笔部队"。周恩来、郭沫若、邵力子、老舍等各界人士参加出发仪式,影响巨大。"访问团"成绩斐然,在抗战文艺中占据着重要的位置。"访问团"才出发"三个月的历程中,先后建立了有七八个文艺小组和文协的通信站"②。半年多的时间,完成集体日记《川陕道上》《陕西行纪(笔游击)》《在洛阳》《王礼锡先生的病和死》多种,完整实录了"访问团"工作行程和前方军民的战斗生活。这些日记随后就以"笔游击"为总题,在《抗战文艺》上迅速连载刊出。另,还有作家个人的日记,如王礼锡的《记"作家战地访问团"》和白朗的《我们十四个》。他们的一些随笔散文等作品也发表于山西战区《阵中日报》的《军人魂》和《士兵周刊》等副刊上,使得更多的人及时了解到抗战前线的情况,以及这支文艺军队的工作实绩。"访问团"作家随团创作和后来整理的文艺作品就有白朗的中篇小说《老夫妻》、宋之的的报告文学《凯歌》、葛一虹的戏剧《红缨枪》、以群的报告文学集《生长在战斗中》、李辉英的短篇小说《夜袭》、杨骚的《独幕剧集》、陈晓南的《战地写生画集》、方殷的《长诗》等多种。它们丰富了抗战文艺的历史画卷。这期间,"访问团"团长王礼锡因辛苦过度,积劳成疾,病逝于洛阳,"访问团"赴豫、晋、中条山前线的途中。在当时成为引起"访问团"、抗战文艺界很大震惊的重大事件。团员白朗在日记中写道:"他的死给予我们

---

① 刘白羽:《抗战中文艺工作的一个实践(半年来的抗战文艺工作团)》,《抗战文艺》第4卷第3、4期合刊。

② 剑麟:《作家在前线》,《新华日报》1939年10月14日。

的是莫大的哀悼和刺激，同时也感到了死的恐怖。"①但王礼锡是"为着在抗战中从事笔战士的工作"，"为工作贡献生命，以生命贡献抗战"。他"在全国文化工作抗战的阵营中，留下一个沉痛的纪念，给我们未来的工作前途一种悲壮的鼓励"。②当时举国上下悼念王礼锡的活动，重塑了一个献身抗战爱国知识分子的典范，一个面对民族危难的大义大忠的现代作家精神形象。王礼锡逝世时，国共两党最高长官均发来唁电，全国各报均登载新闻及纪念文字，《新华日报》1939年10月8日用了大量版面刊登悼念性文章。在重庆、成都、桂林等市都举行了隆重的追悼会，备极哀荣。

最后，还需要提到一支"笔部队"，即作家姚雪垠后来回忆："在二十八年（1939年——引者注）春天，为响应总会'到战地去'这个号召，我同克家、孙陵，另外两三个青年同志，从襄樊到随枣前线。"他们深入偏僻的皖北第五战区，自称为"大别山中的文艺孤军"。③但不长的时间里，他们开辟了抗战文艺一片新天地，建立了"文协鄂北分会"，将《中原副刊》改编为文艺刊物《中原文化》。姚雪垠战地采集了长篇小说《春暖花开的时候》的素材，并完成了小说《戎马恋》，以及随笔报告集《春前线》《四月交响曲》等，臧克家创作了散文集《随枣行》，孙陵创作散文报告《突围记》，田涛创作报告文学《战地剪集》《大别山荒僻的一角》等作品。这支"笔部队"成员大都为1930年代走上文坛的文艺青年，他们满腔热忱地献身抗战文学，"笔部队"活动于抗战鄂豫皖战场，其独特的创作与"访问团"作家群体的努力相得益彰，共同书写着抗战文艺的壮丽诗篇。

---

① 白朗：《我们十四个》，载廖全京、文天行、王大明编：《作家战地访问团史料选编》，四川省社会科学院出版社1984年版，第183页。

② 古罡：《悼王礼锡先生》，《抗战文艺》第4卷第5、6期合刊。

③ 姚雪垠：《大别山中的文艺孤军》，载廖全京、文天行、王大明编：《作家战地访问团史料选编》，四川省社会科学院出版社1984年版，第120页。

三

下面来谈谈"笔部队"的结构与现代中国革命文学的抗战取向。抗战文学中的"笔部队",这一独特的文艺军队准确地说只是抗战文学的一角,集中活动的时间为抗战的初、中期阶段。作家刘心皇说:"从二十八年(一九三九)到二十九年(一九四〇),是抗战文艺运动最活跃的一个阶段。在这一阶段里,抗战文艺是较前更深入,从量的普遍已到达质的提高,使它更具体的发挥着战斗的力量。"[①]自然,抗战以来在国共统一战线的旗帜下,全国文艺工作的迅速调整,国民政府政治部第三厅和民众敌后抗日根据地同声相应呼吁宣传抗战,"文协"迅速建设各地的分会,广泛凝聚了全国各界作家文艺工作者,这是抗战文艺巨大"质变"的重要原因。但是,应该说,完成这一重大转变的真正推手,是在很短的时间内从南到北、从前方到敌后、从政府到民间迅疾反应组建的一支支"笔部队",他们是促成抗战文艺"质变"最为鲜活的机体细胞和重要生命因素。他们不单纯是抗战宣传队,他们是以五四新文学作家、左翼革命文学家和其他爱国文艺工作者为主体的作家群体,他们面对一种完全不同以往的生活内容和生存状态,经历了战争的血与火、生与死的洗礼;"笔部队"取得的积极成效,与其说是文学直接深入了军队和乡村的结果,倒不如说是文学本身得到新的力量,并且产生了新的群体气象。

首先,"笔部队"的组织机体改变了现代作家群体结构并构建了新型的人际关系。可以发现,表面上他们的活动是受命于政府、党派的文化文艺宣传部门的集体行为、统一行动,但是,他们毕竟是作家群体的组织,丁玲、老舍、王礼锡、刘白羽等著名作家带队的这些团体,虽然不是五四以来新文学作家同人自然形成的文学兴趣风格趋同之团体,但是他们身上自觉的时代使

[①] 刘心皇:《现代中国文学史话》,正中书局1971年版,第749页。

命和强烈的文学激情，构筑了文学家艺术家精神信念的一致性。"访问团"团长王礼锡抗战全面爆发后从英国回国，不图名利，不想做官，主动请缨奔赴战地，"我决心：一回来就到反日的最前线去——即敌人的后方，去观察、去受难、去斗争。……来和一切中国人——受过直接抗战洗礼的中国人立于同等的地位来工作"①，为此，作家王礼锡劳累过度病逝于抗战前线一事，产生了极大的感召力。这不仅凝聚了"访问团"全体同人的抗战精神，而且更加激发了全国作家积极投身抗战的勇气。这支"笔部队"团长与团员之间关系融洽，"西战团"队员作家陈明后来回忆道："两位主任（丁玲、吴奚如——引者注），都是左联时期的著名作家，从来没有粉墨登场过。他们在团内主要是做领导工作，政治工作，为着赶任务，抽暇也写点东西，工作需要什么，他们便写什么，听从集体分配。我们过的是军事生活，他们两位也不例外，没有特殊。"排演话剧他们也担任角色，与团员同台表演，"这在当时对全体团员是很大的鼓舞"。②各支战地"笔部队"虽然多为军事化的组织编制，但是这一新形势下的作家群体聚合，一扫过往"文人无行""文人相轻"的风气，甚至五四以来作家间常有的文学观争论、党派分歧也得到了最大消减。用老舍介绍"文协"组织的话说："文协中亦无派别，只要是写家，不论新旧，有写作成绩的都可以入会。这在抗战以前亦是不可解的事，那时候因为政治认识的不同，文艺的观点的不同，文人不能够团结。现在，文协能够集合了这么多写家，实在是抗战以来相当伟大的成就。"③臧克家用诗的语言描述作家在"笔部队"中的抗战热情和信念，尽管"警报把人散乱了一坡"，但是"那时候，大家的心情又年青，又活泼，象江里的水。眼前有一个希望在闪耀着金色

---

① 王礼锡：《王礼锡日记——记"作家战地访问团"》，载廖全京、文天行、王大明编：《作家战地访问团史料选编》，四川省社会科学院出版社1984年版，第127页。

② 陈明：《西北战地服务团第一年纪实》，《新文学史料》1982年第2期。

③ 老舍：《抗战以来文艺发展的情形》，《国文月刊》1942年第14期。

的光"。① "笔部队"是一个团结战斗的群体,每个作家在此获得了新生和精神的锤炼。作家白朗走进"访问团"一方面"挣脱了家庭的束缚和孩子的羁绊",一方面又觉得"最难割断的是'母子之情'",虽然充满着矛盾心情,但"到前方去"又是她"迫切的期待",奔赴前线后亲眼看见"前方浴血杀敌的勇士,战地里帮助抗战的惇朴可爱的老百姓,都是使我不愿离开的"。② 她的随团日记《我们十四个》真实地还原了这段战地生活。抗战的旗帜、民族救亡的使命,使现代作家有了统一的精神向度——到前线去,浴血奋战的将士的需要就是他们前行的目标。抗战中"笔部队"是抗战文艺建设的主力军,也是中国抗战力量的重要一翼。"访问团"到达卫立煌战区时,受到卫将军赞赏:"卫国抗战是军人的天职,诸位十四杆笔可抵一百四十万兵,你们来到这里,给我们增添了一层最雄厚的力量,这块土地上还有什么可担忧?"这是对作家深入前线的最大肯定,对抗战文学巨大能量的高度评价。可以说,五四以来新文学还没有一个文学团体和流派能够达到如此大的影响力。抗战文学质的飞跃,是最先从"笔部队"作家群体中露出端倪的。

其次,"笔部队"的创作实绩创造了大众的多元的新文学价值取向。"笔部队"作为战时一种特殊的作家组织,对新文学作家创作内容和方式的调整最为明显。战地作家群体以笔为武器,进行抗战宣传和政治鼓动,服务战时文化工作需要,作家多有急就章,这是"笔部队"的性质和时代要求使然,因为前线士兵需要文艺生活,需要通俗文艺的读物和杂志书报。刘白羽在谈到为什么组织"工作团"时说,是抗战的前线需要作家,"因为在那里,是这时代中表现得最紧张,休戚相关的,充满了战士们可歌可泣的事实,群众怒潮般的

---

① 臧克家:《笔部队在随枣前线》,载廖全京、文天行、王大明编:《作家战地访问团史料选编》,四川省社会科学院出版社1984年版,第117页。

② 白朗:《我们十四个》,载廖全京、文天行、王大明编:《作家战地访问团史料选编》,四川省社会科学院出版社1984年版,第181、183页。

动员，敌之残暴"①，这些都需要他们尽快反映。"西战团"这支活跃在西北敌后战场的"笔部队"给士兵准备的抗战戏剧最为丰富。丁玲带队出发前就自己创作了一个剧本和排演好六个优秀剧本：张天虚的《王老爷》、孙强的《东北之光》、黄竹君的《汉奸的末路》（街头剧）、丁玲的《重逢》、孙强的《最后的微笑》等。据统计，前后总共上演了十余个独幕剧。后来周巍峙领队侧重用音乐鼓舞士气，激发斗志，表述情怀，如歌曲《男女一齐上前线》《驱逐日本强盗滚蛋》等。而作家王礼锡的"访问团"创作出了最有特色的文学作品，不论是紧张生活的日记写作，还是速写报告、诗歌等文学样式创作。如由葛一虹、以群、袁勃、宋之的、罗烽集体撰写的1939年6月27日—7月14日的《陕西行纪（笔游击）》日记，虽然每个人记事写人各不同，但是在行进中每天从凌晨到晚上的工作都得到了最完整的记述。大到"今天（1939年7月7日——引者注）是抗战建国两周年，我们整个民族正以英勇的血的战斗纪念这一个伟大的日子"；小到"雨是没有停，路上还稀烂，坐车走，是绝对没希望了"。②"工作团"里卞之琳写的报告《晋东南麦色青青》③描摹战时山西民众和部队融洽的生活，不断在现实与历史的交替中呈现，真实传达了作家最切实的前线感受。老舍参加"全国慰劳总会"写了长篇叙事诗《剑北篇》，共6000余行，其中《榆林—西安》记录"到延安，又在山沟窑洞里备受欢迎：/男女青年，谐音歌咏，/中西的乐器，合奏联声，/自制的歌，自制的谱，由民族的心灵，/唱出抗战的热情"。④参加南路"慰劳团"的作家陆晶清《献给将士》的诗，这样写道："你们是今日中国的长城，/你们是万众景仰的巨人，/你们神勇，你们牺牲，/你们用生命，用力量，用血和汗，/保卫四万万黄帝子

---

① 刘白羽：《抗战中文艺工作的一个实践（半年来的抗战文艺工作团）》，《抗战文艺》第4卷第3、4期合刊。

② 作家战地访问团：《陕西行纪（笔游击）》，载廖全京、文天行、王大明编：《作家战地访问团史料选编》，四川省社会科学院出版社1984年版，第32、33页。

③ 卞之琳：《晋东南麦色青青》，《文艺战线》第1卷第3—5期。

④ 老舍：《榆林—西安》，《文史杂志》第1卷第2期。

孙，/保卫中华民族的永生！"①诗人臧克家率领笔部队在随枣前线写道："我也用生命换来了《随枣行》和一心囊的诗料。"②"笔部队"源于战地需要的创作不仅是多样化的，而且是贴近军民生活、大众所喜闻乐见的艺术。比如"西战团"李劫夫、高敏夫将民歌曲调填上新词并演唱，"在形式方面他们看得惯，容易学习，情调也和他们相近。没有艰深和佶屈聱牙的语句，自然化、故事化、形象化，也是一个重要的条件，单纯的概念和口号标语，是缺乏鼓动性与感染性的力量的"③，这种民曲新词的方式产生了很好的演出效果。抗战文学中诗歌（鼓动诗、朗诵诗、长篇叙事诗）、报告通讯、速写、戏剧（歌剧、独幕话剧、街头剧）等文学样式特别繁荣，还有鼓词、快板书等民间曲艺也深受欢迎。这些新型文艺创作大都是正在深入前线，贴近士兵百姓的"笔部队"率先实践和倡导的。他们不仅奠定了抗战文学基本的创作路向，而且最大限度地改写和丰富了五四以来新文学的内容和文学取向。

四

再来看看"笔部队"的美学追求与抗战的现代中国革命文学价值重估。抗战烽火的燃烧，民族救亡的迫切，使得作家文艺工作者自觉走向前线，"西战团""工作团""访问团"及"全国慰劳总会"等大大小小的"笔部队"是历史使命的感召下统一步调的集体活动，作家文学观念是极大的抗战政治情绪的扩展。作家群体活动跳出了过往文学狭小团体或排他流派圈子，也摆脱了自我封闭化纯文学束缚。"笔部队"作家群体活跃在广阔民众的乡村中，奔向前

---

① 陆晶清：《献给将士》，《阵中日报·士兵周刊》1940年8月19日。转引自宋致新编著：《国统区抗战文学钩沉》，武汉出版社2016年版，第782页。

② 臧克家：《笔部队在随枣前线》，载廖全京、文天行、王大明编：《作家战地访问团史料选编》，四川省社会科学院出版社1984年版，第119页。

③ 高敏夫：《我怎样写起小调的》，载西北战地服务团：《西线生活》，生活·读书·新知三联书店2014年版，第132页。

线慰问、访问、服务浴血奋战的将士，"笔"是他们手中的武器，创作出的文学作品不仅仅是为了记录他们实际的"笔征"活动，而且是他们投身大时代精神心灵抒怀的载体。作家姚雪垠在"笔部队"里创作的《红灯笼故事》，通过作品主人公之口"从心的最深处发出来那简单而真诚的呼声，或者我们立刻死，或者我们立刻去找一盏红灯笼"[①]。"笔部队"的作家们正是充满着这种浓烈理想主义、英雄主义、浪漫主义的情怀，带着心中的"红灯笼"去前线到战地。他们清楚责任重大，"这一部惨痛的英勇的无前例的巨大历史，是要全国的作家来撰写，要千秋万世的作家继续地来完成"，所以"我们当尽我们的能力把敌后方一切可歌可泣的壮烈英雄的事实，用我们的钝的可是纯真的热情的笔把他们写出来，用诗歌的形式，用小说的形式，用戏剧，散文，图画种种形式去写，我们的枪已经够使敌人发抖，我们还要用笔去暴露敌人的残暴，去（消灭）侵略者的灵魂"[②]。"笔部队"组织的作家多了些使命意识、国家观念，少了些五四以来社团流派纯文学观念、趣味的聚合因素，而文学理想激情、文学忧患批判、文学面向时代和大众的特质，使得精神自由作家的凝聚更有了气势和张力。为此，文学的饱满热情、恢宏气韵、沉郁悲壮、平实稳健等美学意蕴和风格也通过他们获得了前所未有的焕发和彰显。作家白朗创作于"笔部队"生活的散文诗《月夜到黎明》读来令人回味深长。"月夜里，飘着幽灵样的清风，随着那白皙的月影，它也悄悄地飘进我的窗棂。""我踏过了一片青春的原野，又爬上了一片青春的峰峦，一座又一座，无数的峰峦庄严地向我投送着雄伟的注视，……吐出了我歌声：'粉碎呀，粉碎侵略者的迷梦，争取中华民族的自由与生存，把敌人打个落花流水，建立起真正的和平，永远呀，永远也不做被迫压的奴隶，永远也不再受人欺凌，中国的领土是我们的，我们才是中国的主人！'"[③]诗人将清新月夜的描摹与激昂时代的鼓动双重情

---

① 姚雪垠：《红灯笼故事》，载《差半车麦秸》，人民文学出版社2001年版，第21页。
② 《作家战地访问团告别词》，《抗战文艺》第4卷第3、4期合刊。
③ 白朗：《月夜到黎明》，《抗战文艺》第4卷第5、6期合刊。

愫交汇成乐章,既催人奋进又诗意浓浓。"访问团"的集体日记,虽是团里规定"每人轮流各写三天",简要记录团体行动,但也提倡"可以自由抒写自己的观感"。①"访问团"这支"笔部队"改写和丰富了传统日记体式,给个人化的书写创建了一种浑然天成的酣畅的审美风格。作家王礼锡8月12日的日记是这样写中条山战区的:"立秋好几天了,山中雨后居然有点秋意,就景物也像有点秋色。满地的落槐,漫山遍野的山枣,微显得苍老的蝉声,组成中条山的新秋,在这样的环境里面,中条山的十万战士是艰苦,可是趣味却很浓郁的。这雄伟而美丽的游击队之家,对于我们从南方来的巡礼者,一草一木,一片岩石,一块石头,一条深沟,都是无上的诱惑。"②这片断的记述融议论、抒情、描写为一体,兼顾记人议事与绘景状物。作家将中条山抗战前线将士艰苦的生活和乐观的情怀融入美丽的秋色之中,文字生动而别具美感,带着读者身临其境,贴近战地生活。"笔部队"的作家群体自觉地把握了抗战时代的脉搏,将个人的生与死置之度外,他们广博的胸襟、开阔的视野,定格了抗战文学雄浑而壮丽的美学基调,也书写了五四以来新文学史册新的篇章。

---

① 《川陕道上——作家战地访问团日记》,《抗战文艺》第5卷第1期。
② 作家战地访问团:《中条山中(笔游击)》,《抗战文艺》第6卷第1期。

第二辑　现代中国革命文学的作家谱系（一）

第四章　现代中国革命文学发生期"革命"的想象
——以作家瞿秋白早期创作为例

本章将依据作家与革命内在结构的互动关联，以瞿秋白早期文学创作取材来源、作品思想主题中"革命元素"由来为中心，考察瞿秋白文学创作中革命想象与追求的某些策略，透视出的现代中国革命文学最初生成的思想文化资源和其现实的基础。瞿秋白（1899—1935）是中国共产党的早期领导人，同时也是20世纪初五四新文学的第一代重要作家。1919年，瞿秋白与友人创办激进刊物《新社会》，正式登上了五四历史舞台。同时，这也是他进行文学实践的开端。作为一名极具社会责任意识的知识分子，瞿秋白的文学实践带有鲜明的政治色彩与现实功利性。瞿秋白将他自觉的革命意识渗透于文学实践之中，从某种程度上甚至可以说，他的文学实践是他政治实践的重要组成部分。理解瞿秋白的一生，离不开"革命"与"文学"这两个关键词。瞿秋白早期的文学实践，也是典型的五四产物。五四是现代中国的起点，同时也是中国社会最黑暗、最动荡的时期。帝国主义和封建军阀的压迫一方面使得知识分子的情绪处于彷徨与苦闷之中，另一方面却又激发了他们反抗现实的冲动。瞿秋白就是五四时期深受激进思潮影响的知识分子。俄国的十月革命，为他提供了想象全新中国的空间；而这也成为他从事文学活动和政治实践的思想武器。

瞿秋白文学实践的早期（1919—1924），恰恰也是现代中国革命文学的最初发生酝酿时期。瞿秋白的早期文学创作大致可以归纳为四种文体，即通讯（散文、游记）、政论性随笔、诗歌与小说。具体为：一、苏俄游记（或通讯、散文集、报告文学）《饿乡纪程》与《赤都心史》；二、发表在《新社会》《新青年》《向导》《时事新报·文学》以及《中国青年》等刊物上的时事评论与文艺杂著；三、一些带有革命色彩的白话新诗，如《赤潮曲》（1923年6月）、《飞来峰和冷泉亭》（1923年7月）等；四、唯一的小说《那个城》（1923年11月）。若从其创作素材的来源和创作主题方面来考察，主要分为三个方面：其一是对黑暗现实的揭露与批判，其二是对苏俄红色政权的书写，其三是有关无产阶级与劳动者的内容。瞿秋白早期的文学创作有着鲜明五四印记。自然，瞿秋白早期文学创作又与现代中国革命最初的历史进程相同步，与其对中国革命不断的思考与追索相伴随。

一

瞿秋白早期文学创作与五四大时代密切相连。1919年巴黎和会上中国外交的失败，是五四运动最直接的导火索。5月4日，青年学生在天安门广场罢课示威，并要求严惩卖国贼曹汝霖、陆宗舆、章宗祥。此后，上海工人举行大罢工，以响应北京的爱国学生。至此，运动的中心由北京转移到了上海。五四运动是一场当时中国民众普遍参与的社会运动，它造成了社会思想的大解放，同时也反映了当时爱国人士变革社会现状的要求。可以说，五四运动内含着思想革命与社会革命的双重主题。正如学者周策纵所言："五四运动实际上是一场思想和社会政治相结合的运动，它企图通过中国的现代化来实现民族独立、个人解放和社会公正。"[①]1919年11月1日，瞿秋白、郑振铎、耿济之、许地山、瞿世英等人以北京社会实进会的名义创办《新社会》旬刊。到1920年5月刊物被北洋军阀查封为止，《新社会》旬刊总共出版19期。该刊的创办者，是一群在五四时期接受了新思想的知识分子，该刊的主要任务是传播西方社会学的知识，以改变中国的现实状况。正如郑振铎在《〈新社会〉出版宣言》中所

[①] 周策纵：《"五四"运动史》，陈永明等译，世界图书出版公司北京公司2014年版，第341页。

说：" 我们是向着'德莫克拉西'一方面以改造中国的旧社会的。我们改造的目的，就是想创造……德莫克拉西的新社会——没有一切阶级，一切竞争的自由、平等、和平、幸福的新社会。"①这个时期瞿秋白发表了大量的杂文随笔，抨击北洋军阀黑暗统治，反抗帝国主义的压迫。他以《新社会》旬刊为阵地，宣传其改造社会的思想，其中批判社会的文章可以见出他早年思想的不成熟。例如，瞿秋白在发表于1920年3月1日的《社会与罪恶》中，认为社会中存在着"罪恶"与"非罪恶"、"功德"与"非功德"。然而，在他看来区分前者与后者的标准是"爱"，"爱人是善，不爱人是恶。能爱人是功德，不能爱人是罪恶。爱社会而有利于社会，就是功德。不爱社会而有害于社会，就是罪恶"，进而他提出："凡是能涵有培养绝对的'爱'的意义之社会制度都是唯一的良好制度——免除罪恶的制度。"②瞿秋白当时尚未接受马克思主义，不具备科学地分析社会的能力，这种对社会制度的抽象批判，难以切中问题的要害。在创办《新社会》旬刊的时期，瞿秋白虽未信仰马克思主义，却产生了社会主义的倾向，这也成为他日后赴俄考察报道的思想动力。

1923年自俄归国以后，瞿秋白已从一名具有革命倾向的知识分子转变为职业的革命家，其观察与理解社会现实的角度不免发生某种程度的转移。1923年1月27日，他在《晨报副刊》的《杂感》栏发表《最低问题——狗彘食人之中国》，谴责了当时的中国政府只知与自身权力有关的"最高问题"，却不关注国土完整、平民百姓的生命自由等"最低问题"，从而使中国变为狗彘食人的国家；并认为"中国真正的平民的民主主义，假使不推倒世界列强的压迫，永无实现之日"。③这篇杂文言辞犀利，将批判的锋芒直接指向了政府与帝国主义列强，这就指出了当时社会问题的真正所在，并且文章中提出了解决问题的办法。三天后，瞿秋白的《赤俄之归途》也发表了，这篇文章与三天前的

---

① 郑振铎：《〈新社会〉出版宣言》，《时事新报·学灯》1919年10月29日。
② 瞿秋白：《社会与罪恶》，《新社会》总第13号。
③ 瞿秋白：《瞿秋白文集》（政治理论编）第1卷，人民出版社2013年版，第411页。

《最低问题》形成了对话关系。他在文章中称俄国是"一个人的国"[1],不是狗豕食人的国。一个是狗豕食人的国,一个不是,中俄两国在瞿秋白笔下对比鲜明,其走俄国之路的心可见一斑。发表于上海《时事新报·文学》第八十四期的《浼漫的狱中日记》,是瞿秋白一篇颇具"文学性"的散文。他用想象的笔法虚构出三千零六年后,一位考古学家在东亚大陆上发现了1923年"二七惨案"中一位工人所写的《狱中日记》,记载了军阀曹锟和吴佩孚残暴屠杀工人(包括在此次惨案中死难的林祥谦)的真相,刻画出工人领袖坚贞不屈、视死如归的形象。瞿秋白批判现实主题的杂文随笔,在归国后发表于《晨报副刊》《新青年》《向导》《时事新报·文学》以及《中国青年》等刊物上的还有许多。这些文章中并不追求思想的深刻性与逻辑上的严密性,而是用最犀利的笔锋,向黑暗腐败的社会现实开火,以求撼动旧社会存在的根基。它们大都短小精悍,具有鲜明的批判性与战斗性。诚如有的论者指出,瞿秋白的杂文"只用三言两语就能勾出帝国主义者、北洋军阀、买办资本家和反动论客的鬼脸和灵魂,就能点破他们谬说的实质,文字是锋利而质朴的,语调是急促而跳跃的,没有通常杂文惯用的那种舒卷从容的带幽默味的闲笔,也没有通常杂文的那种有层次的论述和反驳"。"瞿秋白的这些杂文,确是短小锋利的'寸铁',颇有分量的'小言',类似李大钊那些短而精、'谑而虐'的'随感录',代表了《新青年》《前锋》《向导》上的'寸铁''小言'栏中共产党人创作的杂文的战斗风格。"[2]瞿秋白在这一阶段所创作的杂文,不仅是他日后"鲁迅风"杂文的雏形,同时也为革命文学提供了批判社会的基本形式。

对劳动者与无产阶级的关注,在瞿秋白文学创作的起始阶段也是十分突出的主题之一。他对劳动无产者的关注,一定程度上是因为其早年深受托尔斯泰的"泛劳动主义"思想的影响,以及出于人道主义的关怀。在旅俄期间,瞿秋白耳

---

[1] 瞿秋白:《瞿秋白文集》(政治理论编)第1卷,人民出版社2013年版,第413页。
[2] 姚春树:《大师的足迹——论瞿秋白杂文创作的发展》,《福建师范大学学报》(哲学社会科学版)1985年第1期。

闻目睹苏俄社会现实,其思想日益趋近社会主义,并逐渐形成了马克思主义的阶级意识。1921年1月,瞿秋白写下了《中国工人的状况和他们对俄国的期望》,他在这篇文章中客观介绍了中国工人阶级的状况,包括不同地区工人生活条件的差异、残酷的包工制与计件工资制,以及在资本家严苛的剥削下,工人们的悲惨境遇。但是大批境遇相同的工人却不能团结起来为自己争取基本的权益。瞿秋白认识到:"他们由于知识水平极低,不仅不知道世界上发生的任何大事,也完全不知道在俄国发生了革命,建立了苏维埃政权,他们甚至不知道发生在中国的事情。这些工人的生活是暗无天日的。他们从早到晚做工,仅仅勉强维持自己和一家人的生活。农民的状况就更加可怜。中国的无产阶级没有文化,由于工业和农业不发达,而无法组织起来。在这样悲惨环境里的中国无产阶级确实看不到光明。"[1]因此,瞿秋白希望中国的知识分子将苏俄作为学习的榜样,启蒙无产阶级,并将他们组织起来进行斗争。在《欧文的新社会》里,瞿秋白介绍了英国空想社会主义者罗伯特·欧文与他的社会主义实践。欧文的理想是"以劳动换劳动",在他看来,"假使各种职业的工会联合而成大工会,那时可以组织生产,使不致于有过剩的生产品"。[2]然而,之所以称欧文的社会主义思想为"空想",就是因为他虽然发现了资本主义的罪恶,并激烈地批判资本主义制度,却幻想通过非暴力的手段建设社会主义,反对无产阶级的革命斗争。瞿秋白指出:"欧文的讲坛以外的实际生活教给工人别一个结论呢:——工人应当用别一种方法达到自己的福利,建设人类将来最光明的新社会。"[3]他所说的"别一种方法",毫无疑问是进行无产阶级革命,来反抗资产阶级的压迫。描写劳动以及劳动人民的生活,是革命文学与左翼文学的基本要求之一。在1923年9月发表的《劳农俄国的新文学家》中,瞿秋白介绍了俄国劳工派诗人,提出要变革资产阶级文艺的形式、内容和重心,他还表达了对当时的文坛的不满:"文学的对象往往为

---

[1] 瞿秋白:《瞿秋白文集》(政治理论编)第1卷,人民出版社2013年版,第170页。
[2] 瞿秋白:《瞿秋白文集》(文学编)第1卷,人民文学出版社1985年版,第294页。
[3] 瞿秋白:《瞿秋白文集》(文学编)第1卷,人民文学出版社1985年版,第296—297页。

两性问题及恋爱问题占据大半；何以几百万人，几百万劳工农民的生活意义——'劳动'，竟没有丝毫'诗意'？'明月，回廊；才女，情郎'，——这是滥调的滥调！这是因为与'劳动'接近的人，向来受'文明社会'之经济上，政治上，文化上，思想上，生活上的压迫愚弄，所以不期然而然离着文学的创造和享受很远很远。"[1]在瞿秋白看来，文学不应是"才子佳人""风花雪月"这类供人消遣、娱乐的用品，而是应该用来描写人生，尤其是劳动人民的生活和他们所遭受的压迫与进行的抗争。任何作家的文学创作，都是一定社会历史语境中的产物。正所谓"一时代有一时代之文学"，世界上不存在任何超越历史的文学作品。但在另一方面，作家的文学创作，又绝非对社会历史的机械反映，作家将自己的生命体验、个性禀赋熔铸于作品之中，使作品呈现出鲜明的个人风格。正是在这时期瞿秋白写了大量杂文随笔等文章并发表在报刊上，积极参与进步青年群体组织的活动，在办刊物等的社会文化实践中，瞿秋白最充分地展示了五四时期进步知识分子积极介入现实生活、改造社会的热情，这些体现了他具有的强烈的社会责任感和爱国情怀。同时，瞿秋白早期这一文类创作主题，主要是对黑暗现实的揭露与批判，抒发知识分子对社会的不满与反抗情绪，也是现代中国知识分子对革命的召唤与对未来中国的想象。"我们处于社会生活之中，还只知道社会中了无名毒症，不知道怎么样医治，——学生运动的意义是如此，——单由自己的体验，那不安的感觉再也藏不住了。"[2]事实上，这种不安感不仅是瞿秋白个人的心态，同时也普遍存在于五四知识分子的精神体验中。这种独特的社会人生的体验，恰恰酝酿了现代中国革命文学最初的精神土壤。瞿秋白是中国新文学史上一个独特的存在，原因就在于，他并非一个单纯的文学家，比他作为文学家的身份更重要和更为人所熟悉的，是他作为中国共产党的早期领导人的政治身份。

---

[1] 瞿秋白：《劳农俄国的新文学家》，载《瞿秋白文集》（文学编）第1卷，人民文学出版社1985年版，第276页。

[2] 瞿秋白：《饿乡纪程》，载《瞿秋白文集》（文学编）第1卷，人民文学出版社1985年版，第25页。

因此，其早期文学实践就不免带有鲜明的政治功利性；然而与其他同样热衷于文学的早期中国共产党人——如邓中夏、恽代英相比，瞿秋白更接近于我们通常所理解的文人，这不仅因为他对革命文学有自觉的追求，更因为他的文学创作具有极高的文学价值。因此，我们可以说，瞿秋白作为革命文学发生的亲历者，在中国现代文学史上具有特殊意义。瞿秋白既然具有文学家与革命家的双重身份，其特殊性便应当在这两类人中彰显。第一类是与瞿秋白有相同身份的进步知识分子，我们在此选取郑振铎为个例进行说明，原因在于，他既与瞿秋白共同创办过《新社会》旬刊，又同是文学研究会的成员，他们都是五四时期追求民主和自由的进步知识分子，因而他们的社会观与文学观具有相通之处。郑振铎是除瞿秋白外《新社会》旬刊最重要的创办者，1919年10月，郑振铎发表《〈新社会〉出版宣言》："什么是我们的改造目的——我们向那一方面改造呢？我们是向着'德莫克拉西'一方面以改造中国的旧社会的。……我们的改造目的和手段，就是：考察旧社会的坏处，以和平的，实践的方法，从事于改造的事业，以求德莫克拉西的新社会之实现。"①由此可见，《新社会》在创刊时——至少就郑振铎的观念来说——并未定位于革命，甚至对社会主义亦未投入太多关注。在刊物创办的过程中，当瞿秋白已形成马克思主义倾向，用整体的眼光看社会问题时，郑振铎才刚刚有了朦胧的社会主义倾向，并开始主张人道主义。由此可见，社会主义思想对于瞿秋白显然更具吸引力，而在革命的道路上，瞿秋白也较郑振铎走得更远。与瞿秋白相类似的是，郑振铎同样关注俄罗斯文学，并写有《俄罗斯文学底特质与其略史》的论文。在他看来，俄罗斯文学的可贵之处，在于它探讨了社会问题、人生问题。但当瞿秋白将俄国文学译介重点由批判现实主义文学转向苏俄社会主义文学时，郑振铎并未有此转变；在1920年瞿秋白为探寻救国之路而踏上赴俄旅途时，郑振铎正与友人筹划创建文学研究会。1921年1月，文学研究会成立，1921年6月，郑振铎发表《血和泪的文学》，要求作家要对普通百姓的悲惨

---

① 郑振铎：《〈新社会〉出版宣言》，《时事新报·学灯》1919年10月29日。

生活有深切的了解和同情,这实际上是对周作人"人的文学"口号的发展,其思想并未超出五四启蒙主义立场。1921年,郑振铎与瞿秋白两人都在各自的文字中将"文学"与"革命"联系起来。郑振铎在回复费觉天的信中说:"把现在中国青年的革命之火燃着,正是现在的中国文学家最重要最伟大的责任。"①而瞿秋白则在《俄国文学史》中,通过对俄国1905年革命之后文学的介绍,来提倡"革命"与"文学"的结合。两人尽管文学思想如此相似,但所走的道路却并不相同。郑振铎一生追求光明与自由,他在1921年10月10日发表于《时事新报》副刊《学灯》增刊上的《双十节纪念》,批评北洋军阀的独裁统治,号召国人"为自由而奋斗";1925年7月发表《迂缓与麻木》《六月一日》,抨击"五卅惨案"中帝国主义对上海工人的屠杀;并在1927年因谴责国民党反动派发动"四一二反革命政变"而被迫远走欧洲,但他最终没有成为一位革命家,也未亲身参与1930年代的左翼文学运动,而是始终致力于中国新文学的发展。

二

瞿秋白早期文学创作中的"革命"想象,不只是五四时代他对社会现实的积极参与和抱有的极大革命热情,这种革命想象的可贵之处,就在于他并没有将社会主义的热情和对现实的关注仅停留于意识思想的层面,而是真正付诸行动。"在一度的'人生迷惘'之后,青年瞿秋白毅然首途,'到饿乡去了'。——那本是一个巨大行动前的思考时期,思考必然地代之以行动。"②在《饿乡纪程》的跋中,瞿秋白交代了他写作这部游记的思想动机:"这篇中所写,原为著者思想之经过;……抽象而论,是记著者'自非饿乡至饿乡'之心程。……此中凡路程中的见闻经过,具体事实,以及心程中的变迁起伏,思

---

① 西谛(郑振铎):《文学与革命》,《时事新报·文学旬刊》总第9期,1921年7月30日。

② 赵园:《艰难的选择》,上海文艺出版社1986年版,第25页。

想理论,都总叙总束于此。"①这一叙述多少透露了作家的心路印记,也是作家在积极寻求新的文化资源的给养。

瞿秋白是五四之后最早深入苏俄内部进行考察报道的知识分子之一,他在前途途中和在莫斯科考察期间写下了最早的现代纪实文学作品《饿乡纪程》与《赤都心史》。在这两部作品中,瞿秋白为读者建构了一副真实可感的苏维埃俄国形象,也为现代中国革命文学最初的写作提供了一种尝试性的文本。

在《饿乡纪程》的绪言中,瞿秋白写道:"灿烂庄严,光明鲜艳,向来没有看见的阳光,居然露出一线,那'阴影'跟随着他,领导着我。一线的光明!一线的光明,血也似的红,就此一线便照遍了大千世界。"②此时的瞿秋白尚在哈尔滨,还未踏入俄国的土地,将苏俄想象成"灿烂""光明"的所在,是为了反衬中国社会的腐败与黑暗。瞿秋白这样交代自己赴俄的动机:"苏维埃俄国,是二十世纪世界第一个社会主义共和国,究竟如何情形,虽有许多传说,许多宣传,又听见他们国内经四年欧战三年内乱,总不知详细,只是向着自由门去,不免起种种想象。"③《饿乡纪程》首先要解决的,是瞿秋白为何赴俄的问题。五四是社会大变革的时代,是中国思想文化由"传统"迈向"现代"的转折点,其中最为重要的标志之一,便是"现代民族国家"观念的发生。接受了新思想的中国知识分子,开始意识到自己的命运与祖国是紧密相连的,个人的实践应当同国家、社会联系起来。瞿秋白入俄的志愿是"担一份中国再生时代思想发展的责任"④,但后来他又写道:"所以我冒险而旅俄,并非是什么'意志坚强',也不是计较利害有所为——为社会——而行;

---

① 瞿秋白:《饿乡纪程》,载《瞿秋白文集》(文学编)第1卷,人民文学出版社1985年版,第109页。

② 瞿秋白:《饿乡纪程》,载《瞿秋白文集》(文学编)第1卷,人民文学出版社1985年版,第4页。

③ 瞿秋白:《饿乡纪程》,载《瞿秋白文集》(文学编)第1卷,人民文学出版社1985年版,第60页。

④ 瞿秋白:《饿乡纪程》,载《瞿秋白文集》(文学编)第1卷,人民文学出版社1985年版,第31页。

仅只是本于为我的好奇心而起适应生活，适应实际精神生活的冲动。"①对于这两句话，我们恐怕不能理解为相互矛盾——"个人"与"社会"相对立，而是应当将其视为个人实践与国家、社会命运的结合。也就是说，旅俄有着双重意义：一方面，是为求解决中国实际的社会问题；另一方面，则是为满足个人内在的心灵需求。

《赤都心史》记录的是瞿秋白在苏俄考察时的所见所闻所思所感。他在这部作品中对苏俄社会的考察范围之广，思考问题之深入，均是《饿乡纪程》所无法比拟的。瞿秋白在苏俄考察的过程中，参加过克鲁泡特金的殡礼，思考过俄国的无政府主义，拜访过教育人民委员会的卢那察尔斯基，了解过苏俄的"战时共产主义"政策。在《革命之反动》一节中，瞿秋白写到了苏维埃政府平定的叛乱，并指出："实际上'食粮均配法'，收取农民出产物之全量，为近时西伯利亚以及其余各处农民反抗的真因。"②在复活节的时候，瞿秋白与俄国朋友郭质生到教堂中行礼拜，并产生了对于俄国宗教的思考。在苏维埃俄国，瞿秋白不仅见识过革命中高涨的群众热情，同样见识了政府中存在的官僚主义，旱灾后出现的大面积的饥荒，以及趁乱牟利的资产阶级——所有这一切，都是亟待布尔什维克党解决的问题。《赤都心史》并非完全客观描摹苏俄社会的作品，其文字间时时有"我"的存在。作者将"我"的所见、所思融入作品之中，使其具有鲜明的瞿秋白个人风格。不论是之前的《饿乡纪程》，还是后来瞿秋白所创作的诗歌、杂文，其实质都是瞿秋白个人心路的写照。作为一名革命知识分子，他的作品自然绝非风花雪月，或"为艺术而艺术"之作，其中体现出来的，是身处社会剧变时期的瞿秋白如何想象与追求革命。同时，这也是五四一代走向革命的知识分子普遍的心灵史。

---

① 瞿秋白：《饿乡纪程》，载《瞿秋白文集》（文学编）第1卷，人民文学出版社1985年版，第58—59页。

② 瞿秋白：《赤都心史》，载《瞿秋白文集》（文学编）第1卷，人民文学出版社1985年版，第130—131页。

在这两部作品中,瞿秋白苏俄现实社会的实地考察,对十月革命后俄国的政治、经济和革命之印象描摹,与他对这些现象的理性思考,较早创造了探寻现代社会革命与文学表达内外关联的历史样本。这两部作品是对十月革命的纪实性写作,也是现代知识分子寻求中国革命路向的一次先驱举措。作者一路写下了革命情绪高昂的激动,民生的疾苦与反抗,并表露参与其中的自我深刻思索。

瞿秋白是为数不多的目睹俄国革命领袖风采的中国知识分子之一。第一次是在莫斯科红场上举行的阅兵典礼,瞿秋白这样描写道:"广大的旷场,几千赤军,步马炮队,工人军事组织,共产党军事训练部,男工,女工,儿童,少年都列队操演。杜洛次基[①]洪亮的声音,震颤赤场对面的高云,回音响亮,如象声声都传遍宇宙似的。各国代表都致祝词。"[②]在共产国际第三次代表大会的第一天,瞿秋白不仅又一次见到了"丰采奕奕""眉宇昂爽""流利倜傥"[③]的托洛茨基,还见到了全世界无产阶级的革命导师列宁。瞿秋白说:"列宁出席发言三四次,德法语非常流利,谈吐沉着果断,演说时绝没有大学教授的态度,而一种诚挚果毅的政治家态度流露于自然之中。""安德莱厅每逢列宁演说,台前拥挤不堪,椅上,桌上都站堆着人山。电气照相灯开时,列宁伟大的头影投射在共产国际'各地无产阶级联合起来',俄罗斯社会主义联邦苏维埃共和国等标语题词上,又衬着红绫奇画,——另成一新奇的感想,特异的象征。……列宁的演说,篇末数字往往为霹雳的鼓掌声所吞没。"[④]在《赤色十月》中,瞿秋白记述了又一次见到列宁和托洛茨基的情景:"集会的

[①] 即托洛茨基——引者注。

[②] 瞿秋白:《赤都心史》,载《瞿秋白文集》(文学编)第1卷,人民文学出版社1985年版,第159页。

[③] 瞿秋白:《赤都心史》,载《瞿秋白文集》(文学编)第1卷,人民文学出版社1985年版,第161—162页。

[④] 瞿秋白:《赤都心史》,载《瞿秋白文集》(文学编)第1卷,人民文学出版社1985年版,第162页。

人，看来人人都异常兴致勃发。无意之中，忽然见列宁立登演坛。全会场都拥挤簇动。几分钟间，好象是奇愕不胜，寂然一晌，后来突然'万岁'声，鼓掌声，震天动地。"[①]领袖的现身，具有振奋人心、激励士气的作用，而身处其中的瞿秋白，亦很难不为当时的情景所震撼。"鼓掌声，'万岁'声，《国际歌》乐声，工厂的墙壁，都显得狭隘似的，——伟大的能力正生长"[②]，叙述领袖的个人魅力，根本上是出于对革命合法性的深切认同。如果说瞿秋白在《赤都心史》里，对领袖的描写充满了个人感情的抒发；那么，在列宁逝世后他所写的纪念性文章中，则包含了他对于列宁个人、俄国和中国革命的理性思考。1924年1月，列宁逝世。同年3月，瞿秋白在纪念文章《历史的工具——列宁》中说："列宁不是英雄，不是伟人，而只是二十世纪世界无产阶级的工具。……其实每一个伟人不过是某一时代、某一地域里的历史工具。历史的演化有客观的社会关系，做他的原动力，——伟人不过在有意无意之间执行一部分的历史使命罢了。我们假使崇拜这种历史使命，我们方崇拜他这个人。"[③]只有正确认识革命领袖的历史功绩，方可避免个人崇拜的形成。正如《国际歌》中所唱："从来就没有什么救世主，也不靠神仙皇帝。"无产阶级革命是真正的人民革命，其最伟大的力量，来源于人民群众。在另一方面，瞿秋白又充分肯定列宁的伟大历史功绩："列宁的'虽死犹生'与其他英雄伟人绝不相同。——他不仅留一个'名'，留一个'人格''道德''精神'与后人敬仰；他留下了一个无产阶级的革命党，无产阶级的新国家，无产阶级的国际组织。脑病可以摧残一个列宁，脑病却永世不能摧残几千万有组织的人的革命的

---

① 瞿秋白：《赤都心史》，载《瞿秋白文集》（文学编）第1卷，人民文学出版社1985年版，第203页。

② 瞿秋白：《赤都心史》，载《瞿秋白文集》（文学编）第1卷，人民文学出版社1985年版，第204页。

③ 瞿秋白：《历史的工具——列宁》，载《瞿秋白文集》（政治理论编）第2卷，人民出版社2013年版，第477页。

社会主义团体！"①瞿秋白赴俄时，其心态犹如朝圣，既要了解红色俄国的真实状况，又要从此求取革命的"真经"，用以改变中国的现实。在这里，他的确受到了革命的洗礼，并在游记中建构出了一副历经战火却屹立不倒的崭新的俄国形象。

然而，他并没有将苏俄浪漫化和乌托邦化，而是如实地描写了战后的俄国所面临的种种困难，以及布尔什维克政权的某些阴暗面。例如，在观察到哈尔滨的状况之后，他提出疑问："如此'非现代的'经济生活里，如西伯利亚，如哈尔滨，怎样实现科学社会主义的理想社会？""象这样'殖民地的'剥削政策下之经济，依社会主义的原则，应当怎么样整顿呢？"这样的问题，以瞿秋白当时的学识与阅历，尚且难以给出令人信服的解答。但他认为"一切真理——从物质的经济生活到心灵的精神生活——都密切依傍于'实际'……劳工神圣，理想的天国，不在于智识阶级的笔下，而在于劳工阶级实际生活上的精进"。②这样的结论无疑是符合唯物主义的。同样的观点又出现在他对俄国革命的思考之中。他认为，俄国革命并非是"布尔塞维克的化学家"依着"社会主义理论的公式"，将"俄罗斯民族的原素"，在"苏维埃的玻璃管里"颠倒两下就即刻显出的"社会主义的化合物"，"只有实际生活中可以学习，只有实际生活能教训人，只有实际生活能产出社会思想，——社会思想不过是副产物，是极粗的现象"。③当时的瞿秋白尚未明确马克思主义的信仰，然而我们不难从他的观点中看到马克思主义对他的巨大影响。在1918年到1920年间，苏俄政府为了应对国内战争，在经济上实行了战时共产主义制度。在特殊的时期和条件下，这项制度有其必要性与合理性；但另一方面，它也造成了

---

① 瞿秋白：《列宁与社会主义》，载《瞿秋白文集》（政治理论编）第2卷，人民出版社2013年版，第499—500页。

② 瞿秋白：《饿乡纪程》，载《瞿秋白文集》（文学编）第1卷，人民文学出版社1985年版，第51—52页。

③ 瞿秋白：《饿乡纪程》，载《瞿秋白文集》（文学编）第1卷，人民文学出版社1985年版，第93页。

苏俄国内的普遍贫困。瞿秋白旅俄时，正处于战时共产主义结束不久，新经济政策刚刚实行的时期，苏俄国内经济尚未完全恢复，粮食供应紧张，生活物资匮乏，人民的生活极端困苦。在《革命之反动》一节中，瞿秋白写道："实际上'粮食均配法'，收取农民出产物之全量，为近时西伯利亚以及其余各处农民反抗的真因。"①甚至在实行新经济政策之后，依然能经常听到农民反抗的声音。而当新经济政策实行后，市场在一定程度上放开了，却又产生了新的资产阶级。一边是报纸上频频传出的人民饥寒交迫的报道，一边是"莫斯科城市新资产阶级开着辉煌的咖啡馆，饭馆"。瞿秋白对此进行了犀利的批判："麻木的神经，暗黑的良心……是市侩主义的标帜。"②此外，瞿秋白还揭露了苏俄政府中存在的官僚问题。他认为："封建遗毒，东方式专制政体，使官僚问题种得很深的根底……革命的巨潮如此汹猛尚且只扫刷得一些。"③瞿秋白在此提出的，实际上是"革命的第二天"的问题。与其说官僚主义是东方封建专制制度的遗产，倒不如说是布尔什维克党从"革命党"到"执政党"转变过程中所必然要面对的问题。

在为期近两年的俄国之行中，瞿秋白对苏俄社会进行了全面的观察和思考。从思想倾向上，他完全认同苏俄的布尔什维克政权；但从理智上，他对俄国社会保持着清醒的批判和反思。事实上，这两种态度并不矛盾，不论是认同、赞美，还是批判、反思，他的目的都指向中国社会问题的解决。苏俄式的社会主义革命承载着瞿秋白对于建立中国的现代民族国家的想象；而其反思与批判，则是对未来中国可能走的弯路的预警。学者李杨对斯诺及其《西行漫记》有这样的评价："斯诺以自己的方式——他的经历、他的梦想与他的才

---

① 瞿秋白：《赤都心史》，载《瞿秋白文集》（文学编）第1卷，人民文学出版社1985年版，第130—131页。

② 瞿秋白：《赤都心史》，载《瞿秋白文集》（文学编）第1卷，人民文学出版社1985年版，第171—172页。

③ 瞿秋白：《赤都心史》，载《瞿秋白文集》（文学编）第1卷，人民文学出版社1985年版，第166页。

情参与了历史,创造了历史。"[①]这一评价,对于上述瞿秋白的作品也同样适用。以瞿秋白的《饿乡纪程》《赤都心史》为代表的这一批表现"革命"的非虚构作品,不仅是作者个人心路历程的见证,同时也是对中国革命进程的记录,它们甚至在某种程度上参与和改变了历史。

三

瞿秋白早期创作是当时思想、文化、政治等多方面因素作用于文学的产物。这既得益于五四文学革命的发生和新思想新文化的倡导,又体现了当时先进的现代中国知识分子的"革命"想象。现代中国革命文学的创作实践究竟如何落地?它本质上,应该不只是单一的革命思想的传声筒和机械的社会意识的代言,而要有自己的表达方式和渗透审美情感的多样文类文本。

瞿秋白早期创作正是在这些方面的自觉,与他对新的社会革命思想的热忱相一致。比如,在各种文体的创作中,大胆积极进行多方面尝试,他摈弃文言文而采用白话文,他将古典诗歌与散文常用的意象、句式用于文中,使作品显得流畅、凝练、隽永。1923年6月,瞿秋白在《新青年》季刊上发表白话新诗《赤潮曲》:

赤潮澎湃,
晓霞飞动,
惊醒了
五千余年的沉梦。

远东古国

[①] 李杨:《"记录历史"与"创造历史"——论斯诺〈西行漫记〉的历史诗学》,《天津社会科学》2015年第5期。

四万万同胞，

同声歌颂

神圣的劳动。

猛攻，猛攻，

捶碎这帝国主义万恶丛！

奋勇！奋勇！

解放我殖民世界之劳工。

何论黑，白，黄，

无复奴隶种。

从今后，福音遍被，天下文明。

只待共产大同……

看！

光华万丈涌。①

1923年10月15日，瞿秋白在《时事新报·文学》②上发表白话新诗《铁花》，其中第五节是这样写的：

我吹着铁炉里的劳工之怒，

我幻想，幻想着大同，

引吭高歌的……醉着了呀，群众！

---

① 瞿秋白：《赤潮曲》，载《瞿秋白文集》（文学编）第2卷，人民文学出版社1986年版，第360—361页。

② 《时事新报·文学旬刊》自第81期起改为周刊，称《时事新报·文学》。

锻炼着我的铁花，火涌。①

瞿秋白新诗创作的量有限，但却是五四期间较早将"革命"纳入诗歌创作的诗人，同时也是新诗早期自由体式上有自己独特开创之功的作家。瞿秋白早期的杂文，同样是由白话写成。但更重要的是，它区别于古代用于"言志"和"载道"的散文，是一种形成于五四时期的现代性文体。"现代杂文，作为一种文学样式，是在'五四'新文化运动急遽、剧烈的社会斗争中应运而生的。《新青年》上'随感录'栏目的创办标志着现代杂文的诞生。"②这种并不成熟的白话散文创作，相较后世的散文，反而更具古典韵味。而这样的文笔正体现了典型的五四特征：中国文化由"传统"迈向"现代"。而身处历史转折中的知识分子，兼具"传统"与"现代"两种文化特征。五四时期，甚至可以说从晚清到民国的整个中国社会，外受帝国主义列强欺凌，内有清王朝、北洋军阀以及国民党反动派的统治，黑暗、动荡、民不聊生，这是杂文得以产生的现实因素。这种文体篇幅短小、内容犀利，能够对黑暗的社会现实做出最迅速的回应和批评，因而本身就具有某种"革命"的特征；加之有繁盛的现代报刊作为传播媒介，使之能够在当时兴盛起来。瞿秋白在这一时期创作了大量的杂文，其中不仅有批评性的文章，也有宣传介绍马克思主义、鼓吹革命的建设性文章。不仅如此，他还参与编辑过许多现代报刊，除《新社会》旬刊与《人道》外，瞿秋白回国后又任中共中央机关刊物《新青年》和《前锋》的主编，并参与《向导》的编辑工作。他的杂文创作与报刊实践并没有自觉的文学目的，它体现了五四时代语境对革命知识分子文学实践的规范。

就瞿秋白早期文学创作的审美价值来说，《饿乡纪程》与《赤都心史》

---

① 瞿秋白：《铁花》，载《瞿秋白文集》（文学编）第2卷，人民文学出版社1986年版，第364页。

② 蒋明玳：《文学家的政治式写作——论瞿秋白的杂文创作》，载秋白纪念馆编：《瞿秋白研究》第8辑，学林出版社1996年版，第359页。

两部作品既是作者所见所闻所思所感的自然流露，又具有鲜明的抒情特征。作者还在作品中加入了大量的风景描写，其语言流畅、典雅、优美，使作品不至于沦为对"革命"理念的简单阐释。试看以下片段：

  半阴半晴的天气，烟云飞舞，一片秋原，草木着霜，已经带了些微黄，田地里禾麦疏疏朗朗，显得很枯瘠似的，想起江南的风物，究竟是地理上文化上得天赋较厚呵。火车的轮机声，打断我的思潮，车里却静悄悄地，只看着窗外凄凉的天色似乎有些雨意，还有那云山草木的'天然'在我的眼前如飞似掠不断的往后退走，心上念念不已，悲凉感慨，不知怎样觉得人生孤寂得很。①

瞿秋白在这段描写北方秋季风景的文字中，多处使用了短句，使文字读来流畅优雅，颇具古典韵味，显示了他良好的古文修养。事实上，这种文白夹杂的语言和句式，也正是五四风格的典型体现。而且，在这里，自然风光具有了象征的作用，"半阴半晴""草木着霜""禾麦疏疏朗朗""枯瘠"等词不仅告诉了我们作者写作时的时节与气候，而且体现了作者赴俄前"悲凉感慨"的心态。可以想见，瞿秋白赴俄时虽满怀"为大家辟一条光明的路"②的理想，但由其曲折坎坷的人生经历所造就的忧郁气质，又使其在告别祖国时产生浓厚的离愁别绪。

  沿站一堆一堆禾麦，盖着积雪，愁惨惨对着凄凉的天色，好一似病人四肢困顿——南边过于"南满铁道的手铐"，北边锁着"谢美诺夫的

---

① 瞿秋白：《饿乡纪程》，载《瞿秋白文集》（文学编）第1卷，人民文学出版社1985年版，第10页。
② 瞿秋白：《饿乡纪程》，载《瞿秋白文集》（文学编）第1卷，人民文学出版社1985年版，第5页。

脚镣"——血气壅滞,颜色死灰,奄奄就毙了。车行飞掠,听着狂吼的北风,震颤冰天雪窖的严壁,"红色恐怖"和东方太阳国的财神——资本主义——起剧烈的搏战,掀天动地呢。①

在写作这段文字时,瞿秋白正身处从哈尔滨到满洲里的铁路上。此时出现在他眼前的,正是冬季里中国东北天寒地冻的景象。他将眼前的景象拟人化——"似病人四肢困顿","奄奄就毙",显示出他文学想象力的非凡。

在《赤都心史》第一节《黎明》中,开篇便是一段美妙的文字:

沉沉的夜色,安恬静密笼罩着大地。高烧的银烛,光灺影昏,羞涩的姮娥,晚妆已卸;酒阑兴尽,倦舞的腰肢,已经颓唐散漫,睡态惺忪,渴涩的歌喉,早就澜漫沉吟,醉呓依微。兴高采烈,盛会欢情,极人间的乐意,尽人间的美态,情感舒畅,横流旁溢,"留连而忘返",将当年"复生"的新潮所创造的"人间美",渐渐恶化,怠化,纵恣化。清歌变成了醉呓,妙舞已代以淫嬉,创造的内力已自趋于磨灭。一切资产阶级的艺术文化渐渐的隐隐的暴露出他的阶级性:市侩气。地轴偷转,朝日渐起,任凭你电花奇火有几万万光焰,也都濒于夺光失采的危怖。……黎明来临,预兆早见,然而近晓的天色几微,鱼肚惨色渐转赤黑愁黯的霞影时,反不如就近黄昏的夕阳!游荡狂筵的市侩乐,殊不愿对于清明健爽的劳作之歌让步。②

瞿秋白在这段文字的前半段,用极具古典韵味的短句,极尽渲染"颓唐

---

① 瞿秋白:《饿乡纪程》,载《瞿秋白文集》(文学编)第1卷,人民文学出版社1985年版,第65页。
② 瞿秋白:《赤都心史》,载《瞿秋白文集》(文学编)第1卷,人民文学出版社1985年版,第117页。

散漫"的资产阶级生活的欢乐,然而这并不代表他对这种生活是赞美和向往的,相反,他认为资产阶级的生活扭曲了新兴的文化,使其"恶化,怠化,纵恣化",而变为带有"市侩气"的资产阶级文化。瞿秋白在这里表达的,是对资产阶级市侩文化的批判,以及对"清明健爽的劳作之歌"的呼唤,这体现了他鲜明的革命立场。并且,瞿秋白并未空喊革命口号,而是将革命立场融于优美的语言表达之中,与同期乃至此后的革命文学作品相比,其文学审美价值都是超群的。

在《"我"》一节中,瞿秋白深入思考了在社会变动以及不同民族文化的交流中,个人性格的形成和文化选择问题:

> 具体而论,人处于各种民族不同的文化相交流或相冲突之时,在此人类进步的过程中,或能为此过程尽力,同时实现自我的个性,即此增进人类的文化;或盲目固执一民族的文化性,不善融洽适应,自疲其个性,为陈死的旧时代而牺牲;竟或暴露其"无知",仅知如蝇之附臭,汩没民族的个性,戕贼他的个我,去附庸所谓"新派"。①

他进而提出了对自我的要求:"盼望'我'成一人类新文化的胚胎","'我'不是旧时代之孝子顺孙,而是'新时代'的活泼稚儿"。②这表现了瞿秋白在文化选择上的决绝,在"旧"与"新"、"传统"与"现代"之间,瞿秋白的立场毫无疑问倾向于后者。事实上,创造新的文化也是建构一个新中国的必要因素。

在写景、抒情、表达思想等方面,《饿乡纪程》与《赤都心史》均达到

---

① 瞿秋白:《赤都心史》,载《瞿秋白文集》(文学编)第1卷,人民文学出版社1985年版,第212—213页。

② 瞿秋白:《赤都心史》,载《瞿秋白文集》(文学编)第1卷,人民文学出版社1985年版,第213页。

了极高的水准。瞿秋白的这两部苏俄游记,是将"革命"与"文学"完美结合的典范。它既开创了中国非虚构写作的先河,又是现代中国革命文学的发轫之作,并且,"即便到今天,在文学的层面上来评估,仍不愧是'五四'新文学杂感散文类作品的奠基石,显露出'五四'后期第一流文学作品的历史震撼力与思想传布的叙述真诚"[1]。理解瞿秋白苏俄游记创作的现实基础,关键之处还不在于它采用了何种文体,而在于它是在什么样的条件下写成的,呈现了什么样的创作心态。众所周知,《饿乡纪程》记录的是瞿秋白赴俄途中的见闻及思考;而《赤都心史》,用瞿秋白自己的话说是"记我个人心理上之经过,在此赤色的莫斯科里,所闻所见所思所感"[2]。瞿秋白在这两部作品中,掺杂了过多个人的思考与感受,烙上了他鲜明的个人印记。这两部作品被视为五四特殊历史语境中的产物,是充满激情和理想抒写的文本,某种程度也是一个理想时代的象征。原因即在于,1917年俄国十月革命的胜利,为苦苦寻求救国之道的中国知识分子带来了希望和曙光,它满足了知识分子对于建立现代民族国家的想象,如李大钊、陈独秀,乃至恽代英、张太雷等早期中国共产党人,均是在五四时期开始信仰马克思主义,并参与现实中的革命斗争。正如贺照田所说:"中国共产主义运动是从新文化运动这一历史母体中脱胎出的,是新文化运动中众多思想光谱中的一支。"[3]为此,可否这样说,五四语境中十月革命和社会主义思想的重要内容,它深刻地影响了知识分子的思想与人生选择,同样也影响了作家的文学创作,引导了现代中国革命文学伊始的创作实践之路向。五四之后,现代中国革命文学逐渐兴起,在不断探索文学与革命的融合中,这两部作品竟带有某种预言色彩。就革命文学中一种纪实类型的创作而言,1930年代中国左翼文学运动中曾大力提倡过的报告文学,如夏衍著名的

---

[1] 胡明:《文学才情与政治选择——重读〈饿乡纪程〉、〈赤都心史〉》,《陕西师范大学学报》(哲学社会科学版)2006年第5期。

[2] 瞿秋白:《赤都心史》,载《瞿秋白文集》(文学编)第1卷,人民文学出版社1985年版,第114页。

[3] 贺照田:《启蒙与革命的双重变奏》,《读书》2016年第2期。

《包身工》、宋之的的《一九三六年春在太原》等；邹韬奋根据访问苏联等国的见闻，著有《萍踪寄语》和《萍踪忆语》，表达了他对于社会主义的真心向往，这同瞿秋白的《饿乡纪程》《赤都心史》形成了呼应。随后在抗战文学、延安文学的1940年代里，新闻工作者范长江曾以《大公报》记者身份赴西北考察，著有《中国的西北角》《塞上行》等作品，还有沙汀的《我所见之贺龙将军》、周立波的《王震将军记》、陈荒煤的《陈赓将军印象记》等，它们以非虚构的手法塑造了一批真实可感的革命者、抗战高级将领的形象，起到了鼓舞民众团结抗战，传播爱国、革命思想的积极作用。

瞿秋白早期文学创作最典型地反映了现代中国革命文学肇始于时代社会的生活与文学文化的内外融合。"外部"是就其人生经历和革命思想的形成而言，包含着创办报刊、筹办文学社团、译介俄国文学等丰富内容的文学活动。同时他又将文学实践与政治实践相结合。在创办《新社会》的时期，他亲自撰文，宣传马克思主义，鼓吹社会变革，最早尝试了革命文学的实践活动。此外，瞿秋白曾积极参与了文学研究会前期的筹备工作。"内部"是就瞿秋白的文学思想和创作文本讲。文学研究会"为人生"的文学、改良社会的理念，与瞿秋白最初的社会思想相通，与现代中国革命文学发生的思想基础也有关联。同样，瞿秋白早期对俄国文学的译介，是其积极探寻新思想新的理论资源的体现。以赴苏俄考察为界，他的译介重点从19世纪批判现实主义文学，转移到十月革命后的社会主义文学，这显示了苏俄革命逐渐渗透于他的思想和文学观念中，并最终得到认同。他的苏俄游记、政论性的随笔以及他的革命诗歌，都脱离不了他当时所处的语境——五四文化的特殊语境。瞿秋白的文学创作是时代的产物，却又不是对时代社会的简单摹写，而是渗透着他作为一名革命知识分子对中国革命的想象与追求。

第五章　现代中国革命文学发生期"新开端"的体验
——以作家郁达夫创作为例

本章对现代著名作家郁达夫的研究，与已有文学史中对五四作家郁达夫及其文学创作的定论有些偏离。比如，在郁达夫研究中，往往给郁达夫单独冠以多愁善感、风流才子、现代文人、革命作家、浪漫主义作家、抒情小说家的名头的研究成果较多，而从整体的现代中国革命文学发生期视角，全景审视郁达夫其人其文及其相互关系的，却相对单薄。重新考察五四作家郁达夫完整的人和文，寻踪五四以来作家创作小说的演变过程，注意作家那些被人关注不多的偏重写实性的作品，尤其注意解读五四文学与现代中国革命文学发生的关联，获得的不仅是郁达夫个案研究的新知，而且还有五四新文化运动开启的现代中国革命文学的再认识。而较长时间里，谈及五四文学时代的"革命"话题，不是意识形态的思想拔高，就是将其作为历史过渡时期一切"变革"的代名词，如对现代中国革命文学的现实主义传统、大时代的史诗性叙事，底层苦难人生的纪实，成长或正面形象的人物塑造等基本要素的特别强调。那么，回归作为一种文学类型的革命文学本体的发生考察，郁达夫的人生及其笔下的创作实践，给我们提供了一个重要的案例。他既描绘外部世界的社会现实人生，又忠诚于自我内在精神情感的真实；既以非写实的虚构故事传达作家对时代风云和社会政治的切身感应，又以务实的言行走进了左翼文艺运动和反抗侵略者的抗日战争，其一生就是富丽悲壮的诗史。现代中国革命文学创作正是在郁达夫那里有了另一样的世界。

一

　　五四新文化运动开启的现代中国革命文学，不乏陈独秀、李大钊、张闻天、恽代英、郭沫若、成仿吾、瞿秋白、冯雪峰等一大批有不同身份立场、不同文化视野、不同思想资源的革命作家。他们以五四思想革命为根基，影响了五四文学革命、社会政治革命，和现代中国革命文学的理论倡导。这是从思想革命走向社会政治革命的脉络，也是从文学革命到革命文学的路线。这些革命作家既在顺应历史的推动而生成了现代中国革命文学，又在五四新文化新文学自身建设的反思中，不断重构现代中国革命文学。这两者同步而行又始终彼此交替交融，大体可以清晰地呈现出其内外谱系和思想结构的形态，即表现为民族意识危机、人文思想重建、反传统的历史发展之逻辑思路。但是，这个形态的内涵和思想的脉络，准确地说，更多侧重反映的还是思想层面的革命文学观念的生成和其精神源流的理论建构。现代中国革命文学崭新的文学理论，更应该是与全新的文学表现和创作实践相联系的。当然，现代中国革命文学可以列举出以叶圣陶、茅盾、蒋光慈、丁玲等为代表的革命作家的创作实践成果。他们笔下的革命文学作品切实地在跟踪反映现代中国重大社会历史事件、政治革命斗争和运动，忠实地在关注记录现实人生的疾苦、民众苦难的挣扎和反抗。诸如叶圣陶的《倪焕之》记录了近现代以来辛亥革命、张勋复辟、五四运动、五卅惨案等事件；茅盾的《幻灭》《动摇》《追求》的《蚀》三部曲完整反映了1927年的国民革命的全过程；蒋光慈的《短裤党》和《咆哮了的土地》对1920年代中后期上海工人武装起义的现场进行实录，记叙了农民运动和武装斗争；丁玲的《水》最先将目光注视到底层大众，记录了1931年令全国震动的泛滥于16个省的洪涝灾害，彼时民不聊生，农民抗争，阶级矛盾加剧。但是，这些以现实主义创作主导的现代中国革命文学的想象书写，由生活的体验转化为艺术审美表达的创作实践，最突出的还是对现代中国崭新而务实的革命文学思想理论观念之积极回应，本质上多是以丰富多彩的社会生活原生态意识形态写实为基础。如果回到历史现场，尊重文学史的真实性，那么对现代中国革命文学谱系与结构的完整还原，是真正将社会人生、政治现实化为有血肉、有温度的鲜活生命的表现。现实主义本体的现代中国革命文学总是有所限制的，也必然是一种内容和形式结构开放的、渐进发展的多元综合体，重视文学史发展不同阶段不同的作家作品，尤其应该重视伴随着五四新文学开始的现代中国革命文学初期创作。"革命"既是从思想文化到社会政治，从知识分子自我的呐喊到民众的觉醒、新兴阶级的崛起的现代历史进程；又是真正独立个体和群体融合的共同表达，呈现出极其丰富而复杂的多声部重奏、互动的生命形态。这使得我们注意到五四作家郁达夫（1896—1945），这样一位现代浪漫主义文学代表的小说家，人们很少将他与现实主义的革命文学创作联系在一起，尤其在现代文学中郁达夫的研究，往往给郁达夫单独冠以多愁善感、风流才子、现代文人、革命作家、浪漫主义作家、抒情小说家的名头的研究成果较多，而从整体观的革命文学视角全景审视郁达夫其人其文的研究相对单薄。反之，今天重新完整考察郁达夫的人和文，寻踪作家五四以来小说创作的演变过程，认真重读作家那些关注度不高的写实性作品，甚至作家自己也不看好的作品，恰恰可能有不同的收获。郁达夫的个案让我们对现代中国革命文学的发生发展及其丰富形态有了新的认知。

　　法国学者勒庞在论述革命与心理学的关系时言："宗教的或政治的革命在其刚刚兴起之时，很有可能得到理性因素的支持，但革命只有借助神秘主义或是情感要素的力量才能继续发展，而这些要素同理性却是风马牛不相及的。"[①]如果说现代中国革命文学的观念形态的思想主张的形成与演变，不无时代社会政治的变革推动，与先进的现代中国知识分子的思想自觉有着关联，那么作为文学自身形态的革命文学的创作实践，应该离不开作家印象感觉的理想情感的"革命"，及生命体验和理解的精神"革命"。"革命"也应该是作

---

① 古斯塔夫·勒庞：《历史的修正》，载《革命心理学》，佟德志、刘训练译，吉林人民出版社2004年版，导论第6页。

家笔下精神心灵、审美世界不自觉的集体无意识的情感流露和美的传达。每位作家作为一个独立的个体，他们饱经社会大时代变革的风雨，各自有着各自家庭的兴盛衰落和不同人生的坎坷和沧桑。这使得他们的创作不仅有现实人生的印迹，而且有着体验人生的诗意之魂灵。反映鲜明时代特色和历史规律的革命文学，同样也有着作家不同感受理解、不同风格、不一样书写和表达等不同的文学追求。现代作家中有桀骜不驯、洒脱随性，又有平实儒雅、冷静客观，也有感伤浪漫、内心忧郁等各色人格文风。同样，现代中国革命文学虽然有着大时代政治斗争的厚重底色，但正是作家个性化的体验与感知，赋予了革命文学内部结构的张力和思想的质地。现代中国革命文学创作实践有着丰富表达：从主观到写实，由冷静到暴露，从动摇到追求，从崇拜到疏离，个人与群体、文学与政治的双重变奏，等等。这些描摹了一幅色彩斑斓的革命文学历史形态的谱系图。

郁达夫作为五四新文学的第一代现代作家，文学史已有定位。早在1946年，胡愈之就有这样的评价："他的一生是一篇富丽悲壮的诗史"，他是"一个复杂的不平常的人物"。[1]后来的文学史家言之凿凿说他是一位现代浪漫主义作家，甚至是一名革命作家。比如后者，郁达夫以一个大胆、叛逆、主观色彩浓烈的现代作家形象问世于五四文坛的同时，其思想层面也不乏强烈的社会政治意识，并且与时俱进。在1923年，几乎与张闻天、恽代英、邓中夏、萧楚女等一批早期共产党人同时期，他就提出"阶级斗争"概念："我想学了马克斯和恩及耳思Engels的态度，大声疾呼的说：'世界上受苦的无产阶级者，在文学上社会上被压迫的同志，凡对有权有产阶级的走狗对敌的文人，我们大家不可不团结起来。'"[2]同年，他还介绍过俄国民粹主义革命家赫尔岑[3]。1927年，"四一二反革命政变"发生前夕，创造社大张旗鼓地倡导革命

---

[1] 胡愈之：《郁达夫的流亡和失踪》，香港咫园书屋1946年版，第34页。
[2] 郁达夫：《文学上的阶级斗争》，《创造周报》总第3期。
[3] 郁达夫：《赫尔惨》，《创造周报》总第16期。

文学的前一年，郁达夫就撰文《无产阶级专政和无产阶级的文学》明确表明自己的政治态度，及阐释文学与政治的关系。"真正彻底的革命，若不由无产阶级者——就是劳动者和农民——来作中心人物，是不会成功的。""我在此地敢断定一句，真正无产阶级的文学，必须由无产阶级者自己来创造。"①"现在的中国的国民革命，是世界革命的一部分，是无产阶级要求支配政权，要求解放的革命，那么我们现在所要求的革命文学，当然是无产阶级的文学。"②1930年代初，中国左翼文艺运动发生发展中，郁达夫是"左联"团体的发起人之一，与鲁迅共同编辑刊物《奔流》，积极参与各种左翼文学活动，如营救当时被国民党关押的"左联"五烈士、丁玲等作家，与鲁迅等发起签名《中国自由运动大同盟宣言》《坚决反对帝国主义瓜分中国，反对压迫中国民众反日反帝：上海文化界发告世界书》等。抗战全面爆发后，郁达夫是统一战线组织中华全国文艺界抗敌协会的常务理事，兼任研究部主任。抗战中后期，应《星洲日报》之邀去新加坡，后到苏门答腊之地避难，隐姓埋名，遭遇告密而被逮捕，被日本宪兵秘密杀害时年仅49岁。1952年经中央人民政府批准，郁达夫被追认为革命烈士。1983年中央人民政府颁发了烈士证书。2014年9月，民政部公布了第一批在抗日战争中顽强奋战、为国捐躯的300名著名抗日英烈和英雄群体名录，其中，就有郁达夫的名字。

从严格意义上说，20世纪中国革命文学的存在和发展，并不完全只是一批具有革命者、政治思想家身份的作家的倡导和革命实践。文学与作家身份之间是一种认同和背离的特殊而复杂的文学现象。现代中国革命文学的多彩历史形态的谱系，最能够呈现其现象的丰富性和复杂性。现代著名的浪漫主义革命作家郁达夫给我们提供的较为多样化的文本和丰富的创作实践，远比他直接的言说、一些直观的社会活动，更能够反映出作家最真实的心灵世界。他作为

---

① 日归（郁达夫）：《无产阶级专政和无产阶级的文学》，《洪水》第3卷第26期。
② 郁达夫：《〈鸭绿江上〉读后感》，《洪水》第3卷第29期。

五四新文学的第一代作家，现代中国革命在其虚构的文学世界中融合了他独特的个人经历的体验、社会活动的感受。这使得现代中国革命文学最初的发生显现出丰富多样的内在意蕴。

二

1921年10月郁达夫的第一本小说集，也是五四新文学的第一部小说集《沉沦》由上海泰东图书局出版单行本。它在现代中国文学史上的重要意义已有定论，毋庸赘言。该集共收入三篇小说——《沉沦》《南迁》《银灰色的死》，其中《沉沦》影响最大。《沉沦》出版以后引发的社会反响，褒贬不一，评价都十分强烈。如同近一个世纪以来小说受到各种各样的解读一样，小说刚出版时面临了一片"不道德"的漫骂声，周作人、郭沫若直言回击，予以小说中肯评判；特殊年代中，小说被读出"色情""颓废"；到了新的历史时期的文学再反思阶段，作家本真自我和作品主观抒情的风格被重新挖掘。这些评价和这种变化反映了郁达夫创作的艺术倾向和《沉沦》的小说思想有着不断被重读的独特价值。"《沉沦》是描写着一个病的青年的心理，也可以说是青年忧郁病Hypochondria的解剖，里边也带叙着现代人的苦闷，——便是性的要求与灵肉的冲突。"[1]沿着郁达夫小说的自序，我们不难认识和理解小说的基本艺术格调，以及作品中主人公的形象特征和思想内涵。因为小说本身确实不是在讲述一个有头有尾的完整故事，而是围绕着"他"意识的流动展开的。小说中的8个章节，除了第3章节交代"他的故乡，是富春江上的一个小市，去杭州水程不过八九十里"，"他三岁时候就丧了父亲"这些具有叙事性的写实外，其中7个章节在不断叙述开篇"他近来觉得孤冷得可怜"，"他的忧郁症愈闹愈甚了"的孤独心理状态，及由此带来的言的宣泄与行的片段，这些构成

---

[1] 郁达夫：《〈沉沦〉自序》，载《郁达夫文集》第7卷，花城出版社、生活·读书·新知三联书店香港分店1983年版，第149页。

了小说侧重主观心理流动的情节结构。当然，小说中也不乏"知识我也不要，名誉我也不要，我只要一个能安慰我体谅我的'心'。……我所要求的就是爱情！""祖国呀祖国！我的死是你害我的！你快富起来，强起来吧！你还有许多儿女在那里受苦呢！"这样指向鲜明的言辞，直率地表露出那个新旧交替时代对爱情的大胆赞誉和强烈的爱国意识。① 还有小说中的"他"生存的困顿、精神心理的病态、低下卑微的人格，也都在自我的倾诉和表白中活脱脱地表现出来。"他"是一种社会"多余人""边缘人"的典型形象。周作人评价小说《沉沦》是出于"人类的本然"而创作的"一部艺术的作品"②，是真正艺术品与人的本真相联系。显然，郁达夫虽然直观描写非常人，乃至病态的"他"，但是以反其意或"非人"表现的是人的内在本真，真正具有了现代人的气息。这无疑正属于五四新文化以来呼之欲出的"真人"，属于一种亟待创造的革命文学，此前的文学多为"非人的文学"③"瞒与骗"④的文学。如果说五四伊始陈独秀是在理论上倡导一场民主和科学的思想革命、伦理道德革命，那么郁达夫是以真实的自我人生经历和现代人的感受，创造了表现和描写现代"真人"意识流动和生活片段的一种革命文学的样态。他以人物自叙的方式丰富了五四的思想革命，因为"真正伟大的革命是行为方式的革命和思想的革命"⑤。这部小说不仅以文学创作实践的形式积极配合陈独秀发动的思想文化革命，而且区别于鲁迅小说寓意象征性的"狂人"形象塑造，也不同于郭沫若"女神"新诗创作的人与自然一体的泛神"英雄"想象。郁达夫说："我觉得'文学作品，都是作家的自叙传'这句话，是千真万真的……我觉得作者的

---

① 郁达夫：《沉沦》，载《郁达夫文集》第1卷，花城出版社、生活·读书·新知三联书店香港分店1982年版，第16—53页。

② 周作人：《〈沉沦〉》，载贺玉波编：《郁达夫论》，光华书局1932年版，第96、100页。

③ 周作人：《人的文学》，《新青年》第5卷第6期。

④ 鲁迅：《论睁了眼看》，载《鲁迅全集》第1卷，人民文学出版社1981年版，第238页。

⑤ 古斯塔夫·勒庞：《革命心理学》，佟德志、刘训练译，吉林人民出版社2004年版，第4页。

生活，应该和作者的艺术紧抱在一块，作品里的Individuality（个性——引者注）是决不能丧失的。"①《沉沦》这篇小说作为五四文学中率先大胆以作者自己的经历和个性创造出真实的"他"。虽然这个"他"卑微、病态、性苦闷几乎超出了正常人，但是能够感受到作者"是将它在自己的生活和艺术中具体化起来了"②。郁达夫将自己的人格个性与小说艺术的主观性紧密地融合，创造了五四以来从未见过的"真人"，这是一个开创性的叛逆革命。郁达夫以其独有的精神思想的反叛性，使得小说人物的真实感具备了革命的穿透力。美国学者曾说："对任何现代革命的理解，至关重要的就是，自由理念和一个新开端的体验应当是一致的。"③《沉沦》能够成为现代中国革命文学早期文本的存在，某种程度上正是小说有着这种理解革命的"新开端的体验"。

郁达夫理解革命的"新开端的体验"并不只是停留在意识流动的自叙，思想精神"沉沦"的反叛阶段。通过法国和俄国的革命斗争历史经验，他感悟到要既尊重自己情感的真实，又重视人生经历的现实体验。"二十世纪的文学上的阶级斗争，几乎要同社会实际的阶级斗争取一致的行动了。"④郁达夫寻求着贴近现代中国革命文学实际的完整而真实的表达，积极调整着自己文学创作实践的方向。1923—1926年间，郁达夫的小说有了明显的不同色调，表面上只是自叙与写实的双线叙事结构的运用，内在透露出某些新的信息，作家又一次通过自觉的文学实践探索，传达出对现代中国革命文学新的意义之寻找。这个阶段郁达夫的小说中，除了"于质夫""李白时"，类似于《沉沦》中作为作者自我叙述的"他"的知识分子形象外，增添了许多社会各个阶层的不同人，诸如N烟公司一个包纸烟的女工陈二妹（《春风沉醉的晚上》），拉

---

① 郁达夫：《五六年来创作生活的回顾》，《文学周报》第5卷第11、12期合刊（总第286、287期合刊）。
② 李欧梵：《中国现代作家的浪漫一代》，王宏志等译，新星出版社2005年版，第118页。
③ 汉娜·阿伦特：《论革命》，陈周旺译，译林出版社2007年版，第18页。
④ 郁达夫：《文学上的阶级斗争》，《创造周报》总第3期。

黄包车的人力车夫（《薄奠》）；甚至有了一群以曾、邝、于、霍四人为代表的本想努力研究文学但为生活所困又不得不各自离散的人（《离散之前》），还有都市中洋房里住着的老二老三等年轻女子、华侨富商、大学生等各色人群（《过去》）。郁达夫本人的解释是，这些多为社会下层不幸群体的出现"多少也带一点社会主义的色彩"[①]；同样也有研究者认为，作者将这些人物形象与知识分子的"我""他""于质夫"等并列，本质上还是为了衬托知识分子的张扬个性，表现自我。作家自述和随着作家思想特征的阐发应该有一定的说服力。寻踪郁达夫的生活经历和其创作的联系，可能更贴近作家本身的实际样态。他从日本回国后的这段时间里，生活十分困窘，辗转北京、武昌、安庆等多地的学校，以教书为生；同时，还在筹办创造社的《创造周报》、《创造》季刊、《洪水》周刊等刊物，与出版社、书局、杂志社老板等各种人打交道。1924年7月29日他在给郭沫若的信中有这样的叙述："这一次到北京之后，已经差不多有两个半月的时间，但这两个半月中间，除为与《太平洋》杂志合作事，少行奔走外，什么事情也不做，什么书也不读，一半大约也因为那拿衣服首饰换来的一百块钱消费得太快，而继续进来的款子没有的原因。"[②]由此，这时期在郁达夫的小说创作中的社会因素的增多，尤其对被损害被侮辱的下层民众的生活的关注和同情，很大程度是对自己人生和生活的体认和共鸣。这里郁达夫思想意识的变化过程和作品中出现的某些革命元素的体验，一方面是他"沉沦"期自我的宣泄、个性的尊崇之底色，随着环境的变化和人生阅历的拓宽，而自然升华为人道主义关怀凸显出社会因素；一方面是他继续将自叙的故事与个人的经历融合叠加，表现出对社会人生体验式的积极探索。这期间郁达夫与穷困的青年作家沈从文在京城有一段交往的真实故事，这既可以与他此

---

① 郁达夫：《〈达夫自选集〉序》，载《郁达夫文集》第7卷，花城出版社、生活·读书·新知三联书店香港分店1983年版，第255—256页。

② 郁达夫：《给沫若》，载《郁达夫文集》第3卷，花城出版社、生活·读书·新知三联书店香港分店1982年版，第105页。

时内容有明显转变的小说对比,又能从中发现作家革命意识渐变生成的思想线索。不妨看看1924年11月13日郁达夫致沈从文的信中叙述的语气和内容:"我说了这半天,不过想把你的求学读书,大学毕业的迷梦打破而已。现在为你计,最上的上策,是去找一点事情干干。然而土匪你是当不了的,洋车你也拉不了的,报馆的校对,图书馆的拿书者,家庭教师,看护男,门房,旅馆火车菜馆的伙计,因为没有人可以介绍,你也是当不了的——我当然是没有能力替你介绍——所以最上的上策,于你是不成功的了。其次你就去革命去罢,去制造炸弹去罢!但是革命是不是同割枯草一样,用了你那裁纸的小刀,就可以革得成的呢?炸弹是不是可以用了你头发上的灰垢和半年不换的袜底里的污泥来调合的呢?这些事情,你去问上帝去罢!我也不知道。"①这与同年8月郁达夫小说《薄奠》中,坐在车上"我"与洋车夫攀谈的对话,以及"我"所思所想的语调相近似。并且直言小说中"我"主动找洋车夫闲谈,是想"缓和他的劳动之苦",也是从自己经验出发的,更是他在"实行浅薄的社会主义"。②这里找到了后来作家自叙作品内容中某种"色彩"的出处,作者思想的印记也正是从难以区分的虚构与非虚构的故事之间、知识分子"我"与下层社会人们之间自然流露出,这样的思想转变显然带着体温和血液流动的真实感。

三

1930年代以后,郁达夫的小说创作量在减少,可是他在1932年创作的《她是一个弱女子》(也叫《饶了她》)和1935年创作的《出奔》这两部中篇小说却别开生面。他一改此前小说创作中偏重的主观色彩,而开始转向了社会

---

① 郁达夫:《给一位文学青年的公开状》,载《郁达夫文集》第3卷,花城出版社、生活·读书·新知三联书店香港分店1982年版,第118—119页。

② 郁达夫:《薄奠》,载《郁达夫文集》第1卷,花城出版社、生活·读书·新知三联书店香港分店1982年版,第289页。

生活的写实。郁达夫这一转变与中国社会大的时代情势变动有着密切的联系，也与现代中国左翼文艺运动此时的迅速兴起有着关联。当然，更重要的是，郁达夫由自我创作实践的调整呈现出文学与革命关联的独立认知。他在坚持沿着自己写作路线前行的过程中，同时自觉与不自觉地与现代中国革命文学的发生发展保持同步。他虽隶属创造社团体，但没有像许多成员从前期转向后期那样表现出激进的姿态。他也参与和经历了革命文学的倡导，但对革命文学的认识更多立足于社会政治层面的陈述和理性的议论。通过寻觅作家个性化的创作实践，或者追问郁达夫究竟如何通过艺术审美的方式传达其革命思想的，我们可以发现，就其创作本身言，郁达夫并不着意要创作什么革命文学，但是作家故事的叙述和写实的背后，总能给人感觉表达的还是郁达夫自己。除了作品后叙和散文随笔、书信日记中的直接交代说明外，郁达夫还在创作样式上有所取舍，在作品形式结构上进行了意识形态化处理，为我们提供了文学史另一种革命文学读本。在《她是一个弱女子》中，郁达夫立意"是在造出三个意识志趣不同的女性来，如实地描写出她们所走的路径和所有的结果，好叫读者自己去选择应该走哪一条路"，这样小说有了"一个是代表土豪资产阶级的堕落的女性，一个是代表小资产阶级的犹疑不决的女性，一个是代表向上的小资产阶级的奋斗的女性"，塑造了三个不同的女性形象。[①]而郁达夫在最后写的一部小说《出奔》中，完全不同于他过去自我中心、情绪结构的小说创作。小说讲述北伐大革命时期的革命干部钱时英，与地主董玉林、地主女儿董婉珍之间的阶级冲突、情爱纠缠，其间始终伴随着扑朔迷离、迅速变化的国共两党从合作到裂变的革命过程。这两部小说都是对1924—1927年间大革命时代社会生活、革命情势的跟踪反映，都是直接以人物活动构成叙事中心的写实性文本。前者通过三个不同女性的人生道路，传达作家对其人物否定和肯定，及同情的态度，立场十分清晰；后者尽管人物关系有些复杂，可是小说旨在叙述革命干部钱时

---

① 郁达夫：《沪战中的生活》，载《郁达夫文集》第3卷，花城出版社、生活·读书·新知三联书店香港分店1982年版，第194页。

英一度陷入难以自拔的情爱和家庭的桎梏,一再压抑心中愤恨的状态,最终他还是摆脱了思想矛盾的困境,勇敢地点燃了地主的宅院,离家出走的主题思想也是明确的。特别明显的是《她是一个弱女子》小说发表以后,由于故事很强的纪实性,不乏读者对号入座的询问,也因内容的进步倾向遭到政府的查禁。为此,郁达夫的这两部作品无论是写作内容还是表现形式,被列为真正意义的革命文学文本应该是无异议的,文学史认为这两部作品作为作家创作风格发生转变的标志也是能够成立的。但是,对小说《她是一个弱女子》郁达夫自己并不看好,小说后叙中言:"我觉得比这一次写这篇小说时的心境更恶劣的时候,还不曾有过。因此这一篇小说,……我作品之中的最恶劣的一篇。"①而写完《出奔》之后我们未见郁达夫再有小说创作了。就郁达夫言,此刻"左联"团体明确要求作家的创作"必须注意中国现实社会生活中广大的题材,尤其是那些最能完成目前新任务的题材"②,诸如对中国劳苦民众的苦难和受压迫受剥削的描写,分析中国社会的阶级关系,等等。1930年前后郁达夫正置身于左翼文艺运动之中,一方面他自觉地响应"左联"组织的号召,在创作上有所调整和主动试笔;另一方面他又不满意立意过分明确的作品,认为是"最恶劣"之作,或者不再延续这样的创作。显然,被我们阅读的郁达夫的这些文本是作家在非常复杂而矛盾的心境下的创作。郁达夫始终认为文学创作某种程度上说就是作家的一种精神情绪的外泄方式,他的革命文学的写作也不例外:他自叙《她是一个弱女子》小说的题材,"我在一九二七年就想好了"③,可是真正开始虚构故事多少受到现实与记忆的提示,更与小说写作同一时间里自己极其糟糕的心境有着关联:1926年长子龙儿患病夭折,1927年"四一二反革命政变",1931年"左联"五烈士遇害,1932年"一·二八事变"——种种变

---

① 郁达夫:《她是一个弱女子》,载《郁达夫文集》第2卷,花城出版社、生活·读书·新知三联书店香港分店1982年版,第300页。

② 《中国无产阶级革命文学的新任务》,《文学导报》第1卷第8期。

③ 郁达夫:《她是一个弱女子》,载《郁达夫文集》第2卷,花城出版社、生活·读书·新知三联书店香港分店1982年版,第300页。

故摧折人心。他在1926年11月3日的日记里写道:"啊啊!儿子死了,女人病了,薪金被人家抢了,最后连我顶爱的这几箱书都不能保存,我真不晓得这世上真的有没有天帝的,我真不知道做人的余味,还存在那里?我想哭,我想咒诅,我想杀人。"①而1931年7月6日致周作人的信中,郁达夫也有情绪极低的这样自叙:"自广东回沪之后,迄今五年,因为一时的昏迷,就铸下了大错。……五年来的无心创作,无心做事情……近来消沉更甚,苦痛更深。"②就是经历了这样时事多变、人生跌宕的五年之后,郁达夫续写了早已构思而未动笔的三个女子的故事,叙述她们情爱的迷乱,生活的腐朽,灵魂的堕落(李文卿);在疾病、失业、贫穷中苦苦挣扎,也难逃脱侵略者的残害(郑秀岳);勤奋学习,勇敢面对现实,积极参加革命工作(冯世芬)。在身份鲜明的三个女性中,郁达夫并非是三个人物三条道路的平行并列展开,也不是着力要强调新女性冯世芬是如何革命的,或如何成长为真正的革命战士的。小说以"她的名字叫郑秀岳"开篇,以"冯世芬的收殓被惨杀的遗体"(郑秀岳的遗体)结束。③显然,对郑秀岳人生经历的叙述形成了小说主线。这里有着作者最深厚的人道主义的同情,更有着自己多难苦痛人生的写照和对美好生活的期盼。小说写作于"一·二八事变"爆发逃难之时。1932年小说上海湖风书局初版的扉页上题词:"谨以此书,献给我最亲爱,最尊敬的映霞。"这一方面可见作者写作寄托着一种内心情感的期许,另一方面小说也反映出作者有意将此时此刻本人情绪低落、精神消沉、苦痛之心境,融入不同女性的人生经历与社会历史的时事巨变之中。这与其说是希望读者选择其中一条道路,倒不如讲是作者试图借此虚构的故事给自己一种人生的选择,试图探索着能够走出情绪低

---

① 郁达夫:《劳生日记》,载《郁达夫文集》第9卷,花城出版社、生活·读书·新知三联书店香港分店1984年版,第9页。

② 郁达夫:《致周作人》,载《郁达夫文集》第9卷,花城出版社、生活·读书·新知三联书店香港分店1984年版,第421页。

③ 郁达夫:《她是一个弱女子》,载《郁达夫文集》第2卷,花城出版社,生活·读书·新知三联书店香港分店1982年版,第210、300页。

谷的方式。这如同1934—1935年，郁达夫闲居故乡，游历山水之间，一边写下了《两浙漫游后记》《超山的梅花》《花坞》《皋亭山》《过富春江》等大量游记散文，一边完成了应《文学》杂志所约"不得不写之稿"[①]的中篇小说《出奔》。小说中"避难""暴风雨时代""混沌""寒潮"等具有鲜明社会政治特征的小标题，与小说努力写出的一个复杂身份的革命干部形象紧密结合在一起。但是小说并不重在塑造革命干部典型的钱时英，也非一定要对社会正在发生的政治事件全景纪实，而是记叙生活、事件的片段，小说最后一节的标题"药酒杯"却由纪实转向暗示。这节叙述的是，在"革命不忘恋爱，恋爱不忘革命"中，钱时英与董婉珍结婚成家了，婚礼上岳父地主董玉林侃侃而谈，摇身一变为"革命者"，婚后妻子却变成了骄纵的主妇，在丈夫辞去党部股长一职后，表现出冷淡、轻视，最终使得钱时英久久压抑心头的怒火爆发，火烧了这个地主的宅院。革命干部钱时英一直追求的革命与爱情似一杯苦涩的"药酒"，最终的反抗与出走也正是被这"药酒"刺激的壮举。浪漫主义小说作家郁达夫表现出一种现实主义革命文学创作方式，又不失对自己主观情感世界某些真实的保留。创作《出奔》小说之后，郁达夫虽然没有续写虚构的人物故事，但是他以自己实实在在的言与行，真正开始了一个革命者的人生之路。这也恰恰反衬了郁达夫革命文学创作的独特色调。五四时期的《沉沦》，就是以出格的暴露和大胆的宣泄，明显的不协调于同时期作家的创作，"不完全处，缺憾处，乃反面正是给人十分尊敬处"[②]。始终忠实于自己创作个性的郁达夫，既真实地传达自我内心丰富而复杂的精神情绪，又如实地记叙社会现实和人生经历，给具有鲜明时代气息的现代中国革命文学的写作，更多呈现了独有的个人化印痕，很值得被我们的现代中国文学史珍视。

---

① 郁达夫：《秋霖日记》，载《郁达夫文集》第9卷，花城出版社、生活·读书·新知三联书店香港分店1983年版，第245页。

② 沈从文：《论中国创作小说》，载贺玉波编：《郁达夫论》，光华书局1932年版，第85页。

第六章 现代中国革命文学发生期"写实"的限度
——以作家叶圣陶为例

本章重点要探讨的这位现代著名作家的生活与创作历程，又有不一样的革命人生和文学创作实践的新探索，其作品作为发生期的革命文学本体形态更具有特殊性学术意义。叶圣陶（名绍钧，1894—1988）这位现代著名作家，过往的文学史仅仅将他定位为"为人生"五四现实主义小说作家，对于他不一样的革命人生和文学创作实践的新探索，尤其对他提供的具有特殊意义的现代革命文学发生期本体形态学术价值有所遮蔽。作为五四新文学的第一代现代作家，叶圣陶同样经历了五四前后中国近现代社会历史的巨大动荡，他没有陈独秀、李大钊、张闻天、恽代英等其他五四作家身上更为浓重的思想家、社会活动家，乃至职业革命家的身份色彩。他与郁达夫、王统照、冰心等同属于五四新文学中有着影响的小说作家，但他们的创作风格不只是浪漫主义与现实主义的简单差异。比如，现代作家郁达夫创作意义远不是浪漫主义可以涵盖的。从现代中国革命文学最初的创作看，郁达夫最早将外部社会政治、现实人生、意识形态的元素和思想资源内化为作品情感的潜流，或潜藏于个体精神的呈现中。同时，他还用虚构的文学叙述现实的故事，或以社会人生、政治关注丰富文学的想象，并且注意将其个人的言行与政治立场交织于一身，创造了现代作家独树一帜的"富丽悲壮的诗史"[①]的革命传奇人生。叶圣陶也不是只有单一侧面的作家。他有着不同于其他作家的家庭状况、人生履历。清光绪年间出生

---

① 胡愈之：《郁达夫的流亡和失踪》，香港咫园书屋1946年版，第34页。

于平民之家的叶圣陶，因家境清寒，中学毕业就入职了一所小学当教员。辛亥革命在武昌首义成功的那一年，年仅17岁的叶绍钧，找到学校先生说，皇帝已经被打倒，他不能再做"臣"（叶绍钧原字"秉臣"）了，并请先生改字"圣陶"。① 从此，现代文坛不断可以见到署名叶圣陶的文学作品问世。当然，不只是作家的名字与辛亥革命的联系。五四现代作家许多读过大学，不少作家有留学东洋、西洋的经历以及东洋、西洋知识结构和文化背景，叶圣陶都没有，甚至小学教员的工作一做就是十年。从1921年到1930年，他先后在5个中学、3个大学教国文。可是，教书也只是他的"兼务"，1923年他就应邀任上海商务印书馆编辑。1931年起叶圣陶改入开明书店，从编辑做到新中国成立后人民教育出版社社长。作家叶圣陶开风气之先，是诸多同期作家无法比肩的。叶圣陶五四之前就有文言小说刊于《小说丛报》《礼拜六》等报刊上，1919年在北京大学的《新潮》上就有白话短篇小说发表，1921年成为五四新文学第一个纯文学社团——文学研究会——12个发起人之一，1922年在商务印书馆出版他个人第一个短篇小说集《隔膜》，1928年已有长篇小说《倪焕之》在杂志上连载，同年第5部短篇小说集《未厌集》出版了。叶圣陶自述人生态度和文学创作缘起时，总是自谦"知道自己怎样没有学问"，"当当小学或初中的教员大概还适宜"；而小说创作由中学时代读书引起，兼之在北京的朋友办杂志，就"作一篇小说付去吧"，结果"从此每年写成几篇，一直不曾间断"。② 50岁时叶圣陶对自己文字和为人写过短文，用"平庸"③两字概括，有着自己的不满意。但是李健吾先生说，"喜爱他的平庸"，正是融入作家文字和血肉的"平庸"，"成为我们的经验，好像一个亲人，不用烦文褥礼，就把温暖亲切

---

① 刘增人：《叶圣陶传》，江苏文艺出版社1995年版，第15页。
② 叶圣陶：《过去随谈》，《中学生》总第11期。
③ 叶圣陶：《答复朋友》，载刘增人、冯光廉编：《叶圣陶研究资料》，北京十月文艺出版社1988年版，第122页。

的感觉给了我们"。①自然，在五四第一代新文学作家中，叶圣陶最吸引人的不是他自我的言说，或朋友的唱和，而是他始终坚持脚踏实地，面向生活和自我，进行严谨又多产的创作。这使得我们能够通过考察他创作的发生发展，探寻到作家最为本真的思想与精神的心路历程。尤其是作家追求独特的个性和创作，叶圣陶在五四新文学从文学革命向着革命文学的演进中，非激进思想的先觉知识分子社会改革和文化政治革命，也非极端情绪的文学想象和夸张的自我反叛，甚至也不是对生活和社会的成熟、深刻的解剖和批判。他面对自己的家庭和人格世界，相对熟悉的教育界生活经历和体验，以对生活和社会人生独有的细致观察、描摹和实录，揭示了现代中国文学中革命文学的发生，在最平凡的社会人生中，在作家感知和认知、理想与现实之间，尤其在个人无法抗拒的历史与时代涌动向前的潮流中，既是悄然而至，又是自觉不自觉地源于最普通的人生活之必然。

在五四新文学一代作家的创作实践里，立足现代中国革命文学的发生考察，应该不限于已有现代中国文学史分类：创造社作家独立个体的自我张扬，具有革命的叛逆和反抗，在时代环境影响下流淌着新青年极度变动的情绪和心理意识；文学研究会作家面向现实人生的社会，将革命的意识和行为，体现于非人的封建奴役的打破、人生相互同情理解的爱和美之生活追求，客观地谛视、书写真实的生活细节，自觉地担当文学者的责任和使命。现实主义与浪漫主义也不应该是一个简单的作家标签。比如，现实主义作家叶圣陶身上写实大于情感，就表现出一种文学史的特例。就其写实性的内容与表现方式而言，他有着不同于其他作家的叙述与表达，也与五四新文学中生成的革命文学核心理念——现实社会性、政治意识形态化——的演变有着关联。

---

① 刘西渭（李健吾）：《三本书（书评）》，《文艺复兴》第1卷第3期。

一

　　叶圣陶的小说创作一方面与传统的现实主义创作方法有天然的接续，另一方面他创作伊始就表现出自觉改造现实主义某些特质的诉求。例如，叶圣陶与现代中国革命文学生成的创作实践过程的关联，最大限度地体现了作家融入社会人生，在最平凡的平民市井中所体味、感受和理解的生活，尤其在知识者文化人与一般平民之间平静中的冷暖、哀苦、痛楚之爱恨与同情，或本能反应的激越、抗争与紧张冲突之革命意向，将五四以来域外译介的人道主义、自然主义与写实主义等思潮和写作方式自然接受并予以发展。

　　五四前后叶圣陶最初的创作实践，与侧重主观表现的创造社作家创作有明显不同，就是与共同主张文学反映人生的文学研究会同人也有所区别。"人与人之间的隔膜"：由冷静、严肃、执着于人生的写实，徐徐拉开了封建伦理的沉重铁幕和由人与人关系透视的社会改革的大门，也从中表现出叶圣陶文学书写的独立姿态。

　　文学研究会的王统照、冰心、庐隐等现代作家，虽然创作伊始都关注社会现实，但是他们在思想和社会价值层面的思考大于人生的实录考察。冰心的《两个家庭》《斯人独憔悴》《最后的安息》等"问题小说"，是以现实诸多社会矛盾问题为引子，激发人们对理想人生、爱的世界的憧憬。王统照的《沉思》《雪后》《微笑》等小说也有人生问题的反映，同样也是重于"爱与美"人道教化对现实的超越。庐隐的创作世界有对生活真切苦痛的描述，读她的《海滨故人》这样的早期小说，与其说是在直面不同女性的人生，倒不如说是像苏雪林在《中国二三十年代作家》文中所言，更多是在宣泄"悲哀、苦闷、愤世、嫉邪，视世间事无一当意，世间人无一惬心"[①]之情绪。这些作家

---

① 苏雪林：《中国二三十年代作家》，纯文学出版社1983年版，第355页。

大多早早冲出自己封建的大家庭，在现代高等教育影响下率先接受了新思想。在新旧交替的时代，他们迷茫的发问和美好的理想多于实际的行动，成为一代青年人较为普遍的精神取向。文学与人生的话题，更倾向于文学的思想和社会价值之寻找。"我们既然承认文学是人生的表现，是人生的批评。那么文学的本质便是人生，所以我说文学的本质应当是哲学。文学所表现所批评的便是某种人生观与世界观。历来的文学家的文学作品没有不是包含着一种人生观与世界观的。简言之就是创作应当以哲学为本质。"①现代作家正是以文学的思想性和哲理性传达出对人生社会的认识，与五四时期"德先生"与"赛先生"的新文化启蒙运动遥相呼应。叶圣陶与同期作家一样经历着时代的转折。所不同的是，他远离京城新文化运动的中心，在城市一隅的边缘乡镇里读私塾，入中小学，未能接受现代大学教育，为生计早早做了小学教员的工作。为此，在五四一代先觉的知识分子中，叶圣陶没有像陈独秀等作家一样成为激进的政治思想家，也没有像王统照等作家直接经受五四新思潮洗礼，而是以自己城镇生活的真切体验和自幼形成的文学兴趣，经历着历史变革，感受着时代动荡。他从小受到深厚传统文化的熏染，形成了平和、踏实和稳健的文化人格，及文学写作严谨而冷静的文风。尤其务实地关注自己熟悉的市民生活，并且真诚地表现它们。

在民国初年至五四新文学之前，叶圣陶用文言创作了一系列小说刊于《小说丛报》《新闻报》《礼拜六》《妇女杂志》等报刊上。最初他拿写作来维持生计，自言"日节一二小时为出卖之文，凡可以得酬的皆寄之"，但仍旧抱定创作宗旨："不作言情体，不打诳语……吾决非愿为文丐者也"，重在写实，不在虚构。②像《穷愁》《贫女泪》《博徒之儿》《春宴琐谭》等小说篇

---

① 瞿世英：《创作与哲学》，《小说月报》第12卷第7期。
② 顾颉刚：《〈隔膜〉序》，载王晓明选编：《文学研究会评论资料选（上）》，华东师范大学出版社1986年版，第156—157页。

什，就作品标题可见"当时的小说多写平凡的人生故事"①，如丝厂失业的贫穷工人阿松（《穷愁》）、受尽婆婆百般凌辱的贫女云娘（《贫女泪》），嗜赌成癖的父亲时常对儿子王根生大打出手（《博徒之儿》），这些文言小说并不一味迎合市民的趣味，而是真实地描摹民国初年社会生活中种种人间世相。五四前夕，叶圣陶经朋友介绍入北京大学"新潮社"，自此开始了白话文的新文学创作，在1919年2月他写小说《这也是一个人？》刊于同年3月《新潮》第1卷第3期上，写一个没有名字的农家女子，她15岁出嫁受尽婆婆虐待，丈夫病逝后，婆婆认为"不种了田，便卖耕牛。他是一条牛，——没有自己的主见。如今用不着了，便该卖掉他把他的身价充他丈夫的殓费，便是他最后的义务"。她的悲惨命运不仅仅是没有人的尊严和地位，而且最终还如同牲口一样被随便买卖。这里所呈现的正是封建宗法制度下的卑微女子非人的生活。作家在冷静的故事的叙述之中，将全部意蕴传达在小说结尾的这段话中。这既完成了故事的结局，又融合了作家怜悯与苦痛讥讽的复杂情感。这篇小说后来收入叶圣陶第一部短篇集《隔膜》，为首篇，并改名为《一生》。这个短篇集收录的是作家1922年之前早期创作的二十篇作品，大都是平民日常生活的人与事之冷静叙述，包含着含蓄而不夸张的人道关怀和一定的讽喻。如小说《伊和他》《欢迎》《母》《萌芽》《潜隐的爱》等篇目里，作家侧重描摹和渲染着一种理想美满的平民生活状态："世界的精魂若是'爱'，'生趣'，'愉快'，伊就是全世界。"（《阿凤》）作品所写的学生、低能的儿童、婆婆、媳妇这些普通人，在他们的心底有着极深挚的慈爱和情趣。同时，小说中又用真诚目光注视着社会底层的人们，叶圣陶寥寥几笔叙述人事情境，或一个简单的情节和人物的介绍，更多是写普通人与"爱和美"的生活相互映衬的不协调，不经意带出生活中的血与泪，各色各样的人心中不同的悲哀。如《阿菊》里家中做零工仆役的父亲、搓草绳的母亲；《恐怖的夜》里兵荒马乱的年代受

---

① 叶圣陶：《过去随谈》，载刘增人、冯光廉编：《叶圣陶研究资料》，北京十月文艺出版社1988年版，第115页。

到战事困扰,哥哥在车站等待着外出多年的弟弟;《阿凤》里佣妇杨家娘与12岁的童养媳阿凤;《寒晓的琴歌》里10余岁就拉琴卖唱的小女孩;《苦菜》里种田、卖菜却厌恶种地的农人福堂;《绿衣》里总是带着"一种沉重而紧急的脚声","瘦削的两颊在灯光里显出苍白的颜色"的送信邮差;等等。叶圣陶最初的这些创作实践,他自己很清楚"文艺的本质是思想情绪"①,"不应当把小说看得太容易,浅薄,专事探取人间底事,辄为记录"②。他的一篇小说和第一个小说集取名《隔膜》,与上述的大部分小说篇目名字、内容放在一起似乎有些突兀,这恰恰体现了作家的思想追求。1921年5月30日叶圣陶致顾颉刚的信中坦言:"我有一种空想,人与人的隔膜不是自然的,不可破的。我没有什么理由,只是一种信念罢了。这一层膜,是有所为而遮盖着的;待到不必需的时候,大家自然会赤裸裸地相见。到时,各人相见以心不是相见以貌。我没别的能力,单想从小说里略微将此义与人以暗示。"为此,叶圣陶早期小说看似叙事与情感的分离、内容与标题的相悖,顾颉刚指出:"他所以表现这种微妙的爱,并不是求在象征主义中占得一席地,只是要把惨酷的社会徐徐的转变。"③

可观之,叶圣陶文学是人生的表现和批评,及思想情绪的认知。很大程度上,其文学创作旨意并不在发现了社会现实中人与人之间"隔膜"现象之思想的文化批评,甚至也不是五四初期一度流行的"问题小说""哲理小诗"那样抒发对人生的发问与哲学的思考,要急切地开出解决人生诸问题的"药方"。他将"隔膜"社会现象,化为冷静平实的人与事的叙述,温和而有节制的感情表现。与同期革命作家用政论杂感方式解析此社会病态现象有着相近似的认识。在清晰与不清晰之间的模糊姿态,倒是代表着当时较为普遍的作家

---

① 叶圣陶:《文艺谈(二)》,《晨报》1921年3月6日。
② 叶圣陶:《文艺谈(三)》,《晨报》1921年3月10日。
③ 顾颉刚:《〈隔膜〉序》,载王晓明选编:《文学研究会评论资料选(上)》,华东师范大学出版社1986年版,第159页。

思想的真实。可将上述叶圣陶在通信中的表述、小说《隔膜》的叙事，与李大钊同期《精神解放！》（1920）短文做一对比。"我们觉得人间一切生活上的不安、不快，都是因为用了许多制度、习惯，把人间相互的好意隔绝，使社会成了一个精神孤立的社会。在这个社会里，个人的生活，无一处不感孤独的悲哀、苦痛；什么国，什么家，什么礼防，什么制度，都是束缚个人精神上自由活动的东西，都是隔绝各个人间相互表示好意、同情、爱慕的东西。人类活泼的生活，受惯了这些积久的束缚、隔绝，自然渐成一种猜忌、嫉妒、仇视、怨恨的心理。这种病的心理，更反映到社会制度上，越颇加一层黑暗、障蔽……这种生活，我们岂能长此忍受！所以我们的解放运动第一声，就是'精神解放！'"①在《隔膜》中，叶圣陶描写茶馆里的茶客"每天聚集在这里"，"各有各的心，为什么深深地掩埋着"，"听他们的谈话，不必辨个是非，不必要什么解答，无结果就是他们的结果了。讪笑，诽谤，滑稽，疏远，是这里的空气的性质"。②小说创作者与政论革命家不约而同地解剖"隔膜"的社会怪象，李大钊"精神解放"的根源分析多少有些片面简单，叶圣陶认识社会的"信念"也有点模糊茫然，这恰恰反映了现实主义的"真实"和其限度。叶圣陶从现实社会关系的变动中，触摸到五四时代跳动的革命脉搏，这样的面向人生的文学写实，较之冰心、王统照等作家只是发问人生究竟是为什么，人生有没有意义，或沉浸于哲学思索，要更为务实而客观地正视着生活。叶圣陶新文学创作伊始就写他熟悉的普通人，唤起人的本性，同时发现了人与人之间的冷漠，这是他的简单也是他的成熟。为此，现代中国文学最初革命的书写，正是通过叶圣陶笔下温和、稳重的普通人思想的涌动，百态世象的人与人关系预示着社会变革的点滴先兆。这不同于陈独秀等思想社会活动家大张旗鼓地进行政论启蒙革命呐喊，也区别于郁达夫等作家笔下宣泄情绪的叛逆夸张式的革命文

---

① 李大钊：《精神解放！》，载《李大钊全集》第3卷，人民出版社2006年版，第177页。
② 叶圣陶：《隔膜》，商务印书馆1922年版，第100、103—104页。

学表现。

二

　　1922年以后，叶圣陶个人生活、工作有了较大的变动。"在民间"的"抗争"中，从市井生活的身份认同到阶级冲突的零星片断场景，他对此进行了真诚的记录，或平实的叙事，勾勒了社会革命和个人人生变动相互交织的线路，最早将现代意识形态某些革命因素逐渐转化为文学想象。

　　这个时期现代中国社会也进入了一个迅速急变的时代。此时，叶圣陶在家乡城镇做了近十年的小学教员的工作，自1921年秋季起，应朋友之邀请先后去了上海中国公学的中学、杭州第一师范担任国文教师，北京大学中文系预科讲师，再往上海商务印书馆任编辑。这中间，叶圣陶在"杭州一师"结识了后来的革命作家赵平复（柔石）、潘漠华、冯雪峰等，与他们组织成立浙江最早的新文学社团"晨光社"。作为文学研究会的发起人之一，叶圣陶成为该社团的文学创作最勤勉的中坚作家。在上海又与朱自清、刘延陵、俞平伯等作家创办出版了第一个专门发表新诗、研究新诗理论的刊物《诗》。上海商务印书馆出版了文学研究会作家创作丛书，其中包括他在内的8位诗人合集《雪朝》和他的第一部短篇小说集《隔膜》等。个人的生活总是与时代社会的大潮起落相生相伴的。叶圣陶离开故土——苏州城一隅的乡镇，走向更为开阔的社会人生之时，既是普通人经历着的每一天的日常生活，又是悄然发生着重大历史事件的非日常生活：五四爱国运动迅速从高潮到落潮的过程中，引发了一系列的历史事件：1921年中国共产党诞生；1922年党的机关刊物《向导》周报在上海创刊；1923年京汉铁路大罢工，发生"二七惨案"，此后工人运动高涨；1924年中国国民党第一次代表大会在广州召开；1925年上海工人、中共党员顾正红遭到日本入侵者开枪杀害，造成了震动全国的"五卅惨案"；1926年段祺瑞执政府向抗议日本侵略者的游行示威群众开枪，发生了"三一八惨案"，鲁迅称这一天为"民国最黑暗的一天";1927年国共两党合作破裂,国民党在上海发动"四一二反革命政变";1928年初,在上海的后期创造社与中共党员作家组成的太阳社共同倡导无产阶级革命的革命文学。叶圣陶由于在家乡做了近十年小学教员的工作,转去中学大学教书和接手出版社的编辑工作,并没有多少坎坷,而正在迅速发生着的大时代社会的动荡突变之情势,对于每个生活在其中的普通个体人生来说,有着巨大影响。这似乎有关又无关地影响着我们的作家。五四之后,叶圣陶能够继续从事小说创作,生活也并没有什么困扰,正得益于相对平稳安静的教书、编辑生活。后来他说:"大概还要写小说,当职业的工作清闲一点,而材料在我心头形成一个凝合体的时候。"[①]截止到1928年底,在大约五六年的时间里,叶圣陶创作出版了《隔膜》《火灾》《线下》《城中》《未厌集》五部短篇小说集,还有一部童话集,一部与俞平伯合集的散文集。这些正是作家所说的"清闲"状态下的创作收获。它们浓缩了作家这段实际生活的素材,也真实描绘了当时中国社会一鳞一爪的镜像。叶圣陶这样自述:"现在回头想一下,我似乎没有写什么自己不怎么清楚的事情。……我在城市里住,我在乡镇里住,看见一些事情,我就写那些。我当教师,接触一些教育界的情形,我就写那些。中国革命逐渐发展,我粗浅的见到一些,我就写那些。小说里的人物差不多全是知识分子跟小市民,因为我不了解工农大众,也不了解富商巨贾跟官僚,只有知识分子跟小市民比较熟悉。"[②]作家如此严肃地面对生活,为我们探求五四之后新文学现实主义创作发展提供另一路向,尤其在主流意识形态边缘,现代中国革命文学的生成演变。叶圣陶避免像通常理解的现实主义小说那样致力于主题思想的传达、宏大叙事的建构,而是在娓娓道来的叙述和生活细节、人物心理的还原中,表现普通人的观察,触摸

[①] 叶圣陶:《随便谈谈我的写小说》,载刘增人、冯光廉编:《叶圣陶研究资料》,北京十月文艺出版社1988年版,第241页。

[②] 叶圣陶:《〈叶圣陶选集〉自序》,载刘增人、冯光廉编:《叶圣陶研究资料》,北京十月文艺出版社1988年版,第257页。

有温度的生活，寻踪现代中国革命文学创作实践完整而丰满的来去路径。关于叶圣陶"现实"与"真实"的创作理念和其独特的创作实践，是很值得被重读和再思考的。

1930年代，钱杏邨针对作家创作的取材，就指出叶圣陶"可以说是现代中国文坛上的教育小说作家"[①]。1950年代，王瑶的《中国新文学史稿》这样评价："以客观的写实的手法，反映了小市民知识分子的灰色生活的，是叶绍钧。"[②]1980年代，杨义的《中国现代小说史》认为叶圣陶是"早期现实主义小说的名手，是一个典型的人生派作家"[③]。显然，过往文学史家笔下的叶圣陶小说创作的评判，更强调现实主义创作"写什么"和"怎么写"的思想内容之主题考量，特别看重外部世界与作家的关联，这应该是最迅捷提炼作家作品价值的一种途径。某种程度上说，这对于我们寻觅叶圣陶小说创作与现代中国革命文学的发生发展，也是最容易清理的线路。但是，"现实主义小说永远在痛楚地挣扎，通过疏远主题说教，以摆脱语言教条式或推论式的运用"[④]。重新解读叶圣陶小说创作的本体结构组织，也就可以发现对他"教育小说""小市民的灰色生活""为人生"的作家作品定位，远没有深入小说文本人与事的"真实"世界与作家生活的"现实"环境之多元互动的考察。当钱杏邨给予叶圣陶小说创作"黑暗暴露的多""表现的人物大都是属于小资产阶级的人物"[⑤]等批评时，实际上，已经将五四新文学以来的写实主义创作，乃至他们所倡导的革命文学做了简单化的处理和某些思想需要的过滤。

叶圣陶小说创作的实际应该远比文学史家批评家概括的思想主题或形象

---

① 钱杏邨：《叶绍钧的创作的考察》，载《现代中国文学作家》第2卷，泰东图书局1930年版，第10页。

② 王瑶：《中国新文学史稿》，上海文艺出版社1982年版，第105页。

③ 杨义：《中国现代小说史》第1卷，人民文学出版社1986年版，第317页。

④ 安敏成：《现实主义的限制：革命时代的中国小说》，姜涛译，江苏人民出版社2001年版，第18页。

⑤ 钱杏邨：《叶绍钧的创作的考察》，载《现代中国文学作家》第2卷，泰东图书局1930年版，第4—5页。

类型丰富而复杂得多。叶圣陶《火灾》以后的小说集,一方面继续保持他严肃认真的写实姿态,发现了人与人的关系"在民间"生活里的多重元素叠加,委婉而间接地表达关怀与孤独之情愫;另一方面在并不刻意回避实际情形的真相下,由生活片段客观描摹所揭示出的某些社会裂隙,无意识地传达了大时代急剧变动的信息。从这些作品大体可以看出作家用静动交叉的视角切入现实的平民生活:

一是动态的人生行进中对实实在在世界的观察与描摹。如《晓行》里"朝阳还没升高,我经过田野间","我"晓行于乡间田头,有了乡村实感的描写与农人面对面的交谈——"前年的灾情真厉害。去年好些吧?""'好些',他冷笑着说。"《悲哀的重载》里"一艘'常熟快'由小汽船拖着","循环通行于各乡镇间",写下了船舱的各色乘客,旅程中好事人的说事,经过村集船上人的眺望与嘈杂,更有我对"农村破裂的先兆"的沉思。《旅路的伴侣》里长途航船上正是一个老妇叙述的"珠儿家的故事",打破了船上的"沉寂"和乘客的"无聊",也"引起了我的感情"。《马铃瓜》中舅父带着外甥去贡院参加科举科考试,外甥一路想着随身提篮里"可爱的""翠绿的"马铃瓜,应试中一进贡院就吃马铃瓜,赶考结束还想着"回家去要求父亲再给我买两个马铃瓜"。《潘先生在难中》里逃难使得"车站里挤满了人,各有各的心事,都现出异样的神色",潘先生的一家人终于"从兵祸凶险的地方"逃出来,他"乐哉乐哉"的。《微波》中两年未见的藻如与忆云,一天在途中不期而遇,曾有的情愫和现实境况碰撞出彼此心灵的"微波",却最终静止于"种种窒碍之处"。这些篇什足可见行进中的人生世相和一个个不安的心灵,又与生活中一些意识的弥漫关联。

二是静态的生活环境工作场所中人与事的实录。自然,叶圣陶写得最多的场景还是他熟悉的城郊乡镇的中小学校,及其学校里的教员。比如《饭》《义儿》《乐园》《前途》《搭班子》《校长》《抗争》等小说,都集中于学校生活环境的描写,与教师诸相的生动刻画。这些作品中《游泳》一篇为两者融合最佳。该篇以喜欢说大话的体育教师司徒先生言与行，串联起"星期日的上午，几位教师聚在休憩室里闲聊"，及"一群人奔向"学校后面河边围观司徒先生游泳的场景。作家叙述司徒先生游泳前后的全过程，抓取极富现实感的情景，其场景热闹与冷酷并存。这表现的不仅是学校一角，而且是"一种时代现象，社会生活"①。除此之外，叶圣陶小说也有非常态的性爱人生的描写（《被忘却的》《归宿》），对最底层被侮辱被损害的妓女生活的关注（《醉后》），还有儿童世界的纪实（《小蚬的回家》《小铜匠》），等等。这些人生片段不只是作家熟悉的生活经历，更重要的是作家认为"合于事理的真际，切乎生活的实况"，"写出诚实的，自己的话"。②叶圣陶小说静动交叉增强了取材和描写的客观性，更重要的是静动互动介入了人与事的叙述，使实写的故事与作家主观立场获得了自然的契合。所以准确地说，在小说世界里，作家更多是对他熟悉的个体和群体内外生活的真诚的体验和细致的观察，从而还原五四到大革命时代社会里一些鲜少被人关注的普通人的生活。

与其他作家不同的是，在叶圣陶的眼里五四的一切价值重估，五四过后思想的裂痕，困境的突破，生活大变动前的点滴先兆，并不完全都是轰轰烈烈的疾风暴雨式的革命呈现。相反，他放眼于普通人的平凡生活、实际人生的本真事相、芸芸众生的情感起伏中的种种革命信息。其中人物的精神情感可能会是一种普遍性的精神标识，如《孤独》里在家庭亲情、世人面前的老先生，摆脱不了被冷落甚至奚落的孤独之感，只有幼年的深刻记忆、循环不已的思念。这表达的虽然不是鲁迅小说《孤独者》时代落伍者魏连殳的孤独，也没有郁达夫笔下"零余者"贫困而自怨自艾的孤独，但是家庭与社会的孤独何尝不是一体的呢！同样在《平常的故事》中，叶圣陶通过主人公仁地的小家庭理想与现实的抵牾，传达在一个交替时代常见的惆怅和烦闷之情绪。作家本着现实人生

---

① 茅盾：《读〈倪焕之〉》，《文学周报》第8卷第20期（总第370期）。
② 叶圣陶：《诚实的自己的话》，《小说月报》第15卷第1期。

的取材，所观察到的变化和革命气息，更多源于普通人的某一愿望、某一言论和行为，或普通人被最实在的本能生存所需逼迫的反应。如《校长》《搭班子》两个短篇中，叙述故事旨意不在一个光明的结局，而是着重刻画两位小学校长叔雅与泽如的犹豫不决、动摇于习惯势力的压迫，最终耽于理想和美好计划。还有在《潘先生在难中》《一个青年》《饭》《去病》《前途》等小说里普通市民的教员、编辑等人生经历和生活片段，都在为不丢掉饭碗，保有一份职业，而忍气吞声地活着。他们不乏改革社会的理想和抱负，可是都经不住贫困、饥饿的威胁。这一发生于市井阶层的生活面影，难道还不能够让我们感受到作家主观的意愿吗？当然，随着社会变动的加剧，政治革命的迅速推进，作家笔下再怎样含蓄和节制的生活写实，也不免留有时代激越气息和呐喊。1924年以后，叶圣陶小说中现实社会政治内容明显增多。1925年的《线下》小说集的最后三篇小说——《金耳环》《潘先生在难中》《外国旗》——都涉及军阀战乱和士兵生活的社会背景。而1926年的《城中》短篇集里的《演讲》《城中》《在民间》等篇目中，学潮、赤化、工人罢工等社会政治术语和事件已经穿插在叙事之中，出现了受新思潮洗礼，有勇气、热情的而并不都是灰色的知识分子形象。到1928年的短篇《未厌集》里，《一包东西》《抗争》《夜》《某城纪事》等作品中，黑暗社会、政治斗争、阶级冲突，甚至屠杀、白色恐怖等革命与反革命的事件，以及投机革命者和反抗斗争者，也都成为作家写作取材的内容。

从五四到大革命的人生社会的纪录，叶圣陶并非简单地追随社会的进化或激变，而是通过淡淡的素描，舒缓的叙述，冷静的审视，发掘普通民众身上、生活细节中的变动和革命元素的滋生。这为现代中国革命文学的生成与表现，提供了又一种有生命体温的书写路径。

三

1928年《教育杂志》第20卷第1号《教育文艺》栏内开始连载叶圣陶的长篇小说《倪焕之》，第20卷第12号刊登结束；小说从同年1月份开始写作到11月15日写完。叶圣陶用"严正的态度如实地写"，从个体到集体、家庭到组织，《倪焕之》的奋斗和精神史展现了社会政治革命的肌理纹路，从而成就了现代中国革命文学最初创作的一部典范性"史诗"文本。小说写作和连载的时间正是后期创造社和太阳社大张旗鼓地倡导革命文学，并与鲁迅、茅盾、郁达夫等发生了关于革命文学的论争的时期。但是，无论是作为倡导者还是论争者，小说作者叶圣陶均不在其中。在创作自述中，他说写作这部小说"无所谓对谁最抱同感"，"每一个人物，我都用严正的态度如实地写，不敢存着玩弄的心思"。[1]显然，小说并不是为迎合革命文学倡导而作的，比如作者直接投稿的教育杂志社就是非激进的。作家仍然坚守着一以贯之的原则："如实""诚实"的创作态度，所写内容也是作家之前得心应手的教育题材，学校生活，教师学生为主的人物系列。叶圣陶对别人给他冠以"写实派"作家的称号并不以为然。更有意思的是，同时期革命文学倡导和论争的双方都关注到叶圣陶的这部小说，并且对《倪焕之》做了意见相反的文学批评。钱杏邨认为这"是一部很有力量的反封建势力的教育小说"，其小说人物虽然与茅盾笔下人物相近，但是对于这样的人物"可以给予相当的宽容"；而茅盾作品中的"小资产阶级人物，都是表示着幻灭动摇"，"要给予严厉的指摘和批判"。[2]茅盾认为叶圣陶的这部小说是"扛鼎"之作，具有"时代性"，其人物"可以表

---

[1] 叶圣陶：《〈倪焕之〉作者自记》，载刘增人、冯光廉编：《叶圣陶研究资料》，北京十月文艺出版社1988年版，第237页。

[2] 钱杏邨：《"批评与分析"》，载《阿英全集》第1卷，安徽教育出版社2003年版，第371—373页。

示转换期中的革命的智识分子的'意识形态'"[1]。这里他们因不同立场和角度产生解读文本的差异，实际并不重要。关键是针对叶圣陶《倪焕之》小说创作的文本案例，出现的关于革命文学共同话题的批评与反批评之现象。就作品本身言，小说叙述了倪焕之个人奋斗史，作品所包孕的主人公人生的三大领域：教育、感情和政治[2]，密切联系着个人与时代的一系列典型而丰富的社会信息。就文学史言，五四以来从文学革命到革命文学的历史演变过程中，小说人物浓重的自传色彩，客观展示了五四以来先觉的知识分子一开始就彷徨于自我独立与社会解放的艰难抉择中。小说真诚展现人物一路前行丰富而复杂的心路历程，提供了历史发展的必然之中革命文学生成可能的多元路向和不同视角的阐释空间。我们如果跳出当年钱杏邨与茅盾等关于应对时代历史之变而倡导革命文学的论辩思维，回到作家生活的实际和小说客观叙事的创作原点，就会发现《倪焕之》小说的故事，很大程度并非是刻意为革命文学量身定做的，作家也不旨在革命文学的写作。诚如小说发表不久作家夏丏尊指出："评价一篇小说，不该因了题材来定区别。因《倪焕之》中写着教育的事，说它是教育小说，原不妥当，因《倪焕之》中写着革命的事，就说它是革命小说，也同样地不妥当。……作家所描写的是事实，责任但在表现的确否。"[3]相反，作家本身与其小说最值得细细品味的是，还原本色的日常生活叙事，在朴实平淡的文学镜像与镜像文学的书写之中，呈现了现代中国革命文学发生与流变的过程，留存了市井贫民生活的某些本真细节。

叶圣陶的长篇小说《倪焕之》究竟是如何还原社会生活和个人生活的事实呢？作家整体创作文学世界与现代中国革命文学发生发展的走向究竟是什么关系呢？小说伊始，当时还是中学生的倪焕之就这样描述"武昌光复"的

---

① 茅盾：《读〈倪焕之〉》，《文学周报》第8卷第20期（总第370期）。

② 安敏成：《现实主义的限制——革命时代的中国小说》，姜涛译，江苏人民出版社2001年版，第113页。

③ 夏丏尊：《关于〈倪焕之〉》，载刘增人、冯光廉编：《叶圣陶研究资料》，北京十月文艺出版社1988年版，第370页。

辛亥革命:"武昌新军起事,占领火药局,直攻督署","中学堂里,当然也包藏着被激动的心。学生们这样想:现在革命了,还上什么课呢!"①再过了几年,"'五四运动'犹如一声信号,把沉睡着的不清不醒的青年都惊醒了","一切价值的重新估定,渐渐成为当时流行的观念"。②1925年5月31日的"东方大都市上海,前一天正演过暴露了人类兽性、剥除了文明面具的活剧"。③随着"五卅惨案"的发生,主人公也参加了学生罢课、工人罢工、商人罢市的社会政治运动。小说最后,倪焕之献身革命的旧同学王乐山,是"被装在盛米的麻布袋里,始而用乱刀周围刺戮,直到热血差不多流完了的时候,才被投在什么河里的"④。小说以曾经给倪焕之"好些慰藉"的革命党人惨遭杀害,暗示了1927年大革命失败的情景。这部"多少带着些自传意味"⑤的长篇小说1928年完成以后,不论是革命立场激进的钱杏邨评价小说人物"对革命的阶级没有明了的认识"⑥之批评,还是茅盾认为小说是当时的扛鼎之作,夏丏尊说给文坛"划一时代"之肯定,客观讲,他们褒贬之言都与当时社会政治革命处于低潮的现实情势密切关联。假小说评判之名,实则在传导他们对革命的理解和期待。自然,通读小说也不难理解叶圣陶想要表达的革命观,与当时革命文学的倡导者和论争者理解的革命并非完全一致。早在1902年梁启超在《释革》里即指出,"人群中一切有形无形之事物",皆有其改革与变革。叶圣陶创作的实际和小说本身内容与此所言的"革"更为贴近。小说中关于主人公倪焕之的人生奋斗和成长经历,作家只是以"严正的态度如实地写"而已,正是以其个人视角对平凡生活的纪实和还原,折射了一个时代的革命变化,除

① 叶圣陶:《叶圣陶文集》第3卷,人民文学出版社1958年版,第130页。
② 叶圣陶:《叶圣陶文集》第3卷,人民文学出版社1958年版,第318页。
③ 叶圣陶:《叶圣陶文集》第3卷,人民文学出版社1958年版,第332页。
④ 叶圣陶:《叶圣陶文集》第3卷,人民文学出版社1958年版,第397页。
⑤ 夏志清:《中国现代小说史》,刘绍铭等译,中文大学出版社2001年版,第56页。
⑥ 钱杏邨:《"批评与分析"》,载《阿英全集》第1卷,安徽教育出版社2003年版,第372页。

了社会政治的变动、朝代的更替外，更多是普通人生活之中带温度的无奈和超常，反映出人世间的一切事物之悄然变化。这突出表现在长篇小说用了超过三分之二的篇幅写倪焕之的个人成长史。他最初厌恶小学教员的工作，不断更换大同小异的学校，此时刚刚步入社会的青年倪焕之憔悴、孤寂；在遇到留学归来的小学校长、开明乡绅蒋冰如之后，焕发了青春，变成理想主义的有志青年，积极投身教育事业。这里有叶圣陶长期教育工作和中小学教员生活的体验与感情的集成，也有他熟悉的朋友的人生经历的记载。小说花了比较多的笔墨描绘倪焕之与蒋冰如一起从事教育改良，提倡学校儿童本位，感化关爱式教育并且积极实践，主张学校兴办工场农场，半工半读，认为学校应该是一个功能齐全的社会缩影。显然，即便思想解放的五四过后，在经济相对富庶的江浙的城镇，倪焕之的改良教育计划的实施过程中也受到重重阻力，很快夭折。这一过程被作家在具体事情里、在人物矛盾冲突中写得生动具体、有血有肉，较之短篇小说的片段更有了人世间生活的全景展示的意味。短篇小说里的一个个人物——吴先生（《饭》）、惠之（《前途》）、丁雨生（《城中》）等等，一件件事情——《游泳》教员们的无聊围观游泳、《潘先生在难中》军阀割据的战乱、《校长》里的治理校风校纪的新方针及教员中流言蜚语等等，都进入了这部长篇小说中，由主人公倪焕之串联起来了。笔者更认为小说中的革命意识首先应该来自倪焕之个人成长过程全景式的自我革命。作家坦诚地客观写实，"不敢存着玩弄的心思"，完整呈现了倪焕之这类普通知识分子寻路、追求，而又迷路、孤寂的人生经历。小说中倪焕之自我思想革命的高昂与衰落之全过程，表面看正是现代中国革命文学生成演变的基本线路。而实际上，小说故事的发展、人物的言行在作家笔下是有自己取舍的。比如小说中影响倪焕之思想走向的两个关键人物，即前述小学校长蒋冰如和小说过半出现的过往同学、革命者王乐山。倪焕之一系列有志教育救国的构想和教育改良的实践活动，与蒋冰如的支持和他提供的学校平台有密切关系。倪焕之思想的每一次波动和最后的彻底幻灭，都与革命者王乐山的红色鼓动、革命激情，及其为革命悲壮献身有着极大关联。作家的处理还不在于前者写得生动而细致，后者叙述得简单匆忙、点到为止。小说现实主义的真实是将自己生活经历的人与事、切身体验和感受融入文学世界。在叶圣陶的文学叙事中前者非虚构的成分较重，而后者多有虚构的印象中的内容。且不说作家对王乐山这个革命者形象的陌生，作品中几乎很少对他有着生活化的描写；就是倪焕之一生如此巧合经历了辛亥革命、五四运动、"五卅惨案"、大革命失败等近现代中国交替时期所有重大历史事件，这也是作家有意为之的结果。这部小说成功之处恰恰是在虚构与非虚构之间进行现实主义创作，作家有限制地讲述了倪焕之的个人成长故事。并通过一个市民视野、普通知识者的生活所及，尤其是在非政治文化中心地的革命边缘城郊乡镇所见所闻，直接叙述了五四以来中国革命的历史进程。作家有意与无意的本真写作还原了革命于生活之中的悄然发生，成就了并不是宏大叙事的最接地气的革命文学另一文本样态。应该说，这些多源于小说家叶圣陶坚持自己独立的写实主义创作立场，努力向外获取社会革命资源及叙述策略。

四

《倪焕之》这部长篇小说作为五四新文学初始阶段有代表性的革命文学文本，作品成就不仅在于小说叙述中将社会政治事件的变动要素和主人公理想的教育救国、教育改良的活动有机结合，更在于以严谨的态度还原了日常生活中青年男女的两性关系、情感世界，最早对五四以后无法回避的爱情与革命话题做出了自己的诠释。

小说中关于倪焕之与金佩璋的恋爱、蜜月生活及其家庭婚姻之变化过程的描写，完全不同于五四新文化中个性解放的爱情、反封建的婚姻之高调，而是揭示了向着生活本真的男女关系，以及由爱情与革命两个话语范畴的抵牾、融合所表现出的社会革命之内在张力。小说对"和谐爱情""美满婚姻""妻子与同志"的书写，为五四以来的思想启蒙、伦理革命，乃至社会革命的话题，以及爱情与革命，提供了一种极其温和而超常的文学表现。

倪焕之一生理想的爱情婚姻与理想的教育改革构成了他生活的全部。他人生最终的悲剧结局，表面上理解是其在现实面前双重理想的破灭而致。可是，叶圣陶在这个人物身上，对五四以来共识的爱情观采取了另种表达，用细致的描写温和的笔触将男女彼此爱情的缠绵、家庭的和谐、夫妻的温情，与历史政治事件、社会发生的革命活动多重内容交叉融合，完全不同于五四新文学伊始大量婚姻爱情与革命的书写。小说平实叙述市井平民男女的结合，还原了五四文学表现爱情、描写婚姻、书写革命最为丰富的一面，提供了传统的回归与现代的追求并不矛盾的生活案例。

小说细致叙述倪焕之与金佩璋的相识相爱、同道相知、结婚成家的全过程，在五四时期大量爱情题材的作品中这样的书写不多见。比如胡适的《终身大事》、罗家伦的《是爱情还是苦痛？》、郁达夫的《沉沦》、杨振声的《贞女》、张资平的《爱的焦点》、汪静之的《蕙的风》、冯沅君（淦女士）的《隔绝》、鲁迅的《伤逝》等文学作品，集中地表现了来自个体和家庭在恋爱婚姻上的悲剧或痛苦情愫，彰显出自我的个性解放和人对于自由独立的期盼。新文学在一时间如此广泛而突出的婚姻爱情的内容，诚如鲁迅在《随感录（四十）》中所言："爱情是什么东西？我也不知道"，"然而无爱情结婚的恶结果，却连续不断的进行"，"可是魔鬼手上，终有漏光的处所，掩不住光明：人之子醒了；他知道了人类间应有爱情"。[1]现代中国作家最先将生命主体的切身体验和真切感受——大都为自己的婚姻爱情的不幸经历——作为了原始的创作素材，甚至直接把虚构的文学等同于真实的生活。情爱与性爱的话题，以及延伸的婚姻、家庭和妇女的问题，本质上是率先觉醒的现代作家们对长期压抑下的精神情感世界的一种宣泄，一种本性的释放，一种追求身与心完整自由的象征。在这部长篇小说中，叶圣陶先写同学金树伯介绍倪焕之到学校

---

[1] 鲁迅：《随感录（四十）》，载《鲁迅全集》第1卷，人民文学出版社1981年版，第322页。

任教，第二天，倪焕之结识了金树伯的妹妹金佩璋，大有一见钟情之感；后来他们又在灯会上不期而遇，一段倾心交谈，彼此有了互相的爱慕；接下来开始书信交流，金小姐去倪焕之教育改良实验的农场参观，共同的志趣和教师职业，使双方感情的发展又进了一层；后来倪焕之写信求婚，爱情之花的绽放，也水到渠成。他们开始商量如何说媒、要不要举办隆重婚礼、规划幸福的未来生活等等。甚至，婚后两个月，金佩璋便有了身孕，也是那么自然天成。这一切在小说的十个章节里完成，占了小说三分之一的篇幅。小说爱恋婚姻过程描摹得极有生活的情趣，两个青年男女之间的感情、心理的发展也写得细腻而生动。其中传统媒妁之言、礼仪孝道，与现代自由恋爱、志同道合的新旧婚姻爱情观并不矛盾地呈现于这对青年男女身上。叶圣陶以日常生活的市井平民视角，通过倪焕之与金佩璋的爱情婚姻还原生活中普通人的温情和谐、美好的人生。小说重心在爱情、婚姻过程的细节描写和两情相悦的情感表达，而不是像其他五四文学作品重在强调爱情本身的革命（包括性革命、家庭革命、婚姻革命、妇女革命等），或者将爱情仅仅作为时代的个性解放的象征。

叶圣陶如此写作，在小说中多少有个人的人生投影，作家本人婚姻经历与小说故事情节有着极为相似之处。"我与妻结婚是由人家作媒的，结婚以前没有会过面，也不曾通过信。结婚以后两情颇投合，那时大家当教员，分开在两地，一来一往的信在半途中碰头，写信等信成为盘踞心窝的两件大事。到现在十四年了，依然很爱好。对方怎样的好是彼此都说不出的，只觉很适合，更适合的情形不能想象，如是而已。"[①]小说虚构的故事与作家生平的自述构成了两个可以相互参照的文本。它们的一致在于男女的两性关系，本质上是个人身体经验和性别认同。在那个新旧交替的时代，即便没有高扬爱情，婚姻彼此也是满意的，并不存在一方的压迫或另一方的反抗。故事和人物的变化出现于小说最后十章，倪焕之被五四运动唤醒，在革命党人王乐山的鼓动下，投身于

[①] 叶圣陶：《过去随谈》，载刘增人、冯光廉编：《叶圣陶研究资料》，北京十月文艺出版社1988年版，第119页。

革命的他如同换了一个人。他从"教育救国"转向革命,来到了上海,热衷参与各种集会结社、演讲等社会政治活动。当革命失败后得知王乐山惨遭杀害,理想旋即幻灭。同样,和谐的婚姻也有了变化,妻子金佩璋安心待在家里做贤妻良母,他不满地感叹"有了一个妻子,但失去了一个恋人,一个同志"[1]。革命与爱情的双重打击,倪焕之开始迷茫、消沉,极度悲哀,最终重病而死。叶圣陶小说中革命只是粗线条呈现,写得较为简单,王乐山被害后小说匆忙结束。但是,倪焕之悲剧结局不是回应大革命的失败,相反激活了爱情。倪焕之病逝后妻子金佩璋哀伤,"但并不昏沉",而是觉悟了先前被家务所困,受旧思想的束缚。"心头萌生着长征战士整装待发的勇气","要出去做点儿事;为自己,为社会,为家庭"。重新追随当初夫妻共同的志向,她决定"要往外面飞翔"。[2]

1925年之后,当五四作家普遍面临着革命与爱情的矛盾困扰,叶圣陶本着忠实于现实的理解和生活的体验,并没有像同期或后来的许多作家那样落入"恋爱和革命的冲突"的陷阱,如蒋光慈的《冲破云围的月亮》、丁玲的《韦护》、胡也频的《到莫斯科去》等作品流行主题、人物"定型的观念"[3]的模式。叶圣陶笔下对金佩璋女性、妻子、学生、教师、同志多重身份角色的处理,比起革命者王乐山形象的塑造要有骨感。男女两性关系、生活和情感的书写,更多是普遍性的活动和本真性的意识的细致展示,金佩璋前后思想的差异与转变基于常态文化传统和现实生活的基础。她殷实的家庭背景和接受的女子师范新学教育,使新旧时代诸多复杂而丰富的内容集于人物一身,作家没有过度地拔高或贬低。小说通过具体的日常生活细节和人生过程赋予了人物筋骨和温度。她的生活经历与倪焕之的人生之路、短暂的革命经历不仅仅形成了一个

---

[1] 叶圣陶:《叶圣陶文集》第3卷, 人民文学出版社1958年版,第303页。
[2] 叶圣陶:《叶圣陶文集》第3卷, 人民文学出版社1958年版,第410页。
[3] 冯雪峰:《中国无产阶级革命文学的新任务》,载《雪峰文集》第2卷,人民文学出版社1983年版,第330页。

异性、妻子、伴侣、同志角度的衬托，更重要的是她既走进了主人公的生活世界，又参与了倪焕之真实的精神心理的建构。小说最后金佩璋做出到广阔的社会里的决定，与其说是她的又一次的人生选择，倒不如讲是对倪焕之未尽革命事业的自觉认同。金佩璋将走的是不是"一条新的道路"呢？她，包括作家本人也并不清楚，但是"唯有"也必须走出去。小说以此结束，人物与社会生活的真实，就在于爱情与革命、文学与革命、个体与群体的关联，这些对许多人来说，虽然还很模糊但是已经无法回避了。这样一种必须思考、必须行动的决绝过程，也正是现代中国革命文学真正产生的过程。这是叶圣陶《倪焕之》小说的历史价值、意义所在。

　　叶圣陶自己的人生经历也充分地说明了这一点。他没有参与1928年前后热闹的时髦的革命文学倡导和论争，甚至也没有参加1930年中国左翼作家联盟的革命团体组织。叶圣陶依然本分地做着商务印书馆的编辑，或教书，或业余时间写作。但是，无论是他文学创作字里行间传达的个人的心声，还是感受他的创作纳入文学史同辈作家行列的时代共鸣，都能发现作家以自己独有的平民立场一直保持着对现实生活和社会政治的积极参与，并非是一味闭门读书的知识者。如果以叶圣陶1928年的长篇小说《倪焕之》创作时间为界，那么，从1923—1933年间，他的创作道路恰恰为最初现代中国革命文学创作勾勒了一条生成发展的线路，更重要的是提供了非主流革命文学的另一面的样本。叶圣陶本着忠于现实生活、为人生的创作理念，在1925年之前，一字一句地写他熟悉的小市民的各色各样的生活。小说《潘先生在难中》、长诗《浏河战场》是他这时期的代表作，但是他的作品不是鲁迅"呐喊""彷徨"式的冷峻的现实批判，而是冷静观察，忠实的记录，偶有"一讽"而已。1925年以后，他的《五月三十一日急雨中》《"同胞"的枪弹》等散文创作，与此时的小说《夜》《一包东西》《某城纪事的》等短篇小说，共同表明作家注意反映"在民间"的"抗争"，至此1928年的《倪焕之》长篇小说水到渠成，可谓集作家教书生活经历和感怀世事艰难之大成。它是在革命作家张闻天长篇小说《旅途》之后，在政治历史和个人生活相交叉的长时段客观写实中，表现出现代中国革命文学创作初期的力作。当文坛进入1930年代的左翼无产阶级革命文学运动时期，叶圣陶虽然只有《一篇宣言》《多收了三五斗》几个短篇，但是它们可以进入丁玲的《水》、叶紫的《丰收》、茅盾的农村三部曲等革命文学作品的行列。最重要的是，叶圣陶仍然保持着他独有的普通平民立场，冷静观察、客观写实的创作特点，为现代中国革命文学创作实践尝试不一样的书写，真实表现出社会现实中更为丰富而复杂的革命诉求和革命内容。

第三辑　现代中国革命文学的作家谱系（二）

第七章　现代作家与中国革命文学关系的"历史"纹理
——以作家鲁迅为例

本章以鲁迅自觉不自觉地涉猎革命为中心视点，更关注鲁迅与诸多作家之关系创设的文学互动场，呈现出现代作家是如何进入革命文学时代书写的历史纹理，力求更为直观地还原现代革命文学历史成因与得失的全息生态。鲁迅与现代革命文学的联系，虽然已有文学史的陈述和大量研究成果的阐释，但是其人与事的关系之复杂性，并没有被真正揭示出来。本章旨在通过鲁迅的个体经历和历史存在，聚焦其人与事散落关系之梳理和其历史结构、作家谱系的考释。现代文学史中的革命文学与鲁迅革命文学观的形成，既是一个独立的案例，又是与文学史有着密切关联的内在演变线路。由此，对现代革命文学内部系统构造做细致的考察和深入的辨析，跳出长期对现代革命文学意识形态化的规约，超越文学单纯类型创作现象和仅仅历史过渡性阶段存在的定位。

长期以来，鲁迅被认为是隶属于现代左翼阵营的革命作家，这应该是毫无争议的。大部分中国现代文学史著作都有这样的记述，比如1950年代之初，王瑶的《中国新文学史稿》中就有明确的《革命文学》和《鲁迅领导的方向》[1]这样的章节。20世纪八九十年代，钱理群等的《中国现代文学三十年》认为，鲁迅在"左联"成立大会上的演讲"总结了革命文学倡导过程中的经验教训"[2]。21世纪以来，丁帆等的《中国新文学史》也有《左翼文学》一章，

---

[1] 王瑶：《中国新文学史稿》，上海文艺出版社1982年版，第62、162页。
[2] 钱理群、温儒敏、吴福辉：《中国现代文学三十年》，北京大学出版社1998年版，第196页。

指出："鲁迅首先是一位独立作家，其次在一般意义上也属左翼作家，不过，他曾与'革命文学'论者发生过争论。"①在整体上，鲁迅与革命文学的这一话题随着文学史的不断重写，应该逐渐地清晰起来。可是，人们仍未能准确定位鲁迅的身份和革命文学的概念，如"无产阶级革命文学""左翼作家"等概念是模糊的，"革命文学的传统""左翼鲁迅""鲁迅的独立"与"鲁迅的方向"等文学史叙述多少会被特定的语境、立场所限定。受立场和语境影响的评判不可能是文学史有说服力的定论，更不能以此评判打压或代替"他者"的认知。面对鲁迅与现代"革命文学"这一复杂的历史话题，需要走进历史的现场，寻踪历史存在的鲁迅。在还原那个时代的历史结构中，梳理其人与事之间的关系，考释作家的谱系。这一工作的重点是，尊重历史人物、事件，及其现象的丰富性和复杂性，注意历史自身形态中的单线与双线或多线的独立与交叉，演进和场域的结构，以及历史叙述的主客观双重性。这样彼此"关系"点滴细节的发现，或有序无序历史线索的清理，多少能够更逼近历史真实，激发后人触摸和体验历史的兴趣。本章中，我们将寻找鲁迅与现代革命文学的关系。

一

鲁迅作为现代中国的文学巨匠，他的新文学创作实绩与深邃的思想，既属于他个人，又是中国20世纪思想文化的宝贵财富。他的人生经历与现代中国社会革命、现代文学的发生发展更有着血脉联系。如果文学史的叙述不是被事先设定的思想观念左右，那么它关注的应该是一种人与人、事与事，以及人事与人事之间的相互联系。具体厘清现代作家鲁迅与革命文学产生联系的前提和人事关系，至少要坚持以下三个层面的文化思路和理念：首先，这个联系的事

---

① 丁帆主编，教育部中文学科教学指导委员会组编：《中国新文学史》上册，高等教育出版社2013年版，第297页。

物存在应该分属于两个独立并存的人与事关系。其次，作为独立存在的人与事，之所以能发生关系，必然有着关联和对立的重要元素。再次，任何事物的联系不是平面的独立和对立，或者简单的两者相加，而是处在对立、并置、包容、交叉、叠合、反转、嵌套、浸入、消融等多种形态和运动过程中。因此，还原鲁迅的人生，考察鲁迅与革命文学的关联，及其革命文学形成演变的过程，自然会有"不识庐山真面目"的惊喜和发现。

重新认识鲁迅与革命文学的关系，有必要先梳理对作家个人的生活经历与文学史的既定叙述，以确立历史的内外部结构和多线条发展的关系。鲁迅早年经历了家庭的衰落，弃医从文的人生选择。此外，他先后经历了洋务运动、甲午战争、戊戌变法、辛亥革命、二次革命、五四运动、"五卅惨案"、北伐战争、"四一二反革命政变"，还受到明治维新、十月革命、抗日战争等中外重大事件的影响。直到晚年，鲁迅仍然清晰地记得："清光绪中，曾有康有为者变过法，不成，作为反动，是义和团起事，而八国联军遂入京，这年代很容易记，是恰在一千九百年，十九世纪的结末。于是满清官民，又要维新了，维新有老谱，照例是派官出洋去考察，和派学生出洋去留学。"①鲁迅也曾说过："见过辛亥革命，见过二次革命，见过袁世凯称帝，张勋复辟，看来看去，就看得怀疑起来，于是失望，颓唐得很了。"②这些历史事件中数辛亥革命对鲁迅的触动最大。他在小说、杂文中多次对其予以深刻而形象的描述。鲁迅说："我觉得革命以前，我是做奴隶；革命以后不多久，就受了奴隶的骗，变成他们的奴隶了。"③在谈到十月革命对自己思想发展和创作的影响时，鲁迅指出"待到十月革命后，我才知道这'新的'社会的创造者是无产阶

---

① 鲁迅：《因太炎先生而想起的二三事》，载《鲁迅全集》第6卷，人民文学出版社1981年版，第557—558页。

② 鲁迅：《〈自选集〉自序》，载《鲁迅全集》第4卷，人民文学出版社1981年版，第455页。

③ 鲁迅：《忽然想到三》，载《鲁迅全集》第3卷，人民文学出版社1981年版，第16页。

级"①。他还认为俄国的二月革命还"算不得一个大风暴；到十月，才是一个大风暴，怒吼着，震荡着，枯朽的都拉杂崩坏"②。鲁迅是在经历和体验两个层面上阐释他的革命观的，准确地说，应该是他1924年之前的革命观。鲁迅一方面处在新旧更替的时代，感受着革命给人的震撼和激荡；另一方面又有看不懂的怀疑和迷惘，甚至受骗之感。尽管如此，鲁迅的态度是积极的"至于我的喊声是勇猛或是悲哀，是可憎或是可笑，那倒是不暇顾及的；但既然是呐喊，则当然须听将令的了"③。而1924年之后，鲁迅经历和目睹了中国社会形势发生的巨大变化，其革命观有了转换和更改。1926年10月14日夜，鲁迅编完《而已集》后，写道："这半年我又看见了许多血和许多泪，然而我只有杂感而已。"④大革命失败对鲁迅的触动是，"中国自有其特别国情"，"革命军"是第一，他表示："先要有军，才能革命，凡已经革命的地方，都是军队先到的：这是先驱。"⑤可见，鲁迅的革命观与普通人一样，是随着自己人生阅历的丰富而逐渐地饱满起来的，并逐渐形成他自己独有的认知方式。鲁迅最初弃医从文明确了文学改造国民性的目标，五四以后开始自觉不自觉地思考革命话题。1927年以后，鲁迅一方面在现实中认真理解革命与文学之间究竟是怎样的关系；另一方面又以自己独有的创作方式，即杂文、故事新编以及散文诗等文类，对现代思想文化、革命文学发出自己的看法。他有多篇关于革命时代的文学的演讲稿，并积极参与革命文学论争。这也使得我们在这些文字之间找到了鲁迅与现代中国革命文学的生成发展并行、同步、亦进亦思的清晰轨迹。

自然，鲁迅既是中国现代文学中重要而独特的作家，又始终属于现代中

---

① 鲁迅：《答国际文学社问》，载《鲁迅全集》第6卷，人民文学出版社1981年版，第18页。
② 鲁迅：《〈十二个〉后记》，载《鲁迅全集》第7卷，人民文学出版社1981年版，第298页。
③ 鲁迅：《呐喊》，载《鲁迅全集》第1卷，人民文学出版社1981年版，第419页。
④ 鲁迅：《而已集》，载《鲁迅全集》第3卷，人民文学出版社1981年版，第407页。
⑤ 鲁迅：《文艺和革命》，载《鲁迅全集》第3卷，人民文学出版社1981年版，第559页。

国文学发生发展的整体。鲁迅对革命的内涵外延的理解和其革命文学观的形成，与中国现代文学的发生和革命文学的产生是密切联系在一起的。因此，我们可以换个角度厘清中国现代文学与革命文学之间的关联及其发生、发展的整体历史样貌。不妨从成仿吾的《从文学革命到革命文学》一文入手。这篇文章于1923年11月写成，但直到1928年2月才在《创造月刊》第1卷第9期刊出，共分六个部分，强调文学社会性的历史意义、文学阶段性的具体任务、文学服务于革命、唯物辩证法的指导，文学创作者接近农工大众等问题，以此替代一个文学历史进程的描述。作者以一种理想的激情，对农工大众文学运动的展望，捕捉到一些文坛的新现象，反映出作者敏锐的眼光和极富前瞻性的视野。但是，这篇文章有两点值得推敲：一是"文学革命"和"革命文学"两个概念关联与区别的表述是模糊的；二是有关论文的写作和发表中间相隔五年，其时间差的背后可揭示什么呢？

首先，当初胡适、陈独秀等发动的五四文学革命，一是受欧洲革命思想的影响。"近代欧洲文明史，宜可谓之革命史"，"欧语所谓革命者，为革故更新之义"。①二是立足社会进化和二元对立之思维。胡适主张"一时代有一时代之文学"②，陈独秀提出"推倒"旧文学、"建设"新文学的"三大主义"。三是以茅盾、郑振铎等为代表的文学研究会开展对新旧文化、文学之批判。这些大体构成了五四文学革命发生期的思想和方法取向。五四以后文学革命正处于低潮，也是一个新的时代酝酿转折的时期，也推动了五四文学革命的重新思考，即五四时期进化思想、对立模式、批判方式的反思和再提炼。成仿吾的从文学革命到革命文学的前瞻性理念，有时代的基础也有同道的呼应。他认为"文学运动今后的进展"，"必须从事近代资产阶级社会全部的合理的批判"。③这与同期的郭沫若说"在目下浑沌之中，要先从破坏做起。我们的

---

① 陈独秀：《文学革命论》，《新青年》第2卷第6期。
② 胡适：《文学改良刍议》，《新青年》第2卷第5期。
③ 成仿吾：《从文学革命到革命文学》，《创造月刊》第1卷第9期。

精神为'反抗'的烈火燃得透明"①十分相似。显然,成仿吾看重的不是两个概念串联的文学进程,而是革命的情绪和方式,或是一种精神信仰的象征,由此,革命情绪的扩张和高扬催生了一个时代新青年的成长,一个新的文学运动的到来。

其次,五年之后的1928年,从文学革命到革命文学的根本分野正是一种从"情绪"到"行动"的转变,是文学内涵和外延的调整。中国现代文学也由此真正坚实地着落于大地,面向大众人生。那时的中国社会经历了政治现实与革命的锻造。"五卅惨案"、北伐战争、"四一二反革命政变"等一系列重大历史事件的发生,使一大批热血青年直接投身工农运动,参与革命斗争实践。此时出现的对底层大众文艺的呼唤,都与文学家最初理解的精神信仰之革命相冲突和矛盾。一方面,"诗人若不是一个革命家,他决不能凭空创造出革命的文学来。诗人若单是一个有革命思想的人,他亦不能创造革命的文学。因为无论我们怎样夸称天才的创造力,文学始终只是生活的反映"②。另一方面,后期创造社和太阳社的成员与鲁迅、茅盾等人关于革命文学相当激烈的理论论争,使得当时的文人对革命文学思想内涵和表现形式,及其结构形态均有了一些初步的共识。而成仿吾提出的"从文学革命到革命文学"的命题,最初的构想和后来的发表之间的时间差,揭示了革命文学建设动向和某些核心元素:唯物辩证法的指导和小资产阶级的批判的二维取向,超前性和片面性的悖论思路,以及激情四射的革命期盼,强烈的对文学家的呼吁,等等。成仿吾提出的命题与现代中国革命文学内在生成理路完美衔接的同时,恰恰凸显出历史演进的结构形成和激进而跳跃的思维纹理。成仿吾关注的热点不是五四的文学革命,也不是一个互文叙述的历史过程,而是文学革命的对象、阶段任务,及其蓝图的设计。

---

① 郭沫若:《我们的文学新运动》,《创造周报》总第3号。
② 沈泽民:《文学与革命的文学》,《民国日报·觉悟》1924年11月6日。

至此，再对照鲁迅对革命和革命文学的认知。鲁迅正是以稳步和坚实的步履，在时代的激变不可避免地影响着每个人的情况下逐步地直面现实世界和自我的人生经历，真切地体验和理解革命与革命文学。鲁迅宁愿孤独地面对现实种种丑恶的脸孔，放弃了"可以使天才生长的民众产生"[①]的最初想法，而坚定地转向"这样的战士"。也正是面对血淋淋的杀戮，鲁迅也不再相信文学的力量以及它对革命进程的影响了。可见，鲁迅革命观及其对革命文学的认识和态度转变于现代革命文学形成而言有着特殊意义。如比较鲁迅同时期作家不难发现，他不像郑振铎简单着眼感情要素，相信"文学与革命是有非常大的关系的"[②]，也迥异于茅盾经过研究苏维埃俄国的革命实践活动，而坚信"现代的活文学一定是附着于现实人生的，以促进眼前的人生为目的的"[③]。他也不同于郭沫若吸收了日本马克思主义者河上肇的理论思想后才有了革命文学观的飞跃，更不是成仿吾信奉的"凡是有意识的跃进，皆是革命"[④]之思想。同样还有别于瞿秋白、蒋光慈，二人有着游学俄国的履历，且实地考察过十月革命后的俄国。也不同于邓中夏、恽代英、萧楚女等直接参与了学生、工农运动，组织领导了实际革命活动的作家。现代作家各具特色的人生经历，不同的理论和实践活动，促成对另一样色彩革命文学观的建构。无疑，真正意义上解释鲁迅革命观的差异性和同一性，还原现代革命文学完整形态，除了"史前史"前因后果的细致清理，以及对历史现象形成的细节和时间点的准确把握，还要把握每一历史个体独立和关系的存在，它们是如何交叉影响的，又是怎样构成历史与文化的多元形态作用与反作用场域的？由此说来，考量鲁迅革命文学观，

[①] 鲁迅：《未有天才之前》，载《鲁迅全集》第1卷，人民文学出版社1981年版，第166页。

[②] 西谛（郑振铎）：《文学与革命》，《时事新报·文学旬刊》总第9期，1921年7月30日。

[③] 雁冰（茅盾）：《"大转变时期"何时来呢》，《时事新报·文学》总第103期，1923年12月31日。

[④] 成仿吾：《革命文学与他的永远性》，《创造月刊》第1卷第4期。

找寻鲁迅所处的完整历史生态和场域中个体与群体的互动关联之纹路，比起简单地比较鲁迅与其他作家的异同、孤立地谈论鲁迅某些特质更有价值。

二

回到历史语境中，找寻鲁迅与革命文学的关联，除了上述鲁迅的人生经历和近现代中国社会革命发生的某些契合和影响外，鲁迅革命文学观的形成和实践，自然离不开一段时间内他身边人与事的关联、作用。他自己说，因为"时代是现代，所以从旧家庭所希望的'上进'而渡到革命"①。鲁迅的"渡到"具体讲有两个方面的推动：一方面他自觉地经历了从文学书写革命到革命影响文学的过程，另一方面他不自觉地参与了革命文学的论争和其理论、组织的建设。

前者早期表现为鲁迅在小说中关于阿Q"革命"的畅想和假洋鬼子的"不准革命"的情节描写，散文里"复仇者"和"这样的战士"的意象塑造。而到了1925年鲁迅直接发声："中国人向来因为不敢正视人生，只好瞒和骗，由此也生出瞒和骗的文艺来。"②1926年又言："墨写的谎说，决掩不住血写的事实。"③1927年还说："为革命起见，要有'革命人'，'革命文学'倒无须急急，革命人做出东西来，才是革命文学。"④鲁迅是从文学表现革命进而敏锐捕捉到革命时代的文学新变。最初他寄希望于文学能启蒙、改造国民的思想，因此并不顾及呐喊时的寂寞和悲哀。对于五四时期文学与革命的关联，鲁

---

① 鲁迅：《叶永蓁作〈小小十年〉小引》，载《鲁迅全集》第4卷，人民文学出版社1981年版，第146页。
② 鲁迅：《论睁了眼看》，载《鲁迅全集》第1卷，人民文学出版社1981年版，第240页。
③ 鲁迅：《无花的蔷薇之二》，载《鲁迅全集》第3卷，人民文学出版社1981年版，第263页。
④ 鲁迅：《革命时代的文学》，载《鲁迅全集》第3卷，人民文学出版社1981年版，第418页。

迅不过视其为一种人生的抗争方式，一种精神的追求。经历了1926年"三一八惨案"，鲁迅对文学与革命的关系认知发生了大的改变——"文学文学，是最不中用的，没有力量的人讲的……有实力的人仍然压迫，虐待，杀戮，没有方法对付他们，这文学于人们又有什么益处呢？"[①]尤其鲁迅到了广州以后，更深感革命与文学的影响明显有着阶段性区分。革命前的文学大抵是对于社会现实的叫苦、鸣不平；革命中受到鼓动，文学由呐喊转入行动；革命之后社会关系缓和，文学不是讴歌就是挽歌。客观地说，鲁迅起初对革命文学的理解和认识多为一种务实的应对。面对随时发生的新变、突变之革命，鲁迅有时也并不确定、明白，唯有直面现实的姿态和立场一以贯之。

后者伴随着革命时代和文学大转变时期的激越情绪，鲁迅虽然不自觉地被卷入革命文学论争，但是却自觉地思考革命文学的可能和问题。过去我们在解释鲁迅的思想转变时有一段经常引用的话："我有一件事要感谢创造社的，是他们'挤'我看了几种科学底文艺论，明白了先前的文学史家们说了一大堆，还是纠缠不清的疑问。"[②]这是1932年鲁迅对过去时的革命文学论争的自我反省，对正在参与的进行时的新兴左翼文艺运动之说明。其中鲁迅"明白了"的"疑问"，应该正是对先前模糊的不清楚的革命文学有了一个回应和交代。如果顺着这一思路寻踪鲁迅建构革命文学观的通道，似可理解为在一个不期而遇的文化场中发生的激烈思想论争，推进了鲁迅对革命文学的理性认知；一个从被动到主动接受外来的俄国文艺的过程，奠定了鲁迅革命文学理论的重要基础。

如果说1927年"四一二反革命政变"以后，鲁迅在广州黄埔军官学校的演讲还主要强调自己理解的革命时代的到来，旨在对不同革命阶段的文学冷静分析，那么，1928年以后的一两年里，鲁迅杂文中频率极高地出现了"革命文

---

① 鲁迅：《革命时代的文学》，载《鲁迅全集》第3卷，人民文学出版社1981年版，第417页。

② 鲁迅：《三闲集》，载《鲁迅全集》第4卷，人民文学出版社1981年版，第6页。

学家"的称谓,他认为革命文学的阐释已经不再局限于政治意识下的革命行为,而且有明确地表现"革命军马前卒"和革命的"落伍者"两者之间的冲突和分歧。这期间,鲁迅的《文艺与革命》《革命咖啡店》《文坛的掌故》《现今的新文学的概观》等一系列文章,过去普遍认为仅仅是鲁迅与后期创造社、太阳社的成员关于革命文学论战之作。实际上这些文章中虽然有鲁迅遭到诬陷、攻击后被迫反击的无奈之举,有情绪化的色彩,但是不无他认真探索革命文学本身的诸问题和其思想变化的留痕。最初鲁迅表示"世界上时时有革命,自然会有革命文学"①。随着论争发展,鲁迅发现革命文学家们只知道"革命咖啡店的革命底广告式文字"②的宣传,或"'非革命'即是'反革命'"③的极端化思维。1929年5月在给友人的通信中,鲁迅写道:"革命文学家的言论行动,我近来觉得不足道了。一切伎俩,都已用出,不过是政客和商人的杂种法术,将'口号''标语'之类,贴上了杂志而已。"④这代表了此时他最真实的心态和思想状况。1930年前后鲁迅关于革命文学的观点有了明显的变化。在与梁实秋谈论《"硬译"与"文学的阶级性"》的长文中,鲁迅将革命文学在一定程度上等同于当时的"普罗塔利亚文学""无产阶级文学"。他说:"无产者就因为是无产阶级,所以要做无产文学。"⑤而目睹了国共两党的政治分裂,"左联五烈士"的被害后,鲁迅坚定地认为:"中国的无产阶级革命文学在今天和明天之交发生,在诬蔑和压迫之中滋长,终于在最黑暗里,用我们的同志的鲜血写了第一篇文章。"⑥"现在,在中国,无产阶级的革命

---

① 鲁迅:《文艺与革命》,载《鲁迅全集》第4卷,人民文学出版社1981年版,第82页。
② 鲁迅:《革命咖啡店》,载《鲁迅全集》第4卷,人民文学出版社1981年版,第116页。
③ 鲁迅:《路》,载《鲁迅全集》第4卷,人民文学出版社1981年版,第89页。
④ 鲁迅致章廷谦信,载《鲁迅全集》第11卷,人民文学出版社1981年版,第623页。
⑤ 鲁迅:《"硬译"与"文学的阶级性"》,载《鲁迅全集》第4卷,人民文学出版社1981年版,第204页。
⑥ 鲁迅:《中国无产阶级革命文学和前驱的血》,载《鲁迅全集》第4卷,人民文学出版社1981年版,第282页。

的文艺运动，其实就是惟一的文艺运动。"①

应该说，1930年代前后是鲁迅对革命与文学的认知之重要时期，他不自觉地走进文坛纷争和党派争斗的文化场域，逐渐完成了其革命文学由触发向自觉的发展过程。这一转变受俄国文艺和人事突变的影响最为明显。1929—1932年间，鲁迅开列的译著书目中，不难发现有大量的俄国和日本作家、批评家的论文集和理论译著，如《壁下译丛》（片山孤村等）、《现代新兴文学的诸问题》（片上伸）、《艺术论》（卢那察尔斯基）、《艺术论》（普列汉诺夫）、《文艺政策》（苏联关于文艺的会议录及决议）等，还有苏联长篇小说《毁灭》（法捷耶夫）、《十月》（雅各武莱夫）等。此外，他还校对了《苏俄的文艺论战》及《蒲力汗诺夫与艺术问题》等理论著作，陀思妥耶夫斯基的《穷人》、肖洛霍夫的《静静的顿河》等文学作品。鲁迅正是从俄国文学和马克思主义艺术理论中获取了对中国无产阶级的革命文学的认知。这与鲁迅译介工作的认真努力是分不开的，他自叙"用在译作和校对上的，全是此外的工夫，常常整天没有休息"②。这里有鲁迅所说的创造社等革命文学家"'挤'我看了几种科学底文艺论"的客观动因，也有李欧梵先生分析的"鲁迅对苏联文学的热情比政治思想的热情更深"③的主观自觉。另外，不可忽视这期间直接和间接发生于鲁迅生活中几件与文学关系密切的人与事，这些人与事对鲁迅的文学与革命认识起着根本性的颠覆和催化作用。一是两位同乡、青年革命者、"左联五烈士"中的柔石、殷夫被国民党杀害，这对鲁迅有较大刺激。鲁迅写下了散文《为了忘却的记念》，其中有"我失掉了很好的朋友，中国失掉了很好的青年"和"忍看朋辈成新鬼，怒向刀丛觅小诗"④的悲怒。还有什么

---

① 鲁迅：《黑暗中国的文艺界的现状》，载《鲁迅全集》第4卷，人民文学出版社1981年版，第285页。
② 鲁迅：《鲁迅译著书目》，载《鲁迅全集》第4卷，人民文学出版社1981年版，第183页。
③ 李欧梵：《铁屋中的呐喊》，尹慧珉译，岳麓书社1999年版，第194页。
④ 鲁迅：《为了忘却的记念》，载《鲁迅全集》第4卷，人民文学出版社1981年版，第486—487页。

比失去朋友更能够触动他,理解什么是革命,什么是革命与文学呢!二是最早遭受外敌侵略国土沦丧的东北沦陷区的作家萧军萧红从关外来到鲁迅身边,带着他们的小说《八月的乡村》和《生死场》。两位青年远离故土的漂泊人生之经历,令鲁迅亲密地接触和了解革命青年;其作品的字里行间"对于生的坚强,对于死的挣扎"[①]之不屈服的"中国民族的心"[②]之书写,是鲁迅阅读到的最为鲜活的革命文学作品。三是这个时期鲁迅周围还有两位共产党人——冯雪峰和瞿秋白,他们与鲁迅有着特殊的师生、朋友、同事,乃至战友的亲密关系。同乡冯雪峰1925年在北京大学就旁听鲁迅讲课,后任教、创作中多得鲁迅支持,其友谊超出了一般的师生。而瞿秋白编的《鲁迅杂感选集》及撰写的序言,深得鲁迅认可,鲁迅送其条幅,将瞿秋白视为"同怀"、人生"知己"的同志。他们之间是亲密无间的挚友,欣赏彼此身上的文学才华,对现实人生、社会阶级、革命思想的认识趋同,以及共同倾注心血于马克思文艺理论知识的译介。借用冯雪峰的评说,鲁迅与瞿秋白之间"我觉得是相互启发与相互影响的","在对工作和战斗的热情上的相互鼓舞和影响,比起见解上的相互影响,是要大到不知多少倍,而且这是最宝贵的"。[③]

总之,鲁迅对现代中国革命文学的理解、判断,与动荡社会的激变和文坛人事的纠缠都有着密切关系。中国社会历史进程中必然到来的革命时代和革命文学,既是一种自然的社会历史进化,又是一场人为的不同立场不同情景之思想论争;既是激烈的国内阶级、党派政治的产物,又是国际革命文艺理论接受与传播之结果,每一位现代作家对此的反应并非完全一致。郭沫若直接参加北伐革命,可以在一个晚上发生文学观的突变;茅盾在革命潮起潮落的大时代,面对文学与政治的交错,一个"矛盾"的笔名传达了最真实的精神状态;

[①] 鲁迅:《萧红作〈生死场〉序》,载《鲁迅全集》第6卷,人民文学出版社1981年版,第408页。

[②] 鲁迅:《田军作〈八月的乡村〉序》,载《鲁迅全集》第6卷,人民文学出版社1981年版,第287页。

[③] 冯雪峰:《回忆鲁迅》,载《雪峰文集》第4卷,人民文学出版社1985年版,第223页。

叶圣陶借助一个教育家、社会活动家"倪焕之"悲剧形象的塑造，生动再现文学与革命是如何不可避免地发生联系的；郁达夫从崇尚忧郁、感伤的唯美艺术理想，到确信"艺术家是革命的先驱者"[①]。基于理解文学与革命共同的情绪本质，鲁迅以开阔的世界文化的视域，伴随着大时代下个人的生命体验与掺杂着血和泪的斗争现实相互渗透交融。这使得他建立了一条与五四以来其他文学家完全不同的接受和理解现代中国革命文学的认知路径。

三

鲁迅革命文学观的形成、现代中国革命文学完整演变的过程，把握这二者互动关系的构成最重要的是文学史全息生态的把握，因为鲁迅存在的内外联系应该仅仅是一个方面。现代中国革命文学回归本体世界，首先必须确认文学生成中作家的中心位置；其次应明确文学事件和历史进程的本质是作家与其他人、事之关系。为此，分析鲁迅与现代革命文学之关联，重要的是细致整理作家与作家之间关系的线路、类型，及其背后成因的解析。鲁迅与现代中国革命文学共生共进的关系，可从文学史层面列出革命思想探索、激进革命理论、革命文学创作、革命文学多元对话、左翼革命运动五类板块，也是五条重要的历史线索。它们立体呈现，彼此嵌套互动，叠合交叉，反转消融。它们贯穿于1923、1926、1930年前后现代中国革命文学生成的重要时间节点，并由此清晰地呈现其演进发展的肌理和路线。它们更是鲁迅革命文学话语成因的全部信息资源及鲁迅现代中国革命文学思想构成的谱系。

其一，鲁迅与陈独秀、李大钊、张闻天、邓中夏等五四文学中革命思想建设和探索型作家群之间，可见多元文化碰撞的五四新文学，展露了理解和选择革命的某些端倪，形成现代革命文学发生和鲁迅革命思想发端的内在衔接。

---

① 郁达夫：《〈鸭绿江上〉读后感》，《洪水》第3卷第29期。

1923年之前，包括鲁迅在内的早期现代作家，主要通过新旧文化思想的激烈交锋、新旧文学的变革，率先传递出某些革命观念、思维和方式的信息。五四新文化运动先驱者陈独秀的《文学革命论》《本志罪案之答辩书》的宏文，开始就表现出援引西方拥护的"德赛两先生"为思想武器，摆出"断头流血，都不推辞"的坚定革命姿态，旨在表达社会政治革命与新旧文学变革之同构。①这时期李大钊在主编的《新青年》上开辟了《马克思研究》专栏（第6卷第5期，1919年5月），又明确提出"我们所要求的新文学，是为社会写实的文学，不是为个人造名的文学"②。再看两位早期革命先行者，1922年初，张闻天就倾向科学社会主义，认为一切社会问题的根源在于"这种社会制度底破裂，社会动力与社会组织互相冲突而至于爆发，我们称之为革命"③。1923年，邓中夏在组织领导工人运动中反观诗坛，引导作家创作与革命实践相结合，明确提出"新诗人须从事革命的实际活动——如果一个诗人不亲历其境，那就他的作品总是揣测或幻想，不能深刻动人"④。与偏重渲染革命情绪、理念，有志于社会改造的作家不同，这时期的鲁迅更注重转型时代文学与革命的个人表达。他以对旧礼教文明批评的随感和凝聚着生命体验的小说，发出"聊以慰藉那在寂寞里奔驰的猛士"⑤的呐喊。他提醒作家"现代作品之没有血泪，那是怕著作界复归于轻佻"⑥。显然，五四新文学与革命的联系的考察，来自不同作家自然自发状态的身份认同，革命话语内涵主要还是五四文学的革新。就鲁迅与这些作家而言，革命也非某种自觉的统一思想，更多为一种强烈社会变革的情

---

① 陈独秀：《本志罪案之答辩书》，《新青年》第6卷第1期。
② 李大钊：《什么是新文学》，载《李大钊全集》第3卷，人民出版社2006年版，第129页。
③ 张闻天：《中国底乱源及其解决》，《民国日报·觉悟》1922年1月5日。
④ 邓中夏：《贡献于新诗人之前》，《中国青年》总第10期。
⑤ 鲁迅：《呐喊》，载《鲁迅全集》第1卷，人民文学出版社1981年版，第419页。
⑥ 鲁迅：《对于批评家的希望》，载《鲁迅全集》第1卷，人民文学出版社1981年版，第401页。

绪、革新意识,及受纷至沓来的各种"他者"思潮的影响;也是一种文坛氛围的营造。五四文坛裹挟着革命的风暴,是文化多元吸纳和对话中一种文学变革的探索,直取二元对立思维方式建设新文学所释放的有关革命的信号。鲁迅与这些作家共同构筑了新文学开端的思想建设,进而走向革命的实践平台。

其二,鲁迅与郭沫若、成仿吾、李初梨、钱杏邨等人构成的激进革命理论型作家群的关系是相互补充的。虽然他们各自身份和经历不尽相同,但是随着现代中国革命文学生长,碰撞和冲突让每位作家都有了充实互补的可能。这一关系学界已有的认同产生于两方面:一方面,五四文学革命之后,中国社会现实急变,一系列革命行为促使学界走向团结;另一方面源于作家间文学趣味相同使集团意识得到强化。而且文化资源的不同与作家性格、思想、精神的差异带来文坛大分化大改组。1923年以后,现代中国革命文学的具体运作也是率先由他们发起的。如郭沫若、成仿吾等作家鲜明的革命文学言论,后期创造社、太阳社集团化的革命文学理论倡导,现有研究成果甚多,不再赘言。历史结构需要进一步考察的是他们思想和行为何以能够存在,又以何种方式关联的。郭沫若、成仿吾由最初印象、表现、审美主义的文学观转向革命文学倡导,均有着明显的外在革命的行为和理论两相结合之影响,而1925年之后,李初梨、钱杏邨等受到日本福本主义和苏联"拉普"影响,直接援引藏原惟人的《到新写实主义之路》,并参照辛克莱的《拜金艺术》中关于艺术的定义,将现代中国的革命文学简化为"以无产阶级的阶级意识,产生出来的一种的斗争的文学"①,他们倾向"集体主义"②才是革命文学的内容。正是这一急功近利的"拿来",与片面的对五四文学的否定,衬托出鲁迅坚守自律和宽容的文学态度。对1925—1928年现代中国革命文学的到来,鲁迅并不否定也没有急于确定什么是革命文学,与郭沫若、成仿吾、李初梨、钱杏邨等作家不同,鲁迅

---

① 李初梨:《怎样地建设革命文学》,《文化批判》总第2期。
② 蒋光慈:《关于革命文学》,《太阳月刊》总第2期。

敢于直面现实的人生,强调文学呼唤"真的人",不论是不是阶级的、工农的、英雄的人。鲁迅认为只有"革命人"才写得出革命文学。[①]再将郭沫若、成仿吾等人与陈独秀、李大钊、张闻天、邓中夏等作家相比较,前者以强烈专业意识急于革命文学的理论建设,后者更热衷于职业的革命实践活动,文学仅仅是其爱好。在革命是一种行为方式的理解上,两者倒有一定的相似之处。而鲁迅用心探讨革命文学的本体世界与现实的密切联系,重视中国革命文学与世界文学本质上的异同,强调真正的革命文学家应该"敢于直面惨淡的人生,敢于正视淋漓的鲜血"[②]。此刻鲁迅早期思想中进化观的"轰毁",也是与这样的思想取向分不开的。

其三,鲁迅与郁达夫、叶圣陶、蒋光慈、丁玲等革命文学创作型作家的共同前行,丰富了文学史范畴的革命多层面文学形态的书写。这类文学创作型的作家不急于认同革命文学的理论设计和定义,他们各自不同的人生经历和生活圈令他们的艺术表现被现实所逼迫而转向,是生命体验中主体的自觉反省,从而有了革命文学鲜活的多重样态,使文学过渡期有了十分坚实而丰硕的创作成果。这中间作家郁达夫、叶圣陶、蒋光慈、丁玲恰恰提供了阶段性相同又不同的革命文学叙述文本。他们与鲁迅独特反省式的创作世界不期而遇,参与了新文学进程中思想的革命、阵营的重组,以及作家丰富精神和苦痛心路的有机合成;也揭示出现代中国革命文学所包孕的文学与政治、个人与集体等更为细微的复杂纠缠的精神纹理。两位五四小说作家郁达夫与叶圣陶创作风格迥异,一个追求自我表现,抒情感伤,甚至有些颓废的唯美倾向,另一个冷静地谛视人生,真实地再现生活,细密地观察,客观地写实。但是,郁达夫从《沉沦》到《茑萝行》再到《薄奠》《她是一个弱女子》的小说创作路向,及其《艺术与国家》《无产阶级专政和无产阶级的文学》等文学观的转变,与叶圣陶从

---

① 鲁迅:《革命文学》,载《鲁迅全集》第3卷,人民文学出版社1981年版,第544页。
② 鲁迅:《记念刘和珍君》,载《鲁迅全集》第3卷,人民文学出版社1981年版,第274页。

《潘先生在难中》到《城中》再到《倪焕之》的小说稳步地坚守写实主义又有着相同之处。他们创作中自觉不自觉向着现实的转变，社会阶级的革命元素的出现都有着相似之处。这时郁达夫"文学上的阶级斗争"的观点是"表面上似与人生直接最没有关系的新旧浪漫派的艺术家，实际上对人世社会的疾愤，反而最深"。①《薄奠》中人力车夫与知识分子的社会阶层差异与人的平等同时被提出来。而叶圣陶在小说《倪焕之》中将主人公教育理想主义的破灭与王乐山——一个并不丰满的革命者——这一人物形象的塑造联系起来了，并通过后者传递"社会是个有组织的东西。……要转移社会，要改造社会，非得有组织地干不可"。这也接续了另一种革命文学的叙述，即蒋光慈、丁玲等作家"革命加恋爱"的创作实践，从而有了五四文学中"人"的大写和矛盾心境透视之真实的存留。这时期鲁迅的小说《孤独者》《在酒楼上》《伤逝》中的彷徨，与《奔月》《铸剑》中的绝望反抗，与《野草》散文创作互为映照。那些认为"绝望之为虚妄，正与希望相同"②的"这样的战士""复仇者"之形象塑造，传达出五四知识分子自我精神裂变的革命向度，这也是鲁迅式的对时代社会生活激变的一种回应。他也毫无保留地展露自我精神的困境和矛盾，试图形象地表明时代激流中"革命人"的自我锻造和历练比起革命文学的"急转"或"硬做"更为重要。在个人体验和现实人生的生与死中，鲁迅走了一条自己体悟的大时代革命践行之路。

其四，鲁迅与语丝、新月、"现代文化"等团体的多元对话，创造了革命时代的文学需要的公共空间，正是来自不同文化视域的多声部合奏，推进了革命文学本体认识的深入。当年李何林先生编了一本《中国文艺论战》将这几个团体的作家群称为"文艺集团"③。鲁迅既是其中的语丝一员，又被论战方认为是"落伍者"。冯雪峰的《革命与智识阶级》对此做出了评价，李何

---

① 郁达夫：《文学上的阶级斗争》，《创造周报》总第3期。
② 鲁迅：《野草·希望》，载《鲁迅全集》第2卷，人民文学出版社1981年版，第178页。
③ 李何林编：《中国文艺论战》，陕西人民出版社1984年版，第10页。

林认为是个"持平而中肯的论判"[1]，此后的现代文学史也基本认同了他的评述。从论战的气氛和实际场景来说，论辩中的情绪化攻击和小的团体的各自坚守是常态现象。革命文学的话题引发的自然不只是鲁迅与创造社的论战，而且是包孕了五四以后各种文学观念发生演进的对话。比如茅盾推荐叶圣陶的新著长篇小说《倪焕之》，旨在强调小说"正可以表示转换期中的革命的智识分子的'意识形态'"。"这样有目的，有计划的小说在现今这混浊的文坛上出现……不能不说是有意义的事。"[2]茅盾以这部小说的解读和自己《蚀》三部曲的创作经历，更多叙述了当革命与文学同时摆在五四作家面前时的精神矛盾和别无选择。这可认为是对后期创造社等团体的激进理论倡导革命文学的一种创作实践的补充。而梁实秋认为"伟大的文学乃是基于固定的普遍的人性"[3]，与倡导革命文学的阶级性之对话，其本质是探讨文学的属性问题。文学是"人学"，既有本体的基本属性又有拓展的社会属性，两面共存而互动。也有人从文化的角度指出，任何"新兴起来的那一种文学，我们均可以说是革命的"，所以革命文学的意义不确定。[4]论战总是各持一端的，倒也明确了革命文学与革命时期的文学的关联和不同。这里革命文学多元探讨的关键在于，既尊重文学又正视现实，是心平气和下的平等对话。鲁迅以"态度气量和年纪"[5]为题回应创造社等人的攻击和过激言论。当年冯雪峰还有一个被后人提到不多的观点，即"尽可以极大的宽大态度"对待那些向往革命但不够坚定的知识分子。[6]他强调讨论革命文学最要有宽容心态，才可能正视文学特性和革

---

[1] 李何林编：《中国文艺论战》，陕西人民出版社1984年版，第4页。
[2] 茅盾：《读〈倪焕之〉》，《文学周报》第8卷第20期。
[3] 梁实秋：《文学与革命》，《新月》第1卷第4期。
[4] 莫孟明：《革命文学评价》，载李何林编：《中国文艺论战》，陕西人民出版社1984年版，第319页。
[5] 鲁迅：《我的态度气量和年纪》，载《鲁迅全集》第4卷，人民文学出版社1981年版，第108页。
[6] 画室（冯雪峰）：《革命与智识阶级》，《无轨列车》总第2期。

命的现实，才有更多的作家走进革命文学的行列。

其五，鲁迅与茅盾、瞿秋白、冯雪峰等作家之间共同信奉文学的现实生活的基础和工农大众的主体，渐进引导着中国左翼革命文艺运动与世界文学的接轨。这一关系从横向上反映了现代中国革命文学对一些核心问题的关注和深入探讨，从纵向呈现了革命文学价值取向和运动演进的轨迹。与早期共产党人单纯进行工农运动不同，这些作家以深厚的传统知识、开阔的文化视域、强烈的使命意识，努力将大时代的革命实践与文学密切联系在一起，积极推动着一个左翼革命文艺运动的到来。1923年茅盾不满于当时文坛的风花雪月的弥漫，"希望文学能够担当唤醒民众而给他们力量的重大责任"①；同年瞿秋白通过介绍俄国文学，强调"真正的文化只是无产阶级的文化"②；1926年冯雪峰也在译介新俄文学中预示一个新的时期到来："想表现新世界观或无产阶级的理想的要求，想表现革命和生活的新组织所给与的新体验的倾向。"③这里可以说明两点：一、五四以后革命文学的出现应该是一个社会现实与文学文化形态裂变和渐进的发生发展过程；二、现代中国革命文学的潜在推手是以俄国为中心的世界文学。鲁迅革命文学的认知过程正与这两条路径有着关联。1929年以后，鲁迅仍然发现"文学并不变化和兴旺"，告诫革命文学家要"多看些别国的理论和作品之后，再来估量中国的新文艺"。④这个作家群体对鲁迅的互动影响应该是多方面的。比如鲁迅在中国左翼作家联盟中保持冷静，指出革命"决不如诗人所想像的那般浪漫；革命当然有破坏，然而更需要建设"；呼吁左翼文学阵营要"造出大群的新的战士"，要以"联合战线"为共同目

---

① 雁冰（茅盾）：《"大转变时期"何时来呢》，《时事新报·文学》总第103期，1923年12月31日。

② 瞿秋白：《赤俄新文艺时代的第一燕》，《小说月报》第15卷第6期。

③ 冯雪峰：《〈新俄文学的曙光期〉译者序》，载《论文集》上卷，人民文学出版社1981年版，第1页。

④ 鲁迅：《现今的新文学的概观》，载《鲁迅全集》第4卷，人民文学出版社1981年版，第135—137页。

的;①积极推举叶永蓁、柔石、殷夫、叶紫、萧军、萧红等青年作家;等等。鲁迅希望文坛多有"几个坚实的,明白的,真懂得社会科学及其文艺理论的批评家"②。至此,鲁迅有了明确的革命文学创作和理论期许的目标和方向,鲁迅与茅盾、瞿秋白、冯雪峰等也表现出对整个左翼革命文学运动积极前行的引领。

综上所述,鲁迅与现代革命文学关联的全息认知,首先,应该是鲁迅及每个作家自己的人生经历伴随着现代中国社会革命情势的发生发展,形成了同行共进的历史结构常态现象;其次,在鲁迅与不同作家之间关于革命文学不同的认识、理解,及其碰撞、相互影响,生成了新的异质,即20世纪鲁迅的革命文学观、现代中国革命文学之独特生态。我们正是沿着这一路向,力求还原文学生态的样貌,重估文学史存在的价值意义。

---

① 鲁迅:《对于左翼作家联盟的意见》,载《鲁迅全集》第4卷,人民文学出版社1981年版,第233—237页。

② 鲁迅:《我们要批评家》,载《鲁迅全集》第4卷,人民文学出版社1981年版,第241页。

第八章　现代作家与革命文学关系的"阶级"要素
——以作家茅盾为例

本章以阶级与革命的关联理论，细致梳理茅盾小说中革命叙事的特殊元素，旨在重新发现茅盾小说所反映出的现代中国革命文学内在结构某些要素和范式。"阶级"作为现代革命要素和话语之一，那是因为它与现代社会分工中的职业有关，也与社会之间的各种关系密切相连。英国当代学者指出："如果说职业研究确实与阶级分析有一定的联系，那只是因为职业常用来描述生产过程中的社会关系。如此看来，阶级理论和对抗性的、剥削性的生产关系的研究之间有着极强的关联。"①我们更熟悉毛泽东1920年代中期的著名文本《中国社会各阶级的分析》，这应该是最早分析中国化的现代社会阶级与革命关联的重要文献。毛泽东开篇发问："谁是我们的敌人？谁是我们的朋友？这个问题是革命的首要问题。"②在辨别革命敌友时，他明确对"中国社会各阶级的经济地位及其对于革命的态度"进行分析。按照此分析毛泽东将当时的社会阶级、阶层的关系总结为："一切勾结帝国主义的军阀、官僚、买办阶级、大地主阶级以及附属于他们的一部分反动知识界，是我们的敌人。工业无产阶级是我们革命的领导力量。一切半无产阶级、小资产阶级，是我们最接近的朋友。"③"朋友"包括党的各级领导、工人、进步青年等；"敌人"包括国民

---

① 理查德·斯凯思：《阶级》，雷玉琼译，吉林人民出版社2005年版，第6页。

② 毛泽东：《中国社会各阶级的分析》，载《毛泽东选集》第1卷，人民出版社1991年版，第3页。

③ 毛泽东：《中国社会各阶级的分析》，载《毛泽东选集》第1卷，人民出版社1991年版，第9页。

党高级军官和特务、地主资本家、反动军队；还有一部分游离于对立二者的同情革命和不了解革命的人，包括贫苦农民、知识分子、城市手工业者、民族资本家等等。在小说家茅盾的创作中，可以清晰地根据作品人物身份地位划分出革命领袖、阻碍革命的反革命者、无革命意识的普通民众以及接触革命的知识分子四种类型；按照作品人物身份存在和其关系大体可梳理出革命活动和革命环境，及其人物发展的态势，即人物参与革命的全过程和革命活动的跌宕起伏，由此，我们力求对茅盾革命叙事的深层次内涵、总体特征，及其独特的革命叙事价值做出评述，并以此案例归纳这一类型现代中国革命文学作家的独特思想。

一

从微观层面对茅盾小说中革命叙事要素进行细化分析，分为革命人物形象、革命活动与革命背景三个方面。首先是茅盾在小说里塑造了鲜活的革命人物形象。茅盾小说中实际塑造的人物，大体可以划分为领导革命的革命领袖、阻碍革命的反革命人物、对于革命没有意识的普通民众、接触革命的知识分子等几类。

一、革命领袖。虽然茅盾在现实生活中一直担任着革命的领导工作，但在茅盾小说中却很少直接出现正面的革命人物，并且革命领导的形象一般刻画得比较简单。如李克、史俊等在《蚀》三部曲中就担任革命者。对于李克，描写他并非是高大的形象，而是一个短小精悍的"理性人"，在外形上就有所突破。还有《虹》中带领梅行素走上了革命道路的梁刚夫和他的女友黄因明，也可以归类为"李克式"革命者。《幻灭》中的史俊是静女士的同学，具有一定的革命思想，也是他鼓励静女士投身革命并且去往汉口。而在《动摇》中的史俊也成了省里的特派员，并在小说中交代了他和李克这些真革命的人在千辛万苦里锻炼出来，由始至终都心向革命，是真正意义上的革命领袖。李克、史俊虽然是《蚀》三部曲中少数贯穿三部曲的人物，但茅盾并没有赋予他们绝对核心人物的位置，而是将其直接置于整个人物谱系中，在作用上是推进身边的人物走近革命，宣传革命思想引导他们，从而让他们有意识了解到革命。因而在塑造革命领袖的人物形象上，对于这些革命领袖的革命性的经历，茅盾并没有大肆添加笔墨，无论是语言还是形象都是比较单调的。茅盾在《豹子头林冲》《石碣》和《大泽乡》三篇非现实小说中同样是以革命为相同点塑造人物，而根据这三篇小说的题目来源来看，《豹子头林冲》和《石碣》是《水浒传》中的故事，《大泽乡》取材于陈胜吴广起义，里面的主要人物都是充满革命热情的英雄人物，也可以看成是具有革命精神的革命领袖。但是细看这些革命领袖总还是存在缺点，并不是将其放在革命神坛上来让众人进行膜拜，与对普通人的描述没有什么区别。

二、阻碍革命的分子。茅盾小说中这种人物也可分为几种类别：第一类是披着革命的外套进行着封建压迫的土豪劣绅，《动摇》当中的胡国光是典型。他被大家传为"肯牺牲，热心革命"，"拥护革命的店主"[1]，还受到一部分人的拥护。但实际上他根本就是借着革命的幌子，用看似革命的手段迎合社会的心理，行利己之事或掩饰罪恶。他依然迷信，改名需要张铁嘴起卦，甚至好事、坏事都听从算命人的建议，完全是离高觉悟的革命思想差得很远的人物，但他在革命中却利用各种法子联合周围的土豪劣绅，成为"新式插革命旗的地痞"。同样，《子夜》中的曾沧海、曾家驹父子利用革命，将"中国国民党证"作为自己的护身符，将《三民主义》与《圣谕广训》相类比，对革命的概念则是故意地曲解，是完全不顾集体情况的个人主义者，蹭上革命的潮流来达到自己发家致富的目的。第二类是万恶的军阀。《路》中就明确指出"万恶的军阀，终有一天要被民众扫除"[2]。军阀是革命成功路上的一个重大的阻

---

[1] 茅盾：《动摇》，载《茅盾全集》第1卷，人民文学出版社1984年版，第162页。
[2] 茅盾：《路》，载《茅盾全集》第2卷，人民文学出版社1984年版，第312—313页。

碍，特别是在知识分子的成长道路上起着一系列连贯阻碍作用。比如《幻灭》中最后被看出是间谍的伪进步青年抱素和《虹》里面被奉为当地革新派首脑的惠师长。抱素是静的爱人，而惠师长是梅的学生杨小姐的养父，静和梅两名女知识分子发现了身边人的反革命身份而远离他们，从而走出反革命的圈套，最终受到了梁刚夫等革命同志的影响。而惠师长、抱素这些人并没有受到任何革新思想的影响，反而成了妨碍革命的帮凶。《腐蚀》一文通过赵惠明的眼睛，刻画出在国民党内部的黑暗军阀的群像。他们与国民党内特务组织的斗争激烈，利用特殊的权力关系大发横财，并通过卖国投降的阴谋过上奢靡的日子；在实际工作中表面高喊爱国、革命，对内却腐蚀青年，抓捕学生，残害共产党，镇压革命人民，实行血腥统治。《右第二章》通过小说人物的口还原了东洋军阀资本家的可恶。东洋小兵自述参与战争的无奈，他们也希望和中国人民一样过做工种田的普通生活，但是东洋的军阀资本家为了掠夺中国资源而强迫他们进行战争，使两边的百姓都不得不受苦受难，这些军阀资本家也是他们需要革命铲除的对象。在茅盾小说中虽然关于军阀的人物形象并不是很丰富，甚至有些模糊，但他们作为群体性的负面革命人物出现在很多人的口中，正是由于他们的存在，革命路途更加艰辛，这也是小说一直传达出来的人物印象。第三类是大发革命横财的投资家。茅盾在《报施》中就大声呵斥了"把民族的灾难作为发财的机会"的这一类人，是"毫无人心的家伙"。①在茅盾小说里也有不少这样的反面性的大资产阶级买办人物的存在，描写中带有一定的批判意识，如赵伯韬。赵伯韬阴险狡诈，为达狠赚一笔的目的不择手段，他利用公债投机与美国垄断资产阶级、蒋政权互相勾搭，帮助帝国主义打垮中国民族工业。这实际上是在摧毁中国民族经济的发展，使得中国的经济萎靡不振，造成民族的灾难。

三、无革命意识的普通民众。茅盾笔下的普通民众中最使茅盾产生同情

---

① 茅盾：《报施》，载《茅盾全集》第9卷，人民文学出版社1985年版，第415页。

心的一类人物就是与时代无法接轨的旧派读书人。《动摇》里曾写道："老房子的潦倒，活画出世代簪缨的大家于今颇是式微。"[①]对于这类人物的描写，茅盾怀有无比复杂的心情。他们并不属于反革命的劣绅或是革命鼓动者，而是处在夹层中，他们是在国民革命动荡局势下最具有动摇性和复杂性的一类群体。如《动摇》中的陆三爹，祖上小有成就，虽然旧的思想信仰起了动摇，但还怀揣旧式世族的高尚道德情怀，这种矛盾使其在革命中寸步难行，茅盾对陆家的遭遇是充满着同情的。还有《动摇》中类似钱学究的老派文人，他们将革命共和理解为"如果灶婢厮养也要讲起自由来，那就简直成了淫风了"[②]，没有办法跟上时代的潮流，对于他们的未来，他们选择避免作为革命者的现代知识分子，而在革命中归隐。茅盾塑造的另一类普通民众是充满斗志但又没有走对道路的青年，以《子夜》中屠维岳为代表。屠维岳是听从吴荪甫指示削减工人工资并且镇压工潮的主要负责人。他要讨生活，将自己的精明都用在了帮吴荪甫实施狠毒的计划上，甚至用过分阴险的手段来获取吴荪甫的赏识。当然，有一些青年也走上了革命的道路，但是对于要革命的原因混淆不清，认识有偏差，甚至抱有不切实际的想法。比如《幻灭》中的少年军官强猛在和静女士述说自己当革命军的理由时说自己是因为"厌倦周围的平凡"，而革命则是他心目中消除平凡的活动；《虹》中的徐自强更是有"打仗革命为你"的个人理由在里面，他们都没有掌握到革命进行的真正原因，称不上真正意义上的革命者，只是跟随着革命的脚步在前行。这些也是茅盾特别提出来的一些人物对于革命目的不清晰的问题。当然，《右第二章》《锻炼》《农村三部曲》等小说中的人物大部分是受革命风云动荡摇摆影响的下层民众，他们对革命没有任何概念，中国民众普遍受到先前经验的影响也想改变现状，但对于革命不明真相，并在他人的带动下与一些符合群体性需求的价值观保持一致，有时也会有

---

① 茅盾：《动摇》，载《茅盾全集》第1卷，人民文学出版社1984年版，第125页。
② 茅盾：《动摇》，载《茅盾全集》第1卷，人民文学出版社1984年版，第127页。

一些革命的行为。但当革命程度不高时，就会对革命表现出冷漠，如老通宝，他反映了普通人在面对革命时的生存状态，无力的反抗，与大众保持一致。而当革命浪潮过高形成工人罢工工潮、学生游行潮时，也会想参与到其中。正如《革命心理学》所说："他们既不会去发动革命，也不能指导革命；在革命中，人民的行为是受革命领袖支配的。"[①]再比如《大鼻子的故事》里的大鼻子，在大上海"华洋交界"看到爱国游行示威运动而无意识地加入进去，在其感到模糊的状态下还是没有完全理解革命的真谛。茅盾对于这类人的描绘，目的应该是揭示群众迷离、盲从的思想，唤醒他们的革命意识。

四、接触革命的知识分子。茅盾在所有人物当中最花时间和精力塑造的就是这一类人物，这类人也是茅盾在现实中接触最多的。这些知识分子可以分为两类，一类是从不知道革命到最终走上革命之路的知识分子，《锻炼》中的陈克明就是一个更趋向于积极革命的知识分子。他创办了《团结》刊物，大力宣传革命，并支持爱国青年，亲自参加抗日运动。在这类知识分子群体中还包含了很特殊的群体，就是青年女性。她们大多生活在上海等大都市，受过良好的教育，如《子夜》中的四小姐，《虹》中的梅行素，《蚀》三部曲中的孙舞阳、静女士、徐绮君、章秋柳，《腐蚀》中的赵惠明，《锻炼》中苏辛佳，这些女性虽然性格不同，但是描绘出了新时期大都市女性思想的解放和时代的进步，打破了常规的女性形象。虽然常常带有浓重的女性特征，在对待时事变化时心路历程复杂，但是最终在革命的引导下，她们解开了精神的禁锢，在小说的最后以女革命家的身份去革命。这些小说突出女性形象，并没有因为革命集体性而淹没革命性别的差异性，但同时也将其完全拉入革命的集体性当中。另一类是与上述形象形成对比的，对于革命迷茫而没办法走出去的一类知识分子，《动摇》里的方罗兰便是典型。他毕业之后参加革命，担任国民党县党部负责人，但面对纷乱的斗争，他恪守宽大中和的思想，对于外界现实生活的

[①] 古斯塔夫·勒庞：《革命心理学》，佟德志、刘训练译，吉林人民出版社2004年版，第40页。

态度是不明晰的。同样是作为小资产阶级知识青年的火薪传,在革命中也有过犹豫和动摇。《动摇》中的主人公方罗兰在大革命中面对土豪劣绅、纠察队迫使店东抵制革命的时候,他也选择了妥协,对于革命没有坚持下来;而《路》中的火薪传在参加运动中处处受阻,看到骨干分子的被捕,反动势力力量的强大,依然在最后走上革命之路。两者性格有相似的地方,是个人的最终选择导致了逃避革命与面对革命两种结局的迥然不同。《霜叶红似二月花》中也有一些知识分子、革命党人投向反动阵营,这些人物则着墨不多,主要作为陪衬出现;《虹》《路》等小说中也有一大批青年知识分子,如韦玉、炳等,虽然他们对于革命的态度是不够明晰的,但作者对他们是充满希望的。

其次,茅盾小说中的革命活动。茅盾小说中革命活动多种多样,《茅盾全集》中收录茅盾小说共六十九篇,描写到农民生活和革命的有九篇,如《泥泞》《小巫》《当铺前》《水藻行》等;描写城市工农阶级生活和革命的有十篇,如《多角关系》《少年印刷工》《走上岗位》等;小说中提到学校革命的有十二篇,如《儿子开会去了》《路》《三人行》等;描写到关于男女恋爱革命的约占到全部小说的四分之一,如《诗与散文》《色盲》《昙》《陀螺》等;表现现代社会生活的革命的约有一半;而真正正面描写到革命党活动的有十几篇。相比之下小说中描写最多的则是家庭中具有革命意识的知识分子,大约占茅盾小说的一半。按照参与革命活动的人物身份的不同可将革命活动分为两大类。一类是学生和知识分子参加的革命活动。茅盾小说中这一类革命活动大致有请愿游行、罢课、演讲、发放宣传册、出版壁报、喊口号、出城慰劳、开座谈会等等,形式相对来说比较简单,主要都是参政议政、对家国之事的评论等,通过宣传来传播革命信仰,是从思想角度上来进行革命。女子的特殊革命反抗活动也是有的,在茅盾笔下众多的女学生和女知识分子除了参与上述的活动之外,"男女平等,婚姻自由"也是她们进行革命更加关注的内容,如《虹》里面的梅行素学生时代的逃婚反抗婚约,徐绮君鼓动剪发、离家。《霜叶红似二月花》写到了女学生剪发、进行家庭革命等,这些都属于革命性的活动。"那时把'左联'的主要工作集中在飞行集会、散传单、贴标语等事情上面"①，茅盾是这些活动的参与者，所以在写作时表现得游刃有余，比如说《路》当中花了将近十页写南京路工作（"五卅运动"的准备工作），什么时候在南京路集合，什么时候开始工作，什么时候领糨糊、贴传单，行程的路线，口号等都描写得相当细致。对于知识分子的革命活动而言，除了上述学生性质的集会传单口号之外，还有一点需要特别留意的就是茅盾小说中存在许多用于宣传的书报刊。《虹》里面梅所看的《查拉图斯特拉如是说》，在现实中是茅盾在1919年翻译发表的富有革命批判精神的尼采的著作。在革命宣传上，茅盾小说中反复出现了《学生潮》《新青年》《每周评论》等刊登有关革命内容的杂志。并且在涉及重大事件的时候，一般都是从报纸（如《江南夜报》《民声日报》《申报》）上看到情况的发展。在茅盾的小说中，报纸杂志作为学生和知识分子的宣传革命的方法，有着很重要的地位。梅女士与徐绮君这对革命朋友的友谊，也是通过相互传阅新杂志开始，她们通过书刊接受易卜生、托尔斯泰的思想，并且梅女士对新书报中热心鼓吹的各种理论，甚至互相冲突的思想，通过自己的思考毫无歧视地加以选择、接受。茅盾在《创造》中写"改造娴娴"的同时，还开出了一连串的书单，除了《妇女与政治》，还有柏拉图、罗素、克鲁泡特金、马克思、列宁等人的政治理论书籍，还有进化论、尼采的哲学论、唯物派各大家的理论等。除了提高自我革命意识之外，为了拓展知识，小说中革命活动的工作延展到学生组织并开始出版刊物。报纸杂志在茅盾小说中起到唤醒人民的作用，比如小说《"一个真正的中国人"》中的老爷在《字林西报》上以笔名"一个真正的中国人"发表评论；还有《腐蚀》也揭露出了当时办报受到军委会的法令限制，比如《新华日报》刊出的周恩来抗议国民党反动派制造皖南事变的题词（"千古奇冤，江南一叶。同室操戈，相煎何急？！"）被称为"擅自刊载"的"不法文字"。

---

① 会林、陈坚、绍武编：《夏衍研究资料》，知识产权出版社2010年版，第44页。

第二类是工农商参加的革命活动。在茅盾小说中工人参加的革命活动最常出现的就是罢工工潮。《子夜》中女工的斗争怒潮是相当激烈的,在革命者的领导下有高涨的革命情绪,并且斗争矛盾相对来说比较集中和激烈,而目的则是反对资本家雇佣流氓,反对捉工人,要求冲厂。当然,在茅盾小说中工人冲突一直是不断的,比如《多角关系》中工人代表们聚集在厂门讨工钱,《右第二章》革命过后失业同事追求退职金,等等。还有《走上岗位》《锻炼》中政府"工业动员计划",大段关于迁厂、造厂、开工,工人冒着危险辛辛苦苦劳作,推进工业技术化的描写。相对于学生与知识分子和工人在统一性的纲领思想下有组织的集会活动,农民和商户参加的革命活动比较个人化;且工人、农民、商户参与革命活动具有双面性,他们抵制日货,从客观上说的确在为民族经济振兴而革命,但从另一面讲,也是为了自己能够生存下去,两者也并不矛盾,但并非只是单纯为了革命而革命。《动摇》里店员的加薪运动,店面风潮,四乡农民进行的抗税活动,《霜叶红似二月花》农民与轮船公司的斗争都是如此。而《林家铺子》中林老板采取的大廉价照码九折、为逃难人提供日用必需品、"一元货"计划虽然推动了革命的进程,是在为革命做自己的努力,但是根本目的还是盘活店面。

作品中各色协会也参与或组织过革命活动,如工会、妇女协会(包括上海市舞女救亡协会)、商会(万国商团)、贫民习艺所、难民收容所、纠察队、保卫团、抗日会等具有名称和具体事项说明的团体。对比茅盾在实际生活中所参加的社团,比如上海共产主义小组、桐乡青年社、中国左翼作家联盟等社团,成员身份多为知识分子,而小说中的团体带有很明显的社会性质。小说中常出现商会、店员工会、妇女协会等协会,也有各人民团体召开的联席会议。这些社团活跃在茅盾小说和现实生活中,茅盾将其放在小说中表现出它们对革命的作用。一方面它们的出现是为保护工农商的权益而设立的,有一些团体的出现促进了革命的兴起,比如《牯岭之秋》中湖北妇女协会宣传女工放足,《走上岗位》难民收容所收容孤寡老小;另一方面,在茅盾小说中我们可以感觉到有一些社团的成立存在名存实亡的现象，而这种状况也是茅盾所要表达的重点。《子夜》就提出工会是"地位的利益（空招牌）"，工人强烈不满，要求选出自己的工会，并且揭露国民会议简直是在做买空卖空的勾当，用党办政治部的调子开会，拉拢大小不同的企业家来组织一个团体"作政治上的运用"，成了阻碍革命的新的小团体。而《动摇》里面的在胡国光的带领下成立的商会则是更加充满阶级色彩，并且在胡国光的设计下，妇女协会的女性遭遇了外来的流氓分子袭击，很多妇女受到非人的对待，协会还是缺少保护会员的巨大力量。而《霜叶红似二月花》中提到的贫民习艺所则是王伯申用于收归权力、促进资金收集的手段，根本脱离了慈善性质，通过协会的一些无法运行的现实来揭露革命的弊端。

再次，茅盾小说的革命背景。茅盾写作带有现实主义色彩，在茅盾小说中呈现的很多革命活动就是在现实的革命中真实存在的，几乎每部小说都会提到与此同时的社会革命大背景。而革命大背景在茅盾小说中的出现，除了构建小说基本的环境条件，革命地点和事件也是茅盾叙述革命不可缺少的铺垫。有关茅盾中长篇小说的背景情况如表8.1所示：

表8.1　茅盾中长篇小说的背景

小说名称	小说写作时间	小说记述的时间	小说发生的地点	小说主要革命背景环境	小说中涉及的社会背景事件（原文抄录）
《幻灭》	1927年	1927年	大革命兴起，逃离上海，到武汉投奔革命	第一次国内革命战争	女校风潮、废除不平等条约——五卅周年纪念、吴佩孚战败、革命军占领汉口、马回岭的恶战、北伐誓师
《动摇》	1927年	1927年	湖北小县城	国共合作、武汉大革命	土豪劣绅查抄、四乡农民抗税、新年店员风潮、上缴军事行动

续表

小说名称	小说写作时间	小说记述的时间	小说发生的地点	小说主要革命背景环境	小说中涉及的社会背景事件（原文抄录）
《追求》	1928年	1927年	武汉	国民革命失败	罢工新闻、济南事件、社会性问题如舞场、离婚、罢工
《虹》	1929年	1927年	四川	国民革命失败	火烧赵家楼、打伤张宗祥、抓学生、北京大学开放女禁、齐沪战争政治运动、江浙战云
《路》	1930—1931年	1927年	武昌、汉口	由于蒋介石和汪精卫相继背叛革命而使革命进入低潮	军阀内争、桂军与中央军一进一出，四乡又是红军的世界、汉口枪毙共产党学生、闹风潮
《三人行》	1931年	1931年	武汉	"九一八事变"	日本侵略东北三省
《子夜》	1931—1932年	1930年春末夏初	上海	国民党内部争权斗争、欧洲恐慌影响中国民族工业、民族资产阶级剥削工人、共产党领导农民武装起义	邻省红军有燎原之势、共产党在北京闹事、中央军大胜仗、汉口和武昌兵死伤、西北军退却、双桥县失陷、厂里的资本家在交易所的争斗、孙传芳军队过境、土匪蜂起、农民骚动、万恶的军阀混战、上海罢工风潮、北方组织政府、谈话从北方扩大会议以及冯阎军的战略、共军彭德怀部占领了岳州
《多角关系》	1936年	1934年年关	上海附近的小县城	金融危机	工厂关门

续表

小说名称	小说写作时间	小说记述的时间	小说发生的地点	小说主要革命背景环境	小说中涉及的社会背景事件（原文抄录）
《第一阶段的故事》	1938年	1937年	上海	"八一三"淞沪抗战	抗战中各阶层人物的不同表现
《腐蚀》	1941年	1940年	重庆	重庆政局大变、国共两党在皖南发生冲突、蒋介石宣布新四军叛变	七七纪念、择师运动、皖南事变
《劫后拾遗》	1942年	1941年	香港	日军占领香港前后	防空洞案件、和H工厂的工友们正在响应那慰劳英苏将士耶诞礼物代金运动、当天新闻罗斯福总统致电日本天皇、太平洋战争
《霜叶红似二月花》	1942年	1918（取材于五四运动上一年）	江南某县城内	革命遭挫折但最终胜利	闹变法
《走上岗位》	1934—1944年	1937年	上海	"八一三"淞沪抗战	打倒东洋赤佬英国制裁日本的战争、滨海地区保卫中国的将士已在和偷渡登陆的兵展开激战、人们用这一切来回答残暴的侵略者，用这一切来应和前线战士的浴血奋战
《锻炼》	1948年	1937年	上海	"八一三"淞沪抗战	拥护抗战、上海联合工厂迁厂、社会名流之席拥护政府"工业动员计划"

同样，茅盾短篇小说的革命背景，大致符合短篇写作时间段内的社会革命大背景，例如《林家铺子》是写1932年上海"一·二八"前后小城镇的生活变化的，《泥泞》写的是大革命后国共两军拉锯时的情形，《右第二章》《大鼻子的故事》《"一个真正的中国人"》则是在"一·二八"的背景上展开的。除此之外也存在个别历史小说，这种间接性的革命叙事虽然历史久远，借了古代的事例来表达革命，但其表达的意思依然是与现实革命相关联的。如果将上述茅盾小说看成一个整体，则具有以下共性：茅盾写作时间与小说呈现的革命背景具有共时性。从茅盾创作与现实时间来看，除了《霜叶红似二月花》等极个别小说，大多数小说虽然不是即写即发，但是其相差时间不大，比如说《蚀》三部曲的写作背景是1927年的春夏之交，茅盾写《蚀》三部曲花了几个月的时间，以最快的速度发表，茅盾小说的发表时间与发生事件的时间几乎达到同步。与此相关的事例数不胜数，这造成小说中穿插进的一些真实存在的现实性事件到出版时依然是那个时代的大热点，能够在第一时间得到群众的关注和反馈。细细剖析《蚀》中与现实对应的相关环节，如北伐战争、夏斗寅部队叛变倒戈、工农运动受阻、白色恐怖等，这些都是可以从历史上进行考证的，并且是在小说描述的时间内发生。

纵观茅盾小说中的事件，其革命的事件随着时间的推移，其对象主体并非单纯的一个事件，而是变化发展的一种动态性的过程。因而根据革命的性质变化，茅盾小说也可以按照写作中涉及的革命背景来划分，他关注到的革命可以划分为推翻封建制度的革命、反对资产阶级及国民政府腐败统治的革命、抵御外来入侵者的爱国革命等不同种类。在茅盾的小说中无论是哪种类型的革命，一般情形下革命背景总是作为一条影响线来进行。并且茅盾的作品几乎涵盖1927—1943年这段时间内的所有时间点，从这方面来说，革命的对象虽然不尽相同，但几个比较特殊的革命点都是在这根时间轴上存在的，所有作品中的革命实际上是串联的，整体上呈现的是一部完整的革命史。茅盾小说革命事件叙述简洁而目的性强。茅盾小说中的革命事件可以说一直作为舞台背后的幕布一样出现,历史背景相对来说比较抽象,是在舞台上的一两件道具,大部分都是一笔带过,缺少对于此种背景进行详细描绘和解释的过程。比如反映1927年前后的中国革命形势的《蚀》三部曲,正面写这一时期的革命与反革命斗争的只有《动摇》,其他两部书中革命斗争都不是作为主线出现,虽然将其放到小说中,但仅仅起到引子的作用。

二

茅盾小说大都有全局性的连贯线索,站在比较高的位置上俯瞰整个革命情势。这使得茅盾小说一般动态呈现出革命的全景。茅盾小说在内容上采取了有意引导的方式,无论是否直接地描述革命,始终围绕着革命,在全书中既以革命起作为开始,亦以革命终作为最后结局。在小说中将革命内容以一种稳定的存在意义囊括其中,并且蔓延至整个小说脉络,达到对于革命的完整性叙述。因而在研究茅盾小说时先抓住革命叙事的要素,对其提取相似点再合并,从革命发展的横向过程和革命运动的纵观概况来找出茅盾小说在革命叙事内容上的全局性。

其一,从个人到集体的革命发展进程。小说《子夜》为了要说明资产阶级中人物阶级关系图,在小说的人物分配上让商人为主角,而身边围绕着一群革命倾向的小资产阶级青年知识分子,这种人物组合碰撞下最能够表现复杂和强烈的爱国情怀,而从《子夜》事实上的影响力来看也证明效果显著。因而茅盾的很多作品也照搬了《子夜》的人物设置方式,如《锻炼》《第一阶段的故事》。茅盾笔下经常出现具有相似特征但又在对待革命最关键问题上表现不同的人物,比如同为学生但对革命持有不同观点的学生许、云等。虽然每类人物在所在的革命运动中都占有一席之地,但是在某阶段独立性强化革命,而革命人物弱化各阶段的分配比例。比如在描写白色恐怖事件时将知识分子的革命精神当作主要内容来写,而很少写到农民阶级的活动。与此相对,当小说内容涉及革命事件对国民经济有影响时就抓住农民、工人和资产阶级来写。这些特定时期,这些形象自身的树立和演化也是有一定进程的。茅盾通过对人物性格的细致描摹,在客观的革命内容中表现人物,从而进行革命精神的宣传和引导。在小说革命叙事过程中茅盾采取了从个人的革命体验到革命的集体斗争的方式来预示革命发展的方向。

在茅盾小说中个人的革命体验大体特点是:首先淡化家族观念。茅盾小说中对于亲情描述很少出现,关于家族的革命性传承或者因为家庭走上革命的小说并不是很多,家族对于革命的支持和阻拦并不是重要的因素。在革命进程中脱离家庭是一个重要的方面,即使像《霜叶红似二月花》等以大家庭为背景的小说,在说到与轮船公司的斗争时也是因为老太爷的早逝而将所有职权交予少爷,并未体现严格的家长制,不存在家庭间的亲情与革命的冲突。不过在文化传播上有些人虽然也受到父辈的影响,但不存在革命延续,家庭影响并非走上革命道路的重要原因。比如薪的父亲教他作旧诗,娴娴在父亲影响下读庄子,琼花父亲曾读卢梭等,最后是自己接受了新思想的影响,选择走上革命的道路。即使是守旧的吴老太爷也是刚来上海就离世了,对于革命的进程来说并没有影响。为了革命而从家庭出走、远走他乡的知识分子很多,小说革命叙事中家族观念逐渐淡化。在革命的道路上,茅盾的小说人物都是脱离了家庭的,比如梅行素的离家出走。

其次是缺少英雄传奇式人物。在茅盾小说中的领导人物在革命认知上具有一定的局限性,明显经验不足。比如《子夜》中的玛金,在领导女工进行反抗的过程中,她虽然努力肃清公共表达中的公式和术语,但是没有走到群众当中去,说出来的话依旧是知识分子口吻的;同为革命领导者的苏伦,则是对罢工采取消极政策,认为苏维埃是"旅行式"的,总路线最终走向的是失败。她们在领导过程中出现了一些公式主义的错误,导致罢工陷入危机;克左甫与玛金在领导革命的工作上有争论,领导小组意见的不统一导致在革命路上的犹疑。在整个革命领袖的描写中,茅盾故意没有刻画值得肯定、完全可以效仿的革命人物形象。无独有偶，茅盾在写历史小说的时候也如此，《豹子头林冲》和《石碣》两篇都撇去了《水浒传》中梁山英雄的兄弟之情意，偏向在革命起义之中揭露英雄领袖的平凡性。林冲在梁山上所见的荒唐之事，借金大坚的口说出伪造上天旨意，陈胜吴广起义也着重于鱼肚藏书，描述的行为都是与高大的人物形象无法沾边的事，都是英雄人物去神化的过程，破除对英雄人物的过分憧憬依赖。

再次是自我成长体验。从小说开始到小说中间部分时，茅盾给予了小说人物成长的过程，这个过程并非是指生理上长大的过程，而是让人物接触到周围朋友，时代氛围和社会现实，人生得到了历练，结合革命体悟的变化，从而改变了对于革命的最初想法。这与巴赫金的"教育小说"①理论相吻合，这是茅盾所构建的人物革命思想的认识阶段，通过对人物遭遇的合理设定，在一系列活动中人物视野得到了开拓，达到认识革命的目的。茅盾在不同的小说中对笔下人物的经历的构建是千差万别的，但是在最后都得到了对革命的理解。比如静女士原本在学校里十分沉静，在看透了抱素的伪装，在医院与医生进行革命精神互动后，对于民众抱有一腔同情，摆脱了群众眼中固化的"思想落伍小姐""博士太太候补者"的形象；梅行素在走上革命道路前也经历了包办婚姻的荼毒，去惠师长家当家庭老师，又去泸州当了一段时间的教员，最后碰上了南京路活动（"五卅运动"），投入战斗；赵惠明在迫害下堕落，而小昭的突然出现，与K和萍的接触都使她的价值观发生了很大的改变，从而使她的态度转向对国民党的警惕和背离。

最后是茅盾先选定了参加革命的人物，然后再安排相对应的情节，使人物机缘巧合下接触到革命，但是之后的革命生涯却是由革命的人物所决定。除了前文所述对于革命的消极心理，也存在人物个人性格上的问题，导致人物并未完全坚持革命。茅盾也没有刻意安排，使人物勉强走上革命道路。比如史

---

① 巴赫金：《教育小说及其在现实主义历史中的意义》，载《巴赫金全集》第3卷，白春仁等译，河北教育出版社1998年版，第211页。

循、韦玉也是经过了革命的洗礼，但是却放弃革命。如上文所述，在个人的革命探求中茅盾放弃了在社会里可能存在的值得崇拜的真正革命者的塑造，缺少真正革命的英雄人物指引。茅盾创设的人物在革命道路上的并不完美与当时革命局势相关，虽然存在革命的大勇者，但是现实中绝大多数都是平凡人，上演平凡人革命的悲剧。比如《追求》，脱离情节性强的传奇，是关于颓唐心理的知识分子的自我故事。全文笼罩个性的悲观，但是却真实地反映了当时青年们较普遍的苦闷心理。由于缺少一枝独秀的英雄人物引领，茅盾采用对比弥补不足，在朋友的对比中突出一方，将革命的孰是孰非展现出来。比如《三人行》中云是个实际主义者，在斗争中他抛弃了"保守安命"的消极思想，终于走向革命，而选择了其他道路的青年则以一疯一死而结束，各种对比性的革命情节导向具有一定的意义。

围绕一个人的成长经历从发现革命开始叙事，茅盾还会让个人进入到集体的斗争当中，进行思想的大融合，坚定革命者的革命观念。而在小说的革命叙事上，也强调个人的革命体验，避免因为强烈激情冲昏头脑。首先是同志交流取代口号化。"真正的普罗文学应该像高尔基的作品那样有血有肉，而不是革命口号的图解。"[①]最常见的融入革命的运动就是游行和演说，但是茅盾在创建演讲的场景时，却故意省略了大段马路上演说的情形，应该大段展示的具有煽动性的革命话语都是一笔带过。如果小说反复出现大量演讲情节，会出现一种弱化效果，若小说直接搬了演讲稿的内容，容易给读者留下作者仅仅是纸上谈兵、将革命的学理意义挂在嘴边的印象，造成读者对讲演的情节兴趣下降，对革命的真实性产生怀疑。茅盾小说中虽然会有许多革命论争，但更多将注意力集中到台下人物零散的革命话语。比如在小说《大鼻子的故事》中，大鼻子对于革命的概念是不清晰的，自我有了朦胧的革命萌芽，仅仅凭着革命的冲动加入革命。大鼻子和学生有被巡捕打的共同经历，这使他们相互信任，

[①] 茅盾：《我走过的道路》上册，人民文学出版社1997年版，第429页。

并且在交流中更加深刻地具有了革命的憧憬，激活大鼻子的革命热情，符合现实情境，帮其做出实际可行的规划。其次茅盾笔下的实际斗争都是以集体为单位，不管是各种组织还是活动，革命的个体都在寻求团体的力量，这也是茅盾在小说中设置各种团体的必要。茅盾小说中存在的协会就成为革命人物能够认识无数的同伴并聚集在一起的理由，比如在小说里的妇女协会中不少女性成为革命战友。茅盾在革命宣传上采取的一种方式是报刊，引入一些革命人物正在读的报刊如《新青年》等上面先进的新文章，不仅使许多革命者成为同道，比如徐绮君和梅行素，也让读者更注意到一些新的、陌生的东西，增强对于革命的关注度。而在平凡人融入了革命的队伍成为志同道合者之后则开始有争论性革命观点的表达，交错的观点彼此具有各自的特征，在互相交流之中拓展到新的革命问题。在讨论中几种方案相互之间的比较可以毫无痕迹地将作者暗含的革命思想灌输进去，使读者感受到人物的革命思考，吸收到革命的不同见解。茅盾深深感受到团结的重要性，他借了小说人物王诗陶自白的话"用群的力量来约束自己，推进自己"①来表明革命个体的最后归属。最终是集体性大合流，个性消退。茅盾虽然很是强调人物的个性，但是一切又是在革命的大氛围下发生作用，而最后归结到的革命活动都是既定的现实事件，如学生火烧赵家楼、"五卅运动"、工人的罢工工潮等都不存在架空。在描写这些场景时，一般压迫者与被压迫者之间的对抗是激烈且不存在中间人的，在这种情形下由于要符合现实的存在，因而不管革命人物性格有多鲜明，在革命大潮流中都必然会被淹没。在这里需要说明的一点是，茅盾并没有将革命人物代入到"集体无意识"当中。所谓集体无意识，荣格下定义的时候说："是精神的一部分……集体无意识的内容从来就没有出现在意识之中，因此也就从未为个人所获得过，它们的存在完全得自于遗传。个人无意识主要是由各种情结构成的，集体

---

① 茅盾：《追求》，载《茅盾全集》第1卷，人民文学出版社1984年版，第320—321页。

无意识的内容则主要是原型。"[1]集体无意识表现为参与的革命者是由于集体的行动而跟随，但茅盾小说中的革命进程到最后人物并非简单跟风，而是具有导向和意识的，只是虽然革命人物具有很强的特殊性，但也难以在集体中突出，无法摆脱单一化，都是信仰革命的，从千差万别到趋于一致，渐渐殊途同归。但是真实事件的还原，最后带有的光明结局使读者读后更加坚定信念，投入到革命中去。茅盾小说在个体斗争中的二元对立比较少，不以个人力量与敌方斗争到你死我活，而是产生冲突之后以相互影响、相互作用为主。在集体斗争中最明显的就是冲突激烈的对立团体之间的斗争，即革命者与反革命者，比如共产党与国民党反动派、中国人与外来侵略者、工人与反动资本家等，一般采用的是暴力的革命方式，讲究的是革命者之间的团结，共同的革命精神的支撑，取消了参加人的个性特征。茅盾在这里需要平衡好人物与革命的主次关系，引导革命者通过个人的经验去认识革命，通过革命斗争加深人对革命本身的理解，从而走上革命的道路。

其二，波澜起伏的革命运动的总览。茅盾经历的革命活动原本就是有起伏的，正如《蚀》三部曲当中的总体趋势——"革命前夕的亢昂兴奋和革命既到面前时的幻灭""革命斗争剧烈时的动摇""幻灭动摇后不甘寂寞尚思作最后之追求"[2]，他的小说也是符合时代革命进程的。分开看茅盾的单篇小说无论是积极的还是消极的都是书写转折点上的革命高潮，上文提到茅盾小说中的革命时间涵盖范围广，如果按照时间排列将他的所有小说看作一个整体，则会呈现出一种革命强弱的波动。革命形势的改变始终牵动着各界，人们革命目的很简单，就是实现自由，获得好的生活。而革命面临重重阻碍的必然性在小说中具体呈现，正体现出茅盾对于革命的反思。他将整个革命活动描述得波澜起伏，总体上与现实的革命相呼应，也把握住了小说中革命运动最主要的发展方

---

[1] 申荷永：《荣格与分析心理学》，广东高等教育出版社2004年版，第44页。
[2] 茅盾：《从牯岭到东京》，载《茅盾全集》第19卷，人民文学出版社1991年版，第179页。

向，形成一种动态变化的曲线图，如革命活动的跌宕。单一革命活动从微弱到兴盛的阶段，其间革命线索始终是一条。例如梅行素从封建制度承受者到奋起反抗的叛逆者再到革命者的历程，而起因就是包办婚姻。茅盾对梅行素艰难革命处境的描写则是采取了场景重现，用一艘船穿行出四川来达到一个革命的反抗斗争的新的顶点。茅盾在讲述革命的两阶段时采用倒叙和顺叙相结合的叙事方式，将革命清晰分为"抑"和"扬"两部分。开头就定在"扬"的一个鼎盛点，无意中将革命的"抑"变为一种过去式。这种写法将革命"抑"的悲观进行一些弱化，更多看到的是积极的现有革命。而反过来单一革命活动从兴盛到衰弱的阶段，在茅盾小说中大部分要表达的是革命爆发之后的一切归于平静，甚至带来副作用。比如在《子夜》中随着屠维岳等一系列反动势力的镇压和自身存在的问题导致女工活动的减弱，革命活动渐趋平缓；《蚀》三部曲中知识分子遭遇到革命低迷期，在迷茫之中寻求革命的出路；《喜剧》中青年华在参加革命被捕出狱后去看革命过后的情形，在革除了物价的上涨的弊病后社会已经渐趋平静……这些都触发了作者对革命进入低潮之后情形的反思。与《虹》进展积极性相反的则是茅盾凝思甚久未敢贸然动笔的《霞》。它作为《虹》的姊妹篇，茅盾原本打算在原来的梅行素的经历上进行续写，但未进行写作，这部是梅女士革命思想的再次转变和渐渐深刻的过程。第二部《霞》大致构思为在白色恐怖的低沉氛围下梅开始从事地下党工作，不幸被捕后面对威逼利诱毫不妥协，受尽磨难仍宁愿选择坐牢也不做妾，最后被党救出重新开始做地下工作。《霞》的意味就比较丰富了，霞分为朝霞、晚霞，即随朝霞而来的阳光灿烂和随晚霞而来的黄昏和黑夜。两者标志着梅女士的不同选择，通过上述各种考验证明她思想改造是否"仍是'幻美'"而已，[①]从而反思活动高潮过后的革命形势。

还有革命活动相互之间的平衡。将茅盾小说中的革命事件按照时间的顺

---

① 茅盾：《亡命生活》，载《茅盾全集》第34卷，人民文学出版社1997年版，第423页。

序来进行排列的话，能够很清晰感受到茅盾在处理革命事件中注意到了革命活动的跌宕起伏，如上文所举例子，有些革命活动原本存在道路的曲折，茅盾在革命事件的描绘上尽量多花笔墨造就革命的跌宕。"兴盛——衰弱"的革命活动内容一定程度上并非完全符合革命的所有历史存在形式，如果按照平实的革命进程来表现则会出现情节性线索的削弱，导致小说革命叙事的乏味与单一。茅盾意识到了这一点，在不破坏原来现实革命的基础上，利用革命倾覆时的"过去式"写法和革命存在光明未来的"现在式"描述，使得整个革命叙事虽然呈现出曲折的状态，但总体革命进程是发展向上的。在革命中存在着敌我双方，一方面是革命领导者、参与者、同情者，另一方面则是旧政权统治者、既得利益者、认同者。茅盾在安排革命的起伏时除了观照现实外，还注意采用左右并联调控敌我双方的力量上的均衡。在《蚀》三部曲中关于革命的颓唐，茅盾故意采取了现实中比较悲观的一部分来进行描述，茅盾自己也承认是太过颓唐了一些，在现实中同时间创造出来的小说还是具有积极向上性质的。因此说明革命在进展上并没有茅盾叙述的那么糟糕，主要由于茅盾所选取的角度上存在的自我因素，虽然大致符合革命的进程，但是还是有意识地进行了微调，以求达到革命呈现的起伏感的效果，强化了革命叙事内容组合的力度，承担起革命叙事的内在之躯。

三

茅盾自身特殊的客观条件决定他小说独特的革命元素呈现和叙述。这点从茅盾所受的教育和自身的性格、革命经历，及其多重身份下革命情感的表达，可见一斑。

第一，茅盾的生平、教育和性格使他具有丰厚的文化底蕴，四处的游学经历开拓了茅盾的视野，对中西方著作的阅读则为茅盾的写作打下了坚实的基础。茅盾自小受母亲的熏陶，《昭明文选》《十三经注疏》都研读过，各类文史巨著可以说是烂熟于心，他接受的良好传统教育也奠定了茅盾写作的基础。同时，茅盾就自己的读书经历有过自述，读得最多的是英国狄更斯和司各特、法国的大仲马和莫泊桑，同时也会关注一些弱小民族的文学作品。[1]当然，茅盾对于本国旧小说爱读《水浒传》和《儒林外史》。大量的阅读为茅盾写作做了充足的准备，茅盾在《谈〈水浒〉的人物和结构》中提出要"善于运用变化错综的手法，避免平铺直叙"[2]。茅盾接受了新思想的熏陶，对西方文学理论有一定的学习和借鉴，他强调要系统介绍理论方面的知识，茅盾在改革后的《小说月报》的《小说新潮》栏上刊载国外的作品，介绍写实派自然派，为创建自己的文艺理论打下基础。茅盾的父亲年轻时十分崇尚实业救国，茅盾父辈的朋友中有沈听蕉、徐晴梅等富有维新思想的人，茅盾年幼时就耳濡目染，比平常孩子懂得更多。茅盾因教育形成的务实精神几乎体现在他所有的小说中，《腐蚀》是描写抗战时期国民党的黑暗统治，《蚀》三部曲反映的是大革命时期的社会情况，《虹》叙述的是从五四到五卅时期的历史……他很成功地用最严谨科学的笔法将它们描绘成一部部接近史实的作品。

第二，茅盾投身革命的经历和特殊的人生际遇，也与他小说革命叙事有着千丝万缕的关系。茅盾初入社会在商务印书馆的工作经历，使他接触到了《学生杂志》《新青年》等进步性的刊物，加深了对革命的理解。茅盾在编辑《学生杂志》时受到《新青年》的影响，接触了大量西方社会科学的内容，目光也开始从中国投向十月革命后的俄国。《共产党》杂志主编向茅盾邀约，翻译关于共产党的文章，编译直到1925年春天才结束，可以说茅盾1925—1927年创作发端来源于党，党是茅盾创作的源泉。现实革命斗争茅盾参加的也不少，茅盾在《申报》上看到五四浪潮，听说北京师生南下宣传，便从编译所里跑出去听演讲。茅盾由于在革命期间的奔波，认识了陈独秀、李汉俊等投身革命的同

---

[1] 茅盾：《谈我的研究》，载《茅盾全集》第21卷，人民文学出版社1991年版，第62页。

[2] 茅盾：《谈〈水浒〉的人物和结构》，载《茅盾全集》第24卷，人民文学出版社1996年版，第140页。

志，在他们的带领下加入了中国共产党，并在1921年成为文学研究会发起人。1925年初茅盾与邓中夏、杨之华在潭子湾广场组织万人罢工大会，由于顾正红事件，5月30日罢课学生会合到南京路演讲宣传。1925年8月，茅盾在商务印书馆组织罢工，他起草的职工会罢工宣言登载在8月23日《申报》上，作为罢工事件介绍的一部分。1932年日本帝国主义轰炸东方大城市上海时茅盾正好回到乌镇，在乌镇对小镇经济有了新的认识，丫姑老爷养蚕丰收亏本的经历，农村受"一·二八事变"影响产生的矛盾和困惑，都是茅盾切身感受到的和经历过的。国民党反动派统治的时期和日本帝国主义开始发动侵略战争的年代，茅盾正在进行左翼革命文艺运动，从事抗日救亡宣传工作。因此茅盾小说中的事件与茅盾经历过的事件有很多重合的地方：工人罢工大会与他的很多小说中都会提到罢工新闻不谋而合，有的占据作品背景很大的成分，而且在小说中传播广。茅盾出生于浙江小镇，在北京有求学经历，在上海工作，去日本避过难，一生去过很多地方，其写作中的地点与茅盾所经过的地点大致吻合。

第三，革命感情的迸发是茅盾小说革命叙事的自然流露。他清楚地说道："不是为的要做小说，然后去经验人生"，而是"感得了幻灭的悲哀，人生的矛盾"，"在消沉的心情下，孤寂的生活中"开始创作的。①茅盾从《蚀》三部曲后开始走上写作的道路，而为什么走上写作的道路，则是因为经历了大革命失败后想要进行一次转变。茅盾原本是一名文学编辑，主要从事翻译工作，与大多数20世纪的中国先进知识分子一样，不约而同地选择了革命之路，加入了党派。1927年对于革命者茅盾来说是个大转折时期，他辞去了《汉口民国日报》的工作，也写完了最后一篇社论《讨蒋与团结革命势力》。同一年汪精卫叛变革命，屠杀革命者，而他因生病错过了南昌起义，之后照顾妻子并开始文学创作。不得不说，茅盾创作的时间与革命形势发生转变的时间点过于巧合。并且茅盾是革命家的身份在前，文学家的身份在后，身份的碰撞使得茅盾在其

---

① 茅盾：《从牯岭到东京》，载《茅盾全集》第19卷，人民文学出版社1991年版，第177页。

中酝酿出了浓厚的革命情感。"在30年代文学论争中的一个非常突出的现象，就是文学家人格的政治化。许多作家，他们从事的是文学的事业，但却对政治非常投入，或者说在自觉不自觉中总是以'政治'考虑来决定自己的行为，这与当时特定的政治文化氛围有关。"①茅盾文学家和革命家双重身份，使其往往自觉借助小说来表达革命精神或对革命的积极响应。从茅盾选择发表文章的杂志上来看，茅盾连载小说的杂志包括《小说月报》（发表了十一篇小说，由茅盾担任主编）、《文学》（发表六篇小说，由茅盾和郑振铎创办，主持人是茅盾）。茅盾在1930年代以《文学》为阵地，团结广大进步作家，与国民党的文化"围剿"进行斗争，在《申报》《东方杂志》等拥护抗战的杂志上都有小说的连载，这些都是当时革命前线的报纸杂志。茅盾积极参与到这些杂志的编辑和投稿中，也从侧面反映出他作为一名文学家和革命家试图将革命与文学进行一定的统一。革命叙事则是茅盾找到的革命与文学的一个重合点，茅盾把革命叙事作为文学发展的阵地，创造出具有读者群体的优秀革命叙事小说。

　　茅盾小说革命叙事突破了现代中国革命文学的一般模式。现代中国革命文学相对成熟期的创作在书写革命时，一般重点落在个人的革命意识的觉醒，而后期要求加入到社会集体的革命斗争中去，从个人转向群体的过渡性描写。例如现实中参与"左联"的事务、深入到陕北延安从事文学的丁玲，不仅自己做到了从青年知识分子向无产阶级革命者转变，而且在小说中也多次刻画此种人物转变，其中以个人身份投入革命的有陆萍（《在医院中》，小说又名《在医院中时》）和贞贞（《我在霞村的时候》）；而美琳（《一九三〇年春上海》）则是主动选择参加了工人运动，加入到了集体之中。这两种方式在丁玲小说中都有体现。加入集体是普遍倾向，并且因在特定时代符合宣传要求而更加广泛，与革命的进程密切相关。不过丁玲笔下依靠自我革命的贞贞和陆萍往往是辛酸的写照，丁玲通过美琳的眼描述着各种剥削、不平等的景象，这与茅

---

① 朱晓进：《政治化思维与三十年代中国文学论争》，《中国社会科学》2002年第6期。

盾小说中体现的刚投入集体的积极革命状态并不相同。这表明虽然"左联"作家在符合革命潮流下进行写作，且相互交流借鉴，但是不同作家关于革命的看法也是各不相同的，在书写革命的方式上也千差万别。

在革命的萌芽期，茅盾突破了家族的生平这类隐秘的结构，提倡革命人物个人觉醒，特别强调革命启蒙说。所以以个人身份参与到革命当中，在社会大环境中接触革命而非在家庭中就受到熏陶，要让人物在看到黑暗现实之后产生对革命的向往，人物面对的家庭问题相对温和，很少有家庭强迫革命的情形。比如《自杀》中的环女士，家庭中的姑母、表哥等亲人都对她很好，而她则是由于和革命党的恋爱、怀孕造成了抑郁的心境，家庭中每个人对她都充满包容，家庭、亲人并非她产生革命思想的根源，但自己革命性的缺失导致了悲剧发生。即使是《虹》中因家庭安排而遭受不幸婚姻的梅行素，最后也是脱离家庭而重新走上革命的道路，而其父亲在革命思想的影响下并没有对她产生非常大的阻碍作用。与此不同，现代中国革命文学中很多作品都并非主动脱离家庭而走上革命，而是不得不离开家庭。洪灵菲《流亡》中的小说人物沈之菲面临着革命之责任和为人子之责任选择上的冲突和纠结，他因革命失败而返回家乡，而家庭生活的痛苦使他再一次选择"流亡"。蒋光慈小说存在描写比较血腥残暴的家族伤亡：《少年飘泊者》中主人公是在经历丧失父母、走投无路后选择革命，不但没有离家出走摆脱家族的影响，家族的遭遇还成为他进入革命的原因，为家族报仇成为加入革命的主要动力。这是两者在处理方式上的不同：茅盾摒弃伦理的冲动和对革命的非理性思考，因而故意淡化家庭影响；而蒋光慈则将其当作加入革命的有力推动因素，小说的革命主人翁由带着家族复仇情绪的革命者担任。

茅盾还突破了传统的革命英雄叙事。多数作家从现实生活中挑选具有革命意识的人物进行描写，这些人物都在革命丰富经历下成长起来，成为一个革命英雄式人物。比如蒋光慈《鸭绿江上》对云姑革命英雄事迹的讲述，《冲出云围的月亮》在革命叙述中特意派来了李尚志和李士毅兄弟俩作为共产党员指引革命的前行。革命英雄叙事成为左翼文学的一个非常典型的现象,在群众遭遇革命困境时出现英雄式的革命人物来进行拯救,比如叶紫的《星》中黄副会长的出现,借用梅春的感慨写出了黄副会长与勾搭她的其他村民有很大的不同,是眼睛如星一般的"圣人",点燃了她依靠革命的希望之光,通过塑造充满革命浪漫主义的先锋者来使群众在革命的道路上一往无前。这些英雄人物的出现,与"过量政治焦虑"[①]相关。根据革命心理学的阐释,"群众在不同的领袖的刺激下,很容易做出截然对立的冲动之举"[②]。茅盾小说更偏重于日常生活中与革命相关的活动,并且具有活动上的起伏性。并且茅盾在叙事中更多投入个人情感,设计中除去革命时间和事件的发展,还有情感性的因素,比如"幻灭、动摇、追求",对革命道路的里程比"深入、转换、复兴"这类仅仅单纯描绘转折性事件的话语更加情感化。再则茅盾小说叙事有意去掉革命性大段大段的口号式讲话,这正好与蒋光慈的写法大相径庭。蒋光慈的《短裤党》直接照搬了很多不加剪辑修改的革命演讲稿,《咆哮了的土地》张进德梦中都唱出了"起来,饥寒交迫的奴隶。起来,全世界上的罪人"[③]的革命歌。虽然革命宣传在现实生活中存在,但是茅盾避免口号的直接加入是因为茅盾在听革命演讲的过程当中觉得革命演讲的内容无用,并且茅盾想表现的是革命的独特感知而非为鼓动革命在革命叙事中穿插过多的口号。过多的口号穿插会使小说有浓重的宣传意味,这会无意中淡化、模糊人物的身份,并且简化革命活动的内容,往往成为简单的口号宣传。除此之外,蒋光慈笔下的革命具有激进和莽撞性,人物具有一定的畸形革命思想。《咆哮了的土地》中,为了证明革命的忠诚,李杰放任队员烧了自家的老宅,妹妹和母亲都死在熊熊大火之中,这成

---

① 王一川:《中国现代卡里斯马典型——二十世纪小说人物的修辞论阐释》,云南人民出版社1994年版,第38页。

② 古斯塔夫·勒庞:《革命心理学》,佟德志、刘训练译,吉林人民出版社2004年版,第83页。

③ 蒋光慈:《咆哮了的土地》,载《蒋光慈文集》第2卷,上海文艺出版社1983年版,第190页。

为李杰斩断血肉亲情、走向革命的标志。李杰和张进德利用革命理论给劫富济贫的江洋大盗行为赋予合理性，强占关帝庙作农会，谋划着香火钱作会费，不顾老和尚死活，将革命当成是各种做法的盾牌。这里不无对革命本质意义的曲解。

茅盾小说叙事也有对现代革命文学创作形式的丰富和扩充。与茅盾同期左翼作家对革命战争的描写多有限制。从生活中着手的沙汀、叶紫等作家在革命叙事上围绕小城镇、茶馆等中接地气的人物写出革命对日常生活的影响、官僚的黑暗，在特选场景下表现革命。这些作家在叙事上挖掘较深但是范围和视野相对就狭窄了。在大多数作家选择短篇小说进行革命叙事时，茅盾自己却说他比较喜欢长篇小说的革命叙事方式，表现革命方面有极大的包容性。茅盾小说在革命对立性的叙说上一般都是比较隐晦的，也存在三元对立等复杂性状况，很难说出革命真正反对的是谁，而是一个社会整体性的存在。很多作家则采用明显的二元对立，如蒋光慈创作的小说很多都是单纯的反革命者和革命者的对立，对立过于简单，容易让人觉得小说创作不是来源于"革命生活实感"，而是来源于可以调动的想象，削弱了革命思想深刻性。茅盾小说对宏大革命叙事模式的改变使革命活动情节的精细化、多样化。

还有茅盾对于都市的革命叙事是比较擅长的。不过茅盾涉及的农村革命的叙事范围虽然小，基本围绕自己的家乡展开，但是农村革命叙事还是具有很大的影响和时代性。将茅盾的农村三部曲与同期叶圣陶的《多收了三五斗》（1933），叶紫的《丰收》（1933）、《火》（1933）进行对比，可以看出茅盾同样表现出对农村革命的敏锐，在农村革命叙事上揭露国民党向美国借贷以及地主豪绅、商业资本的盘剥现象。不过，茅盾在揭露的同时仅仅停留在对于农民的同情，很难站在工人、农民的立场挖掘新的革命，不如叶紫表现革命来得热烈，而大革命时期的农村以及红军的战斗生活则是叶紫比茅盾进行更多叙事的内容。蒋光慈是背负着革命的苦痛来进行革命叙事的，在小说人物的选择上还是偏向于底层的工农阶层，喜欢从工人的角度出发探索新路，但是茅盾对知识分子的革命现实揭露得更加真实和彻底。茅盾在革命的叙述过程中虽然出现土豪劣绅在对待妇女上的一些残暴行为，国民党统治下的腐败行径，但是很少正面写到革命冲突，对于革命的真实残酷性的反映相比其他作家还是远远不够的。蒋光慈小说里的革命事件充满着牺牲和死亡，为革命的牺牲或者是革命前因旧制度而死的例子是蒋光慈小说中常有的革命内容。在革命事件的安排上茅盾是严谨的，比如他评论小说《禾场上》不是"革命智识分子""从天而降"从而"走投无路的农民有了'出路'"的"公式"[1]。从情节看许多革命小说的确是完整并且整齐的，但在情节设计上不真实，在特定的场景下缺乏对特定场景的独特性的革命，使得革命现实时间、地点、场景无限靠近。"像那样的小说'革命'则或然，农村生活描写则未必；那是冒牌的农村生活请了'革命'先生在大门上保镖的拙劣办法。"[2]茅盾抛弃的是不符合小说中"巧合"或者"特地"的结构性，更加追求依靠理性分析依托环境来解释革命典型人物。

  茅盾在革命叙事上的深远影响，无论对当时左翼作家的革命叙事还是之后作家的革命现实主义的叙事，乃至今天依然有着教科书般不可磨灭的影响。这与他始终自觉追求社会科学的阶级革命观之文学表现有着重要联系。为此，无论作为著名的现代革命作家，还是现代中国社会绕不开的"阶级"话题，茅盾个案都对清理和辨析现代中国革命文学的结构和谱系的本真，有着较为重要的典范性文学史意义。

---

[1] 茅盾：《关于〈禾场上〉》，载《茅盾全集》第19卷，人民文学出版社1991年版，第464页。

[2] 茅盾：《关于〈禾场上〉》，载《茅盾全集》第19卷，人民文学出版社1991年版，第465页。

第九章　现代中国革命文学五四时代"主体"认知
——以作家成仿吾、郭沫若为例

本章选取五四时期同一个社团——创造社——的两位作家同中有异的人生经历、文学思想、创作实践，探寻他们精神主体的困境和矛盾，及其不同的追求，从而发现某些现代中国革命文学生成的内部构形。这或许正能够触摸到有温度的五四新文学自身演进发展的线路。郭沫若、成仿吾是五四重要文学社团创造社的发起人，通常文学史家把创造社的作品定位为浪漫主义作品，也自然对他们做了简单的身份认定。他们共同"创造"了前期创造社的"艺术独立"①的"鸿荒的大我"②，发出了后期创造社的宣言："一切固有势力的破坏，一切丑恶的创造的破坏，恰是美善的创造的第一步工程！"③即便如此，郭沫若、成仿吾两人主体世界的思想性格、文学观念还是存在较多的差异。同样一起经历了从文学革命到革命文学，但整体上彼此也是有别的，甚至也走了不同于陈独秀、李大钊、张闻天、恽代英等革命作家的另一条文学与革命融合的路线。他们创设了一套现代中国革命文学建设的精神主体话语系统。他们视文学为生命，从自我出发，由现实危机和生存困境，产生了情绪激越，萌发了革命意识的诉求，乃至放弃文学，直接投身革命运动之中，或将文学与革命有机地融合于一身。现代中国革命文学生成多了一种外部社会历史变革的必然。

---

① 《纯文学季刊〈创造〉出版预告》（广告），《时事新报》1921年9月29—30日。
② 郭沫若：《创造者》，《创造》第1卷第1期。
③ 《〈洪水〉复活宣言》，《洪水》半月刊第1卷第1期。

然而，他们既是"爱自由、爱人类的青年艺术家和青年革命家"①，又是"在社会的桎梏之下呻吟着的'时代儿'"②。他们始终面临着文学与革命、理想与现实、理性与情感的多重两难选择。

现代中国革命文学可以说是伴随着现代社会革命运动而生成的。这里难点在于如何辨别清楚作为作家精神主体的革命意识，究竟以什么样的方式融合于社会现实，从而建构了什么样的革命文学话语结构？

五四前后，变革和反抗意识的高涨，知识者情绪和思想的交织，劳农者社会革命的实践，阶级与政党的应运而生，呈现了多元而立体的现代中国社会历史形态。这直接影响了20世纪前30年里文学运动的发生、现代中国革命文学的生成。历史和文学的交叉互动，既表现了两者之间复杂的结构和动因，又为我们重新认识和反思提供了多种可能。五四时代提出的"人的文学""平民文学""血与泪的文学"的不同概念，是差异的联系还是递进的关联？1921年的创造社"异军突起"仅仅是不满文学研究会"文学是严肃的工作"的主张吗？1928年的后期创造社是如何完成自我"突变"而倡导革命文学的？1930年的中国左翼作家联盟是文学团体形式的联合，还是作家们在革命组织旗帜下的统一？这些问题，在文学史层面的叙述，总是纠缠于文学和历史各自的独立性，或者受到某些既定观念和其他因素的影响，回答的向度多元但并非都能令人十分信服。比如现代中国文学史中自由、独立、自我与人生、平民、贵族的核心话语概念，围绕其内涵与外延，究竟有何种内在关联？以及从文学革命到革命文学的文学史描述，已有研究成果基本重在追求明确的历史定位，或唯一性的价值判断。再比如，现代中国文学中革命文学的考察，受革命自身强烈变革和对抗、作家政治身份、群体社会化特性的影响，始终在二元对立或纵横平面

---

① 郭沫若：《艺术家与革命家》，载《沫若文集》第10卷，人民文学出版社1959年版，第78页。

② 郑伯奇编选：《中国新文学大系·小说三集》，上海良友图书印刷公司1935年版，导言第9页。

线条上形成我们认识的基本出发点。我们在描摹作家主体世界的千姿百态、揭示文学史丰富原生形态方面,显得有些乏力。文学史若能用心用力地把脉不同作家的精神情感和思想诉求,找寻不同时期、时间节点里的文学话语的提出和其变化的过程,发现文学内部运动的结构样貌,或许能够给予历史复杂性更为合理的说明。20世纪现代中国文学中从文学革命到革命文学的文学演变,不能不提到成仿吾、郭沫若两位作家。从作家精神主体的角度,探寻文学史这一现象的存在之由变迁之故,文学与革命之间的密切关联,两位作家也是重要的典型案例。本章试图通过他们的人生履历和创作,了解他们精神情感和思想的诉求,找寻在不同时期,或重要时间节点里,他们文学话语的提出和其文学思想变化的过程,发现个体精神、创作与整体文学史内部运动的基本构形,还原两位作家同中有异的主体世界和创作道路,重新解析他们文学思想演变和创作的同与不同,以求文学史的精神灵魂的透视,既多元立体地整体考察两位作家,又从另一角度梳理现代中国革命文学生成的内在结构元素。

一

我们先来看,具有浪漫主义气质的现代作家成仿吾(1897—1984),率先提出从文学革命到革命文学这一文学史概念。他与郭沫若最初一致尊崇文学是表现和唯美,一样都充满着激情与反叛,那么他们又有什么样的不同呢?现代作家成仿吾为现代中国革命文学的生成究竟提供了什么样的独特的经验和教训呢?

成仿吾是创造社中最早有革命实践活动的作家。但是具体还原成仿吾最初革命活动内容和形态,它又是十分矛盾、混杂而模糊的。1924年6月他就去了广州,在国立广东大学(中山大学的前身)任理学院力学教授兼教德语,不久以后经孙炳文介绍加入国民党,并且由同乡黄埔军校教育长方鼎英介绍,任军校伍生部政治教官。但是这个任职时间很短暂,同年11月份,因在广东政府工作的长兄成劭吾去世,他扶棺回乡离开了广州,随后回楚怡工业学校任职,在长沙兵工厂任技正。此刻成仿吾虽有加入党派组织的革命行为，可是1927年7月之前在广州主要是在国立广东大学和黄埔军校两处任职，充其量只是任黄埔兵器研究处代理主任，并未有明确的投奔革命的意图和实际的革命行为。

成仿吾自述："十三岁时飘然远去，又在异样的空气与特别的孤独中长大……我要做人的生活，社会便强我苟且自欺；我要依我良心的指挥，社会便呼我为疯狗。……我终于认识了反抗而得到新的生命了！不错，我们要反抗这种社会，我们要以反抗社会为每天的课程，我们要反抗而战胜。"[①]成仿吾在日本留学期间受人冷眼，被人歧视，满是孤独，而回国后三年之间，他"全身神差不多要被悲愤烧毁了"，他明白"人类是在反抗着而生活"。[②]也就是说，正是特殊的人生经历和艰辛生活的磨难，使得此刻不得不面对现实社会的成仿吾滋生了抗争、反抗之自觉的革命意识。

在文学变革的时代，对于五四新文学的建设，成仿吾站在创造社的立场上毫不避讳地直言，文学研究会"碰死碰命地与我们打架"，"我们的行为，始终是防御的——正当的防御"，并且自述"关于创造社与文学研究会的交涉史"。[③]两个社团之间，在两个社团有关文学观念和行为方式的分歧上，成仿吾态度鲜明，"投出了《诗之防御战》的那个爆击弹"，引来大量批评，被指责为文坛的"黑旋风"，让时人误以为有着"极左的凶恶的面像"。[④]从五四文学革命一路走来，参与其中的成仿吾针对新旧文学的对立、文学的敌我阵营划分，已经非常明确地表明了革命的姿态和抗争的行为方式。

上文简单地梳理了成仿吾革命的状态和缘由，并不是说因为具备了党派参与、反抗意识和战斗姿态，有了革命的活动和意识，他就是革命文学家了。

---

① 成仿吾：《江南的春讯》，《创造周报》总第48期。
② 成仿吾：《江南的春讯》，《创造周报》总第48期。
③ 成仿吾：《创造社与文学研究会》，《创造》第1卷第4期。
④ 郭沫若：《学生时代·创造十年》，载《沫若文集》第7卷，人民文学出版社1958年版，第153页。

我们需要从这极其复杂的状态中，找寻创造社里的成仿吾与郭沫若文学思想的异同，探究他们从文学革命到革命文学究竟走了怎样的路径，以及厘清1927年以后，他们大张旗鼓地倡导革命文学的必然与偶然之内在纹路。

首先，成仿吾早期从事文学务实而有节制。他对文学的基本认识充满矛盾，尊重文学的自我表现，而更看重文学对于时代社会的使命。成仿吾从事文学的早期是他与郭沫若等在日本酝酿成立创造社的时期。1920年前后，成仿吾开始创作新诗、散文、小说，翻译和研究外国作家作品，有作品在国内《学灯》副刊上发表，反映出他在文学方面的兴趣，并借此传达他在异国他乡的烦闷。创作伊始的成仿吾不像郭沫若那样谈文学的灵感和天才，而是比较理性。比如郭沫若想转学进文科大学学习，遭到成仿吾反对。理由是"研究文学没有进文科的必要，我们也在谈文学，但我们和别人不同的地方是在有科学上的基础知识"[①]。在给郭沫若的信中说，他热心于创造社组织的动因，是有感国内文艺界的某些偏向，"我们若不急挽狂澜，将不仅那些老顽固和那些观望形势的人要嚣张起来"[②]。在日本留学期间，受当时富国强兵、实业救国的思潮影响，他选择的专业是东京帝国大学的"造兵科"；在创造社团体里，他写作最多的文字是关于当时文学的批评和文学理论的建设。在他几篇有影响的新文学批评文章里，开篇都明确表示"文学是直诉于我们的感情，而不是刺激我们的理智的创造；文艺的玩赏是感情与感情的融洽，而不是理智与理智的折冲"[③]，"文学上的创作，本来只要是出自内心的要求，原不必有什么预定的目的"[④]。可是，在清楚表述这样文学观的时候，他提炼出的文章标题为《诗之防御战》《新文学之使命》，并且1927年在他出版第一部文艺论文集时，十分认同王独

---

① 郭沫若：《学生时代·创造十年》，载《沫若文集》第7卷，人民文学出版社1958年版，第72页。
② 郭沫若：《学生时代·创造十年》，载《沫若文集》第7卷，人民文学出版社1958年版，第71页。
③ 成仿吾：《诗之防御战》，《创造周报》总第1期。
④ 成仿吾：《新文学之使命》，《创造周报》总第2期。

清将书名定为《使命》①。由此可见，成仿吾最初对文学的兴趣，对文学本质情感和自我内心表现的认同，一开始就联系着文学的社会性，并且在现实的生存中不断冲击着原有的浪漫主义的情怀，主观的情绪化与客观的理性反省始终矛盾地并存于成仿吾早期的文学思想之中。学者温儒敏将其归纳为"表现说的变形与实用批评"②，海外汉学家高利克认为成仿吾是"社会审美主义"③。显然，成仿吾文学发生期的裂变，与同为创造社元老的郭沫若文学思想的基点并非完全相同。就整体上的从文学革命到革命文学的转向，也是不一样的。

其次，成仿吾的文学转向更多表现了文学家自觉的责任意识和社会意义之寻找。1925年前后，成仿吾在积极从事文学批评的理性建设与职业工作、社会活动的践行中，一方面不断地来往于上海、广州、武汉、长沙四城市之间，与创造社同人积极筹办广州的创造社出版分部；另一方面他文学批评的理论思考和文学社会意义的认识，使之逐渐有了自己比较清晰的定位。他开始谈论对"新文学之使命"的认识，虽然将"使命"的"时代"性列为第一，但是理解"时代"的"虚伪""罪孽"还仅仅是"猛烈的炮火"之情绪宣泄。④接着不久，成仿吾在《写实主义与庸俗主义》《艺术之社会的意义》等文中，受法国社会学家基欧《社会学的艺术观》的观点影响，对文学的理性与情感、浪漫与写实、文学与社会之关系，有了明显的双向性认同。"文学上最有效力的内容是关于人事的，其次是关于感觉世界的，最后乃是理智的与超自然的。"⑤"凡是真的艺术家，没有不关心于社会的问题，没有不痛恨丑恶的社会组织而深表同情于善良的人类之不平的境遇的。"⑥郭沫若是在回国后受到

---

① 成仿吾：《使命》，创造社出版部1927年版，序第2页。
② 温儒敏：《中国现代文学批评史》，北京大学出版社1993年版，第40页。
③ 玛利安·高利克：《中国现代文学批评发生史（1917—1930）》，陈圣生等译，社会科学文献出版社1997年版，第57页。
④ 成仿吾：《新文学之使命》，《创造周报》总第2期。
⑤ 成仿吾：《写实主义与庸俗主义》，《创造周报》总第5期。
⑥ 成仿吾：《艺术之社会的意义》，《创造周报》总第41期。

生存危机的极大刺激,才思想突变,并从日本河上肇《社会组织与社会革命》中找到了理论支撑。成仿吾回国后一直取务实地工作和积极地参与社会活动之态度,始终重视文艺和社会现实意义的双重性关系的思考。因此,他以批评的视野密切关注新文学运动的发展、文学界的现状,尤其是新文艺文学批评的理论建设。他认为文艺批评的标准:"1. 超越的,2. 建设的。"[①]他强调文艺批评的前提是"抱有热烈的同情"[②],批评是"判别善与恶,美与丑和真与伪的努力",是"不断的反省"[③]。可以说,文学批评的建设和实践,加快了成仿吾自我和社会融合的步履。当1925年"五卅惨案"发生时,他迅捷地做出反应,针对"文艺界的弊端",希望"五卅事变的不幸的狂风……把它做一个起点,划一个新纪元";"大家从此觉悟起来"。[④]1926年,成仿吾担任主任的广州创造社出版部正式成立,也就在同时,他与郭沫若开始率先探讨文学与革命的关系,并且提出了"革命的文学家""革命是一种有意识的跃进""革命文学与他的永远性"[⑤]等一系列话题。有意思的是,郭沫若与成仿吾在此时都在讨论文学与革命的关系,都对革命文学做出了数学的表达。郭沫若认为"文学是革命的函数",即"革命文学=F(时代精神)""文学=F(革命)"[⑥];而成仿吾列出完全不同的公式:"(真挚的人性)+(审美的形式)+(热情)=(永远的革命文学)"[⑦]。这不仅仅是作家对革命文学理解的异同,而且反映了革命文学生成的不同路线。很有意思的是成仿吾那篇著名的《从文学革命到革命文学》,于1923年11月写成,但直到1928年2月才在《创造月刊》第1卷第9期刊出。这篇文章存在两个疑问:一是"文学革命"和"革命文学"

---

① 成仿吾:《批评的建设》,《创造》第2卷第2期。
② 成仿吾:《批评与同情》,《创造周报》总第13期。
③ 成仿吾:《建设的批评论》,《创造周报》总第43期。
④ 成仿吾:《今后的觉悟》,《洪水》第1卷第3期。
⑤ 成仿吾:《革命文学与他的永远性》,《创造月刊》第1卷第4期。
⑥ 郭沫若:《革命与文学》,《创造月刊》第1卷第3期。
⑦ 成仿吾:《革命文学与他的永远性》,《创造月刊》第1卷第4期。

两个概念关联与区别的表述是模糊的；二是有关论文的写作和发表中间相隔五年，其时间差的背后可揭示什么呢？文章中六个部分内容都是在强调文学社会性的历史意义、文学阶段性的具体任务、文学服务于革命、唯物辩证法的指导、文学创作者接近农工大众等问题。这里可以窥测出作者对文学与革命关系理解的信息，并且正是从时间差里传达出一个文学历史变动的进程。文章将文学的理想性与当下的农工大众文学运动的现实性有机融合。作家追求文学的表现，也正视文坛的新现象。成仿吾充满激情的文学演进描述，与敏锐的眼光和极富前瞻性的视野，第一次将现代中国革命文学纳入了恢宏的文学史动态之中考察。

30岁以后的成仿吾，1928年在巴黎参加中国共产党，1931年回国任鄂豫皖省委宣传部长，1934年到达苏区瑞金，后参加著名的二万五千里长征，成了真正的无产阶级革命家。"革命运动停顿了，革命文学运动的空气却高涨了起来。有些人以为这是投机，也有些人以为这是堕落。这两种人的见解虽然不同，但他们不明白历史的必然性却是一样的。""我们决不能再踌躇犹豫，……我们有意识地革命。""不革命的人，我们让他去没落。"[①]1928年初成仿吾的《全部的批判之必要——如何才能转换方向的考察》一文开篇与结尾的这些话，意味深长。这也是他参与革命文学论争写的最后一篇文章，不无解释作家自己革命道路选择的意味。

二

我们再来考察创造社另一位重要作家、五四新诗人郭沫若（1892—1978）。他主观表现的文学观与思想剧变的身份转换，创造了一条从主观情绪到理性建构的现代中国革命文学生成之路。在历史的进行时态中，作家们都在

[①] 成仿吾：《全部的批判之必要——如何才能转换方向的考察》，《创造月刊》第1卷第10期。

努力探寻文学与革命的契合点。五四过后的1923—1924年间，对于郭沫若来说是十分重要的时段。郭沫若不像五四落潮后的大批受各种外来思潮影响的五四新青年，也不同于受社会革命实践作用的邓中夏等《中国青年》社的作家们。他经历着生活的贫困和人生的漂泊，也在面对文学与革命的艰难选择。这一年为养家为生活，郭沫若携带家眷往返于日本福冈与中国上海之间，他十分勤奋地著译，靠卖稿为生。这也成就了一个在诗歌、散文、小说、历史剧等领域创作高产的作家郭沫若，更成就了一个崇尚艺术至上、唯美表现的郭沫若，明白了"艺术家与革命家"是完全可以兼并的①。郭沫若思想和文学观的转变，由"只是本着我们内心的要求，从事于文艺的活动罢了"②，到成为革命文学的首倡者，不只是因为目睹了1925年的"五卅惨案"，更是因为1926年南下广州并随军北伐的投笔从戎的经历，才有了后来1927—1928年间的《文艺家的觉悟》《革命与文学》《英雄树》等一系列倡导革命文学的宏文。郭沫若自述此刻思想的重大转变，是受这期间翻译日本经济学博士河上肇的《社会组织与社会革命》一书之影响。这部书使得他"认识了资本主义之内在的矛盾和它必然的历史的蝉变"，"不仅使我增长了关于社会经济的认识，坚定了我对于正确理论的信心，而同时所产生的一个副作用，便是使我对于文艺怀抱了另外一种见解"。③当然，面对贫困压迫和生活艰辛，天才诗人不得不正视现实人生，也从河上肇经济学理论分析中获得了知音和感悟。

上述这些文学史叙述的作家思想线路，还需要还原集诗人与革命家身份于一身的郭沫若之由来，合理地解释他身上独特的双重话语结构。1923年4月郭沫若从日本回国，家里让他回四川，汇来的三百元路费钱是他身上"唯一的财产"④。

---

① 郭沫若：《艺术家与革命家》，载《沫若文集》第10卷，人民文学出版社1959年版，第76页。
② 郭沫若：《编辑余谈》，《创造》第1卷第2期。
③ 郭沫若：《学生时代·创造十年续编》，载《沫若文集》第7卷，人民文学出版社1958年版，第183—184页。
④ 郭沫若：《学生时代·创造十年续编》，载《沫若文集》第7卷，人民文学出版社1958年版，第151页。

除此之外，"带了三部书来，一部是《歌德全集》，一部是河上肇氏的《社会组织与社会革命》，还有一部便是屠格涅甫的《新时代》（俄文原名为《处女地》——引者注）了"①。郭沫若原有自己的写作计划，潜心研究生理学做纯粹的科学家的理想，期盼与妻儿共同生活的美好愿望。但是回国以后的实际生活，目睹眼前所见国内的现实，这使得他矛盾、彷徨、苦闷。1923年冬天郭沫若在上海写下的《梦与现实》随笔杂感是这样描述此时的心境的，"昨晚月光……一切的树木都在赞美自己的幽闲"，而"今晨一早起来……却看见了一位女丐。她身上只穿着一件破烂的单衣，衣背上几个破孔露出一团团带紫色的肉体"。这是一个瞎眼的女丐，旁边有一个四岁小女儿是她"唯一的保护者"，我们的诗人陷于无为和迷茫，"人到了这步田地也还是要生活下去！人生的悲剧何必向莎士比亚的杰作里去寻找，何必向川湘等处的战地去寻找，何必向大震后的日本东京去寻找呢？"②如果说诗人这里还是以文学的笔调述说或宣泄自己现实与理想的困惑，那么在致成仿吾的信中就直言不讳地写出自己真实的苦痛和思想了。他历数在日本生活的困难，"收入是分文也没有"，仅仅靠译书所获得微薄稿酬，也难以"拯救我可怜的妻孥"。③拼命地翻译是郭沫若生活的无奈，但也使他从译著里读出了另一样世界、另一种文学。每天翻译歌德的书，他发现"真理要探讨，梦境也要追寻"的歌德"一生是个矛盾的结晶体，然而正不失其所以为'完满'"④。而在译介屠格涅夫的《处女地》时，他从主人公的境遇和其性格中获得了人生与思想的共鸣。"我们都嗜好文学，但我们又都轻视文学；我们都想亲近民众，但我们又都有些贵族的精神；我们倦怠，我们怀疑，我们都缺少执行的勇气。"尤其这部书里的事件和人物中给他"流动着的社会革命的思潮"深切感

---

① 郭沫若：《孤鸿》，《创造月刊》第1卷第2期。
② 郭沫若：《集外·梦与现实》，载《沫若文集》第7卷，人民文学出版社1958年版，第406—408页。
③ 郭沫若：《孤鸿》，《创造月刊》第1卷第2期。
④ 郭沫若：《论诗三札》，载《沫若文集》第10卷，人民文学出版社1959年版，第210页。

受。郭沫若发现以"政治的条件和物质的（经济的）条件"为主体的社会革命，比较贴近于现实人生的实际，激发了他面对人生危机的思考，使得他一直以来沉浸的文学梦想，也受到了极大的冲击。1924年8月，郭沫若明确地宣布："我现在对于文艺的见解也全盘变了。我觉得一切技俩上的主义都不能成为问题，所可成为问题的只是昨日的文艺，今日的文艺和明日的文艺。昨日的文艺是不自觉的得占生活的优先权的贵族们的消闲圣品，如像太戈儿的诗，杜尔斯泰的小说，不怕他们就在讲仁说爱，我觉得他们只好像在布施饿鬼。今日的文艺，是我们现在走在革命途上的文艺，是我们被压迫者的呼号，是生命穷促的喊叫，是斗志的咒文，是革命豫期的欢喜。这今日的文艺便是革命的文艺，我认为是过渡的现像，但是是不能避免的现像。"①此时此刻，郭沫若对于文学与革命的理解，一是因为自身当下经历的生存体验，一是因为外国文艺的启迪。他对此的基本认知是"过渡的"和"不能避免"的现象。究竟什么是革命文学？文学与革命关联性的真正内核是什么？并不是郭沫若关注的热点。同一时间里，郭沫若就是将艺术家与革命家混为一体。他直言："我在此还要大胆说一句：一切真正的革命运动都是艺术运动，一切热诚的实行家是纯真的艺术家，一切志在改革社会的热诚的艺术家也便是纯真的革命家。"②从文学革命到革命文学的途中，郭沫若有这样一个模糊而简单的自我表达。这是他诗人气质和情绪的自然流露，面对现实危机的挤压一种本能跳跃式的思维和认知。

考察郭沫若这一阶段文学创作的变化，他的新诗作品从《女神》到《星空》再到《前茅》诗集内容的变化，表面看是五四大潮之后诗人由幻美、苦闷转向现实，就《前茅》中1923年写作的大部分诗篇看，实际大多为"粗暴"和"喊叫"之作③。除了诗歌之外，同期郭沫若还创作了自传体小说、历史小说、历史剧等，如《漂流三部曲》（包括《歧路》《炼狱》《十字架》三个

---

① 郭沫若：《孤鸿》，《创造月刊》第1卷第2期。
② 郭沫若：《艺术家与革命家》，载《沫若文集》第10卷，人民文学出版社1959年版，第77页。
③ 郭沫若：《前茅·序诗》，载《沫若文集》第1卷，人民文学出版社1957年版，第295页。

连续短篇小说)、《函谷关》、《王昭君》等，自我写实和借古喻今的创作意图十分显著。还有郭沫若并不局限于文学创作，也有大量学术研究成果如《惠施的性格与思想》《王阳明礼赞》①等论文和上述他喜欢的许多外国作家作品的翻译。尽管郭沫若自述创作和翻译，及学术研究，无不是因当时生活贫困，为获得经济来源而有意为之，但是也多少真实地透露了思想变动之点滴印痕。"在这资本制度之下职业是于人何有？/只不过套上一个颈圈替资本家们做狗！"②郭沫若1923年的这一诗句，与河上肇的《社会组织与社会革命》书中的观点是何等近似啊！也有同感于屠格涅夫的《处女地》中主人公的人生境遇所思！当我们寻踪郭沫若文学与政治思想的活动，关注1923—1924年这一时间段，正是要说明郭沫若随后倡导革命文学与其留学、创作、翻译等人生特殊经历，及其个人气质均有内在联系和完整的思想脉络。这时期是一个重要的人生关口，作家在以自己的方式抗争和奋进，积极探求文学与革命的路径。在此之后，1926年，郭沫若投笔从戎，随国民革命军北伐，历任北伐军总政治部宣传科长、副主任等，政治身份转换已经十分明确。1927—1928年间，郭沫若鲜明的革命文学倡导，表面看都是极端化的剧变和急转，而实际却有着某种来自作家主客观世界的必然，有着大革命时代汇入革命文学洪流的自觉。

三

重要的是，五四之后从文学革命到革命文学有多条行进的路线。成仿吾、郭沫若偏重文学的表现、同情之说，以及他们对革命文学的酝酿和对革命文学论争的发动，大都基于强烈的主体情绪、自我感受的扩张、松散的合群，又不可回避时代激变与现实生活的压迫，整体由内至外探求革命文学的发生。

---

① 郭沫若：《文艺论集》，载《沫若文集》第10卷，人民文学出版社1959年版，第24—51页。
② 郭沫若：《前茅·励失业的友人》，载《沫若文集》第1卷，人民文学出版社1957年版，第307页。

这与大家熟悉的早期共产党人邓中夏、恽代英、萧楚女等作家不同。恽代英等从事实际工作的党员作家，一开始就具有自觉的历史使命意识，和关注民生、热心群众运动的社会革命追求，重视现代中国革命文学的建设，更强调由外至内的革命文学自身的实践活动。同期的鲁迅《呐喊》《彷徨》《野草》生命体验式的写作，最大限度地熔铸个体特殊人生履历和丰厚的生活经验，参与"文学与革命"这一现代重大思想命题的自我探寻和思考。鲁迅与革命文学的话题，不是一个从进化论到阶级论的思想演变的复杂而丰富的过程，不是简单可以用他某部作品代表的，甚至也不是他在某种特殊情境、场合的言与行，或明确针对某些人的关于文学与革命之关系、革命文学的言说。笔者更认为，1920年代中后期的鲁迅，以及他这时期的自觉的行为方式和可以见到的小说、散文、杂文随笔等全部文字，是一个不可割裂的整体，一个考察现代中国革命文学生成重要的不可缺失的参照文本。由此提供给我们的是一个文学史的视域。成仿吾、郭沫若与现代革命文学生成的关联，还需要有这样一个视域下的考察，细致审视重要时间节点作家整体的文学活动、创作。在1923—1924年前后，成仿吾、郭沫若有着许多共同的人生感受和文学思想的调整，由作家精神主体世界生成的有关文学与革命的独特体验出发，可以发现个体作家思想、文学变更与一个时代革命文学发生之间某些内在逻辑因素。

　　1923年5月，成仿吾在《新文学之使命》一文提出"时代""国语""文学"三种使命，自称就是在"追求文学的全"，"要实现文学的美"。[①]这可以看作成仿吾文学观转变的一个重要的信号。作家对文学有预定的意识、有目的（即使命）的探求，与他最初创作原动力是内心崇尚文学的要求，似乎有了一定的矛盾和游移，或疑问。他这时期针对新文学刚刚问世的作家作品，如冰心的小说《超人》、许地山的小说《命命鸟》、王统照的长篇小说《一叶》、鲁迅的小说集《呐喊》、创造社郭沫若小说《残春》、郁达夫的小说集

---

① 成仿吾：《新文学之使命》，《创造周报》总第2期。

《沉沦》等写了一系列的文学评论,其文学批评的倾向性和标准也都摇摆于理性和情绪之间。成仿吾明确反驳别人批评《残春》,认为那些批评是"拿一种固定的形式或主义来批评文艺"[1]。他评论冰心的《超人》"偏重想像而不重观察"[2];王统照的《一叶》中往往"作者自己无端跑出来"[3]。这中间确有成仿吾阅读的独立发现,但是面对的对象不同,文学批评的尺度也多有不一。诚如有学者指出成仿吾"不总是深思熟虑","永不安定、永在变化,但他毕竟还是眼光敏锐、见解深刻的批评家"。[4]1924年前后,也是成仿吾文学创作的一个高峰期。如将这时期他"追求文学的全"、思想的矛盾、批评的情绪化等情境与其文学作品对读,成仿吾笔下鲜活形象的人生面影,诠释了他从文学革命到革命文学的必然。1923年的小说《牧夫》中留学回国后的朱乐山,"两年来求不到职业"的他,放弃了专业的科学,只能写一些文字以寄托,但是文学界的"对垒"和"嫉妒",使得他很"委屈","不是说他们的作品无聊,便是说它们浅薄"。终于有朋友介绍他到学校任教,他去了学堂,同样失望,学校办教育的人"只管务虚名,丝毫不重实学"。他不愿在这里"鬼混",小说最后,他丢下一句话:"我到田里去看看马与牛来。办那样的教育,不如去教牛教马还要心安些。"[5]同年5月,同期发表于《创造》季刊的《海上的悲歌》和《诗人的恋歌》两首诗,诗人"孤独"与"悲哀",希望"招起同情的热烈的交鸣"[6];面对命运的驱使,"他尽力的反抗了,有如那不屈的海潮"[7]。这里不同于小说的虚构,而是发出真诚的心声。1924年4月以《江南

---

[1] 成仿吾:《〈残春〉的批评》,《创造》第1卷第4期。

[2] 成仿吾:《评冰心女士的〈超人〉》,《创造》第1卷第4期。

[3] 成仿吾:《〈一叶〉的评论》,《创造》第2卷第1期。

[4] 玛利安·高利克:《中国现代文学批评发生史(1917—1930)》,陈圣生等译,社会科学文献出版社1997年版,第96—97页。

[5] 成仿吾:《牧夫》,《创造周报》总第17期。

[6] 成仿吾:《诗人的恋歌》,《创造》第2卷第1期。

[7] 成仿吾:《海上的悲歌》,《创造》第2卷第1期。

的春讯》为题的散文,是成仿吾回复郁达夫的信函。在信里,他直率地倾诉,回国三年看到的是"奄奄待毙的国家,龌龊的社会,虚伪的人们,渺茫的身世,无处不使人一想起了便要悲愤起来"。正是在现实与悲愤中,发现了"反抗"这条真理,于是,他大声疾呼"我从此以后更要反抗,反抗,反抗!"①显然,成仿吾务实的社会审美和使命意识的文学观,有着现实生活的压迫原因,源于悲愤心境与反抗情绪,也有直面社会人生的自觉,走进时代生活的积极实践。成仿吾工科专业的知识底色,将情感文学与实用文学的融合,创设了他独特解析文学与革命的公式,率先勾勒出现代中国革命文学的生成路径。

同样在1923—1924年前后,郭沫若也受着生存的压迫,他选择了另一种接近自己诗人气质的情绪化革命诉求和文学表达的方式。他后来有这样的反思:"我自己是早就有些左倾幼稚病的人,在出《周刊》(即《创造周报》——引者注)时吼过些激越的腔调,说要'到民间去',要'到兵间去',然而吼了一阵还是在民厚南里的楼上。吼了出来,做不出去,这在自己的良心上感受着无限的苛责。……从前在意识边沿上的马克思、列宁不知道几时把斯宾诺莎、歌德挤掉了,占据了意识的中心。在一九二四年初头列宁死的时候,我着实地感着悲哀,就好像失掉了太阳的一样。但是马克思列宁主义我是并没有明确的认识的,要想把握那种思想的内容是我当时所感受着的一种憧憬。"②这阶段,郭沫若诗创作和杂感随笔中"资本主义""社会主义""无产阶级""马克思主义""私有财产"等社会革命(政治)的术语不断出现,只不过是"穷得没法了",在翻译的著作中感受"流动着的社会革命的思潮"③,在"一种进退维谷的苦闷"④中产生了政治意识的反叛想象。这些于诗人笔下自然流露,便是这阶段郭沫若进行了诗创作、历史剧、历史

---

① 成仿吾:《江南的春讯》,《创造周报》总第48期。
② 郭沫若:《学生时代》,人民文学出版社1979年版,第165—166页。
③ 郭沫若:《孤鸿》,《创造月刊》第1卷第2期。
④ 郭沫若:《学生时代》,人民文学出版社1979年版,第165页。

小说，及自传写作高产而体式多样的创作尝试。比如1923年8写于上海的《前进曲》的诗句："前进！前进！前进！/世上一切的工农，/我们有戈矛相赠。/把我们满腔热血/染红这一片愁城！/前进！前进！前进！/缩短我们的痛苦，/使新的世界诞生！"①还有同时期郭沫若写的历史剧《王昭君》，是真实的历史和诗人的想象创造了剧中的人物和历史故事；并且借此既浇除了作家心中的块垒，又自然地传达了诗人理想的憧憬。他说："王昭君这个女性使我十分表示同情的，就是她倔强的性格"，"我从她这种倔强的性格，幻想出她倔强地反抗元帝的一幕来"。②这是一种最真实情绪和想象酝酿出的最初革命之文学样本。诗人郭沫若浪漫主义的情怀，一开始就将主观情感的力量铺张到可以改天换地、可以战胜一切现实生活的困境。他"立在地球边上放号"③："我是一条天狗呀！/我把月来吞了，/我把日来吞了，/我把一切的星球来吞了，/我把全宇宙来吞了。"④这诗的语言里何尝不是个人主观化革命的热身和情绪酝酿的前奏呢！而当现实的压迫加剧，尤其是个人经历的饥寒交迫，情感的革命开始渗透了"矛盾万端的自然""人世间的难疗的怆恼"⑤。1923年前后，郭沫若独有不同于其他现代作家的主观现实主义的人生体验。1925年以后，大时代的巨变，现实的社会政治党派、阶级冲突不以人们的意志为转移，已经开始成为一种生活中的必然存在。郭沫若目睹了"五卅"当天的惨剧，愤然写下了《为"五卅"惨案怒吼》的檄文。1926年后，他便发表了《文艺家的觉悟》《革命与文学》等一系列倡导革命文学的文章，理性地分析和解读文学与革命的关系，并随国民革命军北伐。这既是时代使然，更是作家自我认识革命的水

---

① 郭沫若：《前茅·前进曲》，载《沫若文集》第1卷，人民文学出版社1957年版，第319页。
② 郭沫若：《王昭君》，载《沫若文集》第3卷，人民文学出版社1957年版，第76—77页。
③ 郭沫若：《女神·立在地球边上放号》，载《沫若文集》第1卷，人民文学出版社1957年版，第62页。
④ 郭沫若：《女神·天狗》，载《沫若文集》第1卷，人民文学出版社1957年版，第45页。
⑤ 郭沫若：《前茅·怆恼的葡萄》，载《沫若文集》第1卷，人民文学出版社1957年版，第311页。

到渠成。郭沫若向昔日文学梦告别，不再附和"大凡的人以为文学是天才的作品，所以能够转移社会"这样的话了；而是一再强调："文学和革命根本上不能两立"，"文学是革命的前驱，而革命的时期中永会有一个文学的黄金时代"。①海外汉学家李欧梵先生认为郭沫若从文学到革命的转变，始终是对其浪漫主义的巩固。即指出"他把英雄崇拜的范围从个人扩阔到没有固定目标的无产阶级大众，他也把个人情感扩展为集体情感，并根据事实本身把其界定为革命性的"，"宣告经历过了个人主义和浪漫主义的时候，郭沫若正摸索着走向一种更概括的集体浪漫主义的形成"。②这里依据的是郭沫若诗人气质、秉性人格，乃至其文学自述内在线条的解析。李欧梵先生的观点值得称道的是，当我们仅仅看到郭沫若"急转弯"式的革命文学宣传，仅仅看到他从诗人变成革命军人的外在身份变换时，李欧梵先生仍然坚持作家郭沫若的透析，寻觅他既联系又对立的文学与革命内在关联之纹理。郭沫若永恒浪漫主义本质的个性特征和文学思想复杂而跳跃的演变路线，值得我们发现作家诗人更为丰富的主体精神和文学思想的某些细微新标识，重新审视从文学革命到革命文学非直线的文学史演进，多视角地关照现代中国革命文学发生发展的前因后果。

---

① 郭沫若：《文艺论集续集·革命与文学》，载《沫若文集》第10卷，人民文学出版社1959年版，第313、317页。

② 李欧梵：《中国现代作家的浪漫一代》，王宏志等译，新星出版社2005年版，第200—201页。

第十章　现代作家与革命文学关系的"矛盾"现象
——以作家蒋光慈为例

本章试图通过对现代作家蒋光慈的人生经历、思想，及其文学活动和创作实践的重新清理，探讨在现代中国革命历史过程中，文学所面对的普遍的革命问题，辨析不同作家不同的选择，现代中国革命文学内在结构的普遍性和特殊性由此生成，旨在找寻作家身份认同和创作实践之间"矛盾"现象的缘由及其得失的思想印痕。现代作家蒋光慈作为一个丰富而复杂的"矛盾"体存在着，最集中地体现了20世纪中国文学中一个十分重要的话题，即现代中国革命文学构成中关于文学与革命关系的理解。20世纪上半叶，中国社会风云激荡，革命多种多样。作为一代思想文化的先觉者的现代中国知识分子的现代作家，经历了太多的生存困境和政治劫难，他们在选择中求生，在选择中追求，文学是他们精神的家园，也是他们革命的原动力之一。理想与现实，民族的危亡与个人的情怀，集体的统一意识与自我的自由，革命的组织活动与文学爱好兴趣的创作等，诸多错综复杂的矛盾纠缠在一起。蒋光慈作品的主人公身上或多或少有作者真实的人生和生活的缩影，尤其第一人称的叙述方式强化了"自传"的色彩。但是，这些作品最为本真的应该是，形象地揭示了一个特殊时代现代人单面或多面的人性真实和其扭曲人生、坎坷命运的自我思考，呈现了一个人的精神情怀和现实理性纠结的革命文学的原生态。

一

  蒋光慈（又名光赤，1901—1931）出生于安徽霍邱县白塔畈（今属金寨县）。据《蒋光慈传略》《蒋光慈生平年表》[①]介绍，他的祖籍是河南，自祖父一辈起辗转逃荒到安徽白塔畈一带。祖父寄居在他人的牛棚里，靠抬轿勉强维持生计。父亲蒋从甫一直在外当学徒，祖父死后回乡经营一家粮食杂货铺，又因懂些诗书在当地被聘为塾师。蒋光慈自幼聪慧过人，7岁起在父亲蒋从甫所在塾馆学习，12岁时家乡发大水，他心生感慨即兴作诗："滔滔洪水害如何，商旅相望怕渡过。澎湃有声千尺浪，渔舟遁影少闻歌。"16岁时深受具有进步思想的国文教师詹谷堂的影响，积极参加他组织的"读书会"，阅读了大量进步书籍。少年蒋光慈疾恶如仇敢于反抗，在中学就联合一群贫苦学生狠打了嫌贫爱富的校长，结果导致自己被学校开除。后经同乡李宗邺介绍，来到皖江小城芜湖插入安徽省立第五中学学习。陈独秀曾任教于此，胡适也曾在该校传播新思想。中学期间，蒋光慈不仅积极接触新思想，还对"侠"文化有了更明确的偏好。他自称"侠生"和"侠僧"，立志要做一个杀尽贪官污吏的侠客。1919年前后，五四新思潮传入中国，克鲁泡特金等人的无政府主义也对蒋光慈产生了影响，他和外校的钱杏邨等人成立了"安社"，出版小报《自由之花》，并寄给其他进步团体进行交流。五四运动爆发后，蒋光慈被推选为芜湖学生联合会副会长，与其他学生代表成立学联，积极响应北京学生提出的罢课建议，他一直在斗争前列，带领学生查禁洋货、打商会，是当地学生运动的领军人物。蒋光慈在斗争中结识了诸多革命友人，后经北大图书馆管理员蔡晓舟介绍，与吴保萼一同去了上海。在上海，蒋光慈加入了上海社会主义青年团，进入中国共产党组建的"外国语学社"学习俄语。此期间，蒋光慈阅读革命书

[①] 方铭编：《蒋光慈研究资料》，知识产权出版社2010年版，第2—19页。

籍，思考中国的革命问题并参与了共产党组织的革命活动。1921年，蒋光慈和刘少奇、任弼时等人冒险奔赴莫斯科，几经周转后前往莫斯科东方共产主义劳动大学中国班学习，并在此期间与瞿秋白相识。旅俄期间，蒋光慈对社会主义和共产主义有了更加深刻的理解，成为中国共产党党员（1922），也是中国最早一批入党的同志之一，并直接参与了与共产主义事业相关的多项活动。1922年，共产国际在莫斯科召开了远东各国共产党和民族革命团体第一次代表大会，蒋光慈到会场服务，参与了会刊的编辑与印刷工作，他还有幸在红场和列宁一起参加了星期六共产主义义务劳动。1924年列宁逝世时蒋光慈参加了这位著名革命家的追悼活动。除参与革命活动外，蒋光慈还刻苦钻研俄国文学，写下了很多的爱国诗篇。蒋光慈的游学经历是他的重要财富，相较之前，他对革命思想与革命实践有了更直接全面的认知，此时他接触到了更多的革命理论，俄国革命的成功激励鼓舞了他的革命斗志，使他对革命宣传并用革命来改变中国社会现实与拯救中国民众于水火满怀希望。1924年夏，蒋光慈回国，经瞿秋白介绍在上海大学任教，并致力于工人运动力量的培养和革命文学的创作。1925年，他参加了上海纱厂三万工人大罢工运动。1927年"四一二"之后，蒋光慈的许多革命友人都在反革命政变中牺牲，他本人也逐渐领会到革命理想在现实面前的脆弱。尽管如此，蒋光慈依旧在党的领导下从事革命活动，1927年11月底，经蒋光慈倡议，钱杏邨、孟超等发起出版《太阳月刊》，建立春野书店作为发行机构。1928年初成立以党员作家为主体的文学社团太阳社，积极推广无产阶级革命文学。太阳社和共产党关系密切，社内建有党组织春野支部，蒋光慈等人还就一些问题与瞿秋白进行了讨论与研究。在组织上蒋光慈一直注意与中国共产党的密切联系，在思想上他更是时刻关心着社会革命，他参与编辑的《时代文艺》《海风周报》《新流月报》《拓荒者》等杂志多刊登革命文学与马克思主义理论，他所写的《现代中国文学与社会生活》《关于革命文学》等论文在文艺界引发了一场关于革命文学的论争，客观上推进了马列主义文艺理论的传播。酝酿于1928年、成立于1930年3月2日的现代中国的革命文学团体"左联",反映了五四新文学以来作家群体成长的深入发展,也标志了一个激变时代社会组织高度统一的需求。蒋光慈一生创作与活动的最完美的"蜜月期"也不过六七年的时间,恰恰与"左联"团体诞生、文学和革命联姻的过程同步,也是他甜蜜和苦痛相交织的精神心灵矛盾期。这些岁月既是他革命文学创作的高产期,又是他积极投身革命运动的日子;既是他贫病交加、生命不断与病魔顽强抗争的时期,又是他经历了爱人病故、受错误路线的影响而被开除党籍的人生低谷期。与此同时,五四以来的中国新文学正在发生"从文学革命到革命文学"的重大转变。1931年2月,"左联五烈士"被国民党杀害。8月,蒋光慈病逝。

蒋光慈短暂的一生为世人留下了150万字的创作和译作,作品包括诗歌、小说、日记、书信等多种文学形式。蒋光慈初登文坛的作品是1925年初出版的诗集《新梦》[①],紧接着1927年他出版了第二部诗集《哀中国》[②];1926年初第一部中篇小说《少年飘泊者》[③]出版,正是这部作品真正开启了蒋光慈的革命文学创作道路,他以革命文学家的身份引起了文坛的轰动,也吸引了很多读者,起到了用文学的形式来宣传革命的作用。1926年几乎一整年他在爱妻宋若瑜的病床前写下了一系列短篇小说,结集为《鸭绿江上》,于1927年出版[④]。随后蒋光慈笔耕不辍,接连写下反映上海工人武装起义的中篇小说《短

[①] 蒋光慈:《新梦》,载《蒋光慈文集》第3卷,上海文艺出版社1985年版,第239—369页。

[②] 蒋光慈:《哀中国》,载《蒋光慈文集》第3卷,上海文艺出版社1985年版,第371—430页。

[③] 蒋光慈:《少年飘泊者》,载《蒋光慈文集》第1卷,上海文艺出版社1982年版,第1—82页。

[④] 蒋光慈:《鸭绿江上》,载《蒋光慈文集》第1卷,上海文艺出版社1982年版,第83—210页。包括《鸭绿江上》《碎了的心》《弟兄夜话》《一封未寄的信》《徐州旅馆之一夜》《橄榄》《逃兵》《寻爱》八个短篇。

裤党》①以及中篇小说《野祭》②《菊芬》③《最后的微笑》④、长篇小说《丽莎的哀怨》⑤《冲出云围的月亮》⑥，直到1930年11月完成长篇小说《咆哮了的土地》⑦，而这部作品他生前未能看到其单行本面世，直到1932年钱杏邨将其改名为《田野的风》才正式出版。除此之外，他还出版了和爱妻宋若瑜的通信集《纪念碑》⑧、旅居东京时的日记《异邦与故国》⑨，还译介了许多关于俄国文学和革命文学的理论文章。

  蒋光慈登上文坛之时，文化思想界正处于五四启蒙文学思潮与革命文学思潮更迭交替的时期，在时代大潮面前，蒋光慈期盼着身份的转换——从小资产阶级知识分子转向无产阶级人民大众。但这样的身份转换在当时绝非那么容易的，渴盼转换的急切与实际转换的艰难之间的矛盾促成了这一时期作家思想上共通的焦虑，也即"转型再生焦虑"⑩。当年创造社的元老郭沫若与蒋光慈一起倡导革命文学，他是这样评价蒋光慈的："我却要佩服光慈，他在'浪漫'受着围骂——并不想夸张地用'围剿'那种字面——的时候，却敢于对我们说：

---

① 蒋光慈：《短裤党》，载《蒋光慈文集》第1卷，上海文艺出版社1982年版，第211—304页。

② 蒋光慈：《野祭》，载《蒋光慈文集》第1卷，上海文艺出版社1982年版，第305—378页。

③ 蒋光慈：《菊芬》，载《蒋光慈文集》第1卷，上海文艺出版社1982年版，第379—420页。

④ 蒋光慈：《最后的微笑》，载《蒋光慈文集》第1卷，上海文艺出版社1982年版，第421—540页。

⑤ 蒋光慈：《丽莎的哀怨》，载《蒋光慈文集》第3卷，上海文艺出版社1985年版，第1—94页。

⑥ 蒋光慈：《冲出云围的月亮》，载《蒋光慈文集》第2卷，上海文艺出版社1983年版，第1—153页。

⑦ 蒋光慈：《咆哮了的土地》，载《蒋光慈文集》第2卷，上海文艺出版社1983年版，第155—421页。

⑧ 蒋光慈：《纪念碑》，载《蒋光慈文集》第3卷，上海文艺出版社1985年版，第95—237页。

⑨ 蒋光慈：《异邦与故国》，载《蒋光慈文集》第2卷，上海文艺出版社1983年版，第423—493页。

⑩ 王一川：《中国现代卡里斯马典型——二十世纪小说人物的修辞论阐释》，云南人民出版社1994年版，第120页。

'我自己便是浪漫派，凡是革命家也都是浪漫派，不浪漫谁个来革命呢？'……'有理想，有热情，不满足现状而企图创造出些更好的什么的，这种精神便是浪漫主义……'……光慈的确是这样的一种人。"[1]自然，不仅仅蒋光慈有如此精神气质，殷夫、胡也频、柔石、冯铿等"左联五烈士"1931年为革命牺牲时均不到30岁，最小的殷夫只有22岁。创造社的郑伯奇在回忆"左联五烈士"时，也有相同的革命青年精神人格的表述："五位先烈中给我印象最深的是胡也频烈士。我和他第一次见面是在'左联'的一次会议上。……他满腔热情地叙说自己的经历……柔石烈士为人严肃持重，沉默寡言，但内心热烈，态度认真。"[2]就是"左联"的一些重要的领导者，如瞿秋白、冯雪峰、丁玲等左翼作家，何尝不是都具备着这种"有理想，有热情，不满足现状而企图创造"的浪漫精神气息呢。可以说，正是一大批充满着革命浪漫主义激情和理想的左翼革命者和文学家，自觉而满腔热情投身革命，生成了"左联"团体浩瀚的精神洪流，而蒋光慈最早最直接坦言自己是"浪漫派"的左翼革命家："我呢？我的年龄还轻，我的作品当然幼稚。但是我生适值革命怒潮浩荡之时，一点心灵早燃烧着无涯际的红火。"[3]这是1924年蒋光慈在诗集《新梦》中的自序。"太阳是我们的希望，太阳是我们的象征，——让我们在太阳的光辉下，高张着胜利的歌喉……"[4]这样热情的呼唤，是1928年蒋光慈为《太阳月刊》创刊号写下的卷头语。"我是中国人，我的命运已经把我的行踪注定了。""我应当归去，虽然我的祖国是那般地不好。""我总是深深地相信着，光明的神终有降临的一日。"[5]1929年蒋光慈

---

[1] 郭沫若：《学生时代·创造十年续篇》，载《沫若文集》第7卷，人民文学出版社1958年版，第244—245页。

[2] 郑伯奇：《左联回忆散记》，《新文学史料》1982年第1期。

[3] 蒋光慈：《新梦》自序，载《蒋光慈文集》第3卷，上海文艺出版社1985年版，第256页。

[4] 蒋光慈：《〈太阳月刊〉创刊号卷头语》，载《蒋光慈文集》第4卷，上海文艺出版社1988年版，第7页。

[5] 蒋光慈：《我应当归去》，载《蒋光慈文集》第3卷，上海文艺出版社1985年版，第450—451页。

由苏联抱病回国又如是说。正是以此满怀浪漫的革命激情和理想，蒋光慈全身心地投入了左翼革命文学的初期建设，参与和筹划了"左联"革命团体酝酿诞生的全过程。集文学家与革命者于一身的蒋光慈，本质上是一个浪漫主义者。蒋光慈个人性格、人生经历的原因，使他身上浪漫与焦虑体现得尤为明显，由此带来的矛盾表现在蒋光慈的感情、生活、革命事业和文学创作等方方面面。

二

在蒋光慈的创作中，浪漫激情构成了他小说"革命—失败—振作"的基本情节模式。对蒋光慈1925—1932年间的小说作品进行梳理与统计（如表10.1所示），探寻其中人物的身份类型，小说情节中失败与振作、革命与恋爱的设计和构思，与作家文学叙事之间可能有的内在精神联系，这样的直观呈现有助于我们了解蒋光慈文学叙事与革命的关联。

表10.1 蒋光慈1925—1932年小说作品分析

序号	小说篇名	主人公及其身份	情节
1	《少年飘泊者》	汪中，下层平民	革命—失败—振作 革命+恋爱+死亡
2	《疯儿》	方达，青年学生	革命—失败 革命+死亡
3	《短裤党》	李金贵、邢翠英等，工人出身的下层平民 夜校教师华月娟等，下层平民出身的革命者 史兆炎、杨直夫，下层平民出身的革命领袖	革命—失败—振作 革命+恋爱+死亡
4	《最后的微笑》	王阿贵，工人出身的下层平民	革命—失败—振作 革命+死亡

续表

序号	小说篇名	主人公及其身份	情节
5	《菊芬》	江霞，平民出身的革命文学家 菊芬，从四川艰难逃出的平民教师	革命—失败—振作 革命+恋爱+死亡
6	《鸭绿江上》	李孟汉，从高丽逃亡出来的下层平民 云姑，参加革命而牺牲的下层平民	革命—失败—振作 革命+恋爱+死亡
7	《橄榄》	周德发、吴喜姑，工人出身的下层平民	革命—失败—振作 革命+恋爱+新生
8	《逃兵》	"我"，由逃兵成为纱厂工人的下层平民	革命—失败—振作 革命+新生
9	《徐州旅馆之一夜》	陈杰生，革命家	控诉军阀，哀叹悲哀的中国和中国人
10	《弟兄夜话》	江霞，下层平民出身的革命者 江霞的大哥，农民出身的下层平民	江霞决定不回家，继续干革命，还劝大哥一起干革命
11	《野祭》	陈季侠，革命文学家 章淑君，小学教员出身的下层平民	革命+恋爱+死亡
12	《丽莎的哀怨》	丽莎，白俄堕落的贵族	丽莎从贵族被迫堕落为卖淫女，最后自杀
13	《冲出云围的月亮》	王曼英，从女学生到革命者	革命—失败—振作 革命+恋爱+新生
14	《咆哮了的土地》	张进德，矿工出身的革命领袖 李杰，出身大地主家庭的知识青年、革命者 何月素，地主家庭叛逆的知识青年、革命者	革命—失败—振作 革命+恋爱+死亡 革命+恋爱+新生

蒋光慈此时期的小说中，"革命—失败—振作"情节有9篇，"革命+恋爱+死亡"有6篇，"革命+死亡"有2篇，"革命+恋爱+新生"有3篇，"革命+新生"有1篇，"死亡"和"新生"两种情节兼具的有1篇（这一篇重复计入）。且无论是"革命+恋爱+新生"还是"革命+恋爱+死亡"，几乎都带上了"光明的尾巴"，人物总能由灰暗的失败走上振作之路，这真实地再现了蒋光慈心中对革命的期许。他自认为是"粗暴的抱不平的歌者"，"但愿立在十字街头呼号以终生"，"是助你们为光明而奋斗的鼓号"。①这种难以抑制的激情也由作者之手带到了作品人物的身上，如菊芬舍生忘死的刺杀行动（《菊芬》）、王阿贵与敌人同归于尽的复仇方式（《最后的微笑》），但这同时也体现出人物因激情而缺乏理性的一面。在蒋光慈的作品中理性似乎成了奢侈品，字里行间的感情太过饱满，以致呈现为不加限制的溢出。比如王曼英那让人惊诧的心理活动："与其要改造这世界，不如破毁这世界，与其振兴这人类，不如消灭这人类。"②这毁灭一切的想法不仅展现了曼英在革命失败后的极端作为，同时也体现出作者的感性战胜了理性的心理情绪。当然，蒋光慈对革命的前途仍充满乐观，在他看来，革命失败后的低潮是暂时的，成功一定会到来，因此"光明的尾巴"成了作品常见的结局，就连以身体为武器毁灭一切的王曼英都"洗净了身体"，"翻造"了内心的角角落落而重获新生。③蒋光慈用文学的形式描画着自己的革命蓝图，高呼着："我要光明，我要太阳！"④

蒋光慈从农村来到上海，又留学苏联，本应在政治上大有作为的他却主

---

① 蒋光慈：《鸭绿江上》，载《蒋光慈文集》第1卷，上海文艺出版社1982年版，第87页。

② 蒋光慈：《冲出云围的月亮》，载《蒋光慈文集》第2卷，上海文艺出版社1983年版，第38页。

③ 蒋光慈：《冲出云围的月亮》，载《蒋光慈文集》第2卷，上海文艺出版社1983年版，第151页。

④ 吴似鸿著，费淑芬整理：《浪迹文坛艺海间》，浙江文艺出版社1984年版，第76页。

动选择成为一名文学家，因为在他看来"革命就是艺术"①，"革命这件东西能给文学，或宽泛地说艺术，以发展的生命"②，他是带着艺术的眼睛去看待革命的。痴迷于文学创作的蒋光慈很少走上十字街头，在他看来暴动不过是无谓的牺牲，损失的只有自己的力量，他曾对第二任妻子吴似鸿说："现在要夺取都市政权，时机还没有到来，武器也没有。暴动一次，损失很大，收获到的，不过是打破几块玻璃窗而已。首先应当巩固农村苏维埃政权，然后包围都市，才可夺取都市政权。"③在他心里，如自投罗网一般的暴动倒不如文学对革命发展来得有用。他甚至对待党交派的任务也敢推辞，因为他"是一个很自由的人，谁个也不能干涉"④。蒋光慈对革命的经验更多来自理想的激情，来自他的浪漫的想象。蒋光慈曾留学苏联又短暂游历日本，阅读过一些苏联的革命文学书籍，作为早期共产党人也接触过一些实际革命中的人与事，但是，整体上蒋光慈是一个"理想型"的革命者。在他的革命文学特有的情节模式中，农民、工人和知识分子失去了彼此的界限，使得小说人物既是一种激情浪漫的革命英雄象征，又是自我苦闷、孤独、矛盾的精神画像。

蒋光慈的创作处于五四文学思潮和革命文学思潮交替之时，他创造出了"革命+恋爱"的模式。蒋光慈的好友钱杏邨，他称蒋光慈的第一部诗集《新梦》"是中国的最先的一部革命的诗集"，蒋光慈的第一部小说《少年飘泊者》"是普罗革命文学的萌芽时代的一部实录"。⑤此时的蒋光慈处于文学创作和收获的上升期，作品出版速度快、数量大、销量好。但是，到了1920年代末1930年代初时，情况发生了变化。蒋光慈写了《丽莎的哀怨》，他本意是想借

---

① 蒋光慈：《十月革命与俄罗斯文学》，载《蒋光慈文集》第4卷，上海文艺出版社1988年版，第68页。

② 蒋光慈：《十月革命与俄罗斯文学》，载《蒋光慈文集》第4卷，上海文艺出版社1988年版，第57页。

③ 吴似鸿著，费淑芬整理：《浪迹文坛艺海间》，浙江文艺出版社1984年版，第62页。

④ 蒋光慈：《纪念碑》，载《蒋光慈文集》第3卷，上海文艺出版社1985年版，第224页。

⑤ 钱杏邨：《现代中国文学论绪章》，载《阿英全集》第1卷，安徽教育出版社2003年版，第540、557页。

白俄贵族丽莎从一名贵妇被迫堕落成妓女最终不堪忍受而自杀的故事，来表达布尔什维克的胜利和贵族被推翻后的命运，同时以丽莎的姐姐——女革命党人薇娜——的经历与丽莎构成对照组，薇娜选择了离家出走，参加革命，她的命运就好得多了。然而事实上，蒋光慈的书写因为充满了诗情画意的哀怨缠绵语调，在情感上不符合阶级对立的二元论观点，很容易使人产生对丽莎的同情，作品的效果与写作意图恰恰相反，遭到了严厉的批评，华汉认为"《丽莎的哀怨》的效果，只能激动起读者对于俄国贵族的没落的同情，只能挑拨起读者由此同情而生的对于'十月革命'的愤感"①。华汉的批评虽具代表性，但极端的全盘否定、抹杀文学艺术性的做法太过偏激。然而华汉的这篇评价影响很大，以至于在蒋光慈被开除党籍的理由里也赫然列着《丽莎的哀怨》这一条，这对当时身患肺病仍努力创作的蒋光慈来说是个不小的打击。此时的蒋光慈处于创作的转型期，他想为自己的文学世界开启一扇新的窗户，《丽莎的哀怨》是他求新求变的"一次大胆的尝试"②。在这篇小说中他细致地刻画丽莎的内心世界，尝试采用意识流的手法推进情节发展，冯宪章就曾评价《丽莎的哀怨》是一首"缠绵""健丽"的"抒情的长诗"③。丽莎哀怨的诉说令人忽视她白俄贵族的身份，以至于使读者在同情她悲惨遭遇的同时容易忘记她阶级敌人的身份，然而这绝非蒋光慈的本意。可是他努力做出的改变却得不到大家的认可，反而受到长久的批判，再加上太阳社的解散、"左联"的成立、革命文学的论争等一系列事件接踵而至，他曾经一再跟爱妻宋若瑜坦陈的"精神生活的枯寂"之感再次袭来，这孤独让蒋光慈难以忍受，而不得不踏上异国他乡的道路。

---

① 华汉：《读了冯宪章的批评以后》，《拓荒者》总第4、5期合刊。
② 熊权：《"革命加恋爱"现象与左翼文学思潮研究》，人民出版社2013年版，第279页。
③ 冯宪章：《〈丽莎的哀怨〉与〈冲出云围的月亮〉》，《拓荒者》总第3期。

蒋光慈认为，"今后的出路只有向着有组织的集体主义走去"①，然而走上集体主义的道路十分艰难，因为"对于革命抱着浪漫谛克的幻想的人，一和革命接近，一到革命进行，便容易失望"②。革命实践不同于作家笔下的革命想象，它不是浪漫的、一蹴而就的，相反地，"各方面的活动都是机械的，几乎使你疑惑是虚应故事，而声嘶力竭之态，又随在暴露"③。当革命实践无法跟上革命想象的步伐，焦虑情绪自然而然地产生了。同时，整个文坛面对着文学与革命的冲突和论争。蒋光慈说自己从事文学"一半是为着社会，可是一半也是为着自己要在文学的国度里找点安慰"④。实际上，他的文学理想支撑着对社会的探求。蒋光慈始终未曾放下手中的笔，即便整个文坛都对他的作品持批判态度。文学家的蒋光慈忠诚于党的精神和思想而不在乎形式，开除党籍也没有动摇他对党的信念。蒋光慈认为自己就是"新兴文学"的代言人，是革命和大众的发声者。在蒋光慈看来"中国现代的社会应当产生几个反抗的，伟大的，革命的文学家，但是，在实际上，这样的文学家，我们找不出来，这不能不说是一件很不幸，很可惜的事情"⑤。他在给妻子宋若瑜的信中也一再提到"近来中国文学界无甚大发展"⑥。至于原因，蒋光慈虽未明确提出，但通过批判叶绍钧、冰心代表的"市侩"作家和称赞郁达夫、郭沫若的作品对社会现制度的反抗、厌弃，表明了他认同的革命文学应该有的形态。在蒋光慈看来，"近视眼不能做革命家，无革命性的不能做革命的文学家，安于现社会生活的不能做革命的文学家，市侩不能做革命的文学家。倘若厌弃现社会，而又对于

---

① 蒋光慈：《关于革命文学》，载《蒋光慈文集》第4卷，上海文艺出版社1988年版，第171页。
② 鲁迅：《对于左翼作家联盟的意见》，载《鲁迅全集》第4卷，人民文学出版社1981年版，第234页。
③ 茅盾：《幻灭》，载《茅盾全集》第1卷，人民文学出版社1984年版，第71页。
④ 蒋光慈：《纪念碑》，载《蒋光慈文集》第3卷，上海文艺出版社1985年版，第188页。
⑤ 蒋光慈：《现代中国社会与革命文学》，载《蒋光慈文集》第4卷，上海文艺出版社1988年版，第149—150页。
⑥ 蒋光慈：《纪念碑》，载《蒋光慈文集》第3卷，上海文艺出版社1985年版，第176页。

将来社会无希望的也不能做革命的文学家"①。在替大众发声的过程中，蒋光慈急切地想摆脱自己小资产阶级的身份，加入无产阶级阵营，像笔下的人物一样为革命、为翻身而呐喊，这种急切呈现在作品中变成了"翻身即革命"的情节。当然，蒋光慈也意识到了转变的艰难，人物思想的转变不可能像他笔下所写的那样，因为一本书、一段话，甚至一片宁静的风景就产生变化，这也是蒋光慈后期创作开始注重人物心理分析的原因。蒋光慈作为革命文学的首倡者、革命文学理论的建设者，相比其他作家，他面临着更为深重的转换之迫切与转换之艰难的矛盾：一方面，蒋光慈认为自己代表了新生文学的力量，他要为大众代言；另一方面，他又发现这新文学力量之薄弱，仅靠文字他无法完成身份的转换。与此同时，蒋光慈太过浪漫的个性和作品也引起了文学界的不满，集体主义的约束亦让蒋光慈十分痛苦。从某种意义上来说，蒋光慈用作品表达自己对文学底线的坚守。他之所以选择革命，是因为革命能带给文学新的发展契机，也能给他带来成为文学家的资本，书写革命是圆他自己文学梦的最佳途径。②蒋光慈的焦虑是时代交迭的矛盾在思想意识上的反映，既有身份转换的矛盾，又有希求浪漫和集体约束的矛盾，同时还有坚守文学底线与宣扬政治革命的具体创作上的矛盾。

三

在现代中国革命文学的生成中，现代作家蒋光慈值得我们肯定的是，在现代中国革命的生成期，文学与革命"矛盾"现象的普遍存在中，作家始终坚守自我的本真，使得现代中国革命文学有了情怀和温度。从现实情况来看，革

---

① 蒋光慈：《现代中国社会与革命文学》，载《蒋光慈文集》第4卷，上海文艺出版社1988年版，第154页。

② 李跃力：《革命与文学的深层互动：中国现代文学中的"革命话语"研究》，中国社会科学出版社2013年版，第60—61页。

命文学家面对狂热的政治革命，仍不忘文学的艺术追求。他们既有政治理想，又有文人情怀，这就构成了一种矛盾。这一矛盾包含两个方面：革命文学家面对自己的双重身份的艰难选择，这是其一；其二，文学家如何书写和表现革命，本质上正是"矛盾"现象的还原和革命文学的组成部分。

蒋光慈本人集革命者和文学家两个身份于一身。"左联"成立前后的这段时间，蒋光慈的工作和生活状况是，一方面他作为积极宣传革命新文学运动的上海大学教师，革命文学团体太阳社的中坚组织者，党的上海闸北街道第三支部的成员，承担着联络后期创造社、南国剧社，筹备成立"左联"的工作，以及"左联"成立后的刊物编务工作和参与其他革命活动；另一方面据他的妻子吴似鸿后来回忆，那时"光慈在白天的工作，除了阅读，就是写稿"，"光慈在写作时，喜欢独自一个人。如有人在他身边，他就写不出来，他会马上把稿件藏进抽屉"。[1]而郭沫若对他的印象是："光慈有一种奇癖。凡是见过他的原稿的人总会注意到它是被写得异常整齐的，一个字的添改剜补也没有。""光慈的为人与其文章之相似，在我的经验上，却是很少见的。""他为人直率、平坦，不假虚饰，有北方式的体魄与南方式的神经。""严格地说时，光慈的笔调委实太散漫了一点。"[2]此时作家生活的时代，是中国左翼革命运动最为紧要的关头，阶级的斗争和党内的矛盾日益激烈，革命情势的逼迫，需要无产阶级的联盟，统一思想，放弃任何自我的得失。"左联"带着一种特殊的历史使命应运而生。1930年前后党内出现"左"倾错误路线的思想和政策，即革命队伍中流行"从事文学活动不是革命"的认识，过分看重飞行集会、撒传单等政治活动，蒋光慈对此表现出极大的反感。从主观上看，是他的人格和性格使然。蒋光慈曾对其妻吴似鸿说："既然说我的写作不算革命工

---

[1] 吴似鸿：《蒋光慈回忆录》，载《中国现代文艺资料丛刊》第3辑，上海文艺出版社1963年版。

[2] 郭沫若：《学生时代·创造十年续篇》，载《沫若文集》第7卷，人民文学出版社1958年版，第243—245页。

作，我退党！"这一情绪带来的结果是，1930年10月20日，上海的共产党地下刊物《红旗日报》登出一条通知："近来看见革命斗争高涨，反动统治的白色恐怖随之加甚，蒋光赤遂开始动摇。……今蒋光赤之所为，完全是看见阶级斗争尖锐，惧怕牺牲，躲避艰苦工作，完全是一种最后的小资产阶级最可耻的行为，为肃清党内投机取巧动摇怯懦的分子，健全党的组织起见，遂开会决议开除其党籍；业经江苏省委批准。"[1]从客观上了解，因长期的工作和写作的劳累，此时蒋光慈身体健康状况已经到了十分糟糕的地步。他先是有胃病，后又患上了肠结核，到1931年再查出肺结核。他不得不休养。1930年3月"左联"在上海的成立大会，蒋光慈正是因病未能出席。蒋光慈自身是革命还是文学的困惑，曾借小说中人物江霞（《菊芬》）之口发问："继续从事文学的工作呢，还是将笔丢下去拿起枪来？现在只有枪弹可以解决一切的问题，我还写什么小说干吗呢？"[2]同时期作家中，蒋光慈是以文学记录革命理想和生活，茅盾通过参与实际革命而走上文学道路。但面对汹涌的革命现实，作家们只能择其一。如果参加实际的革命活动，就必定减少创作的时间；而如果沉醉于创作，势必不能紧跟实际的革命情况。但作家们都想做到既"革命"又"文学"，这种追求平衡而不得的状态令作家们内心焦虑又挣扎，反映在作品中就构成了小说情节发展的动力。面对无法调和但又必须抉择的问题，蒋光慈遵从自己的内心和现实的处境选择了文学，他不愿意在街头浪费时间和精力，去承担那些他认为本来不必要的损失，他更愿意坐在书桌前行云流水地书写着革命，以文字激荡读者的心。在他心里，文学的自由属性、浪漫主义的理想远比高度统一和整饬的政治纪律重要得多。但在当时"左"倾错误路线的影响下，蒋光慈的选择是不被允许的，他被党除名。但不论形式上是否在党内，蒋光慈的内心仍然为革命、为党留出了一片最纯洁的地方，他仍在作品中表达着自己

---

[1] 方铭编：《蒋光慈研究资料》，知识产权出版社2010年版，第140—141页。
[2] 蒋光慈：《菊芬》，载《蒋光慈文集》第1卷，上海文艺出版社1982年版，第404页。

的忠诚。他用文学的形式为革命出力，他的创作确实影响了一大批青年读者走上革命道路，同时也影响了一些革命文学作家的创作，"革命+恋爱"模式的小说在文坛风靡一时即是证明。蒋光慈正是用文学这种非直接的方式继续进行着革命。茅盾和蒋光慈一样选择了文学，但不同之处在于茅盾更像是被动选择的，与蒋光慈相比他缺少主动性。大革命失败的阴影让茅盾不知所措，急于寻找一个发泄口，他找到了文学这种形式。换句话说，如果历史能改写，革命没有失败，那么革命家茅盾必然比文学家茅盾更引人注目。与其说茅盾选择了文学，倒不如说他"找"到了文学，文学只是他抒发幻灭情绪的工具而已。当他重拾自己的政治理想，笔下的人物也就重回革命之途了。回到历史的语境来看，在一个革命的时代，蒋光慈的选择和坚守有些不合时宜，他觉得孤单，就更醉心于自己营造的革命文学的天地了。

蒋光慈在创作中对文学与革命关系的处理，有矛盾的一面，也有自己的探索和尝试。在革命文学发展的最初阶段，作家们更重视文学的功利属性，也是因为实际革命斗争需要文学发挥激励大众的作用。鲁迅说"一切文艺固是宣传，而一切宣传却并非全是文艺"，革命"要用文艺者，就因为它是文艺"[1]，所以革命文学作品作为文艺应该"先求内容的充实与技巧的上达"[2]。茅盾也有过类似表达："文艺作品之所以异于标语传单者，即在文艺作品首要的职务是在用形象的言词从感情地去影响普通一般人，使他们热情奋发，使他们认识了一些新的，——或换言之，去组织他们的情感思想。"[3]对此蒋光慈创作对视角的选择、情节的安排、人物心理的开掘都做出了大胆的尝试。在自己的创作中，他更多为艺术、为文学做出努力，更尊重自我在革命之中的体验与感受，乃至精神的困惑和矛盾。作家们书写了多样的革命，就蒋

---

[1] 鲁迅：《文艺与革命》，载《鲁迅全集》第4卷，人民文学出版社1981年版，第84页。
[2] 鲁迅：《文艺与革命》，载《鲁迅全集》第4卷，人民文学出版社1981年版，第84页。
[3] 茅盾：《〈地泉〉读后感》，载《茅盾全集》第19卷，人民文学出版社1991年版，第334—335页。

光慈"革命+恋爱"创作的内容考察,《野祭》中的陈季侠、《菊芬》中的江霞、《丽莎的哀怨》中的丽莎、《冲出云围的月亮》中的王曼英这些作品的主人公身上或多或少有蒋光慈人生和生活的缩影,尤其第一人称的叙述方式强化了"自传"的色彩。但是,这些作品最为本真的应该是,形象地揭示了一个特殊时代现代人单面或多面的人性真实和其扭曲人生、坎坷命运的自我思考,呈现了一个人的精神情怀和现实理性纠结的革命文学的原生态。他的小说创作,如《少年飘泊者》汪中的成长故事与《短裤党》上海工人武装起义的集体政治事件的纪实,寻求的是一条文学与革命结合的道路,也反映了作家最初行进在革命文学时代的一种文学情怀和革命动机。这也包括了他《新梦》《哀中国》等诗集里一些诗篇内容。更真实的蒋光慈在他叙述俄国贵族女子丽莎曲折的流亡经历和复杂人性中体现;在他描摹流浪诗人、革命文学家江霞面对漂亮的菊芬姐妹,面对文学与革命的摇摆迷茫中展露;在他描摹现代女性王曼英病态人生和扭曲人性的抗争中,而获得了最真实的立体展现,不时某个细节某个场景某个片段闪现了作家生活和心灵的真实自我,甚至可以与作家的日记《异邦与故国》对读。有意思的是,蒋光慈在创作最后一部长篇小说《咆哮了的土地》时,试图通过地主之子李杰和矿工出身的革命者张进德这两个人物形象的塑造,以及通过故事革命叙事的圆满结束,完成他在经历痛苦后真实自我的又一次"涅槃",但在小说写作过程中他已经被共产党开除。小说计划出版,原定由现代书局印行。可是,"刚刚打好纸版,广告一登出去,立即被国民党反动派查禁停止出版了"①,直到蒋光慈去世以后,才以《田野的风》的书名出版。正是在双重矛盾的焦虑体验中,蒋光慈的不懈努力虽然充满了痛苦,但是却增添了现代中国革命文学的丰富性。蒋光慈试图平衡革命文学的"力与美",打破"力的文艺"②那种粗暴的叫喊,让革命文学从疯狂地推崇"力"

---

① 吴似鸿:《蒋光慈回忆录》,载《中国现代文艺资料丛刊》第3辑,上海文艺出版社1963年版。

② 钱杏邨:《力的文艺》,泰东图书局1929年版。

的美中清醒过来，恢复文学自身的涵养。然而，当革命与恋爱纠葛的文学在文坛上风起云涌如入无人之境的时候，当恋爱披上革命的外衣、将言情的内容用政治包装起来的时候，过多的政治开始干预文学。蒋光慈的开创意义在于"革命+恋爱"这一模式的创作对文坛的影响，这是一种新的小说模式，将理想与感情相结合，适应当时的社会背景，容易引起读者的共鸣，且因为简单而便于仿效和复制，再加上蒋光慈又有较为系统的革命文学理论介绍和倡导。不可否认，蒋光慈的作品代表的初期革命文学有诸多不成熟因素，其作品作为文学史存在的意义远大于作品自身的审美价值。诚如当年他的同道郁达夫的中肯评述："我总觉得光慈的作品，还不是真正的普罗文学，他的那种空想的无产阶级的描写，是不能使一般要求写实的新文学的读者满意的。……但以他的热情，以他的技巧，以他的那一种抱负来写作东西，则将来一定是可以大成的无疑。"①蒋光慈文学创作中某些简单、粗糙，甚至幼稚的描写和记述，如同现代中国革命文学创作实践的初期，组织化、意识形态化，及简单二元对立革命化处理一样，都蕴含着合理与不合理的多重因素。美国学者阿里夫·德里克曾引述"历史的问题是意识的问题"，而进一步推论说"意识的问题是社会存在的问题"。②应该说蒋光慈建构了一种有着作家自己的特殊"意识"的现代中国革命文学，成为现代中国文学史一个不可回避的独特存在。

---

① 郁达夫：《光慈的晚年》，《现代》第3卷第1期。

② 阿里夫·德里克：《革命与历史：中国马克思主义历史学的起源，1919—1937》，翁贺凯译，江苏人民出版社2005年版，第211页。

第十一章　现代作家与革命文学关系的"地域"魂灵
——以作家萧军、萧红与抗战文学为例

本章以东北抗战文学中萧军萧红两位作家的创作和他们与鲁迅的关联为切入点，既由两位作家揭示出抗战文学的特殊的东北意义，又由地域性抗战文学反映出现代中国革命文学丰富的历史构成和深入发展的进程。现代中国革命文学中的抗战题材作品如此丰富多彩的内容，呈现出各具特色的不同个性。对这些文学作品的一次次重读，能够在抗战历史和文学叙事两者之间获得一种独有的精神思想和审美意义。从地域文化的视角看，在"九一八事变"以后，故土沦陷，家园不在，百姓受到侵略者的蹂躏。苦难、奴役、血泪，与挣扎、抗争、悲愤交织。以萧军、萧红为代表的一批东北作家直面现实，用文学迅疾地实录民众生活，粗线条勾勒时代剪影，急切倾诉离散漂泊的苦痛，成为中国抗战文学的先声。1937年，随着卢沟桥事变的发生，全民族的抗战开始了，抗战文学最大限度地在地域空间的扩展和交叉中呈现：首先，它呈现出东北沦陷到华北沦陷再到战争全面爆发的抗战历史进程线条；其次，呈现了在正面战场和敌后根据地、都市与乡村的意识形态抗战主旨的发展路向；再次，呈现出国统区、沦陷区、解放区三区域相持独立格局中的地域化、民间化、分散化抗战内核的纹理脉络。

一

在世界反法西斯战争和中国大抗战文学观的视野下，对以东北作家萧军萧红

为代表的抗战文学的历史重估，启迪我们今天再一次重新思考萧军萧红的创作与抗战文学的关系及其包孕的独特的"东北意义"。一是萧军萧红合著的《跋涉》初露东北故土和精神双重意蕴的端倪，随后的创作在朴实而逼真的东北抗战纪实中，开创了抗战文学书写苦难史、屈辱史、悲愤史、斗争史的先河。二是萧军萧红的创作远不只是东北沦陷实况的记录，还有对普通平民身上纯真、善良、关爱、人性美的赞扬与小人物不幸命运的揭示，对失去家园的苦痛这一最沉重的故乡情的传递，渲染了东北抗战文学最为厚重的底色，丰富了中国抗战文学精神思想的魂灵。三是萧军萧红的创作中自觉与不自觉地吸收和借鉴俄国文学，影响与传播欧美文学，不仅说明了中国抗战是世界反法西斯战争的重要组成部分，而且彰显了东北抗战文学在世界文学之中占有着突出的地位。

我们在这里谈论萧军萧红二位东北重要的现代作家与鲁迅的关系，与中国抗战文学的关系，应该不仅仅是因为九十年前他们因鲁迅的提携而成名，也不只是因为现代文学史似乎已经约定俗成的定论——"二萧"是抗战以来东北作家群的领军人物。今天已有研究成果中多数也只是顺着鲁迅的评价，将他们的创作归为最早书写抗战主题的小说，或者对女性作家写法上的肯定，如"细致的观察""越轨的笔致"这些方面[①]。如果重新阅读"二萧"的全部创作，以及李辉英、端木蕻良、骆宾基、罗烽、白朗等一批东北作家的创作，尤其是纳入世界反法西斯战争和世界文学的视域中来考察这些作家作品，将会发现20世纪的中国现代文学中的抗战文学，不但因这批作家作品而开启，而且由他们拓展了抗战文学的书写空间，推进了抗战文学历史的、现实的、美学的有机融合。

中国抗战文学除了要树立大的抗战文学观外，一个重要的地域概念——"东北"——所具有的多重意蕴值得重新解析。中国抗战文学在1931年"九一八事变"的抗战中应运而生，面对外敌侵略、民族危亡、山河破碎、民

[①] 鲁迅：《萧红作〈生死场〉序》，载《鲁迅全集》第6卷，人民文学出版社1981年版，第408页。

众生与死的煎熬、苦难度日的生活，在战争的策源地东北，聚合了一支五四新文学从未有过的作家群体。他们不是为了打出一个什么文学的旗号，提出什么文学主张而聚合在一起；不是什么志趣相投因缘际会，在一起办刊物坚守文学阵地；也没有一个固定场所，不是始终围绕着一个精神领袖。在他们身上，可以说一切文学社团流派的固有特征并不存在。但是，他们切切实实地作为作家群体存在着，一个个作家的身影活跃于抗战的文坛，一部部流传至今的文学作品载入文学史。无论是对作为文学流派的东北作家群体特殊成因的考量，还是对萧军萧红等代表的单个作家文学特性的评价，均没有就其本质的"东北意义"予以完整地还原。即"东北"不只是萧军萧红等作家聚合的地缘，或抗战文学写作不可少的背景，"东北意义"的构成就在于立足东北地域又不固守东北，"东北"随着作家迁徙而漂泊，"东北"因抗战而衍生扩展。萧军萧红等作家书写的"东北"是生养百姓和民族的土地和家园，更是不屈者与寂寞者交糅的魂灵，这是抗战文学的一种精神底蕴。

萧军的《八月的乡村》这部小说叙述了人民革命军第五小队队长萧明带领六名从旧军队反叛出来的士兵组成游击小队，经过艰苦跋涉，终于同驻守王家堡子的铁鹰小队会合。正面描写了一支抗日游击队伍的成长，刻画了陈柱司令，铁鹰队长，游击队员李三弟、崔长胜等新农民形象，表现了东北人民誓死保卫家园的坚定决心。作品以犀利的速写、力透纸背的素描，伴随着关东大地的莽莽森林、繁密的枪声，拉开了民族抗战文学厚重的序幕。萧红的《生死场》描写的是哈尔滨附近的东北农村"九一八事变"前后的生活，着力于诉说农民苦难生活与悲剧命运，尤其是对女性命运的关注。小说将二里半、金枝、王婆、月英、赵三、李青三等一群贫困的普通百姓，尤其是不幸女性，置于对自身的生存状况的浑然不知中；麦场、菜园、屠场、荒山、坟场在作家笔下铺展，与一个个普通人物、一个个悲欢家庭的麻木痛苦生活浑然一体。《八月的乡村》不仅直接反映东北抗战初期的战斗生活，而且将作者自己生活经历和生命体验融入其中。《生死场》通过描写普通民众的生与死，描摹东北抗战文学生成的内在生命纹理，从另一个侧面揭示了东北抗战文学演进的真实文化形态。两部作品共同之处是都起笔于东北而最终完成于异地青岛，出版于上海，典型地反映了抗战文学生成的动态写作，文学密切地联系着迁徙的生活方式和漂泊的精神状态。显然，作品叙述东北抗战和民众生活，是实际家园的东北和记忆的东北的双重叠合，更是被迫离开故土漂泊者的东北情思。1933年在哈尔滨出版的萧军萧红合著短篇小说集《跋涉》的名字选择，实际已经使无法割舍的"东北"意蕴初露端倪了。

鲁迅给这两部作品写的序中，涉及作家作品的地域并没有用"东北"这个概念，而是采用"北方人民""东三省""哈尔滨"这样更大范围或更为具体的区域地名概念。鲁迅是南方人，正居住于上海租界里，阅读小说虽然使他了解到十分陌生的正在中国东北发生的事，但是最重要的是令鲁迅想到东三省沦陷以后"听说"[①]的种种，以及萧红笔下哈尔滨发生的事情，"记得已是四年前的事了，时维二月，我和妇孺正陷在上海闸北的火线中"[②]，即1932年发生的"一·二八"上海抗战。无疑，地域的南北已经不重要了，而重要的是从南到北都面临着国破家亡，"眼见中国人的因为逃走或死亡而绝迹"[③]。这就是战争，一场外来侵略者的战争正在中国大地肆虐蔓延。那么，我们的人民需要怎样面对侵略战争呢？我们的文学又能够做什么呢？萧军叙述农妇李七嫂被日军凌辱，情人唐老疙瘩被杀，她背上唐老疙瘩的枪，翻山越岭去寻找游击队，铁鹰队长率领义勇军伏击了日军运给养的火车，夺得了大批火药，敌军闻讯袭击了革命军的根据地，大肆抢掠，进行"围剿"等一个个战斗场景。萧红讲述月英因生病被丈夫折磨致死，年轻的媳妇因难产和受虐待而丧生，王婆因

[①] 鲁迅：《田军作〈八月的乡村〉序》，载《鲁迅全集》第6卷，人民文学出版社1981年版，第287页。

[②] 鲁迅：《萧红作〈生死场〉序》，载《鲁迅全集》第6卷，人民文学出版社1981年版，第408页。

[③] 鲁迅：《萧红作〈生死场〉序》，载《鲁迅全集》第6卷，人民文学出版社1981年版，第408页。

耐不住生活的痛苦而服毒自尽，而金枝的孩子因为丈夫一时气愤而被摔死，以及农民们自发组织"镰刀会"反抗地租加价的斗争故事。鲁迅超越于从东北地域视域下对这些真实而生动的刚刚发生的抗战事实进行褒贬，而是一起笔就抓住了这场战争需要我们思考的一系列问题：在《八月的乡村》的序中，首尾都在强调当时的中国"一方面是庄严的工作，另一方面却是荒淫与无耻"①的两种对立的姿态。而在《生死场》的序里，同样开篇结尾都在陈述着不是"逃走或死亡"就是"坚强和挣扎"②的两种截然不同的生存状态。鲁迅对小说的解读，深入战争本质形态的主题提炼，以及分析侵略与反侵略，指出战争带给人民的是无法摆脱的苦难、屈辱与义无反顾的抗争，谈及战争形式简单而残酷，别无选择。这与其说是鲁迅的深邃，倒不如说是萧军萧红朴实而逼真的创作为他提供了最重要的思想资源。两位青年作家的东北叙事是来自自身经历的一线战斗生活，是感同身受的苦难体验，其鲜活的生命存在就包孕着一种姿态和立场。为此，他们的创作彰显出丰富而复杂的"东北意义"精神含蕴，开创了抗战文学书写苦难史、屈辱史、愤史、斗争史的先河。

二

1935年鲁迅从《八月的乡村》和《生死场》之间读到的正是："一方面是庄严的工作，另一方面却是荒淫与无耻"，不被征服的中国民族的心，"北方人民的对于生的坚强，对于死的挣扎"。翌年，《八月的乡村》就被美国的中国红色革命文学权威翻译家埃德加·斯诺推向世界，并被称为一部"中国伟大的战争小说"。后来夏志清在他的《中国现代小说史》里也呼应，称"《八

---

① 鲁迅：《田军作〈八月的乡村〉序》，载《鲁迅全集》第6卷，人民文学出版社1981年版，第286、288页。

② 鲁迅：《萧红作〈生死场〉序》，载《鲁迅全集》第6卷，人民文学出版社1981年版，第408、409页。

月的乡村》是第一部以反日斗争为主题的成功的共产主义小说"。①萧军萧红最初合著的《跋涉》短篇小说集，收录了三郎（萧军）的《桃色的线》《这是常有的事》《疯人》《下等人》等共6篇，悄吟（萧红）的《王阿嫂的死》《小黑狗》《夜风》《看风筝》等共5篇。这是东北沦陷后出版的第一部短篇小说集，其影响力如当时哈尔滨的《国际协报》为此书刊登的广告所说："在那每页上，每字里，我们是可以看到人们'生的斗争'和'血的飞溅'给以我们怎样一条出路的索线。"②但是，这部合集的价值，远不止于作家写出了东北人民在侵略者铁蹄下生死不怕的硬汉形象，如那被日伪逮捕的"生了白色的胡子的疯子"（《疯人》），塑造了有鲜明政治倾向的职业革命者刘成（《看风筝》），以及力图描摹恢宏壮阔的东北抗战斗争生活；更重要的是小说中饱满的真情实感，浓烈的挚爱，两个年轻人发自心灵深处的对美好人性的追求，对美丽家园沦丧的现实苦难的深切感怀和由此爆发的原始强力。这些构成了萧军萧红创作浓重的精神底色，也是东北抗战文学的最重要的意义所在。《跋涉》是他们成名作《八月的乡村》和《生死场》出现的前奏曲，是东北抗战文学的先声。如与同期少被人关注的写于1932—1935年的萧军的诗文集《绿叶底故事》对读，更能发现《跋涉》深沉的情感中包孕的思想之光。

  一是起步期小说描摹"王道"统治下伪满洲国的黑暗，一面是百姓贫困和流离失所的人生，一面是平民身上纯真人性、善良、炽热的爱之品格。他们与时代的巨变互相参照，深刻揭示了小人物的不幸命运。萧红短篇《夜风》里写小村之夜时时传来"焚房屋，屠杀贫农"的战乱风声，"御敌是当前要作的"；村民中地主与佃户雇农共同抗战以度日；张老太太同情和帮助洗衣婆。萧军的短篇《这是常有的事》中，两位贫苦老人是以劈柈子砍柴为生的雇农，受伤后得到同样贫困的雇主吟的照料，而他们离开后发现主人多给了工钱

---

① 夏志清：《中国现代小说史》，刘绍铭等译，浙江人民出版社2016年版，第307、308页。

② 董兴泉编：《舒群研究资料》，知识产权出版社2010年版，第91页。

又回来退还。萧军在《跋涉》①的"书后"中说："惟有你同一阶段的人们，才能真的援助和同情你。""我们自己早有了最高格的评价——微薄的意识划分——但我们是要更努力的进前，进前……"作者已有了很明确的阶级意识，认为在抗战大背景下受外来侵略者压迫的中国人唯有患难与共，不失真情真意，互相搀扶，才能反抗侵略。萧军的另一篇小说《桃色的线》里，在两个失业的青年星与朗的流浪生涯中，写了星与敏子姑娘起伏的爱情，中间交织着爱的延伸，虽然生活艰难，但是星在当掉了唯一值钱的毛衣后也不忘救济乞讨孤儿。这中间多少有作家自己生活经历的影子，真实地传达了受难受苦中生活的本色。萧军萧红随后经历着颠簸漂泊的生活和坎坷人生，在他们的大量文学创作中，自始至终保存着这份纯真情怀，在战乱动荡中没有间断给其他贫民爱的温暖和关照。李健吾曾评价萧军："他以兵士的单纯的信仰从事文学。"那是因为萧军唯一信奉的是真实、真爱，他曾说"我爱'真实'，不过，微小的，只要无伤于大的真实的'撒谎'我也爱"。②从后来的萧军的短篇小说集《羊》《江上》、萧红的长篇小说《呼兰河传》等中，均可以看到他们在残酷的战争现实中从心灵里传出的不灭的精神之光。这来自东北之乡，也奠基了东北抗战文学的精神之魂。

二是同期萧军诗歌散文中交织着失去家园、流离他乡异地的切肤之痛的乡愁和亡国之恨，每一篇散文的字里行间，每一首诗的诗行里都流淌着血与泪，传达出抗战文学一种无法抹去的最沉重的故乡情。萧军无比深情地爱着自己的家乡："我是在北满洲生长大的，我爱那白得没有限际的雪原，我爱那高得没有限度的蓝天；我爱那墨似的松柏林，那插天的银子铸成似的桦树和白杨标直的躯干；我爱那涛沫似的牛羊群，更是那些慓悍而爽直的人民……但是：

---

① 三郎、悄吟：《跋涉》（复制本），黑龙江省文学艺术研究所1979年版。
② 李健吾：《〈八月的乡村〉——萧军先生作》，载《李健吾批评文集》，珠海出版社1998年版，第87页。

我没有家了!"①诗言志,他的诗篇也不止一首地诉说着无家的悲痛:"我没有了家——我家在满洲:我的家现在住满了恶霸,他们的战马拴在门前的树上,那树原先是大家乘凉的,畜生却啃光了它们的皮,明年它们不会再有绿叶森森。[……]我家在满洲,我没有家了!那一切不久也就是炮火的灰烬!我也不要家了,也再顾不了所有的亲人……"②又如:"你常常问我:'思念故乡吗?——姊妹,爷娘,幼年时候爱着底姑娘?'我能答你什么呢?妈妈早死了!爸爸何处去流亡?"③当然,诚如李健吾所言,"萧军先生不属于这类颓唐的唯我主义者"④:他"我咬紧颚骨,走过他们底身旁,悲哀变成铁的愤恨,眼泪变成黑的血浆"⑤;"鞭挞我自己","像一头忧伤的奴隶;像一面暴雨里的孤旗!鞭挞我自己——没有停止也没有怜惜"⑥。这些诗文,抒发的何止是萧军个人对东北沦陷的悲愤情怀。因为生于斯长于斯的东北融注了诗人全部的爱和痛,所以浓重的"东北"情愫渲染了东北抗战文学的底色。而端木蕻良的《爷爷为什么不吃高粱米粥》《鷺鷥湖的忧郁》《大地的海》,骆宾基的《北望园的春天》,李辉英的《最后一课》,舒群的《没有祖国的孩子》等一大批作品,都对故乡有深沉的不了情——东北既是个体的情结又是群体聚合的魂灵。"东北意义"就这样渗透于中国抗战文学的精髓里了。茅盾说,乡土文学除了有"特殊的风土人情"外,"应当还有普遍性的与我们共同的对于运命的挣扎"。⑦鲁迅正是在《八月的乡村》中读到了一颗不被征服的中华民

---

① 萧军:《绿叶底故事》,文化生活出版社1936年版,序第1—2页。
② 萧军:《我家在满洲》,载《绿叶底故事》,文化生活出版社1936年版,第175—176页。
③ 萧军:《你常常问我》,载《绿叶底故事》,文化生活出版社1936年版,第154—156页。
④ 李健吾:《〈八月的乡村〉——萧军先生作》,载《李健吾批评文集》,珠海出版社1998年版,第89页。
⑤ 萧军:《咬紧颚骨》,载《绿叶底故事》,文化生活出版社1936年版,第130页。
⑥ 萧军:《鞭挞我自己》,载《绿叶底故事》,文化生活出版社1936年版,第165页。
⑦ 蒲(茅盾):《关于乡土文学》,《文学》第6卷第2期。

族的心，首肯这是"很好的一部"作品，从而树立了中国抗战文学的标杆。随后，进一步将抗战历史侧重于伟大的民族战争和对于知识分子的精神炼狱的，是路翎的《财主底儿女们》。蒋家儿女们抗战期间聚散无常的生活道路，和大起大落的人生心路轨迹，创造了战争背景下苦难、悲痛精神个体的鲜活生命与抗战共呼吸共命运。而老舍的《四世同堂》中北平沦陷"小羊圈合同"里各家各户亡国之痛、度日如年的屈辱生活，却被作家表现得从容而又宏阔，平淡朴实而又诙谐沉郁，书写出一部平民生活苦难史、痛史，更是民族的愤史、斗争史，从个体、家族的抗战境遇中思考民族抗战文化精神。

三

萧军萧红的创作与抗战文学关系密切，从其"东北意义"的寻找和阐释，可以发现他们的富有质感的战争叙事，抱有的极大的热情，他们投注了最真实的生命来书写文学，从而赋予了血与泪的抗战文学健全的精神。为此，萧军萧红创作的这一"东北意义"值得我们重视，他们融入生命的创作对东北抗战文学的传播与后世影响相当重要，理应在世界文学中占有一席之地。鲁迅序言的一些话，过去我们多认为是对萧军萧红作品不足的委婉批评，如说《八月的乡村》小说的结构和指出人物的手段，"也不能比法捷耶夫的《毁灭》"[①]；《生死场》对更早的哈尔滨的现实记述，"还不过是略图"，"叙事和写景，胜于人物的描写"[②]。前者鲁迅说的"不能比"恰恰是一种比较文学与世界文学视野的阅读提示，后者鲁迅所言"略图"和人物刻画的单薄，是深入文本内部的比较解读。立足小说结构内外向度延伸的评点，其旨意自然超

---

① 鲁迅：《田军作〈八月的乡村〉序》，载《鲁迅全集》第6卷，人民文学出版社1981年版，第287页。

② 鲁迅：《萧红作〈生死场〉序》，载《鲁迅全集》第6卷，人民文学出版社1981年版，第408页。

越对作品本身意义的寻求。为此，我认为鲁迅的敏锐和深邃，正是发现了萧军萧红的创作，乃至东北抗战文学中潜隐着一个高的平台和可以深度掘进的目标。《八月的乡村》能迅速地在世界文学中传播，《生死场》一直在抗战文学中独树一帜，在上述比较阅读方面对这两部作品的分析，我们做得还很不够。

最早响应鲁迅，在世界文学的视域中谈论《八月的乡村》与《毁灭》之间接受、影响关系的是印象主义文学批评家李健吾。他直接点出萧军的《八月的乡村》的构思和故事多少"参照法捷耶夫的主旨和结构"，受到《毁灭》的影响；并且正是通过与《毁灭》的对读，李健吾指出萧军创作喜欢用惊叹号"显出他的热情，却也显出他的浮躁"，而在艺术上，"缺欠一种心理的存在，风景仅仅做到一种衬托"，有"心理的粗疏""情感比理智旺"等具体的写作欠缺问题。但是，他更清楚"我们无从责备我们一般（特别是青年）作家"，"时代和政治不容我们具有艺术家的公平"。就创作风格比较，法捷耶夫"艺术达到现实主义的峰顶"，"是乐观的，一种英雄的浪漫的精神"，而萧军"文学的鲜嫩和他心情的严肃，加上题旨的庄严"，"一种浪漫的现实主义，最后把微笑和生机撒在荆棘的原野。萧军先生的希望含有绝望的成分"。[①]

萧军小说模仿俄国文学和受其影响的成败得失，这里已经说得很清楚了。重要的是，1930年代初，中国左翼文学运动中以鲁迅、瞿秋白、冯雪峰等作家为代表，系统地对俄国文学理论和文学作品的翻译介绍，推动了新兴的无产阶级革命文学的建设。鲁迅此时就翻译了法捷耶夫的《毁灭》、果戈理的《死魂灵》等作品。与此同时，以萧军萧红为代表的一批东北作家，以民众生活的实录、粗线条勾勒的时代剪影，急切地倾诉离散漂泊的苦痛。除了《八月的乡村》，端木蕻良的《科尔沁旗草原》《大地的海》，骆宾基的《边陲线上》，李辉英的《万宝山》等长篇小说，在内容和形式上或多或少地有俄国小

[①] 李健吾：《〈八月的乡村〉——萧军先生作》，载《李健吾批评文集》，珠海出版社1998年版，第91—100页。

说中法捷耶夫的《毁灭》、肖洛霍夫的《静静的顿河》等作品的痕迹和影子。比如，鲁迅为《八月的乡村》写的序言开篇就借用俄国作家爱伦堡"一方面是庄严的工作，另一方面却是荒淫与无耻"的话，引出对小说精神的评述。还有胡风写的萧红《生死场》后记里也谈到俄国文学的影响。他说："我看到过有些文章提到了萧洛诃夫（M. Sholoxof）在《被开垦了的处女地》里所写的农民对于牛对于马的情感，把它们送到集体农场去以前的留恋，惜别，说那画出了过渡期的某一类农民底魂魄。《生死场》底作者是没有读过《被开垦了的处女地》的，但她所写的农民们底对于家畜（羊，牛，马）的爱着，真实而又质朴，在我们已有的农民文学里面似乎还没有见过这样动人的诗片。"[①]东北作家的这些作品很多最后完成和出版是在1930年代的中后期，客观上1930年代初是他们创作的进行时。这样作品在内容与形式上与俄国文学的接受、影响是分不开的，但在当时文坛环境下就算是模仿也都是十分难能可贵的。他们在文坛刮起了一股具有俄国现实主义史诗品格的"东北风"，地域性的东北抗战文学有了世界文学的意义。他们对1930年代左翼文艺俄国文学思潮的接受，不自觉的实践性呼应，也远远地超越了抗战文学的范畴，为现代中国1930年代文学创作的实绩添上了厚重的一笔。

萧军萧红等东北作家作品较早进行世界性传播，据萧军自己说，《八月的乡村》"竟也蒙国际友人们译成了几国文字。首先是苏联友人，当这小说出版后不久——约在一九三七、八年间——就给译成了俄文。接着听说也有了英文和日文的译本"[②]。而具体可查到的英译文本应该是1936年出版的埃德加·斯诺小说英译选集《活的中国》，其中节译了萧军《八月的乡村》第三章《第三枝枪》中的部分，小说全译本在1942年和1943年分别由美国纽约史密斯和达雷尔出版社、伦敦柯林斯出版社出版。作者很清楚，"国际友人们之所以

---

① 胡风：《〈生死场〉后记》，载《文学与生活 密云期风习小记》，人民文学出版社2001年版，第140页。

② 萧军：《八月的乡村》，人民文学出版社2005年版，第217页。

翻译这小说，首先是关心着那时期——'九一八'以后——中国人民的解放斗争和抗日斗争吧？"[1]可见西方读者是将他的作品作为理解中国正在进行的伟大抗日战争的最重要的读本。实际上，其会有世界性的影响，最应该归功于西方中国红色革命文学的权威话语者，那个1937年出版《红星照耀中国》最早向西方介绍中国共产党的长征和毛泽东的斯诺。在1943年的《八月的乡村》英译本的序言中，他将这部小说与美国斯托夫人的《汤姆叔叔的小屋》，法国雨果的《悲惨世界》，西班牙塞万提斯的《堂吉诃德》，菲律宾反抗西班牙殖民统治、争取独立自由的民族英雄作家黎刹用西班牙语写的《社会之癌》等世界各国民族斗争的重要作品置于同等的地位。[2]后来夏志清在他的《中国现代小说史》里也呼应称"《八月的乡村》是第一部以反日斗争为主题的成功的共产主义小说"[3]。尽管斯诺的英译本还只是这部小说的节选，并且翻译中也多有保留和过滤，但是他毕竟最早、最快地将东北抗战的实况介绍到了西方，也使得中国抗战文学最早地与正在进行的世界反法西斯战争有了密切的联系。萧红作品的翻译相对晚了许多，1970年代中期，才有美国学者葛浩文撰写博士论文《萧红评传》，开始了萧红作品的翻译和研究。端木蕻良等其他东北作家作品受到国外关注和译介，也基本是1980年代以后的事了。为此，以《八月的乡村》为代表的东北抗战文学，率先使中国抗战的前沿状况在苏联和欧美世界范围内广泛传播，并且使得中国抗战文学一开始就在吸收和借鉴外国文学中成长，这一"东北意义"不应该被遮蔽，尤其从世界反法西斯战争的视角来看，中国抗战文学更值得珍视。

---

[1] 萧军：《八月的乡村》，人民文学出版社2005年版，第217页。
[2] 吕黎：《求同去异之旅——萧军长篇小说〈八月的乡村〉的英译》，《解放军外国语学院学报》2011年第5期。
[3] 夏志清：《中国现代小说史》，刘绍铭等译，浙江人民出版社2016年版，第308页。

四

抗战文学中对抗战史实的处理，通常有三种参与写作的方式：抗战历史的亲历者的直接创作，抗战亲历者的后置性创作，抗战完全作为历史记忆的体验性创作。从时间上对应，可以将中国抗战以来的文学创作分为三个阶段：1931—1945年，1946—1986年，1987年至今。作家面对长达十四年之久、地域跨度相当大的抗日战争，留下了蔚为壮观的抗战文学。它们既清晰地记述了中国抗战历史的进程和战争真实生态，又更为深广地揭示了抗战中人与事及其历史面的丰富性和复杂性。

如果说从东北作家萧军萧红合著短篇小说散文集《跋涉》，到分别写出中长篇小说《八月的乡村》和《生死场》，再到端木蕻良的《科尔沁旗草原》《大地的海》，骆宾基的《边陲线上》，李辉英的《万宝山》等一批长篇小说的问世，拉开了中国抗战文学的序幕；那么茅盾的长篇《第一阶段的故事》，巴金的《火》《冯文淑》《田惠世》三部曲，七月小说家丘东平的《一个连长的战斗遭遇》《第七连》《我们在那里打了败仗》，姚雪垠的《牛全德与红萝卜》等作品，基本是战争全面爆发后对一线战场血肉搏斗民族抗战生活悲壮的书写。

随着战争的结束，一方面，作家依然伴随着没有完全淡漠的战争场景，仍然面对着并不安定的生活、残酷的斗争、苦难的人生；另一方面，当时主流社会包含反抗斗争意识、英雄史诗、革命理想的抗战精神得到弘扬。这一时间段出现了西戎、马烽的《吕梁英雄传》，孔厥、袁静的《新儿女英雄传》，刘知侠的《铁道游击队》，冯志的《敌后武工队》，冯德英的《苦菜花》，李英儒的《野火春风斗古城》等一批突出抗战历史英雄和爱国主义思想主题的作品。抗战不仅仅是苦难和挣扎，抗战也是播撒革命理想和塑造英雄的史诗，爱国主义思想尤其成为社会主义建设初期政治思想的主旋律。

在这一时期抗战题材小说中的主要人物,一律是民族英雄,革命母亲,高大全的军事指挥者、领导者等;侵略与反侵略斗争,国共两党的阶级对立成为统一的主题内容。而《铁道游击队》等一类作品的抗战叙事并非单纯表现为历史叙述的极端化和审美表现的片面化,更多是以某一地区的抗日斗争、某一小说的类型化,集中地反映一个特殊年代的社会意识形态之现实诉求。

一直到新时期文学迅速发展,以抗战为题材的作品逐渐扩展了多元广度并重构深度。一方面随着国内改革开放、思想解放运动、社会政治体制改革的循序渐进的深入,另一方面受世界反法西斯战争文学的影响,尤其是苏联二战时期的文学作品对中国作家的启发:这些都推动着作家对抗战历史的全面反思,还原过往因党派政治或阶级立场而被叙述得单一、片面的历史,在特定历史时期民族生存的大视野下,作家面对丰富而复杂的历史,多元视角地探究可能接近客观和真实的抗战原貌。同时,随着战争渐行渐远,抗战历史永久地留存于作家履历和精神记忆之中,或者完全成为作家重要思想资源,文学想象的表达,人生体验,精神传达的语境、方式、途径和载体,比如孙犁的《白洋淀纪事》,周而复的《长城万里图》,李尔重的《新战争与和平》,张廷竹的《黑太阳》,莫言的"红高粱小说系列",黎汝清的《皖南事变》,以及艾煊的《大江风雷》和《乡关何处》,周梅森的《军歌》等"战争与人"系列小说,王火的《战争和人》三部曲,叶兆言的《日本鬼子来了》,庞瑞垠的《秦淮世家》等作品就是如此。

正是丰富多彩的抗战题材作品的不同叙述和表现,反映出抗战文学真正回归了文学,而不是对抗战进行政治的解释。这样看《长城万里图》《新战争与和平》《战争和人》等抗战题材的小说,不再单向地表现共产党领导人民大众同日本帝国主义及国民党投降派的斗争,而是将视野转向抗战的全景,展开多角度、多方位、多层面的描写。《长城万里图》从1937年抗战的全面爆发,写到1945年抗战胜利后的重庆谈判,其中既有共产党的英勇,又有国民党的血战,也有苏联的出兵,也有美国的原子弹;还有日本兵的屠杀、汪精卫的附逆，国共之间的摩擦；还有太平洋战争、开罗会议。从共产党到国民党，从八路军到国民党军队，从前方到后方，从国内到国际，从国际反法西斯阵营到国际法西斯集团，规模宏大，充实丰厚，给人以立体感。

同时期，抗战文学跳出简单敌我身份对立模式，而直面战争中作为主体的人，努力向着外在社会的广阔性和内在精神心理的深层性探究。1980年代初艾煊的长篇《乡关何处》写南京城里名门闺秀虞氏三姐妹玫珍、玫瑰和玫琦在战时的人生奋斗，展现知识分子走向革命的艰苦历程。1990年代末庞瑞垠的《秦淮世家》（《钞库街》《桃叶渡》《乌衣巷》）通过一个名门望族五代人的悲欢离合、荣辱浮沉，折射一个城市甚至一个民族的变迁史，描摹了涵括抗战在内的百年风云，绘就了一幅人情世态的史诗性风俗长卷。他们的创作明显地延续老舍的《四世同堂》与路翎的《财主底儿女们》的抗战书写。但是他们对抗战中知识分子的革命追求和家族变迁的描写，不仅构架恢宏，而且对历史的沧桑中人的复杂性的刻画和人性的拷问，以及对当代性的思考都有较大推进。还有人性探索的抗战题材小说，如周梅森的抗战书写，他书写的不同是，将抗战的反思直接指向国民党军营内部自相残杀的悲剧：《国殇》中白云森师长发动"流血政变"，杀死投降的副军长，却又为忠于军长的手枪营长击毙。他的《事变》和《焦土》中也有类似的情节。而叶兆言的《日本鬼子来了》思想更为开放，将侵略者当作普通人来探索与描写。40多岁的老兵三良，本来呈现的是侵略者的兽性，而不知不觉的家的感觉，使得被战争侵蚀的人性复苏了。来自抗战中各色人的人性深度揭示，提升了传统抗战题材的思想意蕴和文化反思的高度。

再则，已经被人们谈论很多的莫言的"红高粱家族"系列和徐贵祥的《历史的天空》、都梁的《亮剑》等抗战题材小说，塑造了草莽式的抗日英雄（余占鳌）、一介草莽到军队高级将领（梁必达）、有传奇色彩的铁血军人（李云龙）等人物形象。在作家的笔下抗战历史被解构和重构。历史必然不是先验的意识形态，而是丰富而复杂的种种偶然背后的显现，以个体生命鲜活的碎片和复杂性格的细节重新言说了抗战的历史。历史是一个国家或民族的记忆，也是一个国家或民族的精神象征。这些抗战题材小说在新历史主义视野下，以"想象"和"传说"的事实，书写"心中"的历史，将宏大的民族国家记忆和精神象征，更多置于充满生命质感的性格史和心灵史之中，从而努力达到展现历史生活的本来面貌的目的。这些小说正是以探索人类本性和民族存在文化为目的的历史解构和文化反思，表现出对以往抗战文学的超越。

走进抗战历史，重温抗战文学，必须追问，抗战文学究竟还能够给今天的我们什么样的历史记忆？如何真正承载起书写国家和民族精神象征的重大使命？

第一，抗战文学面对历史的前提，是创作者要有敬畏历史、尊重历史的态度。客观上，与这段历史同时代的人或创作者已经不多了，抗战历史于后人而言更多是存留的史料、文献、档案。因此，回到历史的现场获取最接近抗战历史原貌的素材是第一步。文学和小说不是历史简单实录而是艺术的审美创造，让创作主体消化历史，形成小说家笔下的抗战故事和人物。究竟选取传统的现实主义历史观下的创作方法，还是后现代主义的新历史主义的创作方法，不论如何选择，都必须将抗战历史真正转变成抗战文学。抗战文学不应该仅仅是假文学之名或作为载体成为抗战政治的传声筒，也不是借抗战宣传，迎合商业化市场需求编造低俗、娱乐、戏说、神化的伪文学。那么，什么才是我们真正需要的抗战文学呢？自然，一下子不可能给出一个绝对的答案。但是，有一个思路是明确的：抗战历史的原始史实的第一手资料的掌握和消化吸收的整理，与已经有的20世纪以来现当代抗战题材的小说（文学作品）的阅读与了解，乃至世界文学中反映二战的优秀文学作品之参照，这些的存在，最起码使当代小说家知道历史不可以胡编臆造。中国现当代文学中抗战题材创作有着丰厚的文学传统，有着许多成功的审美创作经验，也不乏优秀的作家作品。

第二，抗战文学不论是刻画人物性格、命运，还是描摹社会生活，叙述事件发生发展，记录风云变幻的政治变革时代，创作的核心是写出真实的人与讲好抗战的故事。历史人物的真实性，不在于宏大叙事里对英雄形象的塑造，或民间生活的描摹中对普通人的描写；也不仅仅是理想主义的英雄精神拔高，或最贴近现实自然主义的战争血与火的惨烈再现；更不是最逼真的生存屈辱和苦难场景的实录。抗战题材小说的人物应该是真正融入抗战的生活和时代中有血有肉有魂灵有情感的生命个体或群体。历史的真实，一方面尊重历史贴近生活，应该关注从小人物、小细节，历史的无序、偶然，以及生活的错综复杂中透视、构筑的大事件、大时代之史诗画卷；另一方面历史无绝对客观真实和绝对的主观真实，抗战题材小说中人物与事件的驾驭，应该注重探索人性的本真和关注情感的纠葛。任何事件、历史都是人的事件和历史，而人的内外关系的丰富性复杂性最能够还原事件和历史的真实形态，最能够深刻揭示出历史背后的思想意义与精神象征。这样才能够自然而然地传导社会意识形态和弘扬主旋律。现代作家茅盾、巴金、老舍，当代作家莫言等人的抗战题材小说创作的成功，正是因为在这些方面进行了积极探索，值得我们认真总结。

第三，抗战文学的创作往往是现实言说和历史的重构，当代小说家面对历史不仅要有道德、有良知、有担当，更要有强烈的批判意识和文化反思的态度。抗战的历史是中国人民难以忘却的，那是因为民族受到侵略，山河破碎，人民遭受了巨大的灾难，而战后日本对战争又采取"非历史"的态度，不断地刺激中国人民回忆历史。作家对抗战题材予以历史的"回忆"和言说，旨在展现历史的真实，这是所有抗战文学中最普遍的诉求。可是文学家的诉求应该不同于普通人的单纯甚至狭隘民族主义情绪的表达，作为抗战题材的小说创作者、历史的言说者，应该具有现代中国知识分子独立人格和社会责任感的担当。小说家在抗战历史人与事的处理和叙述中，在小说人物形象的塑造上，不能为极端化民族主义情绪左右（尽管作为被迫害被侵略的一方，表达强烈的民族情感，是合情合理的，也具备天然的道义性和正义性），也不应出于简单化的政治宣传、世俗化的娱乐的目的，甚至为商业化的利益所驱动。历史的理性教导我们应该超越民族主义，力求正确对待抗战生活方方面面的史实；文学精神性的本质也同样是理性的批判精神和文化反思。老舍的《四世同堂》尽管没有写正面战场的血与火，可是却在中国抗战文学中占有重要的位置，其原因正是如此。今天的读者需要真实可信的抗战小说，而不是虚无缥缈的激情。当代文学能否诞生伟大的抗战小说，关键在于自觉的历史责任感、历史的理性言说、直面现实的批判、独异的文学审美经验，这些对于当代作家来说，在今天比任何时候都更加重要。

第四辑　现代中国革命文学结构与谱系的阶段形态

第十二章　现代中国革命文学五四时代的文化源流
——以作家陈独秀、李大钊、张闻天、恽代英为例

本章立足现代文学大视野和革命整体观，试图通过革命的历史进程和身份并不单一的现代作家，考察现代中国革命文学的起源这一丰富而复杂的历史话题，探寻文学与革命最初联姻的缘由，贴近现代中国革命文学发生的原貌样态，重新辨析现代中国革命文学起源的内在思想逻辑线路。正是在近现代中国思想革新的五四时代重要文化历史语境中，以陈独秀、李大钊、张闻天、恽代英等为代表的集多重身份于一身的先觉者，他们既顺应着历史社会政治革命大潮的自然涌动，又反映出新文化新文学多元思想资源有意识的聚合和建构。这批现代作家感应时代脉搏、汇聚多元资源，在心与身、言与行的互动过程中，呈现了革命文学源于同一性基调的使命感、忧患意识的社会关怀，表现了革命文学本体世界差异性活力的不同观念、不同资源、不同表现之多样形态。

通常文学史将1915—1925年称为五四时期，人们又约定俗成称为五四时代，就在于五四不仅仅是一个时间的断代，而且是一个传统向现代变革的文化涅槃期。这一时代诞生的历史链条：远有1840年的反抗帝国主义的鸦片战争，近有1911年的推翻中国封建君主专制的辛亥革命。这中间的1890年代，由一场失败的甲午海战引发的朝廷被动应对的戊戌变法，与此紧密相关联，多少可见时间与空间交织的丰富性复杂性。正是这一系列政治社会事件的发生，推动了五四时代重大思想资源的构成。1915年的《青年杂志》（第2卷开始改为《新青年》）问世，请来"德先生"和"赛先生"之意义，是在过往战争、武装革命，乃至立宪改良变革的前车之鉴下，争取现代中国人真正意义的独立，

真正找到了现代人立足的价值观和认识论，爆发了一场前所未有的思想革命。1919年五四运动成为一个时代的标识，是现代社会政治触发的伟大民族的爱国运动，更是"新人"的觉醒，是强调个性独立和自由的思想启蒙运动。两个运动都源于一批先觉的知识分子，他们既是实实在在的爱国的青年学生，又是具有时代象征意义的"青年"。因为"青年之于社会，犹新鲜活泼细胞之在人身"，"等一人也，各有自主之权，绝无奴隶他人之权利，亦绝无以奴自处之义务"，"解放云者，脱离夫奴隶之羁绊，以完其自主自由之人格之谓也"。[①]以呼唤新青年为主旨的五四运动，后来被称为近现代中国历史转折中一场思想文化革命。它注重"新人"独立思想的张扬，而不是热衷于仅仅暴力推翻一个皇帝，或者"物"之层面的"利器"，它是一场有独立人格的思想文化革命。因此，这时期出现了一系列深层的思维观念和变革，如：提倡科学实证，反对主观臆断；强调自然与社会的进化，反对循环调和；尊重创造，反对守旧；提倡白话文，反对文言文；等等。虽然二元对立式革命不无简单化倾向，但是也有革命的某种策略。一个时代的开启有文化传承和历史赓续的自然形态，更不可缺少锻造"革命"的新人新观念。因为"革命这一现代概念与这样一种观念是息息相关的，这种观念认为，历史进程突然重新开始了，一个全新的故事，一个之前从不为人所知、为人所道的故事将要展开"[②]了。可以说，正是五四的主题与精神，乃至五四运动的方式方法，使得我们在考察现代中国文学中的革命文学生成，与五四思想启蒙如何建构"新人"或"新青年"之间，重新发现了一条有内在关联的逻辑线路。

---

① 陈独秀：《敬告青年》，《青年杂志》第1卷第1期。
② 汉娜·阿伦特：《论革命》，陈周旺译，译林出版社2007年版，第17页。

一

　　五四时代的思想文化革命本质上是一场"人"的革命，是一大批先觉的知识分子在近现代中国朝代更替和民族危机中引领了思想文化革命和社会政治革命的历史转向。他们的先觉和引领就在于并非完全线型思维的历史转向，而是将民族国家、思想文化、政治革命的核心理念更多地融合在一起。这样五四时代出现了一批倡导文学革命的现代作家，但实际上他们思想观念的变革与践行，更多地集思想家革命家的特征于一身。他们率先提出新文化新文学的"革命"举措，既是方法策略，又是思想、文学的本身。比如，陈独秀（1879—1942）作为五四新文化新文学运动的倡导者、领导者是没有异议的，而很少有人将其与后来倡导现代中国革命文学的作家联系在一起。要真正深入了解1925年之后狭义的现代中国革命文学之蓬勃兴起的过往文学史，不能不从这之前的广义革命即革命文学的文化语境及其演变路径上进行梳理和辨析。找寻真正意义的现代中国革命文学的源头，无论是考察作为时间节点的五四，还是分析内容层面的文学文化、思想革命、国家民族的范畴，陈独秀都是一位绕不开的重要的历史人物和现代作家。为此，以陈独秀等为代表的一批早期现代中国革命知识分子的思想启蒙与社会实践，尤其他们身上独有的革命情绪、革命意识，乃至革命的行为方式，呈现的不只是新文学最早期的现代性要素，或对五四文学革命的催生，重要的是展现了革命与文学同根同源的现代中国发生发展之偶然与必然。还是先以陈独秀为例，陈独秀开启五四新文化新文学的先河，借助《新青年》之阵地，传播西方民主与科学的新思想，将达尔文自然观衍化为社会观，以期达到对中国传统文化的全面反思。早就有学者指出：陈独秀等第一代文化先觉者主张"借思想文化以解决问题的途径"，这种具有一元论性质的途径"在辛亥革命后中国社会政治现实的压力下被推向极端的时候，它便演变成一种以思想为根本的整体观思想模式"。[①]这里传达的信息是，一种文化思想被提出并成为整体性思想方式是现实社会压迫使然。1916年陈独秀敏锐地指出："吾人首当一新其心血，以新人格，以新国家，以新社会，以新家庭，以新民族，必迨民族更新。……青年必怀此希望。"[②]由此，他呼唤的"新青年"别于"旧青年"，是"慎勿以年龄在青年时代"[③]之衡量，而强调根本在于"体魄"和"精神"。作为现代文化思想启蒙的首倡者，陈独秀对于国人精神的建设的贡献，已有现代思想史、文化史评述了，无须赘言。倒是从他思想启蒙的言论中，多少可以分析出现代革命文学由变革意识奠定的新文学观念，及革命文学形成的要素和走向。

身处19世纪末20世纪初中国近现代社会文化交替时代的陈独秀，主编的《新青年》，侧重在两个方面主导思想启蒙的话语：一是自由、民主、个人主义，一是革命、国家、共和。前者重在"新人"的观念思想塑造，后者引导群体的政治实践目标。这一文化思想建构了五四新文化新文学的根基，开创了中国文化和价值的多元时代。更重要的是，在推进这些新文化新思想之时，陈独秀率先注意到文学革命的意义在于破除历代文学之弊，推动社会文明进化，尤其"今欲革新政治，势不得不革新盘踞于运用此政治者精神界之文学"。然而，陈独秀的革命不只是手段、方式，而且有着与其思想启蒙相联系的文学内容，即"抒情的国民文学""立诚的写实文学""通俗的社会文学"。[④]在此之前，梁启超、孙中山等一批先行者也认识到一场思想革命的重要。如梁启超就说辛亥革命"由表面观之则政治革命，种族革命而已；若深探其微，则思想革命，实其原动力也。盖数千年公共之信条，将次第破弃，而数千年社会组织

---

① 林毓生：《中国意识的危机——五四时期激烈的反传统主义》，穆善培译，贵州人民出版社1988年版，第85页。
② 陈独秀：《一九一六年》，《青年杂志》第1卷第5期。
③ 陈独秀：《新青年》，《新青年》第2卷第1期。
④ 陈独秀：《文学革命论》，《新青年》第2卷第6期。

之基础，将翻根柢而动摇"①。1920年孙中山谈五四运动时也说道："吾党欲收革命之成功，必有赖于思想之变化。"②但是，陈独秀应该是现代最早注意到文学革命与思想革命的一体关系的，从而成为现代中国革命文学酝酿形成的最重要推手之一。还需要强调的是，陈独秀助推了现代中国革命文学的生成发迹，不止于从欧洲引入了"革故更新之义"的革命观念，因为从近代以来中国的历史看，"单独政治革命所以于吾之社会，不生若何变化，不收若何效果也。推其总因，乃在吾人疾视革命，不知其为开发文明之利器故"。为此，他首举"文学革命"的义旗，"大书特书吾革命军三大主义"，在"推倒""建设"中彰显出五四新文学鲜明思想内容的向度。③他以一种新与旧、破与立、社会进化观的基本思维方式，引导着五四时代"新人"的思想观念变革。陈独秀假文学革命之名，成功地倡导了一系列新的文化文学革命，推进了现代中国思想革命的深入发展，从而也为最初现代中国革命文学的酝酿生成奠定了重要的思想基础。

五四之前，陈独秀就在不断地呼吁："这腐旧思想布满国中，所以我们要诚心巩固共和国体，非将这班反对共和的伦理、文学等等旧思想，完全洗刷得干干净净不可，否则不但共和政治不能进行，就是这块共和招牌，也是挂不住的。"④他是从挽救国家、唤起民众的政治的角度出发，以炮轰、批判一切旧营垒的革命方式，同时展开了"打倒孔家店"的"伦理道德革命"与文学革命。如果说，晚清以来，孙中山领导的同盟会进行的一系列社会革命举措，为现代中国革命文学的出现提供了丰富的创作素材和外部社会条件，那么陈独秀推动的五四思想启蒙运动，为现代中国革命文学的发生提供了思想观念和精神

---

① 梁启超：《中国立国大方针》，载《饮冰室文集点校》第4集，云南教育出版社2001年版，第2419页。

② 孙中山：《致海外国民党同志函》，载《孙中山全集》第5卷，中华书局1985年版，第210页。

③ 陈独秀：《文学革命论》，《新青年》第2卷第6期。

④ 陈独秀：《旧思想与国体问题——在北京神州学会讲演》，《新青年》第3卷第3期。

风骨的巨大内在驱动力。

二

与陈独秀相比，同样作为现代中国第一代先进的知识分子代表的李大钊（1889—1927），最早在中国传播马克思主义，开拓了俄国无产阶级革命思想在中国的宣传之路。为此，梳理现代中国革命文学生成的丰富复杂的思想脉络，不能回避五四时期李大钊的思想和其影响，特别是他与陈独秀同期思想的内在联系和区别，这是现代中国革命文学起源的另一种观照。

1918年前后，就在陈独秀积极推进西方自由、民主、人权的革新思想之时，李大钊以《新青年》和《每周评论》等刊物为阵地，相继发表了《法俄革命之比较观》《庶民的胜利》《Bolshevism的胜利》《我的马克思主义观》《再论问题与主义》等大量宣传十月革命和马克思列宁主义的文章和演说，阐述十月革命的意义，讴歌十月革命的胜利，引领和推动了五四爱国运动的发生发展，也为中国共产党的诞生起到了推动作用。李大钊对于发生不久的十月革命的迅捷反应，本质上是激进的现代中国知识分子革命观的转变和五四新文化新文学走向的调整。当此时此刻国人普遍还在被动地反思五四之前诸多本民族落后挨打的原因，或只沉浸于欧洲文明的启蒙革命之倡导，李大钊却能在一个宏阔的世界视域理解和比较革命的不同："一七八九年的法国革命，是十九世纪中各国革命的先声。一九一七年的俄国革命，是廿世纪中世界革命的先声。"① "俄国今日之革命，诚与昔者法兰西革命同为影响于未来世纪文明之绝大变动。……俄罗斯之革命，非独俄罗斯人心变动之显兆，实二十世纪全世界人类普遍心理变动之显兆……吾人对于俄罗斯今日之事变，惟有翘首以迎其世界的新文明之曙光，倾耳以迎其建于自由、人道上之新俄罗斯之消息，而

---

① 李大钊：《庶民的胜利》，《新青年》第5卷第5期。

求所以适应此世界的新潮流。"[1]李大钊对俄罗斯革命的认知具有先觉的前瞻性,最重要的是他明确地指出了"须知今后的世界,变成劳工的世界"[2],认同布尔什维克的胜利是"无产庶民社会主义"的胜利,是"世界人类人人心中共同觉悟的新精神的胜利"。[3]为此,李大钊这一时期文学思想的来源,及五四新文学的引导与革命文学观念的形成,也就密切地受到俄罗斯文学的影响。1918年他曾写有一篇《俄罗斯文学与革命》的文章,指出俄罗斯文学的社会主义色彩和人道主义的发达,鲜明地称赞普希金、涅克拉索夫、普列谢耶夫等俄国诗人,同情人民,反对暴君,具有社会主义革命的自我牺牲精神;呼唤"俄罗斯革命之成功,即俄罗斯青年之胜利,亦即俄罗斯社会的诗人灵魂之胜利也"。[4]五四文学革命之际,不同于胡适新文学的进化观,李大钊明确强调"我们所要求的新文学,是为社会写实的文学,不是为个人造名的文学;是以博爱心为基础的文学,不是以好名心为基础的文学";新文学运动的土壤、根基,是"宏深的思想、学理,坚信的主义,优美的文艺,博爱的精神"。[5]这在某种程度上呼应了陈独秀欲求建设的"立诚的写实文学",更为具体化地提出新文学内容须有鲜明的现实针对性,即强调文学对社会现实的反映和改造之自觉。1919年李大钊在主编的《新青年》第6卷第5期上开辟《马克思研究》专栏,发表自己的长篇论文《我的马克思主义观》,值得注意的是,他在对马克思主义学说的介绍和高度赞誉之外,阐释了自己理解的马克思主义中浓厚的人道主义和互助主义色彩。他主张"以人道主义,改造人类精神;同时以社会主义,改造经济组织。不改造经济组织,单求改造人类精神,必致没有效果。不

---

[1] 李大钊:《法俄革命之比较观》,载《李大钊全集》第2卷,人民出版社2006年版,第225—228页。

[2] 李大钊:《庶民的胜利》,《新青年》第5卷第5期。

[3] 李大钊:《Bolshevism的胜利》,《新青年》第5卷第5期。

[4] 李大钊:《俄罗斯文学与革命》,载《李大钊全集》第2卷,人民出版社2006年版,第239页。

[5] 李大钊:《什么是新文学》,载《李大钊全集》第3卷,人民出版社2006年版,第129、130页。

改造人类精神，单等改造经济组织也怕不能成功。我们主张物心两面的改造，灵肉一致的改造"①。这里明确定位文学与革命内在关联，突出文学与革命中伦理的因素和人道主义的社会倾向。这可以清楚地看到李大钊的马克思主义观超越了当时一般意义上的五四文学革命的思想。不仅如此，作为五四文学家的李大钊，就其大量随笔杂感散文如《青春》《"今"》《〈晨钟〉之使命》等，及《欢迎陈独秀出狱》等不多的几首白话诗而言，也应该能够看到他现代中国革命文学的初步实践与其马克思主义之追求是完全一致的。李大钊以开阔的视域比较世界范围的不同的革命，较早地传播马克思主义和世界先进的文化理念，积极参与了五四新思想新文化新文学的建设。他的世界革命观和一系列新的思想主张，对五四新文学自身发展的内涵提升，尤其为现代中国革命文学的形成和演进，注入了最为重要的新鲜的精神活力和思想资源。

如果说陈独秀、李大钊借五四新文化运动、俄国十月革命之势，传播新文学人道的社会的革命文学观念，那么，张闻天、恽代英等革命作家是在自觉投身社会实践和现实斗争中逐渐使革命文学落地的。在社会必然进化发展中，无产者、政党、阶级等新的革命话语，激励着五四新文学向着更为坚实的目标前行。

三

张闻天（1900—1976）能成为最早的现代中国革命作家之一，与他中国共产党早期重要领导人、马克思主义传播者、杰出的中国无产阶级革命家与理论家等独特身份分不开。从张闻天最早公开发表的一篇政治论文中可以看出，他是一名率先受到五四爱国运动洗礼的进步青年。这表现为在学生时代他就有清醒的认识，当时军阀政府"空文鼓吹"，我们"切实劝告""奔走呼

---

① 李大钊：《我的马克思主义观（上）》，《新青年》第6卷第5期。

号""奔都请愿"都是无用的,不要去做;我们要"釜底抽薪",只有把"武力政治、强横的中央集权、卖国贼、安福系、腐败的政党"废除,建设"健全的民主共和国"。①其革命思想的反对强权、反对封建专制,与陈独秀、李大钊一样受到俄国十月革命很大影响,但是张闻天对革命有自己的理解和认知,在当时他就提出解决中国社会问题的见解。他认为"现在最要紧的是铲除士大夫阶级","革命的目标自然是去士大夫阶级";中国革命与"欧洲旧式的革命"的不同之处在于,"起革命的要是劳农界人(就是工人与农人)",而工农需要"开导";②革命应该分成两步,即争取民主和社会主义;等等。张闻天的革命观一方面是对"劳农"的社会阶层的重视,另一方面十分强调知识分子的引导作用。这正是他革命家与理论家双重身份使然。

五四时期,就在他写出这些革命政治随感、评论、论文之时,张闻天还以极大的热情译介和研究外国文学的理论、著名作家的作品,如1921年《托尔斯泰的艺术观》,1922年的《王尔德介绍》《哥德的浮士德》《太戈尔之"诗与哲学"观》等评介长文,并翻译法、英、俄、西、意等多国的小说、散文、戏剧、诗歌作品。张闻天还在《小说月报》《少年中国》《民国日报·觉悟》《时事新报·学灯》等刊物上发表了许多新文学创作,尤其关注五四以来新文学的发生发展之路向。作为青年文学家的张闻天对中外文学的浓厚兴趣与其早期科学社会主义革命思想的传播有着内在的密切联系。他喜欢那些重视艺术美学与社会人生两者兼顾的外国文学,而译介也偏向选择这两方面融合较好的外国作家作品。比如,他评述王尔德小说《道灵·格莱底肖像画》,这部作品"是对于社会的批评而又是忠实于唯美主义的","并不像大众所说的那么不道德、那么病的、那么非社会的"。③张闻天推崇俄国作家安特列夫的四幕

---

① 张闻天:《"五七"后的经过及将来》,载《张闻天文集》第1卷,中共党史资料出版社1990年版,第2页。

② 张闻天:《社会问题》,载《张闻天文集》第1卷,中共党史资料出版社1990年版,第8页。

③ 张闻天、汪馥泉:《王尔德介绍(五)》,《民国日报·觉悟》1922年4月9日。

剧《狗的跳舞》，译后他介绍，安特列夫对笔下人物的描写是"毫不疲倦地找求着人心中所蕴藏着的革命的，反抗的，愤激的，恐怖的，人道的，残酷的，悲哀的，凄凉的种种精神，用了写实的，象征的，神秘的笔墨传达出来，使读者时而愤怒，时而恐怖，时而悲哀，时而怜悯，时而发狂"。并称他的作品是"利剑"，可以"斩掉"使我们"永远不能得到自由"的、束缚着我们的"礼教和偶像"。①

张闻天早期的新文学创作，是可以见到外国文学对他的影响的，这与他短暂的日本生活体验和美国勤工俭学的独特人生经历，与他自觉融入五四时代的社会革命宣传和积极的实际行动密切关联。他明确直言"我们对于这种不合理的社会，情意上早感到不安，因不安也早产生了改造的决心"②。由此，同样是写五四文学共同关注的婚姻爱情的问题小说，张闻天1924年发表的长篇小说《旅途》中的主人公均凯不仅是接受了新思潮、充满着理想和炽热的爱的五四青年，而且已经是投身革命军队、从事武装斗争、不惜牺牲生命的革命践行者了。这时期他的短篇小说《逃亡者》与叶圣陶的《潘先生在难中》有着相同的江浙军阀战乱的社会政治语境，故事情节也都是围绕一家人的逃难而展开，而彼此作品中作者的关注视点显然不同。张闻天作小京货店老板王六一家的逃亡生活纪实，重在烘托军阀混战的社会动乱和民众悲哀、愤怒中包含的血和泪。叶圣陶则通过小学教员潘先生的避难经历，冷静描摹战乱中知识分子灰色的精神心理。当我们读到他1925年写的小说《飘零的黄叶》时，不难发现作品里的知识青年长虹向母亲述说十年艰难人生经历，虽然有些感伤，但是其"在这个黑暗的世界上为了光明，为了真理而苦斗"之导向已经很清晰了。也正是在这一年，张闻天完成了从马克思主义的传播者到加入中国共产党的坚定信仰者的嬗变。可以说，张闻天的革命追求之路与文学兴趣相融合的过程，多

---

① 张闻天：《〈狗的跳舞〉译者序言》，载《张闻天早期文集（1919.7—1925.6）》，中共党史出版社1999年版，第263—264页。

② 张闻天：《中国底乱源及其解决（续）》，《民国日报·觉悟》1922年1月6日。

少代表了现代中国革命文学最初生成的一种路向。他也是在五四时代这批侧重思想革命和社会革命的现代作家中，较早在文学创作实践中融入革命的观念和现实生活的体验的作家，提供了现代中国革命文学最初文本样态。

四

现代中国革命文学作家群体中，恽代英（1895—1931）从一开始就具有强烈的群体和组织意识，是十分具有代表性的。五四前后，他在武汉中华大学就读文科，已是一名学生运动的积极倡导者和新文化运动的先驱者。1917年10月，恽代英、冼震等创办了互助社。互助社的宗旨是"群策群力，自助助人"。互助社是武汉地区诞生的第一个进步团体，也是现代中国最早的思想进步的社团之一。北京五四运动爆发后，恽代英和互助社的成员热烈响应，制作传单《四年五月七日之事》《呜呼青岛》，当时曾在武汉街头散发[①]，并组织学生上街游行和集会，掀起了武汉学生罢课、工人罢工、商人罢市的浪潮。1920年2月恽代英和林育南等创办了利群书社，湖北的马克思主义研究会成立后，多次在书社举办活动。4月撰《致少年中国学会同人》，11月去安徽宣城师范任教。这一年里，恽代英办书社经销《共产党宣言》和《新青年》《共产党》等刊物，依托研究会和教书团结进步青年，发展革命组织，宣传马克思主义，都表现出投身革命运动的自觉。尤其重视革命组织团体的建设，热衷马克思主义思想的传播，积极参与社会实践。1921年7月恽代英与林育南、李求实等又在黄冈创建共存社，"企求阶级争斗，劳农政治的实现，以达到圆满的人类共存为目的"[②]。该社宗旨与刚刚成立的中国共产党的目标相一致。1923年已经成为职业革命家的恽代英，在上海创办了团中央的机关刊物《中国青

[①] 恽代英：《恽代英文集》，人民出版社1984年版，第80页。
[②] 恽代英：《恽代英文集》，人民出版社1984年版，第1080—1081页。

年》。他任主编时组织了包括瞿秋白、毛泽东、邓中夏、李求实等在内的一支强大的作者队伍。也正是在这个时期，我们看到恽代英同样关注着文坛和新文学的发生发展，他以一个社会活动家和革命家的身份，自觉将文学与革命密切地联系起来。

1923年至1925年前后，恽代英在《中国青年》上发表的《八股？》、通讯《文学与革命》，和《中国所要的文学家》一文的按语等，表现出他以一个社会活动家的视野，寻求五四新文学在现实语境中的新路向。他不是为了赶时髦倡导革命文学，也不是为了能以革命文学家自居。在五四新文学发生之中，恽代英认为新文学应该"能激发国民的精神"①。恽代英热衷论争文学的新旧，或信奉洋八股，"他们亦配做得出革命的文学么？倘若他们做出那些完全不是高尚圣洁感情所产生的所谓革命的文学，那亦配称为文学么？我相信最要紧是先要一般青年能够做脚踏实地的革命家；在这些革命家中，有些情感丰富的青年，自然能写出革命的文学"②。这个时期，恽代英与他同道的邓中夏、萧楚女等一批社会政治革命家一样，都遵守着一个原则：无论是新文学本身还是文学家个体，都必须走出象牙之塔，投身到社会革命的实践中去。如邓中夏说："我们不反对新诗，我们不反对人们做新诗人，我们是反对人们这种不研究正经学问不注意社会问题专门做新诗的风气。"③沈泽民说："革命的文学家若不曾亲身参加过工人罢工的运动，若不曾亲自尝过牢狱的滋味……决不配创造革命的文学。"④此时他们大都既是学校的教员，又是军校的政治教官。比如1923年前后，恽代英从四川来上海大学任教，同时担任团中央执行委员和编辑委员，并且前往共产党领导的沪西工人俱乐部讲课，也出席国民党上海执行部的各种会议。这期间他的演讲、讲课或撰文的内容基本都集中于学生

---

① 恽代英：《八股？》，《中国青年》总第8期。
② 王秋心、恽代英：《文学与革命》，《中国青年》总第31期。
③ 邓中夏：《贡献于新诗人之前》，《中国青年》总第10期。
④ 沈泽民：《文学与革命的文学》，《民国日报·觉悟》1924年11月6日。

运动、农村运动和实际的革命活动，以及工农、平民教育等方面。显然对于新文学的要求和革命文学的引导，蕴含着他自己参与社会实践的经验体会和思想期盼。

在恽代英代表的社会实践的革命先驱者身上，五四新文学的通俗、写实的平民文学，乃至同情底层民众不幸的人的文学，向着更为关注社会实践的大众人生的方向努力前行。他们强调文学与革命的关联，最重要的是"从自己真正情感为出发点以从事革命"①，不是普泛化的同情，或鼓动式的情绪渲染，或仅仅文学形式的变革。"倘若你希望做一个革命文学家，你第一件事是要投身于革命事业"，"先有革命的感情，才会有革命文学的"。②自此，恽代英革命实践活动与其新文学思想，最具有从五四文学革命到革命文学走向的代表性。他并不认为革命文学只是随着社会政治变化和党派建设的路线而自然生成，对革命文学内部动因的研究更多反映来自文学主体的作家的身份认同和角色的多元取向，革命文学的发生和其务实的本体建构，正是源于五四文学面向社会现实人生的内在渐变和转向的诉求。

五

陈独秀、李大钊、张闻天、恽代英这一批作家的文学与革命源流的简略梳理，正是试图对现代中国第一代先觉知识者多重身份的历史还原。这里既尊重每一独立的个体，又关注他们行进于五四时代自觉的文化共建。同时，他们也为我们提供了一种多元考察整体的革命观和文学的大视野，这样有了如下现代中国革命文学起源的重新辨析。

其一，现代中国革命文学的发生，源于现代作家精神主体强烈的社会意

---

① 恽代英：《中国所要的文学家》按语，《中国青年》总第80期。
② 王秋心、恽代英：《文学与革命》，《中国青年》总第31期。

识和丰富的文化情怀。在这批作家身上，既有中国传统文人饱满的热情、深厚的旧文学根基，也不乏对新文学的建设的关心和创作实践；既有现代知识分子的历史使命感，又有青年学生、教师、报刊编辑等多重社会职业身份。他们大都热心于将现实的各种社会政治文化活动和喜好的读书写作自觉地结合，并作为自我日常生活的状态。

仅取1915年到1920年的时段来看，陈独秀1915年从日本回国后帮助同乡汪孟邹将《中国白话报》改刊为《通俗》杂志之时，开始筹办《青年杂志》（第二卷起更名为《新青年》），创刊号的社告上提出"国势陵夷，道衰学弊。后来责任，端在青年"[1]。其间与胡适一起倡导了文学革命，又受聘为北京大学文科学长，并且进行一系列改革，如将《新青年》杂志变为同人刊物。还创办了《每周评论》，发刊词明确其宗旨为"主张公理，反对强权"[2]。同时又开始积极创建中国共产党。这时期的李大钊由章士钊推荐任北京大学图书馆主任，参与编辑《新青年》杂志，指导成立了国民杂志社，秘密组织马克思主义研究会，发起少年中国学会，还在《北京大学日刊》上积极撰稿发表歌谣、杂感等各种文章。张闻天与恽代英，一个是怀着"科学救国"的理想从南京河海工程专门学校走出来的工学生，一个是接触无政府主义并受其影响的武昌中华大学的文科生，都共同地受到五四运动风潮的鼓动。他们作为青年学生殊途同归地认同"理想""主义"须与社会劳农密切联系。张闻天参与并且响应少年中国学会，共同倡导"纯洁、俭朴、实践、奋斗"的信条，组织工读互助团；恽代英不仅在武汉最早成立以"群策群力、自助助人"为宗旨的互助社，而且率先在武汉组织学生市民罢课罢市等声援北京的爱国运动。可见，正是这些作家特有的多重身份和活跃的思想，给过往的文学史家有了简单判断——五四时代新文学受到无产阶级思想的影响，革命文学就必然产生

---

[1] 《青年杂志》第1卷第1期。
[2] 《每周评论》总第1期。

了①——的理由。同时，也应当承认文学与革命确有一体的双重性。陈独秀与李大钊思想先行的立言，崇尚青年、理想、主义而将文学与革命内在要素勾连融合；张闻天与恽代英认为践行大于言说，在遵循着务实、俭朴、民众、互助的思想主旨下，引导着立足民生的写实文学与社会革命实践活动的密切联系。以思想启蒙开启的五四时代，从人的文学到面向大众的现实主义文学，可见文学与革命联姻的必然与偶然，但是它并不一定就是后来所说的无产阶级的革命文学。显然，寻踪上述作家各自的人生轨迹、不同的文学与革命结合方式，才有可能使现代中国革命文学生成演进的线条更为明晰，更为客观地贴近历史样态。

其二，现代中国革命文学的发生，本质上是作家面临着社会历史、现实生活与文化文学重大转变时的思想留痕。实际上，这批作家思想立场的认同和选择，一方面表现出传统知识结构的沿袭与现代文化的不约而至，并且二者发生着碰撞和相互浸透；另一方面中国近现代社会历史的转型和一系列重要政治革命事件的触发更不容忽视。最典型的是甲午海战、辛亥革命，与国外的法国大革命、俄国十月革命等合力作用，推动了他们对新思想的积极探寻，推动了五四文学革命的深入发展与现代中国革命文学自身元素的建设。

1919年陈独秀说："十八世纪法兰西的政治革命，二十世纪俄罗斯的社会革命，当时的人都对着他们极口痛骂，但是后来的历史家，都要把他们当做人类社会变动和进化的大关键。"②可见此刻陈独秀对两次世界著名大革命的认同态度，也传达出他五四新文化启蒙运动中的立场。而这时期李大钊从一个温和的改良立宪革命者转向最早涉猎俄国革命的马克思主义先行者。1917年前后他参与《甲寅》和《晨钟》报的编辑活动，也常在这些刊物上发表文章，1918年7月《言治》季刊上发表《法俄革命之比较观》文章，正是李大钊由

---

① 李何林：《五四时代新文学所受无产阶级思想的影响》，载李何林等：《中国新文学史研究》，新建设杂志社1951年版，第19—35页。

② 只眼（陈独秀）：《二十世纪俄罗斯的革命》，《每周评论》总第18期。

"自由"中心的立宪革命迅速向着讴歌俄国革命转变的重要标志。就某种程度说,这也多少呈现了启蒙时代的文学革命向着社会革命文学蜕变的一些印痕。同样经历了重要历史变革、传统现代文化的交融、文学与革命选择的张闻天和恽代英,他们更重视在新思想新文化吸收接纳过程中的反思与实践。张闻天早在1919年8月的《社会问题》一文中,将中国辛亥革命同欧洲旧式的革命进行反思性比较,对社会不同阶级知识者与劳农界人之间相互作用的分析,已经表明他马克思主义思想研究的朦胧意识,而随后他更多身体力行地系统翻译介绍西洋学说和欧美丛书①,努力在文学创作实践中刻画自己理解的知识者形象,探索现代知识分子走向革命的曲折历程②。1920年恽代英在辛亥革命国庆日写的《革命的价值》文章里,将真正革命事业明确:"就群众心理因势利导",对革命真诚,注意"团体的构成","真诚、纯洁、分工、互助的联合"③。同时,在知识者与社会的关系上,恽代英认为办教育与社会改造是联系在一起的,"凡人要与社会做点实在的事,都不可不树立一个改造的理想,使多数人在这一致的理想之下分途努力"④。这正是后来恽代英强调首先必须"要求革命的真实情感"⑤,才有可能产生真正革命文学之思想源流。1925年前后,恽代英全身心地投身社会政治革命的实践,真切地体验到革命文学不是凭空的想象或单纯的感情冲动。由此,恽代英以对社会的政治关怀,满腔热情拥抱现实人生,将文学与革命有机地联系和渗透,也重塑了一代文学家与政治革命家的双重身份。

其三,考察现代中国革命文学的生成,最初这一作家群体新文学的创作实践和对革命文学的理解,实质上都不是文学自身的审美表达和其文学理论的

---

① 张闻天:《对于中华书局新思潮社管见》,《时事新报·学灯》1920年1月22日;《译名的讨论》,《时事新报·学灯》1920年4月17日。
② 如张闻天《旅途》《飘零的黄叶》小说中钧凯、长虹等人物形象的塑造。
③ 恽代英:《革命的价值》,《时事新报·学灯》1920年10月10日。
④ 恽代英:《教育改造与社会改造》,《中华教育界》第10卷第10期。
⑤ 恽代英:《中国所要的文学家》按语,《中国青年》总第80期。

建构，而是历史进程中现代性的想象和应对社会现实的思与感。他们将文学仅仅作为一种自我思想观念的代言，一种政治视野下主观追求的实践和意识形态化的运作。

自然，我们可以从陈独秀破旧立新的"三大主义"新文学主张中感受到前所未有的时代气息和革命精神，也能够说李大钊提倡的"为社会的写实"的五四新文学具有了某些社会主义革命文学的元素，更毋庸置疑1923年以后，恽代英、邓中夏、萧楚女等一批具有多重身份的作家，提出的文学应该为社会革命而服务的明确主张，多少引导和影响了现代中国革命文学生成的走向。

张闻天是将思想的认知和文学的创作结合得最好的作家。革命思想如何通过文学想象、情感具象、叙事和修辞来呈现，张闻天小说、话剧创作中人物形象的塑造，大量外国文学作品翻译的选择，以及同时写的《生命的跳跃——对于中国现文坛的感想》《从梅雨时期到暴风雨时期》等文章的观点，都可以看到他对革命文学的探索和其实践之努力。重新审视现代中国文学的发生，不论是对传统大文学的文章学和文以载道观的继承，还是对外国文学理论文类学的吸收和影响，都有着文学普遍性个人自我与社会人生双面乃至多面融合的问题。当现代中国文学翻开新的一页，五四新文学以大写的"人"的书写和贴近平民大众的白话文的形式表达为基本特征的同时，文学的走向既是属于每个作家的独立思想、自我趣味之表现，又是历史进化、时代演变、社会变革对作家影响作用的结果。为此，纵观陈独秀等这一作家群体对文学与革命的双重建构，他们率先发现文学功能是社会改革的重要利器之一，文学革新与社会政治的变革可以相辅相成。这样在他们自己文学创作的实践中，在鼓动和倡导新型文学的过程中，五四独立、自主、自由、进步、进取的"新人"的现代性塑形和成长受到特别的关注，我们也正是从他们人生社会经历与文学互动中获得感知。将他们作为一个历史存在的作家群体，一个时代和社会政治的象征，一个推动历史在变革中前行的代表，这足以提示我们思索五四新文学是什么、现代中国革命文学是什么的问题。陈独秀、李大钊、恽代英笔下的议论随笔杂感比他们的诗歌散文等纯粹文学创作有更明晰的思想和观点；张闻天以《旅途》《飘零的黄叶》《逃亡者》《青春的梦》等文学叙事写他人、写自己，更用生命在书写一个时代新人成长的困惑、迷茫、追求，乃至对未来的构想。就此可以看到，无论理性的现实的思想还是虚构的情感文学，都呈现了在一个动荡时代对革命文学由心动到身行的完整过程。

其四，任何典型现象的具体的特殊的时间节点固然重要，可是历史过程中丰富而复杂的形态更有质感的诱惑。我们探讨现代中国革命文学的起源，特别关注到这批现代作家共同地经历着一个动态的历史时段：思想文化的五四运动、文学革命高潮过后的1920—1923年。正是他们在这个重要时段里无意识地同步参与历史的进程，揭示出现代中国革命文学自身演进的线路。

比如陈独秀开始反思新文化运动"要注重团体的活动"①之时，正是他在创建一个新的政党的时期。李大钊、张闻天等积极参与组织少年中国会，恽代英等人创办中国社会主义青年团机关刊物《中国青年》，也都是在这个历史时期。在他们看来任何虚无的想象，哪怕是激情的鼓动，面对社会制度的破裂都是无济于事的。唯有组织、联合、互助的实际工作，才能够走出五四低潮的困顿、迷茫，才能够真正使五四"人的文学"向着底层的平民大众贴近。当然，五四文学的"人"本身就是多元而立体的，走向也是多线条交叉的。以陈独秀等为代表的这一作家群体都普遍经历了由"心动"到"行动"的转向，都有一个"文"的革命与"人"的革命互动关系不断调整的过程。这个过程是现代中国革命文学诸多生成轨迹之一。这里并不是说他们有意为之编排组合起了一个革命文学生成的作家群体。五四文学革命向着革命文学迈进的历史进程中，我们避开1919、1921、1925年等重大政治事件的节点考察，而将目光聚焦历史时段动态的行进和他们具体的活动细节，力求贴近这样一批作家的言和行，发掘作家内心的呼唤和自觉革命的实践。从五四文学革命向着革命文学的发展，真

---

① 陈独秀：《新文化运动是什么？》，《新青年》第7卷第5期。

正文学的价值恰恰是革命提升和反映了文学自身内部结构的张力。陈独秀的《文学革命论》重心点并不在"国民、社会、写实"的三大文学是什么，而是渲染"拖四十二生的大炮"破与立的革命气势。由此，传达了一种新的文学价值在于"唤醒""激励"民众对旧文学批判。恽代英等《中国青年》的同人，"亦相信文学是'人类高尚圣洁的感情的产物'"[1]，但是他们更认同文学对现实人生的关怀，将文艺作为一种社会政治意识，强调文学与革命实践活动相结合。由此，这批作家最大限度地扩大了文学功能价值。社会化文学本体一致性的诉求，成为现代中国革命文学生成发展的重要推手。这一方面取决于作家精神人格的主体建构，另一方面取决于赖以生存的社会与时代对作家的影响。作为时代的弄潮儿、五四先觉者的这批现代作家，一开始就表现出强烈的使命感、国家民族的忧患意识，将文学价值偏向社会关怀、行动主义，是其共同的特征。同时，因每位作家人生和感受的不同，文学丰裕而复杂的本体，及其价值功能又是在不断被开发和拓展的。在历史演进的过程化和文学形态的多样化中，文学史的言说永远是以作家为主体的，陈独秀等这批作家身上的同一性和差异性，既揭示现代中国革命文学发生起源的某些历史真实，又是现代中国革命文学发生发展的重要参照。同时期的郭沫若、成仿吾、钱杏邨、瞿秋白、冯雪峰等另一批作家的积极探求，使现代中国革命文学由最初的发生，努力向着自身理论建构和其独立本体的深层进发，续写五四文学新的历史篇章。

---

[1] 王秋心、恽代英：《文学与革命》，《中国青年》总第31期。

第十三章　现代中国革命文学成长期的理论建设
——以作家钱杏邨、瞿秋白、冯雪峰为例

本章将在1928年革命文学倡导和论争的语境中，选取钱杏邨、瞿秋白、冯雪峰三位现代作家探寻文学与革命理论的建设路径，以求寻绎现代中国革命文学自身内部成长的思想理论要素。1928年前后，是现代中国革命文学建设中的重要拐点。这时期现代中国革命文学正处于活跃的成长期，但是其演进的线路并非像现实中的"不革命即是反革命"那么简单明了，有关文学与革命诸多因素交织和融合在一起，呈现出既丰富又复杂的形态。比如，由阶级尖锐冲突，环境复杂多变，刺激和滋生了革命热情的高涨，相关革命文学的话题经历了从革命文学的提倡、革命与文学关系的讨论到理解革命文学不同角度的诸问题论争的过程，中间围绕革命文学生成、发展。这既是现代作家思想主张的大展示与作家群体重新组合调整、阵营再划分，又是现代革命文学不同观点主张多维视点的碰撞和其理论的系统建构。

一

已有文学史关于1928年的革命文学的倡导和论争的记载，是体现在鲁迅等作家与另外三批作家之间。比如后期创造社不仅仅有了李初梨等一批年轻的新人加盟，而且社团前期元老们也在这个时期产生了裂变；一批中共党员作家成立了太阳社，创办《太阳月刊》《时代文艺》《新流月报》《拓荒者》《海

风周报》等刊物,以及"太阳小丛书"(又名"太阳社丛书")等。同时,又一批以潮汕籍党员为主体的作家洪灵菲、林伯修(杜国庠)、戴平万等另行成立了我们社。这三批作家在一致倡导革命文学之外,多少有共同针对鲁迅、茅盾、叶圣陶等一批五四以来的作家的目的。论争参与的群体大体是这些作家。问题的焦点表面是关于革命文学"发明权"的争夺,和对文学与革命关系的不同理解,实际上整体反映了大革命时代和社会激变中现代作家茫然、焦虑的创作心理,及激进的文学思想的探求。

钱杏邨(笔名阿英,1900—1977)太阳社的主要成员之一。钱杏邨不仅仅是现代中国革命文学行进到1928年前后这一历史拐点的重要代表作家,而且是现代中国革命文学论争中的一个核心人物。以钱杏邨为主要发起人的太阳社,于1927年底在上海成立,1928年1月1日推出《太阳月刊》创刊号,正式以"太阳社"的名义开展活动。它有两个独特的标志:一是太阳社的诞生突破了五四以来的新文学作家群体社团流派的同人聚合结社性质,钱杏邨、蒋光慈、孟超等骨干成员均有中共党员与作家的双重身份。该社团同时也是一个党的支部,文学团体与党派第一次进行了最有机的结合和联姻。二是太阳社率先提出阶级划分的革命文学,从无产阶级革命文学理论的拓荒,到无产阶级革命文学创作的实践,将五四新文学真正意义上推向了左翼革命文学的时代。钱杏邨19岁在上海读书期间,受到五四新思潮影响参与了学生运动,并且很早就与同乡刘希平、高语罕、李克农、王稼祥、蒋光慈等革命知识分子过从甚密,也在他们影响下,于1920年10月在上海中国共产主义小组的刊物《劳动界》上发表一篇调查报告——《南京胶皮车夫的状况》。1922—1925年钱杏邨先后在合肥、六安、当涂、芜湖等地兴办中学教育,主编刊物积极从事新文化建设,热情关注社会政治运动,1926年秋天,他经高语罕、周范文介绍毅然加入了中国共产党。1927年大革命失败后的白色恐怖中,他在上海开始与蒋光慈、孟超等协商成立太阳社事宜,当时许多中国共产党的职业革命家先后加入了太阳社团体。钱杏邨后来回忆:"一九二八年,太阳社成立于上海,当时'中共'干部参加的,有秋白、杨匏庵、罗绮园、高语罕等。"①并说:"太阳社支部,又称春野支部,属中共闸北区第三街道支部,后叫文化支部,翰笙负责过文化支部。"②钱杏邨夫人戴淑真的回忆也提到了这一史实,太阳社成立后,在上海北四川路虬江路口北建立了一家书店——春野书店,"社内还建立了党的组织,春野支部,隶属闸北区委领导"③。夏衍在《懒寻旧梦录》中说得更清楚:"我的组织关系编在闸北区第三街道支部,并带我到虹口下海庙(什么里弄我记不清了)去找孟超,告诉我他是我们这个小组的组长。这个小组一共五个人,即孟超、戴平万、童长荣、孟超的夫人和我,代表区委、支部来领导这个小组的是洪灵菲。不久,钱杏邨代替孟超,当了组长。除我之外,这个小组全是太阳社的作家。"④党员身份的钱杏邨与设有党的支部组织的太阳社,开创了现代中国革命文学崭新的一页,即无产阶级文学运动中的作家与社团的新型关系。钱杏邨等太阳社的党员作家一方面经历了大革命阶级斗争的血与火的洗礼,另一方面都自觉地从事革命的实际工作,不间断地创办革命文艺刊物,还直接走上街头,散传单、贴标语,乃至游行集会。更多是用手中的笔写作,既大胆思考、建构现代中国革命文学的理论,又努力进行革命文学的创作。1928年至1930年的三年时间里,钱杏邨给我们奉献出多部创作与理论著作,诸如《麦穗集》(批评文集)、《一条鞭痕》(中篇小说)、《革命的故事》(短篇小说集)、《欢乐的舞蹈》(短篇小说集)、《义冢》(短篇小说集)、《暴风雨的前夜》(长诗)、《荒土》(诗集)、《力的文艺》(评论集)、《作品论》(评论集)、《现代中国文学作家》(评论集)、《文艺批评集》等,有10余部之多。这期间,高产作家钱杏邨的写作量很大,唯一能够

---

① 钱杏邨:《关于瞿秋白的文学遗著》,载《阿英全集》第6卷,安徽教育出版社2003年版,第4页。
② 吴泰昌:《阿英忆左联》,《新文学史料》1980年第1期。
③ 戴淑真:《阿英与蒋光慈》,《新文学史料》1983年第3期。
④ 夏衍:《懒寻旧梦录》,生活·读书·新知三联书店1985年版,第126页。

比肩的是太阳社里另一位重要成员蒋光慈。最重要的是，他倡导革命文学、实践革命文学所涉猎的领域之宽广，提出的问题之尖锐，表达思想观念的言辞之激烈，都相当少见，是在现代中国革命文学的发展史上一位无法绕开的党员作家。

钱杏邨以《死去了的阿Q时代》《批评的建设》等系列文学批评文章，首倡革命文学尖锐对立式"争斗"批评模式，并直接接受、传播世界共产国际运动的文化文学思想，为现代中国无产阶级文学挖掘了"最初的一块奠基的泥土"①。钱杏邨应该是较早将苏联社会和阶级观点确定为中国现代文艺批评标准、把脉中国文坛的作家之一。他明确划分当时文坛有三种不同的文艺运动："一种是反动的资产阶级文艺的运动，一种是代表小资产阶级转换方向的劳动阶级文艺运动，一种是直接的走上劳动阶级的劳动阶级革命文艺运动。"②1928年3月和5月钱杏邨在《太阳月刊》3月号（总第3期）和《我们》月刊创刊号上发表《死去了的阿Q时代》和《〈朦胧〉以后》，在两篇之间，钱杏邨还写了另一篇评价鲁迅的文章，后一起收录在其《现代中国文学作家》中，这应该是以鲁迅及鲁迅的小说为案例，做的一次最具代表性的批评实践。钱杏邨强调文艺与政治、阶级的密切关联，对革命文学的创作和创作者有了明确社会身份的指向。在此之前，虽然鲁迅、茅盾、郭沫若、成仿吾、蒋光慈均有究竟什么是革命文学的论述，也都从各自不同角度阐释了革命与文学之关系。但是，钱杏邨这篇关于文学与革命的关系的阐释长文，却因对鲁迅创作观取批判的姿态，成为1928年革命文学从倡导到论争一个重要的标志。

钱杏邨直言："无论鲁迅著作的量增加到任何的地步，无论一部分读者对鲁迅是怎样的崇拜，无论《阿Q正传》中的造句是如何的俏皮刻毒，在事实上看来，鲁迅终竟不是这个时代的表现者，他的著作内含的思想，也不足以代

---

① 钱杏邨：《力的文艺》，载《阿英全集》第1卷，安徽教育出版社2003年版，第43页。
② 钱杏邨：《批评的建设》，《太阳月刊》1928年5月号（总第5期）。

表十年来的中国文艺思潮！"①同时，他进一步指出，大革命时代的农民"早已不像那时的农村民众的幼稚了"，"他们大都有了很严密的组织，而且对于政治也有了相当的认识"。为此"勇敢的农民为我们又已创造了许多可宝贵的健全的光荣的创作的材料了，我们是永不需要阿Q时代了"。②如此对鲁迅小说《阿Q正传》的价值评判，对五四以来鲁迅的新文学思想启蒙现实意义的否定，可以说在他之前是没有的。如果说创造社成仿吾的《从文学革命到革命文学》，是一篇呼唤革命文学"唯物的辩证法"思想方法指导的宣言，那么钱杏邨则是明确了农村革命、无产阶级的农民是革命文学的主体。钱杏邨不惜以过激的言辞判定鲁迅思想停滞了，是"落伍者""小资产阶级""闭了眼不看社会经济和政治情形的作家"；还详尽地分析鲁迅小说、散文，及其创作动机，称其创作"只有怀疑，没有出路"，是"趣味主义"的文学。③显然，面对着大革命中血与火的阶级冲突，党内高涨的革命论，以及国际上苏联"拉普"极左路线的影响，钱杏邨以多带偏激的情绪来简单化理解现实社会情势，及阶级冲突的革命复杂关系。

当钱杏邨批判的矛头直指鲁迅，以不容置疑的农民阶级立场，清算一切非无产阶级的思想，展开一场声势浩大的"文化批判"运动之时，革命文学由最初的倡导转向了激烈论争。《死去了的阿Q时代》系列文章是革命文学论争呈现阶级"争斗"的重要推手。钱杏邨将革命文学的论争的目标对准鲁迅，文坛诸多作家对此进行了迅捷反击，李何林编辑《中国文艺论战》收集各派不同观点成书一册，说"以鲁迅为中心的'语丝派'则和创造社一般人立于针锋相

---

① 钱杏邨：《死去了的阿Q时代》，载《阿英全集》第2卷，安徽教育出版社2003年版，第5页。

② 钱杏邨：《死去了的阿Q时代》，载《阿英全集》第2卷，安徽教育出版社2003年版，第16页。

③ 钱杏邨：《死去了的阿Q时代》，载《阿英全集》第2卷，安徽教育出版社2003年版，第10、12、17、18页。

对的地位"，"它们两方作成了这一次论战的两个敌对阵营的主力"。①实际上，论辩中创造社、太阳社团体内部意见并不完全统一。论争分歧或对立的核心所在是两种文学关系的理解，即五四以来的启蒙文学与现阶段无产阶级文学，究竟是承继连体关系，还是彼此对立关系。某种程度上，钱杏邨是以一种偏激方式对革命文学本体建构的一种大胆的设问。1982年周扬谈论阿英（钱杏邨）文章的得失："《死去了的阿Q时代》敢于向伟大的鲁迅挑战，对这部杰出作品的评论并不确当，但却提出了一个惹人注目的问题：阿Q时代到底死去了没有？我们的回答应当是阿Q的时代并没有死去，但却应当死亡。鲁迅以其对于中国社会和历史的无比锐敏的洞察力，解剖了这个代表我国国民性的阴暗面的典型，他是希望这个时代死去的。这里，我想起了俄国伟大批评家杜勃罗留波夫的'什么是奥勃洛莫夫性格'那篇有名论文，他分析了这个典型是旧俄国教育和周围环境的产物，并以高度的热情期待埋葬这类人物。如果我们中国的批评家也象杜勃罗留波夫那样来评价鲁迅，鞭挞阿Q，那该多好啊！"②从这一评述我们至少可以获得两点历史的提示：一是钱杏邨对鲁迅的时代苛求明显带着激进的情绪色彩和超前的思想意识；二是阿Q形象对国民性的解剖无疑值得充分肯定的，同时其典型性也需要包容和期待。钱杏邨等发动革命文学的论争，和推动引导革命文学的走向，也正需要从正反两方面对历史进行客观的反省。

而且在这次论争中，以钱杏邨为代表的太阳社全方位地倡导革命文学，引发大规模的革命文学的论争，表现出前所未有的毫不悲观、毫不惧怕，崇尚奋斗，要"战胜一切""征服一切"③，理直气壮地为现代中国无产阶级文学摇旗呐喊。钱杏邨不仅是太阳社的中坚人物，而且在论争中全面出击，既对本团体内部或后期创造社中不同意见展开了探讨，又与本团体之外的其他作家团

---

① 李何林编：《中国文艺论战》，陕西人民出版社1984年版，第10页。
② 周扬：《〈阿英序跋集〉序》，《驻马店师专学报》（社会科学版）1988年第3期。
③ 《太阳月刊》1928年1月号（总第1期）卷头语。

体的不同思想进行了激烈交锋。比如,后期创造社的李初梨指责作家赶不上时代,钱杏邨立即以书信方式直接表示对此论断的"奇诧",以蒋先慈认为文学落后的原因是"革命的步骤实在太快了"①为例,批评李初梨的观点,并且反击"不然,只许创造社有转换方向的特权,那不是只许州官放火,不许民家点灯了么"②。当创造社批评茅盾小说《幻灭》"描写几个小资产阶级""反映了资产阶级的艺术至上主义",批判茅盾的《从牯岭到东京》创作存在"小资产阶级文艺理论之谬误"之时,③钱杏邨却鲜明肯定茅盾的《幻灭》是"一部有时代色彩的小说","全书把整个的小资产阶级的病态心理写得淋漓尽致,而且叙述得很细致"④。他评论蒋光慈的小说《野祭》是一部"真能代表时代的恋爱小说",但是,如与作家过去小说比较"没有《短裤党》和《罪人》的重要","不伟大也是当然的事实"。⑤从具体作家作品的批评看,钱杏邨褒贬具体作品并不关注作家是否为社团内部人,甚至与后期创造社虽然有着基本相同的革命功利主义文学观,但也不在乎直言相左意见。他只着眼于革命斗争的需要,文艺的社会性,文学必须服务于时代,无产阶级力的文艺。他对那个阶段文坛有上述明确的文艺运动的规划,有系统的文学批评的标准和要求。1928年的5月的《太阳月刊》上他发表的《批评的建设》一文,明确表示:"批评家应该很清晰的了解时代思潮,观念要清楚,阶级的分野要看得显明。""批评家批评他们的创作,首先要明了他们的创作的时间背景与政治环境,与他们对于政治的时代的使命。""文艺是有阶级性的,资产阶级的文艺早已到了进墓洞的时候了。现在是超个人主义的群众文艺,被压迫阶级劳动文艺起而代之的时候,批评家应该担负起他们的对于这种反革命文艺运动的责

---

① 蒋先慈:《现代中国文学与社会生活》,《太阳月刊》1928年1月号(总第1期)。
② 钱杏邨:《关于〈现代中国文学〉》,《太阳月刊》1928年3月号(总第3期)。
③ 克兴:《小资产阶级文艺理论之谬误——评茅盾君底〈从牯岭到东京〉》,《创造月刊》第2卷第5期。
④ 钱杏邨:《"幻灭"》,《太阳月刊》1928年3月号(总第3期)。
⑤ 钱杏邨:《"野祭"》,《太阳月刊》1928年2月号(总第2期)。

任，对于资产阶级文艺不断的加以抨击，根本上消灭他们的力量。""文艺批评家的职任就是一个革命家的职任，批评家的任务就是促进革命的进展与成功，批评家要把握住他们的这一种伟大的使命。"①

显而易见，将钱杏邨这些文学批评的建设主张，与他的《死去了的阿Q时代》对读，既能够看到钱杏邨革命文艺思想系统的建构和其批评实践的有机联系，又为现代中国革命文学运动发生发展寻到了一个重要的理论与实践之案例。从表面上看，《死去了的阿Q时代》似乎仅仅是对鲁迅及鲁迅笔下的阿Q形象的一次简单化否定，但实际上这反映了新兴中国无产阶级革命文学运动极端和教条化的生成路向。农民身份的阿Q是否死去，阶级对立与冲突是否非此即彼，乃至矛头直指鲁迅批判是否正确，这些问题的回答并不十分重要，重要的是倡导者发问者的一鸣惊人。由此，提出越刺激的话语越能吸人眼球；最简单的二分法思维也是最能够贴近革命的表达方式。钱杏邨等党员作家刚刚经历了1927年大革命的失败，亟待思想和精神的鼓动，走出革命挫败的低谷。革命文学的倡导与其说是文学的倒不如讲是革命的再召唤。他深知"只有在创新性激发出这种感召力，并且与自由之理念相联系之处，我们才有资格谈论革命"②。革命正需要不断地提出新鲜话语鼓舞人们始终保持高昂的斗志。同时，1928年的开端，钱杏邨代表的太阳社举旗倡导革命文学，不只是前后期创造社文学进程中讨论革命文学的陪衬和呼应。钱杏邨不断强调的时代、阶级、反抗、革命家之核心话语，试图全面地阐释无产阶级现实主义文学，即"力的文艺"。其本质正是借助文学激发人们的革命斗志，以革命文学的建构，传达对大革命失败的不满和反思，更是革命斗争经验的总结和宣传。作为革命者的钱杏邨十分清楚"没有革命的理论，就不会有革命的运动"③这一思想。他旗帜鲜明地倡导无产阶级文学，坚定地以有政治性、斗争性、煽动性的功利主

---

① 钱杏邨：《批评的建设》，《太阳月刊》1928年5月号（总第5期）。
② 汉娜·阿伦特：《论革命》，陈周旺译，译林出版社2007年版，第23页。
③ 列宁：《怎么办？》，载《列宁全集》第6卷，人民出版社1986年版，第23页。

义文学观为革命文学运动造势。他既坚决反击新月派等人的"人性论"文学主张，又针对鲁迅、茅盾、叶圣陶，甚至蒋光慈等作家的作品进行批评，表达自己完整的革命文学理念。他说："新兴文学是新兴阶级革命的战斗的鼓号，是新兴阶级的战斗的武器，是新兴阶级的战斗的檄文。"[1]革命文学要体现出"力的技巧""力的表现"，因为"劳动阶级不是绅士，革命者不是优美的处子，劳动文学的生命就是粗暴"，[2]"在幼稚之中，它是毫无疑问的在宣传上完成了它的任务，植立了前途发展的础石"[3]。至此，钱杏邨代表的太阳社以突出政治化中心阐释革命文学，强化了革命文学主体是无产阶级劳动者，文学与现实的密切联系首先是服务革命，其次才是审美的欣赏。显然，与郭沫若等人倡导革命文学只是提出"普罗列塔利亚的文艺"[4]，强调知识分子要通过扬弃的方法除去自身的资产阶级意识相比，太阳社的努力又进了一步。应该说，钱杏邨在推动全面建构革命文学政治体系合法性的进程中有着特殊的历史贡献。

二

1930年代前后，伴随着党派与阶级间的冲突加剧，源于知识阶层的五四新文学也与现实生活、社会的广大民众有了愈加密切的联系，其中最为突出的现代中国革命文学全面展开了自身理论话语之建设。这既是社会革命活动和激烈阶级斗争的必然，又是革命文学经过从自觉倡导到不自觉论争后一次重要的思想提升。在组织层面上，关于革命文学论争的不同文学派别，包括以中共

---

[1] 钱杏邨：《〈动荡〉诗序》，载《阿英全集》第1卷，安徽教育出版社2003年版，第252页。
[2] 钱杏邨：《〈野祭〉》，《太阳月刊》1928年2月号（总第2期）。
[3] 钱杏邨：《中国新兴文学中的几个具体的问题》，《拓荒者》第1卷第1期。
[4] 麦克昂（郭沫若）：《桌子的跳舞》，《创造月刊》第1卷第11期。

党员为核心的太阳社、我们社等团体，及随后（1930年）在上海成立的中国左翼作家联盟，它们一致认同现行中国文艺运动的目的在于"求新兴阶级的解放"；"反对一切对我们的运动的压迫"，必须"确立马克斯主义的文艺理论及批评理论"。[①]在现实层面上，"中国无产阶级革命文学在今天和明天之交发生，在诬蔑和压迫之中滋长，终于在最黑暗里，用我们同志的鲜血写了第一篇文章"[②]。这个时期，无论是现代中国革命文学的自身发展，还是外部社会政治革命斗争，都进入一个重要的历史转折期。尤其是现代中国革命文学要获得强大的思想资源，应对来自这样内外双重合力的压力，自身本体的内涵建设比任何时期显得更加迫切。为此梳理以钱杏邨等为代表的作家的革命文学演进的路线和其自身的纹理，特别是1928年前后各种观点的论争，对现代中国革命本体内涵认知的了解有重要作用，除了反思后期创造社、太阳社、语丝社及其他团体流派内部或外部矛盾冲突核心所在外，也不可回避身份特殊的瞿秋白、冯雪峰等在这一时期对现代中国革命文学走向起到极为重要作用的作家。

瞿秋白（1899—1935），中国共产党早期领导人之一，曾两度担任中国共产党的主要领导（1927年8月—1928年7月，1930年9月—1931年1月），马克思主义者，无产阶级革命家、理论家和宣传家，中国革命文学事业的重要奠基者之一。

冯雪峰（1903—1976），1929年参加筹备中国左翼作家联盟；1931年任"左联"党团书记、中共上海文化工作委员会书记，编辑出版《前哨》杂志；1933年底到江西瑞金任中央党校副校长；1934年参加中国工农红军的长征。

虽然两人在年龄上有4岁之差，但是他们在中共党内均担任过重要领导。还有同样的文学经历，青年时代两人都是活跃的新文学建设者。五四前后，瞿秋白办《新社会》《人道》《前锋》《向导》等综合类文化思想刊物，并参与

---

① 《中国左翼作家联盟的成立》，《拓荒者》第1卷第3期。

② 鲁迅：《中国无产阶级革命文学和前驱的血》，载《鲁迅全集》第4卷，人民文学出版社1981年版，第282页。

了新文学第一个纯文学社团——文学研究会，著有纪实文学《赤都心史》《饿乡纪程》。1931年，瞿秋白在上海参与了中国左翼作家联盟团体的重要领导工作，如马克思主义的宣传和传播工作。冯雪峰1921年考入浙江省立第一师范学校，学生时代就参加了朱自清等人组织的文学社团晨光社，开始创作新诗。1922年还与汪静之、应修人等组织了五四时期新诗重要团体——湖畔诗社，四人合集出版了新诗集《湖畔》，给新诗坛吹来一股清新的风。1930年"左联"成立，先后担任过"左联"的党团书记和上海中央局文委书记重要职务。由此，瞿秋白与冯雪峰两位作家共同经历了革命文学组织化的"左联"时期，还与鲁迅先生建立了亲密的师生、挚友、同道人之特殊关系，彼此相互影响，又从不同的角度阐释和建构了革命文学思想理论形态，将之前革命文学倡导中来自不同派别、不同阵营的作家，统一到中国左翼作家联盟团体组织中，统一于无产阶级大众化的革命现实主义文学创作方法上来，从而积极推动了现代中国革命文学的发展进入到一个新的历史阶段，即在世界共产国际运动中的中国无产阶级大众的革命文学的新阶段。

与之前革命文学倡导者的不同之处在于，鲁迅及瞿秋白和冯雪峰对于现代中国革命文学的认识和其演进路向的基本把握，源于自觉与不自觉地对苏联文学、文艺政策及马克思、恩格斯、列宁等人的理论批评的大量译介，并且努力对其进行中国化的阐释，引领中国左翼文艺运动与世界共产国际运动的同步前行。翻阅史料可以发现，在"左联"成立的前夕与初期，即1929年中期到1930年夏，由鲁迅、冯雪峰等参与翻译，在上海水沫书店、光华书店出版的一套《科学的艺术论丛书》，从日文转译了一系列马克思艺术论的著作。其中有鲁迅译的卢那察尔斯基的《文艺与批评》、普列汉诺夫的《艺术论》、苏联共产党的《文艺政策》，冯雪峰译的普列汉诺夫的《艺术与社会生活》、梅林的《文学评论》、沃罗夫斯基的《社会的作家论》等。而1931年以后接续马克思主义文艺理论译介的正是瞿秋白。这时期他受到党内"左"倾路线的打击，被排挤出中央领导岗位，从苏联回国暂时避居于上海。在此期间，他因严重肺病休养身体，也与"左联"建立了联系，参与了左翼文艺运动的领导工作。瞿秋白深居简出，一边养病，一边满怀热情地投入翻译工作，集中于俄罗斯和苏联文学现状的译介和宣传，如《赤俄新文艺时代的第一燕》《斯大林和文学》《论弗理契》《苏联文学的新的阶段》等，也编译了马克思主义文艺论文集《"现实"》，收录《马克斯、恩格斯和文学上的现实主义》《恩格斯论巴尔扎克》《文艺理论家的普列哈诺夫》等关于马克思主义文艺理论、世界革命文学的文章。这些系统的译介文章和著作，不仅为刚成立的"左联"团体凝聚人心、确立理论思想、指明可寻方向，而且充实与丰富了中国左翼文艺运动的思想理论资源。

鲁迅通过翻译认识了马克思主义的文学批评，关注到苏联文学理论的价值意义。如果说鲁迅这一选择是在革命文学倡导中，受到激进的太阳社、后期创造社的批判而迫于应对的接受，正如他所说，"我有一件事要感谢创造社的，是他们'挤'我看了几种科学底文艺论，明白了先前的文学史家说了一大堆，还是纠缠不清的疑问"[1]；那么，"左联"成立以后，他由被动应对转向了主动学习和传播。这一转变又与鲁迅和冯雪峰、瞿秋白之间特殊的关系有着密切关联。他们彼此从并不认识到相互吸引、互相影响，成为志同道合的同志。1920年代中期，冯雪峰在北京曾经去北京大学旁听过鲁迅几节课，真正与鲁迅接触是20年代末到了上海，"那时候正在从日本文译本转译马克思主义的文艺理论作品，碰到的疑难，没有地方可以求教，知道鲁迅先生也在从事马克思主义文艺理论的翻译工作，所根据的也是日本文译本，所以我去见他，是想请他指教"[2]。这时鲁迅和他的朋友正在组织艺术团体朝花社，致力于介绍欧洲新版画艺术和文学等工作，其中有一社员柔石是冯雪峰浙江第一师范的同学兼同乡，当年同在文学团体晨光社。冯雪峰自述："一九二八年十二月的一

---

[1] 鲁迅：《二闲集》序言，载《鲁迅全集》第4卷，人民文学出版社1981年版，第6页。
[2] 冯雪峰：《回忆鲁迅》，载《雪峰文集》第4卷，人民文学出版社1985年版，第129页。

天晚上，柔石带我去见了鲁迅先生，从此我就跟鲁迅先生接近，一直到他逝世之日为止。"①因为翻译苏联的《文艺政策》一书，鲁迅与冯雪峰最初的接触有了许多共同的话题。而瞿秋白与鲁迅的交往也与冯雪峰有关。"秋白同志和鲁迅先生接近是从一九三一年下半年开始的，在这以前他们没有见过面。他们的相互认识和接近，是因为有一个'左联'。"②这中间的介绍人正是时任"左联"党团书记的冯雪峰，他后来回忆道："鲁迅先生从最初在我口里知道了秋白同志从事文艺的著译并愿意与闻和领导'左联'的活动的时候，就和我们青年人一样，很看重秋白同志的意见。"鲁迅特别看重瞿秋白直接从俄文的翻译，曾说："要他从原文多翻译这类作品！以他的俄文和中文，确是最适宜的了。""马克思主义的文艺理论，能够译得精确流畅，现在是最要紧的了。"③随后，鲁迅与瞿秋白在左翼文艺战线上共同合作，彼此成为最亲密的挚友和知己。1933年瞿秋白编选《鲁迅杂感选集》并写长篇序言，最早对鲁迅思想和杂文予以独到评述，其观点鲁迅也很认可，至今仍然是我们研究鲁迅的重要参考文献。1935年瞿秋白遇难后，鲁迅闻悉极为悲痛，随即与杨之华及茅盾等商量编印遗作事宜。翌年，瞿秋白的译文集《海上述林》上下两卷出版，由鲁迅抱病编校。如此陈述他们彼此关系的缘由，有益于我们重回到1930年代的历史现场，现代中国革命文学正由众声喧哗转向左翼文艺运动的时代。虽然组织上成立了统一战线的中国左翼作家联盟，但是"倘不明白革命的际实情形，也容易变成'右翼'。革命是痛苦，其中也必然混有污秽和血，决不是如诗人所想像的那般有趣，那般完美"④。鲁迅冷静提出如何理解革命和文学关系的严肃话题，在"左联"的成立大会上就告诫左翼作家革命必须面对现实，

---

① 冯雪峰：《回忆鲁迅》，载《雪峰文集》第4卷，人民文学出版社1985年版，第129页。
② 冯雪峰：《回忆鲁迅》，载《雪峰文集》第4卷，人民文学出版社1985年版，第217页。
③ 冯雪峰：《回忆鲁迅》，载《雪峰文集》第4卷，人民文学出版社1985年版，第219—220页。
④ 鲁迅：《对于左翼作家联盟的意见》，《萌芽月刊》第1卷第4期。

罗曼蒂克的幻想不可能是真正的无产阶级文学的左翼文艺运动。鲁迅、瞿秋白、冯雪峰三人更是身体力行,将全部精力投入马克思主义文艺理论的译介和宣传,努力找寻中国左翼文艺运动的思想理论,积极探索文学与革命关联的有效途径,建构适合现代中国革命文学自身发展的理论体系。

三

首先,瞿秋白与冯雪峰两人都最早歌颂俄国十月革命,关注俄国文学和文坛文艺政策的调整和变化。特别是他们与鲁迅相互信任,通力合作,以共同热心的俄国文艺译介为纽带,成功探寻了现代中国革命文学向着左翼文艺运动转型的途径。五四时期,瞿秋白就以《晨报》记者的身份前往莫斯科,写有著名的纪实作品《饿乡纪程》《赤都心史》,详细地记述在俄罗斯的所见所闻,不只是为新文学提供了一种崭新的报告文学,更重要的是率先向中国读者描摹了最真实的十月革命后的社会图景。同时还在《赤俄新文艺时代的第一燕》一文中,高度称赞"俄罗斯革命不但开世界政治史的新时代,而且辟出人类文化的新道路"[①]。同样,后来1931—1932年间连续写的《斯大林和文学》《论弗理契》《苏联文学的新的阶段》三篇文章,直接借助苏联文坛关于文学理论一些动向和理论观点,向正在成长的中国左翼文艺运动提供思想理论的范例。他明确指出:"世界无产阶级的领导队伍——苏联无产阶级的文学斗争应当是我们的模范。读者对于苏联普洛文学运动之中的新的任务,应当深刻的去了解,应当会应用他们所研究出来的原则到中国的普洛文学方面来。"[②]"这些民族

[①] 瞿秋白:《赤俄新文艺时代的第一燕》,载《瞿秋白文集》(文学编)第2卷,人民文学出版社1986年版,第250页。

[②] 瞿秋白:《斯大林和文学》,载《瞿秋白文集》(文学编)第2卷,人民文学出版社1986年版,第266页。

的革命文学和普洛文学的发展过程,对于中国是很有趣味的先例。"①在文章中瞿秋白详细地陈述了斯大林时代苏联政党对文艺组织的要求,对文学中新题材的倡导,对无产阶级文学创作方法的规范;介绍了苏联普洛文艺运动现阶段的理论、路线和方式,及其经验教训的梳理;等等。这些文章与同时期鲁迅翻译的《苏联文学理论及文学批评的现状》②和冯雪峰翻译的《艺术社会学底任务及问题》③等成果,形成了继1928年革命文学论争中太阳社和后期创造社介绍日本、苏联文学思想之后,又一次有着明确导向的大规模的国外文学理论思想的译介和宣传。所不同的是鲁迅、瞿秋白、冯雪峰三人虽然有不同的身份、不同的知识结构,所处环境不同,但是却有着相似相近的文学情怀,对翻译有共同爱好,又自觉不自觉地热衷于中国左翼文艺运动。他们相识相知,志同道合,尤其对革命的文艺事业有着坚定的信念。鲁迅通过冯雪峰认识瞿秋白,最先是鲁迅在瞿秋白从俄文原文译介的文艺文学作品中,发现自己从日文转译作品的一些欠缺和不足。"鲁迅先生当时是特别看重秋白同志的翻译的,只要有俄文的可介绍的或研究上有用的材料到手,我去时就交给我说:'你去时带给他罢。'他认为在当时国内的文艺界是找不出第二个人可与秋白同志比较的;但也并非不看重他的杂文与论文。对于他的杂文,后来在谈话中我曾听到鲁迅先生有过这样的评论:尖锐,明白,'真有才华'。"④而瞿秋白在与鲁迅的交往、编选鲁迅的杂文中,表露出对鲁迅无论是面对社会问题还是选译外国文学作品的敏锐眼光的钦佩,尤其对鲁迅思想的深刻性和杂文的现实批判性之钦佩。1931年曹靖华译苏联作家绥拉菲摩维奇长篇小说《铁流》,鲁迅约请瞿秋白翻译2万余字的序言;鲁迅已译了卢那察尔斯基的《解放了的董吉诃德》剧

---

① 瞿秋白:《苏联文学的新的阶段》,载《瞿秋白文集》(文学编)第2卷,人民文学出版社1986年版,第277页。

② 发表于《文化月报》第1卷第1期(1932年11月15日),后收入《鲁迅译文集》第10卷,人民文学出版社1958年版。

③ 初为上海大江书铺出版的"文艺理论小丛书"之一种,1930年出版。

④ 冯雪峰:《回忆鲁迅》,载《雪峰文集》第4卷,人民文学出版社1985年版,第220页。

本第一场,在《北斗》第3期以"隋洛文"笔名发表后,仍然请瞿秋白翻译剧本俄文版的第二场,继续在《北斗》第4期上连载。而在革命文学论争中各派围剿鲁迅时,最早撰文声援肯定鲁迅在中国革命运动中的作用是冯雪峰,他指出:"在文化批判方面,鲁迅不遗余力地攻击传统的思想——在'五四''五卅'期间,知识阶级中,以个人论,做工做得最好是鲁迅。"[1]瞿秋白最旗帜鲜明地阐释作为革命文学家的鲁迅。在选编杂感的序言中,他开篇就说:"革命的作家总是公开的表示他们和社会斗争的联系;他们不但在自己的作品里表现一定的思想,而且时常用一个公民的资格出来对社会说话,为着自己的理想而战斗,暴露那些假清高的绅士艺术家的虚伪。""选集鲁迅的杂感,不但因为这里有中国思想斗争史上的宝贵的成绩,而且也为着现时的战斗:要知道形势虽然会大不相同,而那种吸血的苍蝇蚊子,却总是那么多!"[2]当瞿秋白读到《前哨》上刊载的鲁迅《中国无产阶级革命文学和前驱的血》一文时,连声称赞"写得好,究竟是鲁迅"[3]。1930年代前后,鲁迅、瞿秋白与冯雪峰三人持续热情于俄国文艺的介绍,彼此间相互信任、互相影响、互相鼓舞,积极借鉴世界共产国际运动的经验,试图努力探究出与现代中国革命文学自身发展相适应的路径。

其次,瞿秋白与冯雪峰两人致力于翻译出版马克思主义的文艺论著和介绍苏联文艺理论的著作,以及对俄国文学经典作家作品的批评,这应该是他们对1930年前后的中国文坛最为突出的贡献。他们为现代中国革命文学建构自己独立的理论体系,广泛寻求世界先进文化文学思想的参照,其大量的早期马克思主义文艺思想的译介和评述,对中国共产党领导的新兴的无产阶级左翼文艺运动产生了深远意义。1932年瞿秋白根据苏联公谟学院(共产主义学院)

---

[1] 冯雪峰:《革命与知识阶级》,载《雪峰文集》第2卷,人民文学出版社1983年版,第291页。

[2] 瞿秋白:《〈鲁迅杂感选集〉序言》,载《瞿秋白文集》(文学编)第3卷,人民文学出版社1989年版,第95、96页。

[3] 冯雪峰:《回忆鲁迅》,载《雪峰文集》第4卷,人民文学出版社1985年版,第218页。

出版的《文学遗产》第1、2期的论文材料编译的马克思主义文艺论文集《"现实"》，突出地介绍了马克思、恩格斯在文学方面的现实主义思想，恩格斯论巴尔扎克、易卜生等作家，和俄国早期马克思主义者、文艺理论家普列汉诺夫等人的论文。同期，还翻译了列宁论托尔斯泰两篇文章：《L. N. 托尔斯泰和他的时代》《列甫·托尔斯泰象一面俄国革命的镜子》。在这些论著和文章中，瞿秋白对马克思恩格斯的现实主义理论、作家思想倾向性予以译介，他指出："马克斯和恩格斯曾经说过：一切大作家，从亚里士多德到海涅，都是极端有倾向的，然而这种倾向应当从作品的本身里面表现出来。所以马克斯和恩格斯所主张的文学，正是善于表现革命倾向的客观的现实主义的文学。他们反对浅薄的'有私心'的作品；他们尤其反对主观主义唯心论的文学。"①他精当地阐明了马克思和恩格斯发现巴尔扎克作品中对资产阶级和资本主义内部矛盾的暴露，并指出巴尔扎克不是主观唯心主义写实，而是用唯物辩证的"分析的研究的方法"，写出"典型化的个性"和"个性化的典型"的现实主义小说。②准确地说，瞿秋白的这些译介之作，与"左联"1930年的《萌芽月刊》第1卷第1期上倡导翻译的出发点——"就是想将新俄的几个优秀的作家，给以绍介"，"关于'科学的'艺术论的论著，和论述各国新兴文艺的文章，及社会的文艺批评等，加以绍介"③——遥相呼应。冯雪峰这时期翻译了《艺术形成之社会的前提条件》《马克思论出版底自由与检阅》等早期马克思文艺论著的中的片段。他们也共同推介列宁关于党的组织、党的出版物和文学之间关系的论述。1930年冯雪峰在《拓荒者》第1卷第2期以"成文英"笔名发表译文《论新兴文学》译述列宁的文艺思想。两年后，瞿秋白在他译的《关于列宁论托尔斯泰的两篇文章的注解》文章中，也关注到列宁强调的"文学应当成为党

---

① 瞿秋白：《马克斯、恩格斯和文学上的现实主义》，载《瞿秋白文集》（文学编）第4卷，人民文学出版社1989年版，第4页。
② 瞿秋白：《马克斯、恩格斯和文学上的现实主义》，载《瞿秋白文集》（文学编）第4卷，人民文学出版社1989年版，第13页。
③ 《编者附记》，《萌芽月刊》第1卷第1期。

的"①之文学原则。尽管他们译文中呈现列宁观点的关键词有所不同,但是认同和推崇列宁文艺的阶级性是一致的。这对1930年代初期这一现代中国革命文学发展的关键时期来说,是具有重大现实意义的。这也与此时他们共同译介和分析苏联早期马克思主义的文艺批评家普列汉诺夫的文化观点一样,1929年冯雪峰翻译普列汉诺夫的《艺术与社会生活》等论著,1932年瞿秋白译介《文艺理论家的普列哈诺夫》,他们二人都注意到作家唯物史观的创作方法,艺术在阶级社会的地位、作用等方面的问题。无论是冯雪峰对普列汉诺夫艺术再现生活的肯定,还是瞿秋白分析普列汉诺夫艺术的社会学与美学估量的分离,都是中国左翼文艺运动发展中急需的思想武器。当我们再将冯雪峰的《新俄的文艺政策》和瞿秋白的《苏联文学的新的阶段》,与由冯雪峰执笔起草的在《文学导报》第1卷第8期上发表的1931年11月"左联"执委会通过的决议《中国无产阶级革命文学的新任务》对读,不难发现"左联"关于现实政治情势的分析,任务的下达,文学创作题材的要求等方面的指导意见中,多少可以看出与鲁迅、冯雪峰、瞿秋白等翻译和传播的苏联文艺政策之间有着一定的内在联系,甚至不无对一些苏联文艺理论的直接吸收和借鉴。显然,这时期鲁迅、冯雪峰、瞿秋白等系统的苏联新兴文艺的译介,是继后期创造社、太阳社翻译外国文艺思想之后的又一波先进文化的借力。与前面倡导期的"拿来"一样,虽然也不乏接受传播过程中的一些理论误读和片面的阐释,这与当时政治环境的局限有关,但是他们更加侧重马克思主义列宁思想的基本原理在中国的传播,更为广泛系统地介绍了科学文艺理论的经典和具有现实指导性的文献。这直接为现代中国革命文学基础理论的建立探索了重要思想资源,也为新兴的中国左翼文艺运动思想确立和行动准则找到了有力的理论支撑。

---

① 瞿秋白:《关于列宁论托尔斯泰的两篇文章的注解》,载《瞿秋白文集》(文学编)第4卷,人民文学出版社1989年版,第245页。

四

瞿秋白与冯雪峰两人为现代中国革命文学确立无产阶级大众的主流意识形态话语，积极思考革命与文学的内在关联的关键性元素，旨在规划一条贴近现代中国实际的革命文学发展的道路。他们一方面通过翻译在左翼文艺运动行进中传播马克思主义的科学文艺思想，给予革命文学中国化进程的世界性参照；另一方面关注现实社会生活和文学自身特性的结合，立足本土化与现代化一体的革命文学，即无产阶级文艺大众化的现实主义创作方向。

经历五四文学运动和社会革命运动的双重合力作用，现代中国革命文学生成已经呈现出文学走向人民大众、人民大众也迫切需求文学的基本状态。在检讨五四文学时有"要使我们的媒质接近农工大众的用语，我们要以农工大众为我们的对象"①的反思；在革命文学倡导中也有明确表示："以后革命文艺是应该推广到工农群去。那末，文句应该通俗化，应该反映工农的意识。"②"左联"成立后，既有文艺大众研究会的组织形式的倡议，又有刊物《大众文艺》出版。引领这一问题的深化或发生根本性方向转变，与鲁迅、瞿秋白和冯雪峰对文艺大众问题深入革命斗争需要和文学语言本体两方面的讨论有密切关系，也有他们在宣传和传播马克思主义列宁文艺思想时受到的启迪。列宁关于文学艺术事业应该来源于大众的思想，究竟应该如何引导中国左翼文艺运动的大众化呢？这也是现代中国革命文学向什么方向发展的关键问题。1930年3月鲁迅发表《文艺的大众化》的短文，一是强调文艺面向大众是毋庸置疑的，"文艺本应该并非只有少数的优秀者才能够鉴赏"；二是提醒文艺大众化应该注意的方面，文艺应该对大众有益，不可"流为迎合大众，媚悦大

---

① 成仿吾：《从文学革命到革命文学》，《创造月刊》第1卷第9期。

② 克兴：《小资产阶级文艺理论之谬误——评茅盾君底〈从牯岭到东京〉》，《创造月刊》第2卷第5期。

众","多作或一定程度的大众化的文艺,也固然是现今的急务。若是大规模的设施,就必须政治之力的帮助"。①这些意见简明扼要而有指导性,与此同时"左联"的《大众文艺》《拓荒者》《文学月报》三个重要刊物先后展开了关于文艺大众化的讨论。在诸多发言者参与的讨论中,冯雪峰和瞿秋白发声的文艺大众化意见,并不局限于文艺大众化方向,或文学如何大众化的表层问题论争,而是以内容和形式的切入,深入地讨论多引向革命文学内部诸种本源性问题。瞿秋白的《大众文艺和反对帝国主义的斗争》和冯雪峰的《关于革命的反帝大众文艺的工作》两篇文章先后发表,这多少反映出文章的话题与现实的密切联系,最重要的是文章呼吁"革命文艺必须向着大众",因为"现在反帝国主义的斗争……正在一天天的高涨起来,……等着自己的诗人"。②"一切革命的无产阶级的文学者艺术家,一切从事文艺的青年,起来参加革命的大众文艺运动,用大众文艺的工作来尽反帝的任务!不要等待,不要空谈!"③瞿秋白与冯雪峰几乎异口同声地将文艺大众化与现实斗争结合起来,这说明文艺大众化不只是形式问题,也是内容问题,更是现实问题。至此,现代中国革命文学进入中国左翼文艺运动时期,革命与文学已经紧密地融合到一起了。关于文艺大众化的讨论,本质上是现代中国革命文学内涵、要素的再清理。1928年的革命文学倡导,尽管论争激烈,也有各派意见的表达,但是对文学与革命关系机械的理解、阶级的划分占了主导。迫于政治形势,各派的论争停止了,"左联"应运而生,可是这个团体"也仍是统一战线的组织"④。1932年瞿秋白再次连续发表长文《普洛大众文艺的现实问题》《大众文艺的问题》,接续"左联"成立以来关注大众文艺的话题,并且在五四新文学发展和当下文化现

---

① 鲁迅:《文艺的大众化》,《大众文艺》第2卷第3期。
② 史铁儿(瞿秋白):《大众文艺和反对帝国主义的斗争》,《文学导报》第1卷第5期。
③ 洛扬(冯雪峰):《关于革命的反帝大众文艺的工作》,《文学导报》第6、7期合刊。
④ 冯雪峰:《论民主革命的文艺运动》,载《雪峰文集》第2卷,人民文学出版社1983年版,第106页。

实的两个层面论析大众文艺实行的必要，及其实行大众文艺的具体构想，其中提出以"新文言""现代中国普通话"为基础的大众文艺等观点引起了茅盾等作家的不同意见；就怎样建设真正的革命大众文艺、大众文艺的范畴究竟是什么等问题，也与周扬、胡秋原等作家有完全相左的意见。问题的复杂性和当时"左联"自身的特殊性，决定了文艺大众化讨论不可能有令人信服的结果。探求现代中国革命文学的自身演变和发展，我们更看重在"左联"文艺大众讨论中，瞿秋白和冯雪峰对问题的提出和引导，及其基本的判断，对于现代中国革命文学的定位、中国左翼文艺运动的发展方向把握具有的重要历史贡献。

瞿秋白的文章引发了大众文艺讨论，除了现实反帝任务紧迫、必须尽快明确革命文学主要任务的原因外，还有就是针对"左联"团体虽然注意到文艺大众化的问题，但是多数人仍然在空谈，不清楚"我们"是谁。"革命的文学家和'文学青年'大半还站在大众之外，企图站在大众之上去教训大众"，瞿秋白此处以何大白将"我们"和大众对立起来为例。这一话题的焦点关乎现代中国革命文学的主体、大众文艺的对象，及中国左翼文艺本体世界等基本内涵问题。瞿秋白明确指出："文艺大众化的运动必须是劳动群众自己的运动，必须在无产阶级领导之下。一定要领导群众，使群众自己创造出革命的文艺……革命的大众文艺应当用现代的中国白话文，而且是最浅近的真正白话文，创造广大的群众读物……发展工农兵士的通信运动，培养工人作家。"①这与冯雪峰最初倡导"左联"建设大众文艺的观点是一致的。"我们希望一切革命的作家和从事文艺的青年，即刻作出一些反帝的唱本，歌谣，连环图画，故事小说等，到大众里面——工厂区，贫民区，街头，茶馆，戏院，游戏场，以及农村——去朗诵，吟唱，讲说，散发。""一切革命的无产阶级的文学者艺术家，一切从事文艺的青年，起来参加革命的大众文艺运动，用大众文艺的工作

---

① 瞿秋白：《"我们"是谁？》，载《瞿秋白文集》（文学编）第1卷，人民文学出版社1985年版，第487—488页。

来尽反帝的任务！不要等待，不要空谈！"①这里瞿秋白和冯雪峰的这些关于大众文艺的主张，随即被写进了"左联"执委会的"决议"之中，比如在《大众化问题的意义》一节开宗明义："为完成当前迫切的任务，中国无产阶级革命文学必须确定新的路线。首先第一个重大的问题，就是文学的大众化。"②显然，无论现代中国革命文学的发展，还是中国左翼文艺运动的建设，都必须强调大众文艺与革命现实的密切结合，也只有工农看得懂、听得懂的大众文艺，才可能称得上真正的革命文学和左翼文艺。

整体上看，鲁迅、瞿秋白和冯雪峰的大众文艺观大致相同，又各自从不同角度阐释了革命文学与大众文艺的关系，大众文艺建设的目标等理论问题，共同点都是要确定左翼文艺运动中大众文艺的主流地位，工农大众在无产阶级革命文学中的主体力量。冯雪峰在"左联"时期的许多文字和表达的意见，比较侧重于大众文艺必须服务于革命政治、反帝斗争，是无产阶级革命的重要组成部分，并由此"扩大无产阶级革命文学在工农大众间的影响"③。而瞿秋白更集中于大众文艺的形式，建设的途径和方法，及其本质问题的探讨。他一方面明确规划了一条大众文艺"用什么话写"，"写什么东西"，"为着什么而写"，乃至"怎么样去写"的具体实践路线；一方面更多地深入探讨大众文艺形式与内容、大众主体与革命文学的诸关系。瞿秋白在陈述文艺大众化的方式和过程中，具有独特性地思考"大众化"的创作主体的塑形，即真正的革命作家"必须去研究大众现在读着的是些什么，大众现在对于生活和社会的认识是什么样的，大众现在读得懂的并且读惯的是什么东西，大众在社会斗争之中需

---

① 洛扬（冯雪峰）：《关于革命的反帝大众文艺的工作》，《文学导报》第1卷第6、7期合刊。
② 《中国无产阶级革命文学的新任务》，《文学导报》第1卷第8期。
③ 冯雪峰：《中国无产阶级革命文学的新任务》，载《雪峰文集》第2卷，人民文学出版社1983年版，第327页。

要什么样的文艺作品"①。"普洛作家要写工人,民众和一切题材,都要从无产阶级观点去反映现实的人生,社会关系,社会斗争。"②这些论述的实际意义,在于将现代中国革命文学的基本原理、精神魂灵,及其思想观念、文艺的普及与提高等核心命题,通过大众文艺实践主体作家的考察和其内容与形式关系之辨析予以厘清和彰显。这一系列重大问题深入探究的背后,本质上正是对现代中国革命文学的方向和左翼文艺运动的路线的正确把握。

瞿秋白与冯雪峰将"左联"时期的文艺大众化问题的探讨引向深入,不仅给予了中国新兴的左翼文艺创作实践直接的指导,还具有更为深远的意义。文艺工作者在"左联"经瞿秋白与冯雪峰等的引导,使得无产阶级革命文学创作在题材、表现对象、面向现实、反映革命斗争、塑造工农大众人物形象等方面,均有了明确的目标。特别是"左联"后期在抗战的前夕,尽管团体内部也发生过"民族革命战争的大众文学"和"国防文学"两个口号的论争,但是最终还是取得了一致的意见。诚如冯雪峰所言,这两个口号"在现在我以为是没有什么不可以的";"应当尽量地提倡,对所有作家提倡,以扩大和充实新文学的内容和势力……应当尽量将自己的形式和内容的范围扩大与多样化,不要把它规定为很严格的狭隘的东西,使它越与一般爱国文学接近越好"③。1937年7月7日,抗日战争全面爆发。为适应全民族抗战的需要,全国文艺界更大范围的统一战线的团体迅速诞生,即1938年3月在汉口成立的中华全国文艺界抗敌协会。这个团体成立伊始就鲜明地提出"文章下乡,文章入伍"④的口号。这既是"左联"文艺大众化的延续,又是配合全面抗战、鼓动民众的宣传

---

① 瞿秋白:《大众文艺的问题》,载《瞿秋白文集》(文学编)第3卷,人民文学出版社1989年版,第13页。

② 瞿秋白:《普洛大众文艺的现实问题》,载《瞿秋白文集》(文学编)第1卷,人民文学出版社1985年版,第476页。

③ 冯雪峰:《过来的时代》,载《雪峰文集》第2卷,人民文学出版社1983年版,第10页。

④ 《中华全国文艺界抗敌协会发起旨趣》,《文艺月刊·战时特刊》第1卷第9期。

需要，更是五四以来的现代中国革命文学的一次大的思想飞跃。至此，现代中国革命文学一直坚持以广大民众为主体，和大众化的基本方向，使得世界性的左翼文艺运动在中国走了一条自己的民族抗战和民族解放的革命文学道路。1940年代中期，冯雪峰以《论民主革命的文艺运动》为题，从五四以来新文学的历史和当下抗战的现实两个层面，整体性地阐释和建构了民主主义的革命文学观。他一方面直接参与当时发生的关于"民族形式"和"论主观"的争论，参与延安文艺中提出的"工农兵文学""赵树理方向"以及进一步深入传导的"中国化""人民性"等新的文学观念的讨论；一方面也是自觉不自觉地加入了毛泽东、周扬、胡风、向林冰、葛一虹等一大批作家、政治家，对现代中国革命文学内涵进行不断的重塑和完善。冯雪峰思考"文艺大众化"如何建设的问题十分注意紧密联系现实政治，1940年代毛泽东《新民主主义论》《在延安文艺座谈会上的讲话》中的文艺思想得到了他较为深入的诠释；他将中国革命文学的演变过程与现阶段抗战、民族解放的革命事业的相统一。"这时期，无产阶级革命文学运动所反映的依然是反帝反封建的民主革命的要求，所尽的也是这样的民主主义革命的思想斗争和文化运动的任务。"[①]"所谓新民主主义的文化，一句话，就是无产阶级领导的人民大众的反帝反封建的文化。"[②]在整体上，冯雪峰的民主主义文化文学观与毛泽东《讲话》里的文艺思想保持一致的同时，他的文化观还对现代中国革命文学的主体大众的认识、文艺与政治的关系、大众化的形式等方面，既有相互补充，又有进一步的阐释。比如，冯雪峰对文艺的主体大众"人民力"的观点有着前瞻性表述："大家对文艺要求着思想力，艺术力，主观的战斗热力，归根结蒂，无非是要求文艺取得在历史的现实的矛盾斗争中的人民的力量，无非是要求文艺应该真实地在现实斗

---

① 冯雪峰：《论民主革命的文艺运动》，载《雪峰文集》第2卷，人民文学出版社1983年版，第97页。

② 毛泽东：《新民主主义论》，载《毛泽东选集》第2卷，人民出版社1991年版，第698页。

争中而将人民力变成文艺的主观的力量,于是文艺能在人民中起着强大的作用。"① "一切作品的政论的性质总一定跟着生活的连肉带血的形象,一定是社会的诗的真实。"② "大众性的形式原则,主要的特点,最先就应当是形式和内容的一致;形式和内容之对立的统一——应当是内容的优势的保障和形式的能动的服务。"③冯雪峰的这些论述集中于两个突出的思想理念:一是现代革命文学的把握是强调尊重文学主体和文学形式的基本规律,二是现代中国革命文学的核心魂灵是坚持马克思主义的唯物辩证法的原则。

总括上述,1930年代以后,瞿秋白与冯雪峰作为最早系统传播和宣传马克思主义文艺思想的倡导者和践行者,既有前后的承继关系,又有各自的思想特点。他们一开始就注意紧密结合中国左翼文艺运动革命斗争的实际,坚持历史的辩证的唯物主义的思想指导,遵守文艺发展的自身规律和特性,特别是在普及与提高的辩证关系中,对文艺的大众化、文学的人民性之发展方向的不懈努力,积极探索了许多宝贵的历史经验。显然,1949年新中国成立后建设社会主义的革命文艺文学的总的目标,与他们的追求和努力有着直接的联系;而随着时代不断深入发展的文艺的人民性,人民文艺的思想,也是与他们前期理论的铺垫分不开的。他们的文学思想对于当下现代中国革命文学的重建具有重要的历史借鉴价值。

---

① 冯雪峰:《论民主革命的文艺运动》,载《雪峰文集》第2卷,人民文学出版社1983年版,第166页。

② 冯雪峰:《过来的时代》,载《雪峰文集》第2卷,人民文学出版社1983年版,第61页。

③ 冯雪峰:《过来的时代》,载《雪峰文集》第2卷,人民文学出版社1983年版,第67页。

第十四章　现代中国革命文学发展期的价值调适
——以现代作家丁玲为例

本章之所以选择现代作家丁玲（1904—1986），是因为其思想和创作不断的自我调节与现代中国革命文学发展中的几个重要阶段有着密切关联。同时，丁玲与现代中国文学丰富而复杂的特殊联系，也不失为一种典型现象。在现代中国文学史中，现代女作家丁玲是率先表现出以性别认同的女性自我意识和政治革命意识双重同构之自觉姿态的。她在既秉承五四个性解放的叛逆之风，又即时感应时代的精神中，展现了现代中国革命文学生成的重要阶段的思想特质，贡献了有代表性的作品。在她鲜明的女性自我意识渗透下的作品的思想—创作结构，最具代表性地呈现了现代中国革命文学演变发展中价值谱系调节的内在动因。

现代中国革命文学内部结构的生成与建构，既是一个主客体融合的系统结构形态，又是一个从自在到自为不断调试的动态过程。同时，现代中国革命的历史演变与现代作家的多元意识之间，相互吸收接纳、相互交融交叉、相互冲突抵牾，构成了并非完全整体划一的关系。这些共同揭示了现代中国革命文学自身的诸多问题，其行进与发展永远是一个不断自我调适、自我建构的历史动态结构。

现代女作家丁玲不仅是现代中国革命文学重要的参与者，而且是现代中国革命文学本体价值多元交叉的最为典型的建构者的代表。她在自觉与不自觉之中走进了现代中国革命文学作家的行列，与一大批倡导革命文学的作家和现代中国左翼革命文学的作家有所区别；她始终在寻找真爱、追求自我独立，在憧憬敬仰革命的人生奋斗中，完成了对现代中国革命的文学世界的独立表现和诠释；她又不断纠结于性别认同的个性表达和革命政治热情的集体高扬之困惑矛盾，用心灵的颤动、激荡，乃至作家内在思想精神的律动与现代中国革命文学贴近社会生活、时代发展之旅的同步。

一

1927年12月《小说月报》第18卷第12号发表了丁玲的处女作《梦珂》，之后连续发表她的《莎菲女士的日记》《暑假中》《阿毛姑娘》等作品。1928年10月，作家就将这4个短篇小说结集为《在黑暗中》出版。1930年，有论者评价："好似在这死寂的文坛上，抛下一颗炸弹一样，大家都不免为她的天才所震惊了。"[①]丁玲的创作一开始便显示了对五四话语的超越。她在《在黑暗中》中塑造的莎菲系列女性人物率先打破了"娜拉出走""不是堕落，就是回来"[②]的命运模式。丁玲将自己理解和体验的情与爱，颠覆了五四个性主义至上的爱情神话。小说中莎菲的痛苦更多是来自对爱本身的失望与质疑，她迫切地需要大家的爱。爱在温暖她的同时，也令她失望；最为了解自己的蕴姊正是因不幸的婚姻被更大的困苦所包围，这使她陷入了一种绝望的境地。莎菲也曾试图通过一些新异的人和事来填补内心真爱的缺失，所以漂亮的、温柔的、高贵的、具有迷人气质的凌吉士刚好满足了这一需求。然而，凌吉士"卑丑的灵魂"再次使得莎菲陷入对爱的幻灭与思虑中："至于男女间的一些小动作，似乎我又太看得明白了。也许是因为我懂得了这些小动作，于'爱'才反迷糊，才没有勇气鼓吹恋爱，才不敢相信自己是一个纯粹的够人爱的小女子，并且才

[①] 毅真：《几位当代中国女小说家》，《妇女杂志》第16卷第7期。
[②] 鲁迅：《娜拉走后怎样》，载《鲁迅全集》第1卷，人民文学出版社1981年版，第159页。

会怀疑到世人所谓的'爱',以及我所接受的'爱'。"①在这里,丁玲用引号区分了莎菲的爱与别人的爱,带引号的是莎菲理解与追求的爱,那更多地是一种精神恋爱,而她所看到的别人的爱以及所理解的他人对她的爱却更多是局限于小动作的爱欲。所以,她渴望着肉欲的满足,而当情欲被满足时,莎菲实际上爱的并不是凌吉士,自己也并未因此而解脱和满足,在推开凌吉士的那一瞬,情欲祛魅,反而更感到生命的虚无。她开始意识到,无论是亲情的支持与友情的关照,还是爱情的胜利与情欲的满足,都不能填补自我精神的空虚,所以决计南下。同样,《暑假中》的女教员、《阿毛姑娘》中的阿毛也都产生了与莎菲一样的对爱与欲的幻灭感。"丁玲女士的作品,给人的趣味,给人的感动,把前一时几个女作家所有的爱好者兴味与方向皆扭转了。他们厌弃了冰心,厌弃了庐隐,淦女士的词人笔调太俗,叔华女士的闺秀笔致太淡,丁玲女士的作品恰恰给了读者们一些新的兴奋。"②在爱与欲的书写中,丁玲并不是宣扬一种五四式的肉体解放与个性张扬的分裂,而是通过对自身的痛苦经历与王剑虹式的悲剧命运的描写,以"在黑暗中"的人物的苦闷来呈现对爱情、友情等幻想破灭的情绪体验,从而在五四女性作家的基础上对新女性的困境与出路进行深入的反思,同时也是对自己如何打破"在黑暗中"状态的追问。"人们于是更深切地认到一位新起的女作家,在谢冰心女士沉默了的那时,以一种新的姿态出现于文坛。"③

这之后的1929年至1930年,短短的两年,是丁玲文学创作的一个爆发期。她连续出版了《自杀日记》《一个女人》两个短篇小说集和一部长篇小说《韦护》。在这些作品中,丁玲一方面沿袭着"莎菲"式的精神空虚、思想迷茫的彳亍彷徨。小说中的女主人公大都呈现感伤而苦闷的病态,有着一点执

---

① 丁玲:《莎菲女士的日记》,载《丁玲全集》第3卷,河北人民出版社2001年版,第60页。
② 沈从义:《论中国创作小说(续)》,《文艺月刊》第2卷第5、6期合刊。
③ 茅盾:《女作家丁玲》,《文艺月报》第1卷第2期。

拗，更用着及时行乐的方式在苦苦挣扎着。如《一个女人和一个男人》中的薇底、《他走后》中的丽婀、《野草》中的野草等，都表现着贪婪欲望的扩展，又都有着无助无目标的暗淡灰色人生。在《自杀日记》中的伊萨，就时常感叹"顶好是死去算了"，"我决定了，死去吧，死去吧"，"我毫不好奇，我毫不羡慕自杀的美名，也没有什么理由使我觉得自杀有什么不对的地方。我死去，我的心是很平静的"。①另一方面又在自己前行的生活中感受着无法摆脱情感与欲望的现实人生。这些作品描写的空间在逐渐扩大，从乡村到都市，从家庭到学校、工厂。比如最初还只是阿毛姑娘憧憬的都市，而之后的作品中马路、高楼、电车、电话、香槟酒、跳舞厅、亭子间等典型都市标识，与小说中各色现代女性融为一体了。最主要的是，都市里的现代性女性集中于知识阶层，有了一定目标的追求。在她们精神与生活的世界里，尽管所追求的有的是清晰的有的却是无意识的，但是她们普遍地以自己的方式在向昔日的感伤和灰色告别。丁玲的作品中不仅有韦护（《韦护》）、若泉（《一九三〇年春上海之一》）、望微（《一九三〇年春上海之二》）等革命男性人物，而且作品中的女性如丽嘉、美琳、玛丽等表现出更为丰满的智性和现代活力，表现为积极而主动地把握生活、向往真正属于自己的人生世界。作家这一阶段的创作的变化，可能受那个时期最时髦的"革命"影响，也可能与青年作家最敏感最自我的"爱情"有关联，但更多是一个刚刚进入文坛的文学青年，强烈创作欲驱动着高产的写作，文学的虚构写作恰恰呈现了作家清楚与模糊之间最真实的状况。当年就有丁玲自己创作的辩白："写《韦护》……的态度，好些人因为看到出版的日期，硬拿来作为普罗文学批评，我真觉得冤枉。因为写文章的态度不同，我自己对作品的要求也不同，我没有想把韦护写成英雄，也没有想写革命，只想写出在五卅前的几个人物。"②由此，从这一次的创作实绩和其短期

---

① 丁玲：《自杀日记》，载《丁玲全集》第3卷，河北人民出版社2001年版，第183、186页。

② 丁玲：《我的创作生活》，载《丁玲写作生涯》，百花文艺出版社1984年版，第16页。

内的创作量来考察，更为准确地说，这是丁玲创作初期的第一波爆发期，无须硬说是作家有意为之走向革命文学创作的过渡期。此时此刻旨在倾诉，是强烈表现欲的驱使下的创作，也诚如作家所言，难免不会写出"庸俗的故事"，"陷入恋爱与革命的冲突的光赤式的阱里去了"①。

从1931年到1933年，丁玲的文学创作向着革命文学转向已是事实。这时期作家确实有了革命的生活经历。她的爱人、"左联五烈士"之一胡也频被国民党秘密杀害，她自己也直接参与了中国左翼作家联盟的党团实际活动。因此要考察作家的创作与这些事的关联，最重要的是考察作家生活的激变和自我的自觉追求究竟是如何转换于个人化书写的文学世界之中的。

第一，这个时段丁玲小说创作的取材明显有了更为开阔的现实生活的内容。1931年，在全国16个省的区域范围发生了死亡人数达到数十万人、无以计数的农民流离失所的洪水灾害，中国社会政治和经济受到前所未有的巨大影响。作家用既是灾害实时跟踪又是非纪实的方式反映了这一重大的现实事件。丁玲的小说《水》粗线条地勾勒和描写了农民在灾害面前的恐惧、惊慌，和灾害滋生的饥饿与死亡："一处地方忽然被冲毁了一个缺口，他们来不及掩上，水滚滚的流进来，水流的声响，像山崩地裂震耳的随着水流冲进来。巨大的，像野兽嘶叫的声音吼起来：'天呀！完场了呀！咱们活不成了……'"自然，无奈的农民也有挣扎和反抗："于是天将朦朦亮的时候，这队人，这队饥饿的奴隶，男人走在前面，女人也跟着跑，咆哮着，比水还凶猛的，朝镇上扑过去。"②同时，丁玲还写了一系列与社会现实生活密切联系的短篇，在更大时空范围里拓展了她的创作。如《夜会》反映1931年"九一八事变"中爱国热情的工人、义勇军；《多事之秋》写了"所有的都市城镇，都为日军在沈阳的大炮轰醒了，全中国的民众都要起来收复失地，解救在日本帝国主义铁蹄下

---

① 丁玲：《我的创作生活》，载《丁玲写作生涯》，百花文艺出版社1984年版，第16页。
② 丁玲：《水》，载《丁玲全集》第3卷，河北人民出版社2001年版，第417、434页。

的民众"①；《某夜》《消息》表现阶级冲突中被屠杀的革命者的英勇就义；《奔》中来到都市找活路的破产的农民幻想着"上海大地方，比不得我们家里，阔人多得很，找口饭还不容易吗？"②，自然，上海不可能是乡下破产的"土老儿"希望的天堂，结果有的横了心去送死，有的不得不又回乡了。

　　第二，这个时期丁玲也有延续自己熟悉的女性和偏重自我感受书写的作品，如长篇小说《母亲》，短篇小说《田家冲》《从夜晚到天亮》等。所不同的是，这些作品里她描摹客观现实图景有着浓烈的主观意识和自我的身影。小说中非常清晰的乡村或城镇的景色描写，第三人称叙述与自传色彩的小说人物塑造和鲜明性格的刻画，彼此似乎割裂又好像很融洽地呈现在读者面前。"太阳刚刚走下对门的山，天为彩霞染着，对门山上的树丛，都变成深暗色了，浓重的，分明的刻划在那透明的，绯红的天上"③，这是小说《田家冲》开篇里对小山村自然风景的描写。接下来是乡村14岁的幺妹一家，及地主家三小姐的出场。长篇小说《母亲》也是以一段十月里"金色的阳光，撒遍了田野"④的景色，首先揭开了闭塞的武陵小山村的面纱，展开了江家三奶奶曼贞的人生故事。小说无处不在的是从乡村到都市的世事多变，由挣扎与反抗滋生的革命元素，人生历程与时代印痕均被各色身份的女性的思想转变轨迹所串联。小说中的这些人物诚如作品的命名，例如《从夜晚到天亮》，故事就是从一天夜晚，有个孤独的女人走在回"家"的路上开始。在这些熟悉的"小城市""小村镇"中，"人物在大半部中都是以几家豪绅地主做中心，也带便的写到其他的人"⑤，他们正是丁玲湖南故乡的人与事。

　　1936年以后，丁玲从上海到延安，个人的生活与中国社会的政治革命有

---

①　丁玲：《多事之秋》（未完稿），载《丁玲全集》第3卷，河北人民出版社2001年版，第437页。

②　丁玲：《奔》，载《丁玲全集》第4卷，河北人民出版社2001年版，第51页。

③　丁玲：《田家冲》，载《丁玲全集》第3卷，河北人民出版社2001年版，第364页。

④　丁玲：《母亲》，载《丁玲全集》第1卷，河北人民出版社2001年版，第115页。

⑤　丁玲：《〈母亲〉代序》，载《丁玲写作生涯》，百花文艺出版社1984年版，第13页。

了近距离的密切联系,她的文学创作自然而然地有了更为明确的革命指向。同时,作家个人化的写作对新生活新体验的表现及其思考,又并非都是十分清晰。为此,这时期的丁玲文学创作最直观地呈现出自我价值调适的纹路。作家在努力地适应和融合主观的感觉与客观的现实世界。在一个新的环境里,丁玲又不断发现个人的调适与现实总是有着冲突和抵牾。从她的《团聚》《一颗未出膛的枪弹》《东村事件》《入伍》《县长家庭》《我在霞村的时候》《到前线去》《南下军中之一页日记》《记左权同志话山城堡之战》等短篇小说和散文、速写随笔的作品名字,就可以清晰地看到作家到了陕北的根据地、解放区,如同"飞到了一个较广阔,较自由的天地"[①]。这些作品中,既有丁玲对现实环境和战争中人与事的生活纪实,又有在伟大的民族抗战中,对新生活新环境满怀着的新信念。在小说中,丁玲是这样表达的:"在广漠的空间,无底的蓝天上,她看见了崩溃,看见了光明,虽说眼泪模糊了她的视线,然而这光明,确是在她的信念中坚强地竖立起来了。"[②]当然丁玲革命文学的自我书写,她的别具一格的文学创作,更多地是将革命文学的外部阶级冲突、战争残酷、农民苦难的直观写实,转向面对世事艰难、苦难生存,普通人的内在精神的复杂而多样表现,作家更多地表现出对现实生活的拥抱,更多传达自己的思考。

1941年至1942年间,丁玲的小说《夜》《在医院中》和散文随笔《我们需要杂文》《"三八"节有感》等作品,是最能够反映出面对全民族抗战的重大历史时期的社会生活,革命文学不只是纸上热情高涨的红色鼓动,也不是直观地描摹枪与炮的战争场景;而是作家主体世界与现实世界交织在一起,最大程度地参与现实,又最鲜活地表达每一个普通个体是如何产生精神情感的波动和理性的探寻,从而直接影响着每个中国人的命运,乃至对整个民族战争中

[①] 丁玲:《我怎样飞向了自由的天地》,载《丁玲写作生涯》,百花文艺出版社1984年版,第21页。

[②] 丁玲:《新的信念》,载《丁玲全集》第4卷,河北人民出版社2001年版,第180页。

最本体的人的价值叩问。短篇小说《夜》精彩之处并非在篇幅简短（不到5000字），而是在乡指导员何华明、家里大他10余岁的老婆、与他共事的妇联委员侯桂英三个人物并不复杂的故事中，却蕴含着对人物极其丰富的思想意识的解析。在叙事中揭示人物鲜明的性格特征，传达作家对生活的态度。丁玲是这样开始小说叙述的："羊群已经赶进了院子，赵家的大姑娘还坐在她自己的窑门口纳鞋帮，不时扭转她的头，垂在两边肩上的银丝耳环，便很厉害的摇晃。"在新政权下，一边是当家做主的农民的平和安静的生活，一边是根据地刚刚建立的集体"委员会"里辛苦忙碌"已经三四天没有回家"的乡里委员干部们的"疲乏"身影。但是，作家的重点不是渲染解放了的乡村欣欣向荣，也不是要刻画共产党员乡指导员的完美高大的典型形象，相反，作家用较多细致的笔墨在写每个人除了政治角色的身份外极其浓厚的乡村生活、个人化的感情世界。何华明虽然公务繁重，但是总是惦念着家里"牛就在这两天要产仔"的"私事"，郁闷苦恼于"牛还会养仔，她是个什么东西，一个不会下蛋的母鸡"。还有那个"提出过离婚"的侯桂英，因为已经"被提为参议会的候选人"了，压抑着与乡指导员彼此爱恋的情感。①创作背景浓缩着土地革命带来的农民翻身解放、一个新的时代和民主政权的诞生、1941年中国共产党领导的革命根据地的重大历史情势。丁玲避开了历史跨越式的宏大场景叙事，而将历史变动信息和时代的色彩，隐含在生活中的个体精神心灵跃动的缓慢节奏之中。不破不立的铁血革命，在一个夜晚就可以改变新旧时代、划分出敌我，但是对于经历着这样一种变革的每个人来说，要想摆脱旧的意识，适应新的身份和角色，却非一蹴而就，需要漫长的过程。如果说《夜》里，作家是有意捕捉根据地新环境中人的思想情感层面的丰富性，那么，同期丁玲的另一篇小说《在医院中》着重叙述有着多重、复杂内心世界的人，是如何因种种现实境遇而发生身与心的变化，甚至一改初衷。小说主人公陆萍，是刚刚从抗大毕业的

---

① 丁玲：《夜》，载《丁玲全集》第4卷，河北人民出版社2001年版，第254—259页。

青年共产党员,来到共产党办的医院做产科医生。根据地寒冷的冬天,医院里简陋而匮乏的医疗设备,尤甚的是医院领导的官僚面孔,混乱的管理,及周围人的冷眼、冷淡,"医院里的流言却四处飞"。这使得陆萍"像害了病似的","她每晚都失眠"。于是,"她要求再去学习"。小说结尾写道:"新的生活虽要开始,然而还有新的荆棘。人是要经过千锤百炼而不消溶才能真真有用。人是在艰苦中成长。"①这是陆萍的最终醒悟,也是实际走进延安新天地新生活的革命人丁玲切身的感受。

至此,丁玲的文学创作也有了更大的自我调整。她表现出一种成熟而深邃的理性认知,文学表达更注重独立思想和对生活的细致体察。她立足于生活体验,坚信女性的直觉,发现"延安的妇女是比中国其他地方的妇女幸福的",又看到这里的妇女被指责是"回到家庭了的娜拉",提出离婚的女性总是"不道德"的、"落后"的等性别的不平等现象了。②1946年后,随着解放区文艺方针的明确,丁玲响应党中央要在农村进行土地改革的"五四指示"精神③,她主动要求下到基层的乡村,直接参加了晋察冀解放区农村的土地改革工作。通过实际的乡村蹲点,和与农民共同生活的切身体验,丁玲虽然与许多作家一样经历和目睹了农村恶霸地主阶级压迫的残酷、农民反抗斗争的惨烈,但是她在长篇小说《太阳照在桑干河上》中写出了不一样的支部书记张裕民,工作组组长文采,治安员张正典,农会主任程仁,妇女主任董桂花,中农侯忠全、顾涌等,佣人黑妮,甚至地主钱文贵、侯殿魁、李子俊,富农胡泰等人物。既不回避农村正在进行的土地政策重大变革的历史事件,中间不乏黑白分明的阶级对立和尖锐的敌我斗争,又注意到不同社会角色的农民身上固有亲情

---

① 丁玲:《在医院中》,载《丁玲全集》第4卷,河北人民出版社2001年版,第251、253页。

② 丁玲:《"三八"节有感》,载《丁玲全集》第7卷,河北人民出版社2001年版,第60—62页。

③ 丁玲:《谈自己的创作》,载《丁玲写作生涯》,百花文艺出版社1984年版,第177页。"五四指示"即中共中央1946年5月4日发布的《关于清算减租及土地问题的指示》。

血缘关系的纠缠和家族的牵连,从而呈现了这场政治的土改斗争与自然的乡村生活彼此交织的复杂图景。这部土地改革现实题材小说,作为现代中国革命文学成熟的标志性代表作之一,出版不久便荣获了苏联"斯大林文艺奖金二等奖",成为当时中国作家作品获得的最高文艺奖项。丁玲的创作给中国文学带来"新的现象",也是她文学创作道路一次最成功的自我调适和转型。丁玲将革命文学的现实主义写作,渗透于自我敏锐洞察、深刻思想引导的独特选择和文学表达之中。长篇小说完整展示了恢宏的土地革命斗争,各类各色农村人物群体并没有套用既定的标准,而是因社会生活的复杂彼此关系错综地交织在一起。其中不同阶级的阵营,多种性质的矛盾冲突,各种事件的发生,既是必然的、逻辑严密的,又是偶然的、戏剧性的。对于作品中暖水屯发生那这场暴风骤雨的土地革命,作者虽然没有着意刻画人物形象的正反两面,浓烈渲染阶级斗争你死我活的血与火,但是却将有二百多户人家的村子里的人们在土地革命下的精神状态和内心活动,描摹得细微生动而真实可感。无疑,作者没有机械地迎合普遍推崇宏大史诗式反映革命历史全貌的创作理念;小说突破了简单图解农村土地政策和清浊分明的阶级划分,及土地革命直接的伟大意义宣传之创作套路,艺术地揭示了农村社会真实图景。

"在黑暗中"丁玲起笔创作,也正是现代中国革命文学进入发展的重要阶段。丁玲一路写小我也写大众,写熟悉的女性也写陌生的难民,写生活也写革命,写人生的片段也写时代历史的大事件,写现实所见也写感受和体验……纵观作家的创作实绩证实,她的文学世界反对"絮絮叨叨地在读者面前表白自己"[1],而是与现代中国革命文学的演进有着许多天然的关联。那么,在作家普遍具有的主体的调适与时代的召唤机制中,丁玲的个案丰富和充实现代中国革命文学的本质意义究竟何在呢?这还应该从丁玲创作之外的人与事,寻踪作家文学价值调适的动力源,同时也可反观现代中国革命文学自身生长的内在动因。

---

[1] 丁玲:《我的自传》,载《丁玲写作生涯》,百花文艺出版社1984年版,第111页。

二

1927年4月鲁迅在广州黄埔军校做关于革命时代的文学的演讲时，指出正在发生的"大革命"对文学的影响，大体是分阶段表现的。首先，"大革命之前，它有一种文学出现，对于种种社会状态，觉得不平，觉得痛苦，就叫苦，鸣不平"。其次，"到了大革命的时代，文学没有了，没有声音了，因为大家受革命潮流波及，大家由呼声而转入行动，大家忙着革命，没有闲空谈文学了"。[1]这里鲁迅分析的革命时代的文学状况，女作家丁玲的出现正是一个典型的案例。丁玲以她的莎菲女士"心灵上负着时代苦闷的创伤的青年女性的叛逆的绝叫"[2]走进了文坛，也从此开始了她与革命时代联姻的文学生涯。她的人生道路上首先发生了文学家与革命家的联姻，但很快爱人、革命家胡也频被害，于是丁玲自己直接投入了左翼作家联盟的活动。她经历了革命时代"由呼声而转入行动"的过程。为此，追踪丁玲生活中行进的步履，及其丰富的生活细节和人事活动，并非仅仅要注释上述她变化明显的文学创作道路。文学家丁玲与革命时代的同步互动，所提供的历史经验，自觉不自觉的人生选择和创作调整，对重新发现现代中国革命文学独特艺术的某些本质元素有重要意义。

第一，丁玲的生命激情和性格的执拗，一生坚持追求"要在自由的天地中飞翔，从生活实践中寻找自己的道路"[3]。文学的想象与革命信仰的选择恰恰为她提供了理想和精神落地的最佳载体。现代中国革命文学也因为丁玲的努力实践和不断地自我调节，给我们看到了其自身更为清晰的内在机体纹理。

丁玲进入文坛正是现代中国革命文学理论倡导的酝酿期，她并没有参与

---

[1] 鲁迅：《革命时代底文学》，《黄埔生活》总第4期。
[2] 茅盾：《女作家丁玲》，《文艺月报》第1卷第2期。
[3] 丁玲：《向警予同志留给我的影响》，载《丁玲全集》第6卷，河北人民出版社2001年版，第29页。

热闹的论争。她是"满带着'五四'以来时代的烙印"开始创作的,但是作品又非冰心式的"母爱和自然的颂赞","与这'幽雅'的情绪没有关涉"。① 就其创作实绩,文学史家杨义说丁玲是"左翼文学的女性开拓者",她突出的贡献是"突破女性文学狭小格局"。② 显然,丁玲对现代中国文学,乃至于革命文学是有自己独特贡献的。这些正源于作家不一样的生活道路。面对多难变动的大时代,她的人生奋进与现代中国革命的进程有着密切的联系。丁玲12岁就走出偏僻的湖南乡村,早早开始别样的人生。1911年她随母亲来到长沙女子师范学校,尚是小学生的丁玲就熟悉了母亲的至交——著名女革命家向警予,也很早知道了同乡进步青年毛润之、杨开慧的名字。五四运动前后,母亲曾同向警予等挚友一起在长沙积极组织妇女俭德会,创办女子工读互助团,参与工读学校等教育改革活动。她身上不仅流淌着母亲的血液,直接得到"一个坚强、热情、吃苦、勤奋、努力而又豁达的"③母亲之教育,还受到母亲身边一批有抱负有理想的姐妹的影响。1919年前后,丁玲在中学读书期间已得到湖南新民学会会员、进步教师陈启明先生的文学和进步思想教育熏陶,并且在此与同窗王剑虹结为密友。1923年她们结伴成行来到上海,入中国共产党人陈独秀、李达等创办的平民女子学校。在平民女子学校里,丁玲在文学系学习中外文学、人文社会科学知识,阅读了鲁迅、郭沫若等五四新文学作家作品。其中授课老师便是瞿秋白、沈雁冰、陈望道、蔡和森、邓中夏、施存统等一大批早期中国共产党人。在校外,她结识了贫困的革命青年胡也频,后他们相爱结婚。丁玲正是通过胡也频认识了同乡青年沈从文,再通过沈从文接触了淦女士、凌叔华、胡适、徐志摩、洪深等作家。"我那时候的思想正是非常混乱的时候,有着极端的反叛情绪,盲目地倾向于社会革命,但因为小资产阶级的

---

① 茅盾:《女作家丁玲》,《文艺月报》第1卷第2期。
② 杨义:《中国现代小说史》第2卷,人民文学出版社1988年版,第249、265页。
③ 丁玲:《我母亲的生平》,载《丁玲写作生涯》,百花文艺出版社1984年版,第114页。

幻想，又疏远了革命的队伍。"①这是丁玲后来回顾这段生活带有反思性的自述。从乡村到城市，往返南方北方的颠簸漂泊，遇到的各样的人各种的事，事后丁玲理性地批判当时思想"混乱"。然而那时她笔下有质感的有人生幻想的梦珂、阿毛姑娘，孤独苦闷的莎菲，无聊生活的嘉瑛等女性形象，她们"浅薄感伤主义者易于了解的感慨"②，恰恰最真实地记录了丁玲初入社会生活的精神世界。这一状况的变化是1925年以后，正在中国南方发生的"大革命"运动从高涨到低潮，特别是1927年的上海的"四一二反革命政变"、长沙的"马日事变"接连发生。她每天听到熟悉的人、敬重的人牺牲的消息，还听到"有朋友正在艰苦中坚持，也有朋友动摇了"③。此刻丁玲的创作出现了"韦护"式"革命加恋爱"等的调整，这与作家因切身经历的感伤和体味的苦痛而激发的面对现实生活的坚韧有密切关联。这期间，丁玲的好友王剑虹不幸病逝，丈夫胡也频也被逮捕入狱，被国民党杀害；生活和创作也多遭不顺，与友人合办的"黑白书店"因债务丛集而倒闭，写信致鲁迅诉说苦闷和求教而未得回音。但这时她"不怕摧残，也不怕寂寞"④，在努力找寻自己生存的意义。丁玲创作开始与现代中国革命文学有了真正意义的结合，也正是由此从不自觉走向了自觉。诚如鲁迅所言："中国的无产阶级革命文学在今天和明天之交发生，在诬蔑和压迫之中滋长，终于在最黑暗里，用我们的同志的鲜血写了第一篇文章。"⑤

---

① 丁玲：《一个真实人的一生——记胡也频》，载《丁玲全集》第9卷，河北人民出版社2001年版，第66页。

② 丁玲：《〈在黑暗中〉跋》，载《丁玲全集》第9卷，河北人民出版社2001年版，第3页。

③ 丁玲：《一个真实人的一生——记胡也频》，载《丁玲全集》第9卷，河北人民出版社2001年版，第67页。

④ 丁玲：《〈一个人的诞生〉自序》，载《丁玲全集》第9卷，河北人民出版社2001年版，第10页。

⑤ 鲁迅：《中国无产阶级革命文学和前驱的血》，载《鲁迅全集》第4卷，人民文学出版社1981年版，第282页。

受爱人胡也频的直接影响，人生苦痛与左翼文艺运动血的现实惊醒了丁玲。1930年经潘汉年介绍丁玲走进了中国左翼作家联盟的队伍，其间还遇到了共产党员、青年诗人冯雪峰。1932年加入中国共产党，并在"左联"内接任党团书记、组织部长，主编其机关刊物《北斗》，深入群众组织工人读书会，帮助工人业余写作。上海"一·二八事变"前后，她与鲁迅、茅盾等43位作家联名发表告世界书，"坚决反对帝国主义瓜分中国，反对压迫中国民众反日反帝"，与胡愈之、郁达夫等作家发起组织上海文艺界反帝抗日联盟等。瞿秋白曾这样评价丁玲："飞蛾扑火，非死不止。"[1]从她的标志性的《水》《田家冲》反映民众和现实斗争，和以胡也频烈士事迹为原型的《某夜》等小说作品可以看出，她的创作鲜明地转向现代中国革命文学，是自觉地响应了"左联"要求作家执行"中国无产阶级革命文学的新任务"的号召，创作"必须注意中国现实社会生活中广大的题材，……分析中国社会的阶级关系，描写广大群众的数重的被压迫和被剥削的痛苦情形"[2]。不仅如此，丁玲在主编的《北斗》刊物中，也表现出对于新兴的无产阶级革命文学创作的积极推崇和引导。青年作家白苇的小说经她手编辑在《北斗》上发表，尽管作品有许多不足，但是丁玲对其"能够抓住反帝的工人罢工斗争做题材"[3]予以首肯。丁玲全身心地投身现代中国革命文艺运动的实践活动，以至于出版的图书、编辑的刊物被国民党查禁，1933年5月在家中被国民党特务秘密绑架囚禁于南京。1936年9月，丁玲经党的营救出狱后，辗转来到了陕北苏区。从此，开始了她在抗日革命根据地和解放区生活和革命的崭新一页。丁玲的《保安行》《到前线去》《速写彭德怀》《田保霖》等随笔速写，及《一颗未出膛的枪弹》《入伍》《太阳照在桑干河上》等小说，这些革命文学创作，真正与全民族抗战和解放的伟大革命

---

[1] 丁玲：《我所认识的瞿秋白同志》，载《丁玲全集》第6卷，河北人民出版社2001年版，第58页。

[2] 《中国无产阶级革命文学的新任务》，《文学导报》第1卷第8期。

[3] 丁玲：《〈北斗〉二卷三、四期合刊代邮》，载《丁玲全集》第9卷，河北人民出版社2001年版，第20页。

事业取得统一步调。到陕北不久,丁玲与成仿吾等作家就着手筹备成立苏区文艺工作者协会,创办党报的文艺副刊《红中副刊》,后又在延安《解放日报》任《文艺》副刊的主编。抗战初期,她率领西北作家战地服务团到前线慰问劳军,在中华全国文艺界抗敌协会延安分会中担任常务理事等。1942年,在延安参加了党的文艺整风学习,出席了延安文艺座谈会;1946年,到达解放区便参加了晋察冀土地改革工作团,深入农村生活获得了大量文学创作的素材。在这些革命实践活动的基础上,丁玲完成了产生较大影响的长篇小说《太阳照在桑干河上》,这部作品既是丁玲文学创作道路中的重要标志,又是现代中国革命文学成功建构主流意识与作家思想融合的代表性作品。丁玲从知识青年成长为革命者,为20世纪上半叶中国现代革命文学的稳步发展的历史画卷添加了浓墨重彩的一笔。

第二,丁玲满腔热忱与革命相伴而行,将个人的荣辱坎坷融入现代中国民族革命及革命文学前进的大潮之中。她以坚定而不惧怕不妥协的传奇革命姿态,尤其在逆境中勇敢地面对世事多变、内外打击的风风雨雨,呈现了现代中国革命文学自身发展中的另一重要特质和鲜活而丰满的精神风骨。

叙述或论证丁玲及其创作与现代中国革命、革命文学的密切关系及在中国现代文学史上的地位并不困难。比如,除了上述她的作为革命烈士的爱人,以及瞿秋白对她的评价外,1930年代初,鲁迅编选英文版的中国短篇小说集《草鞋脚》收有丁玲的两部作品[①];丁玲被捕一个月后,鲁迅误以为丁玲遇难,悲愤交加,写旧诗《悼丁君》,引屈原《离骚》"哀高丘之无女"作典,痛斥敌人的卑劣行径。丁玲出狱后奔赴陕北,在保安窑洞里毛泽东设宴欢迎,后作《临江仙》词一首,以"昨天文小姐,今日武将军"高度赞扬女作家的战斗风貌。1950年代初,丁玲是最早获得国际大奖的现代作家之一。但是,丁玲是以怎样的方式书写现代中国革命文学的呢?尤其是,丁玲究竟为现代中国革

---

① 丁玲:《鲁迅先生于我》,载《丁玲写作生涯》,百花文艺出版社1984年版,第204页。

命文学提供了何种特殊的经验？在不断重新审视现代中国革命文学内在演变的丰富性和复杂性时，丁玲特有的现代中国革命文学元素，正是她在革命时代、政治之间性别意识的自觉。丁玲踏上文坛每一步的人生变化和创作调整，都自觉不自觉地表现着与现代中国革命文学的同行。然而，作家一路前行，执着中不完全简单地盲从，坚守女性自我意识又总是被时代社会政治逼迫下产生的革命与革命文学裹挟。仔细聆听丁玲自己弹奏的文学与革命的交响曲，属于她用心敲打的音符是：

最初，她侧重普通人切身生活困境的描摹，多以传达刚刚踏进社会年轻女性内心矛盾迷茫与叛逆的革命情绪为主题，试图消减或替代最初革命文学倡导者空泛激越的反抗意识。"我精神上苦痛极了。除了小说，我找不到一个朋友，于是我写小说了，我的小说就不得不充满了对社会的鄙视和个人孤独的灵魂的倔强挣扎。"[①]这便是1927年前后作家丁玲的精神状况，及其创作的真实。而此时此刻的文坛，进行着既势在必行又沸沸扬扬的革命文学倡导与论争。"中国的普罗革命文学运动正在勃发"[②]，革命文学的特点是"具有反抗一切旧势力的精神""是反个人主义的文学""是要认识现代的生活，而指示出一条改造社会的新路径"[③]。虽然丁玲是以自己的方式出现于文坛，但是她身上的某些"现代性"的气息和姿态，引起了革命文学的倡导者和左翼文艺运动的组织者的密切关注。为此，无产阶级的革命文学在面向社会大众的同时，他们一方面欣喜地看到丁玲塑造的崭新"'Modern Girl'的女性姿态"，与五四以来的女作家书写形成了"强烈的对照"，另一方面又认为丁玲把握社会意识形态"没有显出非常缜密的辩证法的解释"[④]。这是因为"我们所提倡的

---

① 丁玲：《一个真实人的一生——记胡也频》，载《丁玲全集》第9卷，河北人民出版社2001年版，第67页。

② 茅盾：《女作家丁玲》，《文艺月报》第1卷第2期。

③ 蒋光慈：《关于革命文学》，《太阳月刊》1928年2月号（总第2期）。

④ 钱杏邨：《丁玲论》，载《阿英全集》第2卷，安徽教育出版社2003年版，第681—683页。

新兴文学当然不是新兴布尔乔亚的文学，而是新兴普罗列塔利亚的文学"①。显然，革命文学的诉求与丁玲的实际状况一开始便陷入了两难境地。置身于无产阶级左翼革命文学运动中，受到强烈的时代感召，作家也是充满困惑和矛盾的。丁玲自白"确是以真实的态度，下了至善的努力"写了"革命与恋爱交错的故事"；但是，她也很快反省这样的创作有缺点，"现在是不适宜的了"。②这是丁玲的有幸与不幸。

随后，丁玲小说《水》的问世，受到左翼文坛的推崇，成为革命文学创作的重要样本。丁玲与革命文学的不离不弃，再一次体现了个人与时代的密切关联。新兴的革命文学既目标指向明确又充满张力。确切地说，丁玲跟踪时代社会生活又忠实于自我，其革命文学书写往往是一种错位的表达，为现代中国革命文学提供了一个建设过程中的完整样貌。比如，丁玲自我陈述在写作《水》以前"非常苦闷。有许多人物事实都在苦恼我，使我不安，可是我写不出来"，"总是不满意的就搁笔了"。而这时她主编的《北斗》创刊在即急需用稿，于是在晚上"赶忙写"，"《水》的完结，可说是一个潦草的完结"。③然而，小说一经发表旋即得到了她的日文老师、共产党员、"左联"革命文学理论家冯雪峰的高度评价，认为作品体现了左翼文学的要求，标志着革命文学"新的小说的诞生"，作家走了一条进步的路，即"从离社会，向'向社会'，从个人主义的虚无，向工农大众的革命的路"。④接着丁玲的文学老师、中国共产党早期党员之一茅盾（沈雁冰）进一步指出，这部小说对作家个人或文坛而言标志着"过去的'革命与恋爱'的公式已经被清算"⑤了。革命文学倡导的重要团体太阳社的中坚人物、左翼文学的批评家钱杏邨认为这

---

① 何大白：《中国新兴文学的意义》，《大众文艺》第2卷第3期。
② 丁玲：《我的自白》，载《丁玲写作生涯》，百花文艺出版社1984年版，第1—2页。
③ 丁玲：《我的创作生活》，载《丁玲写作生涯》，百花文艺出版社1984年版，第17页。
④ 丹仁（冯雪峰）：《关于新的小说的诞生——评丁玲的〈水〉》，《北斗》第2卷第1期。
⑤ 茅盾：《女作家丁玲》，《文艺月报》第1卷第2期。

部作品"是左翼文艺运动一九三一年的最优秀的成果",同时,强调该作品代表了"一种新的斗争的个性","深切的把握到这一种力量产生的根源",即"表现了饥饿大众的觉悟,以及革命力量的生长"。①围绕《水》的这些几乎跟踪式的文学批评,最直观地展示了新兴的无产阶级革命文学初期建设的历史现场。他们表面上是与丁玲对话,对其革命之路的引领和文学创作调适的指导,实际上也为正在勃兴的左翼文艺运动中革命文学做出了明确的规约和示范。生长中的现代中国革命文学无须完美,它更期待积极的实践者,丁玲努力探索的意义正在于此。

再继之,从时间到空间上,作家与中国革命前进的步伐取得完全一致。出狱后,丁玲从上海进入战争环境下的陕北革命根据地和解放区,直接投身到民族抗战烽火的前线参加祖国解放和土地革命的重大活动,革命斗争的实践使得她从知识女性转变为革命战士。如果现代中国革命文学不只是中国革命直观的实录,那么丁玲用心书写"转变"成就了现代中国革命文学发展中的丰富多彩。丁玲沉浸于革命实践活动之中,对革命文学创作的贡献在于其作品并不完全都是革命战争的传声筒和政治身份的证明。这期间,她时常参与争论,也有并不完全紧跟时事的发声,或者另辟蹊径的观察和表现之文学作品,这恰恰保留了1940年代的中国革命文学骨骼机体生长的最真实的生态。且不说丁玲的《我们需要杂文》《"三八"节有感》等随笔杂感,对1941年前后延安的革命环境歌颂与暴露的选择性书写,就是在虚构与非虚构、叙事与意象、反映与反思之间创作的《我在霞村的时候》《在医院中》等小说里,记叙前方战争的残酷、后方物资的匮乏,也都旨在展现对社会、阶级解放中进步和裂隙共生的革命文化深层的思考。《太阳照在桑干河上》应该为非常明确的土地革命现实题材和阶级斗争的重大主题,丁玲对其的处理力求避开简单化政治和历史的解释,呈现了敌我关系的交错生成与辩证的革命逻辑。丁玲这一阶段革命叙事的

---

① 钱杏邨:《一九三一年中国文坛的回顾》,载《阿英全集》第1卷,安徽教育出版社2003年版,第566—567页。

作品整体上得到文坛评论界的肯定，可是在作为革命文学主体意识的政治导向和阶级的辩证的文学观的角度上，她的作品也被指出在反映历史本质、必然规律[1]、农民革命等方面有诸多不足，并不是"都达到同样完满的地步"[2]。革命文学的发展伴随着中国革命斗争的不断深入，既是来自革命文学自身迫切的时代历史的政治诉求，又是每个作家主体人的革命性自我超越，不断反思性批判的自觉。

丁玲个人的奋斗写就的革命文学创作，自始至终表现出现代知识女性随性而独立的姿态与时代同行共进，并保持了与主流政治意识形态的不断对话式的自我价值的调适，从而使她一路前行总是能够爆发出自己的生命强力，总是赋予革命与文学多声部的变奏。为此，现代中国革命文学发展中也呈现了最有个性特质的精神风貌。

三

丁玲成为现代中国革命文学一个典型的个案，应该不只是因为她的创作与现代中国革命历史进程相符，也并不单纯是因为作家跌宕起伏的革命人生和极其丰富的革命文学创作实绩。自然，女作家特有的性别意识是她的重要的标识，前人诸多研究也已经充分肯定了她在现代中国女性文学中独具风采。上述我们对丁玲创作的梳理和革命文学关联的辨析，有助于推进对作家丁玲文学史意义的重新考量，其文学史意义就在于丁玲以20世纪中国现代女性作家与革命家的双重身份，表达文学与革命的复杂而丰富。在她身上鲜明而强烈的性别意识，与热情而饱满的时代政治意识，两者重合和裂隙形成的张力，通过革命文学的书写而呈现。这也成就了现代中国革命文学生成发展中最具特色而不可重

---

[1] 王燎荧：《"人……在艰苦中生长"——评丁玲同志底〈在医院中时〉》，《解放日报》1942年6月10日。

[2] 陈涌：《丁玲的〈太阳照在桑干河上〉》，《人民文学》第2卷第5期。

复的样本。

首先，丁玲以主体性别意识的自觉，面对从乡村到都市知识者的生存困境，由内至外地通过女性视角、心理、精神展现出来，将社会的复杂状态和急剧滋生的时代革命元素融入其中。既重塑了五四以来的新知识女性形象，又加速了文学与革命联姻的内在动力。

丁玲最初的《梦珂》和《莎菲女士的日记》里的小说人物，固然有着五四时代、五四文学的个性解放和旧礼教的大胆叛逆者之身影。可是，在小说中梦珂、莎菲身上独立的性别意识和话语却是全新的。刚刚来到都市姑母家寄住的梦珂，上海的新环境和一群陌生的表姊妹带给她的感觉不是"扰乱""拘束"，相反，她初次听到表哥晓淞"不伤雅致的赞语"的时候，"她不觉的眨起那对大眼惊诧的望着表哥"。并且彼此对望的惊诧，使表哥发现了"竟还有如此美丽的一双眼呵"。随后的日子里，给梦珂特别感受的也是表哥"如此的温雅，体贴周到像一个慈爱的母亲"。[①]比起进城不久的梦珂对异性产生的"惊诧"，莎菲女士初见新加坡阔少凌吉士则是情不自禁地表白了，"那高个儿可真漂亮，这是我第一次感觉到男人的美"，"我抬起头去，呀，我看见那两个鲜红的，嫩腻的，深深凹进的嘴角了"，她有"冲动"有"欲望"，但"只得忍耐着，低下头去，默默地念那名片上的字"。[②]丁玲早期小说中纯情少女，初入社会和都市的女性，所发出的性别语言、声音，以及发自女性躯体的行为动作和眼光，是一种完全不同于五四时期象征自我觉醒的个性解放的"泛爱"宣言，她笔下更多的是直接来自性别躯体内发出的真正醒觉。在莎菲身上的积极主动和大胆欲望表白，最大程度地展示了现代知识新女性从里到外地走向了成熟的真实。不仅如此，丁玲早期创作塑造的以莎菲为代表的女性形象群，借助性别的"欲望"表达，本质并非只是显示性爱意识的成熟和自觉，

[①] 丁玲：《梦珂》，载《丁玲全集》第3卷，河北人民出版社2001年版，第9—15页。

[②] 丁玲：《莎菲女士的日记》，载《丁玲全集》第3卷，河北人民出版社2001年版，第46—47页。

而更侧重于现代知识新女性面对灵与肉之冲突的困惑、迷茫，与她们走进社会生活、置于大时代激流之中所遇到的种种人生困境和坎坷是完全一致的。丁玲以自我的率真和大胆的肉欲表达着新女性的情感，用自己个人经历的可以触摸到的性别话语，反映出现代知识新青年最大限度地跨越了男性中心，并对生活与时代给以最为真诚的拥抱。冯雪峰很早就看到了丁玲早期创作中人物和作者之间的关联，指出丁玲是"和莎菲十分同感而且非常浓重地把自己的影子投入其中去的作者，在这上面建立自己的艺术的基础的作者"①。在评论"莎菲"这一形象时，后来现代作家张天翼不仅认同冯雪峰的观点，而且更加直白："她还简直是在借莎女士的嘴来说自己的话。"②如果对照丁玲本人与革命者胡也频最初相识相恋的描述，那么"自己的影子"正是通过小说叙事与回忆散文的互文文本得以还原。1925年前后，丁玲与胡也频认识，"是因为一起学习素描的左恭与他同住一处，左恭又热恋着她的室友曹孟君"③。其经历与小说中梦珂、莎菲的女友、室友，及其彼此的恋爱故事的情节相似。她回忆道："我们也是在这年夏天认识的"，虽然理性也使丁玲感到她与胡也频的"思想、性格，感情都不一样"，但是还是有一见钟情的冲动，"他的勇猛、热烈、执拗、乐观和穷困都惊异了我，虽说我还觉得他有些简单，有些蒙昧，有些稚嫩，但却是少有的'人'，有着最完美的品质的人。他还是一块毫未经过雕琢的璞玉，比起那些光滑的烧料玻璃珠子，不知高到什么地方去了。因此我们一下就有了很深的友谊"。④显然，丁玲不论是自述爱情经历记忆，还是创作虚构的小说故事，都是"让叙事者从女性自身的视角来讲述一个女人的体

---

① 冯雪峰：《从〈梦珂〉到〈夜〉——〈丁玲文集〉后记》，载《论文集》中卷，人民文学出版社1981年版，第154页。

② 张天翼：《关于莎菲女士》，载袁良骏编：《丁玲研究资料》，知识产权出版社2011年版，第334—335页。

③ 李向东、王增如：《丁玲传》，中国大百科全书出版社2015年版，第41页。

④ 丁玲：《一个真实人的一生——记胡也频》，载《丁玲全集》第9卷，河北人民出版社2001年版，第66页。

验"①。这里不管作家是否认同，客观上女性身份独有的眼光和语言，将一系列不同过往的新知识青年女性形象推送到我们前面。如果没有莎菲等坚韧而拒绝异化的"悄悄地活下来，悄悄地死去"的女性形象，没有对女性自我的敏锐意识，那么也很难发现她们浓重的感伤和强烈的期盼，凄楚的孤独和大胆的叛逆交织一身的矛盾和病态，也很难理解在男权中心里她们女性意识的张扬，以及她们在社会和时代变革中如何迅捷地确认革命的追求。很快《一九三〇年春上海》（之一、之二）和《韦护》等作品中的人物群像，都普遍地困扰于自我个体生活与外部政治现实的多重关系的纠结之中，完成了新知识青年从内心自我的体验和感知到关注现实世界的艰难过渡。尽管不无模式化的"革命加恋爱"，或有意或无意地创作趋同，但正是她坚定的女性主义意识驱动，使在孤独和困境中自我确立、寻求生存的新知识青年，在面对激变的社会现实时能够做出迅速的反应和积极的调整。在爱人胡也频被捕遇害、家庭突发剧变之后，丁玲义无反顾地投身于当时新兴的无产阶级的左翼文艺运动。丁玲笔下的阿毛、莎菲、美琳、子彬、望微、韦护等人物，集知识新青年、女性主义者、小资产阶级、无产阶级等多重身份和角色于一体，这一真实而可以触摸的人与事的情境与变化，呈现的是丁玲本人的事实，又何尝不是现代中国革命文学从观念到实践的典型具象呢！丁玲及其创作的意义，除了是她个人经历思想转变的留痕，展现了现代中国革命文学最初创作发生发展的清晰轨迹外，她这一时期的文本，以其独特的性别话语和女性经验揭示了文学与革命有着生命联姻的内在精神，及其思想脉络。这可以通过丁玲对同期胡也频小说《到莫斯科去》的介绍看出。她说这部小说"全篇以革命成功之后的一部分政局为背景，写出厌恶于新贵族生活，终于用坚强的意志而离开那环境，毅然走向M城去的一个新女性。在其中，和她最有关系的是一个政治家和一个X主义者，以及几个最解放的女子，和一个消极的、悲观主义的男人。这些人物，从其中，我们可以看

---

① 刘禾：《跨语际实践——文学，民族文化与被译介的现代性（中国，1900—1937）》，宋伟杰等译，生活·读书·新知三联书店2002年版，第244—245页。

到现今中国人的各种典型，而且使我们预料着这一个正在大变动的时代，最后，应该是一种怎样的倾向。全篇除着力于'思想'之外，包含了一个恋爱，虽然这恋爱的结果是可悲的，但是那刺激，的确使我们不得不生起同情，还要使我们自然地感到一种压迫和兴奋"①。确切地说，女性主义的丁玲创作的起步中所表达的"刺激、同情、压迫、兴奋"，更多增添了现代中国革命文学最初创作实践的斑斓色彩。

其次，经历了从女性体验到政治体验的丁玲，同时也完成了知识新青年向着革命青年转变的过程。追随现代中国革命步伐生成的现代中国革命文学创作实践，正是以政治想象和现实描摹有机融合创建了崭新的现实主义书写。丁玲的文学创作之重要，恰是入围与突围于男性中心的政治革命之中，她在积极调适自我与大众的关系中提供了不一样的创作文本，也成就了现代中国革命文学发展的丰富性和多样性。

1930年以后，丁玲成为"左联"的一员，参与党团组织各种活动，不顾个人安危，接受党组织的安排创办并主编"左联"机关刊物《北斗》，该刊后因鲜明的政治色彩，很快被国民党查禁。同时期，丁玲一系列革命文学的创作《田家冲》《水》《某夜》《母亲》等作品，成了她现代女性文学创作向着革命文学创作转变的重要标志。在创作中多表现出性别、个人话语与阶级、大众话语的整合，也反映了女性与革命的复杂关系，凸显出革命文学的性别政治问题。将女性解放融入革命的洪流，实现女性解放与阶级解放的双赢，这几乎是所有女性革命者的共同希冀与理想目标。《母亲》这部未完长篇小说，无论是选取自叙性表达形式，还是写自己母亲真人真事的内容，都反映出性别融入革命，个人与大众的时代阶级解放之趋势。作为现代革命文学成熟的代表作品之一，《母亲》不仅是丁玲对母亲一生革命经历的回忆，并借此表达自我性别意识和革命主体的重新建构；而且更是将母亲看作革命女性的代表，是一个时代

---

① 丁玲：《介绍〈到M城去〉》，载《丁玲全集》第9卷，河北人民出版社2001年版，第7页。

革命妇女群像的象征。为此,这部小说问世不久就得到左翼文艺理论家、批评家一致首肯和赞誉。钱杏邨说:"以曼贞为代表的我们前一代女性,怎样挣扎着从封建思想和封建势力的重围中闯出来,怎样憧憬着光明的未来。""丁玲不仅写了曼贞一个人,一样的是用了很大的力描写了围绕着曼贞的其她女性";小说"不失其为一部那时代的革命史"。①而茅盾更直接地指出,不能不把小说书写前一代的女性抗争,作为"这一串酸辛的然而壮烈的故事的'纪念碑'看了"②。显然,从《莎菲女士日记》到《母亲》,这是自我女性意识自觉的革命化之消融,从"小我"走向"大我"的路径,使得"莎菲"真正摆脱了孤独。尤其是丁玲以女性意识和其独特经验书写的女性命运,只有重新置于历史变迁之中,顽强的反抗和奋斗,以及独立的女性形象,才能够成为代表大众的阶级解放和革命不断前行的典型。但是丁玲革命的隐喻,政治意识的自觉,并不表示女性通过"去女性化"就能与男性等同,相反,女性难以抹去的性别特质在特定条件下会呈现为传统意义上"落后"的状态。在《田家冲》中,三小姐虽然是引导农民大众走向革命的导师,并且在外貌、衣着甚至性格与生活习性上都十分接近革命大众了,但是,她依然是需要保护的对象,幺妹一家对她独自出行的顾虑,如果说前期更多地出于谨遵雇主赵得胜的安排,那么后期则更多地出于对三小姐力量薄弱的担忧。而这种顾虑的确不是没有道理的,就在三小姐与大哥分开的夜晚,独自执行任务的她被一个"人影"残杀了。在这里,丁玲未交代凶手的体魄与能力,只用一个夜色中的"人影"便了结了革命者三小姐的性命,在此女性革命者个体生理上的无力与脆弱便暴露无遗了。随后,在《水》中丁玲则将大众妇女与男性大众融为一体,可谓是完全消弭了男女两性之间的外在特质的差别。但是,作品中提到女性在水灾面前的惊慌失措的聒噪的呐喊与哭声:"那些女人,拖着跑掉鞋的赤脚,披散了长

---

① 钱杏邨:《关于〈母亲〉》,《现代》第4卷第1期。
② 东方未明(茅盾):《丁玲的〈母亲〉》,《文学》第1卷第3期。

发，歇斯底里的嘶着声音哭号，喊着上天的名字，喊着爹妈，喊着她们的丈夫，喊着她们的儿子。"在这里既自然地流露了女性自身的特质，同时这种特质，也直接导致了男性对女性的轻视："她们走到堤边，想挤进去，又被一些男人们的巨掌推开来：'妈的！你们来有什么用！'"①小说形象地表达了面对艰难而残酷的现实社会环境，女性与男性关系并非简单的依赖或者服从。丁玲革命文学的书写不同于其他作家之处，正是通过性别视角呈现了革命主体之于现实人生的多样而复杂。在《水》中，农民大众虽然表现了自我的救赎和成长，但是女性始终没有等同于男性。她在作品里写到，大众妇女也不再哭啼与抱怨，"男人走在前面，女人也跟着跑"②。这隐喻了性别的模糊即便是能够获得革命的认可，但是依然未能从根本上改变与抹杀女性的特质。另一方面看，也暴露了作者对大众"还带有极大的他者性与陌生感"，"她并没有找到能够统合与超越这种分裂性主体（知识分子与大众——引者注）体验的文学表达形式"。③被时代与革命逼迫的"新我"与"旧我"的撕裂或断裂，也并非丁玲一人。以阶级性、政治性为标准的革命文学快速转向，使得那时引领革命新潮的重要作家都深感不适。比如，蒋光慈对文学"落后"于革命的认识极具代表性。他深觉："革命的步骤实在太快了，使得许多人追赶不上"，"这弄得我们的文学来不及表现"，"我们的文学就不得不落后了"。④女性、知识分子与革命家的多重身份之叠合，正如同现代中国革命文学成长中自身面临的两难或多重冲突一样。鲁迅有过"一切文艺固是宣传，而一切宣传却并非全是文艺"，革命"要用文艺者，就因为它是文艺"的经典表达。⑤在性别（自我）与革命的整合中，丁玲对其所发生的矛盾和裂隙的调适，某种程度恰恰具

---

① 丁玲：《水》，载《丁玲全集》第3卷，河北人民出版社2001年版，第412—413页。

② 丁玲：《水》，载《丁玲全集》第3卷，河北人民出版社2001年版，第434页。

③ 贺桂梅：《丁玲主体辩证法的生成：以瞿秋白、王剑虹书写为线索》，《中国现代文学研究丛刊》2018年第5期。

④ 蒋光慈：《现代中国文学与社会生活》，《太阳月刊》1928年1月号（总第1期）。

⑤ 冬芬、鲁迅：《文艺与革命》，《语丝》第4卷第16期。

象化了现代中国革命文学本体生长的真实生态,揭示了文学创作实践与革命历史之间的张力。

再次,丁玲身份整合的政治转向之后,伴随着抗战的爆发和她进入解放区,她获得了一种精神锤炼和生命涅槃。解放区的男女平等、婚姻自主的新制度,自然地为知识女性和劳动妇女提供了巨大的社会空间。由此,在中国革命历史新阶段新天地里的现代中国革命文学也翻开了崭新的一页。丁玲身为革命战士描摹宽广的革命生活,还以强烈的性别意识推进了革命文学深层的文化建构。这是值得重视的。

丁玲对现代中国革命文学的写作,既有着饱满的革命激情,又有着丰富的革命生活的锻炼经验与前线实践素材。进入陕北解放区的短短几年里,她写了《到前线去》《南下军中之一页日记》《记左权同志话山城堡之战》《速写彭德怀》《警卫团生活一斑》等大量非虚构的纪实作品,以现代中国革命文学最迅捷最直观地反映民族抗战和现实革命历史图景。她在《一二九师与晋冀鲁豫边区》的自序中说:"最近有朋友同我谈起抗日时代的故事,我们觉得应该多写,那末多的动人心魄的事,那样的艰苦,那样的神奇,我们写得实在太少了,而大部分的中国人民是不太了解这一段历史的。"[1]这里也透露了丁玲强烈的历史使命感,是其革命文学创作的内在驱动力,更是现代中国革命文学与历史紧密关联深入发展的最好佐证。然而,仅仅如此陈述丁玲与现代中国革命文学的血脉相连的关系,或评价其在现代文学史中的特殊意义,都没有充分发掘作家革命文学贡献的价值。面对现实的血与火之战争时,有着新政权新的社会结构的解放区民众生活,以革命现实主义的历史真实的记录和主流政治意识形态的歌颂,是包括丁玲在内的所有革命文学作家共同的创作自觉。同时,还要指出的是,女性作家丁玲在现实客观反映和新政权的巩固之中,以更敏锐的生活观察和艺术的审美感悟,回归文学创作的本体世界,跨越革命文学创作

---

[1] 丁玲:《〈一二九师与晋冀鲁豫边区〉自序》,载《丁玲全集》第9卷,河北人民出版社2001年版,第58页。

实践仅仅停留于表层的革命历史和新生活的纪实,深入发掘历史和生活主导者的文化心理的涌动和变迁,尝试考量人的解放之路文化内涵。进入解放区的丁玲积极的女性自我意识审视和理性思考,并不满足于女性身份的当家做主的表象,或女性肉体的外部创伤,而是深入关注人物性别内在的精神,或知识女性、农村妇女的翻身解放应有的真正文化底蕴。这时期丁玲再度调适文学创作实践的价值取向,创作了一批至今仍然值得我们认真重读的文学作品,为现代中国革命文学发展书写了浓墨重彩的一页。《夜》中,围绕乡指导员何华明身边家里家外的两个女人,一个是"不会下蛋的母鸡""黄瘦的老婆",一个是妇联会委员侯桂英,两人却始终影响着他全身心投入而忙碌的乡村选举等革命工作。《我在霞村的时候》中,一个偏僻的乡村普通女子贞贞,遭遇被掠进敌营的"非常事件",回到了霞村,开始新的生活。可是,虽然贞贞身处解放区的土地上,但村里人们对贞贞的冷漠、鄙视、幸灾乐祸,加重了人物的苦难和不幸的命运。而《在医院中》里满腔热忱从国统区来到解放区工作的青年医生陆萍,首先经历扑面而来隆冬季节的寒冷,其次从未想象到医院物质条件的贫乏和环境的脏乱,再次感受到医院上上下下对工作对人对事的漠不关心、无动于衷。陆萍的热情被消融,更陷入了深深的自我怀疑的沉思。还有在长篇小说《太阳照在桑干河上》中,面对尖锐激烈的阶级冲突的土地改革斗争,丁玲塑造黑妮这样一个身份模糊和关系复杂的女性形象。她5岁丧父,7岁母亲改嫁,被二伯父地主钱文贵收留,从小就孤独地生活着。但是她爱上家里的长工——土改中成为农会主任的程仁。常态的对立阶级和充满人性的情爱不再清晰而绝对,黑妮的两难的现实困境和精神的苦痛、冤屈纠缠于一身,这不只是女性形象的丰满真实的还原,更使得革命文学的阶级斗争政治主题有了可以令人慢慢咀嚼的深厚滋味。这时期丁玲笔下并不完美、充实,甚至被侮辱被损害、有较多缺陷的系列女性形象,既是女性在战争背景下另一面自我革命的真实写照,又是现代中国新知识女性、解放的劳动女性成长过程中深入文化反思的重要案例。它们反映了现代中国革命文学人的解放向着思想深层积极突进。

丁玲用鲜明的性别意识谱写的现实主义革命文学，其重要意义在于，它们不是历史或革命进程中的思想意识的单一符号或代码，或某一政治思想的隐喻，而是囊括了人的解放，特别是女性解放中极具代表的重要文化命题。丁玲不懈地追求女性自我意识的完善，从女性生活、经验的更细微处着手，侧重贴近现代女性精神心灵的跳动和变迁，细细体味在女性与男性中心共存的世界里，现代中国社会经济、物质、权力与文化思想如何发生着深度的关联。从文学创作伊始的自我革命到革命战士的文学之路，丁玲不断寻求着内外之间相互的调整和提升，她富有性别特色的追求和努力，为现代中国革命文学的发展和自我的创作实践建构了丰富而饱满的精神魂灵。

第十五章　现代中国革命文学发展中的典型样态
——以延安文学为例

　　本章探求一批行进中革命作家精神结构的新因子，及他们追求文学向度的调节机制，以期重新考察文学史延安叙述和文学空间构形的内在认知及行为。现代中国革命文学后续的发展，除了时间行进的阶段性赋予了多彩革命的现代性外，空间的移动和变化也同样为革命带来了新的因素和新的目标。现代中国革命文学经历了1930年代国际国内的左翼无产阶级革命运动之后，文学史的叙述和书写随着现代中国革命本身发生重大转变。进入1940年代，在战争特殊语境下，在突出的民族矛盾和激烈的阶级冲突中，现代中国革命文学主流叙述中"延安"是一个很值得重新认识的文学现象。传统的现代文学史对延安和延安文学的书写，更多纳入被战争分割的解放区、国统区、沦陷区三大板块思维的叙述和定位。战争环境中的革命内容复杂而多变，而我们一度多取单一政治化视角的文学史叙事，某种程度上，是对现代中国革命文学自身丰富性的削减。回到历史现场，还原1940年代现代中国革命文学内部完整构形，观照空间视域下的延安文学，实际上是大的文化空间上一种整体革命观的考察，突破以政治区域划分的单一视角和战争影响的简单对立思维，有益于将延安文学作为一个典型的文学史案例予以深入的探讨。在1940年代现代中国革命文学中，延安文学既是普通的地域文学又是非常态下的特殊时段的文学。重要的是它有自己独有的核心革命话语元素和思想结构的一整套规约。它在"文化军队"下集结了个体作家和群体组织的文学队伍，这支队伍具有多层次的外部文化身份、丰富而复杂的内在精神取向。在历史行进中这支队伍始终处于人与事纠结的不断调适中，这是延安文学适应现实情势的生存形态，也是现代中国革命文学历史演进中的基本结构样式。准确地、历史地理解延安文学的现代性特征，是历时性考察五四"人的文学"阶段性思想特质的需要，也是整体观照现代中国革命文学拓展空间的必然。为此，虽然延安表面上仅仅是一个独立的区域，但是延安文学本质上关乎知识分子话语与工农兵话语同构中时空对接、交叉、重构的文学史现象，更是现代中国革命文学历史进程中的一个重要的典型样态。

一

20世纪中国文学中的"延安文学"，在今天似乎已经成为一个约定俗成的文学史概念。它是中国革命文学从奠基到成熟的标志性文学，它是现代文学的一座里程碑，新中国文学的源头。毛泽东的《在延安文艺座谈会上的讲话》①（以下简称《讲话》）发表后，每隔数年就会有相关的纪念活动，今天这一高度统一的价值判断达成了历史与时代、社会与政治的共识。文学的历史是史家笔下的历史和文学的记录，客观性和主观性、史实与史识孰重孰轻争论已久。文学史有多种多样的叙述方式，文学史也有一定时代社会的基本诉求。重要的是，文学史在多元和统一之间应该有规约文学和历史表述的时间空间意识。然而，从文学史的叙事和文学自身结构来考辨，将延安文学纳入空间视域下，文学历史的叙事和现实文学观念、文学现象是有联系又有区别的。空间的虚实整合文学与历史，那么，看似无异议的文学史认知共识，实际多有对概念、现象或文学史的政治化、理想化、简单化的叙述，为了摆脱这种叙述方式，还原延安文学的历史真实，需要回归文学自身深化研究。

延安文学在1940年代中国文学中，既是平常普通的地域文学又是非常态特殊时段的文学。"空间视域"下的延安文学是指发生在抗战时期延安乡村等

---

① 演讲时间为1942年5月2日和23日，全文正式发表于1943年10月19日《解放日报》。

陕甘宁边区为主体的文艺。如陕北戏剧（秧歌剧）运动；集中于这些区域的普及性的独幕剧、救亡歌曲、街头诗、朗诵诗等活动；在该地区学院式的提升大众思想文化的话剧、歌剧、戏曲的排练表演，散文、杂文、报告文学、短篇小说的创作发表等。还有大家熟悉的典型地域意象，如纺车、黄河、窑洞和堡垒、黄土坡、延河水、宝塔山等，这是延安文学主要的形象。当然，空间视域下的延安文学又是一种象征性建构起来的想象的延安文学话语："几回回梦里回延安"（贺敬之《回延安》）、"赵树理方向"（晋冀鲁豫边区提出）、"窑洞风景"（吴伯箫散文名）、"陕北风光"（丁玲书名）。它是在历史进程中的城市与乡村、文学与政治、知识分子与工农兵同构的现代性形态。由此，文学史的叙述应该回归历史现场和清理历史原貌的构形细节。

历史时间起止期的规范，对于文学史叙事不仅能够帮助寻踪研究对象的起源，而且能够明确框定、辨析其探讨问题的疆界和可能性范围。1936年11月，在陕北苏区首府保安，"中国文艺协会"成立。这能否追溯为延安文学酝酿形成时间的节点，将它作为一个地域文学的开端，自然可以讨论。在"中国文艺协会"成立大会上，毛泽东说："中华苏维埃成立已很久……中国文艺协会的成立，这是近十年来苏维埃运动的创举。"并提出，文协的同志要"发扬苏维埃的工农大众文艺，发扬民族革命战争的抗日文艺"。[1]随后抗战全面爆发，大批文化人涌入延安，先后成立了西北战地服务团、陕甘宁边区文化协会（以下简称"文协"）、文艺界抗敌协会（以下简称"文抗"）延安分会、延安文化俱乐部等团体组织，延安逐渐成为中国共产党的政治经济文化的中心，相继有了与文学密切联系的抗日军政大学、鲁迅艺术学院、马列学院等高等院校，及《文艺突击》《文艺战线》《大众文艺》《文艺月报》《解放日报·文艺》《草叶》等报刊文艺宣传阵地。显然，延安文学从个体到群体有了自己的组织团体，人才培养的学校和文化传播媒体，即形成了一个可供各方面相互交

---

[1] 转引自丁玲：《丁玲写作生涯》，百花文艺出版社1984年版，第248页。

流对话的文化平台。这应该标志着文学史中的主体作家队伍、文学公共空间的基础条件的完形。1945年8月24日延安文艺界集会,欢送"延安文艺工作团"前往各解放区工作。丁玲到会致辞,周恩来、林伯渠等讲话。该团系"文抗"发起和组织,共百余人,两个团,分别由舒群和艾青率领。10月份周恩来在重庆谈到延安文艺活动时说:"现在又是一个新的时期到了,延安的作家,又大批的到收复区去,去深入生活。我到重庆来以前,就送走了一百多位文艺工作者,……重庆的作家,朋友,在目前也是在新的时期中,求得更大的发展,驰骋的地方也多了,今后一定会有更大的成绩的。"[1]笔者认为,这个"新的时期"的开始,恰恰标志了抗战以来地域性的延安文学由此结束。之后,应该是广义的延安文学,或者称为由延安文艺精神放射的在共产党领导下的解放区文艺、新中国文艺了。

延安文学作为独立形态的文学,具有完整的文学史意义。按照周恩来的话说,当时的延安"虽然是一个城市,但性质上还是农村环境,社会活动比较少"[2]。在这样独立的区域里,发生发展的延安文艺完全不同于1930年代大都市生长的左翼文学内容和形态。延安文艺的中心任务,是直接与抗战的现实需求相联系的。它在表述文学和政治关系上有十分简洁明了的要求,当时艾思奇概括为两点:一是动员一切文化力量,推动全国人民参加抗战;二是建立中华民族自己的新文艺。[3]到了1942年党的思想整风运动和延安文艺座谈会的召开,文学内部形态和外部语境更为纷繁复杂。毛泽东具有纲领性的《讲话》的统领,延安作家无条件的服从,有着空间的必然,当文学创作实践在小说诗歌散文戏剧各个领域出现了一批突出创作成果时,又有了创作主体认同的自然。

---

[1] 刘增杰等编:《抗日战争时期延安及各抗日民主根据地文学运动资料》上册,山西人民出版社1983年版,第330—331页。

[2] 刘增杰等编:《抗日战争时期延安及各抗日民主根据地文学运动资料》上册,山西人民出版社1983年版,第330页。

[3] 刘增杰等编:《抗日战争时期延安及各抗日民主根据地文学运动资料》上册,山西人民出版社1983年版,第60页。

延安文学作为特定时空的文学形态，取决于民族抗日战争的革命大背景和以中国共产党集中居住地政治中心延安为代表的陕甘宁边区的地域环境。这是一个经济文化相对独立封闭的贫瘠区域环境，又在不长的时间里聚合了来自全国各式各样的热血的革命青年、有理想的文艺青年，加上边区农民和武装起来的农民干部士兵，这些构成了延安文学基本的也是主体的文学场域和队伍阵营。一切文学史的叙述不能够脱离这个历史空间前提，史家和后来的评述者应旨在还原可能与不可能的时空元素，而非戴着有色眼镜进行价值判断。

二

现代中国革命文学中的延安文学在文学史中的空间概念，需要贴近历史现场重新认知，那么必须规约在1936—1945年的时间里。它既是一个时期乡村符号的规范体系，又是衍生放大的延安文艺中的延安文学、中国革命视野中的延安文学。因为文学史叙事中，"一个时期就是一个由文学的规范、标准和惯例的体系所支配的时间的横断面，这些规范、标准和惯例的被采用、传播、变化、综合以及消失是能够加以探索的"[①]。这有益于延安文学自身核心元素与结构的厘清。

延安文学地域构形中有陕北乡村的宝塔山、延河、"鲁艺"的洋教堂、枣园、杨家岭的窑洞、群山环绕的南泥湾等地标，也有聚合人与事的大生产运动、春节秧歌群众艺术节、关于民族形式讨论、延安整风运动和《讲话》、赵树理的通俗读物等文化景观。这些交织在一起，共同规范了在1936—1945年的延安地域文学，也建构了独特的政治思想文化文学体系。从时空的地域性来说，延安文学有几个核心的文化元素：（一）抗战中的延安特殊的生存条件——经济文化的贫瘠、资源的匮乏和黄土地的寒冷。（二）军事封锁下的延

[①] 雷·韦勒克、奥·沃伦：《文学理论》，刘象愚等译，生活·读书·新知三联书店1984年版，第306页。

安，政治思想要求的高度统一，中国革命斗争的需要决定了延安文学的方向和内容。（三）一大批都市的青年满怀革命的理想，克服重重困难来到延安。延安一时间有了数量相当可观的知识文化人，与战争集结的部队，以及本地的民众，构成了特殊的社会群体力量。

　　文学史的叙事应该关注特定时空中重要核心的文化因素，寻求它们构形演变整合的规律。1942年前后的延安经济被军事封锁的实际处境令经济贫困的壁垒，严重地威胁着这里每个人的生存。当时，陕甘宁边区的财政和经济的困难，正如毛泽东指出的："我们曾经弄得几乎没有衣穿，没有油吃，没有纸，没有菜，战士们没有鞋袜，工作人员在冬天没有被盖。"①这与生活在其中的作家丁玲此时所写小说《在医院中》描述的情景大致相同，刚到延安某医院报到的陆萍，指导员"告诉她这里的困难，第一，没有钱；第二，刚搬来，群众工作还不好，动员难；第三，医生太少"。而陆萍则更直观更细节地目睹医院状况："只要有人一走进产科室，她便会指点着：'你看，家具是这样的坏。这根唯一的注射针已经弯了，医生和院长都说要学着使用弯针；橡皮手套破了不讲它，不容易补，可是多用两三斤炭不是不可以的。这房子这样冷，怎能适合于产妇和落生婴儿……'"②这个时期毛泽东及时倡导"自力更生、丰衣足食"的大生产运动，打破敌人的经济封锁，自己动手，克服困难。359旅部队带头种地开荒，成为南泥湾精神的样板，使得边区局面逐渐有所改观。此刻，经济自救的生产运动与配合政治环境需要的高度统一的思想整风运动，在延安几乎是同时展开的。毛泽东从1939至1940年间写作的《新民主主义论》就十分关注在中国革命历史进程中思考外来马克思主义如何中国化的问题。针对延安思想整风，1942年前后毛泽东的《反对党八股》《反对自由主义》《改造我们的学习》等系列文献写作，既坚持扩大马克思主义与中国革命实际相结合

---

① 《延安大学史》编委会编：《延安大学史》，人民出版社2008年版，第89页。
② 丁玲：《中国现代小说精品·丁玲卷》，陕西人民出版社1995年版，第428、432页。

的理论视野，又考虑当时延安的政治思想经济文化的现实语境。这已经有很多文章论述了，这里不再赘述。作为思想整风文献之一的《讲话》，这一重要文本建立在政治革命的阐释与文学史的叙述之间。就其空间视域，应该注意到当时环境下毛泽东正积极思考中国革命理论问题，其思想观念必然对文学史叙述具有渗透性。

通过文学艺术的形式传达人的精神需求与审美取向，是需要立足时空地域和实际情境的。从陕北本土群众性的秧歌运动，到"民族形式的中心源泉""中国老百姓所喜闻乐见的中国作风与中国气派"等文艺理论的论争，再到延安文艺座谈会上毛泽东要求知识分子作家转变思想、深入生活的规约，要求文艺对政治的服从，文学为工农兵服务等，即确定了延安文艺思想的内核和延安文学史的构形。关于文艺的普及与提高、批判与继承、政治标准与艺术标准等《讲话》核心理论观点，实际上是毛泽东对其《矛盾论》《实践论》哲学思想的理论运用之案例，是他探索中国革命如何与马克思主义相结合，建构毛泽东思想精髓的重要依据。

回到历史的现场，文学主体的作家队伍与革命队伍有重合又有独立。延安文学在独特地域构形中有一套规范的思想体系："明朗的天"、党政文化、工农兵文艺、文学政策与文艺制度。同时，也有文学自觉与不自觉的生成演变理路。1942年5月前后发生种种的人与事，是延安文学完成历史形态的关键节点。2月丁玲在《中国文艺》第1期发表《什么样的问题在文艺小组中》一文中说："文艺不是赶时髦的东西，这里没有教条，没有定律，没有关于要写自己要写的东西吧，放胆的去想，放胆的去写，让那些什么'教育意义'，'合乎什么主义'的绳索飞开去，更不要把这些东西往孩子身上去套了，否则文艺没有办法生长，会窒息死的！"[①]后来3—4月间在《解放日报·文艺》和《谷雨》上有了丁玲的《"三八"节有感》、艾青的《了解作家，尊重作家》、罗

[①] 转引自刘增杰等编：《抗日战争时期延安及各抗日民主根据地文学运动资料》上册，山西人民出版社1983年版，第110页。

烽的《还是杂文的时代》、萧军的《论同志之"爱"与"耐"》、王实味的《野百合花》和《政治家·艺术家》等文章,代表着都市知识文化青年作家进入延安以后一次集中真实思想的倾诉。因为情感的真实,他们更贴近文学本质自由精神的书写。从而这时出现丁玲《夜》《一颗未出膛的枪弹》《我在霞村的时候》《在医院中》等小说的美学诉求也就很自然了。而《讲话》的酝酿和及时诞生,之所以能够迅速规约作家"点石成金"是因为:一、此文本源于延安艺术界实际状况的调研,有明确的人与事的针对性;二、毛泽东思想对文学本质问题高屋建瓴的思考的穿透力;三、毛泽东文学观点鲜明地针对大延安的中国革命和小延安地域封锁实际;四、身在工农兵的延安队伍、环境中的作家们,确实面临着种种的精神困惑——文学家自由民主与农民士兵政治统一,精神理想与物质贫困等矛盾冲突。《讲话》发表之后,文艺家迅速撰文表态,如周立波《思想,生活和形式》、艾思奇《谈延安文艺工作的立场、态度和任务》、刘白羽《对当前文艺上诸问题的意见》等,以响应毛泽东要求文艺工作者转变立场、态度、工作对象、思想感情,加强马列主义学习,投身社会生活,以及对王实味文艺思想的大批判。来自都市的知识文化人艾青、萧军也有了明显的变化。1942年9月27日《街头诗》创刊,艾青写道:"诗必须成为大众的精神教育工具,成为革命事业里的宣传与鼓动的武器。""只有诗面向大众,大众才会面向诗。"[1]丁玲也有同样一篇认同《讲话》的文章——《关于立场问题我见》:"文艺应该服从于政治,文艺是政治的一个环节,我们的文艺事业只是整个无产阶级事业中的一个组成部分",关于写光明还是写黑暗,"表面上属于取材的问题,但实际上是立场与方法问题"。[2]应该说,延安文艺的作家们思想迅速统一,除了延安现阶段党的组织领导和政治要求对文艺思

---

[1] 转引自刘增杰等编:《抗日战争时期延安及各抗日民主根据地文学运动资料》上册,山西人民出版社1983年版,第562、565页。

[2] 转引自刘增杰等编:《抗日战争时期延安及各抗日民主根据地文学运动资料》上册,山西人民出版社1983年版,第175、176页。

想、政策、方式方法的绝对领导之外，文学队伍的本身和文学创作实践的走向，也是文学史客观叙述的历史元素，重要的还是细致分析基本的文化文学构形内容。

三

毛泽东在《讲话》中说，延安当时有两支队伍："手里拿枪的军队"和"文化的军队"。以往中国现代文学史的叙述多从毛泽东肯定、重视文化工作的角度而赞同，文艺工作者和作家们也因此感到身负历史的重任。由此可见，历史地还原延安文学面貌，只有在"军队"思维和视野中，才能够准确理解前述军事包围下的延安这一特殊存在，受经济封锁影响的"文化军队"需要文学以光明向上的主题和大众易于接受的形式给予精神鼓舞。其间，文艺整风与思想整风的一致性，以及作家们能够如此迅速地转变、自觉地接受改造，其历史的合理性自然不容否定，这是作家们在一个民族抗战的大时代的必然选择。文学历史的叙述还需要条分缕析找寻自身的相关细节。比如，在抗战历史的空间中，毛泽东所说的这支"文化军队"完整的构造形态是什么？确定它的基本原则、目标方向、内容任务等，也需要细致地清理前因后果。

无论从战争的政治背景而言还是就文学自身发展的规律来看，1938年前后，应该是现代中国文学发生重大转折的关键性历史节点。其中应运而生具有重要标志性意义的延安文学，呈现了一个较为完整的有特色的独立文学形态。它具备了作家群体与个体、文学组织与创作主体在一个特定区域的相对完整性，能够自我掌控、有机协调彼此间的各种相互关系，自觉接续了1930年代左翼革命文学向民族大众的文学方向发展，并且也建构了一定规模的文学团体组织，作家群体性活动相当活跃。在延安，前期就有与全国中华文艺界抗敌协会相联系的"文协延安分会"，本地的"文抗"等；1940年前后就有"文学月会"①、"延安新诗歌会"②、"鲁艺"③；1942年以后，还有一个当时并不自觉又有区域色彩的"山药蛋"④文学流派等。这些文学文艺团体或在历史的进程中，或在延安相对稳定的乡村区域里，呈现了这支"军队"最具规模的组织机构形态。它们既受到民族战争外力的推动和特定政治环境的需求的约束，又是延安文艺界自身的共同选择。1920年代初中期，以北平为中心的新文化新文学运动中活跃的文学社团作家群体，与1930年代以上海都市为中心的无产阶级文学运动的"左联"团体，就区域的集中而言在一定范围具有相似度。1936—1945年间的延安，作家群体和具有社会化的文学组织不管在数量上还是质量上可以说超过了同时期的任何一个文化场域和行政地区。我们既要强调延安文学与"文化军队"的整体联系性，又要特别注意这些文学社团作家群体自身独立形态和文学追求。

那么，再细化分解这些文学组织团体、作家群体人员内部构成，更可见延安特殊区域文学体制的构形。

首先，由党内领导人毛泽东、周恩来、陈云等和文化文学部门领导人凯丰、周扬、艾思奇等直接体现了中国共产党与延安文学体制的密切关系。如"鲁艺"就是在毛泽东、周恩来带头，并由林伯渠、徐特立、成仿吾、艾思奇、周扬联名发出《鲁迅艺术学院创立缘起》下诞生的，并且毛泽东出席开学典礼讲话、为学院周年纪念题词、为二周年庆题写八字校训等。在中国共产党的领导视野里，在延安特定的环境中，用毛泽东1939年5月10日为鲁艺成立一

---

① 该会1940年10月由丁玲、萧军在延安发起成立。会刊《文艺月报》，重要作家还有王实味、艾青、罗烽等人。

② 该会1940年12月由萧三、柯仲平等诗人在延安发起成立。会刊《新诗歌》，重要诗人还有鲁藜、公木、郭小川、塞克等。

③ 1938年春在延安创办，全称"鲁迅艺术学院"。1939年改称"鲁迅艺术文学院"，1943年并入延安大学。1938年7月"鲁艺"设文学系，系主任由周扬兼任。后又成立文学社团草叶社，1942年11月创刊《草叶》，主要作者有丁玲、周立波等作家。

④ 该流派形成于1940年代初晋察鲁豫边区和晋绥边区，奠基人赵树理成长于太行山，他的代表作《小二黑结婚》小说形成了通俗化、大众化的独有风格，并作为毛泽东在延安文艺座谈会上讲话后精神实践的典范。

周年的题词——"抗日的现实主义,革命的浪漫主义"[①]——来表述当时延安文学体制的核心观念最为准确。这是政党对文学组织团体思想观念的诉求,也是以此引领和协调延安文学队伍中作家群体的准则。延安文学中这部分领导者组织团体在文学之外,但其阐发的思想主张无不直接影响着作家聚合行为取向。这与1920年代五四作家们聚合的文学社团和地缘关系或地域生成的作家群体完全不同,也与1930年代党领导下的"左联"革命团体阶级对立结构有区别。政治的参与对"延安文学"更注意抗战精神的渗透和引导。

其次,丁玲、艾青、萧军、王实味、何其芳、罗烽、周文、萧三等从大城市来到延安的知识分子作家群,与刘白羽、周立波、郭小川、吴伯箫、严文井、师田手、雷加、康濯等来自部队的或本地的作家群齐聚延安。这一方面是因为1939年中共中央的《关于吸收知识分子的决定》巨大感召力:《决定》明确提出这场民族的抗战"没有知识分子的参加,革命的胜利是不可能的";另一方面是因为"抗战进行曲和战斗鼓声同时响彻大地,它和芦沟桥的炮声,联袂而来"。[②]这就决定了文学群体的构成已经不是单纯地因为文学本身了,就其精神追求在作家群中也各不相同。比如,笔者认为从大城市来到延安的知识分子作家群的聚合更多是出自现代知识分子精神本源,永远充满着理想和使命意识,崇尚自由是他们确立自我、获得知识的前提,面对自我放逐精神、面向社会思想独立,在多变的大时代常态的流亡漂泊。生逢其时的萧军萧红,这对苦难时代短暂患难夫妻,他们一度同在山西临汾民族革命大学任教,同样心怀革命,有多年的情感基础,但其本质都是现代知识分子自我独立性格。一个桀骜不驯、粗犷尚武,一个多愁善感、细腻自尊。在时代和生活的冲突中,彼此分道扬镳,一个去了延安一个到西安。大批都市知识青年像萧军一样满怀着"革命的浪漫主义"的热情,向着自己心中精神理想的延安奔去。1938年

---

① 《延安大学史》编委会编:《延安大学史》,人民出版社2008年版,第98页。
② 《延安文艺丛书》编委会编:《延安文艺丛书·散文卷》,湖南人民出版社1984年版,前言第1页。

11月16日夜，何其芳作的《我歌唱延安》开篇是这样描述的："延安的城门成天开着，成天有从各个方向走来的青年，背着行李，燃烧着希望，走进这城门。"①

而来自部队或本地的作家群随着抗日的烽火，参加八路军投身激烈的战斗，从前线战场一路枪林弹雨、出生入死来到延安，他们是知识分子，也是革命战士。他们写下了《前线一日》（肖华）、《潼关之夜》（杨朔）、《三颗手榴弹》（刘白羽）、《前线故事——敌后行》（雷加）、《马上的思想》（吴伯箫）、《中条山的小战士》（白朗）、《捉放俘虏记》（康濯）等一系列散发着"抗日现实主义"时代芬芳的篇章。他们来到延安既是随着部队在战斗间隙短暂休整，又是因为迫切需要学习文化、提高思想。他们追随革命理想、胸怀远大抱负，从五湖四海来到延安。1939年师田手到达延安后是这样描述的："南方人、北方人、外国人，多穿起灰色的军衣，汇成了一个可钦的巨人"，"延安的空间，每日振荡起各地的方言土语，各种的声调腔音……延安，仿佛一块巨大的吸铁石，把一切坚硬强壮勇敢如钢铁的人们吸引来了"。②

显然，上述这样基本队伍构形的延安文学，围绕着"大众的民族抗日"这个政治中心，其本质上强调作家聚合、文学社团建构以坚持革命现实主义和革命浪漫主义相结合为前提。因为延安文学不可能脱离大时代的历史情境，即抗战初的国共合作，抗战中期的国共两党的摩擦、抗战的相持阶段，1945年的抗战胜利。这一革命政治历史发展的轨迹，始终与参与者地域空间的人文精神价值取向，以及此时此地人与事的纠结（作家的个体自由、理想精神、批判意识与现实环境的冲突）的知识文化发展线索相交织。延安被军事封锁的实际和

---

① 何其芳：《我歌唱延安》，载《何其芳散文选集》，百花文艺出版社2009年版，第126页。

② 师田手：《延安》，载《延安文艺丛书》编委会编：《延安文艺丛书·散文卷》，湖南人民出版社1984年版，第158页。

作为精神理想的象征地，恰恰使它成为独有文化空间的交汇地。而文学的情景，最初是"一个人初到延安，或者一个人在延安的学校里住了一两年，他见到延安最多的还是那些唱着歌的年轻人的队伍，热烈的群众集会，游行时的火把、旗手、手拿红缨枪的自卫军、等等；对那真正的边区人民的生活，八路军各种艰苦奋斗的情形还是不太清楚，顶多只有一个朦朦胧胧的印象。所以他没有办法歌颂得更深刻，歌唱得更具体，更丰富的东西，而只有唱着一些自己感激的，快活的情绪，和一点对于将来的幻想"[①]。随后，在1942年之前，一度坚持文学精神的作家在创作中重在表述军事封锁和经济贫困环境下的个体诉求。再后，以1943年《小二黑结婚》为标志，一个适应延安文化空间的"赵树理方向"得以确立，服从接受者的大众化通俗化的需求，文学的现实性与政治的美学性获得了统一。在行进的历史和不断调适的人与事纠结之过程中，延安文学完成了自己的基本形态，包括突破地域空间的文学内外因素。

四

当文学史叙述延安文学的完整构形时，描述延安地域地理的实地形象，也描述由延安唤起的感知、情感记忆、话语元素等诸多复杂层面，两者不可孤立论之，也不可混为一谈。在多重文化历史语境中，在动态和静态的时空变动调节过程中，延安文学既是永恒凝固的20世纪40年代中国革命历史和陕甘宁边区地缘的文学，又是跨越时空和文化疆界，承载政治风云，属于作家精神体验记忆的文学。今天阐释延安文学的历史和现实意义，应该注意建构文学完整构形的内在脉络。

其一，五四以来"人的文学"，进入抗战和延安特定的时空，形成了自

[①] 转引自刘增杰等编：《抗日战争时期延安及各抗日民主根据地文学运动资料》上册，山西人民出版社1983年版，第187页。这段文字是评论白原《五月的太阳》、林沫《晨光》等诗歌创作的话。

己外部、内部的延伸与特有文化构形,即文学中人的完整形态(自我与社会)的形成和丰满,受惠于中国革命自身问题和规律的探索和寻找过程。延安首先是中国革命的发源地,毛泽东思想完整体系建构的发祥地。其次才是延安文学的奠基地,五四以来中国现代文学中一个地域文学的生长地。由此,延安文学虽然是一个地域性、阶段性规范明确的文学形态,但是它的基本内容和美学诉求,及其意义的阐释和理解,有文学史承传的规律和文学特有的精神情感元素,以及文化复杂层面的纠缠新质。五四以来的"人的文学"经历1940年代延安这一特定时空究竟出现了哪些历史延续中的裂变?毛泽东思想中的文艺阐释与延安文学建构有什么联系和区别?当毛泽东在集中思考中国革命的现实如何与外来马克思主义相结合时,中国现代文学人的解放和思想启蒙的核心命题,同样面临着阶级、民族急变带来的新挑战。许多现代作家在身不由己中进入延安的地域与政治化的语境,重新认识文学的本质和使命,这既是政治革命的要求,又是对文学功能价值全面认知的必然。当以"救亡压倒启蒙说"、文学性的偏执和失衡说、"政治决定论"等评价1940年代文学、延安文学时,有失空间视域下文学史叙述的"完形"考察,多少有着思想史、纯文学、政治史认知思维的侧重,这一定程度上影响了文学合理性的价值判断,自然也会大大削弱对延安文学在中国文学中现代性特征的把握的准确性。

其二,延安文学的中心内容是文艺为工农兵服务。工农兵是抗战时期社会的主力军,时代的代表,文学的自觉和精神不可能脱离这个重要的对象。文学主体的自觉,文学精神的向度,决定延安文学空间构形的内在认知和行为。进入1940年代中国革命的语境和延安地理范围,文学的"民族形式"讨论、文学的陕北农村文化认同、文学的传统与本土经验、文学的救亡与启蒙、文学创作者角色转换与调整等问题,实际都在被重新建构和新话语再阐释,也在历史和时代的考验下逐渐明朗。最初延安文学在"文章下乡,文章入伍"的引导下,以文艺突击社、戏剧救亡协会、文艺战线社、讲演文学研究会、大众读物社等团体的宣传活动为主要内容,以散文、朗诵诗、街头剧等轻型通俗形式为主。中间相对稳定阶段，大批城市来的作家对延安现实生活的书写，面临高扬的精神期盼和实际存在的距离，《解放日报·文艺》《文艺月报》《草叶》《谷雨》等文艺文学阵地，成为他们坚守五四人的文学个性主义、启蒙批判、灵魂改造的主要表达通道和传播自由民主意愿的集散地。延安文艺座谈会以后，1943年开始，春节农闲新秧歌运动、"鲁艺"的"演大戏"、赵树理《小二黑结婚》代表的通俗读物小说、《王贵与李香香》代表的长篇叙事诗、《白毛女》代表的歌剧等自觉追求文学的大众化民族化。这一系列文艺活动和创作实践的成果，折射着延安作家经历了一次巨大的精神锤炼，代表着延安地域文化包孕着积极向上，歌颂光明对困惑矛盾、暴露黑暗的精神反拨。五四文学创作者的心路，因此而蜿蜒曲折，文学本身也就呈现出斑斓的色彩。延安文学完整构形（时空观）考辨不是要否定这个对象，而是要找寻切合对象的认知、感觉、观念、表达的各种复杂因素。经历人生大起大落的女作家丁玲自觉地创作《太阳照在桑干河上》这一至今仍然有阅读空间的文本，就是最典型的案例。文学史的叙述是一种尊重历史、理解作家、体验人生的重写。只有真诚理解作家精神层面才能真正理解中国现代文学在延安空间被重新建构的价值，以及延安文学形态的真正意义。

　　其三，延安文学作为一个独立的话语形态，本质上是知识分子话语与工农兵话语同构中时空对接、交叉、重构的文学史过程。文学的理想、欲望，人性的思索和表现，是知识者的深度自我独立、自由追求和最典型的现代性意识，大都市空间环境更有他们生存的土壤。但现代知识者走进民族抗战的行列和进入延安的乡村后，首先经历了从未有的政治高扬，面对地理环境的巨大落差，甚至因物质经济因素身份也在被迫改变，这就有了文学现代性错位的重构。在文学与政治的直接冲突中精神道德的反省、文学本质的美学诉求则相对"弱势"，文学精神人性直接面对战争，面对生与死的考验。毛泽东思想将中国革命的重心由城市转向农村，文学也受到一次时代强烈政治光源的透视，文学与政治话语重构，调整了五四以来新文学的主体，由五四新文学以知识分子为主体转变为延安时期以工农兵大众为主体。毛泽东重写中国城乡问题，也就定位了延安文学的核心问题。中国文学经历了一次乡村社会化和政治强化的现代性调整（为了配合"农村包围城市"的军事战略），也就是在这时要求文学家到农村、工农兵中间去，创作老百姓喜闻乐见的大众化的民族形式，必须走先"普及"后"提高"的文学传播路线。这些都决定了延安文化空间的存在。文学现代性是一个动态的不断调整的过程，同时，文学滋生的源泉永远来自生活。工农兵营造了丰腴的生活土壤——革命理想和追求，正义对邪恶的反抗决定了战争中的人性和欲望又有新的拓展。在延安文学中"现代性的重构"正是一次作家贴近现实的精神涅槃，即表现为不约而同地排斥乡村牧歌式表达与个人心灵哀悯的流露，反对模糊的形象塑造、自觉抵制语言的书面化知识腔。为此，讲故事、章回体、评话本、"信天游"、秧歌剧、长篇叙事诗等通俗形式和通俗的文学的内容，成为延安文学的精神象征物。

最后，真正意义上还原一个有特殊地域文化内涵和复杂经验世界的延安文学，远远不是这样的篇幅所能够完成的。围绕《讲话》精神发展的延安文学虽然在八十年中也有几轮文学史叙事的反反复复，但是今天仍然未到对这一文学现象或曰地域文学现象做总结性评价的时候。文学史叙事没有模式也没有终点，历史是时间和空间的过程，文学是立足人向内向外不断反思的过程。总之，在历史动态和开放的视域中深入完整地理解延安文学，尤其是延安文学作为典型文学史个案的意义，对于现代中国革命文学的深入研究十分关键而必要。

结　语

20世纪中国文学中的现代革命文学的发生发展，不论是作为政治的主流意识形态的左翼运动的一部分，还是文学本身的一种特殊类型或现象或范式，在当今国内外学界都成为学术研究的热门话题。20世纪前半叶的中国革命频频爆发，政权交替，政治、社会、文化的多元，也使得革命文学的学术命题在其性质、观念、功能、特性、价值、立场等方面的历史还原和阐释多样而各执一端。我们厘清现代中国革命文学作家与群体谱系与结构的文学面貌，立足中国现代文学史整体与现代革命文学生成的关系考察，重点解决个体作家谱系和社团群体结构关系中所呈现历史与现实之联系的文学本体问题。我们采用现代中国革命文学谱系和结构的研究视域，既是对革命文学来龙去脉的历史还原，又是对现代革命文学的历史作用的现实考察。我们以现代中国文学与革命密切关联的历史事实和相关理论为立论基础，确立了点面结合的论述框架，侧重以现代中国革命文学中的社群和作家为切入点，既尊重文学史自身历史形态，又方便对文学本体的结构与谱系做深入系统的清理和辨析。前述我们的努力主要在以下几方面做出了积极的思考：

第一，关于现代中国革命文学的社群结构的探讨，选取文学研究会、中国左翼作家联盟，以及抗战文学中的中华全国文艺界抗敌协会（以下简称"文协"）、"笔部队"等代表性文学社群，并且以20世纪三个十年的纵向线索，对革命文学的社群结构进行整体历史透视。这一方面研究我们有自己的学术追求。首先，在文学文化一体化中审视文学与革命的复杂关系，打破传统文学史以社团流派命名的习惯做法，将现代中国文学史约定俗成的文学社团——文学研究会、"左联"、"文协"等——确定为文学社群的概念，即在作家群体群落大文化文学场中重新确定的文学社群并不局限于一个作家群体,更强调作家聚合群落的文化文学的共通性。其次,以此文学社群的文学史新概念,贴近现代中国革命文学的整体,力求进入现代中国革命文学社群结构的机体内部,在现代中国革命文学代表性社群生成发展的演变历史线条中,发现作家群落的革命意识滋生和革命文学生成的某些运行规律。再次,在大革命文学整体观指导下,现代中国革命文学社群结构从群落到组织再到团体的演变过程,突出地展示了现代中国革命文学社群发生发展中,如何由文化文学场域的自然自在姿态,走向社会意识形态统一思想组织的自为形态,以及大敌当前特殊历史境遇中民族各界抗战团体的自觉。这既是作家群体追随时代革命步履的清晰印痕,又最为典型地揭示了现代中国革命文学在不同历史阶段作家群体自身肌体结构的调整。显然,这些不同历史阶段典型的现代文学社群的清理,既是在文学社群演变中对革命谱系的一种积极寻找,又是对现代中国革命文学生成过程中,文化认同、政治话语、民族抗战三种有代表性的文学群体类型和结构范式的历史还原。这对现代中国文学的作家群体(落)研究,也是有一定启发性的。

  第二,关于现代中国革命文学的作家谱系的梳理和考辨,选取了鲁迅、瞿秋白、茅盾、成仿吾、郭沫若、郁达夫、叶圣陶、萧军、萧红、蒋光慈等现代作家为例,侧重从两个层面探讨现代作家与革命文学发生发展的内在关联,及其结构形态或元素。这里我们没有对所有现代作家面面俱到地进行分析,或强调文学史的全面覆盖,重点放在解析现代中国革命文学自身生成和演变中具有代表性的作家,由此通览其他革命文学作家作品的整体面貌。

  首先,从革命文学发生的角度,可以从现代作家社会人生的履历和他们创作实践的源流,以及作家的创作个性中透视革命文学内在结构。比如现代中国革命文学中对俄国十月革命的接受,如瞿秋白早期创作中报告纪实类作品的革命想象,代表着现代中国革命文学生成中最为重要的外来思想文化资源的模仿和吸收;现代革命文学的现实主义创作基础,如叶圣陶作品中写实的限度,反映出革命文学创作对平民视角、日常生活化的写实主义的侧重。而就其内部结构言，现代中国革命文学的发生也是内外不断融合的。现代作家郁达夫的典型性，是他具有传奇性的革命人生经历，他既是名副其实的革命作家，又有完全不同于一般的革命文学之另类创作。他最早尝试了将"革命"作为一种"新开端"体验结构的创作实践。本书试图从三个方面清理出三位作家不同的创作个性，及其并非自觉但又都共同涉猎的革命内容，从而揭示出作家不同创作类型范式所呈现的现代中国革命文学最初发生期多元结构样态的谱系。

其次，不同作家其人其文，乃至社会活动和人生履历，呈现了与现代中国革命文学复杂关联的结构和丰富的内在因素系统。现代作家鲁迅作为20世纪中国文学的精魂，也是现代中国革命文学的重要参与者和建设者。鲁迅与诸多作家之关系本身就是一个文学的互动场，呈现出现代作家是如何进入革命文学时代的丰富而复杂的结构的，展现了现代革命文学历史成因、得与失的全息生态，及其系统的构造纹理。现代作家茅盾是最早最自觉地以社会科学思维进行创作的践行者。他将现代中国革命文学的书写与社会各阶级的分析直接联系，其小说创作中编年式的革命时代和人物事件，不仅创设了革命文学的史诗性叙事，而且使得"阶级"元素成为革命文学书写的重要内容。现代作家成仿吾和郭沫若同属于创造社的元老，也是最早提出和实践从文学革命到革命文学的作家。他们共同的情绪、体验的主体结构认知，推动了革命文学运动的发生，而彼此选择不同的革命方式和创作路向，又从另一方面呈现了革命文学发展的多元结构。现代作家蒋光慈作为一个丰富而复杂的现象存在，作家始终坚守自我的本真，使得现代中国革命文学的表现和书写有了情怀和温度。蒋光慈建构了一种特殊"意识"的现代中国革命文学。现代作家萧军、萧红以其深厚而浓郁的"东北意义"，传达的不只是抗战文学的先声，最重要的是独特的"地域"魂灵，推动了现代中国革命文学的深入和拓展。显然，这些有典范意义的作家与革命文学构成的关系链，也鲜明地勾勒了现代中国革命文学内部结构的各种线条。

第三，现代中国革命文学结构与谱系的阶段形态，旨在中国革命历史过程时空交替的把握，力求在大革命文学史观的建构中彰显现代中国革命文学整体性和时段性交织的特征，及其演变发展的走向。我们寻觅和强调现代中国革命文学的阶段性史学意义，并非要确定关于革命文学的叙述有一套完整的前奏、开端、高潮的历史谱系，而是重点关注历史进程中的阶段性内在形态，对于现代中国革命文学本体结构和谱系生成的价值意义。比如，以作家陈独秀、李大钊、张闻天、恽代英等为代表的一批集多重身份于一身的先觉者，他们既顺应着历史社会政治革命大潮的自然涌动，又反映出新文化新文学多元思想资源有意识的聚合和建构。这批现代作家感应时代脉搏、汇聚多元资源，在心与身、言与行的互动过程中，呈现了革命文学源于五四时代文化同一性基调的使命感、忧患意识的社会关怀，表现了革命文学本体世界差异性活力的不同观念、不同资源、不同表现之多样形态。进入1920年代末1930年代初，以作家钱杏邨、瞿秋白、冯雪峰等为代表的一批作家，伴随着现代中国革命文学成长期的理论建设，围绕着革命文学批评范式和其理论话语系统的合法性之努力；引领中国左翼文艺运动与世界共产国际运动同步前行，及共产主义中国化的阐释。还确立了无产阶级大众的主流意识形态，积极思考革命与文学的内在关联性元素，旨在规划一条贴近现代中国社会实际的革命文学发展的道路。其中女作家丁玲思想和创作的演变线路，最具有典型性的意义是，集中地体现了进入1930年代末至1940年代发展期的现代中国革命文学的价值调适。从1929年下半年开始，丁玲在思想上走向"革命"，并在创作中加入了"革命"这一新的价值元素。1942年5月，丁玲思想和创作的第二次转折发生。它彻底颠覆了自第一次转折以来所确立的"革命意识"与"个性思想"共存的"二项并立"的模式，而转变为"革命意识"的"一项单立"。丁玲的这两次转折不但完整而具象地反映了中国革命文学的文学价值立场嬗变的历程和方向，其中的得失还集中而深刻地凝聚了中国新文学价值立场嬗变过程中的经验与教训。现代中国革命文学后续的发展，除了时间行进的阶段性赋予了多彩革命现代性外，空间的移动和变化也同样为革命带来了新的因素和新的目标。1940年代中国革命新阶段发源地延安最具有代表性，而其中的延安文学也正构成了现代中国革命文学的典型样态和重要思想意象。延安文学本质上关乎知识分子话语与工农兵话语同构中时空对接、交叉、重构的文学史现象。它有自己独有的核心革命话语元素和一整套规约的思想结构。它在"文化军队"的号召下集结了个体作家和群体组织的文学队伍，外部文化身份多层次，内在精神取向丰富而复杂。其始终处于历史行进中人与事纠结的不断调适中，这是延安文学适应现实情势的生存形态，也是现代中国革命文学历史演进中的基本结构样式。由此，现代中国革命文学阶段史的时空结构与谱系之考察，革命随时代演进的特点和地域空间生成的话语具象，无论单一作家还是文学社群的表现都是十分鲜明的。现代中国革命文学不只是有着自己阶段性相互连贯的思想构架特征，更重要的是它是一个具有极大兼容性和现实指导性的互动历史过程。正是在此结构和谱系之中，现代中国革命文学一些本质元素和历史面貌，才有可能被还原。

综上所述，立足大革命文学史观，以"谱系和结构"作为研究视点和目标，我们期待方法的创新、研究的特色和建树，恰恰就是想从一种独特的观察角度，重新发掘现代中国革命文学历史现象特殊类型和范式所包孕的独特的文学史价值意义。我们未选择历时性的完整清理和资料的集成，而是追求深度探索革命文学的特殊文化意义是通过什么样的相互关系被表现出来的，它的产生、再现与再造是通过什么样的表意结构与谱系（即革命文学的特殊生成要素、样态和言说方式），如何构成自己的实践、现象与活动路向的。具体说来有这样几点：

一、确立了现代中国革命文学的社群结构、作家谱系，以及整体革命文学阶段史的由点到面立论的思路和构架，重点通过选取不同代表性现代作家，剖析其思想与创作结构，清理和重新阐述文学社群的组织方式、知识话语，以及文学传播的阶段进程等，回应或做实大革命文学史观的具体举措和构想。将现代中国革命文学的历史和文学现象，置于中国现代社会革命和作家与作家之间错综复杂的关系中，认真探究其内部结构和谱系之间既独立又联系的相关问题，调整了传统文学史的视域，突破了已有文学史对现代中国革命文学的认知。

二、文学社群的文化视野，运用一种超越的眼光，考察作家的群体（落）、有意识的组织、社会各界团体的不同社群生成的因素，从这一角度寻踪处于不同历史段中的革命文学的共同本质，即与时俱进的社会互助、关注民众疾苦、国家和阶级意识、民族忧患、抵御外来侵略等思想观念。这里不仅为现代作家群体（落）研究提供了一个新的文化大视野，而且将革命的阶级意识、政党观念、普罗主义，乃至民族的大众的团结抗战等精神信仰与文学的民族想象、国民性改造、翻身解放等话语之间的复杂关联，通过革命文学社群结构分析梳理获得了新的阐释意义。这不但为革命文学的历史叙述找到核心的价值，而且为革命文学的社群现象的发生演变找到了答案，还找到了革命文学史格局形成的历史内驱力。

三、作家谱系的透视，基于任何文学史现象都源于作家作品的前提，作家是核心的存在。将现代中国革命文学的理论元素、精神信仰、价值基础，及其知识系统等内在结构的勘探，与不同作家革命人生道路、思想观念，及其创作个性的重新评述有机融合在一起，构成了中国革命"文学史"的视野，这样的观照不但为革命文学的历史叙述找到核心的价值，而且为革命文学诸多文学的现象的发生演变找到了答案，找到了革命文学史格局的形成的历史推动力。

四、结构与谱系的研究实现了对现代中国革命文学一些基本文学史要素的还原和理论观念的定位，更加强调和重视各种类型作家、不同文学群体、组织团体的多元多样的历史呈现，而慎言对革命文学简单系统性和整体性的价值判断，显示了革命文学史研究观念的一种改变。

中国革命是一个由多个阶段组成的长过程。我们运用现代结构与谱系理论，从文学史角度将现代中国革命文学研究落实到作家作品，及其与五四新文学的同步生成的考量，更突出历史长过程中典型"阶段"中的诸文学社群和作家现象的深入透视。既是对相对成熟的革命文学倡导和论争、革命加恋爱创作现象等研究之补充，又对革命文学发生发展进行了切合历史实际也切合创作实际的定位，使革命文学生成的存在之由、变迁之故得以完整显露和合理解释，当然也使得现代中国革命文学的价值得以彰显。

参考资料

《中国新文学大系》，良友图书印刷公司1935—1936年版。
《中国新文学大系 1927—1937》，上海文艺出版社1984—1989年版。
《中国新文学大系 1937—1949》，上海文艺出版社1990—1994年版。

《叶圣陶文集》，人民文学出版社1953—1958年版。
《胡也频小说选集》，人民文学出版社1954年版。
《别林斯基选集》第1—4卷，满涛、辛未艾译，上海译文出版社1979—1991年版。
《鲁迅全集》，人民文学出版社1981年版。
《雪峰文集》，人民文学出版社1981—1985年版。
《洪灵菲选集》，人民文学出版社1982年版。
《蒋光慈文集》，上海文艺出版社1982—1988年版。
《郭沫若全集》（文学编）第1—11卷，人民文学出版社1982—1992年版。
《周扬文集》第1—2卷，人民文学出版社1984—1985年版。
《茅盾全集》第1—19卷，人民文学出版社1984—1991年版。
《成仿吾文集》，山东大学出版社1985年版。
《瞿秋白文集》（文学编）第1、2、4卷，人民文学出版社1985—1986年版。
《独秀文存》，安徽人民出版社1987年版。
《瞿秋白文集》（政治理论编）第1、2、7卷，人民出版社1987—2013年版。
《张闻天文集》，中共党史出版社1990—1995年版。
《丁玲全集》，河北人民出版社2001年版。
《阿英全集》，安徽教育出版社2003年版。
《李大钊全集》，人民出版社2006年版。
《郁达夫全集》，浙江大学出版社2007年版。
《老舍全集》第1—8卷，人民文学出版社2013年版。
《邓中夏全集》，人民出版社2014年版。

陈纪滢：《三十年代作家记》，成文出版社1980年版。

万树玉：《茅盾年谱》，浙江文艺出版社1986年版。

周永祥：《瞿秋白年谱新编》，学林出版社1992年版。

李向东、王增如编：《丁玲年谱长编》，天津人民出版社2006年版。

冯资荣、何培香编著：《邓中夏年谱》，中国文史出版社2014年版。

李向东、王增如：《丁玲传》，中国大百科全书出版社2015年版。

霁楼编：《革命文学论文集》，新学会社1928年版。

李何林编：《中国文艺论战》，北新书局1930年版。

杨之华编：《文坛史料》，中华日报社1944年版。

张静庐辑注：《中国现代出版史料》，中华书局1954—1959年版。

张允侯等：《五四时期的社团》，生活·读书·新知三联书店1979年版。

马良春、张大明编：《三十年代左翼文艺资料选编》，四川人民出版社1980年版。

陈瘦竹主编：《左翼文艺运动史料》，南京大学学报编辑部1980年版。

中国社会科学院文学研究所现代文学研究室编：《"革命文学"论争资料选编》，人民文学出版社1981年版。

张秋华等编选：《"拉普"资料汇编》，中国社会科学出版社1981年版。

白嗣宏编选：《无产阶级文化派资料选编》，中国社会科学出版社1983年版。

贾植芳等编：《文学研究会资料》，河南人民出版社1985年版。

饶鸿竞等编：《创造社资料》，福建人民出版社1985年版。

唐沅等编：《中国现代文学期刊目录汇编》，天津人民出版社1988年版。

蓝海：《中国抗战文艺史》，现代出版社1947年版。

卢那察尔斯基：《卢那察尔斯基论文学》，蒋路译，人民文学出版社1978年版。

郭沫若：《学生时代》，人民文学出版社1979年版。

高尔基：《论文学》（续集），冰夷等译，人民文学出版社1979年版。

茅盾：《我走过的道路》，人民文学出版社1981—1988年版。

皮亚杰：《结构主义》，倪连生、王琳译，商务印书馆1984年版。

夏衍：《懒寻旧梦录》，生活·读书·新知三联书店1985年版。

费正清、刘广京编：《剑桥中国晚清史 1800—1911年》，中国社会科学院历史研究所编译室译，中国社会科学出版社1985年版。

阳翰笙：《风雨五十年》，人民文学出版社1986年版。

赵园：《艰难的选择》，上海文艺出版社1986年版。

余英时：《士与中国文化》，上海人民出版社1987年版。

查普曼：《语言学与文学——文学文体学导论》，王士跃、于晶译，春风文艺出版社1988年版。

林毓生：《中国传统的创造性转化》，生活·读书·新知三联书店1988年版。

贾植芳主编：《中国现代文学社团流派》，江苏教育出版社1989年版。

严家炎：《中国现代小说流派史》，人民文学出版社1989年版。

麦克法夸尔、费正清编：《剑桥中华人民共和国史 1949—1965》，谢亮生等译，中国社会科学出版社1990年版。

艾晓明：《中国左翼文学思潮探源》，湖南文艺出版社1991年版。

费正清主编：《剑桥中华民国史》，章建刚等译，上海人民出版社1991—1992年版。

托洛茨基：《文学与革命》，刘文飞等译，外国文学出版社1992年版。

张大明：《不灭的火种——左翼文学论》，四川文艺出版社1992年版。

温儒敏：《中国现代文学批评史教程》，北京大学出版社1993年版。

李泽厚：《中国现代思想史论》（《李泽厚十年集》第3卷下册），安徽文艺出版社1994年版。

施蛰存：《沙上的脚迹》，辽宁教育出版社1995年版。

桑兵：《清末新知识界的社团与活动》，生活·读书·新知三联书店1995年版。

米格代尔：《农民、政治与革命——第三世界政治社会变革的压力》，李玉琪、袁宁译，中央编译出版社1996年版。

陈安湖主编：《中国现代文学社团流派史》，华中师范大学出版社1997年版。

陈万雄：《五四新文化的源流》，生活·读书·新知三联书店1997年版。

曹聚仁：《文坛五十年》，东方出版中心1997年版。

弗雷德里克·詹姆逊：《快感：文化与政治》，王逢振等译，中国社会科学出版社1998年版。

阿多诺：《美学理论》，王柯平译，四川人民出版社1998年版。

米歇尔·福柯：《知识考古学》，谢强、马月译，生活·读书·新知三联书店1998年版。

杨鼎川：《1967：狂乱的文学年代》，山东教育出版社1998年版。

旷新年：《1928：革命文学》，山东教育出版社1998年版。

周策纵：《五四运动史》，陈永明等译，岳麓书社1999年版。

雷内·韦勒克：《批评的概念》，张今言译，中国美术学院出版社1999年版。

米歇尔·福柯：《规训与惩罚：监狱的诞生》，刘北成、杨远婴译，生活·读书·新知三联书店1999年版。

陈建华：《"革命"的现代性——中国革命话语考论》，上海古籍出版社2000年版。

陈顺馨：《社会主义现实主义理论在中国的接受与转换》，安徽教育出版社2000年版。

许纪霖编：《二十世纪中国思想史论》，东方出版中心2000年版。

安敏成：《现实主义的限制：革命时代的中国小说》，姜涛译，江苏人民出版社2001年版。

皮埃尔·布迪厄：《艺术的法则：文学场的生成和结构》，刘晖译，中央编译出版社2001年版。

黄子平：《"灰阑"中的叙述》，上海文艺出版社2001年版。

吴炫：《中国当代思想批判》，学林出版社2001年版。

席扬、吴文华：《20世纪中国文学思潮史论》，时代文艺出版社2001年版。

弗兰克·梯利：《伦理学导论》，何意译，广西师范大学出版社2002年版。

丹尼尔·贝尔：《社群主义及其批评者》，李琨译，生活·读书·新知三联书店2002年版。

格里德尔：《知识分子与现代中国》，单正平译，南开大学出版社2002年版。

方长安：《选择·接受·转化——晚清至20世纪30年代初中国文学流变与日本文学关系》，武汉大学出版社2003年版。

于尔根·哈贝马斯：《现代性的哲学话语》，曹卫东等译，译林出版社2004年版。

费约翰：《唤醒中国：国民革命中的政治、文化与阶级》，李霞等译，生活·读书·新知三联书店2004年版。

古斯塔夫·勒庞：《革命心理学》，佟德志、刘训练译，吉林人民出版社2004年版。

布兰察德：《革命道德：关于革命者的精神分析》，戴长征译，中央编译出版社2004年版。

王培元：《延安鲁艺风云录》，广西师范大学出版社2004年版。

朱利安·班达：《知识分子的背叛》，佘碧平译，上海人民出版社2005年版。

阿里夫·德里克：《革命与历史：中国马克思主义历史学的起源，1919—1937》，翁贺凯译，江苏人民出版社2005年版。

丸山升：《鲁迅·革命·历史——丸山升现代中国革命文学论集》，王俊文译，北京大学出版社2005年版。

理查德·斯凯思：《阶级》，雷玉琼译，吉林人民出版社2005年版。

雷蒙·阿隆：《知识分子的鸦片》，吕一民、顾杭译，译林出版社2005年版。

彼得·卡尔佛特：《革命与反革命》，张长东等译，吉林人民出版社2005年版。

张颐武主编：《现代性中国》，河南大学出版社2005年版。

刘增人等编著：《中国现代文学期刊史论》，新华出版社2005年版。

李今：《三四十年代苏俄汉译文学论》，人民文学出版社2006年版。

李广仓：《结构主义文学批评方法研究》，湖南大学出版社2006年版。

王宏志：《鲁迅与"左联"》，新星出版社2006年版。

古斯塔夫·勒庞：《乌合之众：大众心理研究》，冯克利译，广西师范大学出版社2007年版。

汉娜·阿伦特：《论革命》，陈周旺译，译林出版社2007年版。

姚文放：《现代文艺社会学》，社会科学文献出版社2007年版。

颜浩：《北京的舆论环境与文人团体：1920—1928》，北京大学出版社2008年版。

刘剑梅：《革命与情爱——二十世纪中国小说史中的女性身体与主题重述》，郭冰茹译，上海三联书店2009年版。

杨春时：《现代性与中国文学思潮》，生活·读书·新知三联书店2009年版。

王奇生：《革命与反革命：社会文化视野下的民国政治》，社会科学文献出版社2010年版。

李跃力：《革命与文学的深层互动：中国现代文学中的"革命话语"研究》，中国社会科学出版社2013年版。

程凯：《革命的张力——"大革命"前后新文学知识分子的历史处境与思想探求（1924—1930）》，北京大学出版社2014年版。

清华大学国学研究院主编，德里克主讲：《后革命时代的中国》，李冠南、董一格译，上海人民出版社2015年版。

特里·伊格尔顿：《瓦尔特·本雅明或走向革命批评》，郭国良、陆汉臻译，商务印书馆2015年版。

李海燕：《心灵革命》，修佳明译，北京大学出版社2018年版。

钟诚：《进化、革命与复仇："政治鲁迅"的诞生》，北京大学出版社2018年版。

1949年前的旧报刊：《新青年》《新潮》《小说月报》《中国青年》《创造》《洪水》《文化批判》《语丝》《我们》《新流月刊》《海风周报》《太阳月刊》《拓荒者》《北斗》《文学周报》《抗战文艺》《解放日报》等，等。

1949年后的《文艺报》《人民文学》《新文学史料》等报刊。

附录一

大革命文学史观下的现代中国革命文学作家作品、刊物及文章目录辑要

1891—1917

散文、随笔、评论、论文

作家	作品	发表/出版时间（年）	革命元素
康有为	新学伪经考	1891	宣传托古改制思想，倡导变法
梁启超	论不变法之害	1896	倡导变法
麦孟华	论中国变法必自官制始	1897	陈述封建官僚体制的落后和腐朽，倡导建立新型官制
麦孟华	论中国宜尊君权抑民权	1897	声援维新变法运动
麦孟华	民义自叙	1897	倡导变法
康有为	进呈《日本明治变政考》序	1898	结合国外革命的举措陈述维新变法的理论主张和具体实施方案
康有为	进呈《俄罗斯大彼得变政记》序	1898	结合国外革命的举措陈述维新变法的理论主张和具体实施方案
康有为	进呈《法国革命记》序	1898	结合国外革命的举措陈述维新变法的理论主张和具体实施方案

续表

作家	作品	发表/出版时间（年）	革命元素
康有为	请禁妇女裹足折	1898	结合国外革命的举措陈述维新变法的理论主张和具体实施方案
康有为	孔子改制考	1898	借孔子之名为维新变法制造舆论
梁启超	译引政治小说序	1898	宣扬小说所具有的革命政治意义
梁启超	英雄与时势	1899	倡导政治革命
梁启超	夏威夷游记	1899	表达诗界革命的思想
梁启超	论保全中国非赖皇帝不可	1899	维持封建体制和皇帝制度与改良政治制度
谭嗣同	仁学	1899	维新派的哲学理论著作，痛陈封建制度的腐朽落后，号召革命和变法
麦孟华	论中国救亡当自增内力	1900	声援维新变法运动
梁启超	中国积弱溯源说	1901	痛陈变法革命的重要性
梁启超	立宪法议	1901	主张以宪法治理国家
梁启超	灭国新法论	1901	强调改革的重要性
梁启超	国家思想变迁异同论	1901	宣扬君主立宪制
章太炎	正仇满论	1901	宣扬政治革命，主张推翻清政府的统治
梁启超	论自由	1902	宣扬人与社会的自由，学习西方思想
梁启超	论立法权	1902	强调立法的重要性
梁启超	新民议	1902	探讨人民的利益
梁启超	保教非所以尊孔论	1902	倡导政治革命

续表

作家	作品	发表/出版时间（年）	革命元素
梁启超	释革	1902	解释"变革"的范畴，探索中国文学变革与发展之路
梁启超	论进步	1902	宣扬变法的重要性和步骤性
梁启超	论政府与人民之权限	1902	探讨政府对人民的干涉、掌控的尺度问题，强调保障人民权益
梁启超	新民议	1902	倡导政治革命
章太炎	中夏亡国二百四十二年纪念会书	1902	宣扬政治革命，主张推翻清政府的统治
章太炎	定版籍	1902	宣扬政治革命，主张推翻清政府的统治
邹容	革命军	1903	为晚清政治革命造声势
章太炎	驳康有为论革命书	1903	驳斥康有为的保皇理论，宣传革命主张
孙中山	支那保全分割合论	1903	揭露侵略者阴谋
夏曾佑	小说原理	1903	遵循小说原理为现实政治服务
梁启超	小说丛话	1903	宣传借小说服务社会政治改革
狄平子	论文学上小说之位置	1903	小说界革命与晚清小说的兴起
章太炎	《革命军》序	1903	热情推崇革命军建立共和政治
陈天华	敬告湖南人	1903	挽救国家危亡的宣言
梁启超	中国历史上革命之研究	1904	研究"革命"在中国历史上的发生与演变

续表

作家	作品	发表/出版时间（年）	革命元素
陈去病	论戏剧之有益	1904	主张戏剧革命，要求戏剧服务于现实革命运动
孙中山	驳《保皇报》书	1904	反对封建专制，倡导民主革命
秋瑾	敬告中国二万万女同胞	1904	声讨封建制度对妇女的压迫
梁启超	现政府与革命党	1905	论证清政府的腐败和制度革命的必要性
孙中山	《民报》发刊词	1905	宣传三民主义、鼓动革命
陈天华	论中国宜改创民主政体	1905	欲救中国，唯有兴民权，改民主
朱执信	论满洲虽欲立宪而不能	1905	为晚清政治革命造声势
佚名	论戏剧弹词之有关于地方自治	1906	探讨戏剧弹词的价值，倡导戏剧界革命
梁启超	暴动与外国干涉	1906	为革命正名和声援
汪兆铭	驳革命可以召瓜分说	1906	为晚清政治革命造声势
章太炎	革命之道德	1906	宣扬政治革命，主张推翻清政府的统治
章太炎	讨满洲檄	1907	大张挞伐清政府的罪行，号召民族民主革命
秋瑾	《中国女报》发刊词	1907	历数女界的黑暗历史，倡导女权革命
秋瑾	敬告姊妹们	1907	号召妇女团结并进行女权革命
秋瑾	光复军起义檄稿	1907	倡导资产阶级革命
梁启超	政闻社宣言书	1907	宣扬君主立宪制革命
陶曾佑	论文学之势力及其关系	1907	论述文学顺应社会之变

续表

作家	作品	发表/出版时间（年）	革命元素
陶曾佑	论小说之势力及其影响	1907	肯定小说的价值，宣扬小说界革命
王无生	论小说与改良社会之关系	1907	肯定小说的价值，宣扬小说界革命
章太炎	代议然否论	1908	讨论革命以后的制度设计
章太炎	排满平议	1908	号召推翻清政府，建立资产阶级共和国
梁启超	新中国建设问题	1911	探讨革命之后的未来中国的建设问题
梁启超	革命相续之原理及其恶果	1913	继续探讨革命问题
陈独秀	东西民族根本思想之差异	1915	提倡革命民主主义思想
梁启超	异哉所谓国体问题者	1915	反对袁世凯复辟和君主专制思想
梁启超	告小说家	1915	重估小说价值，以重建新社会、新世界
苏曼殊	《三次革命军》题辞	1915	为晚清政治革命造声势
陈独秀	袁世凯复活	1916	讽刺袁世凯的复辟闹剧，抨击君主专制思想，提倡民主自由
陈独秀	孔子之道与现代生活	1916	抨击封建礼教
陈独秀	俄罗斯革命与我国民之觉悟	1917	劝导民众觉悟，接受革命思想
陈独秀	文学革命论	1917	提出"三大主义"，发动文学之"革命"
陈独秀	再论孔教问题	1917	反对封建礼教，强调科学的进步性
胡适	文学改良刍议	1917	提出文章"八事"说，指责就旧文学的流弊

续表

作家	作品	发表/出版时间（年）	革命元素
陈独秀	偶像破坏论	1918	反对封建迷信和偶像崇拜思想
陈独秀	科学与神圣	1918	提倡科学主义革命

小说

作家	作品	发表/出版时间（年）	革命元素
柴四郎著，梁启超译	佳人奇遇	1898—1900（连载）	宣扬女性解放的革命思想
矢野文雄著，周逵译	经国美谈	1900—1901（连载）	宣扬国家独立、富强、民主、自由的政治理想
梁启超	劫灰梦	1902	托梦唤醒民众，尽自己国民责任
梁启超	新中国未来记	1902	政治幻想，想象未来中国
岭南羽衣女士	东欧女豪杰	1902—1903（连载）	塑造巾帼英雄的形象，宣扬女性解放的革命思想
如如生	女举人传	1903	塑造巾帼英雄的形象，宣扬女性解放的革命思想
作者不详，玉瑟斋主人译	回天绮谈	1903	宣扬资产阶级改革立宪运动
汉国厌世者	洗耻记	1903（日本印刷，湖南苦学社发行）	表现了反清的"民族革命"思想
雨果著，苏曼殊、陈独秀译并改写	惨世界	1903	塑造理想英雄的革命者形象
张肇桐	自由婚姻	1903（自由社出版）	宣扬反外族侵略、反清、反汉奸的革命思想

续表

作家	作品	发表/出版时间（年）	革命元素
王妙如	红闺泪	1904	塑造巾帼英雄的形象，宣扬女性解放的革命思想
浪荡男儿	上海之维新党	1905	揭露批判伪维新者，探讨立宪问题
陈天华	狮子吼	1905	宣传资产阶级民主主义的政治理想，揭露清政府的腐朽落后，鼓吹革命
怀仁（编述）	卢梭魂	1905	写卢梭之魂转生来到中国参与革命，传播社会契约精神
佚名	苦学生	1905—1906（连载）	揭示中国留学生遭受歧视、华工惨遭虐待的苦难生活
佚名	新党升官发财记	1906（上海作新社出单行本）	表现"假维新派"升官发财的卑劣手段，揭露了晚清官场的诸多丑恶现象
吴趼人	大改革	1906	探讨立宪问题，奉劝大众戒嫖、戒赌、戒鸦片
亚东破佛	闺中剑	1907（《小说林》代印）	塑造巾帼英雄的形象，宣扬女性解放和移风易俗的革命思想
思绮斋	女子权	1907	表现女性积极争取平等和自由，塑造觉醒后的革命女性
碧荷馆主人	黄金世界	1907（《小说林》社刊本）	反映华工的苦难生活和反抗，歌颂了中国人民反帝反殖的英勇斗争，批判清政府
颐琐	黄绣球	1907（《新小说》社刊本）	倡导男女平权，实行政治改良

续表

作家	作品	发表/出版时间（年）	革命元素
吕侠	中国女侦探	1907	宣传女性解放的革命思想
吴趼人	立宪万岁	1907	借天界群仙活动隐喻立宪运动变革
春帆	未来世界	1907（连载）	反映立宪改革的全过程
佚名	宪之魂	1907	宣传君主立宪国富兵强
吴趼人	查功课	1907	反映青年学子对《民报》的拥护和清廷对其的恐惧，宣扬革命思想
黄世仲	洪秀全演义	1906年（香港《中国日报》社印行单行本）	歌颂太平天国起义，宣传民主革命思想
吕侠人	惨女界	1908（商务印书馆排印本）	反映女性遭到家庭或社会的巨大压迫与虐待
黄小配	大马扁	1908（日本东京三光堂排印）	反映维新前后的活动借以打击立宪派，从另一角度对维新革命展开叙述
烟波钓徒	女滑头	1909	描写女性不幸与苦痛生活遭遇，探讨社会改良
南浦慧珠	最近女界现形记	1909（《新新小说》社刊前五集，共十一集）	鼓励女性争取平等权利
静观子	秘密自由	1909	宣传自由平权等革命思想
黄小配	宦海升沉录	1909（香港实报馆排印本）	描写清政府内治的不可救药，表明革命才是唯一出路

续表

作家	作品	发表/出版时间（年）	革命元素
八宝王郎	女界烂污史	1910（上海自强轩书药局编印）	描写女性不幸与苦痛的生活，探讨社会改良
叶小凤	如此京华	1910	描写清末京城社会，讽刺袁世凯称帝
静观子	六月霜	1911（《改良小说》社刊本）	塑造资产阶级民主革命英雄形象
黄世仲	五日风声	1911	借太平天国的壮举宣扬民族革命的思想
季新	红楼梦新评	1915	以去专制重人权、自由平等博爱思想批判封建婚姻和专制家庭对青年男女的迫害
杨尘因	新华春梦记	1916	全景实录称帝梦

戏剧

作者	作品	发表/展演时间（年）	革命元素
梁启超（改编）	新罗马	1902	表现一腔热血，唤醒国民、民族自新
陈天华	黄帝魂	1906	以宣传、光大"革命魂"为目的
曾孝谷（改编）	黑奴吁天录	1907	展示美国白人的暴虐和黑人的反抗，唤起青年人的革命精神
王钟声等（改编）	黑奴吁天	1907	展示美国白人的暴虐和黑人的反抗，唤起青年人的革命精神

续表

作者	作品	发表/展演时间（年）	革命元素
王钟声	张汶祥刺马	1908	暴露晚清官场腐败
王钟声	秋瑾	1908	歌颂女侠秋瑾的革命精神
陆镜若等（译编）	鸣不平	1909	反映社会的阶层差异和资本家的优越感。剧中无数次重复"革命后一百年"的台词，表达了反抗情绪
陆镜若（译编）	热泪	1909	讲述革命党人越狱与爱情故事，抒发革命热情
陆镜若（译编）	猛回头	1910	借改编日本新派剧《潮》宣传革命思想
顾无为（进化团）	东亚风云	1911	歌颂反抗强权的革命精神
任天知（进化团）	黄金赤血	1911	以辛亥革命为背景展开剧情，为革命军募捐做宣传
任天知（进化团）	共和万岁	1911	讴歌革命胜利，讽刺清政府腐败
顾无为（进化团）	血蓑衣	1911	借改编日本明治维新时期侠女莲为兄报仇的新剧，歌颂正义反抗精神
进化团创作、演出	黄鹤楼	1912	宣传爱国思想、武昌起义
陆镜若（春柳社）	家庭恩怨记	1912	反映辛亥革命背景下，一个半新半旧的军人家庭的悲剧
陆镜若（译编）	社会钟	1912	控诉旧家庭制度对无权无势的青年人的伤害
马绛士（改编）	不如归	1914	讲述婆媳矛盾，封建家族制度对女性的戕害

诗歌

作家	作品	发表/出版时间（年）	革命元素
黄人	怀太炎狱中即和其赠邹容韵	1904	歌颂革命家章太炎的气节
邓家彦	吊邹容	1905	诗人为同盟会会员，多次参与革命运动，悼念英年早逝的革命家邹容
柳亚子	吊刘烈士炳生	1906	悼念革命烈士刘炳生
宁太一（宁调元）	岳州被捕感赋一律	1907	感怀萍浏醴起义失败，表达坚定的革命意志
徐自华	谒岳王坟	1907	赞颂岳飞的英雄义气
柳亚子	吊鉴湖秋女士	1907	悼念革命女烈士秋瑾
柳亚子	无题·慷慨苏菲亚	1907	为革命而雅集，酝酿成立革命团体
陈去病	初夏越中杂诗	1908	抒发反清情绪
柳亚子	感旧四首示刘三	1908	抒发感时忧国之情
马骏声	醉题酒家壁	1909	叙写书生年少气盛，策划刺杀大汉仇人，表达反抗情绪
周实	岁暮杂感	1909	抒发感时忧国之情
柳亚子	无题·寂寞湖山歌舞尽	1909	为刚刚成立的革命团体南社造势宣传
周实	赠钝剑	约1910	反对专制
雷昭性	感怀八律	1910	抒发感时忧国之情
宁太一（宁调元）	燕京杂诗	1910	反专制，唤醒人民独立思想，充满革命豪情
宁太一（宁调元）	八月十五夜漫书一律	1910	抒发对时局的感慨

续表

作家	作品	发表/出版时间（年）	革命元素
汪兆铭	狱中有赠	1910	感怀革命壮举
柳亚子	自题磨剑室诗词后	1910	抒发革命意志
汪兆铭	狱中闻温生才刺孚琦事	1911	歌颂温生才慷慨赴死的革命精神
汪兆铭	庚戌被逮口占	1911	表达坚定的革命意志
汪兆铭	黄花岗七十二烈士墓下作	1911	悼念黄花岗革命烈士
阳兆鲲	辛亥生日感赋	1911	抒发感时忧国之情
周实	痛哭四章	1911	感慨黄花岗起义失败
马君武	从军行	1911	抒发革命豪情
朱锡梁	辛亥七夕吊杨笃生	1911	悼念革命烈士杨笃生
雷昭性	哭广州殉义诸烈士	1912	感怀黄花岗革命起义
雷昭性	追悼革命诸先烈哀诗	1912	悼念黄花岗起义诸位烈士
宁太一（宁调元）	壬子感事四章	1912	反清排满、革命抒怀
沈昌直	光复志喜	1912	推翻清政府、光复中华
徐自华	中原光复重入越中有悼璇卿	1912	推翻清政府、光复中华
叶楚伧	元年	1912	感慨民国元年之时局
马君武	去国辞	1912	抒发革命豪情
邓家彦	狱中感事	1913	表达革命意志
蒋士超	挽遯初先生	1913	悼念宋教仁革命志士
文斐	去国二首	1913	抒发革命豪情

续表

作家	作品	发表/出版时间（年）	革命元素
曾延年	丙辰岁首感怀十八首用张船山宝鸡题壁韵	1913	抒发感时忧国之情
陈去病	丰镇见雪	1913	感慨二次革命中的动荡时局
雷昭性	读美国独立史有感	1914	抒发对美国独立的见解与感慨
程善之	革命后感事和怀霜作即次其韵	1914	表达革命意志
宋教仁	哭铸三尽节黄岗	1914	悼念黄花岗起义诸位牺牲的烈士
汪兆铭	杂咏	1914	抒发感时忧国之情
温见	哭宋渔父先生	1914	悼念革命志士
雷昭性	革命	1915	表达革命意志
柳亚子	哭冥鸿	1915	不满北洋军阀
周咏	去国吟	1915	表达坚决的革命、拯救国家民族的意志
朱慕家	天心	1916	表达革命豪情
柳亚子	孤愤	1917	以愤激之情谴责袁世凯复辟称帝

1917—1927

小说

作家	作品	发表/出版时间（年）	革命元素
鲁迅	狂人日记	1918	"救救孩子"，批判封建礼教"吃人"
叶圣陶	这也是一个人？	1919	描写农家妇女的不幸，揭露封建家庭制度的黑暗
鲁迅	药	1919	反映革命者夏瑜的死、批判民众愚昧
鲁迅	风波	1920	揭示军阀战乱、剪辫、辛亥革命对农村的影响
鲁迅	阿Q正传	1921	以阿Q的一生，揭示封建社会的精神奴役和压迫
叶圣陶	隔膜	1921	揭示茶客等民众内部的隔膜
叶圣陶	饭	1921	描写被敲诈的寒苦小学教员
郁达夫	沉沦	1921	以大胆的自我暴露反对旧道德
鲁迅	端午节	1922	叙述索薪事件，表现金钱对人的压迫
成仿吾	灰色的鸟	1922	表达牺牲一切去创造自由、追求光明的愿望
成仿吾	牧夫	1923	愤恨万恶的政界一般的文学界
叶圣陶	桥上	1923	青年立志改革社会，惩办恶霸
郁达夫	春风沉醉的晚上	1923	贫困的烟厂女工、知识分子
王统照	黄昏	1923	揭露旧家族制度
李求实	除夕	1923	妇女的不幸和探求其解放道路

续表

作家	作品	发表/出版时间（年）	革命元素
李求实	姊姊的屈服	1923	探求妇女的解放
冯沅君	隔绝	1924	争取自由恋爱，反对包办婚姻
张闻天	旅途	1924	表现革命加恋爱、知识分子革命
鲁迅	在酒楼上	1924	拔掉神像胡子、议论社会改革
张闻天	逃亡者	1924	通过对逃难的叙述，控诉军阀战乱的罪恶
王统照	生与死的一行列	1924	揭示底层贫民的悲苦和挣扎
郁达夫	薄奠	1924	表现人力车夫、知识分子、困窘的小人物
张闻天	飘零的黄叶	1925	表现青年在黑暗中追求光明
叶圣陶	潘先生在难中	1925	反映军阀战乱、灰色的小人物
鲁迅	伤逝	1925	反思个性解放、妇女解放
李劼人	编辑室的风波	1925	反军阀，揭露文化专制主义
王统照	水夫阿三	1925	反映城市底层者的悲苦和挣扎
柔石	刽子手的故事	1925	揭露以杀头为游戏的黑暗社会
魏金枝	七封书信的自传	1925	乡村教员的铤而走险的反抗
蒋光慈	少年漂泊者	1926	表现苦难人生、工人罢工、封建军阀、黄埔军校
叶圣陶	在民间	1926	描写活动于工人中的女革命者
蒋光慈	鸭绿江上	1926	革命党人的复仇和为祖国献身
蒋光慈	碎了的心	1926	反帝反军阀，塑造共产党人形象
蒋光慈	弟兄夜话	1926	揭露社会的黑暗和不平，怀念自由、光明

续表

作家	作品	发表/出版时间（年）	革命元素
蒋光慈	寻爱	1926	恋爱与革命，从觉醒到走向民众
蒋光慈	逃兵	1926	工人罢工和民众反军阀运动
蒋光慈	橄榄	1926	纱厂厂主的罪恶、罢工纠察队
叶灵凤	菊子夫人	1926	身处革命工作、社会运动中的军人的爱的困惑
许杰	纪念碑的奠礼	1926	揭示乡镇贫民的悲惨命运
陆定一	血战	1926	身负重伤的战士对革命的憧憬
叶圣陶	抗争	1927	罢课、向往工人生活
叶圣陶	夜	1927	表现革命者从容就义
蒋光慈	短裤党	1927	反映北伐革命、工农群众运动
蒋光慈	菊芬	1927	表现革命文学家、军事行动、暗杀敌人
蒋光慈	野祭	1927	表现革命加恋爱、革命的文学家
洪灵菲	前线	1927	表现国共合作、革命加恋爱
洪灵菲	转变	1927	表现北伐战争、恋爱不得而革命
巴金	灭亡	1927	反军阀、知识青年的苦闷和抗争
叶灵凤	奠仪	1927	反封建、人的解放、徐州军事行动
王统照	沉船	1927	天灾人祸、民不聊生、控诉侵略者
蹇先艾	朝雾	1927	被挤压的社会底层、乡间悲剧

续表

作家	作品	发表/出版时间（年）	革命元素
彭家煌	怂恿	1927	暴露乡村豪绅的凶恶和乡村的动荡
丁玲	梦珂	1927	反映社会运动，表现时代青年风貌
鲁彦	一个危险的人物	1927	表现大革命失败、共产党被人所不解
许杰	改嫁	1927	反映百姓被贫穷的生活压迫
彭家煌	喜期	1927	揭露兵灾带来的贫民悲剧
黎锦明	尘影	1927	乡村农民的反抗斗争
茅盾	"蚀"三部曲之一、二：幻灭、动摇	1927	表现革命青年的迷茫与追求

诗歌

作家	作品	发表/出版时间（年）	革命元素
刘半农	相隔一层纸	1917	反映贫富不均、社会矛盾
胡适	人力车夫	1918	对人力车夫的同情
刘半农	学徒苦	1918	感叹徒工的艰苦生活
沈尹默	人力车夫	1918	对都市底层人力车夫的同情
刘半农	铁匠	1919	对铁匠劳作辛劳的同情
胡适	威权	1919	表现不畏威权的军人形象
张闻天	梦	1919	鼓吹"工读""互助"的理想生活
张闻天	心碎	1920	发出劳工问题的诘问
刘大白	卖布谣	1920	揭露社会贫富差距

续表

作家	作品	发表/出版时间（年）	革命元素
郭沫若	凤凰涅槃	1920	讴歌再生、民族振兴
郭沫若	炉中煤	1920	讴歌祖国，爱国之情
郭沫若	巨炮之教训	1920	呼唤为自由而战
郭沫若	匪徒颂	1920	讴歌一切革命的匪徒
朱自清	黑暗	1921	诘问"黑暗底翼张开，谁能够想象他们的界线呢？"
蒋光慈	十月革命纪念	1921	讴歌自由、劳工神圣和俄国十月革命
蒋光慈	红笑	1921	歌颂苏俄，纪念十月革命
成仿吾	哦，我的灵魂！	1922	对现实压迫、屈辱生活的控诉
成仿吾	疲倦了的行路	1922	以勇敢的军歌表现革命情怀
成仿吾	冬的别辞	1922	呼唤民众觉醒
成仿吾	长沙寄沫若	1922	揭露恶浊的世界、恶人，歌颂革命烈士秋瑾
闻一多	太阳吟	1923	讴歌太阳，向往祖国故土
瞿秋白	赤潮曲	1923	歌颂劳工神圣、共产大同
瞿秋白	铁花	1923	壮勇无畏、歌颂大同
邓中夏	胜利	1923	向着胜利勇敢奋斗
蒋光慈	中国劳动歌	1923	呼唤劳苦的同胞、社会革命

续表

作家	作品	发表/出版时间（年）	革命元素
蒋光慈	我的心灵	1923	讴歌拜伦、海涅、自由的希腊、十月革命
蒋光慈	新梦	1924	对东亚革命的礼赞
蒋光慈	哭列宁	1924	讴歌劳农、无产阶级革命、人类解放运动
蒋光慈	莫斯科吟	1924	讴歌旗帜红、希望、光明、十月革命
蒋光慈	哀中国	1925	反映中国的悲惨现实，为受压迫的民众呼喊
蒋光慈	血祭	1925	记叙南京路的枪声、外国强盗，抒发对自由、解放、正义的憧憬
蒋光慈	哭孙中山先生	1925	反映军阀压迫，呼吁无产阶级革命
蒋光慈	血花的爆裂	1925	表现资本家和工人对帝国主义的反抗
蒋光慈	我要回到上海去	1925	讴歌革命烈士
蒋光慈	北京	1925	揭示富家翁和穷孩子的对立，以及恶浪奔腾的社会现实
闻一多	死水	1925	抨击"死水"般的社会现实
柔石	战	1925	歌颂革命者的战斗精神
刘一声	奴隶们的誓言	1926	鼓励劳动者团结一致反对压迫
刘一声	革命进行曲	1926	"五卅运动"礼赞

续表

作家	作品	发表/出版时间（年）	革命元素
刘一声	五卅周年纪念放歌	1926	纪念"五卅运动"，弘扬革命精神
饶荣春	使命	1926	表达对无产阶级革命的使命感和对胜利的憧憬
蒋光慈	写给母亲	1927	感慨家国苦难，表达革命愿望
周民钟	革命花	1927	描绘军人形象，纪念阵亡烈士

戏剧

作家	作品	发表/演出时间（年）	革命元素
胡适	终身大事	1919	反对包办婚姻
田汉	咖啡店之一夜	1920	反映穷人和富人（阶级）的矛盾冲突
郭沫若	女神之再生	1921	表现反军阀、同情穷人、
陈大悲	幽兰之死	1921	暴露黑暗家庭，反封建倾向
田汉	薛亚萝之鬼	1922	表现妇女参政运动
田汉	午饭之后	1922	反映纱厂女工与资本家的斗争
郭沫若	卓文君	1923	反封建、反旧礼制、反权威的历史隐喻
洪深	赵阎王	1923	揭露农民被黑暗社会和旧军队戕害的现实
成仿吾	欢迎会	1923	反父权、反拜金主义

续表

作家	作品	发表/演出时间（年）	革命元素
张闻天	青春的梦	1924	表现现代青年的革命与恋爱
田汉	获虎之夜	1924	山村悲剧，反对包办婚姻
欧阳予倩	泼妇	1925	歌颂女性独立、自由婚姻，反对旧式家庭
田汉	黄花岗	1925	纪念黄花岗起义烈士
余上沅	兵变	1925	反封建礼教，争取婚姻自主
郭沫若	三个叛逆的女性	1926	反叛女性的历史隐喻
熊佛西	一片爱国心	1926	由特殊家庭表现爱国主义思想

1928—1937

小说

作者	作品	发表/出版时间（年）	革命元素
华汉	马林英	1928	塑造革命女英雄形象
华汉	女囚	1928	革命战士的反抗斗争
楼适夷	革命Y先生	1928	革命、军阀、共产党
孟超	冲突	1928	反映革命加恋爱、革命党、军阀、牢狱

续表

作者	作品	发表/出版时间（年）	革命元素
茅盾	"蚀"三部曲之三：追求	1928	表现革命青年的迷茫与追求
戴平万	小丰	1928	目睹帝国主义的残暴
戴平万	激怒	1928	农村土豪劣绅的横暴和农民反抗
钱杏邨	飞机场	1928	表现革命军，歌颂国民革命
加式金著，戴平万译	如飞的奥式	1928	表现革命党人的伟大灵魂
戴平万	献给伟大的革命	1928	表现革命女子不屈服于白色恐怖
台静农	地之子	1928	农民肉体与心灵的创伤，解剖病态乡村，表现阶级压迫
王统照	刀柄	1928	表现红枪会青年的反抗
叶圣陶	倪焕之	1928	反映反抗斗争，知识分子革命
孙席珍	凤仙姑娘	1929	工人罢工，反抗斗争
孙席珍	战场上	1929	北伐战争
戴平万	母亲	1929	被压迫者的艰苦生活和反抗
柔石	二月	1929	大革命背景下的知识者的反抗斗争
柔石	旧时代之死	1929	唱出旧制度的挽歌
柔石	三姐妹	1929	表现社会批判、人性解剖
蒋光慈	丽莎的哀怨	1929	反映俄国无产阶级革命
戴平万	都市之夜	1929	都市青年的苦闷与反抗
戴平万	山中	1929	受压迫的农民的革命反抗
戴平万	春泉	1929	受压迫的农民的革命反抗
戴平万	陆阿六	1930	反映农民运动和反抗精神

续表

作者	作品	发表/出版时间（年）	革命元素
蒋光慈	冲出云围的月亮	1930	反映大革命时代知识女性的革命与恋爱
华汉	两个女性	1930	革命知识女性的反抗斗争
华汉	地泉	1930	描绘农民暴动、农民义军、革命加恋爱的传奇英雄
洪灵菲	大海	1930	反映农村暴动、反抗斗争
孙席珍	战争中	1930	表现北伐军、战场与兵营生活
台静农	建塔者	1930	表现人民苦难生活
胡也频	光明在我们的前面	1930	在群众运动中革命知识者的成长
胡也频	到莫斯科去	1930	知识者的革命传奇
魏金枝	野火	1930	郁闷乡村的革命"野火"
丁玲	韦护	1930	表现知识分子革命与恋爱的冲突
丁玲	一九三〇年春上海（一）	1930	表现知识分子革命与恋爱的冲突
丁玲	一九三〇年春上海（二）	1930	表现知识分子革命与恋爱的冲突
茅盾	虹	1930	表现年轻革命者的成长历程
柔石	为奴隶的母亲	1930	反映农妇的苦难，阶级的压迫
戴平万	村中的早晨	1930	反映农民的自主革命
胡也频	烟	1930	反映人力车夫的苦难人生
谢冰莹	青年王国才	1931	表现革命理想
赖和	可怜她死了	1931	反映贫苦农民阶级面临的阶级压迫和反抗
巴金	雾	1931	描写革命者的反抗斗争
茅盾	三人行	1931	反映大革命中的学生生活

续表

作者	作品	发表/出版时间（年）	革命元素
巴金	死去的太阳	1931	反映"五卅惨案"
丁玲	田家冲	1931	反映现实斗争生活
欧阳山	竹尺和铁锤	1931	反映工人苦难生活和斗争
丁玲	水	1931	水灾下的民众困苦和反抗
黑炎	战线	1931	描写普通士兵在军队中的生活状态和内心世界
沙汀	法律外的航线	1932	农民的灾难下的骚动、暴乱，及反抗斗争
茅盾	春蚕	1932	表现"丰收成灾"的农民困苦生活
谢冰莹	抛弃	1932	表现革命女性的觉醒、抗争
蒋光慈	咆哮了的土地	1932	反映农民矿工的革命热情
茅盾	路	1932	反映青年学生反对压迫，要求民主、自由的斗争
葛琴	总退却	1932	表现工人农民的革命热情
张天翼	齿轮	1932	反映时代的跳动和人民的反抗斗争
艾芜	咆哮的许家屯	1933	反映受压迫者的愤怒和咆哮
丁玲	奔	1933	农村都市都充满着罪恶、苦难，揭示社会阶级对立
欧阳山	水棚里的清道夫	1933	反映底层民众的不幸生活和朴素的阶级抗争
茅盾	子夜	1933	塑造民族资本家形象，反映社会矛盾和斗争
巴金	雪	1933	反映矿区社会的尖锐阶级矛盾，矿工反抗斗争

续表

作者	作品	发表/出版时间（年）	革命元素
巴金	砂丁	1933	反映矿业资本家的剥削，贫苦矿工的苦难
李辉英	万宝山	1933	反映乡土沦丧，农民反抗
茅盾	秋收	1933	反映"谷贱伤农"、农民苦难生活
巴金	家	1933	歌颂青年的觉醒
萧红	王阿嫂的死	1933	反映农民的困苦生活和抗争
丁玲	母亲（未完稿）	1933	书写"前一代女性"的艰苦挣扎，憧憬光明未来
茅盾	残冬	1933	描写寻找出路的苦难农民，反映饥民和绅商的矛盾
叶圣陶	多收了三五斗	1933	揭示"丰收成灾"的农民困苦
巴金	雨	1933	反映知识者、革命者、革命女性交织着恋爱和革命的冲突
周文	雪地	1933	暴露军阀的腐败和吏治的黑暗
王统照	山雨	1933	反映北中国农民困苦生活和抗争
吴组缃	樊家铺	1934	表现农村经济破产、社会动荡
吴组缃	天下太平	1934	反映失业店员、社会的动荡
老舍	黑白李	1934	反映性格相异的兄弟与秘密的革命活动
欧阳山	七年忌	1934	表现对帝国主义的反抗和革命者的牺牲
巴金	雷	1935	表现小城镇的革命女性的反抗
郁达夫	出奔	1935	表现动摇的革命者的投机心理和青年的精神空虚
萧红	生死场	1935	表现东北沦陷、农民苦难与斗争

续表

作者	作品	发表/出版时间（年）	革命元素
艾芜	南行记	1935	表现底层人民的困苦生活和坚强意志
周文	山坡上	1935	揭露军阀战争的残酷
萧军	八月的乡村	1935	反映东北人民革命军与侵略者浴血苦战
蒋牧良	锑砂	1936	揭露尖锐的社会矛盾
巴金	电	1935	反映信仰对革命者的支配和拯救
叶紫	丰收	1935	揭露政局的腐败，反映农民的困苦生活和走上革命的过程
蒋牧良	旱	1936	揭露尖锐的社会矛盾
沙汀	土饼	1936	反映农民被压迫的生活
杨逯	送报伕	1936	对侵略者的血泪控诉
王统照	站长	1936	对退役站长与残废军人苦痛人生的披露
王统照	春花	1936	反映青年学生的革命探索
舒群	没有祖国的孩子	1936	表现被侮辱被损害的流亡者
王鲁彦	乡下	1936	讲述农民阿毛反抗斗争
孙陵	大风雪	1936	描写抗战中东北民众的苦难与反抗
叶紫	星	1936	反映乡村妇女的不幸和抗争
艾芜	丰饶的原野	1937	表现日军炮火与人民苦难
艾芜	演习	1937	反映军队演习和抗日战争
蒋牧良	夜工	1937	反映工人屈辱的生活和不幸命运
蒋牧良	强行军	1937	表现旧军队里的阶级压迫
沙汀	苦难	1937	表现民众的苦难反抗斗争

续表

作者	作品	发表/出版时间（年）	革命元素
叶紫	山村一夜	1937	反映乡村农民的反抗斗争
丁玲	一颗未出膛的枪弹	1937	表现小红军英勇抗日、共赴国难
草明	绝地	1937	表现社会冷酷，旧军队的士兵、工人罢工
王鲁彦	野火	1937	反映青年农民的反抗斗争
周文	烟苗季	1937	反映军阀割据内部争斗
吴浊流	功狗	1937	反映全社会的抗战意识
吴奚如	阳明堡的战火	1937	表现东北人民反抗日本侵略者
吴奚如	汾河上	1937	表现山西群众抗战激情
白朗	轮下、生与死	1937	表现伪满时期的民族意识和爱国精神

诗歌

作者	作品	发表/出版时间（年）	革命元素
郭沫若	恢复	1928	抒发革命理想
冯乃超	红纱灯	1928	表达革命与爱情
蒋光慈	牯岭遗恨	1928	感叹悲哀的祖国，呼唤革命诗人
蒋光慈	给某夫人的信	1929	在革命浪潮表达革命与主义
殷夫	血字	1929	控诉屠杀革命者的刽子手
殷夫	意识的旋律	1929	表达强烈的阶级仇恨
殷夫	一个红的笑	1929	鼓动无产阶级革命

续表

作者	作品	发表/出版时间（年）	革命元素
殷夫	上海礼赞	1929	歌颂中国无产阶级
殷夫	春天的街头	1929	对革命未来满怀信心和希望
殷夫	别了，哥哥	1929	表达鲜明的阶级立场
殷夫	都市的黄昏	1929	表达革命乐观主义精神
殷夫	一九二九年的五月一日	1929	批判统治阶级，鼓舞人民革命
殷夫	我们	1929	歌颂工人农民团结一致争取胜利
殷夫	前进吧，中国！	1929	表现无产阶级革命理想
柔石	血在沸	1930	悼念革命烈士，歌颂无产阶级敢于斗争、敢于牺牲的精神
殷夫	五一歌	1930	鼓动无产阶级参加反抗斗争
殷夫	我们是青年的布尔塞维克	1930	表现对革命满怀信心和希望
臧克家	忧患	1932	反映帝国主义侵略带来的忧患
臧克家	老哥哥	1932	关注农民的苦难生活
艾青	大堰河——我的保姆	1934	反映人民困苦生活，阶级压迫
田汉	毕业歌	1934	表现强烈的爱国热忱
臧克家	壮士心	1934	表现战士杀敌突围的战斗精神
蒲风	茫茫夜	1934	表现农民的痛苦和反抗斗争
臧克家	逃荒	1934	记录人民的苦难生活
田汉	义勇军进行曲	1935	表现爱国主义和革命热情

续表

作者	作品	发表/出版时间（年）	革命元素
金剑啸	兴安岭的风雪	1936	描写东北人民抗日斗争
周而复	夜行集	1936	呼吁人民团结一致、驱逐日寇、重建家园
田间	中国农村的故事	1936	反映农民的痛苦、挣扎和反抗
臧克家	自己的写照	1936	反映山河破碎和民族危亡
胡风	为祖国而歌	1937	呼唤全民族抗战
胡风	血誓——献给祖国底年青歌手们	1937	在枪声炮声炸弹声中向敌人怒吼
胡风	同——新女性礼赞	1937	在战地向女性表达崇敬
郑振铎	战号	1937	反映抗日战争，关注人民和民族的命运
田间	义勇军	1937	表现义勇军抗战、爱国主义
王统照	上海战歌	1937	抗战爆发，诗人为祖国新生和自由呐喊
高兰	我们的祭礼	1937	纪念鲁迅，鼓舞民众抗战
高兰	是时候了，我的同胞！	1937	反对侵略，争取自由解放
邹荻帆	在天门	1937	积极抗战，争取民主自由
鸥外鸥	欧罗巴的狼鼠窝	1937	反对法西斯侵略者
黄青	来到祖国南方	1937	呼唤抗日救亡
穆木天	全民族总动员	1937	呼唤全民族的抗日斗争
艾青	复活的土地	1937	表现伟大民族觉醒奋起的姿态和精神
艾青	雪落在中国的土地上	1937	鼓舞民众积极抗战

报告文学、通讯、速写

作者	作品	发表/出版时间（年）	革命元素
谢冰莹	一个可喜而又好笑的故事	1929	直接表现北伐战争
殷夫	监房的一夜	1930	白色恐怖下共产党员、进步青年被捕、被杀，不屈服的反抗
柔石	一个伟大的印象	1930	表现革命理想和少年革命者形象
夏衍	劳勃生路	1931	民众示威反日斗争
杨格	长江风景	1932	暴露黑暗统治，表现反抗斗争
芦焚	请愿正篇	1932	反映学生运动和爱国热情
丁玲	多事之秋	1932	宣传抗日救国和反抗斗争
白苇	火线上	1932	记录上海"一·二八事变"的战火
苍剑	矿工手记	1932	反映工人的悲惨生活
楼适夷	战地的一日	1932	记录"一·二八事变"，慰劳十九路军
茅盾	故乡杂记	1932	讲述"一·二八事变"中的抗战故事
戴叔周	前线通信	1932	战争题材
蛰宁	在汉奸治下的冀东	1936	反映日寇铁蹄下民众的呻吟和抗争
庐隐	火焰	1936	反映十九路军的抗敌事迹
李辉英	救国运动	1936	记录北平反日游行示威运动
孙陵	被屠杀的大众群	1936	表现东北民众反抗斗争
范长江	中国的西北角	1936	披露日本帝国主义觊觎西北的野心

续表

作者	作品	发表/出版时间（年）	革命元素
石亭	北平学生第二次救亡运动追记	1936	记述北平"一二·九"抗日救亡运动
子冈	三月的巨浪	1936	反映妇女革命活动
夏衍	包身工	1936	描写被压榨的童工，揭露重大社会问题
子冈	在机器旁边	1936	对工厂女工面临的非人待遇的愤懑不平
林珏	铁蹄下底山村	1937	反映东北抗日斗争
丁玲	彭德怀速写	1937	塑造彭德怀将军高级指挥干部的形象
姚烽	从捕杀网里脱出	1937	反映逃亡大军、背井离乡民众
李辉英	军民之间	1937	直接反映抗战前线的共产党八路军
骆宾基	救护车里的血	1937	抵抗日军侵略
骆宾基	"我有右胳膊就行"	1937	表现抗日军民的民族解放事业
骆宾基	在夜的交通线上	1937	表现民族忧患意识、紧迫的使命感
骆宾基	东战场别动队	1937	表现民族危亡，呼吁全民抗战
骆宾基	大上海的一日	1937	表现上海军民炽热的爱国激情
小方	血战居庸关	1937	记述南口战役的战况
陶雄	某城防空纪事	1937	披露国民党黑暗统治，官员畏敌怯战
唐其罗	沙喉咙的故事	1937	反映国民党征兵抗战，农民家破人亡

戏剧

作者	作品	发表/出版时间（年）	革命元素
白薇	革命神的受难	1928	歌颂革命运动
白薇	打出幽灵塔	1928	表现女性的反抗与家庭革命
田汉	江村小景	1928	反对军阀战争
田汉	苏州夜话	1928	反对军阀战争
欧阳予倩	车夫之家	1929	表现阶级压迫
田汉	名优之死	1929	唤起对社会的控诉和反抗
左明	夜之颤动	1930	表现工人阶级爱国反帝的形象
柯仲平	风火山	1930	反映大革命时期的工农武装斗争
袁殊	工场夜景	1931	反映帝国主义铁蹄下人民和苦难和斗争
左明	到明天	1931	表现革命理想
洪深	香稻米	1931	反映农民的反抗斗争
欧阳予倩	同住的三家人	1932	表现人民的困苦生活
洪深	青龙潭	1932	反映农民的反抗斗争
洪深	五奎桥	1932	反映农民与地主之间的矛盾，农民的抗争
于伶	瓦刀	1932	表现上海事变后废墟工地工人的抗争
白薇	敌同志	1932	表现工厂区里的反日革命斗争
楼适夷	S.O.S.	1932	反映日本帝国主义的残暴
田汉	乱钟	1932	九一八事变后东北大学生的反抗行动

续表

作者	作品	发表/出版时间（年）	革命元素
田汉	暴风雨中的七个女性	1932	描写女作家抗日救亡的爱国激情
孙俍工	血弹	1932	颂扬十九路军勇敢的抗敌精神
田汉	扫射	1932	揭露日寇的凶残，号召团结抗战
田汉	一九三二年的月光曲	1932	反映工人罢工的反抗斗争
田汉	姊姊	1933	揭露反动政府的不抵抗主义
田汉	顾正红之死（未完）	1933	反映工人运动和"五卅惨案"
陈白尘	除夕	1934	表现市民的生活和斗争
陈白尘	大风雨之夜	1934	表现狱中犯人的反抗斗争
宋之的	罪犯	1935	引导工人反抗斗争
夏衍	都会的一角	1935	社会动乱、黑暗、腐败，都市生活苦难
田汉	旱灾	1935	反映人民困苦生活
田汉	回春之曲	1935	鼓舞抗日救亡
田汉	洪水	1935	歌颂农民的伟大力量
安娥	高粱红了	1936	反映农民抗日武装同强敌的殊死战斗
洪深	咸鱼主义	1936	反映日益高涨的抗日救亡热情
于伶	撤退赵家庄	1936	揭露日寇侵略罪行
于伶	汉奸的子孙	1936	抨击汉奸、卖国贼
章泯	东北之家	1936	工人罢工和阶级压迫、反抗斗争
章泯	我们的故乡	1936	表现革命理想
曹禺	原野	1936	农民受到压迫、复仇与反抗

续表

作者	作品	发表/出版时间（年）	革命元素
曹禺	日出	1936	揭露都市底层黑暗不平，呼唤光明
夏衍	赛金花	1936	揭露汉奸丑态，强调国防意识
石凌鹤	黑地狱	1937	表现民族意识和爱国精神
于伶	浮尸	1937	反映劳工的苦难生活和反抗斗争
于伶	在关内过年	1937	反映抗日斗争，表现爱国精神
夏衍	自由魂（秋瑾传）	1937	表现历史女侠、英雄抗争
夏衍	上海屋檐下	1937	表现战乱中的平民生活
阿英	春风秋雨	1937	表现北伐革命战争
田汉	洪水	1937	主张人民团结一致、反抗剥削、克服封建意识
田汉	阿比西尼亚的母亲	1937	声援人民反法西斯斗争
陈白尘	太平天国·金田村	1937	鼓舞民众反对强权、追求平等，批判封建神教观念
中国剧作者协会会员集体创作	保卫芦沟桥	1937	歌颂英勇抗击日本侵略军的芦沟桥军民
吴祖光	正气歌	1937	表现爱国热情，以及抵抗外敌、保卫祖国的民族斗争
田汉	史可法·土桥之战	1937	呼吁军民团结共御外侮
欧阳予倩	梁红玉	1937	以历史题材隐喻抗战现实斗争
丁玲	重逢	1937	反映战争硝烟中的爱情与牺牲
田汉	卢沟桥	1937	表达抗日救亡运动热情

1938—1949

小说

作家	作品	发表/出版时间（年）	革命元素
萧乾	刘粹刚之死	1938	抗战人物描写
姚雪垠	差半车麦秸	1938	描写农民在游击队中不断成长
端木蕻良	大地的海	1938	描写东北农村的武装抗日斗争
老舍	蜕	1938	反映流亡学生的爱国运动
关沫南	蹉跎	1938	沦陷区底层人民的艰难生活
杨朔	帕米尔高原的流脉	1938	反映中国人民抗日斗争生活
刘白羽	无敌三勇士	1938	表现革命战士团结一致战胜敌人
周文	救亡者	1938	表现爱国青年抗日救亡
张天翼	华威先生	1938	讽刺国民党官员的官僚主义作风、宣传抗日统一战线
郭沫若	波	1938	揭露武汉撤退时发生在一只满载难民的江轮上的悲剧
沙汀	前夜	1938	激发民众的抗日爱国热情
路翎	空战日记	1938	描写爱国抗战的飞行员的生活和心理
欧阳山与邱东平等五作家合写	给予者	1938	反映"八一三"上海抗战

续表

作家	作品	发表/出版时间（年）	革命元素
巴金	在轰炸中过日子	1938	控诉日机的轰炸，表现民众的艰难生活
萧红	黄河	1938	表现黄土高原的民族战争
沙汀、艾芜、周文、蒋牧良	华北的烽火	1938	表现抗战现实、民族苦难
程造之	地下	1939	表现农民群众抗击日本侵略者的斗争生活
齐同	新生代	1939	反映战争期间青年思想的变化
卞之琳	进城出城	1939	披露战争背景下人民生活的疾苦
欧阳山	战果	1939	参与时代思考，表现民族抗战精神和社会批判态度
姚雪垠	红灯笼的故事	1939	对民族精神的深切憧憬
张恨水	八十一梦	1939	讽刺抨击时弊，揭露社会的溃烂腐败
关露	新旧时代	1939	描写国民党统治的黑暗，以及中共地下党的斗争
草明	秦垄的老妇人	1939	反映帝国主义侵略带来的苦难，表现军民团结的斗争决心
萧红	旷野的呼唤	1939	表现义勇军的抗日激情
黄药眠	陈国瑞先生的一群	1939	讽刺国民党腐败，抨击日本帝国主义
李辉英	夜袭	1940	记录抗战中义勇军的战斗
谷斯范	新水浒	1940	讲述中共领导的游击队的抗日故事
管桦	雨来没有死	1940	塑造抗日战争中的少年英雄形象

续表

作家	作品	发表/出版时间（年）	革命元素
丁玲	入伍	1940	知识分子和农民加入抗战队伍，在战争中成长
碧野	灯笼哨	1940	反映人民在战争中的疾苦
碧野	乌兰不浪的夜祭	1940	表现抗日战争中的家庭伦理、民族大义
欧阳山	流血纪念章	1940	反映军民英勇抗敌事迹
草明	受辱者	1940	反映日占区民众的反抗斗争
朱雯	不愿做奴隶的人们	1940	描写抗战中的民族英雄
路翎	"要塞"退出以后——一个年青经纪人底遭遇	1940	描写抗日战争中的革命青年
萧红	逃难	1940	反映抗战中难民的坚强
艾芜	两个伤兵	1940	描写抗战中两个伤兵的不同心态
包天笑	无婴之村	1941	警戒世之侵略好战者
包天笑	小说家的审判	1941	爱国反侵略小说
葛琴	生命	1941	抗战的激情、大后方腐朽的社会政治
萧红	马伯乐	1941	反映抗战中的人民疾苦
萧红	呼兰河传	1941	反映抗战中的人民疾苦
丁玲	在医院中时	1941	反映革命队伍中不同观念的碰撞
关沫南	落雾时节	1941	反法西斯，呼唤和平
黄谷柳	杨梅山下	1941	表现战争期间人民的生活状况
吴伯箫	战斗的丰饶的南泥湾	1941	反映抗战军民英勇斗争

续表

作家	作品	发表/出版时间（年）	革命元素
丁玲	夜	1941	反映根据地的变化与乡村指导员的精神波澜
茅盾	腐蚀	1941	皖南事变背景下国民党女特务的蜕变
骆宾基	一个倔强的人	1941	乡间红枪会不畏强敌的抗日事迹
关沫南	沙地之秋	1941	为处在水深火热战争中的百姓呐喊
周立波	牛	1941（连载）	反映根据地农民的抗战
周立波	麻雀	1941	反映根据地农民的抗战
周立波	第一夜	1942	反映根据地农民的抗战
陆地	落伍者	1942	反映百团大战场景与普通士兵生活
许杰	两个青年	1942	揭露帝国主义殖民野心
夏衍	春寒	1942	抗战大熔炉与爱国知识分子、热血青年的成长
侣伦	无尽的爱	1942	描写反侵略战争与革命爱情
于逢、易巩	伙伴们	1942	表现民族解放斗争中的人民抗日热潮
易巩	杉寮村	1942	反映沦陷区人民的抗日斗争
吕赫若	财子寿	1942	表达了对母体文化的认同
吕赫若	风水	1942	表达了对母体文化的认同
章靳以	前夕	1942	描写全面抗战前的社会
杨逵	模范村	1942	描写反对封建主义、帝国主义和殖民统治的斗争

续表

作家	作品	发表/出版时间（年）	革命元素
杨逵	压不扁的玫瑰花	1942	描写日本军阀铁蹄下的台湾同胞的顽强抗争
杨逵	泥娃娃	1942	抨击了侵略战争和"同存共荣"的论调
杨逵	鹅妈妈出嫁	1942	抨击了侵略战争和"同存共荣"的论调
柯蓝	洋铁桶的故事	1942	塑造抗日战争中农民出身的战斗英雄的形象
狄耕	腊月二十一	1942	表现抗战时期统一战线的民族凝聚力
王林	女村长	1942	表现抗日根据地、民族斗争与阶级矛盾，以及拥护革命的农村妇女的形象
杨朔	月黑夜	1942	歌颂革命人民的战斗业绩
珏	山村	1942	反映东北沦陷区、军民抗战、党的领导
马烽	金宝娘	1942	反映抗战中的人民疾苦
茅盾	霜叶红似二月花	1942	反映大革命失败背景下的革命与爱情
茅盾	锻炼	1942	反映抗战中民主与反民主的斗争
碧野	没有花的春天	1942	反映游击队的抗日活动
姚雪垠	戎马恋	1942	反映抗战中的革命与恋爱
姚雪垠	牛全德与红萝卜	1942	反映抗战中的革命与恋爱
郁茹	遥远的爱	1942	表现战争时代新女性、青年知识者的抗战和爱情经历
陈瘦竹	奇女行	1942	揭露抗战时期的社会弊端

续表

作家	作品	发表/出版时间（年）	革命元素
田涛	希望	1942	描写抗战前线的生活
茅盾	劫后拾遗	1942	反映抗战时期的爱国热情，以及人民在战争中的生活
于逢	伙伴们	1942	反映爱国青年抗击日寇的斗争
谢冰莹	姊妹	1942	反映民众救亡图存的决心
王林	五月之夜	1942	表现冀中人民的抗战热情
陈瘦竹	春雷	1942	表现民众在战火中对家乡的怀念，揭露日军罪行
葛琴	伴侣	1943	表现抗战的激情，揭露大后方腐朽的社会政治
葛琴	磨坊	1943	表现抗战的激情，揭露大后方腐朽的社会政治
吕赫若	合家平安	1943	表现民族文化在抗战中的凝聚作用
于逢	乡下姑娘	1943	反映战火中的民族启蒙意识
赵树理	小二黑结婚	1943	歌颂农村边区、新政权，批判反动势力
赵树理	李有才板话	1943	反映敌后根据地的反恶霸斗争
王统照	双清	1943	描写革命党人形象，颂扬民族气节和正义人格
碧野	奴隶的花果	1943	反映战争给人带来的苦难
张天翼	速写三篇	1943	描述抗战时期的社会乱象
姚雪垠	新苗	1943	表现抗战队伍中的友爱精神
老舍	火葬	1943	反映抗日武装斗争，表达爱国热情

续表

作家	作品	发表/出版时间（年）	革命元素
陈残云	风砂的城	1944	描述青年在战火中的悲惨遭遇
吴浊流	先生妈	1944	讽刺"皇民化运动"
章靳以	众神	1944	描绘抗战时期人民的生活
章靳以	众生	1944	描绘抗战时期人民的生活
马烽、西戎	吕梁英雄传	1944	描绘共产党的抗日活动，歌颂民族精神
邵子南、孙犁、秦兆阳等	地雷阵	1944	打击日寇，刻画抗日英雄人物
沙汀	奇异的旅程	1944	描写知识分子与工农干部共同进步的过程
碧野	风砂之恋	1944	表现青年追求光明、向往革命的奋斗心态
碧野	肥沃的土地	1944	讲述豫东黄泛区农民在抗战前夕的艰辛生活
姚雪垠	春暖花开的时候	1944	反映台儿庄战役前后青年的革命与恋爱
严文井	一个人的烦恼	1944	表现青年人在革命战争中的成长
刘盛亚	夜雾	1944	描写青年学生的抗日经历和战乱中艺人的不幸命运
陈瘦竹	水沫集	1944	讽刺国民党，表现人民在战争状态下水深火热的生活
路翎	财主底的儿女们（上）	1945	反映"一·二八事变"后青年的思想变化
赵树理	孟祥英翻身	1945	表现农民的翻身解放
茅盾	第一阶段的故事	1945	表现上海抗战时期军民的抗战精神和爱国热情

续表

作家	作品	发表/出版时间（年）	革命元素
司马文森	人的希望	1945	号召民众积极抗战
吴浊流	亚细亚孤儿	1945	探索台湾命运，维护领土完整
孙犁	荷花淀	1945	展现白洋淀广大妇女战斗风貌和卫国精神
葛琴	一个被迫害的女人	1946	反映旧中国妇女的不幸命运
赵树理	李家庄的变迁	1946	反映在抗战中觉醒的农民与地主阶级的斗争
老舍	四世同堂（惶惑、偷生）	1946	控诉侵略者的罪行，描写民众的抗争
程造之	烽火天涯	1946	表现抗战烽火中官宦人家青年的蜕变
孔厥、束为、方纪等	一个女人翻身的故事	1946	号召在革命中争取翻身解放
章靳以	生存	1946	表现抗战后期国统区知识分子的穷愁酸苦
康濯	我的两家房东	1946	表现党领导的晋察冀边区人民的觉醒
康濯	灾难的明天	1946	歌颂边区人民积极投身人民战争的事迹
欧阳山	高干大	1946	揭露革命力量与乡村封建势力之间的错综复杂的矛盾冲突
巴金	第四病室	1946	揭露抗战后期国民党统治区令人窒息的恶浊气氛
吴组缃	鸭嘴涝	1946	表现农民民族意识的觉醒与爱国主义精神
郭沫若	月光下	1946	披露抗战期间文学家惨淡的生活

续表

作家	作品	发表/出版时间（年）	革命元素
蹇先艾	古城儿女	1946	描绘战争中抗击日本侵略者的革命青年
马加	江山村十日	1947	反映农村土地改革
王希坚	地覆天翻记	1947	反映农村土地改革
巴金	寒夜	1947	反映抗战后期国统区人民的生活
林淡秋	黑暗与光明	1947	披露国民党统治对人民的压迫
李劼人	天魔舞	1947	反映抗战后期成都地区经济界的乱象
杜埃	番娜	1947	描绘民族战争中意气风发的妇女领袖形象
侣伦	无尽的爱	1947	反侵略战争中的革命与爱情
李广田	引力	1947	反映抗战中民众的生活和爱国情怀
碧野	我们的力量是无敌的	1948	讲述太原战役中军民勇敢斗争、取得胜利的事迹
周立波	暴风骤雨	1948	反映土地革命后农民翻身参加解放战争的历程
路翎	财主底儿女们（下）	1948	反映全面抗战时期革命青年的思想蜕变
丰村	大地的城	1948	反映冀南人民反对军阀的斗争
田涛	流亡图	1948	表现爱国青年的抗日救亡活动
王西彦	风雪	1948	反映抗战时期知识分子的苦难，探讨民族命运
华山	鸡毛信	1949	塑造英雄人物，传递抗战精神
茅盾	春天	1949	指出国民政府官僚政客已陷入四面楚歌的境地

续表

作家	作品	发表/出版时间（年）	革命元素
陈铨	狂飙	1949	控诉日本帝国主义侵华暴行
老舍	鼓书艺人	1949	描写抗战风暴中旧式艺人的新生活，刻画革命者的真实形象，呼唤新中国的到来
王林	腹地	1949	反映日军"五一大扫荡"中民族生活图景
孔厥、袁静	新儿女英雄传	1949	歌颂共产党领导下的抗日自卫队
孙犁	芦花荡	1949	表现军民保家卫国的抗战精神

戏剧

作者	作品	发表/出版时间（年）	革命元素
阳翰笙	前夜	1938	呼吁民众团结抗日
阳翰笙	塞上风云	1938	人民团结抗日，粉碎汉奸特务阴谋
王震之	弟兄们拉起手来	1938	宣传党的团结、抗日主张
王震之	冀东起义	1938	宣传党的团结、抗日主张
陈白尘	魔窟	1938	讽刺国民党反动统治
老舍	忠烈图	1938	反映民众抗敌，宣扬爱国主义精神
袁文殊（舒非）	壮丁	1938	人民生活疾苦，奋起抗战
章泯	夜	1938	爱国青年宣传抗战
葛一虹	红缨枪	1938	反映抗战前线的生活

续表

作者	作品	发表/出版时间（年）	革命元素
阳翰笙	李秀成之死	1938	以历史来反映抗战中人民反抗斗争精神
章泯	战斗	1938	反映沦陷区民众与日寇爪牙之间的斗争
丁玲	河内一郎	1938	反映日本战俘人性的复苏与解放
张季纯	血洒卢沟桥	1938	反映卢沟桥事件，表达抗战热情
罗荪、锡金等	台儿庄	1938	反映台儿庄战役
韩北屏	台儿庄之战	1938	反映台儿庄战役
崔嵬、王震之等	八百壮士	1938	反映淞沪抗战
曹禺、宋之的等	全民总动员	1938	宣传全国军民团结抗战
罗烽	反正	1938	歌颂抗战英雄
救亡演剧队	放下你的鞭子	1938	爱国青年争取民族解放
救亡演剧队	三江好	1938	宣传民族解放
救亡演剧队	最后一计	1938	呼吁军民抗战
田汉	最后的胜利	1938	反映民众抗日救国的坚强决心
夏衍	一年间	1938	反对日本军国主义，歌颂爱国主义精神
陈荒煤	打鬼子去	1939	呼吁军民团结抗战
安娥	洪波曲	1939	反映军民抗战
安娥	战地之春	1939	表现抗日根据地的抗战热情
老舍	残雾	1939	揭露和批判黑暗社会现实

续表

作者	作品	发表/出版时间（年）	革命元素
陈白尘	乱世男女	1939	讽刺抗战初期国统区的社会现实
曹禺	蜕变	1939	描绘抗战前线，揭露国民党的腐朽
丁西林	等太太回来的时候	1939	表现爱国热情和对汉奸的憎恶
阿英	碧血花	1939	宣传爱国主义、民族气节
于伶	夜上海	1939	反映抗战中上海沦陷后的混乱和人民的苦难
阳翰笙	塞上风云	1939	宣传团结抗战、抵御侵略，激发民众投身到爱国运动中来
田汉	江汉渔歌	1939	以南宋的历史说明联合抗击侵略者的意义
田汉	岳飞	1939	歌颂历史上反侵略的英雄人物
实验剧团集体创作	新新疆万岁	1940	反映新疆现实生活、军民抗敌斗争激情
老舍	无形的防线	1940	抨击黑暗现实，号召抗日
陈白尘	禁止小便	1940	揭露国民党反动派统治下人民水深火热的生活
袁俊	万世师表	1940	表现抗战中知识分子清贫自守的节操
阿英	郑成功	1940	借历史人物唤起民族自豪感，号召团结抗日、保卫领土
于伶	大明英烈传	1940	借历史人物宣扬民族意识，鼓动人民反抗侵略者
周贻白	李香君	1940	弘扬民族气节
夏衍	心防	1940	反映沦陷区爱国知识分子的英勇斗争

续表

作者	作品	发表/出版时间（年）	革命元素
阿英	杨娥传	1941	弘扬爱国主义、民族气节
顾仲彝	梁红玉	1941	弘扬爱国主义、民族气节
阳翰笙	天国春秋	1941	揭示农民革命军的历史教训
李超	边城之家	1941	记录军民抗日故事
夏衍	愁城记	1941	反映皖南事变，激发爱国主义精神
西战团	团结就是力量	1942	反映革命战士团结抗日
西战团	八路军和孩子	1942	记录八路军的抗战生活
丁里	子弟兵和老百姓	1942	记录军民抗日故事
夏衍	法西斯细菌	1942	描写抗战中知识分子的觉醒
夏衍	革命家庭	1942	描写一个家庭的革命斗争
李伯钊	母亲	1942	歌颂中国革命，宣传共产主义理想
李伯钊	老三	1942	歌颂中国革命，宣传共产主义理想
陈铨	野玫瑰	1942	反映沦陷区反日本侵略者的斗争
陈铨	金指环	1942	颂扬民族意识、民族精神
陈铨	蓝蝴蝶	1942	反映民族抗战
于伶	长夜行	1942	反映沦陷区与敌伪的斗争和地下党的活动
史聪	煤山恨	1942	弘扬爱国主义，宣传抗战
李健吾	黄花	1942	反映战火中民众的屈辱和不幸
李健吾	草莽	1942	描写辛亥革命中的革命党人故事

续表

作者	作品	发表/出版时间（年）	革命元素
徐昌霖	重庆屋檐下	1942	反映抗战时期重庆不同阶层人物的生活面貌
集体创作	兄妹开荒	1943	歌颂延安群众性的大生产运动
贺敬之、丁毅	白毛女	1943	反映农民与地主的深刻矛盾，说明反对阶级压迫的意义
老舍、宋之的	国家至上	1943	弘扬民族国家精神
马健翎	血泪仇	1943	反映农民翻身，歌颂毛主席和中国共产党
沈浮	重庆二十四小时	1943	揭露日寇侵华野心
鹿地亘、夏衍	三兄弟	1943	反映国际反法西斯斗争
阳翰笙	两面人	1943	批判抗日时期的阶级利己主义
杨绍萱、刘芝明等	逼上梁山	1943	说明人民对于历史的重要作用，鼓励人民斗争
姚仲明、陈波儿等	同志，你走错了路	1944	表现抗战时期的统一战线
宋之的、夏衍	草木皆兵	1944	打击汉奸、日寇
陈白尘	岁寒图	1944	表现苦难中知识分子的气节和刚正不屈
田汉	新儿女英雄传	1944	反映人民的抗日斗争
袁俊	万世师表	1944	表现抗战中知识分子清贫自守的节操

续表

作者	作品	发表/出版时间（年）	革命元素
茅盾	清明前后	1945	揭露官僚资本统治下人民的贫困
任桂林等	三打祝家庄	1945	说明斗争策略在革命中的重要性
陈白尘	升官图	1946	讽刺国统区官场现象
陈白尘	翼王石达开	1946	隐喻国统区的社会现实
田汉	丽人行	1946	反映国统区的社会现实
宋之的	群猴	1947	讽刺国统区社会现象
吴祖光	捉鬼传	1947	以民间神话暗喻社会现实
阮章竞	赤叶河	1947	反映解放战争时期农民的苦难

诗歌

作者	作品	发表/出版时间（年）	革命元素
田间	呈在大风砂里奔走的岗位们	1938	反映抗战中的革命者
柯仲平	边区自卫军	1938	反映抗战中边区自卫军保卫家乡的斗争
柯仲平	保护我们的利益	1938	宣传抗日救亡
卞之琳	成都，让我把你摇醒	1938	呼唤抗战爱国精神
艾青	北方	1938	反映北方的战争苦难，表达爱国主义精神
艾青	向太阳	1938	抒发战争中的理想主义精神
陈学昭	边区是我的家	1938	歌颂边区延安
莫耶	延安颂	1938	礼赞红色革命政权

续表

作者	作品	发表/出版时间（年）	革命元素
高兰	高兰朗诵诗	1938	爱国热忱和昂扬的气势
王统照	江南曲	1938	书写战争中人民的爱国情怀
臧克家	从军行	1938	表达大时代下火热的爱国情感
吕剑	大队人马回来了	1938	书写反法西斯的抗战，为民族解放呐喊
章靳以	我的家乡	1938	谴责抗战初期的不抵抗主义
高敏夫	男女一齐上前线	1938	表现敌后抗日军民的斗争热情
高敏夫	张二嫂放哨	1938	表现敌后抗日军民的斗争热情
高敏夫	抗战一周年纪念歌	1938	表现敌后抗日军民的斗争热情
史轮	儿歌	1938	以大众歌谣宣传民族抗战
刘御	小脚婆姨	1938	宣传妇女解放
张季纯	给我一支枪	1938	抒发国仇家恨，控诉侵略者
黎·穆塔里甫	直到红色的花朵铺满宇宙	1938	表达战胜侵略者的信心和勇气
黎·穆塔里甫	我们是新疆的儿女	1938	表达新疆儿女对祖国的热爱和斗争的决心
庄涌	突围令	1939	反映徐州会战
陈残云	烽火下的抒情诗	1939	呼吁救亡图存
公木	八路军进行曲	1939	歌颂革命精神，塑造英雄形象
艾青	雪里钻	1939	描写党领导的革命队伍
艾青	吹号者	1939	召唤革命战士奔向战斗的前方
王亚平	祖国的血	1939	鼓励团结抗战，争取民主
彭燕郊	战斗的江南季节	1939	宣传抗战的民主的现实主义

续表

作者	作品	发表/出版时间（年）	革命元素
冯玉祥	抗战诗歌集	1939	唤起民众的意识，表达一致抗日、收复失地的信念
何其芳	北中国在燃烧	1940	呼吁民众积极抗战争取解放
艾青	旷野	1940	记叙衰颓的中国农村，咏叹民族命运
艾青	火把	1940	表达爱国精神，歌颂光明与民主
袁水拍	人民	1940	讽刺帝国主义的侵略罪行
周立波	一个早晨的歌者的希望	1941	歌颂共产主义与斗争精神
高兰	哭亡女苏菲	1941	反映战乱中人民的不幸遭遇
阿垅	纤夫	1941	表现普通人身上坚韧的民族精神
杜运燮	滇缅公路	1941	歌颂抗战热情和民族精神
邹荻帆	雪与村庄	1941	抒发抗战中的爱国之情
何其芳	叹息三章	1942	赞颂革命，追求光明
陈辉	为祖国而歌	1942	歌咏晋察冀边区的革命生活
陈辉	守住我的战斗岗位	1942	描写解放区的革命与战斗生活
卞之琳	《论持久战》的著者	1942	赞美革命领袖
戴望舒	我用残损的手掌	1942	表达对祖国的热爱之情
戴望舒	狱中题壁	1942	表达对抗战胜利的渴望和乐观态度
老舍	剑北篇	1942	宣传抗战，表达爱国主义热情
郭基南	祖母泪	1942	感叹人民疾苦，表达革命向往

续表

作者	作品	发表/出版时间（年）	革命元素
臧克家	国旗飘在雅雀尖	1943	歌颂英勇作战的革命军人
王亚平	生活的谣曲	1943	反映七七事变，呼唤团结抗战
汪铭竹	控诉	1944	控诉侵略者的罪行
方冰	柴堡	1945	反映抗日敌后根据地人民的艰苦斗争生活
穆旦	退伍	1945	正面描写战争抗日战场
穆旦	农民兵	1945	正面描写战争抗日战场
杜运燮	追物价的人	1945	展现抗战中民众的苦难生活
臧克家	胜利风	1945	描写国统区生活
臧克家	宝贝儿	1946	描写国统区生活
臧克家	枪筒子还在发烧	1946	描写国统区生活
臧克家	"警员"向老百姓说	1946	描写国统区生活
曾卓	铁栏与火	1946	表达民族抗战中的忧患
鲁煤	牢狱篇、我愿越过墙	1946	表达民族抗战中的忧患
郑思	秩序	1946	表达民族抗战中的忧患
袁水拍	马凡陀的山歌	1946	描写国统区生活
臧克家	谢谢了"国大代表"们	1947	描写国统区生活
唐湜	骚动的城	1947	反映物价飞涨和民众的罢工罢市斗争
袁水拍	马凡陀的山歌续集	1948	讽刺社会生活中的丑恶现象
鲁藜	星	1948	对社会人生的积极探求
罗洛	我知道风底方向	1948	歌唱人民胜利

续表

作者	作品	发表/出版时间（年）	革命元素
穆旦	旗	1948	表达战乱中个体的矛盾和痛苦，以及灵魂深处的勇气
陈敬容	英雄的沉默	1948	反映战争时代个体的迷茫与深思
王辛笛	风景	1948	表达对旧中国黑暗现实的愤懑
唐祈	时间与旗	1948	表达战争中时空交错的政治抒情
曹辛之	复活的土地	1949	歌颂人民觉醒与解放战争胜利
阮章竞	漳河水	1949	歌颂解放区劳动妇女争取自由解放的斗争

报告文学

作者	作品	发表/出版时间（年）	革命元素
陈学昭	延安访问记	1938	记录共产党领导下延安军民的抗日斗争
陈荒煤	刘伯承将军印象记	1938	描写抗战中八路军高级将领
陈荒煤	陈赓将军印象记	1938	描写抗战中八路军高级将领
陈荒煤	刘伯承将军会见记	1938	描写抗战中八路军高级将领
周立波	徐海东将军	1938	速写边区抗战将领
周立波	聂荣臻将军	1938	速写边区抗战将领
周立波	晋察冀边区印象记	1938	披露抗日根据地侵略者暴行，歌颂军民英勇抗战事迹
刘白羽	逃出北平	1938	反映七七事变、抗日斗争
萧乾	血肉筑成滇缅路	1938	刻画战士的英姿，显示保卫祖国的决心

续表

作者	作品	发表/出版时间（年）	革命元素
姚雪垠	战地书简	1938	报告徐州前线抗战军民的英勇事迹
范长江	台儿庄血战经过	1938	记录台儿庄战役
臧克家	津浦北线血战记	1938	记录台儿庄战役
丘东平	我们在那里打了败仗	1938	反映抗战官兵抗敌情绪，歌颂抗日军民、共产党
丘东平	一个连长的战斗遭遇	1938	描写战争前线，塑造基层军官形象
马识途	武汉第一次空战	1938	控诉日军轰炸武汉的罪行
王西彦	十月十九日的长沙	1938	控诉日军轰炸长沙的罪行
汝尚	当南京被虐杀的时候	1938	控诉日军在南京的暴行
吴萍	蹂躏	1938	反映战乱中的民族苦难
曹白	这里，生命也在呼吸	1938	反映难民收容所的情景
曹白	富曼河的黄昏	1938	记叙抗日游击队的活动
曹白	杨可中	1938	反映难民收容所的情景
碧野	北方的原野	1938	记录跟随游击队辗转作战的经历
碧野	太行山边	1938	记录跟随游击队辗转作战的经历
碧野	在北线	1938	记录跟随游击队辗转作战的经历
阿垅	闸北打了起来	1938	记录淞沪会战中抗日军民的事迹
阿垅	从攻击到防御	1938	记录淞沪会战中抗日军民的事迹

续表

作者	作品	发表/出版时间（年）	革命元素
田涛	黄河北岸	1938	记录共产党八路军抗击日本帝国主义的事迹
骆方	走向战斗着的黄土层上	1938	记录抗战时期的延安生活
倪受乾	我怎样退出南京	1938	记录南京保卫战
汝尚	当南京被虐杀的时候	1938	对日军南京大屠杀暴行的披露
杨可中、金维新	难民收容所断片	1938	记录战争中难民的生活
孙钿	奴隶	1938	记录中国人民抗击日军的斗争
巴金	在伤兵医院里	1938	记录战时伤兵的战斗经历
弗雷达·阿特丽	中国在战争中	1938	记录国共联合抗日事迹
弗雷达·阿特丽	日本在中国的赌博	1938	记录国共联合抗日事迹
史沫特莱	打回老家去	1938	记叙红军的革命斗争
史沫特莱	中国的战歌	1938	歌颂八路军、新四军的抗战事迹
史沫特莱	伟大的道路：朱德的生平时代	1938	记述华北前线八路军高级指挥官在抗战中的事迹
丁玲	西线生活	1938	记述陕北抗战中的军旅生活和英雄事迹
杨朔	潼关之夜	1938	记述共产党领导下陕北军民的抗日斗争

续表

作者	作品	发表/出版时间（年）	革命元素
Nym Wales（斯诺夫人）	西行访问记	1939	记录抗战时期延安人民武装的斗争
Nym Wales（斯诺夫人）	续西行漫记	1939	记录抗战时期延安人民武装的斗争
张叶舟主编	文艺通讯	1939	报道抗战前线实况
黄钢	树林里——陈赓兵团是怎样作战的之一	1939	刻画八路军高级指挥官的形象
黄钢	我看见了八路军	1939	刻画八路军高级指挥官的形象
沙汀	敌后杂记	1939	记录共产党领导下敌后根据地的抗战事迹
沙汀	老乡们	1939	记录共产党领导下敌后根据地的抗战事迹
钱君匋	战地行脚	1939	记叙前线军民抗战和人民生活状况
魏伯	伟大的死者	1939	歌颂晋南战场中的抗日英雄
阿垅	南京血祭	1939	记录国民党正面抗战事迹，表现民众的爱国之情
燕军	广州受难了	1939	记录日军在广州的暴行、反映民族苦难与命运
陈晓南、方殷	川陕道上	1939	记录战时后方军民抗战的事迹
戴富	挺进支队	1939	记录军民抗战事迹

续表

作者	作品	发表/出版时间（年）	革命元素
于逢	溃退	1939	记录战斗失利，反映国民党军队内部的复杂情况
李希达	逃亡	1939	记录知识分子背井离乡反抗侵略
黄钢	开麦拉之前的汪精卫	1939	揭露汪精卫叛国投敌的罪行
应清	冲过第二道拦阻线	1939	记录军民的战斗精神
应清	水	1939	展现中国人民不可征服的坚强意志
李乔	饥寒褴褛的一群	1940	揭露征兵中的腐败现象
李公朴	华北敌后——晋察冀	1940	刻画工农子弟兵的抗日部队
孙陵	鄂北突围记	1940	记录参加随枣会战经历
碧野	滹沱河夜战	1940	记录在滹沱河畔的抗战经历
王朝闻	二十五个中间的一个	1940	反映战地服务队生活
沙汀	贺龙将军印象记	1940	记叙八路军高级将领的优良作风和敌后抗日根据地社会
李普	陈毅将军印象记	1940	描写抗战中八路军高级将领
马加	萧克将军在马兰	1941	描写抗战中八路军高级将领
鹿地亘	我们七个人	1940	塑造中国军人形象，传播反战精神
斯诺	为亚洲而战	1942	记录日军侵华罪行，说明抗日战争的国际意义
姚雪垠	四月交响曲	1942	记录军民抗战反法西斯的事迹
丁玲	田保霖	1944	反映陕甘宁边区革命根据地军民的革命理想

续表

作者	作品	发表/出版时间（年）	革命元素
周而复	诺尔曼·白求恩片断	1944	纪念抗战中牺牲的国际友人
黄既	关向应同志在病中	1944	战线党的领导干部的革命世界观
赵超构	延安一月	1944	记录延安西北战地团的抗战实况
丘东平	第七连	1944	记录中国军队抗击日寇的事迹
何其芳	朱总司令的话	1946	回忆朱德在延安文艺座谈会上的谈话
冯牧	冲破荆紫关	1947	记录三五九旅长征情况
冯牧	新战士时来亮	1947	记录战争中革命战士事迹
冯牧	四月的战争	1947	记录解放战争的战斗情况

散文、随笔、评论、论文

作者	作品	发表/出版时间（年）	革命元素
老舍	谈通俗文艺	1938	推动文艺的大众化
胡风等	宣传·文学·旧形式的利用	1938	推动文艺的大众化
胡风	民族战争中的国际主义	1938	强调抗战中国际合作的意义，推动建立国际反日战线
张天翼	论"无关"抗战的题材	1938	辨析文学与抗战的关系
茅盾	八月的感想	1938	号召抵抗侵略，结成统一阵线
茅盾	暴露与讽刺	1938	指出抗战文学运动推进的方向
茅盾	论加强批评工作	1938	评述新时代的典型人物，暴露旧时代的渣滓

续表

作者	作品	发表/出版时间（年）	革命元素
何其芳	我歌唱延安	1938	歌唱延安革命根据地的繁荣景象
巴金	控诉	1938	反映抗日战争人民的苦难和爱国情绪
戴望舒	致艾青	1939	表达爱国热情、抗战情怀
何其芳	论文学上的民族形式	1939	强调文学对抗日宣传的作用
巴人	展开文艺领域中反个人主义斗争	1939	倡导有益于抗战的人民文学
艾思奇	旧形式运用的基本原则	1939	主张改进旧文学形式，传播大众的抗战文艺
艾思奇	抗战文艺的动向	1939	倡导适合抗战需要的革命文艺
胡风	论战争期的一个战斗的文艺形式	1940	论述革命性质的抗战文艺
黎烈文	胜利的曙光	1940	表达对抗战胜利的展望，记录反法西斯历程
周扬	对旧形式利用在文学上的一个看法	1940	探讨旧形式在抗战文艺中的作用
孔罗荪	抗战文艺运动鸟瞰	1940	分析抗战文艺的现状和未来方向
胡风	论民族形式问题	1940	分析抗战形势与通俗文艺的利用
茅盾	白杨礼赞	1941	表现北方敌后军民的抗敌斗争和延安精神
茅盾	风景谈	1941	表现北方敌后军民的抗敌斗争和延安精神
欧阳山	我写大众小说的经过	1941	宣传大众文艺、抗战文学
茅盾	抗战期间中国文艺运动的发展	1941	论述抗战文艺的发展方向
夏衍	戏剧抗战三年间	1941	倡导民族抗战的戏剧运动

续表

作者	作品	发表/出版时间（年）	革命元素
周扬	文学与生活漫谈	1942	宣传延安文艺的内容和精神
沙可夫	华北农村戏剧运动和民间艺术改造工作	1942	引导解放区农村戏剧运动的普及与提高
艾青	我对于目前文艺上几个问题的意见	1942	阐释抗战文艺的路线和政策
田一文	向天野	1942	记叙抗战前线、战地烽火
周立波	后悔与前瞻	1943	宣传落实党的文艺工作者会议精神
绿川英子	暴风中的细雨	1944	记叙中国人民反对日本侵略的战斗历程
绿川英子	在战斗中的中国	1944	记叙在战争中的见闻和生活经历，传播反战精神
艾青	论秧歌剧的形式	1944	倡导抗战中大众秧歌剧的文艺普及
胡风	民族战争与文艺性格	1945	对抗战文艺的大众化宣传
周扬	论赵树理的创作	1946	高度评价大众风格的人民艺术家，提出为工农兵服务的文艺方向
石怀池	东平小论	1946	论述抗战文艺中的革命作家
何其芳	关于现实主义	1946	讨论与批评抗战以来现实主义理论和创作实践
杨逵	过去台湾文学之回顾	1947	日据后期对于台湾文学的反思
王佐良	一个中国诗人	1947	对积极投身抗战，又努力探索诗艺的诗人的热情推介
邵荃麟等	对于当前文艺运动的意见	1948	对抗战以来中国革命文艺运动的思想检讨和总结

抗战期间部分报刊

报刊名	创刊时间	编者	革命元素
《红色中华》（1937年1月29日改名为《新中华报》）	1931年12月11日	中共中央	在抗日民主根据地发行，宣传抗战、团结，反对投降、分裂
《大晚报》	1932年2月12日	张竹平主办，总经理兼总主笔曾虚白。编辑有崔万秋、黄震遐、张若谷等人。	在中国现代民营报业中较早宣传抗战。"一·二八"上海抗战时，最早及时报道前线战况
《大众生活》	1935年11月16日	邹韬奋主编，上海时代书店大众生活社出版。	中国宣传抗日救亡的时事政治性周刊，主张国共团结抗战
《立报》	1935年9月20日	成舍我、萧同兹、严谔声、吴中一等	宣传抗日救国、提倡民主政治
《时调》	1937年	穆木天创办	抗战诗歌等
《新演剧》	1937年6月5日	章泯、葛一虹编辑	配合抗战戏剧运动
《抗战戏剧》	1937年11月16日	田汉、马彦祥主编	"动员全民族，为中华民族的生存，起来抗战"
《救亡日报》	1937年8月24日	郭沫若任社长，夏衍任主笔	上海市文化界救亡协会创办的机关报，报纸广开言路，报道各党各派，各种政治力量的抗日主张和活动，坚持抗日
《呐喊》（第3期开始易名《烽火》）	1937年8月25日	茅盾、巴金主编	抗战爆发后，巴金和茅盾等自筹资金，筹办《呐喊》周刊在硝烟中问世。《烽火》成为上海文学社、文季社、中流社译文社的战时联合刊物，动员全民抗日救亡

续表

报刊名	创刊时间	编者	革命元素
《七月》	1937年9月11日	胡风主编	在抗日战争中肩负起从"意识战线"上提高"民众的情绪和认识"的任务
《星岛日报·星座》	1938年8月1日	戴望舒主编	为抗战呐喊，编发大量宣传抗日的作品
《文汇报》	1938年1月25日	严宝礼、胡雄飞、徐耻痕、沈彬翰、方伯奋等爱国民主人士创办	上海"孤岛时期"综合性报纸，抗战期间以宣传抗日，反对国民党内战而闻名
《抗到底》	1938年1月1日	老向主编	"每一篇文章，甚至每一个字，都有炸弹般的力量，炸碎敌人的阵营"
《弹花》	1938年3月15日	赵清阁主编	称"在民族战争的大时代"，"文艺就是精神动员的有力因子之一"
《抗战文艺》	1938年5月4日	中华全国文艺界抗敌协会会刊，刊物由老舍主持	报道武汉、重庆、桂林等国统区和敌后根据地、延安等解放区的文艺家、作家的活动和其创作
《战地》	1938年3月20日	丁玲、舒群合编	发表速写、诗歌、小说、歌曲等文艺作品，直接宣传抗战
《新华日报》（汉口）	1938年1月11日	中国共产党大型机关报，由周恩来等亲自创办	拥护抗战，报道抗战新闻
《文艺阵地》（1943年11月改出《文阵列新辑》）	1938年4月16日	茅盾主编	"拥护抗战到底，巩固抗战的统一战线！"

续表

报刊名	创刊时间	编者	革命元素
《抗敌报》	1938年5月1日	新四军政治部，皖南事变后交由苏中区党委主编	宣传抗战
《导报》（后更名为《冀中导报》）	1938年9月10日	冀中区委机关报朱子强、魏泽南先后任主编	抗日战争时期和解放战争时期中共冀中区委机关报
《文艺突击》	1938年10月16日	陕甘宁边区文化界救亡协会所属"文艺突击社"编辑兼发行，有周扬、周而复、荒煤等撰稿。	在延安等地进行国民精神的总动员运动，文艺必须服务于抗战，刊登文学、戏剧、音乐、美术，及文艺理论等方面的文艺作品
《大公报》（重庆）	1938年12月1日	金诚夫等	坚持抗日立场，鼓舞民心士气
《鲁迅风》	1939年1月11日	金性尧主编	由中共上海地下党文委委员王任叔创办，秉承鲁迅杂文的战斗传统
《文艺战线》	1939年2月16日	周扬主编	延安发行反映延安及各抗日民主根据地生活；战斗性与思想性
《文艺长城》	1939年4月	戴平万主编	抗战建国的不能摧毁的"文艺长城"
《贵州晨报·每周文艺》	1938年	谢六逸、李青崖等	以宣传抗战为中心
《野草》	1940年8月20日	夏衍、孟超等主编	宣传抗日救国、反分裂、反倒退
《戏剧春秋》	1940年11月1日	田汉主编	介绍适合抗战需要的戏剧理论、发表坚持抗战的作品
《现代文艺》	1940年4月25日	王西彦主编	"保留下一个伟大民族在苦斗中的血肉与呐喊"

续表

报刊名	创刊时间	编者	革命元素
《文学月报》	1940年1月15日	孔罗荪、戈宝权等主编	宣传抗日、争取民主
《耕耘》	1940年4月	郁风主编	报道抗日烽火
《大众习作》	1940年8月1日	胡采主编	在延安发行的抗战通讯
《中国文化》	1940年2月15日	延安中国文化社编辑出版，新华书店发行	"延安文化界活动起来，为战胜日本帝国主义，建设新民族文化而奋斗"
《新诗歌》	1940年9月1日	萧三、柯仲平负责	延安新诗歌会会刊，致力于诗歌创作的大众化、民族化，提倡群众性的街头诗、朗诵诗
《希望》	1945年1月	胡风主编	揭露抗战胜利前后国统区的黑暗现实
《诗刊》	1941年11月	艾青主编	延安发行刊载大量抗日诗篇
《诗创作》	1941年6月15日	胡危舟、阳太阳、陈迹冬编辑	在桂林，发表诗歌创作，特别介绍苏联诗歌发展状况的诗论和鼓舞军民抗战斗志的诗歌作品
《华北文艺》	1941年5月1日	华北文艺社编辑	抗战时期华北敌后的重要文艺刊物。反映华北抗战生活，刊登民族战争中的诗歌、小说、文艺理论等
《文化杂志》	1941年8月10日	邵荃麟主编	中国共产党文化工作组在桂林地区宣传抗日的重要阵地
《文艺生活》	1941年9月15日	司马文森主编	广西桂林发行革命文艺刊物，争取民主、民族解放；反对国民党反动派统治

续表

报刊名	创刊时间	编者	革命元素
《草叶》	1941年11月1日	延安鲁迅艺术文学院草叶社编辑、出版,周立波、何其芳、陈荒煤等组成编委会	延安发行主要发表"鲁艺"学员的作品,多描写知识青年追求进步的历程和感情变化。"有意味的去服务于战争和革命"
《谷雨》	1941年11月15日	中华全国文艺界抗敌协会延安分会编辑出版,编务由艾青、萧军、舒群轮流担任	延安发行,涉猎民族革命战争的各类文学作品及理论批评、思想论争的文章
《台湾文学》	1941年5月	张文环主编	抗日期间发表宣传抗日作品
《中原文化》	1941年	姚雪垠主编	大别山主编文艺刊物,为抗战服务
《文艺杂志》	1942年1月15日	王鲁彦主编	"想以国民的身份,多对国家尽一点责任,有助于抗战"
《创作月刊》	1942年3月15日	张煌主编	抗战时期在桂林发行的大型文艺刊物,发表包括论文、小说、散文、诗、报告文学、书评、剧本等作品,内容反对"与抗战无关"
《文艺先锋》	1942年10月10日	国民党中央文化运动委员会文艺刊物	侧重于文学本身,重视文艺理论和文艺批评。除了发表国民党文艺政策的理论和创作以外,也刊有一些宣传抗战的进步文学作品

现代中国革命文学酝酿、倡导和论争文章与刊物（1915—1931）

署名	文章	发表/出版时间	刊物
陈独秀	敬告青年	1915年9月15日	《青年杂志》第1卷第1期
守常	《晨钟》之使命	1916年8月15日	《晨钟》第1期
李大钊	Bolshevism的胜利	1918年11月15日	《新青年》第5卷第5期
	《每周评论》发刊词	1918年12月22日	《每周评论》第1期
陈独秀	本志罪案之答辩书	1919年1月15日	《新青年》第6卷第1期
守常	新旧思想之激战	1919年3月4日、1919年3月5日	《晨报》
张闻天	社会问题	1919年8月19日—1919年8月21日	《南京学生联合会日刊》
	《曙光》月刊宣言	1919年11月1日	《曙光》第1卷第1期
振铎	《新社会》发刊词	1919年11月1日	《新社会》第1期
	本志宣言	1919年12月1日	《新青年》第7卷第1期
守常	什么是新文学	1919年12月8日	《星期日》社会问题号
瞿秋白	社会运动的牺牲者	1920年1月11日	《新社会》第8期
	《觉悟》的宣言	1920年1月20日	《觉悟》第1期

续表

署名	文章	发表/出版时间	刊物
郑振铎	现代的社会改造运动	1920年2月11日	《新社会》第11期
陈独秀	新文化运动是什么	1920年4月1日	《新青年》第7卷第5期
西谛	文学的使命	1921年6月20日	《时事新报·文学旬刊》
西谛	血和泪的文学	1921年6月30日	《时事新报·文学旬刊》
张闻天	民众艺术与社会改造	1921年11月20日	《民国日报·觉悟》
张闻天	中国底乱源及其解决	1922年1月5日、1922年1月6日	《民国日报·觉悟》
郁达夫	艺文私见	1922年3月15日	《创造》第1卷第1期
之常	支配社会底文学论	1922年4月21日	《时事新报·文学旬刊》
郭沫若	论国内的评坛及我对于创作上的态度	1922年8月4日	《时事新报·学灯》
雁冰	文学与政治社会	1922年9月10日	《小说月报》第13卷第9期
成仿吾	诗之防御战	1923年5月13日	《创造周报》第1期
成仿吾	新文学之使命	1923年5月20日	《创造周报》第2期
郭沫若	我们的文学新运动	1923年5月27日	《创造周报》第3期
郁达夫	文学上的阶级斗争	1923年5月27日	《创造周报》第3期

续表

署名	文章	发表/出版时间	刊物
	《新青年》之新宣言	1923年6月15日	《新青年》季刊第1期
张闻天	生命的跳跃——对于中国现文坛的感想	1923年9月	《少年中国》第4卷第7期
秋士	告研究文学的青年	1923年11月17日	《中国青年》第5期
郑伯奇	新文学之警钟	1923年12月9日	《创造周报》第31期
仲夏	贡献于新诗人之前	1923年12月22日	《中国青年》第10期
雁冰	"大转变时期"何时来呢	1923年12月31日	《时事新报·文学》
张闻天	从梅雨时期到暴风雨时期	1924年5月	《少年中国》第4卷第12期
王秋心、代英	文学与革命	1924年5月17日	《中国青年》第31期
楚女	艺术与生活	1924年7月5日	《中国青年》第38期
泽民	文学与革命文学	1924年11月6日	《民国日报·觉悟》
光赤	现代中国社会与革命文学	1925年1月1日	《民国日报·觉悟》
沈雁冰	论无产阶级艺术	1925年5月—1925年10月	《文学周报》第172、173、175、196期
鲁迅	论睁了眼看	1925年8月3日	《语丝》第38期
沈雁冰	文学者的新使命	1925年9月13日	《文学周报》第190期

续表

署名	文章	发表/出版时间	刊物
闻	绅商阶级的妥协性	1925年11月28日	《中国青年》第103期
郭沫若	革命与文学	1926年5月16日	《创造月刊》第1卷第3期
成仿吾	革命文学与他的永远性	1926年6月16日	《创造月刊》第1卷第4期
叶灵凤	编后随笔	1926年10月1日	《幻洲》第1卷第1期上部
仿吾	完成我们的文学革命	1927年1月16日	《洪水》第3卷第25期
曰归	无产阶级专政和无产阶级的文学	1927年2月1日	《洪水》第3卷第26期
长风	新时代的文学的要求	1927年2月16日	《洪水》第3卷第27期
仿吾	文艺战的认识	1927年3月1日	《洪水》第3卷第28期
苏觉先	《完成我们的文学革命》的回声	1927年3月1日	《洪水》第3卷第28期
郁达夫	在方向转换的途中	1927年3月16日	《洪水》第3卷第29期
远中逊	《完成我们的文学革命》的回声	1927年4月1日	《洪水》第3卷第30期
仿吾	文学革命与趣味——复远中逊君	1927年5月16日	《洪水》第3卷第33期
鲁迅	革命时代的文学——4月8日在黄埔军官学校讲	1927年6月12日	《黄埔生活》周刊第4期
王少船	文学革命的商榷	1927年9月16日	《洪水》第3卷第34期

续表

署名	文章	发表/出版时间	刊物
顾凤城、编者	通讯	1927年10月1日	《泰东月刊》第1卷第2期
鲁迅	革命文学	1927年10月21日	《民众旬刊》5期
徐克家	完成革命文学的回声	1927年11月1日	《洪水》第3卷第35期
甘人	中国新文艺的将来与其自己的认识	1927年11月1日	《北新》第2卷第1期
芳孤	文艺批评与批评家	1927年11月1日	《泰东月刊》第1卷第3期
梓年	介绍一本新颖透辟的文学批评书——《文艺新论》	1927年11月16日	《北新》第2卷第2期
丁丁	文艺与社会改造	1927年12月1日	《泰东月刊》第1卷第4期
香谷	关于"革命文学"的几句话	1927年12月1日	《泰东月刊》第1卷第4期
甘人	法郎士从阴间给我的第一封信	1927年12月15日	《北新》第2卷第4期
麦克昂	英雄树	1928年1月1日	《创造月刊》第1卷第8期
光慈	卷头语	1928年1月1日	《太阳月刊》1月号
蒋光慈	现代中国文学与社会生活	1928年1月1日	《太阳月刊》1月号
钱杏邨	《英兰的一生》（书评）	1928年1月1日	《太阳月刊》1月号
香谷	革命的文学家！到民间去！	1928年1月1日	《泰东月刊》第1卷第5期

续表

署名	文章	发表/出版时间	刊物
方璧	欢迎《太阳》！	1928年1月8日	《文学周报》5卷第23期
周作人	文学的贵族性（二）	1928年1月5日	《晨报副刊》
成仿吾	祝词	1928年1月15日	《文化批判》第1期
冯乃超	艺术与社会生活	1928年1月15日	《文化批判》第1期
朱镜我	满蒙侵略底社会的根据	1928年1月15日	《文化批判》第1期
冯乃超	《同在黑暗的路上走》附识	1928年1月15日	《文化批判》第1期
宰木	《太阳月刊》出版（短评）	1928年1月16日	《北新》第2卷第6期
汉年	文化运动与唤起民众——复逸耕	1928年1月16日	《幻洲》第2卷第8期下部
鲁迅	文艺和革命	1928年1月28日	《语丝》第4卷第7期
成仿吾	从文学革命到革命文学	1928年2月1日	《创造月刊》第1卷第9期
蒋光慈	关于革命文学	1928年2月1日	《太阳月刊》2月号
钱杏邨	《野祭》（书评）	1928年2月1日	《太阳月刊》2月号
邺人	编后	1928年2月1日	《太阳月刊》2月号
符紫青	今后新文学底使命——并文艺作家	1928年2月1日	《秋野》第3期

续表

署名	文章	发表/出版时间	刊物
艺	卷头语	1928年2月1日	《泰东月刊》第1卷第6期
梓艺	文学的永远性	1928年2月1日	《泰东月刊》第1卷第6期
仿吾	打发他们去！	1928年2月15日	《文化批判》第2期
李初梨	怎样地建设革命文学	1928年2月15日	《文化批判》第2期
岂明	随感录九七：爆竹	1928年2月27日	《语丝》第4卷第9期
成仿吾	全部的批判之必要——如何才能转换方向的考察	1928年3月1日	《创造月刊》第1卷第10期
钱杏邨	死去了的阿Q时代	1928年3月1日	《太阳月刊》3月号
钱杏邨	关于《现代中国文学》	1928年3月1日	《太阳月刊》3月号
编者	编后	1928年3月1日	《太阳月刊》3月号
编者	卷头语	1928年3月1日	《泰东月刊》第1卷第7期
顾凤城	文学与时代	1928年3月1日	《泰东月刊》第1卷第7期
奇工	短命的《短裤党》	1928年3月1日	《泰东月刊》第1卷第7期
编者	辑稿之后	1928年3月1日	《泰东月刊》第1卷第7期
丝丝	编者话	1928年3月1日	《景风》第2卷第1期

续表

署名	文章	发表/出版时间	刊物
新月社	《新月》的态度	1928年3月10日	《新月》第1卷第1期
梁实秋	文学的纪律	1928年3月10日	《新月》第1卷第1期
鲁迅	"醉眼"中的朦胧	1928年3月12日	《语丝》第4卷第11期
同人	前言	1928年3月15日	《流沙》第1期
黄药眠	非个人主义的文学	1928年3月15日	《流沙》第1期
厚生	维持我们对于时代的信仰！	1928年3月15日	《文化批判》第3期
麦克昂	留声机器的回音——文艺青年应取的态度的考察	1928年3月15日	《文化批判》第3期
李初梨	一封公开信的回答	1928年3月15日	《文化批判》第3期
锺员	读者的回声：普罗列搭利亚特意识的问题	1928年3月15日	《文化批判》第3期
顾仲起	告读者——《生活的血迹》自序	1928年3月25日	《文学周报》第305期
华希理	论新旧作家与革命文学——读了《文学周报》的《欢迎〈太阳〉》以后	1928年4月1日	《太阳月刊》4月号
钱杏邨	批评与抄书	1928年4月1日	《太阳月刊》4月号
杨邨人	读成仿吾的《全部的批判之必要》	1928年4月1日	《太阳月刊》4月号
编者	编后	1928年4月1日	《太阳月刊》4月号
华汉	文艺思潮的社会背景	1928年4月1日	《流沙》第2期

续表

署名	文章	发表/出版时间	刊物
氓	游击三：茅（矛）盾	1928年4月1日	《流沙》第2期
编者	后语	1928年4月1日	《流沙》第2期
弱水	谈现在中国的文学界	1928年4月1日	《战线》第1卷第1期
锺贡勋	关于《太阳月刊》种种	1928年4月1日	《北新》第2卷第11期
萍人	暗面描写的狭隘	1928年4月1日	《泰东月刊》第1卷第8期
编者	编后语	1928年4月1日	《泰东月刊》第1卷第8期
舜生	我们的看法	1928年4月1日	《长夜》第1期
白木	随感录一〇七：否定的否定	1928年4月9日	《语丝》第4卷第15期
白木	随感录一〇八：考证法	1928年4月9日	《语丝》第4卷第15期
白木	随感录一〇九：两位革文家	1928年4月9日	《语丝》第4卷第15期
厚生	智识阶级的革命份子团结起来！	1928年4月15日	《文化批判》第4期
李初梨	请看我们中国的Don Quixote的乱舞——答鲁迅《"醉眼"中的朦胧》	1928年4月15日	《文化批判》第4期
冯乃超	人道主义者怎样地防卫着自己？	1928年4月15日	《文化批判》第4期
彭康	"除掉"鲁迅的"除掉"！	1928年4月15日	《文化批判》第4期
另境	文学的历史任务——建设多数文学	1928年4月15日	《文化批判》第4期

续表

署名	文章	发表/出版时间	刊物
龙秀	鲁迅的闲趣	1928年4月15日	《文化批判》第4期
何家槐、吴健、编者	几点意见	1928年4月15日	《文化批判》第4期
孤凤、编者	生活与思想	1928年4月15日	《文化批判》第4期
氓	游击九：革命与文学	1928年4月15日	《流沙》第3期
氓	游击十：革命文学	1928年4月15日	《流沙》第3期
氓	游击十一：引车卖浆者流	1928年4月15日	《流沙》第3期
心光	游击十五：鲁迅在上海	1928年4月15日	《流沙》第3期
冬芬、鲁迅	文艺与革命	1928年4月16日	《语丝》第4卷第16期
冰禅	革命文学问题——对于革命文学的一点商榷	1928年4月16日	《北新》第2卷12期
潘汉年	想到写起六：朦胧又胡涂	1928年4月22日	《战线》第1卷4期
鲁迅	太平歌诀	1928年4月30日	《语丝》第4卷第18期
郑舜英	玫瑰花与革命文学	1905年4月11日	《槟榔》第1卷第1期
尹若	民间文化与无产阶级文化	1928年4月29日	《民众日报·民间文化周刊》第3期
麦克昂	桌子的跳舞	1928年5月1日	《创造月刊》第1卷第11期
石厚生	毕竟是"醉眼陶然"罢了	1928年5月1日	《创造月刊》第1卷第11期

续表

署名	文章	发表/出版时间	刊物
宰木	今后的文化运动	1928年5月1日	《洪荒》第1卷第1期
弱水	鲁迅做的扁	1928年5月1日	《洪荒》第1卷第1期
弱水	再来一条路	1928年5月1日	《洪荒》第1卷第1期
忻启介	无产阶级艺术论	1928年5月1日	《流沙》第4期
顾凤成	火花	1928年5月1日	《流沙》第4期
氓	游击：终竟没落	1928年5月1日	《流沙》第4期
钱杏邨	批评的建设	1928年5月1日	《太阳月刊》5月号
编者	编后	1928年5月1日	《太阳月刊》5月号
白门秋生	杂志新语	1928年5月1日	《戈壁》第1卷第1期
小子	无聊的消息	1928年5月1日	《戈壁》第1卷第1期
铜丸	"革命的文学家！到小姐的绣房去"	1928年5月1日	《泰东月刊》第1卷第9期
燕生	越过了阿Q的时代以后	1928年5月1日	《长夜》第3期
柳絮	无产阶级艺术新论	1928年5月1日	《文化战线》第1卷第1期
甘人	拉杂一篇答李初梨君	1928年5月16日	《北新》第2卷13期
鲁迅	我的态度气量和年纪	1928年5月7日	《语丝》第4卷第19期

续表

署名	文章	发表/出版时间	刊物
侍桁	评《从文学革命到革命文学》	1928年5月7日、1928年5月14日	《语丝》第4卷第19期、第20期
宰木	意识问题	1928年5月15日	《洪荒》第1卷第2期
药眠	文艺家应该为谁而战？	1928年5月15日	《流沙》第5期
二流	游击：Ignorant	1928年5月15日	《流沙》第5期
刘大杰	《呐喊》与《彷徨》与《野草》	1928年5月15日	《长夜》第4期
黑木	鲁迅骂人的策略	1928年5月16日	《戈壁》第1卷第2期
王独清	祝词	1928年5月20日	《我们》第1期
石厚生	革命文学的展望	1928年5月20日	《我们》第1期
钱杏邨	《朦胧》以后——三论鲁迅	1928年5月20日	《我们》第1期
毛一波	论无产阶级艺术	1928年5月20日	《文化战线》第1卷第3期
毛一波	"拖住"鲁迅	1928年5月20日	《文化战线》第1卷第3期
柳絮	检讨马克思主义的阶级艺术论——批评忻启介君的《无产阶级艺术论》	1928年5月27日	《民众日报·民间文化周刊》第7期
侍桁	个人主义的文学及其他	1928年5月28日	《语丝》第4卷第22期
川岛	溪边漫笔（一）	1928年5月28日	《语丝》第4卷第22期
氓	游击：哈哈！真难兄难弟也！	1928年5月30日	《流沙》第6期
氓	游击：鲁迅投降我了	1928年5月30日	《流沙》第6期
弱苇	五月与文艺	1928年5月30日	《畸形》第1期

续表

署名	文章	发表/出版时间	刊物
浅原	抄"安那琪者"的"艺术论"	1928年5月30日	《畸形》第1期
编者	发排后记	1928年5月30日	《畸形》第1期
冰水	苦口	1928年5月30日	《畸形》第1期
尹若	现代中国文学的新方向	1928年5月30日	《文化战线》第1卷第4期
尹文彬	革命文家的战略	1928年5月30日	《文化战线》第1卷第4期
尹文彬	日本的病毒流到中国来了	1928年5月30日	《文化战线》第1卷第4期
柳絮	苦笑	1928年5月30日	《文化战线》第1卷第4期
另境	时代作家底修养	1928年	《文化批判》第5期
吴跃南	多些肃清废物	1928年	《文化批判》第5期
会赤	拥护真理	1928年	《文化批判》第5期
宰木	文学批评的意义和价值	1928年6月1日	《洪荒》第1卷第3期
豸子	评《评〈从文学革命到革命文学〉》	1928年6月1日	《洪荒》第1卷第3期
弱水	狗尾巴	1928年6月1日	《洪荒》第1卷第3期
钱杏邨	艺术与经济	1928年6月1日	《太阳月刊》6月号
芳孤	革命文学与自然主义	1928年6月1日	《泰东月刊》第1卷第10期

续表

署名	文章	发表/出版时间	刊物
少仙	随感录一三八：一个读者对于无产文学家的要求	1928年6月4日	《语丝》第4卷第23期
梁实秋	文学与革命	1928年6月10日	《新月》第1卷第4期
青见	随感录一四四：阿Q时代没有死	1928年6月11日	《语丝》第4卷第24期
高岚	随感录一四五：面包师与面包师	1928年6月11日	《语丝》第4卷第24期
何大白	革命文学的战野	1928年6月15日	《畸形》第2期
谷荫	艺术家当面的任务——检讨《检讨马克思主义的阶级艺术论》	1928年6月15日	《畸形》第2期
冰水	苦口	1928年6月15日	《畸形》第2期
侍桁	又是一个Don Quixote的乱舞	1928年6月16日	《北新》第2卷15期
侍桁	虚无主义的解说	1928年6月18日	《语丝》第4卷第25期
李初梨	普罗列塔利亚文艺批评底标准	1928年6月20日	《我们》第2期
	停刊宣言	1928年7月1日	《太阳月刊》停刊号
编者	编后	1928年7月1日	《太阳月刊》停刊号
冯润璋	青年文学家怎样的修养	1928年7月1日	《流萤》（上海）第1卷2期
白木	随感录一五三：唯物与唯心	1928年7月9日	《语丝》第4卷第28期
修善	为一四四事答青见老兄	1928年7月9日	《语丝》第4卷第28期

续表

署名	文章	发表/出版时间	刊物
彭康	什么是"健康"与"尊严"——《〈新月〉的态度》底批判	1928年7月10日	《创造月刊》第1卷第12期
冯乃超	留声机器本事	1928年7月10日	《创造月刊》第1卷第12期
定夬	随感录一五八：文艺漫笔	1928年7月16日	《语丝》第4卷第29期
凤苞	随感录一五九：从伤兵想到革命文学家	1928年7月16日	《语丝》第4卷第29期
阎折梧	戏剧与革命	1928年7月	《摩登》第1卷第2期
沈从文	《阿丽思中国游记》第二卷的序	1928年7月10日	《新月》第1卷第5期
振扬	无产文学家的气概	1928年8月1日	《北新》第2卷18期
编者	一年来的结算	1928年8月1日	《泰东月刊》第1卷第12期
冯润璋	文学的心核	1928年8月1日	《流萤》第1卷第4期
尹若	无产阶级文艺运动的谬误	1928年8月1日	《现代文化》第1卷第1期
毛一波	关于现代的中国文学	1928年8月1日	《现代文化》第1卷第1期
莫孟明	革命文学评价	1928年8月1日	《现代文化》第1卷第1期
柳絮	民众艺术与作家	1928年8月1日	《现代文化》第1卷第1期
谦弟	革命文学论的批判	1928年8月1日	《现代文化》第1卷第1期

续表

署名	文章	发表/出版时间	刊物
剑波	无产阶级艺术的产生与其蜕变	1928年8月1日	《现代文化》第1卷第1期
编者	编辑者言	1928年8月1日	《现代文化》第1卷第1期
王独清	文艺上之反对派种种（在暨南大学讲演）	1928年8月5日	《澎湃》第1卷第1期
冯乃超	冷静的头脑——评驳梁实秋的《文学与革命》	1928年8月10日	《创造月刊》第2卷第1期
何大白	文坛的五月——文艺时评	1928年8月10日	《创造月刊》第2卷第1期
杜荃	文艺战上的封建余孽——批评鲁迅的《我的态度气量和年纪》	1928年8月10日	《创造月刊》第2卷第1期
梁自强	文艺界的反动势力	1928年8月10日	《创造月刊》第2卷第1期
青见	随感录一七一：关于革命文学	1928年8月13日	《语丝》第4卷第33期
郁达夫	随感录一七二：革命广告	1928年8月13日	《语丝》第4卷第33期
鲁迅	革命咖啡店	1928年8月13日	《语丝》第4卷第33期
达夫	对于社会的态度	1928年8月16日	《北新》第2卷19期
编者	发刊词	1928年8月16日	《山雨》第1卷第1期
鲁迅	文坛的掌故	1928年8月20日	《语丝》第4卷第34期
鲁迅	文学的阶级性	1928年8月20日	《语丝》第4卷第34期

续表

署名	文章	发表/出版时间	刊物
昌派	写给死了的阿Q	1928年8月20日	《语丝》第4卷第34期
少仙	故乡的闲天——写给海上无产文学家	1928年8月27日	《语丝》第4卷第35期
高明	从时代说到无产文学再扯到言论自由	1928年8月27日	《语丝》第4卷第35期
廖平	国民党不应该有文艺政策吗	1905年4月11日	《革命评论》周刊16期
毛一波	《艺术与革命》自序	1928年9月1日	《山雨》第1卷第2期
李作宾	革命义学运动的观察	1928年9月2日	《文学周报》第7卷第7期
鸣秋	最近共产党的文艺暴动计划	1928年9月2日	《再造》第18期
若狂	学我来吧	1928年9月3日	《语丝》第4卷第36期
达夫	随感录一七五：讨钱称臣考	1928年9月3日	《语丝》第4卷第36期
冯乃超	怎样地克服艺术的危机	1928年9月10日	《创造月刊》第2卷第2期
克兴	评驳甘人的《拉杂一篇》——革命文学运动底根本问题底考察	1928年9月10日	《创造月刊》第2卷第2期
世安	随感录一七六：无产阶级的咖啡店	1928年9月10日	《语丝》第4卷第37期
丁丁	读《泰东月刊》后	1928年9月10日、1928年9月12日	《民国日报》副刊《觉悟》
梁实秋	文学是有阶级性的吗？	1928年9月10日	《新月》第2卷第6、第7期合刊

续表

署名	文章	发表/出版时间	刊物
梁实秋	论鲁迅先生的硬译	1928年9月10日	《新月》第2卷第6、第7期合刊
绍虞	答《读〈泰东月刊〉后（续）》	1928年9月13日	《民国日报》副刊《觉悟》
李初梨	自然生长性与目的意识性	1928年9月15日	《思想》第2期
振扬	自动停刊	1928年9月16日	《北新》第2卷21期
任叔	两语	1928年9月16日	《山雨》第1卷第3期
达夫	《大众文艺》释名	1928年9月20日	《大众文艺》第1卷第1期
画室	革命与智识阶级	1928年9月25日	《无轨列车》第2期
维素	卷头语	1928年10月1日	《时代文艺》第1卷第1期
秋原	文艺起源论	1928年10月1日	《北新》第2卷22期
任叔	雨丝	1928年10月1日	《山雨》第1卷第4期
沈起予	艺术运动底根本概念	1928年10月10日	《创造月刊》第2卷第3期
编辑委员	资本主义对于劳动文学的新攻势	1928年10月10日	《创造月刊》第2卷第3期
茅盾	从牯岭到东京	1928年10月10日	《小说月报》第19卷第10期
长虹	留别鲁迅	1928年10月13日	《长虹周刊》第1期

续表

署名	文章	发表/出版时间	刊物
姚方仁	文艺与时代	1928年10月14日	《文学周报》第7卷第14期
朱彦	阿Q与鲁迅	1928年10月15日	《新宇宙》第1卷第1期
梓年	写在后头	1928年10月15日	《新宇宙》第1卷第1期
汪馥泉	拉起笔来乱涂	1928年10月15日	《大江》第1期
梓年	写在后头	1928年11月1日	《新宇宙》第1卷第2期
丁东	中国文艺运动的新趋向	1928年11月1日	《青海》第1期
祝铭	无产阶级文艺略论	1928年11月1日	《青海》第1期
白石	雨丝	1928年11月1日	《山雨》第1卷第6期
冯乃超	他们怎样地把文艺底一般问题处理过来？	1928年11月	《思想》第4期
冬芬	关于革命文学	1928年11月5日	《语丝》第4卷第43期
杨骚	随感录一九六：革命文学与裨将（给所谓朱彦者）	1928年11月5日	《语丝》第4卷第43期
彭康	革命文艺与大众文艺	1928年11月10日	《创造月刊》第2卷第4期
文氓	关于"看书自由"	1928年11月10日	《创造月刊》第2卷第4期
振飞	漫谈（四）	1928年11月12日	《语丝》第4卷第44期
	发刊辞	1928年11月15日	《春潮》第1卷第1期

续表

署名	文章	发表/出版时间	刊物
孙福熙	艺术的把戏	1928年11月15日	《春潮》第1卷第1期
振扬	"门市小伙计启事"的回音——答青野书店	1928年11月16日	《北新》第2卷24期
达夫	通信两件	1928年11月20日	《大众文艺》第1卷第3期
祝铭	无产阶级文艺底特质——《无产阶级文艺略论》之二	1928年11月21日	《青海》第3期
葛埃朋	文艺与生活	1928年12月1日	《文艺生活》第1期
高长虹	大众文艺与革命文艺	1928年12月1日	《长虹周刊》第8期
丘立	鲁迅与郁达夫	1928年12月8日	《文艺生活》第2期
乃超	"印象与感想"的批评	1928年12月8日	《文艺生活》第2期
柯南	武器·蜡枪头·革命文学	1928年12月8日	《文艺生活》第2期
樱影	蒋光慈与记者的对话	1928年12月8日	《文艺生活》第2期
克兴	小资产阶级文艺理论之谬误——评茅盾君底《从牯岭到东京》	1928年12月10日	《创造月刊》第2卷第5期
侍桁	文艺作品中的事实与真理	1928年12月15日	《春潮》第1卷第2期
任叔	头痛及其他	1928年12月16日	《山雨》第1卷第8、9期合刊
虚白	文艺的新路——读了茅盾的《从牯岭到东京》之后	1928年12月16日	《真美善》第3卷第2期

续表

署名	文章	发表/出版时间	刊物
郁达夫	编辑余谈	1928年12月20日	《大众文艺》第4期
林语堂	鲁迅	1929年1月1日	《北新》第3卷第1期
编者	色彩与旗帜	1929年1月1日	《金屋月刊》第1卷第1期
李初梨	对于所谓"小资产阶级革命文学"底抬头普罗列塔利亚文学应该怎样防卫自己？——文学运动底新阶段	1929年1月10日	《创造月刊》第2卷第6期
李白裕	介绍鲁迅先生的做人秘诀	1929年1月13日	《海风周报》第3期
何辰	创造社现在之所有	1929年1月16日	《真美善》第3卷第3期
祝秀侠	鲁迅与"董老大"	1929年1月25日	《青海》第7期
A.、B.	要做一篇鲁迅论的话	1929年2月1日、1929年3月1日	《金屋月刊》第1卷第2、3期
张资平	编后并答辩	1929年2月1日	《乐群月刊》第1卷第2期
钱杏邨	致岳真先生的一封公开信	1929年2月10日	《海风周报》第6、7期合刊
蒋光慈	致张资平君的公开信——读了《乐群月刊》二期张资平君骂我的话以后	1929年2月10日	《海风周报》第6、7期合刊
刘剑横	意识的营垒与革命的智识分子	1929年3月1日	《泰东月刊》第2卷第7期
勺水	论新写实主义	1929年3月1日	《乐群月刊》第1卷第3期

续表

署名	文章	发表/出版时间	刊物
得钊	一年来中国文艺界述评	1929年3月10日	《列宁青年》第1卷第11期
祭心	革命文学的内包	1929年3月10日	《开明》第1卷第9期
安平	偶感即记四则	1929年3月10日	《开明》第1卷第9期
林伯修	几个关于文艺的问题	1929年3月23日	《海风周报》第12期
左寿昌	艺术论	1929年4月1日	《泰东月刊》第2卷第8期
钱杏邨	幻灭动摇的时代推动论	1929年4月21日	《海风周报》第14、15期合刊
鲁迅	现今新文学的概观	1929年4月25日	《未名》第2卷第8期
鲁迅	《壁下译丛》小引	1929年4月	北新书局版《壁下译丛》
书生	国内文坛杂话·普罗文学与周围描写	1929年4月	《白露月刊》第1卷第4期
鲁迅	《新时代的豫感》译后附记	1929年5月15日	《春潮》第1卷第6期
芮生	中国新文化运动之意义及其特征	1929年5月15日	《引擎》创刊号
茅盾	读《倪焕之》	1905年4月12日	《文学周报》第8卷第20期
干釜	关于普罗文学之形式的话	1905年4月12日	《白露月刊》第1卷第5期
陈明中	卷头语	1929年6月20日	《摩登》第1卷第1期

续表

署名	文章	发表/出版时间	刊物
丁玲	介绍《到M城去》	1929年7月10日	《红黑》第7期
鲁迅	《小小十年》小引	1929年8月15日	《春潮》第1卷第8期
尚文	鲁迅与北新书局决裂	1929年8月19日	《真报》
汉年	文艺通信——普罗文学题材问题	1929年10月15日	《现代小说》第3卷第1期
鲁迅	《文艺与批评》译者附记	1905年4月12日	水沫书店版《文艺与批评》
邱韵铎	"一万二千万"个错误	1929年11月15日	《现代小说》第3卷第2期
周毓英	忠诚的批判——读三卷一期《现代小说》	1929年12月1日	《乐群月刊》第2卷第12期
郑菊华	文坛琐话	1929年12月1日	《乐群月刊》第2卷第12期
鲁至道	文坛消息	1929年12月1日	《乐群月刊》第2卷第12期
李德谟	关于马克思及马克思主义中文译著书目试编	1929年12月15日	《新思潮》第2、3期合刊
君素	一九二九年中国关于社会科学的翻译界	1929年12月15日	《新思潮》第2、3期合刊
钱杏邨	茅盾与现实——读了他的《野蔷薇》以后	1929年12月15日	《新流月报》第4期
刚果伦	一九二九年中国文坛的回顾	1929年12月15日	《现代小说》第3卷第3期
李何林	《中国文艺论战》序言	1929年10月	中国书店版《中国文艺论战》
鲁迅	流氓的变迁	1930年1月1日	《萌芽》第1卷第1期

续表

署名	文章	发表/出版时间	刊物
鲁迅	新月社批评家的任务	1930年1月1日	《萌芽》第1卷第1期
沙洛	过去文化运动的缺点和今后的任务	1930年1月1日	《列宁青年》第2卷第6期
昆水	评《无产阶级的诗歌》	1930年1月1日	《开明》第2卷第7期
冯乃超	文艺理论讲座	1930年1月10日—1930年2月10日	《拓荒者》第1卷第1—2期
钱杏邨	中国新兴文学中的几个具体的问题	1930年1月10日	《拓荒者》第1卷第1期
程鲁丁	西南文艺的消息	1930年6月1日	《开明》第2卷第12期
偶然	创作数种	1930年1月16日	《申报·艺术界》
陈洁	社会科学书籍的瘟疫	1930年1月8日	《申报·艺术界》
冯乃超	人类的与阶级的	1930年2月1日	《萌芽》第1卷第2期
鲁迅	我和《语丝》的始终	1930年2月1日	《萌芽》第1卷第2期
钱杏邨	鲁迅——《现代中国文学论》第二章	1930年2月10日	《拓荒者》第1卷第2期
潘汉年	普罗文学运动与自我批判	1930年2月10日	《拓荒者》第1卷第2期
鲁迅	非革命的急进革命论者	1930年3月1日	《萌芽》第1卷第3期
鲁迅	"硬译"与"文学的阶级性"	1930年3月1日	《萌芽》第1卷第3期

续表

署名	文章	发表/出版时间	刊物
何大白	中国新兴文学的意义	1930年3月1日	《大众文艺》第2卷第3期
岂理	论文学	1930年3月1日	《流萤》（北平）第1期
虚白	中国旧时代文学观念之剖析	1930年3月16日	《真美善》第5卷第5期
鲁迅	我们要批评家	1930年4月1日	《萌芽》第1卷第4期
鲁迅	对于左翼作家联盟的意见——三月二日在左翼作家联盟成立大会上讲	1930年4月1日	《萌芽》第1卷第4期
鲁迅	我们要批评家	1930年4月1日	《萌芽》第1卷第4期
成文英	常识与阶级性	1930年4月1日	《萌芽》第1卷第4期
赵漫	关于《论文学》的通信	1930年4月1日	《流萤》（北平）第2期
郭沫若	"眼中钉"	1930年5月	《拓荒者》第1卷第4、5期合刊
钱杏邨	一个注脚	1930年5月	《拓荒者》第1卷第4、5期合刊
刘微辉	文学批评与文学批评家	1930年6月1日	《流萤》（北平）第4期
冯乃超	中国无产阶级文学运动及左联产生之历史的意义	1930年6月1日	《新地月刊》第1期
鲁迅	《艺术论》译序	1930年6月1日	《新地月刊》第1期
桐华	批评与介绍：《中国文艺论战》	1930年7月16日	《现代文学》第1卷第1期

续表

署名	文章	发表/出版时间	刊物
胡也频	《到莫斯科去》序	1930年6月	上海光华书局版《到莫斯科去》
蒋光慈	《中国新兴文学短篇创作选》前言	1930年5月	北新书局版《中国新兴文学短篇创作选》
虚白	民族主义文艺运动的检讨	1930年11月16日	《真美善》第7卷第1期
鲁迅	中国无产阶级革命文学和前驱的血	1931年4月25日	《前哨》第1卷第1期
鲁迅	上海文艺之一瞥	1931年7月27日、1931年8月3日	《文艺新闻》第20、21期
丁玲	我的自白	1931年8月10日	《读书月刊》第2卷第4、5期合刊
施华洛	中国苏维埃革命与普罗文学之建设	1931年11月15日	《文学导报》第1卷8期
"左联"执委会	中国无产阶级革命文学的新任务	1931年11月15日	《文学导报》第1卷8期

主要参考文献和工具书：

1.霁楼编：《革命文学论文集》，上海新学会社1928年版。

2.《中国新文学大系》，良友图书印刷公司1935—1936年版。

3.阿英：《晚清小说史》，人民文学出版社1980年版。

4.刘增杰等编：《抗日战争时期延安及各抗日民主根据地文学运动资料》，山西人民出版社1983

5.金紫光、雷加、苏一平总编辑：《延安文艺丛书》，湖南人民出版社1984—1988年版。

6.《中国新文学大系 1927—1937》，上海文艺出版社1984—1989年版。

7.唐沅等编：《中国现代文学期刊目录汇编》，天津人民出版社1988年版。

8.陈平原、夏晓虹编：《二十世纪中国小说理论资料》第一卷（1897—1916），北京大学出版社1989年版。

9.《中国新文学大系 1937—1949》，上海文艺出版社1990—1994年版。

10.林默涵总主编：《中国解放区文学书系》，重庆出版社1992年版。

11.贾植芳、俞元桂主编：《中国现代文学总书目》，福建教育出版社1993年版。

12.陈鸣树主编：《二十世纪中国文学大典（1897—1929年）》，上海教育出版社1994年版。

13.孙文光主编：《中国近代文学大辞典（1840—1919）》，黄山书社1995年版。

附录二

1902—1928年现代中国革命文学部分社群简介辑要

1. 中国教育会

成立于1902年4月，清末教育团体，由蔡元培、黄宗仰、叶瀚等议定并发起。其间，推蔡元培为会长，设本部于上海泥城桥福源里，并定"置支部于各地"。"以教育中国男女青年，开发其智识，而推进其国家观念，以为他日恢复国权之基础为目的"，设教育、出版、实业三部，拟集合力量，编订教科书。11月，上海南洋公学发生退学风潮，得到中国教育会的支持，决定建立爱国学社以帮助这些学生继续接受教育，以蔡元培为学校总理，吴敬恒为学监，黄炎培、蒋智由、蒋维乔等为义务教员。以灌输民主主义思想为自己的任务，重精神教育。该会同时作为革命活动联络机关，为辛亥革命培养了不少革命战士。爱国学社缺少经费，当时《苏报》的主理人陈范与中国教育会、爱国学社商定，《苏报》的社论由蔡元培、章太炎、章士钊、汪文博等人轮流撰写，报馆每月支付学社百元。此后，《苏报》言论更趋激进。光绪二十九年五月初六（1903年6月1日），章士钊到《苏报》总理报务工作，进行改革，从此《苏报》专以宣传革命为任务。1903年6月，该报连续发表十多篇宣传革命的文章，其中突出的是介绍邹容《革命军》的文章和章太炎《驳康有为论革命书》。1903年6月29日发生震动中外的"苏报案"，章太炎、邹容被捕入狱，苏报馆被查封，爱国学社亦受到牵连，被迫解散。

中国教育会（爱国学社）成员主体是教员学生，蔡元培、章太炎、邹容为核心代表。先后主办、编辑，或参与编辑及撰稿的报刊除了《苏报》外，还有《选报》《少年中国报》《中国白话报》《俄事警闻》《女子世界》等。

2. 南社

1907年开始筹划，1909年由中国同盟会活跃人物陈去病、高旭、柳亚子、苏曼殊、孙中山等在江苏苏州周庄发起，是中国近代史上第一个鼓吹反清的革命文学团体。存在了十四年，于1923年解体。发起第一次"雅集"的17名成员中，有14名是同盟会会员。南社提倡民族气节，应和民族民主革命，反对清王朝的民族压迫和专制统治。在中国社会新旧交替的时代，南社汇集了当时资产阶级革命派中许多知名诗人、作家和学者，他们以笔为枪，为推翻清朝封建统治大声疾呼，在辛亥革命前后产生过积极的历史作用和巨大社会影响。

南社代表性作家有柳亚子（1906年入中国同盟会，1924年参加改组后的中国国民党，次年，当选国民党江苏省党部执行委员会常务委员，兼宣传部长）、陈去病（1906年入中国同盟会，1913年在南京参加"二次革命"，1918年到广州，追随孙中山筹谋北伐）、高旭、苏曼殊、马君武、宁调元、周实、吴梅、黄节等。南社的机关刊物为《南社丛刻》，简称《南社》，发表社员的诗、古文、词等创作，线装，不定期出版至1923年，共出版22集。此外，1910年10月11日（农历重阳节）周实等在南京凭吊明孝陵，事后刊行《白门悲秋集》，1917年出版《南社小说集》，二者均为《南社丛刻》的增刊。

3. 互助社

1917年10月恽代英、林育南等在武昌成立互助社，以"群策群力，自助助人"为宗旨，互助社是武汉地区成立最早、影响最大的进步团体。社员近20人，都是武汉各校的进步青年。1919—1920年在互助社基础上，恽代英等又于武昌创办利群书社文化书籍发行组织，团结进步青年。以利群助人、服务群众为宗旨，实现半工半读的自学主张，致力于新文化运动。成员有林育英、李求实等。书社经销《共产党宣言》《共产主义ABC》和《新青年》《共产党》等刊物书籍。书社吸引着许多追求进步的青年和群众，是武汉地区宣传马克思主义新思想的重要阵地。

在利群书社成立之前，恽代英、林育南和武昌的一些进步知识青年曾先后出版过《新声》《向上》《教育旬刊》《共进》《教育改进》《新学生》等刊物。书社成立后，油印内部刊物《我们的》，共出了三期。1920年10月出版《互助》月刊，白色封面，铅印的三十二开本小册子，目前只见到第一期，共105页。其中详细记载了互助社、利群书社，以及辅仁社、日新社、诚社等其他进步小团体的酝酿、创立和活动的信息与相关资料。恽代英在《互助》上以"未来之梦"为题阐释利群书社团体的前途、发展路径、组织的宗旨，最后号召团体同人要"精思、慎择、立志、力行"。"这是我们帮助自己，帮助朋友，帮助社会人类的一件大事呢"。

1921年7月，互助社改组为共存社。中国共产党成立后，社团成员多入党、入团，社团活动逐渐停止。该社重要发起人恽代英1921年加入中国共产党。1923年任上海大学教授。同年8月被选为中国社会主义青年团中央委员、宣传部部长，创办和主编影响整整一代青年的《中国青年》。

4.《曙光》杂志社

1919年11月1日《曙光》杂志创刊于北京。主要创办者是一些山东籍旅京学子，包括中国大学学生宋介、王统照、王晴霓，以及北京大学学生徐彦之、北京高等师范学校学生范予遂等。宋介为主编，主笔王统照是山东诸城人。创刊不久，文学研究会的郑振铎、耿济之、瞿世英，北京早期共产主义小组成员瞿秋白等进步青年又相继加入。他们在北京五四运动的熏陶下，立志于新文化运动。该刊创刊时以科学救国为宗旨，理想主义色彩十分浓重。随着新文化运动的发展，《曙光》的政治倾向由"促进社会改革"转变为传播马克思主义，于是他们在刊物上宣传马克思主义，介绍俄国十月革命，发表列宁著作译文。《曙光》最初就把故乡山东作为主要的发行区域，在济南、烟台和在东京的山东侨胞中均设有代售处。王统照、王晴霓、王乐平与王翔千同是诸城王氏家族，交往颇深。《曙光》杂志社的成员宋介、徐彦之与山东进步人士如王尽美、邓恩铭的个人关系也很密切。《曙光》杂志为推动马克思主义在山东的传播发挥了重要作用。

《曙光》先后发有宋介的《社会的自由》《劳动家与专利者》《科学与社会》《城市与乡村》《家庭与社会》《贫民救济问题》等社会改革论文；王统照的《俄罗斯文学的片面》《中国的艺术革命》《美育的目的》等文学革命的文章；还有起积极引导作用的翻译文章，如瞿秋白译俄国前进报的《俄国革命纪念》，王统照译列宁文章《旧治更新》，宋介译《彼得克鲁泡特金》，郑振铎译《彼得·克鲁泡特金与苏维埃》等。《曙光》杂志创刊后共出版9期。

《曙光》社成员滕固，小说家，上海宝山人。当时是东京帝国大学美术考古专业学生，与王统照常有通讯交流发表在杂志上，同时期也参加文学研究会和创造社。1926年与邵洵美等组织狮吼社，出版《狮吼》等杂志，不久参加国民革命军北伐。

主编宋介，山东滋阳人。后来成为北京共产主义小组的成员，他和王晴霓经常回山东活动，与山东早期共产主义外围组织励新学会的王乐平、王尽美、邓恩铭等成员讨论马克思主义。后也在济南，与王尽美和王翔千等组织了"马克思学说研究会"。后来这些成为王统照创作长篇小说《春花》的主要素材。

5. 新社会旬刊与人道月刊社

1912年"北京学生团社会实进会"成立，1914年更名为"北京社会实进会"，以社会福利和社会服务为宗旨。1919年11月1日创办《新社会》杂志，强调"尽力于社会改造的事业"，"改造的目的和手段就是：考察旧社会的坏处，以和平的、实践的方法，从事于改造的运动，以期实现德莫克拉西的新社会"。主要编撰者有瞿秋白、郑振铎、耿济之、许地山、瞿世英等人。该刊与新文化运动以及五四运动的生成有着深层的历史联系。

《新社会》1919年共出了6期，都是四开一大张，属于小型的报纸。1920年改出八开本12至14页的小册子，而17、18两期出专号"劳动号"，篇幅各20页。由于《新社会》的思想倾向进步，言论有"过激"之嫌，1920年5月遭到了当时警察所的查封。旋即，《新社会》的编撰者瞿秋白、郑振铎、耿济之、瞿世英、许地山等，经过短期的筹备于1920年8月又创办了《人道》月刊，继续以"社会实进会"的名义发行。创刊号是八开本小册子。"'人道'就是与'兽道'（弱肉强食）相对而言的人的本性和社会性"，"敦促一般人的觉悟"，发动大家来寻觅"人道"，鼓吹"人道"。这期登有瞿秋白《心的声音》一诗。《人道》月刊只出版了第1期。第2期已编好，登出了目录，为《新村研究号》，但由于没有经费，未能出版即停刊。

在《新社会》上，瞿秋白先后发表了《中国智识阶级的家庭》《革新的时机到了》《中国的劳动问题？世界的劳动问题？》《社会运动的牺牲者》等文章。还有郑振铎的《现代社会的改造运动》《我们今后的社会改造运动》《一九一九年的中国出版界》，和许地山的《"五一"与"五四"》等推进社会改革和社会服务的文章。

两个期刊的其他成员郑振铎、耿济之、瞿世英、许地山等，很快都成为五四新文学的第一个纯文学团体文学研究会的主要发起人和中坚分子。

6. 晨光社

1921年10月10晨光社于杭州成立。晨光社由就读于浙江省立第一师范学校的学生潘漠华首先提倡，得到同学汪静之的赞同，邀请魏金枝、赵平复作为发起人，再联络蕙兰中学、安定中学和女师的文学爱好者二十余人，在西湖畔成立，并通过潘漠华起草的《晨光社简章》。主要成员有潘漠华、汪静之、魏金枝、赵平复、冯雪峰等。晨光社的基本力量在浙江第一师范学校，该校学生作为会员占全社人数的30%。除有学生十六人参加外，尚有朱自清、叶圣陶、刘延陵三位先生。他们既是会员，又是文学顾问。特别是朱自清，可以说是晨光社的实际领导者。文学社取名为"晨光"是潘漠华的建议，源出于该年8月31日汪静之写的一首题为《晨光》的诗，意味着曙光，表达成员们对新光明的向往和追求。

其中的汪静之，1926年任北伐军总政治部宣传科编纂，次年任《革命军报》特刊编辑兼武汉国民政府劳工部《劳动月刊》编辑。

潘漠华，1926年参加北伐军，次年加入中国共产党。"四一二反革命政变"后曾领导农民起义。1933年参加"左联"。

冯雪峰，1927年参加中国共产党，1930年发起中国自由运动大同盟，次年任"左联"党团书记。1934年参加长征。

赵平复（柔石），1928年在鲁迅帮助下成立朝花社。1930年参加中国自由运动大同盟及"左联"，并任"左联"常委，同年参加中国共产党。1931年在上海被捕，是"左联五烈士"之一。

魏金枝，发起晨光社的同时，参加进步团体活动，一度被杭州警察厅拘留。1928年创作的作品受到鲁迅称赞。1930年，加入中国左翼作家联盟，编辑"左联"刊物《萌芽》月刊。

该社上述主要成员大都游走于文艺与革命间，一面文艺，一面革命。晨光社活动一般为作品展览会。每月聚会一次，或各人拿些近作来给大家观览；或选出一本书，大家来说说对于该书的意见，旨在增加读书的趣味；或举办文学演讲会，请名人演讲。冯雪峰后来回忆："活动是常常在星期日到西湖西泠印社或三潭印月等处聚会，一边喝茶，一边相互观摩各人的习作，有时也讨论国内外的文学名著；出版过作为《浙江日报》的副刊之一的《晨光》文学周刊，发表的大都是社员的作品。"

《晨光》周刊并非晨光社成立之时就创办，而是到1922年下半年才有，至次年春天，《晨光》周刊出版了约半年时间，主要刊载诗歌和散文。1923年春天，晨光社事实上停止了活动，无形中解体了。

7.《中国青年》杂志编辑团体

1923年10月20日，《中国青年》杂志作为中国社会主义青年团（1925年第三次全国代表大会上改名为中国共产主义青年团）的机关刊物于上海创刊。此刊为周刊，恽代英、林育南、邓中夏、萧楚女、任弼时、张太雷、李求实等相继担任过主编，陈独秀、瞿秋白、毛泽东、陈潭秋、沈雁冰等中共早期的领导人与革命活动家都是刊物的常驻作者。这是我国近代史和中国共产主义运动史上最具战斗力和生命力的青年刊物。主要关注青年生存状态，服务青年是其基本宗旨，其目标读者定位为中国青年精英，即18岁至30岁的城市青年。《中国青年》是五四新文学开始分流的标志，是早期革命文学的提倡与实践的阵地，也是革命文学发展链条上最重要的一环。该杂志上先后发表过秋士的《告研究文学的青年》，邓中夏的《贡献于新诗人之前》《中国现在的思想界》，恽代英的《文学与革命（通讯）》《八股》，萧楚女的《艺术与生活》《革命的信仰》，沈泽民的《青年与文艺运动》，远定的《诗人与诗》等最初探索革命文学的重要文章。

杂志出版的四年中曾一度迁址武汉、广州，1927年"七一五反革命政变"后返回上海。因受国民党政府迫害，1927年10月10日，《中国青年》出至第8卷第3号后停刊。在1927年11月至1932年间，曾先后改用《无产青年》《列宁青年》等名称秘密出版。

杂志重要发起人恽代英，社会主义青年团中央执行委员、《中国青年》主编。1923年担任社会主义青年团宣传部长。

林育南，曾任社会主义青年团中央书记、湖北全省总工会宣传主任、中华全国总工会秘书长、中共湖北省委代理书记、全国苏维埃中央准备委员会秘书长等职。1922年加入中国共产党，成为职业革命家。1931年在上海牺牲。

张太雷，在社会主义青年团第三届全国代表大会上当选为团中央执行委员、书记。

8.《民国日报·觉悟》编辑团体

《民国日报》1916年在上海创刊，是孙中山的中华革命党（1919年改为中国国民党）以讨袁为主旨宣传的报纸。1924年2月中国国民党第一次全国代表大会后该报成为国民党中央机关报，在国共合作统一战线时期，有一批共产党员参加了编辑和社论委员会的工作，积极进行反帝反封建宣传。

《觉悟》副刊创始于1919年6月，后版面不断扩大，诗歌、小说、随感录等文艺作品占有一定篇幅，改版后整体论文比重增加。施存统、沈泽民两人先后成为《觉悟》编辑，经常在《觉悟》副刊发表言论的社会主义青年团成员有恽代英、邓中夏、蔡和森、沈泽民等人。《觉悟》副刊在《言论》栏目刊载关于"革命与文学"的讨论，如沈泽民的《我们需要怎样的文艺》《文学与革命的文学》，魏金枝的《非战文学的原理与革命》，蒋光慈的《现代中国社会与革命文学》等。1924年7月起，《觉悟》陆续发表了许多共产党员在上海的夏令讲学会上的讲稿，其中有瞿秋白的《新经济政策》（1924年7月14日），萧楚女的《外交问题》（1924年8月9日）等。

施存统，在社会主义青年团第一次全国代表大会上当选为团中央书记。1923年到上海大学任教。1924年接替瞿秋白任社会学系主任，曾协助邵力子编辑《觉悟》副刊。

沈泽民，社会主义青年团员。1923年任青年团上海地委委员，年底被聘为上海大学社会学系教授，并编《觉悟》副刊。1924年年初被委派到国民党上海执行部工作（任宣传干事）。

9. 悟悟社

1924年5月，由杭州之江大学学生许金元、蒋铿等人发起悟悟社。之江大学是由美国长老会创办的教会大学，即1914年的杭州基督学院的中文名字。悟悟社是受当时国民革命运动影响而成立的较早革命文学社团之一。

1924年6月2日《觉悟》副刊发表"悟悟社"的宣言书,明确称"我们是个文艺的团体。我们深信文学是可以指导人生的;我们底目的是要在这'伊和他','唉和哟'的'靡靡之音'底下提倡'革命文学'Revolutionary Literature,鼓舞国民性"。1924年12月该社创办了《悟悟月刊》,由共产党经营的上海书店出版。同时,还拟征集出版"革命诗歌"的诗歌选集。同年7月,《觉悟》副刊发表许金元的《为革命文学再说几句话》,蒋铿的《革命文学的商榷——答杨幼炯先生》等文章。

许金元,1923年之江大学学生,这期间进入国民党和社会主义青年团。1924年在苏州筹建国民党苏州市党部,共产党苏州独立支部成立后又为中共党员。1926年被派往广州中山大学学习。1927年被国民党杀害。

10. 春雷文学社

1924年11月中旬,以上海《民国日报》副刊《觉悟》为阵地的春雷文学社成立。其宗旨是想"挽一挽现代中国文学界'靡靡之音'的潮流",预期在每周日《觉悟》上出版"文学专号"。1924年11月15日,在《民国日报·觉悟》上刊出了一则《春雷文学社小启事》,为刊发第一期"文学专号"预热。16日,第1期专号刊蒋光慈的《我们是些无产者——代文学专号宣言》《现代中国的文学界》,王秋心的《和平女神颂(有序)》和王环心《爱情与面包》四篇文章。1924年11月23日第2期专号刊蒋光慈的《哀中国》《现代中国的文学界(续)》《对诗集〈新梦〉出版情况给读者的通信》,王环心的《爱情与面包(续)》。两期后,1924年12月2日,《觉悟》上刊出了《春雷文学社启事》,宣布文学专号停刊。在刊出停刊启事后,春雷文学社没有出版过其他刊物。

春雷文学社的成员都为共产党员,以蒋光慈、沈泽民、王秋心等为代表,还有部分是上海大学的师生。

蒋光慈,1921年赴俄国留学,次年加入中国共产党,并从事文学创作。

经瞿秋白介绍，到上海大学社会系任教，兼授俄语课。回国后，除了组织春雷社外，后又组织了太阳社。1930年参加"左联"被选为候补常务委员。

王环心，1922年考入上海大学。1923年参加社会主义青年团。1924年经瞿秋白、恽代英介绍加入中国共产党；同年，被选为上海大学学生会执行委员。春雷文学社主要发起人之一。

孟超，上海大学学生，1925年加入社会主义青年团，与蒋光慈、沈泽民等组织春雷文学社。

11. 太阳社

1927年6月，蒋光慈、钱杏邨、冯乃超等人在武汉曾酝酿过成立文学社团和创办刊物之事。不久，"七一五反革命政变"发生，他们不得不离开武汉逃往上海，同年年底在上海成立了太阳社，并筹资开设了春野书店（书店名取自居易诗句"野火烧不尽，春风吹又生"之意）。《太阳月刊》由春野书店发行，每月1日出版，1928年1月1日出版创刊号。1929年底，太阳社自动宣告解散。1930年春，全部成员加入"左联"。

不同于一般文学社团的太阳社，在社团内部建有党的基层组织"春野支部"，并隶属于闸北区委领导。它是在当时党中央负责人指导和支持下成立的，又是以无产阶级的政治纲领和组织原则为保证来推动无产阶级文学运动的一个新型社团。

太阳社发起人为蒋光慈、钱杏邨、孟超、杨邨人等，主要成员有林伯修、洪灵菲、戴万平、刘一梦、赵冷、顾仲起、楼适夷、殷夫、冯宪章、森堡（任钧）等。太阳社成员都是年轻的共产党员。"四一二反革命政变"前多数都是从事革命的实际工作者，都有一番革命的经历，对于反革命政变都有一腔革命的义愤。文学社团只不过是他们转移战线后的一种新的斗争形式。

《太阳月刊》的名称在1927年6月的武汉由蒋光慈、钱杏邨、孟超等人商定，其发行机构为春野书店。主要撰稿人有蒋光慈、钱杏邨、孟超、杨邨人、徐迅雷、洪灵菲、森堡、刘一梦、楼建南、戴平万、冯宪章、林伯修、龚冰庐等。《太阳月刊》与创造社的《文化批判》一起，成为提倡革命文学的主要刊物。《太阳月刊》上刊载最多的是小说，在这些小说中，作家们站在无产者立场与阶级斗争视角上，力图通过小说这种文学样式揭露黑暗与残酷的社会现实，透视中国被压迫阶级乃至整个中华民族的生存境遇极其蕴含的社会革命力量，展示阶级矛盾激化的历史场景，进而鼓动群众的斗争意志和情绪。1928年7月1日，《太阳月刊》出至第7期时，被国民党查禁，编辑部发表了《停刊宣言》，但春野书店仍继续营业。在《太阳月刊》被查封两个月后，春野书店因出售《世界周刊》遭当局查封。

1928年10月1日，《时代文艺》创刊。《太阳月刊》停刊后，太阳社成员似乎并不感到"悲哀"，太阳社声称《太阳月刊》的停刊"毫无所惋惜"，坚信"压迫是促进我们力量滋长的雨露。"《时代文艺》的创刊就体现了他们的"新生"和不屈的战斗精神。《时代文艺》由时代文艺出版部发行，蒋光慈主编，仅出版1期。

1929年1月1日，《海风周报》创刊，出版17期。由上海泰东图书局发行，同年5月停刊。1930年该刊曾集为《海风周报汇刊》一册发行。该刊物由蒋光慈主编，撰稿人有钱杏邨、林伯修、戴平万、祝秀侠、洪灵菲、冯宪章、楼建南等。该刊理论与创作并重，兼及文艺动态。其刊载的内容大致有三类：一是文艺创作，受篇幅所限，主要是诗歌和短篇小说。二是译介外国文艺作品和理论文章，尤其是无产阶级文艺理论方面的译文，用一定的篇幅介绍世界各国无产阶级文艺的概况及其作品，重点是苏联文学。三是文艺批评，这是《海风周报》最引人注目的一部分，批评对象主要是国内的所谓的资产阶级和小资产阶级作家，如冰心、凌叔华、庐隐、徐志摩、张资平等。但一些革命作家也未能幸免，如丁玲、茅盾、鲁迅。因此，《海风周报》的文风相较于当时的文艺批评来说更为锐利，可谓锋芒毕露。

1929年3月1日，《新流月报》在上海创刊，由蒋光慈主编，撰稿人有洪灵菲、蒋光慈、祝秀侠、张萍川、戴平万、钱杏邨、华汉、徐任夫、杨邨人、沈端先、伯川、林伯修、王抗夫、许美埙。《新流月报》是一个专注于文艺创作的刊物，共刊载小说16部，诗2首，论文2篇。除此之外，也译介了很多外国文艺作品，其中以小说为重中之重，刊载了8部。同年12月出至第4期后停刊，改出《拓荒者》。

《拓荒者》于1930年1月10日由现代书局经售，仍由蒋光慈主编，同年5月终刊，仅出5期，共4本。《拓荒者》刊载的大量革命文学作品和不少倡导无产阶级文学的论文、译文，及关于文艺大众化讨论的文章在社会上有较大的影响。该刊聚合了一批年轻的革命作家，如蒋光慈、殷夫、洪灵菲、戴平万、沈端先、冯宪章、楼建南、夏征农、许峨、冯乃超、钱杏邨、祝秀侠、冯铿、任钧、龚冰庐、孟超、成文英、潘汉年、邱韵铎、华汉、郭沫若、李一氓等，这就为"左联"的成立储备了丰厚的人力资源，为无产阶级革命文学的提倡乃至整个中国左翼文学的发展起到了重要的作用。1930年3月2日，中国左翼作家联盟成立，该刊成为"左联"的机关刊物之一。

《拓荒者》的出版期数很少，但却刊载了大量普罗文学作品和理论文章，其中诗22首，小说31部，戏曲剧本3部，文艺通信7封，随笔和杂文20篇，国内外文坛消息11条，补白26则，刊载论文、介绍批评的文章44篇，此外还有一些富有政治鼓动意味的插画。可以说，《拓荒者》是太阳社所有刊物中内容最厚重、信息量最大的一个。1930年5月被禁，最后一期有两种封面，一为《拓荒者》，一为《海燕》。

12. 我们社

1928年5月20日，在上海组织的左翼文艺社团"我们社"成立，该社团曾于上海四川路海宁路357号创办了晓山书店（原名为我们书店），出版了《我们社丛书》并发行《我们》文学月刊。洪灵菲的长篇小说《前线》为丛书的第一种（但后来实际上也仅出《前线》一种，《我们社丛书》名存实亡）。

我们社不同于太阳社等文学社团，它的成员不是来自五湖四海，而是带着明显的地缘特征——多为潮汕籍作家。主要成员有林伯修、洪灵菲、戴万平等。《我们》月刊的作者还有：王独清、石厚生（成仿吾）、钱杏邨、李初梨、蒋光慈、孟超、森堡（任钧）、黄药眠、藏人、任夫（殷夫）、冯宪章、李一它、罗澜、罗克典、迅雷等20余人。

《我们》月刊除发表本社成员的文章和作品外，还发表了创造社、太阳社一些成员的文章和作品。同时还刊载了俄国、日本等国进步作家的理论文章和作品。其中小说18篇（包括翻译小说5篇），诗歌19首（包括译诗1首），散文（杂记）1篇，戏剧2篇（包括译剧1篇），论文6篇（包括译文1篇，祝词1篇）。1928年8月20日《我们》月刊出至第3期后，于1929年2月被国民党当局查禁，晓山书店被封，"我们社"也随之解散，1930年3月主要成员加入"左联"。

后　记

　　寻觅中国革命文学的行踪印迹和其精神传统，并非仅仅是一个历时的线性演进的时间概念。"革命"的生成是现代中国社会的基本形态和政治生活的普遍性话题。为此，革命文学在现代中国既是社会、政治、经济诸种生活的反映，又是中国现代社会历史一种特殊的表现方式。她呈现出一种传达现代人最深层的精神思想变革的纹理。通常意义上，"革命"的释义为改弦更张和革故鼎新，多表示社会和政治范畴的改朝换代。"革命文学"的确定，其存在之由、变迁之故，以其在20世纪中国文学中的一种重要文学类型或典型现象为例，20世纪的中国最先出现了一大批满腔热情、憧憬美好未来的仁人志士、进步知识分子、热血青年，"革命"是他们理想的具象、精神的寄托。文学的书写和表达使得他们一方面自觉认同革命，一方面直面现实和反省自我，于是就有了贴近现实的革命文学，也有了现代中国革命文学多元而复杂的样态。一批职业非职业的革命作家个体、自觉不自觉的革命作家群体的鲜活呈现，全面还原了他们为何革命、怎样言说革命的本体世界，从而也深入透视了现代中国"文学与革命"的深层问题。伴随现代中国民族解放的社会革命，确定了现代中国革命文学的基本主题和审美取向，其叛逆和批判的思想赓续、进步开放的文化传承、自由独立的文学精神坚守，成为现代中国革命的最基本诉求和革命文学的内核母题。

　　梳理和辨析20世纪作家个体和群体的现代中国革命文学谱系，将现代中国革命文学的理论元素、精神信仰、价值基础及其知识系统等内在结构，与不同作家革命人生道路、思想观念、创作个性有机融合在一起，可以在现代中国革命史与文学史相互交叉的场域，发现革命文学历史叙述的特质和革命文艺核心理论的形成过程，勾勒出革命作家和群体进入革命文学时代书写的不同图示，捕捉到现代中国革命文学历史的全息投影，及其革命文艺理论丰富的思想元素。

我们的研究特别重视置身于文学与革命的双重变奏。在创作主体的两难之境中，由他们的身份角色、思想言行及其人生履历等反映出裂隙、抵牾等多样的矛盾和冲突之现象，从中深度描摹和揭示出现代中国革命文艺发展过程的斑斓色彩，及其文学与革命通过作家主体同构的复杂精神因素。现代中国革命文学的历史经验总结，不但要从革命文学的历史叙述中找到核心思想理论的脉络，还要为革命文学诸多现象的发生演变找到契合时代主流的、合理存在的答案。对现代革命作家谱系的勾勒可最大化凸显每一个鲜活的个体经验，以期对中国当代作家思想与创作产生启示。

发现现代中国"革命文学"这一典型的历史形态，对当代中国社会主义文化建设的新使命具有的积极影响。社群结构、作家谱系、历史阶段形态之革命文学的实践和文学表现的革命内容，重构的不只是现代中国革命文学丰富复杂的样态，更是现代中国文学独立叙述框架的依据和文学史典型意义之所在，这对深入理解和发掘当代中国文学思想资源、建设中国特色社会主义先进文化十分必要。任何历史研究最终指向的是当下和未来。今天，新时代中国特色社会主义文艺、文学，与中华民族伟大复兴密切关联。现代国家意识、人民意识以及马克思主义中国化等重要思想观念在新时代进一步升华，本质上正是对现代中国革命核心宗旨的坚守与弘扬，也体现了现代中国革命文学的内在精神传统。

书稿本源于2014年国家社科基金重大招标项目指南中"现代中国'革命文学'的谱系与结构研究"的课题。最初申请项目竞标书的设计，重在整体性现代中国革命文学的生成发展和内部机制的系统研究。经专家评审项目标书，指出项目论证尚有不周密之处，后定为国家社科基金重点项目而立项。但课题已经是原来研究内容和规模的缩小，研究目标重新调整为以现代中国革命文学作家群体和个体为中心。这便是本书稿的由来。项目具体启动和实施，是与我指导博士研究生金钰同学，硕士研究生团队惠佳俞、尚新玉、刘岩、方强、华珉朗、王燕、孙仕卿、肖佳敏等同学一起进行的。对研究生专业研究能力的训练，先是制订了有关现代中国革命文学生成原始史料搜集整理的工作计划，后结合研究生毕业论文设计要求，为他们确定了《茅盾小说中的革命叙事》《阿英现代文学批评研究》《茅盾与蒋光慈的革命文学创作比较》《瞿秋白早期革命文学活动和创作实践》《丁玲与革命文学的生成》《前期创造社作家革命意识的发生研究》等博士、硕士毕业论文的选题。在研究中要求他们从广泛搜集文献史料，认真研读原始文本，到用心触摸、体验历史，再深入思考、提炼研究课题新的学术生长点。课题给了学生明确的方向和研究路径，其研究重在发现和解决专业的学术问题，这使他们的研究能力有了长足的提高，最终都顺利通过了学位毕业论文的答辩。同时，在指导学生论文写作和与他们交流研讨中，我对课题的认知也不断深入。书中关于瞿秋白、茅盾等作家的部分章节内容，吸收了经我修改的学生论文。对于课题的最终完成，我们尽管做出了自己的努力，还是多有遗憾之处：把脉历史形态的现代中国革命文学三个十年的叙述结构，革命文学演变应该并非单一或表层的可观线条，她有着显现和隐现的多重纵横交叉的文学传统；而以作家为例的现代中国革命文学的主体谱系，所涉猎的代表性革命作家也应该并不局限于文学史设定的范围。现代中国革命文学的内在系统和其话语形态的多元世界，立体地呈现了中国革命的复杂性，生动地表现了中国文学的丰富性。面对这样一个充满着诸多可能性诱惑的学术高地，现代中国革命文学的研究永远需要不畏艰难勇敢向前的攀登者。衷心期盼学术研究同道者的交流和批评，我将继续努力，加倍努力。

最后，谨借书稿出版之际，感谢在国家社科基金项目的申报、结项中诸位匿名评审专家，他们的信任和支持使得我走进了这一重要的学术研究领域，谢谢他们给予项目结项优秀等第的积极鼓励。感谢课题组博硕士研究生的积极参与。感谢至今尚未谋面却为小书出版精细而到位工作的编辑童子乐先生，铭记情谊！

作者于农历壬寅虎年正月外秦淮河畔